Deutsche Augenblicke

Briefe des 19. und 20. Jahrhunderts

Deutsche Augenblicke

Briefe des 19. und 20. Jahrhunderts

Herausgegeben von Jürgen Moeller

Büchergilde Gutenberg

Lizenzausgabe für die Büchergilde Gutenberg,
Frankfurt am Main, Wien 1991
mit freundlicher Genehmigung der
C. H. Beck'schen Verlagsbuchhandlung (Oscar Beck), München
„Ich hoffe, der Himmel wird Deutschland erhalten",
Das 19. Jahrhundert in Briefen.
Historische Augenblicke. Deutsche Briefe des
Zwanzigsten Jahrhunderts.
Umschlag und Einband von Wolfgang Scheffler, Mainz
Satz, Druck und Bindung: Kösel, Kempten
Printed in Germany ISBN 3 7632 4001 2

Inhalt

Das Vorzüglichste, was wir durch Mitteilung älterer Briefe gewinnen, ist, uns in einen früheren, vorübergegangenen Zustand unmittelbar versetzt zu sehen.

Johann Wolfgang Goethe

Ich gehöre zu den Menschen, den altmodischen, die den Brief noch für ein Mittel des Umgangs halten, der Schönsten und Ergiebigsten eines.

Rainer Maria Rilke

Der, welcher keine Bücher schreibt, viel denkt und in unzureichender Gesellschaft lebt, wird gewöhnlich ein guter Briefschreiber sein.

Friedrich Nietzsche

Wie kam man nur auf den Gedanken, daß Menschen durch Briefe miteinander verkehren können.

Franz Kafka

Es gibt nichts Verräterischeres als Briefe.

Hermann Broch

Vorbemerkung

Langsam rückt unser Jahrhundert seinem Ende entgegen, schon haben die Festkomitees ihre Arbeit aufgenommen. Der Blick zurück fällt auf ein immer gigantischeres Kommunikationsnetz bei gleichzeitiger Verkümmerung einer Kultur, die einmal zu den schönsten Blüten des bürgerlichen Neunzehnten Jahrhunderts gehörte: der Briefkultur. Er ist ein Gemeinplatz geworden, der Satz, und er sagt sich so leicht dahin: wir stammen alle aus diesem bürgerlichen Jahrhundert. Unsere Ideale und Feindbilder, Vorurteile und Rollenverständnisse, unsere politischen Systeme und Moden, Wirtschaftsmodelle und Fortschrittsphantasien, sie liefen alle durch den Filter dieser prägenden Jahre. Neben seiner reichen Literatur sind es vor allem die Briefe, die Kenntnis geben von dem, was damalige Zeitgenossen erleiden mußten und was sie bewegte – und es wurden viele Briefe geschrieben in dieser Zeit.

Diese Auswahl soll historische Ereignisse in Briefen widerspiegeln. Nicht die schönsten oder die gedankentiefsten Briefe aus knapp zwei Jahrhunderten versammelt also dieser Band, sondern solche, die, bewußt oder beiläufig, einen „historischen Augenblick" ansprechen, sich auf einen bestimmten geschichtlichen Moment beziehen. Dabei ist kein penibler Überblick entstanden, keine lückenlose Chronik der Ereignisse, sondern eine sehr persönliche Auswahl. Sie will sich nicht nur an den fettgedruckten Zeilen der Geschichtstabellen entlangbewegen, nicht nur den Haupt- und Staatsaktionen Raum geben, sondern – wo es sich anbietet – auch Nebenaspekte beleuchten. Neben bekannten Briefschreibern finden sich also auch unbekannte, vergessene.

Daß allerdings kein festliches Angebinde zusammengekommen ist, liegt in der Natur der Sache. Unsere Geschichte hat aus nationaler Sicht eine Vielzahl höchst dunkler Momente, und wer sich einen Überblick über die (veröffentlichte) Briefliteratur verschafft, läßt eher eine Kette düsterer Begebenheiten Revue passieren. Aber Aufhellungen wären problematisch: „Unwürdig verhält sich ein nationales Gedächtnis", schrieb

Dolf Sternberger, „das unter dem hochtrabenden Titel Erbe ein paar Momente des Ruhms herausklaubt, aber von denen der Schande beharrlich wegblickt".

Die Sammlung setzt ein mit einem Brief von Friedrich Hölderlin, der sich von den Ideen der Französischen Revolution hatte entzünden lassen, und sie endet mit einem brieflichen Tagtraum von Wolf Biermann, in dem so manches anklingt, was wenig später zur „sanften Revolution" in der DDR führte. Zu Beginn des Neunzehnten Jahrhunderts, noch ganz in der Tradition des schreibseligen Achtzehnten, verstand sich noch jeder Gebildete auf die Kunst des Briefschreibens. Voran natürlich Dichter wie Goethe, Schiller und Kleist, später dann Stifter, Büchner, Heine und Heyse. Große Briefschreiber waren aber auch Staatsmänner wie Metternich und Bismarck, unter den Philosophen ragt Arthur Schopenhauer hervor. Soldaten schrieben, so Scharnhorst, Yorck, Stein und Moltke; Revolutionäre wie Marx, Engels, Lassalle und Bebel; Entdecker wie Liebig und Schliemann; Diplomaten wie Eulenburg und Holstein. Und es schrieben die Frauen, die sich allerdings von historischen Themen weniger herausgefordert fühlten: Johanna Schopenhauer, die Königin Luise, Rahel Varnhagen von Ense, Bettina von Arnim, Elise Lensing, Franziska zu Reventlow. Waren derlei Dinge doch „Männersachen" im Verständnis der Zeit. Die Briefe aus dem Neunzehnten Jahrhundert enden mit einer Mitteilung von Wilhelm Busch, der das Bürgertum der Bismarckzeit so unnachahmlich karikiert hatte.

Den Briefzeugnissen des Zwanzigsten drücken die Emigranten einen besonderen Stempel auf: das Jahr 1933 läutete zwölf Jahre trauriger Fruchtbarkeit ein. Plötzlich mußten diejenigen zur Feder greifen, die sich eben noch auf Schriftstellerkongressen, in Redaktionen oder in Cafés getroffen hatten. Und plötzlich waren die besten Geister in alle Winde zerstreut, schrieb etwa Walter Benjamin aus Paris, Kurt Tucholsky aus Zürich, Oskar Maria Graf aus Wien und Klaus Mann aus der Provence. Auch fällt, vor allem nach dem Krieg, eine Zunahme der offenen Briefe auf. Was bisher eine Ausnahme war, wird immer geläufiger: aus der mehr oder weniger besorgten Mitteilung eines Mißstandes wird der flammende offene Brief, von einem Erzürnten verfaßt und von einer gleichgestimmten Redaktion

– gegen Honorar – flugs ins Blatt gehoben. Solch ein Brief soll möglichst viele erreichen; er verliert seine Privatheit und gewinnt oft einen verführerisch pathetischen Glanz. Der Schreibende hat an dem Text gefeilt, wie sich das für ein Manuskript gehört – ob nun Thomas Mann an seinem Brief an einen Dekan oder Günter Grass an seinem Aufruf an den Bundestag. Da verwischen sich die Grenzen zu Aufsatz, Flugblatt oder Pamphlet.

Verharmlosend könnte man sagen, ein buntes Bild ist entstanden im zweiten Teil dieser Sammlung. Da schreibt der Theologe an den Kirchenbruder, der Kaiser an den Kronprinzen, die Revolutionärin an den Soldaten, der Diplomat an den Dichter, der Bildhauer an den Funktionär, der Studentenführer an seinen Attentäter. Drückte das voranschreitende Jahrhundert auch vielen geistigen Äußerungen den Stempel der Uniformität auf, im Brief konnte sich der einzelne noch nach Belieben entfalten, sich ohne Zwänge aussprechen. Viele Briefschreiber haben dies auch in ihrem Werk getan, die ansehnliche Zahl der Schriftsteller nämlich. Die Briefe anderer sind oft schrecklich genug, solche von „Würdenträgern" des Dritten Reiches etwa, sie durften nicht fehlen.

„Es gibt immer eine Geschichte zum Vorzeigen und eine Geschichte, wie sie war", hat der Dramatiker Peter Hacks einmal notiert. Briefe vermeiden gemeinhin die Gefahr der Einfärbung, zum Verstellen eignen sie sich nur in Maßen. Und so, zwischen dem Nachhall der Französischen Revolution und der Vorahnung auf die Jahrtausendwende, erzählen sie uns auf ihre Weise, wie sie war, die Geschichte der beiden letzten Jahrhunderte.

Friedrich Hölderlin
an den Bruder Karl

Die Korrektur des einseitigen Bildes vom schwärmerischen Poeten Hölderlin ist relativ neueren Datums: So nannte ihn Georg Lukács in einer 1945 vorgelegten Untersuchung einen „verspäteten Jakobiner", doch erst der französische Germanist Pierre Berteaux stellte in seiner 1969 auf deutsch erschienenen Studie „Hölderlin und die Französische Revolution" den Zusammenhang von Hölderlins Dichtung und den historischen Ereignissen seiner Zeit her. Hatte die Literaturwissenschaft die Frage nach Hölderlins politischem Standpunkt bis dahin zugunsten einer eher zeitlosen Betrachtung beiseitegeschoben, so interpretierte Berteaux die Fakten neu: Der Dichter, 1770 geboren, war bei Ausbruch der Revolution neunzehn Jahre alt; seine Jugend stand mithin ganz im Zeichen der Großen Revolution, die ihn und seine Zeitgenossen nachhaltig beschäftigte. Allerdings weist Berteaux auch darauf hin, daß Hölderlin seit etwa 1792 das wechselvolle Geschehen weniger entflammt verfolgt. Das Werk und die Briefe seien von da an „nicht so sehr das Echo der laufenden Ereignisse, als das lange Nachhallen des Frühlings der Französischen Revolution", der arkadischen Zeit also.

Der folgende Brief ist an Hölderlins Halbbruder Karl Gock gerichtet, der aus der zweiten Ehe der Mutter stammt. Er ist in der Weihnachtszeit 1800 geschrieben, in der der Dichter nach der Niederlage der Österreicher bei Hohenlinden auf Frieden hofft. Gleichfalls an den Bruder schreibt er in einem anderen Brief: „Dies ist meine seeligste Hoffnung, der Glaube, der mich stark erhält und tätig, unsere Enkel werden besser sein, als wir, die Freiheit muß einmal kommen, und die Tugend wird besser gedeihen in der Freiheit heiligem erwärmenden Lichte, als unter der eiskalten Zone des Despotismus."

Teurer Karl!

Ich habe Deinen Brief erhalten, auf dem Wege von Stuttgart hieher. Landauer schickte mir ihn nach, und so traf er mich unter mancherlei Gedanken, die mir die Abreise aus Stuttgart und die offene Straße und die offene Welt eingab. Ich fühlte den ewigen Lebensmut, der uns, voll liebenden Vertrauens, durch alle Perioden des Daseins oft stillmahnend, oft in seiner vollen frohen Kraft hindurchführt, diesen Geist der Jugend und der Weisheit fühlt ich einmal wieder, recht, wie er erscheinen muß, wenn wir ihn erkennen sollen, und Deine treuen frommen Abschiedsworte konnten diese Stimmung nur noch reinigen und verschönern. Wie vieles hab ich Dir auf der Stelle, indem ich meines Weges ging, im Geiste geantwortet! Ja! ich darf es sagen, ich war voll mächtigen Trostes für Dich und mich, und ich habe diese Stimme unsers Genius noch nicht vergessen.

Von Stuttgart aus will ich Dir noch einmal schreiben. Ich werde mich noch einige Tage dort aufhalten. Indes begnüge Dich mit diesen flüchtigen Worten und nimm zum Abschiede die stille, aber unaussprechliche Freude meines Herzens in Dein Herz – und laß sie dauern, bis sie nicht mehr so die einsame Freude von Freund und Bruder ist – Du fragst mich, welche?

Diese, teure Seele! daß unsere Zeit nahe ist, daß uns der Friede, der *jetzt* im Werden ist, gerade das bringen wird, was er und nur er bringen konnte; denn er wird vieles bringen, was viele hoffen, aber er wird auch bringen, was wenige ahnden.

Nicht daß irgendeine Form, irgendeine Meinung und Behauptung siegen wird, dies dünkt mir nicht die wesentlichste seiner Gaben. Aber daß der Egoismus in allen seinen Gestalten sich beugen wird unter die heilige Herrschaft der Liebe und Güte, daß Gemeingeist über alles in allem gehen, und daß das deutsche Herz in solchem Klima, unter dem Segen *dieses neuen* Friedens erst recht aufgehn, und geräuschlos, wie die wachsende Natur, seine geheimen weitreichenden Kräfte entfalten wird, dies mein ich, dies seh und glaub ich, und dies ists, was vorzüglich mit Heiterkeit mich in die zweite Hälfte meines Lebens hinaussehn läßt. – Sei denn noch froh über Deinen unschuldigen, anspruchlosen Lebensgang, Du Guter! Du bist erhalten, gespart; der Sturm gehet hinweg, sei froh, daß Du in sicherer Verborgenheit ihn fern gehört und Deine Seele rein und liebend furchtlos für die bessere Zeit bewahrt hast, und glaube mir, Du wirst die höhere Bestimmung, der Du angehörst, auf Deinem sichern Wege noch erreichen. Vergessen kannst Du jene nicht, so wenig, als ich Dich vergessen kann. Wir wollen uns öfters schreiben, auch besuchen, so oft es möglich ist. Ich bin ja von den Meinigen nur drei Tagereisen entfernt. Und wärs auch weiter, Du weißt, wie wir verbunden sind im Lieben und Glauben, Du Edler!

Ewig Dein Fritz

Friedrich von Schiller
an Johann Wolfgang von Goethe

Im Spätherbst 1803 befindet sich die französische Schriftstellerin Germaine de Staël-Holstein auf der wichtigsten Etappe ihrer ersten Deutschlandreise. Auf verschneiten Straßen quält sich die Werther-Anhängerin durch einen „Abgrund von Schmutz, Kälte, Mühe und Schmerz" gen Weimar, um zu den von ihr heiß bewunderten Dichtern und Denkern zu kommen, zu Goethe und Schiller, Herder und Wieland. Sie ist avisiert: Schiller teilt Goethe ihre baldige Abreise aus Frankfurt mit, doch als die berühmte Besucherin am 13. Dezember in Weimar eintrifft, weilt Goethe in Jena.

Erst am 24. Dezember kommt es daher zur ersten Begegnung im Haus am Frauenplan. Einen Tag später schreibt Madame de Staël ihrem Vater: „Goethe zerstört mir sehr das Ideal des Werther. Er ist ein untersetzter Mann ohne besondere Physiognomie, der sich ein wenig weltmännisch gebärden will, was ihm aber nur halb gelingt." Auch erstaunt sie, daß weder er noch Schiller Zeitung lesen.

Goethe seinerseits weiß zum einen ihre schnelle Intelligenz und Wißbegier zu schätzen, zum anderen aber flüchtet er sich vorsichtigerweise schnell in eine Erkältung. An Schiller schreibt er: „... indessen nötigt sie einen doch, die alten Teppiche als Gastgeschenk und die verrosteten Waffen zur Verteidigung hervorzuholen."

Madame de Staëls drei Bücher „Über Deutschland" erschienen nach einem Verbot Napoleons 1813 während des Londoner Exils; Robert Minder sieht in ihnen die „bedeutendste Kulturgeschichte der Goethezeit".

Die Bemerkung Schillers von den „traurigen Ereignissen" bezieht sich auf den Tod Herders am 18. Dezember.

Weimar, 21. Dezember 1803

Der rasche und wirklich anstrengende Wechsel von produktiver Einsamkeit und einer ganz heterogenen Sozietäts-Zerstreuung hat mich in dieser letzten Woche so ermüdet, daß ich durchaus nicht zum Schreiben kommen konnte und es meiner Frau überließ, Ihnen eine Anschauung von unsern Zuständen zu geben.

Frau v. Stael wird Ihnen völlig so erscheinen, wie Sie sie Sich a priori schon konstruiert haben werden; es ist alles aus Einem Stück und kein fremder, falscher und pathologischer Zug in ihr. Dies macht, daß man sich trotz des immensen Abstands der Naturen und Denkweisen vollkommen wohl bei ihr befindet, daß man alles von ihr hören und ihr alles sagen mag. Die *französische* Geistesbildung stellt sie rein und in einem höchst interessanten Lichte dar. In allem, was wir Philosophie nennen, folglich in allen letzten und höchsten Instanzen ist man mit ihr im Streit und bleibt es, trotz alles Redens. Aber ihr Naturell und Gefühl ist besser als ihre Metaphysik, und ihr schöner Verstand erhebt sich zu einem genialischen Vermögen. Sie will alles erklären, einsehen, ausmessen, sie statuiert nichts Dunkles, Unzugängliches, und wohin sie nicht mit ihrer Fackel leuchten kann, da ist nichts für sie vorhanden. Darum hat sie eine horrible Scheu vor der Idealphilosophie, welche nach ihrer Meinung zur Mystik und zum Aberglauben führt, und das ist die Stickluft, wo sie umkommt. Für das, was wir *Poesie* nennen, ist kein Sinn in ihr, sie kann sich von solchen Werken nur das Leidenschaftliche, Rednerische und Allgemeine zueignen, aber sie wird nichts Falsches schätzen, nur das Rechte nicht immer erkennen. Sie ersehen aus diesen paar Worten, daß die Klarheit, Entschiedenheit und geistreiche Lebhaftigkeit ihrer Natur nicht anders als wohltätig wirken können; das einzige Lästige ist die ganz ungewöhnliche Fertigkeit ihrer Zunge, man muß sich ganz in ein Gehörorgan verwandeln um ihr folgen zu können. Da sogar ich, bei meiner wenigen Fertigkeit im Französischreden, ganz leidlich mit ihr fortkomme, so werden Sie bei Ihrer größeren Übung eine sehr leichte Kommunikation mit ihr haben.

Mein Vorschlag wäre, Sie kämen den Sonnabend herüber,

machten erst die Bekanntschaft und gingen dann den Sonntag wieder zurück um Ihr jenaisches Geschäft zu vollenden. Bleibt Madame de Stael länger als bis Neujahr, so finden Sie sie hier, und reist sie früher ab, so kann sie Sie ja in Jena vorher noch besuchen. Alles kommt jetzt darauf an, daß Sie eilen, eine Anschauung von ihr zu bekommen und sich einer gewissen Spannung zu entledigen. Können Sie früher kommen als Sonnabends, desto besser.

Leben Sie recht wohl. Meine Arbeit hat in dieser Woche freilich nicht viel zugenommen, aber doch auch nicht ganz gestockt. Es ist recht schade, daß uns diese interessante Erscheinung zu einer so ungeschickten Zeit kommt, wo dringende Geschäfte, die böse Jahrszeit und die traurigen Ereignisse, über die man sich nicht ganz erheben kann, zusammen auf uns drücken.

Sch.

Johann Philipp Palm
an die Familie

Schmähschriften gegen Napoleon waren seit Beginn der „Franzosenzeit" an der Tagesordnung; ihre Verfasser blieben verständlicherweise anonym, und die französische Geheimpolizei kümmerte sich in der Regel nicht um diese Broschüren, waren sie doch zumeist recht plumpen Zuschnitts. Anders aber reagierten sie auf das Pamphlet „Deutschland in seiner tiefen Erniedrigung", das im Mai 1806 in Süddeutschland auftauchte, handelte es sich hier doch um eine politisch weitsichtige Flugschrift, die zum bewaffneten Widerstand gegen die Besatzer aufforderte und mit starken Worten nicht sparte. „Fressen, Saufen, Raub und Weiberschänden waren Tagesordnung der französischen Armee", heißt es da, „tief unter der Niedrigkeit des Tieres stand die viehische Wollust der französischen Ausgelassenheit", der Soldat sei „aus einem Europäer in einen Kannibalen ausgeartet".

Dieses Pamphlet war von dem Nürnberger Buchhändler Johann Philipp Palm verlegt worden, den der Augsburger Polizeidirektor Freiherr von Adrian bei den französischen Behörden denunzierte. Napoleon selbst gab daraufhin seinem Marschall Berthier den Befehl, Palm vor ein Kriegsgericht zu stellen und binnen vierundzwanzig Stunden erschießen zu lassen.

Am 14. August wird der Buchhändler Palm verhaftet und einem französischen Militärgericht in Braunau ausgeliefert. Da er den Namen des Verfassers der Flugschrift nicht preisgibt, wird er ohne Zulassung eines Verteidigers am 26. August zum Tode verurteilt und drei Stunden später erschossen.

Herzens-Schatz! Herzlich geliebte Kinder!

Von Menschen, aber nicht von Gott verlassen, urteilte mein hiesiges Militärgericht über mich, nachdem ich nur 2 Verhöre hatte, und gefragt wurde: ob ich politische Schriften verbreitet hätte; ich sagte was ich wußte, daß höchstens nur per Spedition zufälliger Weise dergleichen könnten versandt worden sein, aber nicht mit meinem Willen und Wissen.

Auf dies richtete man mich vom Leben zum Tode, ohne Defensor. Ich bat mir dazu – aus, welcher aber nicht erschien; indessen vor Gott wird er mir erscheinen.

Dir Herzens-Frau sage 1000 Dank für Deine Liebe, tröste Dich mit Gott, und vergesse mich nicht. –

Ich habe auf der Welt nun nichts zu sagen; aber dort desto mehr. Lebe wohl, Du und Deine Kinder, Gott segne Dich, und sie.

Empfehle mich dem Herrn und der Frau Schwägerin und allen Freunden, denen ich für ihre Güte und Liebe danke.

Nochmals lebe wohl. Dort sehen wir uns wieder!

Dein herzlicher Gatte, und meiner Kinder Vater,

Joh. Phil. Palm.

Braunau, im Gefängnisse, am 26. Aug. 1806. Eine halbe Stunde vor meinem Ende.

Gerhard Johann David von Scharnhorst
an seine Tochter

Die Doppelschlacht von Jena und Auerstedt vom 14. Oktober 1806 endete für die preußische Armee trotz ihrer zahlenmäßigen Überlegenheit in einem totalen Desaster. Ihre veraltete Kriegsmaschinerie hatte den Attacken Napoleons nicht standzuhalten vermocht, und nachdem der Herzog von Braunschweig schwer verwundet worden war, gelang es seinem Generalstabschef von Scharnhorst und dem anwesenden König Friedrich Wilhelm III. nicht mehr, die Übersicht zu behalten. Die Folge war eine allgemeine Demoralisation: der Rückzug der Preußen ging in eine wilde Flucht über.

Noch während Scharnhorst damit beschäftigt war, das geschlagene Heer zurückzuführen und zu sammeln, versuchte er in dem Brief an seine Tochter eine erste Bilanz des Geschehens zu ziehen; wohl auch in dem Bewußtsein, daß der Hergang der Schlacht später die unterschiedlichsten Deutungen erfahren würde. Nicht zuletzt die Erfahrungen dieser Niederlage befähigten ihn, zusammen mit Gneisenau und vom Stein die allgemeinen Heeresreformen zu erarbeiten, die die preußische Armee in die Lage versetzten, bei der Vertreibung Napoleons aus Deutschland entscheidend mitzuwirken. In diesen Reformen sollten sich auch die humanitären Vorstellungen Scharnhorsts niederschlagen, der in einer Abhandlung über die neue Kriegskunst – heute einigermaßen befremdlich in dem Zusammenhang – von der „schweren und doch so nützlichen Kenntnis des menschlichen Herzens“ sprach.

Nordhausen, den 16. Oktober 1806

Dieser Brief ist nur bloß für Euch und niemand mitzuteilen.

Liebe beste Julchen. Wir haben eine blutige Schlacht am 13. [14.] den Franzosen geliefert. Ich bin gottlob mit einer leichten Wunde in der linken Seite und dem Verluste meines schwarzen Engländers davongekommen; er lebt zwar noch, ich glaube aber, daß ich ihn nicht wieder brauchen kann; er hat mehrere Kugeln. Von meinen anderen Pferden habe ich den jungen Fuchs in diesem Augenblick bekommen, bis dahin habe ich einen alten Engländer, den ich meinem Bedienten mit Gewalt abnahm, geritten.

Die Schlacht ist unglücklich ausgefallen. Auf dem linken Flügel, wo ich war, siegten wir, und ich darf sagen, allein durch Bravour und Geschicklichkeit. Man überließ mir alle Anordnungen, und ich habe nie mit mehrerem Vergnügen eine Affäre gemacht. Erst als der Feind hinter diesem Flügel ein Dorf besetzt hatte, durch das wir mußten, gab ich den Rückzug zu; mit *einem Bataillon* wurde er wieder hinausgeworfen. Aber als wir hereinkamen, fiel er, da der rechte Flügel ganz zurück war, von beiden Seiten auf uns; Prinz Heinrich war bei mir, und schon war er verwundet, sein Pferd wurde zuletzt durch eine Kartätschenkugel niedergeschossen, in dem Gedränge wäre er fast niedergetreten, wenn nicht die Leute mir gekannt hätten und mir sehr gut gewesen wären. Aber kein Offizier bot ihm ein Pferd, ich gab ihm meines, nahm ein Gewehr und machte mit den fliehenden Soldaten nun eine Partie und war so einer der letzten, die vom Schlachtfelde zurückkamen. Du sollst dies nicht für eine Bravade oder Eigenruhm ansehen. Ich sage es meinen Kindern und Bruder nur; ich will übrigens Euch zeigen, daß ich keinen Anteil an dem uns widerfahrenen Unglück habe. Die zwölf Bataillone des linken Flügels kennen mich ganz und folgten mir, wenn sie einem jeden die Folge versagten.

Wir nahmen zweimal ihnen ihre Posten weg; die ganze Front in einer Breite von zwölf Bataillonen und der Tiefe von dreihundert Schritt war mit toten Körpern ganz dicht besäet, Kanonen, Kadavern von Pferden, Gewehre usw., alles ein durchs ander. Nach der Schlacht standen noch zweiundzwanzig Bataillone da, die wenig gelitten. Aber wir durften dennoch nicht wieder schlagen, weil der übrige Teil der Armee zuviel gelitten hatte. Wir haben sehr viele Gebliebene und Verwundete. Der General Rüchel und der Herzog sind schwer, der erstere ohne Hoffnung, der Fürst Hohenlohe und der Feldmarschall Möllendorff leicht verwundet. Meine um mich gehabten Offiziere Zielinsky und Dümoulin sind beide verwundet, und der letzte ist wahrscheinlich schon tot.

Die Armee des Königs griff den Feind an, dieser griff Hohenlohe an, Rüchel eilte ihm zu Hülfe, beide wurden total geschlagen. Die Armee des Königs siegte nicht, wurde aber auch nicht eigentlich geschlagen, setzte sich gleich wieder und hätte von neuem wieder zu schlagen angefangen, da sie noch zweiundzwanzig Bataillone der besten Truppen hatte, die nicht ins Gefecht gekommen. Allein da Hohenlohe im Rücken gänzlich geschlagen war, so mußte er in der Nacht zum Teil mitten durch die Franzosen. Sie verirrten sich in unsere Kolonnen. Der König hat sich exponiert und ist in Gefahr gewesen, gefangen zu werden. Dies ist alles nun wahr, indes mach Dich gefaßt, viel Unwahres in den Zeitungen von dieser Schlacht zu lesen.

Dein Dich innigst und herzlich liebender Vater

Daß ich an den Bruder nichts schreibe, wird er mir gern vergeben. Umarme alle in meinem Namen.

Die Truppen haben zum großen Teil brav gefochten, die Kavallerie hat nicht durchgehends der Erwartung entsprochen.

Mit der Bravour waren wir den Franzosen überlegen – aber – Ihr werdet Euch erinnern, daß ich in den letzten Briefen den jetzigen Ausgang ahndete.

Johanna Schopenhauer
an Arthur Schopenhauer

Im Juli 1806 setzte Napoleon in Paris die endgültige Gründung des Rheinbundes durch, dem nach und nach die meisten deutschen Fürsten beitraten. Einen Monat später legte der Habsburger Franz II. die römische Kaiserwürde nieder; damit hörte das Heilige Römische Reich deutscher Nation auf zu existieren. Nach Preußens Mobilmachung begann Napoleon Anfang Oktober mit dem Vormarsch nach Thüringen, wo ihn der weimarische Herzog Carl August als preußischer Kavalleriegeneral bei Meiningen aufhalten sollte. Am 14. Oktober schlug Marschall Davout die Preußen in der Doppelschlacht von Jena und Auerstedt.

In Weimar hörte man am frühen Morgen zunächst nur fernen Kanonendonner, doch im Laufe des Tages kam es auch in der Residenzstadt selbst zu Gefechten zwischen Preußen und Franzosen. Kaum hatten diese das Städtchen besetzt, brach ein Feuer aus, das von den verängstigten Bewohnern natürlich den Eindringlingen zur Last gelegt wurde.

Wenige Tage vor diesen Ereignissen war die eben vierzigjährige künftige Schriftstellerin Johanna Schopenhauer nebst Tochter Adele nicht zuletzt wegen ihrer heftigen Bewunderung für Goethe nach Weimar gezogen; ihr achtzehnjähriger Sohn Arthur absolvierte damals eine Kaufmannslehre in Hamburg. Ihm berichtet sie am 19. Oktober in anekdotenreicher Ausführlichkeit von dem Ungemach, das über die Weimaraner hereingebrochen war. „Ich hole aber weit aus“, warnt sie den Sohn gleich zu Beginn des Briefes, und da dieser mit seinen über 20 Druckseiten unseren Rahmen sprengen würde, folgt hier ausnahmsweise eine stark gekürzte Fassung ihres Schreibens.

... Um 10 Uhr ließ mir die alte Herzogin sagen, sie reise in einer Stunde nach Erfurt, ich möchte mich an sie schließen, wenn ich Pferde hätte. Ich hatte keine, und ergab mich mit Mut in mein Schicksal. Die gute Ludekus wollte mich mit Adelen zur Gräfin Bernstorff bringen, die als Dänin sicher zu sein glaubte, aber Sophie und Duguet konnte ich nicht mitnehmen. Wie konnte ich die treuen Menschen verlassen? Ich blieb, und wohl mir, daß ich es tat! Wir setzten uns, Madame Ludekus, Mademoiselle Conta, ich, Adele und Conta, gelassen in mein Zimmer im ersten Stocke und machten Charpie, worum uns die Regierung hatte bitten lassen. Das waren schwüle Stunden, mein Arthur; die Kanonen donnerten von fern, alles war in der Stadt wie ausgestorben, die Sonne schien auf die grünen Bäume vor meinem Fenster, alles war Ruhe von Außen, und welcher Sturm, welche Angst des Erwartens in unsern Herzen! Doch sprachen wir gelassen und munterten einander auf, die gelassene Ergebung der Ludekus war unbeschreiblich tröstend; ich folgte ihr so gut ich konnte, nur durfte ich nicht auf meine Adele sehen, dann war's mit meinem Mute aus. Adele selbst war ruhig unbefangen, ein wahres Kind, und mir ein tröstender Engel. Nun kam eine gute Nachricht über die andere. Bertuch und viele Freunde versicherten uns, die Preußen siegten. Wir Armen hofften mit Angst, es war sehr quälend. Conta ging ins Schloß und brachte von dort die Nachricht, die Herzogin hätte einen Jäger auf's Schlachtfeld geschickt, der dieselbe Nachricht brächte. Es schlug 12 Uhr, wir hörten nicht mehr die Kanonade. Welche bange Stille! In der Zeit war Sophie nicht müßig. Wir ließen Brot und Fleisch aufkaufen, so viel wir bekommen konnten, Sophie ließ kochen und braten, Duguet mußte 50 Bouteillen Wein aus dem Keller holen. Man hatte uns diese Vorsicht geraten, weil dies das Erste ist, wonach die Franzosen fragen, und man mich warnte, sie nicht in den Keller zu lassen. Madame Ludekus tat dasselbe. Um ein Uhr klopfte ein Freund ans Fenster und rief uns zu: „Sieg, vollkommener Sieg!" O, mein Gott! wir fielen einander in die Arme, wir wußten nicht wie uns war, aber auf mein Herz fiel eine unsägliche Angst, eine Ahndung von Unglück, wie ich sie einmal auch schon gehabt habe. Jetzt erst zitterte ich und schalt mich selbst darum.

Wenig Minuten darauf entstand ein entsetzliches Geschrei auf den Straßen: „Die Franzosen kommen!" Hunderte von Menschen strömten nach dem nicht weit entfernten Markte. Wir machten erschrocken die Fenster auf, eine preußische Schildwache rief uns zu: „Es ist nichts, sie bringen Kriegsgefangene!" Wirklich sahen wir einige Kriegsgefangene verwundet vorbeibringen. Ich sah einen über und über mit Blut bedeckten Chasseur, den ein braver sächsischer Kürassier gegen die Insulten des Pöbels verteidigte. Der Anblick jagte mich vom Fenster. Ich mußte aber doch wieder hin. Nun kamen Reuter, Sachsen und Preußen, eine unzählige Menge Bagagewagen in wilder Unordnung, in voller Karriere gejagt. Nun war's mit dem Hoffen vorbei; wir gaben einander stumm die Hände, und gingen hinauf in die Zimmer der Hofrätin, die eine Treppe hoch und folglich etwas sicherer uns dünkten. Noch kamen Freunde,die uns sagten, die Bagage der 20,000 Mann, die noch frisch im Lager ständen, hätte nur retirieren müssen, weil jene vorgerückt wären, und diese nicht ohne Schutz zurücklassen könnten. Andere sagten, es stände freilich nicht so gut als vorhin, aber noch wäre nichts verloren. Ach! aber es waren leidige Tröster, nicht mehr die frohen Gesichter von vorhin. Nun donnerten die Kanonen wieder, und näher, näher, fürchterlich nah. Conta war nach dem Schlosse gegangen und brachte die Nachricht, es wäre vorüber, die Wachen wären vor dem Schlosse und an den Toren schon abgelöst. Wir sahen die Sachsen wieder traurig vorbeireiten. O mein Arthur, die Erinnerung allein macht mich jetzt beben. Jetzt rasten die Kanonen, der Fußboden bebte, die Fenster klirrten. O, Gott, wie nahe war uns der Tod! Wir hörten keinen einzelnen Knall mehr, aber das durchdringende Pfeifen und Zischen und Knattern der Kugeln und Haubitzen, die über unser Haus und 50 Schritte davon in Häuser und in die Erde flogen, ohne Schaden zu tun. Gottes Engel schwebte über uns, in mein Herz kam plötzlich Ruhe und Freudigkeit, ich nahm meine Adele auf den Schoß und setzte mich mit ihr auf den Sofa, ich hoffte eine Kugel sollte uns beide töten, wenigstens sollte keine der andern nachweinen. Nie war mir der Gedanke an den Tod gegenwärtiger, nie war er mir so wenig fürchterlich. Adele hatte sich den ganzen Tag, selbst in diesem schrecklichen Momente, nicht aus der Fassung bringen lassen, keine Träne, kein Angstgeschrei, immer ging sie neben mir, und wenn's ihr zu viel ward, küßte sie mich und drückte mich an sich, und bat mich, nicht angst zu sein. Auch jetzt war sie ganz stille, aber ich fühlte die zarten Glieder wie von Fieberfrost beben, und hörte wie ihre Zähne aneinander schlugen. Ich küßte sie, bat sie ruhig zu sein, wenn wir stürben so stürben wir ja miteinander, und ihr Zittern legte sich, und sie sah mir freundlich in die Augen. Ich war in der Tat damals weit ruhiger als ich es jetzt bin, da ich Dir die Schreckensszene erzähle, Gott gab mir großen Mut, wie mir es Not darum war; die Ludekus war ganz gelassen, die arme Conta folgte unserm Beispiel und verbarg wenigstens ihre Angst. So saßen wir; da schwiegen die Kanonen, aber nun hörten wir in den Straßen ein fürchterliches Musketenfeuer, einen dumpfen Lärm vom Markte her, und das Trappeln der fliehenden Preußen durch die Straßen. Jetzt wieder einige Minuten die fürchterliche Stille des Erwartens, da trat Conta's jüngerer Bruder mit der Nachricht herein, sie wären da, er hätte die Generäle vor dem Schloß absteigen gesehen, sie sähen gar prächtig aus, voll Gold und Silber. Auf dem Markte lägen viele tote Preußen und Franzosen, übrigens verkauften sie schon erbeutete Pferde auf dem Markt etc. Da kam Sophie mit der Nachricht, wir hätten fünf Husaren im Quartier; sie schienen ganz artig, einer darunter war Sophiens Landsmann. Ihre Forderungen waren Essen, Wein, Fourage. Sie waren freilich etwas ungestüm; doch Conta und Sophie beschwichtigten sie, und wir gaben her was wir konnten. Die Einquartierung geht freilich nur den Hauswirt an, aber es wäre mir in dem Augenblicke unmöglich gewesen, nicht was ich an Wein, Braten etc. hatte, gern zu geben, um meiner mir sehr lieb gewordenen Ludekus zu helfen. Die Not vertilgt jedes kleinliche Interesse und lehrt uns erst, wie nahe wir Alle einander verwandt sind. Jetzt atmeten wir wieder; wir glaubten das Gräßlichste überstanden, ach! es sollte erst kommen. Es war beinahe acht Uhr; ich bestand darauf, daß wir uns ordentlich zu Tische setzten; einige Tassen Bouillon und einige Gläser Wein ausgenommen, hatte keine von uns den ganzen Tag etwas genossen, und die verzehrende Angst dabei. Eben setzten wir uns zu Tische, da entstand ein Feuergeschrei, und hoch wie der Montblanc türmte sich eine Feuersäule empor.

Wir sahen wohl, daß es nicht ganz in unserer Nähe war, aber man rief: „Das Schloß brennt!" man rief: „Die Stadt wird an vier Ecken angezündet!" Lieber Arthur, tut Dir nicht das Herz um uns weh? O, mein Sohn, zu was für Schrecken bin ich geboren! Endlich erfuhren wir, es brenne weit von uns in der Vorstadt, wo viele kleine Häuser stehen, das Schloß wäre nicht in Gefahr. Es war stille, kein Wind wehte, wir vertrauten auf Gott und wurden ruhiger. Umsonst, neues Schrecken war uns nahe. Heulend und zitternd stürzten zwei Frauenzimmer, begleitet vom jüngern Conta, zu uns herein, sie waren aus ihrem Hause den Soldaten entflohen, man hatte ihnen Bajonette auf die Brust gesetzt, man drang in die Häuser, man plünderte. Erst konnten wir es nicht glauben, doch fühlten wir, daß wir uns nicht aus der Fassung bringen lassen mußten. Ich und Madame Ludekus bedeuteten den Damen sehr ernstlich, daß sie, wenn wir sie da behalten sollten, ganz still in einer Ecke sitzen müßten, ohne auch nur durch Klagen und Schreien zu stören. Ich setzte die Tochter in einen Winkel, die Ludekus die Mutter in den andern, und die armen Seelen taten, was wir wollten.

...

Friedrich von Gentz
an Johannes von Müller

Der 1752 in Schaffhausen geborene Geschichtsschreiber Johannes von Müller hatte sich einen Namen mit der „Geschichte der Schweizer Eidgenossenschaft“ gemacht, die unter anderem Schiller zu seinem „Wilhelm Tell“ anregte. 1791 hatte ihn Kaiser Leopold geadelt, 1804 war er zum ständigen Sekretär der Berliner Akademie der Wissenschaften und Historiographen des Hohenzollernhauses ernannt worden. Drei Jahre später hielt er vor eben dieser Akademie eine vielbeachtete Rede über Friedrich den Großen, in der vor allem der Satz aufhorchen ließ „Niemals darf ein Mensch, niemals ein Volk wähnen, das Ende sei gekommen“. Nach der Einnahme Berlins empfängt ihn Napoleon – und gewinnt ihn auf der Stelle. Überwältigt berichtet der Historiker seinem Bruder von dem „gediegenen Verstand“ und der „großen, umfassenden Übersicht“ des Kaisers: „Durch sein Genie und seine unbefangene Güte hat er auch mich erobert“. Keiner seiner Freunde verstand diese Wandlung, man witterte Verrat. Voller Empörung schrieb der Publizist Adam Müller an den Freund und Schriftsteller Friedrich von Gentz: „Das sind die Männer, die der großen Beispiele halber die Historie studieren. Indes ist dergleichen Frechheit, Dummheit und Hohn gegen die ehrwürdigsten Zeitgenossen, die des früheren Betragens Zeugen waren, wirklich ohne Beispiel.“

Gentz seinerseits, als politischer Publizist in Wien einer der leidenschaftlichsten Napoleongegner, bald auch Metternichs intimster Berater, ein Gegner der Revolution und aller liberalen Regungen, verzieh dem Abtrünnigen nicht und rechnete wortgewaltig mit ihm ab.

Prag, den 27. Februar 1807

Daß Sie längst schon Mut und Neigung verloren hatten, für eine hochbedrängte Sache zu kämpfen, war mir bekannt. Daß Sie sich schon im vorigen Frühjahr ganz und gar davon zurückgezogen haben würden, wenn nicht der beständige Zuspruch Ihrer Freunde, Ihre Achtung vor einigen, Ihre Furcht vor andern Sie gehalten hätte, wußte ich. Daß in den letzten Wochen vor dem Ausbruch des preußischen Krieges Ihre Unentschlossenheit und Zaghaftigkeit aufs höchste gestiegen war, und einen nahe bevorstehenden Abfall verkündigte, taten unverkennbare Symptome mir kund. Nur mittelmäßig konnte es mich also wundern, daß Sie in Berlin zurückgeblieben oder gar (wie andere behaupten) auf französische Einladung zurückgekehrt waren. Daß Sie nun, nachdem dies einmal geschehen, Ihre Grundsätze (wenigstens die, welche seither für die Ihrigen galten), Ihren Ruhm, Ihre Freunde, die Sache Deutschlands, alles Große und Gute, das Sie jahrelang gepredigt und verfochten hatten, in feigherziger Nachgiebigkeit gegen den Sieger, in lichtscheuen Unterhandlungen mit ihm, in doppelzüngigen Bekenntnissen und Erklärungen *verleugnen* und *aufgeben* würden, darauf war ich vollkommen gefaßt. Daß Sie aber alles, was Ihnen teuer sein sollte, *verraten,* sich öffentlich *davon lossagen* könnten – diesen Grad von Verwegenheit in der Untreue hätte ich nicht in Ihnen gesucht.

Schon in den ersten Tagen des Monat Januar teilte man mir Stellen aus einem Privatbriefe mit, die über Ihre Abtrünnigkeit keinen Zweifel mehr Raum ließen. Die Parallele zwischen Friedrich und Bonaparte hätte ich Ihnen, so anstößig sie auch sein mochte, zuletzt doch wohl noch verziehen; ich weiß, wie sehr die Gegenwart Ihnen imponiert; und am Ende war ja Ihr Friedrich von jeher ein ebenso wesenloses Schattenbild als heute Ihr Bonaparte. Empfindlicher war es mir zu vernehmen, ‚Sie wären über das Schicksal der preußischen Monarchie zur Tagesordnung übergegangen', eine Äußerung voll unwürdigen Leichtsinns, barbarischer Selbstsucht, und sträflicher Undankbarkeit gegen einen Staat, dem Sie, wenn nicht mehr, doch wenigstens einige der angenehmsten Jahre Ihres Lebens schuldig sind. – Ganz aber fiel der Schleier, als ich las: ‚die an das morsch gewordene Alte nutzlos verschwendeten Kräfte müßten auf das Neue übertragen werden, man müsse sich umdenken und so fort.' Es ist unnötig zu sagen, daß es eines Mehrern nicht bedurfte, um mich jedes Band zwischen uns als zerrissen, jedes Verhältnis als aufgelöst betrachten zu lassen. Indessen war es mein sehr fester Vorsatz, Sie nie zur Rede zu stellen. Ich blieb auch diesem Vorsatz noch treu, als ich schon mit Widerwillen bemerkte, daß ähnliche Äußerungen, wie jene, aus Privatbriefen ins Publikum übergingen; daß ich kaum mehr ein Zeitungsblatt aufschlagen konnte, ohne neben den verfassungsmäßigen Diatriben gegen mich, auf Lobeserhebungen über den großen deutschen Geschichtsschreiber, und ‚wie der alles überschauende Held sein Verdienst zu würdigen wisse', zu stoßen. Das Geheimnis Ihrer Schwäche hatte ich längst durchdrungen. Noch schmeichelte ich mir immer, vorübergehende Veranlassungen, augenblickliche Verlegenheit oder Reiz haben Sie fortgerissen in diese schlüpferige Bahn, und mit der Krisis werde Ihre Verirrung auch enden.

Aber selbst diese letzte dürftige Hoffnung ist jetzt dahin. Eine öffentliche und sehr bestimmte Erklärung über die sogenannte neue Ordnung der Dinge in Deutschland – Ihre heutigen Bundesgenossen haben freundlich dafür gesorgt, sie aus der Literaturzeitung in die Hamburger zu befördern, damit sie nicht bloß den Gelehrten bekannt werde – enthüllt Johannes Müllers Gedanken über die sogenannte rheinische Konföderation. Die gehässigste, schmählichste, frechste, verkehrteste, nichtswürdigste, unerträglichste aller Neuerungen unserer Zeit hat an Ihnen einen Lobredner gewonnen. In diesem meuchelmörderischen Attentat, wodurch der *fremde* Usurpator einer *fremden* Regierungsgewalt alles, was noch *national* bei uns war, unter die Hufen seiner Pferde gestampft hat, in dieser Schimpf- und Spott-Konstitution, gebildet aus drei köstlichen Bestandteilen – einem Sklavenvolke unter einem doppelten Herrn – Despoten in erster Potenz, selbst Sklaven eines höheren Gebieters – und einem selbstgeschaffenen, Alles verschlingenden Oberdespoten – in diesem verworfenen Machwerk der Tyrannei, konnte der lorbeerreiche Herold helvetischer und germanischer *Freiheit* ‚den Keim einer trefflichen Verfassung' und *Stoffe* und *Anlagen* finden, die es jedem Deutschen (pro pudor!) wert machen müssen, in seinen Kreisen zu leben! Und um unsere oder seine Schmach zu vollenden, bietet er uns als Ausleger, Gewährsmann und Hüter dieser neuen Goldnen Bulle den sogenannten Großherzog von Berg, einen französischen Abenteurer dar, dessen bloße Existenz auf unserm Boden eine Landplage der erschrecklichsten Gattung und ein unauslöschlicher Schandfleck für Deutschland ist.

Wie soll man solche Dinge erklären? Wurde Ihr heller und durchdringender Geist urplötzlich so grausam verfinstert, daß Sie das, was Ihnen kaum sechs Monate zuvor (wie schrieben Sie noch im Juni an *Dalberg!*) in seiner ganzen Abscheulichkeit erschien, heute für wohltätig und ehrenvoll halten? Oder verleitete Sie irgendein schnödes Interesse, irgendeine niedrige, knechtische Furcht, wider bessere Überzeugung zu schreiben? Nach einer oder der andern dieser Hypothesen wird das Urteil der Zeitgenossen greifen. Was mich betrifft, ich nehme keine von beiden an. Ich schmeichle mir, Sie tiefer durchschaut zu haben. Die ganze Zusammensetzung Ihres Wesens ist ein sonderbarer Mißgriff der Natur, die einen Kopf von außerordentlicher Stärke zu einer der kraftlosesten Seelen gesellte. Die Masse von vortefflichen Gedanken, von sinnreichen und oft tiefen Kombinationen, die seit zwanzig Jahren durch Ihre Feder gegangen, schien sich bloß für andere zu entwickeln; in Ihnen selbst hat nichts haften, nichts Wurzel schlagen können; Sie sind und bleiben das Spiel jedes zufällig vorübergehenden Eindrucks. Stets bereit, alles zu umfassen, sich gleichsam mit allem zu vermählen, was nur irgend in Ihre Nachbarschaft tritt, konnten Sie nie zu einem gründlichen Haß, oder zu einer gründlichen Anhänglichkeit gelangen. Ihr Leben ist eine immerwährende Kapitulation. Wenn der Teufel in Person auf Erden erschiene, ich wiese ihm die Mittel nach, in vierundzwanzig Stunden einen Bund mit Ihnen zu schließen. Die wahre Quelle Ihrer jetzigen Verirrung ist bloß, daß Sie, von allen Guten getrennt, von Schwachköpfen oder Schurken umringt, nichts mehr sahen, noch hörten, als das Böse. Wenn Sie sich entschließen konnten, Berlin aufzugeben, so waren Sie wahrscheinlich gerettet. Warum folgten Sie dem Könige nicht? Warum suchten Sie nicht eine Zuflucht in Oesterreich? Warum zogen Sie nicht zu Arnfeldt nach Stralsund? Ihre eigentliche Strafbarkeit liegt in Ihrem Bleiben; alles Übrige war eine unvermeidliche Folge davon.

Ob diese Erklärung milder oder strenger, ob sie kränkender oder ehrenvoller ist, als die, welche Sie vom Publikum zu erwarten haben, entscheide ich nicht. Für mich ist es die einzige, die stichhält, und ich weiß, daß es die wahre ist.

Glauben Sie nicht, daß ich diesen harten Brief ohne die lebhaftesten Schmerzen geschrieben habe. Ob ich Sie zu schätzen gewußt, mag Ihr Herz, mag die Vergangenheit Ihnen sagen. Ich fühle also, was es heißt, Sie verlieren. Als Streiter für eine geheiligte Sache spreche ich über Ihre frevelhafte Apostasie ein unerbittliches Verdammungsurteil aus; als Mensch, als Ihr ehemaliger Freund empfinde ich nichts als Mitleid für Sie; Sie zu hassen, ist mehr als ich vermag. Wenn Gott unsere Wünsche erfüllt und meine und anderer Gleichgesinnten Bemühung krönt, so wartet Ihrer nur eine einzige Strafe; aber diese ist von allmächtigem Gewicht. *Die Ordnung und die Gesetze werden zurückkehren; die Räuber und der Usurpator werden fallen; Deutschland wird wieder frei und glücklich und geehrt unter weisen Regenten emporblühen.*

Heinrich von Kleist
an Ulrike von Kleist

Der ehemalige Leutnant von Kleist, als Dichter nur wenigen bekannt, war nach seinen irrfahrtähnlichen Reisen durch Italien, die Schweiz und Frankreich im Sommer 1804 nach Berlin zurückgekehrt und im Herbst wieder in den preußischen Staatsdienst eingetreten. Ein Jahr später nimmt er in Königsberg jedoch endgültig Abschied von der Beamtenlaufbahn und kehrt nach der blutigen Niederlage Preußens nach Berlin zurück. Hier wurde ihm prompt die Furcht der französischen Besatzer vor Spionen zum Verhängnis: lediglich versehen mit einer militärischen Abschiedsurkunde, nicht jedoch mit einem bürgerlichen Paß, wurde er verhaftet und im Februar 1807 gemeinsam mit zwei Begleitern unter entwürdigenden Umständen nach Frankreich gebracht. Belastend wirkte bei der Verhaftung, daß Kleist französisch sprach und zudem stammelte, ein Leiden, von dem Zeitgenossen oft berichtet haben. Die Gefangenen wurden zunächst im Fort des Joux, später in Chalons sur Marne festgehalten, wobei ihnen keinerlei Erklärungen über den Grund ihres Arrestes angegeben wurden.

Kleist ertrug sein Schicksal mit Fassung, zumal er bald auf den Wällen spazierengehen und sogar schreiben durfte. In der Einsamkeit seines Verlieses arbeitete er weiter an der „Penthesilea". Im Juli wurde er auf Veranlassung des französischen Generalgouverneurs von Berlin entlassen und traf, da ihm zunächst die Mittel zur Rückreise fehlten, erst nach Wochen wieder in Berlin ein. Das dortige „Intelligenzblatt" meldet unter dem 15. August 1907: „Einpassierte Fremde: Hr. v. Kleist, Partikulier aus Chalons."

Chalons sur Marne, den 23. April 1807

Meine teuerste Ulrike,

Wenn Du meinen Brief von ohngefähr dem 8. oder 10. Febr. erhalten hast, so wirst Du wissen, was für eine sonderbare Veranlassung mich, als einen Staatsgefangnen, nach Frankreich gesprengt hat. Ich setze voraus, daß Dir dieser Brief richtig durch Schlotheim zugekommen ist, und so fahre ich fort, Dir von dem Verlauf meiner Schicksale Nachricht zu geben. Nachdem wir noch mehrere Male in die Gefängnisse geworfen worden waren, und an Orten, wo dies nicht geschah, Schritte tun mußten, die fast ebenso peinlich waren als das Gefängnis, kamen wir endlich den 5. März im Fort de Joux an. Nichts kann öder sein, als der Anblick dieses, auf einem nackten Felsen liegenden, Schlosses, das zu keinem andern Zweck, als zur Aufbewahrung der Gefangenen, noch unterhalten wird. Wir mußten aussteigen, und zu Fuße hinauf gehn; das Wetter war entsetzlich, und der Sturm drohte uns, auf diesem schmalen, eisbedeckten Wege, in den Abgrund hinunter zu wehen. Im Elsaß, und auf der Straße weiterhin, ging der Frühling schon auf, wir hatten in Besançon schon Rosen gesehen; doch hier, auf diesem Schlosse an dem nördlichen Abhang des Jura, lag noch drei Fuß hoher Schnee. Man fing damit an, meinen beiden Reisegefährten alles Geld abzunehmen, wobei man mich als Dolmetscher gebrauchte; mir konnte man keins abnehmen, denn ich hatte nichts. Hierauf versicherte man uns, daß wir es recht gut haben würden, und fing damit an, uns, jeden abgesondert, in ein Gewölbe zu führen, das zum Teil in den Felsen gehauen, zum Teil von großen Quadersteinen aufgeführt, ohne Licht und ohne Luft war. Nichts geht über die Beredsamkeit der Franzosen. Gauvain kam in das Gefängnis zu sitzen, in welchem Toussaint l'Ouverture gestorben war; unsre Fenster waren mit dreifachen Gittern versehen, und wie viele Türen hinter uns verschlossen wurden, das weiß ich gar nicht; und doch hießen diese Behältnisse anständige und erträgliche Wohnungen. Wenn man uns Essen brachte, war ein Offizier dabei gegenwärtig, kaum daß man uns, aus Furcht vor staatsgefährlichen Anschlägen, Messer und Gabeln zugestand. Das Sonderbarste war, daß man uns in dieser hülflosen Lage nichts aussetzte; aber da man nicht wußte, ob wir Staatsgefangne oder Kriegsgefangne waren (ein Umstand, den unsre Order zweifelhaft gelassen hatte): auf welchem Fuß sollte man uns bezahlen? Der Franzose stirbt eher, und läßt die ganze Welt umkommen, ehe er gegen seine Gesetze verfährt. Diese Lage war inzwischen zu qualvoll, als daß sie meine beiden Gefährten, die von Natur krankhaft sind, lange hätten aushalten können. Sie verlangten Ärzte,ich schrieb an den Kommandanten, und dieser, der ein edelmütiger Mann schien, und das Mißverständnis, das bei dieser Sache obwalten mußte, schon voraussah, verwandte sich bei dem Gouverneur in Besançon, worauf man uns andere Behältnisse anwies, die wenigstens den Namen der Wohnungen verdienen konnten. Jetzt konnten wir, auf unser Ehrenwort, auf den Wällen spazieren gehen, das Wetter war schön, die Gegend umher romantisch, und da meine Freunde mir, für den Augenblick, aus der Not halfen, und mein Zimmer mir Bequemlichkeiten genug zum Arbeiten anbot, so war ich auch schon wieder vergnügt, und über meiner Lage ziemlich getröstet. Inzwischen hatten wir, gleich bei unsrer Ankunft, unsre Memoriale an den Kriegsminister eingereicht, und die Abschriften davon an den Prinzen August geschickt. Da unsre Arretierung in Berlin in der Tat ein bloßes Mißverständnis war, und uns, wegen unseres Betragens, gar kein bestimmter Vorwurf gemacht werden konnte, so befahl der Kriegsminister, daß wir aus dem Fort entlassen,und, den andern Kriegsgefangnen gleich, nach Chalons sur Marne geschickt werden sollten. Hier sitzen wir nun, mit völliger Freiheit zwar, auf unser Ehrenwort, doch Du kannst denken, in welcher Lage, bei so ungeheuren Kosten, die uns alle diese Reisen verursacht haben, und bei der hartnäckigen Verweigerung des Soldes, den die andern Kriegsgefangenen ziehn. Ich habe von neuem an den Kriegsminister und an den Prinzen August geschrieben, und da es ganz unerhört ist, einen Bürger, der die Waffen im Felde nicht getragen hat, zum Kriegsgefangnen zu machen, so hoffe ich auf meine Befreiung, oder wenigstens auf gänzliche Gleichschätzung mit den übrigen Offizieren. Daß übrigens alle diese Übel mich wenig angreifen, kannst Du von einem Herzen hoffen, das mit größeren und mit den größesten auf das Innigste vertraut ist. Schreibe mir nur, wie es Dir und den Schorinschen geht, denn dies ist der eigentliche Zweck dieses Briefes, da die Kriegsunruhen, die sich bald nach meiner Entfernung aus Pommern dahin zogen, mich mit der lebhaftesten Sorge für Euch erfüllt haben. Lebe wohl und grüße alles, sobald sich mein Schicksal ändert schreib ich Dir wieder, wenn ich nur Deine Adresse weiß.

Dein Heinrich v. Kleist

Johann Gottlieb Fichte
an seine Frau

Vor der französischen Besatzungsarmee hatte sich der fünfundvierzigjährige Fichte nach Königsberg zurückgezogen. Seine Frau war in Berlin geblieben, und an sie, die Sanftmütige, richtet er in den Sommermonaten viele Briefe. In ihnen tauchen immer wieder Gedanken und Forderungen auf, die jene vierzehn Reden vorwegnehmen, die Fichte an den Sonntagen des bevorstehenden Winters an der Berliner Akademie halten sollte, und die im Jahr darauf unter dem berühmt gewordenen Titel „Reden an die deutsche Nation" erschienen.

In diesen Reden entwickelte Fichte Überlegungen zu einer Nationalerziehung, die „eine ganz neue Ordnung der Dinge" befördern sollte; eine Befreiung der Menschheit, bei der dem „Urvolk" der Deutschen eine besondere Rolle zufällt, dem Volk, das aufgerufen ist, die Fremdherrschaft abzuschütteln. Das neue Nationalgefühl gibt ihm dabei auch recht verstiegene Sätze ein: „Charakter haben und deutsch sein ist ohne Zweifel gleichbedeutend", lautet solch ein Satz, der zu Mißverständnissen förmlich einlud, sehr viel später allerdings, denn den Reden war keine große unmittelbare Wirkung beschieden; erst nach sechzehn Jahren war eine neue Auflage nötig.

1810 wurde Fichte der erste Rektor der neu eröffneten Berliner Universität, 1814 starb er am Typhus, angesteckt von seiner Frau, die sich die Krankheit als Lazarettpflegerin zugezogen hatte.

Königsberg, 20. Mai 1807

Ich habe gestern, den 19., durch sonderbare Schickung, daß dieser Tag ja nicht ohne ein Zeichen Deiner Liebe für mich verfließe, Deine beiden Briefe Nr. 10 vom 13. und Nr. 12 vom 17. April erhalten.

Jawohl, Teure, wenn wir nur einmal miteinander reden könnten! Da dies nicht geht, so muß ich schriftlich den ‚gestörten' Einklang zwischen unsern Geistern herzustellen suchen. Meine Teure, so wie ich sorgen muß, daß Du nie Dich schämest, die Meinige zu sein, so muß man auch Dir es ansehen, daß Du meine innigste Freundin und die Vertraute meiner geheimsten Gedanken seit Jahren gewesen, und unsers Sohnes Rückblick, wenn er einst ein braver Mann werden sollte, muß mit gleicher Verehrung auf seine Mutter wie auf seinen Vater fallen. Mit dieser Deiner Bestimmung harmoniert nun gar nicht der Einfluß, den eine gewisse schlechte Gesinnung, die mir erst heute in ihrem ganzen Umfange durch einen von dort her kommenden begreiflich gemacht worden ist, und die Euch alle wie ein wunderbarer Schwindel ergriffen zu haben scheint, auch Dich zu gewinnen beginnt. Es ist klar, daß mein Weggehen, das Du selbst gebilligt hast, ein feiges Entlaufen wird, wenn ich unter der Fortdauer der Umstände, denen ich auswich, zurückkehrte; zu welcher Rückkehr Du dennoch nun, inkonsequenterweise, ratest. Überdies würde eine solche Rückkehr in geradem Widerspruch stehen mit den Äußerungen, die ich in einem Schreiben an den König getan, von welchem Schreiben meine jetzigen Verhältnisse die Folgen sind. Hält mich auch kein anderer beim Worte, so wird es um desto mehr Pflicht, daß ich mich selbst dabei halte. Gerade wenn andere deutsche Gelehrte von Namen sich wankelmütig zeigen, muß der bisher rechtliche um so fester stehen in seiner Rechtlichkeit. Die Gründe unseres Verfalles; daß ich nun eben nichts zu demselben beigetragen; daß wir zu Aufopferungen bereit gewesen, die man verschmäht, führst Du richtig an; dennoch aber muß man niemals die Menschheit aufgeben, sich stets in der Lage erhalten, für ihren Dienst gerufen werden zu können; nie aber sich in eine solche Lage bringen lassen, wobei man wirklich verschlimmert werden oder wenigstens zweideutig erscheinen kann.

Überdies weißest Du vielleicht nicht, daß eine wichtige Veränderung vorgegangen, von der man Besseres als bisher sich verspricht.

Kurz und in summa: ich denke noch ganz so, wie ich in den letzten Tagen unsers Zusammenlebens mich gegen Dich deutlich ausgesprochen, und werde so denken bis an den letzten Hauch meines Lebens; ich wünsche, daß auch Du, teures schweizerisches-deutsches Weib, wieder ganz zu diesen Gesinnungen zurückkehrst, und dem Sohne, den Du mir geboren, daß er einst würdig meinen Platz ersetze, keine andern einflößest. Was man Euch glauben macht, ist unwahr. Wir haben hier sehr gesunde Luft und mit den Lazaretten habe ich begreiflich nichts zu tun, noch wohne ich in ihrer Nähe.

Ich würde Dir raten, zu mir zu kommen, und Du würdest es auf eben dem Wege möglich machen können wie z. B. der Überbringer dieses Briefes es getan. Aber in diesem Augenblicke steht alles auf der Spitze. In dem einen Falle verändre ich meinen Aufenthaltsort und werde Dir zeitig Nachricht geben. In dem zweiten Falle kann es bald möglich werden, daß ich mit Ehren zu Dir zurückkehre.

Meine Unehre willst Du nicht, unter keiner Bedingung; und es kommt jetzt nur darauf an, daß Du erkennest, wo Schmach und Schande liegt.

Ernst Moritz Arndt
an Charlotte von Kathen

Als Sohn eines Leibeigenen und als schwedischer Untertan war Arndt 1769 auf Rügen geboren worden und seine bäuerliche Herkunft, verbunden mit einer tief empfundenen Religiosität, ließen den Theologie- und Geschichtsstudenten früh die nationale Besonderheit als Wurzelgrund der Kraft eines Volkes erkennen. Solche Überzeugungen festigten sich auf Reisen nach Österreich, Ungarn, Italien und Frankreich. Dort sah er, daß die Revolution ihre geistige Schubkraft auch aus patriotischen Ideen bezog.

Gegen die vorrückenden napoleonischen Heere richtete sich seine historisch-politische Aufsatzsammlung „Geist der Zeit", deren erster Teil 1805 erschien – da war Arndt schon Professor an der Universität des damals schwedischen Greifswald. Die zum Teil polemisch geschriebenen Betrachtungen finden in der Geschichte der Völker Entsprechungen zur politischen Situation seiner eigenen Zeit, wobei sich Arndts Freiheitssinn auch an der „künstlichen Staatsmaschine" Friedrichs des Großen reibt. Unter ihm habe der Bürger, schreibt er, in einem „angespannten, knechtischen und atemlosen Zustande" gelebt. Seine volle Sprachgewalt entfaltet er in Attakken gegen die verhaßten Franzosen: „Ihr wollt die Beglücker und die Herren anderer sein", schreibt er, „ihr, die ihr wieder die kriechendsten und elendesten Sklaven eines einzigen geworden seid!"

Das Buch stieß beim Erscheinen überall auf begeistertes Interesse, zwang aber seinen Verfasser 1806 ins schwedische Exil, von wo aus er seinen Brief an die Freundin aus Greifswalder Tagen richtet.

Stockholm, 4. Juni 1807

Ihre beiden Briefe, meine liebenswürdige Freundin, haben mir unendliche Freude gemacht um meinet- und um Ihretwillen, weil ich lebendig gefühlt und gesehen habe, daß Sie frisch und wohl sind und des Hauses und des Vaterlandes großes und kleines Leid gefaßten Mutes tragen. Die Zeit ist so, wir müssen alle gerüstet sein; denn der heutige Tag weiß nicht, was der morgende bringen wird, und es mag Frieden werden oder Krieg bleiben: ungeheure Dinge werden in den nächsten Dezennien geschehen; darum müssen wir unsre Kinder so erziehen, daß sie Männer und Menschen werden. Ich hoffe aus mehreren Gründen wieder zurückkehren zu können; mein deutsches Vaterland und seine heilige Sache verlasse ich nicht, solange noch ein Tropfen Blut in mir warm ist. Ich fühle jetzt inniger als je, daß ich den Deutschen angehöre und keinem andern Volk angehören könnte und möchte. Ich will auch für meine künftigen Tage arbeiten, redlich und gut und hilfreich zu sein, wie unsere Väter waren. Es wäre doch eine Schande, daß die Deutschen Knechte werden sollten und Fremden dienen, nein! nein! wir protestieren. Es werden noch gute Zeiten kommen, wann unsere Haare weiß werden; wären nur erst alle elenden Fürsten zum Teufel und der Rührbrei der Verwirrung so groß als möglich.

Ich lebe seit einiger Zeit durch die völlige Opposition, worin ich mich auch hier mit Zeit und Menschen finde, in einem Ozean von Gefühlen, Ideen und Hoffnungen, denen ich oft kaum Luft geben kann, und fühle mich dann wohl zuweilen schmerzlich von Menschen abgeschnitten, die ich möchte und deren ich bedürfte. O wäre ich doch in dieser Blütenzeit des Jahres einige Tage auch bei Ihnen auf jenen Spuren, wo meine Knabenfüße so oft lustig waren! Möge der milde Lenz sich freundlich um Ihr Herz voll Liebe legen und alle Sorgen stillen und alle Wunden heilen!

Luise von Preussen
an ihren Vater

Sie war einunddreißig Jahre alt, als sie diesen Brief an ihren Vater, Herzog Karl II. von Mecklenburg-Strelitz, schrieb. Es war noch kein Jahr her, da hatte sie in einem oft geschilderten Gespräch mit Napoleon, diesen zu einiger Milde bei den bevorstehenden Friedensverhandlungen zu bewegen versucht – mit geringem Erfolg. Napoleon hatte sie zwar als eine hübsche und „womöglich geistreiche" Frau bezeichnet, war aber dennoch der Meinung, sie gehöre „an ihren Spinnrocken". Überdies machte er in dem Gespräch, das am 6. Juli 1807 in Tilsit stattfand, unmißverständlich deutlich, daß sie und der König für die – wie er meinte – unnötige Verlängerung des Krieges verantwortlich seien und zeigte sich auf eine höfliche Weise taub gegenüber ihren Bitten: „Ich habe das mit der Kaltblütigkeit eines alten Soldaten angesehen und der Szene ein Ende gemacht, als dieselbe unwürdig zu werden anfing".

Der französisch-russische Friede von Tilsit wurde am 9. Juli 1807 unterzeichnet und schloß Preußen aus dem Kreis der Großmächte aus. Es mußte nicht nur alle Gebiete links der Elbe und die Festung Magdeburg abtreten, ihm wurde auch die horrende Kontribution von über 150 Millionen Francs auferlegt. Aus dem Kurfürstentum Hessen-Kassel und dem Herzogtum Braunschweig wird für Napoleons jüngsten Bruder Jérome das „Königreich Westfalen" geschneidert.

Luise von Preußen war dank ihrer Schlichtheit eine ungewöhnlich volkstümliche Herrscherin. In den wenigen Jahren bis zu ihrem frühen Tod 1810 unterstützte sie nachhaltig die großen inneren Reformen, die nach der Katastrophe unabweisbar wurden und von Stein, Scharnhorst, Hardenberg und Gneisenau eingeleitet worden waren.

Königsberg, April 1808

Bester Vater!

Mit uns ist es aus, wenn auch nicht für immer, doch für jetzt. Für mein Leben hoffe ich nichts mehr. Ich habe mich ergeben, und in dieser Ergebung, in dieser Fügung des Himmels bin ich jetzt ruhig und in solcher Ruhe, wenn auch nicht irdisch glücklich, doch, was mehr sagen will, geistig glückselig. Es wird mir immer klarer, daß alles so kommen mußte, wie es gekommen ist. Die göttliche Vorsehung leitet unverkennbar neue Weltzustände ein, und es soll eine andere Ordnung der Dinge werden, da die alte sich überlebt hat und in sich selbst als abgestorben zusammenstürzt.. Wir sind eingeschlafen auf den Lorbeeren Friedrichs des Großen, welcher, der Herr seines Jahrhunderts, eine neue Zeit schuf. Wir sind mit derselben nicht fortgeschritten, deshalb überflügelt sie uns. Das siehet niemand klarer ein als der König. Noch eben hatte ich mit ihm darüber eine lange Unterredung, und er sagte,in sich gekehrt, wiederholentlich: das muß auch bei uns anders werden. Auch das Beste und Überlegteste mißlingt, und der französische Kaiser ist wenigstens schlauer und listiger. Wenn die Russen und die Preußen tapfer wie die Löwen gefochten hatten, mußten wir, wenn auch nicht besiegt, doch das Feld räumen, und der Feind blieb im Vorteil. Von ihm können wir vieles lernen, und es wird nicht verloren sein, was er getan und ausgerichtet hat. Es wäre Lästerung, zu sagen, Gott sei mit ihm; aber offenbar ist er ein Werkzeug in des Allmächtigen Hand, um das Alte, welches kein Leben mehr hat, das aber mit den Außendingen fest verwachsen ist, zu begraben.

Gewiß wird es besser werden: das verbürgt der Glaube an das vollkommenste Wesen. Aber es kann nur gut werden in der Welt durch die Guten. Deshalb glaube ich auch nicht, daß der Kaiser Napoleon Bonaparte fest und sicher auf seinem, jetzt freilich glänzenden, Thron ist. Fest und ruhig ist nur allein Wahrheit und Gerechtigkeit, und er ist nur politisch, das heißt klug, und er richtet sich nicht nach ewigen Gesetzen, sondern nach Umständen, wie sie nun eben sind. Damit befleckt er seine Regierung mit vielen Ungerechtigkeiten. Er meint es nicht redlich mit der guten Sache und mit den Menschen. Er und sein ungemessener Ehrgeiz meint nur sich selbst und sein persönliches Interesse. Man muß ihn mehr bewundern, als man ihn lieben kann. Er ist von seinem Glück geblendet, und er meint alles zu vermögen. Dabei ist er ohne alle Mäßigung, und wer nicht Maß halten kann, verliert das Gleichgewicht und fällt. Ich glaube fest an Gott, also auch an sittliche Weltordnung. Diese sehe ich in der Herrschaft der Gewalt nicht; deshalb bin ich in der Hoffnung, daß auf die jetzige böse Zeit eine bessere folgen wird. Diese hoffen, wünschen und erwarten alle bessern Menschen, und durch die Lobredner der jetzigen und ihres großen Helden darf man sich nicht irre machen lassen. Ganz unverkennbar ist alles, was geschehen ist und was geschieht, nicht das Letzte und Gute, wie es werden und bleiben soll, sondern nur die Bahnung des Weges zu einem bessern Ziele hin. Dieses Ziel scheint aber in weiter Entfernung zu liegen, wir werden es wahrscheinlich nicht erreicht sehen und darüber hinsterben. Wie Gott will; alles wie er will. Aber ich finde Trost, Kraft, Mut und Heiterkeit in dieser Hoffnung, die tief in meiner Seele liegt. Ist doch alles in der Welt nur Übergang! Wir müssen durch. Sorgen wir nur dafür, daß wir mit jedem Tage reifer und besser werden.

Hier, lieber Vater, haben Sie mein politisches Glaubensbekenntnis, so gut ich als eine Frau es formen und zusammensetzen kann. Mag es seine Lücken haben, ich befinde mich wohl dabei; entschuldigen Sie aber, daß ich Sie damit behellige. Sie sehen wenigstens daraus, daß Sie auch im Unglück eine fromme, ergebene Tochter haben und daß die Grundsätze christlicher Gottesfurcht, die ich Ihren Belehrungen und Ihrem frommen Beispiel verdanke, ihre Früchte getragen haben und tragen werden, solange Odem in mir ist.

Gern werden Sie, lieber Vater, hören, daß das Unglück, welches uns getroffen, in unser eheliches und häusliches Leben nicht eingedrungen ist, vielmehr dasselbe befestigt und uns noch werter gemacht hat. Der König, der beste Mensch, ist gütiger und liebevoller als je. Oft glaube ich in ihm den Liebhaber, den Bräutigam zu sehen. Mehr in Handlungen, wie er ist, als in Worten ersehe ich die Aufmerksamkeit, die er in allen Stücken für mich hat,und noch gestern sagte er schlicht und einfach, mit seinen treuen Augen mich ansehend, zu mir: ‚Du, liebe Luise, bist mir im Unglück noch werter und lieber geworden. Nun weiß ich aus Erfahrung, was ich an dir habe. Mag es draußen stürmen – wenn es in unserer Ehe nur gut Wetter ist und bleibt. Weil ich dich so lieb habe, habe ich unser jüngst geborenes Töchterchen Luise genannt. Möge es eine Luise werden.' – Bis zu Tränen rührte mich diese Güte. Es ist mein Stolz, meine Freude und mein Glück, die Liebe und Zufriedenheit des besten Mannes zu besitzen, und weil ich ihn von Herzen wiederliebe und wir so miteinander eins sind, daß der Wille des einen auch der Wille des andern ist, wird es mir leicht, dies glückliche Einverständnis, welches mit den Jahren inniger geworden ist, zu erhalten. Mit einem Worte, er gefällt mir in allen Stücken, und ich gefalle ihm, und uns ist am wohlsten, wenn wir zusammen sind. Verzeihen Sie, lieber Vater, daß ich dies mit einer gewissen Ruhmredigkeit sage; es liegt darin der kunstlose Ausdruck meines Glückes, welches keinem auf der Welt wärmer am Herzen liegt als Ihnen, bester, zärtlicher Vater! Gegen andere Menschen, auch das habe ich von dem Könige gelernt, mag ich davon nicht sprechen; es ist genug, daß wir es wissen.

Unsere Kinder sind unsere Schätze, und unsere Augen ruhen voll Zufriedenheit und Hoffnung auf ihnen. Der Kronprinz ist voller Leben und Geist. Er hat vorzügliche Talente, die glücklich entwickelt und gebildet werden. Er ist wahr in allen seinen Empfindungen und Worten, und seine Lebhaftigkeit macht Verstellung unmöglich. Er lernt mit vorzüglichem Erfolge Geschichte, und das Große und Gute zieht seinen idealistischen Sinn an sich. Für das Witzige hat er viel Empfänglichkeit, und seine komischen, überraschenden Einfälle unterhalten uns sehr angenehm. Er hängt vorzüglich an der Mutter, und er kann nicht reiner sein, als er ist. Ich habe ihn sehr lieb und spreche oft mit ihm davon, wie es sein wird, wann er einmal König ist.

Unser Sohn Wilhelm (erlauben Sie, ehrwürdiger Großvater, daß ich Ihre Enkel nach der Reihe Ihnen vorstelle) wird, wenn mich nicht alles trügt, wie sein Vater, einfach, bieder und verständig. Auch in seinem Äußern hat er die meiste Ähnlichkeit mit ihm; nur wird er, glaube ich, nicht so schön. Sie sehen, lieber Vater, ich bin noch in meinen Mann verliebt. Unsere Tochter Charlotte macht mir immer mehr Freude; sie ist zwar verschlossen und in sich gekehrt, verbirgt aber, wie ihr Vater, hinter einer scheinbar kalten Hülle ein warmes, teilnehmendes Herz. Scheinbar gleichgültig geht sie einher, hat aber viel Liebe und Teilnahme. Daher kommt es, daß sie etwas Vornehmes in ihrem Wesen hat. Erhält sie Gott am Leben, so ahne ich für sie eine glänzende Zukunft. Karl ist gutmütig, fröhlich, bieder und talentvoll; körperlich entwickelt er sich ebenso gut als geistig. Er hat oft naive Einfälle, die uns zum Lachen reizen. Er ist heiter und witzig. Sein unaufhörliches Fragen setzt mich oft in Verlegenheit, weil ich es nicht beantworten kann und darf; doch zeugt es von Wißbegierde – zuweilen, wenn er schlau lächelt, auch von Neugierde. Er wird, ohne die Teilnahme an dem Wohl und Wehe anderer zu verlieren, leicht und fröhlich durchs Leben gehen. – Unsere Tochter Alexandrine ist, wie Mädchen ihres Alters und Naturells sind, anschmiegend und kindlich. Sie zeigt eine richtige Auffassungsgabe, eine lebhafte Einbildungskraft und kann oft herzlich lachen. Für das Komische hat sie viel Sinn und Empfänglichkeit. Sie hat Anlage zum Satirischen und siehet dabei ernsthaft aus, doch schadet das ihrer Gemütlichkeit nicht. Von der kleinen Luise läßt sich noch nichts sagen. Sie hat das Profil ihres redlichen Vaters und die Augen des Königs, nur etwas heller. Sie heißt Luise; möge sie ihrer Ahnfrau, der liebenswürdigen und frommen Luise von Oranien, der würdigen Gemahlin des Großen Kurfürsten, ähnlich werden.

Da habe ich Ihnen, geliebter Vater, meine ganze Galerie vorgeführt. Sie werden sagen: das ist einmal eine in ihre Kinder verliebte Mutter, die an ihnen nur Gutes siehet und für ihre Mängel und Fehler keine Augen hat. Und in Wahrheit, böse Anlagen, die für die Zukunft besorgt machten, finde ich an allen nicht. Sie haben, wie andere Menschenkinder, auch ihre Unarten; aber diese verlieren sich mit der Zeit, sowie sie verständiger werden. Umstände und Verhältnisse erziehen den Menschen, und für unsere Kinder mag es gut sein, daß sie die ernste Seite des Lebens schon in ihrer Jugend kennen lernen. Wären sie im Schoße des Überflusses und der Bequemlichkeit groß geworden, so würden sie meinen, das müsse so sein. Daß es aber anders kommen kann, sehen sie an dem ernsten Angesicht ihres Vaters und an der Wehmut und den öftern Tränen der Mutter. Besonders wohltätig ist es dem Kronprinzen, daß er das Unglück schon als Jüngling kennen lernt; er wird das Glück, wenn, wie ich hoffe, künftig für ihn eine bessere Zeit kommen wird, um so höher schätzen und um so sorgfältiger bewahren. Meine Sorgfalt ist meinen Kindern gewidmet für und für, und ich bitte Gott täglich in meinem sie einschließenden Gebete, daß er sie segne und seinen guten Geist nicht von ihnen nehmen möge. Mit dem trefflichen Hufeland sympathisiere ich auch in diesen Stücken. Er sorgt nicht bloß für das physische Wohl meiner Kinder, auch für das geistige derselben ist er bedacht; und der biedere, freimütige Borowsky, den der König gern sieht und lieb hat, stärkt darin. Erhält Gott sie uns, so erhält er meine besten Schätze, die niemand mir entreißen kann. Es mag kommen, was da will, mit und in der Vereinigung mit unsern guten Kindern werden wir glückselig sein.

Ich schreibe Ihnen dies, geliebter Vater, damit Sie mit Beruhigung an uns denken. Ihrem freundlichen Andenken empfehle ich meinen Mann, auch unsere Kinder alle, die dem ehrwürdigen Großvater die Hände küssen; und ich bin, und ich bleibe, bester Vater, Ihre dankbare Tochter

Luise

Christoph Martin Wieland
an Elise von Solms-Laubach

Vom 27. September bis 14. Oktober 1808 inszenierte Napoleon im nunmehr französischen Erfurt einen Fürstentag, der zum einen der Befestigung des Bündnisses mit Zar Alexander I. diente, zum anderen Spanien und Österreich einschüchtern sollte. Das Ereignis wurde eine überaus glänzende Demonstration seiner Macht: Vierunddreißig Fürsten waren anwesend und Napoleon arrangierte selbst den Ablauf in allen Einzelheiten, etwa die Anzahl der Trauerspiele und den Aufmarsch der Geistesgrößen. So wurde am 2. Oktober Goethe aus dem nahen Weimar zur Audienz geladen, der sich in seinen Aufzeichnungen stark beeindruckt von den umfassenden Kenntnissen des Kaisers zeigte.

Ein paar Tage später lädt der Herzog von Weimar zu einer Jagd auf dem nahegelegenen Ettersberg ein, am gleichen Abend wird im Weimarer Theater Voltaires „La Mort de César" gegeben, anschließend begibt man sich zu einem festlichen Hofball aufs Schloß. Im Verlauf des Abends begehrt Napoleon plötzlich Wieland zu sehen. Dieser, der mit seinen fünfundsiebzig Jahren Bälle zu meiden pflegte, wurde herbeigebracht und vom Kaiser sogleich in ein Gespräch über Kunst und Geschichte gezogen, von dem er seiner alten Freundin, der Gräfin von Solms-Laubach, ausführlich berichtet.

Im übrigen stand der politische Ertrag des Kongresses in keinem Verhältnis zum Aufwand und zu seiner gesellschaftlichen Bedeutung; so trafen sich denn der Kaiser und der Zar nie wieder. Goethe und Wieland indessen konnten sich fortan mit dem Kreuz der Ehrenlegion schmücken.

Den 13. Nachmittags um 5 Uhr

So weit war ich am 8.d. gekommen, meine gnädigste Fürstin, als ich durch zwei auf einander folgende Besuche zum ersten mal unterbrochen wurde. Zum Glück warens zwei alte, liebe und sehr interessante Freunde, sonst steh' ich nicht dafür, daß sie nicht mit dem altgriechischen Kompliment – geh vor die Raben! empfangen worden wären. Aber nun ging der Tanz erst recht an.

Natürlicherweise wissen Sie, was alle Welt weiß, und wovon alle öffentlichen Tageblätter voll sind, daß die Stadt Erfurt seit dem Ende des vorigen Monats die Szene einer der außerordentlichsten Begebenheiten unsrer wundervollen Zeit ist – einer Zusammenkunft von zwei Kaisern, vier Königen, acht regierenden und nicht regierenden Herzogen und einer unzählbaren Menge deutscher, französischer und russischer Matadors und Magnaten, um, wo möglich, aller Fehde ein Ende zu machen, und Asträa mit ihrem ganzen wohltätigen Gefolge vom Himmel auf die Erde zu komplimentieren. So etwas wenigstens *mußte* es sein, (wiewohl freilich, außer den beiden Hauptpersonen und ihren trautesten Ministern, kein Mensch – selbst die *Könige* nicht ausgenommen – wußten, was eigentlich der Gegenstand und Zweck einer so *brüyanten* und *brillianten*, nie erhörten Zusammenkunft war.

Am 6. d. M. kamen alle diese Majestäten, Hoheiten, Durchlauchten und Excellenzen nach *Weimar,* wo zu ihrem Empfang, wie leicht zu erachten, alles unter und über sich ging. Der französische Kaiser hatte, um die Fête vollständiger und außerordentlicher zu machen, auch seine Comediens ordinaires von Erfurt herüber kommen lassen, und auf ein großes Treibjagen und ein großes Diner an *drei* Tafeln, folgte la mort de Cesar, von Voltaire, und auf diesen ein glänzender Ball. Ich, der sich von jeher, so viel ich nur immer vermochte, von den Erdengöttern fern hielt, hatte mir (Trotz meiner Begierde den außerordentlichsten Mann unsrer und, meines Wissens, aller Zeiten in der Nähe zu sehen) – vorgenommen, nicht bei Hofe zu erscheinen, weil ich mir's zum Gesetz gemacht habe, von meinem seit mehreren Jahren unvermerkt erhaltenen Vorrecht vor andern meines Standes und Rangs, niemals einen eigenmächtigen

Gebrauch zu machen. Diesmal ging ich sogar so weit, daß ich eine Einladung beim Ball zu erscheinen, die ich schon früh morgens von der Herzogin erhalten hatte, unter Vorschützung meiner Gesundheit, welche solche Abweichungen von meiner gewöhnlichen Lebensart nicht mehr ertragen könne, abgelehnt hatte. Aber N. fragte zweimal nach mir und schien verwundert, da er mich im Schauspiel in einer seinem Sitze ziemlich nahen Loge gesehen hatte, mich nicht beim Ball zu sehen. – Dies ließ mir die Herzogin wissen etc. und nun war kein anderer Rat, als mich in den Hofwagen, der mir geschickt wurde, zu setzen und – in meinem gewöhnlichen accoutrement, [...] eine Calotte auf dem Kopfe, ungepudert, ohne Degen und in Tuchstiefeln (übrigens anständig kostümiert) im Tanzsaal zu erscheinen. Es war gegen halb 11 Uhr. Kaum war ich etliche Minuten da gewesen, so kam N. von einer andern Seite des Saales auf mich zu; die Herzogin präsentierte mich ihm selbst, und er sagte mir sehr leutselig – das Gewöhnliche, indem er mich zugleich scharf ins Auge faßte. Schwerlich hat wohl jemals ein Sterblicher die Gabe, einen Menschen gleich auf den ersten Blick zu durchschauen und (wie man zu sagen pflegt) wegzuhaben, in einem höhern Grad besessen, als N. Er sah, daß ich, meiner leidigen Celebrität zu trotz, ein schlichter, anspruchsloser, alter Mann war, und da er (wie es schien) auf immer einen guten Eindruck auf mich machen wollte, so verwandelte er sich augenblicklich in die Form, in welcher er sicher sein konnte, seine Absicht zu erhalten. In meinem Leben habe ich keinen einfachern, ruhigern, sanftern und anspruchslosern Menschensohn gesehen. Keine Spur, daß der Mann, der mit mir sprach, ein großer Monarch zu sein sich bewußt war. Er unterhielt sich mit mir wie ein alter Bekannter mit *seines* gleichen, und (was noch keinem andern *meines* gleichen widerfahren war) an anderthalb Stunden lang in Einem fort und ganz allein, zu großem Erstaunen aller Anwesenden, unter welchen es zwar an Neugierigen nicht fehlte, die sich aber doch aus Respekt zu weit entfernt halten mußten, um von allem dem, was er mit mir redete, mehr als *einzelne* Worte aufschnappen zu können; daher denn auch von dem, was er mich gefragt und ich geantwortet haben soll, und wovon allerlei Sagen im Publiko herumgehen, kein wahres Wort ist. Da ich ein sehr ungeübter, schwerzungiger französischer Orateur bin, so war es glücklich für mich, daß er gerade in der Laune *viel zu sprechen* war, und die frais de la conversation fast allein auf sich nahm. – Es war nahe an 12 Uhr, da ich endlich zu fühlen anfing, daß ich das *Stehen* nicht länger ertragen könne. Ich nahm mir also eine Freiheit heraus, deren sich schwerlich irgend ein anderer Deutscher oder Franzose unterstanden hätte. Ich bat Seine Majestät mich zu entlassen, weil ich mich nicht stark genug fühle, das Stehen länger auszuhalten. Er nahm es sehr gut auf. Allez donc, sagte er mit freundlichem Ton und Miene, allez, bon soir.

Meine Fürstin errät ohne Zweifel, daß ich sehr vergnügt nach Hause kam, diesen seltenen Erdensohn so nahe, so lang und in einem so milden Lichte gesehen zu haben. Dem ungeachtet tat ich *nicht*, was zehn Tausend andere an meiner Stelle für ihre Schuldigkeit gehalten, oder auch aus vermeinter Klugheit getan hätten. Ich erschien am folgenden Tage nicht in seinem Vorzimmer und tat wohl daran.

Der folgende Freitag und Sonnabend verstrich unter Geschäften und Zerstreuungen, die mich an kein Briefschreiben denken ließen. Dafür hatte ich den ganzen Sonntag dazu bestimmt, meiner Fürstin von allen diesen Ereignissen Rapport abzustatten. Allein die Götter haben's anders beschlossen.

Achim von Arnim
an Bettina Brentano

Als Achim von Arnim an die damals noch nicht mit ihm verheiratete Bettina diesen Brief schreibt, ist der Husarenmajor Ferdinand von Schill in der Tat schon tot: er fiel am 31. Mai 1809 in Stralsund im Straßenkampf. Der national gesinnte Abenteurer hatte sich schon 1807 mit einem Freikorps bei der Verteidigung von Kolberg ausgezeichnet. Nach dem Frieden von Tilsit wurde er zum Kommandeur eines Leibhusarenregimentes bestellt. Als sich Preußen nicht entschließen kann, Österreich im Krieg gegen Napoleon beizustehen, schlägt er Ende April auf eigene Faust los. Sicher hegte er dabei die Hoffnung auf einen Volksaufstand; auch hätte er gern den preußischen König zum Handeln getrieben, der jedoch wandte sich entschieden gegen Schills eigenmächtige Unternehmungen. Diese waren für wenige Wochen in aller Munde; Schill erringt einige kleinere Erfolge im Kampf gegen französische Truppen, und besetzt am 25. Mai Stralsund. Statt sich jedoch von dort aus auf englischen Schiffen in Sicherheit zu bringen, nimmt er mit seinem zusammengewürfelten Korps den Kampf gegen eine vielfache Übermacht aus holländischen und dänischen Regimentern auf, die Stralsund stürmen.

An den Überlebenden der Schillschen Truppe läßt Napoleon ein Exempel statuieren: sie werden nicht als Soldaten, sondern als Straßenräuber vor Gericht gestellt; elf Offiziere läßt er in Wesel füsilieren, über 500 Männer müssen als Gefangene auf Galeeren Fronarbeit leisten. Mit dem Tode Schills war ein Mythos geboren worden.

Berlin, 4. Juni 1809

Ich bin sehr traurig, abgespannt und tief gekränkt, und dieser Frühling ist mir wieder verleidet – Schill soll tot sein, wenigstens schwer verwundet, und dieses Vorbild alles Edlen, woran Natur und Glück sich viele Jahre froh gearbeitet, liegt wie ein Garten nach einem Erdsturz zerstückt und unkenntlich vielleicht mit allem, was er trug, im Staube. Ich könnte mit erhabnen Worten groß tun, wie er würdiger gestorben, als wir alle lebten, wie er bis zum Meere hin seinen siegreichen Weg verfolgt! Und wirklich sind seine letzten Tage noch ausgezeichnet merkwürdig, er schlug mehrere Truppenabteilungen, erstürmte Stralsund, worin er dreihundert Kanonen, zehntausend Flinten, siebentausend Zentner Pulver nahm. Aber dieser plötzliche Zuwachs soll sein Untergang gewesen sein. Alle die Vorräte in Sicherheit zu bringen, verweilte er zu lange in Stralsund, und mit geteilter Macht. Frische Holländer, die sich mit den geschlagenen vereinigt, ein Korps Dänen und Westfalen, die dazu gekommen, näherten sich der Stadt; er ging ihnen mit sechshundert der Seinen entgegen. Das Gefecht dauerte einen halben Tag, und ungeachtet der großen Übermacht wäre es vielleicht glücklich geendet, wenn er nicht schwer verwundet worden. Wenige Tage vorher hatte er seinen guten Genius in einem Gefechte verloren: ein Junge von vierzehn Jahren, der hier zu ihm kam, und als er ihn wegen seiner Jugend vom Dienste zurückwies, seine Büchse sich selbst umzubringen auf sein Herz setzte; da nahm er ihn an, und der Junge hatte in allen Gefechten Wunder getan. Wehe, daß eine elende Überzahl geldgeworbener Wichte, von denen auch der beste nicht gegen den schlechtesten seiner Treuen auftreten und ihm in die Augen sehen konnte, so den schönen Anker unzähliger Hoffnungen ausreißen konnte. Ich bitte Dich, lies den Schluß des Götz von Berlichingen, es ist eine erschreckliche Wahrheit. Heute, als ich im Garten dem Raupenfraß gramvoll zusah, wie sie mit allerlei Listen auf die edlen Bäume sich schwenkten und nur das Elende übrigließen, da ließ sich im Hofe ein blinder Mann mit einer Violine und seine Frau zur Zither, beide mit einem Kriegsliede auf Schill, vernehmen – das nun alles nicht mehr paßte! Denn da liegt er jetzt vielleicht von dem elendesten Volke angespien; oder er seufzt auf seinem Marterlager, über das flüchtige Meer von einigen Freunden gerettet, denn auch diese Sage ist im Umlauf, daß er sich mit dem Reste seines Korps eingeschifft hat. Da besoff ich mich in dem Schmerzenswein, ließ mir auch von Prinz Ludwigs Tode und Colberg singen, mitten unter Waschweibern, die ihre Wasserzuber verließen und die Hände in die Seite stellten. Es ist entsetzlich, wo gar nichts mehr stört und die ganze Seele nur einen grimmen Gedanken erfaßt. Es ist alles vorüber und es kommt eine andre Zeit, hoffnungslos, trostlos, und die Menschen werden darin scherzen und keine Ahndung haben vom Besseren, wie sie waren! – Lebe so wohl, so froh Du kannst, schreib mir, ob Du sicher in Landshut oder München den Sommer bleibst.

Achim Arnim

Wilhelm von Humboldt
an seine Frau

Wilhelm von Humboldt, 1767 in Potsdam geboren, war zunächst Referendar und Legationsrat in Berlin, später trieb er sprachwissenschaftliche und philosophische Studien in Jena, wo er sich auch mit Schiller befreundete. 1801 wurde er preußischer Ministerresident beim Vatikan und 1809 Geheimer Staatsrat und Leiter der Sektion für Kultus und Unterricht im preußischen Innenministerium, von wo aus er die Gründung der Berliner Universität betrieb. Er unternahm zahlreiche Bildungsreisen und war häufig in diplomatischer Mission unterwegs. Humboldt verstand sich auf die Kunst, Briefe zu schreiben und er schrieb – vor allem auf seinen Reisen – viel und ausführlich. Viele dieser Briefe empfing seine Frau, Caroline von Dacheröden, aber auch an Goethe schrieb er oft, so etwa einen 75 Druckseiten langen, großartig anschaulichen Brief aus Spanien. Schiller gegenüber äußerte er sich ausführlich und tiefschürfend zum „Wallenstein".

Die preußische Königin Luise, Tochter des Herzogs Karl II. von Mecklenburg-Strelitz, starb am 30. Juli 1810 im Alter von vierunddreißig Jahren. Sie hatte 1793 den späteren König Wilhelm III. von Preußen geheiratet und zehn Kinder geboren, darunter den späteren Kaiser Wilhelm I. Die Königin war außerordentlich beliebt im Lande, nicht zuletzt seit sie 1807 – wenn auch vergeblich – versucht hatte, Napoleon zu milderen Friedensbedingungen zu überreden. Ihr späteres Eintreten für die Reformer um Stein und Hardenberg fand allerdings bei ihrem königlichen Gemahl nur wenig Verständnis (s. auch S. 45)

Berlin, 31. Juli 1810

Ich bin dem Tage meiner Abreise jetzt sehr nahe, nur kann ich ihn noch nicht genau bestimmen. Ich wollte am 4. August, dem Tag nach Königs Geburtstag, abgehen; allein der König will mich noch sprechen, und da er jetzt sehr wenig zu Geschäften gestimmt ist, so kann mich das sehr leicht noch acht Tage länger aufhalten. Du fühlst, daß man in dieser Zeit nicht dringend sein kann. Der arme König leidet entsetzlich; noch gestern sah ich ihn in einer wirklich entsetzlichen Situation. Es war der Abend der Beisetzung der Königin. Der König folgte selbst, und wie er und die Prinzen durch die Zimmer des Schlosses gingen, hatte man es versehen und den Sarg nicht vorausgelassen. Er mußte also in einem Fenster stehen bleiben und den Sarg dicht an sich vorbeilassen. In dem Gedränge, es war gerade in einer Tür, stand ich, da die Minister gleich hinter dem Hof gingen, unmittelbar neben ihm. Das Tragen des Sarges ging langsam, er wandte sich ab und sah doch immer wieder hin; er wollte gefaßt scheinen und schien es im Gesicht, aber die Knie zitterten ihm hin und her.

Mit mir – ich hatte ihn seit dem Tode nicht gesehen – sprach er sehr freundlich, aber gleich über sie. Äußerst rührend waren die beiden kleinsten Kinder, Luise und Albrecht. Beide waren still, aber sahen ganz unschuldig und ohne zu wissen, was ihnen geschah, heiter in das Gewimmel. Der kleine Albrecht auf dem Arm der Amme, ganz schwarz angezogen, flößte ein unglaubliches Mitleid ein. Unzählige Male sind mir die Verse aus der Glocke eingefallen. Ach! liebe Li, wenn ich nur Dich nie verliere! Das Sterben eines Mannes kann gar nicht so etwas Rührendes haben, wenn er auch gleich innig geliebt wird. Das Losreißen der Kinder von der Mutter ist schon durch seine Unnatürlichkeit herzzerschneidend.

Die Trauerzeremonien waren eigentlich peinlich. Die Königin ist wirklich und aufrichtig geliebt worden, und eine Zeremonie dieser Art hat immer etwas Schauspielartiges. Doch hat sich das Publikum gestern bei der Beisetzung und auch am 27. beim Einholen der Leiche ungemein still und gut betragen. Einzelne Momente beider Zeremonien hatten etwas Schönes und Tiefergreifendes. Am 27. nämlich traf die Leiche hier ein.

Das überaus zahlreiche Gefolge war auf dem Exerzierplatz versammelt und erwartete die Königin. Der Augenblick der Ankunft war sehr rührend. Wir waren noch nicht in Ordnung gestellt, und ich stand zufällig fast allein mit Hardenberg unter den Bäumen, als sie kam. Prinz Carl, der Stiefbruder des Erbprinzen, folgte mit. Er war so betrübt, daß er wirklich nur schwankte. Nun bildete sich der Zug und ging in der Mitte der Linden, ganz zu Fuß, bis auf die von Strelitz mitgekommenen Damen vom Hofe, die fuhren, bis zum Schloß. Zu beiden Seiten waren Reihen Soldaten, an einigen Orten Sängerchöre, an den anderen Militärmusik und Trommeln, die gedämpft und etwas in der Ferne sehr melancholisch klingen. Auf dem Brandenburger Tor, wo sonst die Viktoria stand, wehte eine große schwarze Fahne, alle Glocken gingen. Der Zulauf der Menschen war unglaublich; aber eine Stille, die man sich kaum vorstellt, man hörte nicht einmal das sonst bei großen Haufen fast unvermeidliche dumpfe Gemurmel. Der Lustgarten, wo sich der Zug übersehen ließ und die Garden standen, sah am feierlichsten aus.

Unten an der Schloßtreppe empfing der König mit dem ganzen Hofe den Sarg und begleitete ihn hinaus, bis er an seinen Platz in dem Thronzimmer gestellt war. Das Zimmer war nicht schwarz ausgeschlagen, aber erleuchtet; es ist von violettem Samt mit starken Vergoldungen und nahm sich gut aus. Die anderen Zimmer des Schlosses waren dunkel. Es hatte etwas Schauerliches, die Prinzessinnen alle in der tiefen Trauer mit Krepp und langen Flören, die meisten weinend und sehr angegriffen in dieser halbdunklen Abendzeit zu sehen. Sie waren im Spiegelzimmer versammelt, das die Trauergestalten noch schauerlicher vervielfältigte.

Vom 27. bis gestern abend konnte jedermann aufs Schloß gehen, den Sarg zu sehen. Er war aber verschlossen. Gestern abend ging nun der Zug, ganz zu Fuß, der Leichenwagen ausgenommen, nach dem Dom. Leider ist der Dom ein so geschmackloses, unkirchenartiges Gebäude, daß sich nichts darin ausnimmt. Ich hätte als Kammerherr eigentlich die Leiche mittragen müssen; aber da man den Schlüssel ablegt, wenn man Minister wird, so ging ich mit dem Ministerium.

Ich leugne nicht, daß mich diese Tage sehr erschüttert haben.

Die Königin war, auch bloß als Frau betrachtet, von einer seltenen Harmonie in ihrem ganzen Wesen; sie hatte wirkliche Größe und alle Sanftmut, die nur aus den herzlichsten häuslichen Verhältnissen hervorgehen kann; sie war dabei uns sehr gut, und wir haben unendlich viel mit ihr verloren. Dem armen Erbprinzen habe ich noch gar nicht zu schreiben gewagt, er reist nach Schwaben zur Fürstin von Thurn und Taxis. Prinzessin Luise leidet sehr. Sie liebte die Königin ausnehmend und verliert auch außerdem viel mit ihr. Ich gehe jetzt meist alle Abend zu ihr, weil sie doch gern die um sich sieht, die am vertrautesten im Hause sind. Aber sie bleibt selten zum Abendessen. Prinzessin Wilhelm ist noch in Hamburg. Sie wollte zum Geburtstag des Königs wiederkommen; aber die Königin ließ ihr noch in ihrer Krankheit schreiben, es würden nun doch keine Feierlichkeiten am Geburtstage sein, sie möchte sich nicht genieren. Der Erfolg macht es wirklich sehr rührend.

Närrisch ist es, daß auch Vorbedeutungen des Todes gewesen sind, die, wenn man sie auch nicht streng erwiesen nennen kann, doch mehr als bloße Einbildungen sind. Den ganzen Winter hindurch sagte man immer, daß sich die weiße Frau bald hier, bald dort im Schloß sehen ließ. Einmal hieß es zwar, man sei der Sache auf die Spur gekommen, und wirklich hatte ein Offizier eine Frau ergriffen, aber weil sie sich zu erkennen gab, wieder gehen lassen. Indes hatte diese nicht einmal das Geisterkostüm, und die weiße Frau ist öfter und an mehr Orten erschienen, wenn man dem glauben wollte, was wenigstens diesen Winter, wo niemand vom Hofe krank war, oft erzählt wurde. Dann soll in Potsdam acht Tage vor dem Tode die Orgel der Stadtkirche in der Nacht Totenlieder gespielt haben. Daß man bestimmt einzelne Töne gehört, ist ausgemacht. Man sagt aber jetzt, die Tür habe offengestanden und der Wind habe sie hervorgebracht, auch daß viele Fledermäuse sich auf die Tastatur geworfen hätten, kurz, man sucht zu erklären, was man nicht ableugnen kann.

Mir brennt ordentlich der Boden unter den Füßen.

Tausend Küsse zum Lebewohl.

Fritz Wolf
an die Angehörigen

Nach dem Erfurter Fürstentag war das französisch-russische Verhältnis stark abgekühlt, nicht zuletzt durch den Vertrag von Paris vom 24. Februar 1812, in dem der Kaiser Preußen und Österreich zu militärischen Hilfeleistungen verpflichtet hatte. Viele preußische Patrioten verließen nach dieser Unterwerfung ihres Königs unter Napoleon den Staatsdienst, einige stellten sich sogar dem Zaren zur Verfügung.

Am 24. Juni 1812 überschritt Napoleon den Njemen bei Kowno. Er kommandierte eine Streitmacht von über 600000 Mann, denen der Zar lediglich 370000 Bewaffnete entgegenzusetzen hatte. Nach verlustreichen Schlachten, so der bei Borodino, wo auf russischer Seite 5800 und auf französischer 5000 Mann fielen, konnte Napoleon zunächst in Moskau eindringen. Doch am 18. September zündeten die Russen ihre Hauptstadt an, und da der Zar auf Friedensangebote nicht reagierte, mußte Napoleon den verlustreichen und zermürbenden Rückzug antreten.

Der Leutnant Wolf vom 8. Armeekorps stammte aus Kassel; er gehörte zum westfälischen Hilfskorps, das neben dem bayerischen und württembergischen Kontingent Napoleon vertragsgemäß unterstand. Der erwähnte „teure Louis“ ist Louis von Kaisenberg, der in dem Brief vom 20. Februar 1813 (s. S. 73) seinem Vater von der Rückkehr der geschlagenen Truppenreste und vom Tod seines Freundes Fritz Wolf berichtet.

Der Brief wurde am 4. Oktober 1812 in Rasa geschrieben.

Vor ungefähr vier Wochen habe ich Dir, mein teuerer Louis, aus Orscha einen Brief geschrieben. Ob Du ihn wohl erhalten haben magst? Wer kann es in diesem kriegerischen Treiben sagen? Ich habe seit Monaten kein Lebenszeichen von Euch, Ihr meine Lieben, erhalten und bin zum Sterben traurig darüber. Aber es geht mir ja nicht allein so, alle die Kameraden klagen sehr, auch sie erhalten keine Briefe. Ich habe, mein teueres Poldchen und Du mein lieber Louis, nun schon heiße Schlachten mitgemacht und kann es wohl aussprechen, ich glaube auch tapfer gekämpft zu haben. Ich habe noch keine Kugel erhalten, obgleich rings um mich her die Kameraden von der Sichel des Todes dahingemäht wurden, blieb ich verschont. Immer und immer aber, in dem Getöse der Schlacht, bei den langen Märschen, bei Tag und Nacht habe ich stets nur an Dich gedacht, Du meine Geliebte. Nun stehen wir hier bereits dicht vor der brennenden Kaiserstadt, die blinkenden Zinnen des Kremls blicken zu uns herüber, und der Feind hat sich zurückgezogen. Da kommt der Gedanke in mein Herz, ob der gewaltige Schlachtenkaiser denn noch immer nicht genug habe, der doch in der Landeshauptstadt seinen Frieden schließen wollte. Und im weiteren kommt mir der Gedanke, und dabei zieht die Hoffnung schmeichelnd in mein Herz, ob wir dann nicht auch bald zurückmarschieren werden, zurück zu Dir, Du Geliebte, und zu Euch, Ihr Lieben alle, auf daß wir noch einmal glücklich werden könnten. Wie viele Hunderte von Meilen aber liegen jetzt zwischen uns, und wer vermag zudem die Absichten dieses wunderbaren Menschen, der das Schicksal Europas in seinen Händen hält, zu erraten? Neulich hieß es, er wolle sich durch Rußland einen Weg nach Indien bahnen, um dort seinen gehaßten Feind, die Engländer, zu fassen. Sein Ehrgeiz ist ja unersättlich, er scheint der „Herr der Welt“ werden zu wollen. Wenn ich an seine Pläne denke, wie weit, wie weit erscheint mir da ein Wiedersehen! Wie ein goldenes Licht sehe ich dahinten fern an dem westlichen Horizont ein kleines Licht leuchten, das ist die Hoffnung auf das Wiedersehen mit Euch, Ihr meine Geliebten – aber ich fürchte, ja, es liegt wie ein schwerer Druck von Ahnung auf mir, daß diese Hoffnung mich täuschen wird, wie sie den armen Griesheim getäuscht hat, der auch so froh dem Zurückkommen und der Vereinigung mit seiner Baut entgegensah und doch bei Smolensk sein junges Leben lassen mußte. Aber ich will auf meinen gütigen Gott vertrauen, der mich bis hierher stets so gütig geleitet hat. Hier ist es schon sehr kalt, wir hatten gestern sechs Grad Kälte und leider gar keine warmen Sachen. Der Pope, bei dem ich im Quartier liege,ist ein verständiger Mann, der hiergeblieben ist und nicht, wie die anderen, entflohen. Weshalb der Kaiser uns Deutschen nicht wie den französischen Truppen gestattet hat, in Moskau einzuziehen, ist mir unmöglich anzugeben. Es ist das Betreten der Hauptstadt des Feindes doch gewisserweise ein Ehrenpreis für den Soldaten, und wir haben doch nicht ermangelt, unser Blut für den Kaiser dahinzugeben, und die Kraft unserer Arme hat mit den Sieg errungen. Doch wie Gott will, ich mache mir nicht so viel daraus, diese Stadt zu betreten, in der es von dem Feuer und dem Regen der letzten Tage gar schrecklich ausschauen muß. Doch ich will diesen Brief schließen, meine Geliebten, vielleicht ist es mir von Gott vergönnt, Euch noch einmal von den Tagen aus diesem weiten Rußland zu erzählen. Lebe wohl, mein teueres, einzig geliebtes Poldchen, Du einzige Wonne meines Lebens, lebe wohl. Und auch Du, mein guter Louis. Grüßet die Eltern und Geschwister. Bis zu dem letzten Augenblicke meines Lebens

Euer treuer Fritz

Hans David Ludwig Yorck von Wartenburg
an Friedrich Wilhelm III. von Preußen

Der „sich in die Politik nicht mischende Mann“ und „alte treue Diener“, als der sich der General hier darstellt, war zum Zeitpunkt der berühmten Konvention von Tauroggen dreiundfünzig Jahre alt und hatte ein bewegtes Leben hinter sich. Schon 1779 war er wegen Ungehorsams aus der preußischen Armee entlassen worden, war anschließend dann in holländische Dienste getreten und hatte an den ostindischen Feldzügen teilgenommen. Seit 1787 reaktiviert, war er im Rußlandfeldzug 1812 der Befehlshaber des preußischen Hilfskorps, und als solcher schloß er auf dem Rückzug ohne Ermächtigung seines Königs am 30. Dezember 1812 in der Mühle von Poscherun bei Tauroggen mit dem russischen General Diebitsch jene Konvention, derzufolge sich das Korps zunächst einmal neutral verhalten sollte. Friedrich Wilhelm, der darin einen Bruch des Pariser Vertrages sehen mußte, stimmte der Konvention nicht zu und stellte den General aus politischen Gründen, wenn auch nicht auf einen „Sandhaufen“, so doch vor das Kriegsgericht.

Dennoch – mit seinem Schritt leitete Yorck den Abfall Preußens von Napoleon ein, wobei er sich von der Stimmung des Volkes und der Truppe getragen wußte. In wenigen Wochen wurde das preußische Heer aufgerüstet, wurden aus Freiwilligen anderer Länder Freikorps gebildet. Nun stand auch der König nicht mehr abseits: im März 1813 stiftete er das Eiserne Kreuz, erließ den Aufruf „An mein Volk“ und erklärte schließlich am 27. 3. Frankreich den Krieg.

Die Befreiungskriege nahmen ihren Lauf. In ihnen zeichnete sich der General Yorck wiederholt aus, so auch in der Schlacht bei Wartenburg, wo er mit seinen Leuten den Übergang über die Elbe errang und zum Sieg so entscheidend beitrug, daß ihm 1814 der Grafentitel mit dem Zusatz „von Wartenburg“ verliehen wurde.

Ew. Königlichen Majestät melde ich alleruntertänigst, daß ich nun in weiterer Ausführung der abgeschlossenen Konvention mit dem Grafen von Wittgenstein mit dem ganzen Korps bis auf das Füsilierbataillon v. Borcke, was schon früher mit der großen Bagage über Memel und die Kurische Nehrung gezogen war, in und um Tilsit die Kantonierungsquartiere bezogen habe. Die 6 Bataillons Infanterie, 10 Eskadrons Kavallerie und 2 reitende Batterien, so unter dem Generalleutnant v. Massenbach mit dem Marschall Macdonald vereint waren, sind alle zum Korps gestoßen. Diese Vereinigung ist mit einer Klugheit eingeleitet und ausgeführt, daß die Geschichte kein Beispiel dieser Art hat. Der Rittmeister Graf v. Brandenburg wird Ew. Majestät das Detail davon mündlich machen. Der Generalleutnant v. Massenbach hat sich so weise und bestimmt dabei benommen, daß es die höchste Achtung verdient.

Der Schritt, den ich getan, ist ohne Befehl Ew. Majestät geschehen. Die Umstände und wichtige Rücksichten müssen ihn aber für die Mit- und Nachwelt rechtfertigen, selbst dann, wenn die Politik erheischt, daß meine Person verurteilt werden muß. In der Lage, wo sich das Korps befand, war es mit mathematischer Gewißheit zu berechnen, daß es durch Gewaltmärsche und verzweiflungsvolles Schlagen wo nicht gänzlich vernichtet, doch aufgelöst an der Weichsel ankommen mußte. Der Rückzug des Marschalls, der eine gänzliche Flucht war, die letzten Gefechte, so die französischen Generale angeordnet, bestätigen das Gesagte und zeigen deutlich, was zu erwarten stand. In dieser Alternative blieb mir nur der Weg offen, den ich eingeschlagen.

Auf vaterländischem Boden hätten Ew. Majestät Untertanen ihr Blut für die Rettung der Banden, die das Vaterland als Feinde und als Verbündete verwüstet haben, vergeuden sollen, um dann noch ohnmächtiger die Fesseln eines bis zum Wahnsinn exaltierten Eroberers tragen zu müssen. Solange Napoleon noch eine Kraft in Deutschland hat, ist die erhabene Dynastie Ew. Königlichen Majestät gefährdet; sein Haß gegen Preußen kann und wird nie erlöschen. Die aufgefangenen Briefe von Napoleon an Bassano werden Ew. Majestät zeigen, was von diesem Alliierten zu erwarten war. Wäre die französische Armee nur noch so stark, daß sie bei einer Negotiation das kleinste Gewicht in die Waagschale werfen könnte, die Staaten Ew. Majestät würden das Lösungspfand zum Frieden werden.

Das Schicksal will es anders. Ew. Königl. Majestät Monarchie, obgleich beengter als im Jahre 1805, ist es jetzt vorbehalten, der Erlöser und Beschützer Ihres und aller deutschen Völker zu werden. Es liegt zu klar am Tage, daß die Hand der Vorsehung das große Werk leitet. – Der Zeitpunkt muß aber schnell benutzt werden. Jetzt oder nie ist der Moment, Freiheit, Unabhängigkeit und Größe wiederzuerlangen, ohne zu große und zu blutige Opfer bringen zu müssen. In dem Ausspruch Ew. Majestät liegt das Schicksal der Welt. Die Negotiations, so Ew. Majestät Weisheit vielleicht schon angeknüpft, werden mehr Kraft erhalten, wenn Ew. Majestät einen kraftvollen und entscheidenden Schritt tun. Der Furchtsame will ein Beispiel, und Österreich wird dem Wege folgen, den Ew. Majestät bahnen.

Ew. Königl. Majestät kennen mich als einen ruhigen, kalten, sich in die Politik nicht mischenden Mann. Solange alles im gewöhnlichen Gange ging, mußte jeder treue Diener den Zeitumständen folgen; das war seine Pflicht. Die Zeitumstände aber haben ein ganz anderes Verhältnis herbeigeführt, und es ist ebenfalls Pflicht, diese nie wieder zurückkehrenden Verhältnisse zu benutzen. Ich spreche hier die Sprache eines alten treuen Dieners; und diese Sprache ist die fast allgemeine der Nation. Der Ausspruch Ew. Majestät wird alles neu beleben und enthusiasmieren; wir werden uns wie alte echte Preußen schlagen, und der Thron Ew. Majestät wird für die Zukunft felsenfest und unerschütterlich dastehen.

Ich erwarte nun sehnsuchtsvoll den Ausspruch Ew. Majestät, ob ich gegen den wirklichen Feind vorrücke, oder ob die politischen Verhältnisse erheischen, daß Ew. Majestät mich verurteilen. Beides werde ich mit treuer Hingebung erwarten, und ich schwöre Ew. Königl. Majestät, daß ich auf dem Sandhaufen ebenso ruhig, wie auf dem Schlachtfelde, auf dem ich grau geworden bin, die Kugel erwarten werde. Ich bitte daher Ew. Majestät um die Gnade, bei dem Urteil, das gefällt werden muß, auf meine Person keine Rücksicht nehmen zu lassen. Auf welche Art ich sterbe,ich sterbe immer wie Ew. Majestät alleruntertänigster und getreuester Untertan

Tilsit, den 3. Januar 1813 Yorck

Karl Friedrich Zelter
an Johann Wolfgang von Goethe

Die Russen rückten vor und die Franzosen wichen zurück. So war es nun überall in Preußen, und so erlebte es der 1758 in Berlin geborene ehemalige Maurermeister Karl Friedrich Zelter in seiner Heimatstadt. Zelter leitete die Berliner Singakademie und hatte 1809 die erste Berliner Liedertafel gegründet, im gleichen Jahr wurde er auch Musikprofessor an der dortigen Akademie der Künste. Seit 1795 stand er in Beziehungen zu Goethe, der ihm als einzigem in den späteren Jahren das brüderliche Du angeboten hatte.

Die Korrespondenz der beiden ist rege; Goethe liebte es ja, sich Leuten gegenüber auszusprechen, die nicht erreichbar waren: „Der Abwesende ist eine ideale Person, die Gegenwärtigen kommen sich einander trivial vor", befand er. Zelter war für Goethe so etwas wie ein Musikberater, und das ist betrüblich, denn der wackere Akademieleiter lehnte alles Neuere ab, hatte ein unglückliches Verhältnis zu Beethoven und Berlioz und ließ eigentlich nur Händel und Bach gelten. Goethe war das nur recht, wollte er doch seine Gedichte nicht von Musik überlagert sehen; und so hat er denn den Singkreisen Zelters Gedichte überlassen, die als Lieder in studentischen Vereinigungen Aufnahme fanden. Daß es den Freund in Berlin überhaupt hielt, konnte er nur kopfschüttelnd kommentieren, „denn es ist dort ein so verwegener Menschenschlag beisammen, daß man Haare auf den Zähnen haben und mitunter etwas grob sein muß, um sich über Wasser zu halten."

Berlin, den 21. Februar 1813

Gestern ist es etwas ernsthaft in unserer Residenz hergegangen. Von einer Anzahl Kosaken, die gegen 300 angegeben werden, hatten sich gegen 150 auf den Anhöhen vor der Stadt zusammengefunden, sprengten in die Tore herein und hieben und schossen eine Anzahl Franzosen nieder, welche sie auf den Straßen fanden. Dies geschah gegen Mittag. Ich befand mich auf der Akademie. Als ich gegen 2 Uhr zu Hause wandeln wollte, waren die Brücken bereits von den Franzosen gesperrt und mit Kanonen besetzt; ich mußte deshalb einen sehr weiten Umweg nehmen, bis ich endlich mein Haus nach 3 Uhr erreichte. In meiner Straße war es lebhaft hergegangen. Die mir gegenüberstehenden Häuser waren von Kugeln durchlöchert. Mehrere Bürger sind getötet und mein Nachbar, ein Kaufmann, auf den Tod verwundet. Gegen 5 Uhr hatten die Kosacken den Weg zum Tore hinaus wieder gefunden. Wären diese kühnen Leute still, in Masse, ins Haus des Französischen Gouverneurs, Herzogs von Castiglione, gedrungen, anstatt sich in den Straßen mit dem Niederhauen einzelner Franzosen zu beschäftigen und die ganze Stadt zu alarmieren, so hätte der Coup gelingen können; und hätten gegenteils die Franzosen, welche überrumpelt schienen, sogleich die Tore sperren lassen, so wäre kein Russe gesund wieder hinausgekommen.

Ich bin mit meinem Hause noch unbeschädigt. Mein ältester Sohn ist als reitender Jäger zum Könige nach Breslau abgegangen.

Diesen Augenblick (abends 10 Uhr) heißt es: die Franzosen würden nach Mitternacht die Stadt verlassen. Ich glaube es nicht, denn sie haben Verstärkung von 2000 Mann Infanterie erhalten. Den 22. Morgens 7 Uhr. Die Franzosen sind nicht abgezogen. Die ganze Besatzung hat die Nacht über in den Straßen bivouakiert. Es herrscht eine ahndungsvolle Stille, niemand weiß, was er vornehmen soll; unterdessen redigiere ich frühere Kompositionen.

Den 24. Alles ist ruhig; die Kosaken schwärmen vor den Toren herum. Der Vizekönig und der General Saint-Cyr sind mit Kavallerie angekommen, und die Stadt nun mit etwa 12000 Mann besetzt. Der Zustand ist ängstlich, doch habe ich seit Sonnabend besser geschlafen als lange vorher. Es ist so ruhig, daß man des Abends die Hunde laufen hört.

Den 27. Februar. Vorgestern habe ich Beethovens Ouvertüre zum Egmont recht gut ausführen hören. Von rechtswegen müßte jedes bedeutende deutsche Theaterstück seine eigene Musik haben. Es läßt sich kaum berechnen, wieviel Gutes daraus entstehen könnte für Dichter, Komponisten und Publikum. Der Dichter hat den Komponisten auf eigenem Felde, kann ihn leiten, verstehn lehren, ja ihn verstehn lernen; der Komponist arbeitet nach einer Totalidee und kann bestimmt wissen, was er nicht machen muß, ohne beschränkt zu sein, und es muß eine Glückseligkeit sein, wenn beide sich nebeneinander erkennen und durcheinander erklären.

Diesmal ward die Ouvertüre ohne das Stück gehört, wie der selige Gleim immer den Hut Friedrichs des Großen vorzeigte. Die Ouvertüre aus f-moll kündigt in einer Folge finstrer Akkorde eine Tragödie an, geht in ein republikanisches Wesen über, dem das Kriegrische nicht fehlt, wird wohl- und wehmütig, träumerisch, tumultuarisch und endet siegreich. Ein Verdienst mehr an dieser Musik ist – das Zeitgemäße: Sie ist gerade so lang, als ich sie wünschte, und die erste Szene schließt sich recht gut an das Ende der Ouvertüre an.

Nun möchte ich ihn bereden, auch die Entr'actes in Musik zu setzen, die alle aus der Ouvertüre hervorgehn müßten. Denn außer dieser Zutat paßt jede tragische Ouvertüre mehr oder weniger ebenso gut, da die Freude an einem Ganzen aus der Entwicklung der Teile besteht.

Den 11. März. Daß die Franzosen Berlin verlassen haben, wirst Du aus den Zeitungen sehn. Meine russische Einquartierung besteht in dem Major von Juny, der jetzt Stadtkommandant ist, nebst seinen Leuten und Pferden. Der junge Mann spricht ganz gut Deutsch und ist ein geborner Moskauer.

Nun habe ich auch den zweiten Teil des Phantasus gelesen, worin mir besonders „Die verkehrte Welt" vielen Spaß gemacht hat. Diese verkehrte Welt aber ist *alle Welt,* und es ist mir hier erst eingefallen, daß die Welt so sein muß, wenn man Freude soll daran und darin haben können. Schön bedanken würde ich mich – vor einer unverkehrten Welt, worin für uns beide kein Platz wäre.

Da Herr Sibbern diesen Brief mitnehmen will, so muß ich wohl schließen. Zugleich gebe ich ihm den vierten Teil meiner Lieder mit, welchen ich einen guten Vortrag wünsche, wenn sie vor Dein Ohr treten sollen. Die „Rastlose Liebe“ ist eine Komposition des vorigen Sommers: ob man im 54sten Jahre wohl noch eine rastlose Liebe abmalen kann? – Gott befohlen.

Z.

Louis von Kaisenberg
an seinen Vater

Von den über 600000 Soldaten, die Napoleon in das russische Abenteuer zwang, überlebten wenig mehr als 100000 den Krieg; sehr wenige nur wurden später aus russischer Kriegsgefangenschaft entlassen. Für viele Franzosen war der Heimmarsch ein Schreckensabenteuer; die Reste der geschlagenen Grande Armee mußten sich immer wieder der Überfälle von Kosakenpatrouillen erwehren. Offener Franzosenhaß schlug ihnen vor allem in Preußen entgegen.

Ein besonders erschütternder Brief stammt von Louis von Kaisenberg, der im westfälischen Garde du Corps diente und zu den Soldaten gehörte, die nicht mitmarschiert waren. Er ist derjenige, an den sich der Leutnant Fritz Wolf in seinem Brief vom 4. Oktober des vergangenen Jahres wendet, als sich die Armee vor Moskau befand und angesichts der Pläne des Kaisers der Gedanke an eine Heimkehr noch gar nicht aufkommen durfte. Nun kehren die Soldaten entweder gar nicht zurück oder mit erfrorenen Gliedern, halb verhungert und völlig demoralisiert *(s. auch S. 62)*

Kassel, den 20. Februar 1813

Teuerer Vater!

Ich war so weit in meinem Schreiben gekommen, als ich von Lehsten überrascht wurde, der mit dem Rufe: „Louis, komm mit hinaus, es nahen die ersten Haufen der großen Armee!“ in meine Stube gestürzt kam. Wir eilten nach der Aue, und da stand denn ein Häufchen von ungefähr fünfzig Mann dieser Unglücklichen, die dem Graus der Elemente, den feindlichen Schwertern und dem Hunger entflohen waren. O teuerer Vater, es war das ein Anblick zum Gotterbarmen. Wenn ich mir den Tag in das Gedächtnis rufe, an dem wir die Truppen von hier abmarschieren sahen in dem Glanze ihrer Uniformen und ihrer frischen Jugendlichkeit, ein jeder mit der Hoffnung auf zu erringenden Ruhm und zu erwerbende Ehren erfüllt, und nun! Wie sahen die Unglücklichen aus! Die Köpfe und die Füße in Lumpen gehüllt, der übrige Körper bedeckt mit Fetzen von allen möglichen Stoffen oder Strohmatten. Auch Tierfelle, noch voll des vertrockneten Blutes, deckten ihre Blößen. Der Ausdruck ihrer bleichen Züge war ein schrecklicher, die Augen sahen mit einem geisterhaft starrenden Ausdruck aus den blassen, mit Falten durchzogenen Gesichtern heraus, als sähen sie noch alle die Greuel, die auf sie in den Eissteppen Rußlands gelauert hatten, und ihre Sprache klang hohl und rauh, als hätten die Schmerzenstöne sie heiser gemacht. Die meisten der Unglücklichen konnten ihre Körper kaum noch fortschleppen, so matt und krank waren sie. Ihre Gesichter, geschwärzt von dem Rauch der Lagerfeuer, bedeckt mit wochenlangem Straßenschmutz, zerfressen von allen möglichen Krankheiten, wie dem heißen Brand, und zernagt von Ungeziefer, sahen mit gespenstischem Ausdruck aus den Lumpen hervor. Und das, teuerer Vater, waren dieselben Menschen, die einst frohen Mutes, die Augen leuchtend vor Siegesglück, ausgezogen waren, um für *einen* Menschen, für den Kaiser, die Welt zu erobern. Es heißt jetzt, daß von den 23000 Westfalen, die hinausgezogen waren, kaum 2000 zurückgekehrt sind.

Ist es möglich, teuerer Vater, daß *ein* Mensch solch eine Gewalt über die Welt besitzt, daß er so hunderttausendfaches Unglück über seine Mitmenschen bringen kann? Wird der allmächtige Gott da nicht einschreiten, um diesen *einen* Mann von der Stelle, an der er allmächtig sitzt, abzulösen? O mein Vater, bei dem Anblick jener Unglücklichen, wie dankte ich da Gott, daß er mich vor diesen Leiden bewahrt hatte. Wie kurzsichtig ist der Mensch oft und legt das als Unglück aus, was nachher zu seinem Glücke dient! O mein Vater, ich kann den Ausdruck dieser Menschen nicht vergessen, mit dem sie mich hilfeflehend anstierten. Einige streckten nur mühsam ihre Hände uns entgegen, sie hatten die Sprache verloren, andere waren so versenkt in ihre anhaltende Bestürzung, daß sie die Gaben nicht sahen, die wir ihnen boten. Alle schienen auf den Tod wie auf eine Wohltat zu lauern, da sie nicht mehr die Kraft in sich fühlten, die Ruhe und die Lebensmittel zu genießen. So standen sie mit zitternden Knien da und folgten mit stumpfem, blödem Blick den Bürgern, die sie bewegt von innerstem Mitleid bei der Hand faßten, um die Unglücklichen in ihre Häuser zu führen und sie dort zu laben.

Mein erster Gedanke bei ihrem Anblick war unser Fritz. Die Hälfte des ungefähr fünfzig Mann starken Haufens waren Leute von westfälischen Regimentern. Ich versuchte, mir Auskunft von ihnen über das Schicksal unseres Fritz zu verschaffen, aber so viel ich auch fragte, ich erhielt nur ein blödes Lachen als Antwort, oder ein anderer hob den Arm und flüsterte halb irre: „Tot – alles – alles – tot."

Theodor Körner
an seinen Vater

Diesen rauschhaften Brief schrieb der zweiundzwanzigjährige Wiener Hoftheaterdichter und Freiheitskämpfer an seinen Vater Christian Gottfried Körner, den Freund und Mäzen Schillers. Der geborene Dresdner hatte zunächst an der Bergakademie Freiberg studiert, später an den Universitäten von Leipzig und Berlin. Er war dann nach Wien gegangen und hatte dort Humboldt, Friedrich Schlegel und Eichendorff kennengelernt.

Körner versuchte sich unter dem Einfluß Kotzebues und Schillers als Lyriker, schrieb recht schlichte Lustspiele, verlobte sich mit der Schauspielerin Antonie Adamberger und wurde 1813 Theaterdichter an der Hofburg. Im gleichen Jahr ergriff den Dichter patriotischer Kriegslieder der Schwung der Befreiungsbewegung; im März stieß er zu Lützows Freikorps, das sich als „Schwarze Schar" bezeichnete, und vor allem viel Zulauf von Studenten hatte. Hier dichtete er jene Lieder, die damals zum nationalen Gemeingut gehörten und durch seinen frühen „Heldentod" eine gewaltige Verklärung erfuhren, so etwa: „Lützows wilde, verwegene Jagd", das ein Jahr später in der Gedichtsammlung „Leyer und Schwerdt" erschien. Im Gefecht von Litzen schwer verwundet, fiel Theodor Körner am 26. August 1813 unweit vom mecklenburgischen Gadebusch. Begraben wurde er unter einer alten Eiche bei Wöbbelin; dort ließen sich später auch einige seiner Verwandten bestatten.

Wien, am 10. März 1813

Liebster Vater! Ich schreibe Dir diesmal in einer Angelegenheit, die, wie ich das feste Vertrauen zu Dir habe, Dich weder befremden, noch erschrecken wird. Neulich schon gab ich Dir einen Wink über mein Vorhaben, das jetzt zur Reife gediehen ist. Deutschland steht auf; der preußische Adler erweckt in allen treuen Herzen durch seine kühnen Flügelschläge die große Hoffnung einer deutschen, wenigstens norddeutschen Freiheit. Meine Kunst seufzt nach ihrem Vaterlande, laß mich ihr würdiger Jünger sein! Ja, liebster Vater, ich will Soldat werden, will das hier gewonnene glückliche und sorgenfreie Leben mit Freuden hinwerfen, um, sei's auch mit meinem Blute, mir ein Vaterland zu erkämpfen. Nenn's nicht Übermut, Leichtsinn, Wildheit! Vor zwei Jahren hätte ich es so nennen lassen; jetzt, da ich weiß, welche Seligkeit in diesem Leben reifen kann, jetzt, da alle Sterne meines Glücks in schöner Milde auf mich niederleuchten, jetzt ist es bei Gott ein würdiges Gefühl, das mich treibt, jetzt ist es die mächtige Überzeugung, daß kein Opfer zu groß sei für das höchste menschliche Gut, für seines Volkes Freiheit. Vielleicht sagt Dein bestochenes väterliches Herz: Theodor ist zu größeren Zwecken da, er hätte auf einem anderen Felde Wichtigeres und Bedeutenderes leisten können, er ist der Menschheit noch ein großes Pfund zu berechnen schuldig. Aber, Vater, meine Meinung ist die: Zum Opfertode für die Freiheit und für die Ehre seiner Nation ist keiner zu gut, wohl aber sind viele zu schlecht dazu! Hat mir Gott wirklich etwas mehr als gewöhnlichen Geist eingehaucht, der unter Deiner Pflege denken lernte, wo ist der Augenblick, wo ich ihn mehr geltend machen kann?

Eine große Zeit will große Herzen, und ich fühl' die Kraft in mir, eine Klippe sein zu können in dieser Völkerbrandung; ich muß hinaus, um dem Wogensturme die mutige Brust entgegenzudrücken.

Soll ich in feiger Begeisterung meinen siegenden Brüdern meinen Jubel nachleiern? Soll ich Komödien schreiben auf dem Spotttheater, wenn ich den Mut und die Kraft mir zutraue, auf dem Theater des Ernstes mitzusprechen? Ich weiß, Du wirst manche Unruhe erleiden müssen, die Mutter wird weinen!

Gott tröste sie! Ich kann's Euch nicht ersparen. Des Glückes Schoßkind rühmt' ich mich bis jetzt, es wird mich jetzt nicht verlassen. Daß ich mein Leben wage, das gilt nicht viel; daß aber dies Leben mit allen Blütenkränzen der Liebe, der Freundschaft, der Freude geschmückt ist, und daß ich es doch wage, daß ich die süße Empfindung hinwerfe, die mir in der Überzeugung lebte, Euch keine Unruhe, keine Angst zu bereiten, das ist ein Opfer, dem nur ein solcher Preis entgegengestellt werden darf. Sonnabends oder montags reise ich von hier ab wahrscheinlich in freundlicher Gesellschaft. In Breslau, als dem Sammelplatze, treffe ich zu den freien Söhnen Preußens, die in schöner Begeisterung sich zu den Fahnen ihres Königs gesammelt haben. Ob zu Fuß oder zu Pferd, darüber bin ich noch nicht entschieden und kommt einzig auf die Summe Geldes an, die ich zusammenbringe. Wegen meiner hiesigen Anstellung weiß ich noch nichts gewiß, vermutlich gibt mir der Fürst Urlaub, wo nicht, es gibt in der Kunst keine anciennité, und komm' ich wieder nach Wien, so hab ich doch das sichere Versprechen des Grafen Palfy, das in ökonomischer Hinsicht noch mehr Vorteile gewährt. Toni hat mir auch bei dieser Gelegenheit ihre große, edle Seele bewiesen. Sie weint wohl, aber der geendigte Feldzug wird ihre Tränen schon trocknen. Die Mutter soll mir ihren Schmerz vergeben; wer mich liebt, soll mich nicht verkennen, und Du wirst mich Deiner würdig finden.

Dein Theodor

E. T. A. Hoffmann
an Julius Eduard Hitzig

Seit 1808 war Hoffmann in Bamberg vielerlei Tätigkeiten nachgegangen; er war Kapellmeister, Regisseur, Dekorationsmaler und Maschinenmeister gewesen, hatte komponiert, Musikunterricht gegeben und Kritiken geschrieben. Doch mit alledem nicht glücklich, hatte er ein günstiges Angebot angenommen und war Musikdirektor in „Secondas Schauspieltruppe“ geworden. Dabei kamen ihm die Kriegswirren in Gestalt der zurückflutenden französischen Armeen in die Quere, die ihn eine Weile in Dresden festhielten. Von hier aus berichtete er dem Berliner Buchhändler Hitzig detailliert und nicht ohne Sinn für dramatische Situationskomik von seinen und seiner Frau Erlebnissen, wobei dem phantasiebegabten Erzähler Situationen und Namen gelegentlich leicht durcheinandergeraten sein mögen. „Nicht jede briefliche Äußerung Hoffmanns stellt eine unbedingt zuverlässige Angabe dar“, schreibt der Herausgeber seiner Briefe. So ist etwa der Dresdner Große Garten nicht nur durch die französischen „Spitzbuben“, sondern auch durch die militärischen Erdbewegungen der verbündeten Truppen verwüstet worden, und die Arbeit an der „Undine“ dauerte noch eine ganze Weile.

Mit Werner ist der Königsberger Freund und Schriftsteller Zacharias Werner gemeint, der damals in Aschaffenburg weilte, wo er ein halbes Jahr später zum Priester geweiht wurde.

Hoffmann selbst wurde nach Kriegsende Regierungsrat am Kammergericht in Berlin und setzte sich während der Demagogenprozesse für den inhaftierten Turnvater Jahn ein.

Julius Eduard Hitzig war Referendar in Berlin gewesen, wurde 1815 Kriminal- und Pupillenrat und brachte es bis zum Direktor des Inquisitoriats beim Berliner Kammergericht.

Dresden den 1. Dez. 1813

Teuerster Freund!

Es ist wohl eine geraume Zeit daß mich die politischen Ereignisse und die dadurch herbeigeführte gänzliche Sperrung des Postenlaufs verhindert haben Ihnen Nachricht von der Änderung meiner Lage zu geben. – So gemütlich mir auch in mancher Hinsicht der Aufenthalt in Bamberg war, so sehr sich meine dortigen Freunde bemühten mich dort auf diese oder jene Art zu fixieren als die Holbeinsche Entreprise ein Ende nahm, so fühlte ich doch lebhaft, daß es der eigentlichen Künstlerkarriere, die ich begonnen, dort immer an dem gehörigen Schwunge fehlen würde; als daher schon am 27 Febr d. J. ganz unerwartet mir Joseph Seconda auf Empfehlung des Hofrats Rochlitz die Musikdirektorstelle bei seiner Gesellschaft mit einem auskömmlichen Gehalt antrug, säumte ich nicht den Antrag anzunehmen; es gelang mir später, unerachtet bis Plauen schon russische und preußische Truppen standen, dennoch von den bayrischen Behörden Pässe zu erhalten und ich kam dem geschlossenen Kontrakte gemäß ohne Hindernis den 25. April in Dresden an, traf aber weder Hrn. Seconda noch seine Gesellschaft, die der kriegerischen Ereignisse wegen in Leipzig geblieben waren. Dagegen war es mir höchst erfreulich meinen alten Schul und akademischen Freund den Staatsrath v. Hippel so wie den Staatsrath Staegemann meinen Landsmann so wie Bartholdy und andere Berliner Freunde zu finden mit denen ich bis zum 5. Mai manche frohe Stunde verlebte. Dann aber kam der unglückliche 8. Mai an dem die verhaßten Franzosen wieder Dresden besetzten und wo es so wie auch noch am 9. Mai Kugeln hinüber und herüber regnete. Seconda gab es endlich auf nach Dresden zu kommen und beschied mich nach Leipzig, und ich reiste mit meiner Frau am 20. Mai in der frohsten Stimmung nach Leipzig mit der Postkutsche ab nicht ahnend daß das schrecklichste Ereignis meines Lebens mir drohte. Auf der ersten Station nur zweihundert Schritte vor Meißen, als Postillion und Schirrmeister abgestiegen waren und hinter dem Wagen hergingen, wurde ein wildes junges Pferd das vorne angespannt scheu, lenkte nach dem Graben und riß den mit Geldtonnen, Kaufmannsgütern und 12 Passagieren schwer beladenen Wagen herum, daß er mit der größten Gewalt umstürzte. Ich wurde über meine Frau weggeschleudert und mit einer leichten Quetschung davongekommen hatte ich Besinnung und Kraft meine Frau aus den Kisten und Kasten herauszureißen – aber welch ein Anblick! sie war leblos und das Blut strömte aus dem Kopfe, so daß man nichts vom Gesicht sah – ich trug sie fort auf einen Rasen und hatte noch Geistesgegenwart genug ein Fläschchen Eau de Cologne, das glücklicher Weise sich in dem Körbchen das ihr noch am Arme hing ganz befand, in mein Tuch zu gießen und das Gesicht zu reinigen – der Kopf ist zerschmettert, mußt ich denken, aber zu meiner Freude sah ich gleich, daß es nur eine wiewohl äußerst bedeutende Stirnwunde von 2 bis 2½ Zoll Länge war, meine arme Frau erholte sich aus der Ohnmacht, und ich konnte sie bis zu einem ganz nahe vor der Stadt gelegenen Hause bringen, wo wir „äußerst gutmütige Leute" fanden, die uns mit etwas Wein erquickten; endlich kam die bestellte Portechaise aus Meißen und meine Frau wurde unter dem Zulauf des Volks in den Gasthof gebracht, wo ein recht geschickter Chirurgus gleich den ersten Verband unternahm. Mit uns in der Diligence saß der Appellationsgerichtsrat Graf Fritsche aus Dresden mit seiner jungen liebenswürdigen Frau (höchstens 23 Jahre), die er erst vor wenigen Monaten geheiratet; sie wollten nur bis Meißen und dann auf ihr Gut Siebeneichen fahren – diese wurde *tot* auf die erbärmlichste Weise zugerichtet unter dem Wagen hervorgezogen. Erst den zweiten Tag erklärten Arzt und Chirurg meine Frau außer Lebensgefahr, indem keine edle Teile verletzt, und erlaubten am 4. Tage die behutsame Weiterreise, so daß wir endlich in Leipzig ankamen und der geschickte Dr. Etzmann meine Frau herstellte, die nur mit einer tüchtigen Narbe davongekommen, wiewohl ihr noch jede Veränderung des Wetters die unangenehmsten Empfindungen am Kopfe verursacht. In Leipzig fehlte es gar nicht an widrigen Ereignissen die der böse Krieg verursachte, und die Entreprise des Seconda fing an zu schwanken, er bekam indessen die Erlaubnis auf dem hiesigen Hoftheater zu spielen und wir trafen den 25 Jun. wieder in Dresden ein. Von dieser Zeit an bin ich nun hier und verwalte mein Amt als Musikdirektor. Selbst in der trübsten Zeit wurde das Theater ziemlich besucht und Secondas Entreprise ist aufs neue gesichert.

Hier habe ich nun alles erlebt, was man in der nächsten Nähe des Krieges erleben kann – ich habe Scharmützel – eine bedeutende Schlacht (am 26 Aug.) deutlich angesehen, habe das Schlachtfeld besucht, kurz, meine Erfahrungen sind in dieser Art nur zu sehr bereichert worden – Hungersnot und eine Art Pest (die zum Teil noch herrscht und nur noch vorige Woche 280 Personen bürgerlichen Standes weggerafft hat) mußte ich auch ausstehen, aber unerachtet aller in der Tat entsetzlichen Ereignisse, von denen Sie wahrscheinlich schon durch die öffentlichen Blätter unterrichtet sein werden, habe ich nie den Mut verloren, ja als die Kanonen rings um Dresden donnerten, so daß die Erde bebte und die Fenster zitterten, ist mir ein besonderes vorahnendes Gefühl gekommen, daß der so lange ersehnte Augenblick der wieder erlangten Freiheit nicht mehr fern sein könne! – Schon am 11. Oktober hatte ich die Freude mit eignen Augen ziemlich nahe (ich konnte es nicht lassen hinaus zu laufen und mich auf einen Hügel zu stellen) zu sehen, wie die Franzosen aus ihrem verschanzten Lager dicht vor den äußern Schanzen von Dresden herausgetrieben wurden, ihre Baraken anzündeten, und mit einer Schnelligkeit davon liefen, die ich der Nation immer zutraute. Ein gleiches Schauspiel erfreute mich am 13 Okt. – 16 Okt. und später am 6. Nov., wo ich mittelst eines sehr guten Glases vom Turm der Kreuzkirche sah, wie der Hr. Graf von der Lobau, der sich mit 12 bis 15000 Mann nach Torgau durchschlagen wollte, von den Boksdorfer Höhen herabgetrieben und bis unter die Kanonen von Dresden getrieben wurde. – Die Anstalten waren übrigens seit dem 4 Nov. von der Art, daß man hätte glauben sollen, die Franzosen würden jede Straße verteidigen und sich bis auf den letzten Mann wehren. Denn nachdem sie die äußeren Schanzen verlassen müssen, sperrten sie die Schläge und Tore und verschanzten die Hauptstraßen der Vorstädte hauptsächlich mittelst mit Sand gefüllter Kisten und Tonnen. – Um so drückender war uns Einwohnern das alles, weil wir trotz aller Vorsicht der französischen Behörden von den glorreichen herrlichen Siegen bei Leipzig und Erfurt sehr gut unterrichtet waren. Schon am 10. erfuhren wir den Abschluß der Kapitulation und mein Gefühl war wirklich unbeschreiblich, als ich die stolzen übermütigen Franzosen schmachvoll ohne Waffen abziehen sah! – Wie die Spitzbuben das herrliche Dresden auf wirklich sinnreiche Weise verwüstet und ruiniert haben, davon haben Sie keine Idee – beinahe alle Lustörter (der große Garten, der Mosczynskische Garten, das Feldschlößchen usw.) sind bis auf den Grund verwüstet und zwar meistens ohne Not – die herrlichen Alleen meistens umgehauen usw. – Jetzt, teurer Freund, atmet man wieder frei, und ich denke, die bessere Zeit liegt uns ganz nahe! – Nächst der Komposition und meinem Treiben in der Musik, bewege ich mich auch fleißig *in litteris*, das heißt: es ist so ein Stück Autor aus mir geworden; es ist nämlich zum Anfange ein kleines Werk von mir *sub titulo:* Fantasiestücke in Callot's Manier, wozu Jean Paul Fr. Richter eine Vorrede geschrieben, von Kunz verlegt worden; bekommen Sie es zur Hand, so bin ich auf Ihr Urteil begierig. Nächst manchen schon in der Musikalischen Zeitung abgedruckten enthält es zwei Aufsätze die vielleicht Ihr Interesse erwecken werden, nämlich: Nachrichten von den neuesten Schicksalen des Hundes Berganza und der Magnetiseur. Bis zur Ostermesse sollen noch zwei Bändchen erscheinen. – *Undine* ist *vollendet* und ich warte nur den günstigen Augenblick ab sie würdig auf die Bühne zu bringen; ich tue mir auf die Musik etwas zu Gute und glaube vorzüglich in der Undine selbst und dem prächtigen Kühleborn den Sinn des herrlichen Dichters getroffen zu haben. Mein lieber Freund eine recht herzliche Bitte, nämlich: Antworten Sie mir so bald als möglich, und schreiben sie mir umständlich, was Fouqué macht und wo er sich jetzt befindet, auch wenn Sie es erfahren können, wo sich jetzt der Staatsrat von Hippel, der im Büro des Hardenberg arbeitete, aufhält; nächstdem erbitte ich mir recht sehr die Novitäten von Berlin, so weit sie mich interessieren. – Der bekannte Schriftsteller Schulz (Fr. Laun), ein sehr gemütlicher Mann, mit dem ich sehr viel lebte, liegt auch am Nervenfieber darnieder – er hatte eben ein dramatisches Märchen in Gozzis Manier vollendet, das ich im Manuskript zu lesen erhalten sollte, darüber ist er aber erkrankt. – Ist denn Werner noch in Rom? –

Wir gehen in kurzem nach Leipzig, adressieren Sie gefälligst den Brief dahin mit dem Zusatze: zu erfragen *in der Breitkopf und Haertelschen Handlung.*

Grüßen Sie Ihre liebe Frau, der sich so wie Ihnen die meinige sehr empfiehlt, recht herzlich von mir. Ewig unverändert

Der Ihrigste Hff.

Karl vom und zum Stein
an seine Frau

Einen Tag, nachdem der Reichsfreiherr und Berater des Zaren diesen Brief geschrieben hatte, wurde Napoleon, der ihn sechs Jahre zuvor ins Exil getrieben hatte, zur Abdankung gezwungen. Das war eine Genugtuung für den leidenschaftlichen Gegner des Franzosenkaisers, der nach der preußischen Niederlage Denkschriften verfaßt und als Minister umfassende Reformen in die Wege geleitet hatte. So stammen etwa Vorschläge zu einer Neugestaltung der Selbstverwaltung von ihm, auch setzte er Agrarreformen und die Bauernbefreiung durch mit dem Ziel der allmählichen Beseitigung der persönlichen Abhängigkeit der Bauern von den Grundbesitzern.

Als im August 1808 ein Brief von ihm abgefangen wird, in dem er vorsichtig die Möglichkeiten eines Aufstands gegen Napoleon andeutet, sorgt dieser für die Veröffentlichung dieses Schreibens in französischen und deutschen Zeitungen und für die Entfernung des Ministers aus dem preußischen Kabinett. Stein flieht zunächst nach Prag und wird im Mai 1812 von Zar Alexander I. als Berater nach Moskau gerufen. Da war er fünfundfünfzig Jahre alt.

Im Januar 1813 ging er auf Veranlassung des Zaren nach Königsberg, rief mit Yorck die ostpreußischen Stände zur Erhebung auf und gründete den ostpreußischen Landtag. Am Wiener Kongreß nahm der entschiedene Gegner Metternichs erneut im Dienste des Zaren teil; danach zog er sich ins Privatleben zurück, trieb Geschichtsstudien und begründete die „Gesellschaft für ältere deutsche Geschichtskunde", die mit der Herausgabe der „Monumenta Germaniae Historica" begann, einer Sammlung mittelalterlicher Quellentexte.

Paris, den 10. April 1814

Hier bin ich, in Paris, seit gestern, dem Jahrestage meiner Ankunft in Dresden – welche Ereignisse seitdem, welch ein Abgrund von Unglück, aus dem wir gerettet sind dank der Vorsehung, dem Kaiser Alexander und seinen russischen und deutschen Waffengefährten. Zu welchem Grade von Glück, Unabhängigkeit und Ruhe sind wir gelangt! Wir wagen endlich, uns dem Genuß der Gefühle hinzugeben, welche diese Lage einflößt, und im Frieden in den Schoß unserer Familie zurückzukehren: wir sehen das Los derer, aus denen sie besteht, gegen das Unglück, das ihnen Zerstörung drohte, gesichert. Nur wenn ich das Gefühl, das sich über mein ganzes Dasein verbreitet, mit dem des Druckes und des Leides vergleiche, das neun Jahre mich ergriffen hatte, nur diese Vergleichung setzt mich instand, den ganzen Umfang meines jetzigen Glücks, die Größe meines vorigen Leidens zu würdigen.

Der Tyrann hat geendigt wie ein Feigling. Solange es nur darauf ankam, das Blut der andern zu vergießen, war er damit verschwenderisch, aber er wagt nicht zu sterben, um wenigstens mutig zu enden; er nimmt ein Gnadengehalt an, er kehrt in das Nichts zurück, er unterhandelt, um sein Leben zu behalten und ein schimpfliches Dasein zu verlängern; man versichert, daß er seine Tage zubringt mit Weinen, mit Seufzen; welches Ungeheuer und welche Verächtlichkeit! – Ouwaroff schrieb mir neulich, es gebe in Bonapartes Geschichte ein Gemisch von Seltsamkeit und Größe, von Tamerlan und Gilblas; aber es gibt einen dritten Bestandteil in der monströsen Verbindung, welche seinen Charakter bildet, das ist Gemeinheit; sie zeigte sich in seiner Flucht von der Armee in Rußland, in seiner Behandlung derer, so er verfolgt und niedergedrückt hatte, in seinem Umgang, in seinen Reden und gegenwärtig in seinem Betragen im Unglück – sie geht bis zur Niederträchtigkeit, zur Furcht für sein Leben – zur Feigheit.

Das edle, hochherzige, wohlwollende Betragen des Kaisers Alexander ergreift alle Gemüter, reißt sie mit Gewalt vom Tyrannen los, macht es den Franzosen vergessen und vorzüglich, daß Fremde in ihrer Hauptstadt gebieten.

Sie fühlen sich indessen erniedrigt, zwanzig Jahre voll

Greuel, von Folgewidrigkeit, von Lüge in ihrer Geschichte zu haben und durch die Greuel der Revolution zur Gesetzlosigkeit übergegangen zu sein, um besiegt zu werden durch die Fremden, welche zu gleicher Zeit ihre Befreier gewesen sind, statt als Rächer der erlittenen Schmach zu handeln.

Der Kaiser hat die Unterhandlungen wegen des Innern nach den reinsten und erhabensten Grundsätzen geführt. Er ließ die großen Staatsbehörden handeln, er schrieb nicht vor, zwang zu nichts – er ließ geschehen, beschützte, aber sprach nicht als Herr. – Du wirst in diesem Verfahren eine seltene Vereinigung von Weisheit, Adel, Mut und Erhabenheit der Seele finden. Diese unreine, unverschämte und unzüchtige französische Rasse mißbraucht schon seine Großmut, sie will mit einem eisernen Zepter regiert werden – es ist ekelhaft zu sehen, nachdem sie sich mit Verbrechen bedeckt hat, spricht sie von ihrer Loyalität, ihrer Güte, ihrer Großmut, als wäre es nicht sie, die Europa mit Blut und Trauer bedeckt, die in zwei Jahrhunderten drei Könige ermordet und die in allen Beziehungen die widerwärtigste Habgier gezeigt hat.

Die Stadt ist nicht schön, einzelne Gegenden sind es, aber der größte Teil besteht aus schmutzigen, engen, übelriechenden Straßen usw., kurz, meine liebe Freundin, ich werde dem Himmel danken, wenn ich nach Deutschland zurückkehren kann.

Napoleon hat am 9. gejagt. Er denkt nur an seine gewöhnlichen Genüsse. Derselbe Mangel an Geisteserhebung, der ihm die Flucht aus Rußland eingab, indem er sein Heer allen Greueln des Hungers und der Kälte überließ, macht ihm jetzt ein schamvolles Dasein erträglich. – Die Erzherzogin kehrt zu ihrem Vater zurück, Jérôme geht nach Stuttgart, Joseph nach der Schweiz, so ist alles dieses Lumpengesindel zu Boden!

Rahel Varnhagen
an Karl August Varnhagen von Ense

Als Rahel Varnhagen diesen Brief schreibt, ist sie gerade ein Jahr mit Karl August Varnhagen verheiratet: sie ist vierundvierzig, er dreißig Jahre alt. Schon seit 1790 hielt sie in den Mansardenräumen der elterlichen Wohnung in der Berliner Jägerstraße ihren berühmten literarischen Salon ab, in dem die bekanntesten Schriftsteller und Publizisten verkehrten, so Friedrich Schlegel, Tieck, Jean Paul, die Brüder Grimm u. a.

Für die junge Rahel Levin war Goethe ein Abgott: „Hören Sie auf Goethe", schrieb sie einer Freundin, „mit Tränen schreibe ich den Namen dieses Vermittlers in Erinnerung großer Drangsale." Die Goethe-Begeisterung wurde gerade in den Salons der Berliner Jüdinnen – auch Henriette Herz gehörte zu ihnen – heftig gepflegt. Der Goethe-Vertraute Riemer fand überhaupt die jüdischen Verehrer Goethes aufmerksamer: „Ihre schnelle Auffassungsgabe, ihr penetranter Verstand, ihr eigentümlicher Witz machen sie zu einem sensibleren Publikum, als leider unter den zuweilen etwas langsam und schwer begreifenden Echt- und Ur-Deutschen angetroffen wird." Und weiter schreibt er: „Frauen besitzen jene Gabe öfter in noch liebenswürdigerer Gestalt ..." Im Falle der Rahel kam vielleicht noch hinzu, daß sie sich gern – Goethe darin nicht ganz unähnlich – „einzig als die größte Erscheinung dieser Erde" sah. „Der größte Künstler, Philosoph oder Dichter ist nicht über mir. Wir sind vom selben Element. Im selben Rang, und gehören zusammen."

Rahel hatte sich am 5. September in einem kurzen Billett bei Goethe erkundigt, ob er eine bestimmte Sendung erhalten habe. Goethe sah sich als Antwort darauf zu seinem Besuch veranlaßt.

Frankfurt a. M., Freitag mittag halb 3 Uhr,
den 8. September 1815

Dies ist den Brief wert. Nun wirst Du selbst Dich freuen, daß ich noch hier war. Guter teurer August. Goethe war diesen Morgen um ein Viertel auf zehn bei mir. Dies ist mein Adelsdiplom. Aber ich nahm mich auch so schlecht, als einer, dem sein geehrter, über alles verehrter, tapfrer, weiser König den Ritterschlag vor der ganzen Welt gibt. Ich benahm mich sehr schlecht. Ich ließ Goethe beinah nicht sprechen! O! wie weissagte meine Seele gestern, als ich Dir schrieb, ich hätte den größten Geschmack, und müßte mich immer so geschmacklos, so ungraziös betragen: immer selbst so erscheinen! Und ich kann *wieder* nicht dafür; zwanzig Umstände, Ereignisse reichten sich die Hände, um mich dazu zu zwingen, mich durch Überwältigung hineinzustürzen. Höre nur! Als vorgestern und gestern keine Antwort von Goethe kam, beschäftigte es mich immer unter allem Leben heimlich, wie eine chronische Krankheit; (und noch einmal sei Dir diese größte Liebeserklärung getan; nur Dir zu Liebe, nur Dir zu willfahren und zu folgen, mich und meine heimliche Leidenschaft aufopfernd, schrieb ich ihm) – und ich dachte, der Brief sei ihm nicht abgegeben; oder, *trotz der Unmöglichkeit!* er käme lieber einen Moment zu mir, als daß er mir auch nur eine Zeile antwortete: oder, er habe schwer einen Boten: und so dacht' ich mir denn sein Kommen, oder Schicken; und dabei, daß es gewiß geschähe zur Unzeit, und wenn ich's gar nicht dächte; wie immer. *Das* aber konnte ich mir *nicht* denken: ein Viertel auf zehn ist zu arg. Ich hatte gestern ein erhitztes rotes Auge, *und* solche Beschwerden an den Augen, wie Du sie mir kennst; wozu mir denn die gestrige Komödie nicht half. Als ich den Morgen erwachte, so war das Auge nicht mehr rot, aber beide taten mir weh, als wäre Staub darin; und um nicht zu lesen, und sie zu ruhen, blieb ich im Bette – sonst steh' ich jetzt ziemlich früh auf – frühstücke im Bette, nehle sehr, und stehe endlich um neun auf. Grade im Zähneputzen, im roten Pulver, mit meinen Flanellen angetan, kommt mein Wirt, und sagt Doren, ein Herr wolle mich sprechen. Ich denke: ein Bote von Goethe. (*Noch nie* kam der Wirt, und nie in solcher Art Angst.)

Ich lasse fragen, wer es ist, und schicke Dore hinunter; diese bringt mir Goethens Karte; mit dem Bescheid, er wolle ein wenig warten. Ich lasse ihn eintreten und nur so lange warten, als man Zeit braucht, einen Überrock überzuknöpfen; es war ein schwarzer Wattenrock; und so trete ich vor ihn. *Mich* opfernd, um ihn nicht einen Moment warten zu lassen. Dies nur blieb mir von Besinnung. Auch entschuldigte ich mich nicht, sondern danke ihm! „Ich dank' Ihnen!" sagte ich; und meinte, er müsse wissen, wofür! daß er kam. Entschuldige mich nicht; denn ich meine, er muß wissen, daß ich *ganz* schwinde, und nur er berücksichtigt wird. Dies – leider!! – war *erste* Bewegung meines Herzens. Nun denk' ich in heftigster, ja komischer, quälender Reue *anders!* Er sagte mir, mit einer etwas sächsischen, sehr aiséen Sprache, er bedaure, nicht gewußt zu haben, daß ich *bei* ihm war. „Wir wollten *nur* wissen, ob Sie das Paket erhalten hätten. Wir hatten es einem Wiener Kaufmann gegeben, der es mit bis nach Leipzig nahm" – „Ich danke Ihrem Herrn Gemahl sehr, grüßen Sie ihn von mir; ich habe auch gleich antworten wollen, und legte es deshalb zurück, aber mit den interessantesten Sachen geht's einem am meisten so, man kommt nicht dazu. Ich danke Ihnen sehr!" – „O! das glaub' ich wohl, es geht *mir* ja sogar so. Ich wollte auch nur wissen, ob es in Ihren Händen sei." Er ließ Dich wieder grüßen, wohl dreimal, fragte, wo Du bist. Ich sagte ihm meinen Fall mit dem Nachkommen; wie der Kongreß auf mich gewirkt habe: dessen war er, *ganz weise,* und abgetan und zweihundert Jahr alt, einverstanden; und meinte auch, es sei nicht zum Nacherzählen, *weil* es keine Gestalt habe; ich sagte ihm, ich hätte erfahren, daß der Krieg umbringe, aber nicht zerstöre, und gestand *ihm* zu, daß man dies an Frankfurt sähe, dessen Umgebungen wir um die Wette lobten, und er meinte, es würde ja dort bald aus sein, und wir auch noch etwas Gutes davon erfahren. So glimpf! so hoffnungsreich auf die Natur; so gelassen, freundlich, und unsicher, so vague, und fest. Daß es *mir* eine Lust war! Er überredete mich, zu Biebrich, Wiesbaden, und dieser Reise; gestand, wo er wohne, sei die bessere Seite von hier. Er lobte Heidelberg, und daß man noch sähe, daß es eine Residenz war. Und als ich von Lokal und seinem unbesiegbaren Einfluß sprach: bejahte er's; „Darin müssen wir ja einmal leben, das tut sehr viel.“ Er fragte mich, wo wir immer wohnen. Im ganzen war er wie der vornehmste Fürst: aber wie ein äußerst guter Mann; voller *aisance;* aber Persönlichkeiten ablehnend: *auch* vornehm. Auf *Dich,* ziemlich gespitzt; und äußerst verbindlich. Er ging sehr bald. Ich konnte ihm nicht von der Pereira, nicht von der Grotthuß, von nichts sprechen! Nur ganz zu Anfang sagte ich ihm: „Ich war es, die Ihnen in Niederrad nachschrie; ich war mit Fremden dort, eben weil Sie davon gesprochen hatten; ich war zu überrascht.“ Er ließ dies ganz durch. Es war mir recht. Ich fühle, daß ich mich im ganzen so betragen habe, *wie damals* in Karlsbad. Mit der hastigen Tätigkeit: lange mein schönes stilles, bescheidenes Herz nicht gezeigt. Aber wenn man einen nur einen Moment, nach so lang*jähriger* Liebe, und Leben, und Beten, und Weben, und Beschäftigung, zu sehen bekommt, dann ist es so. Und mein Negligé, mein Gefühl von Ungrazie brachte mich ganz darnieder; und sein schnelles Weggehen. Aber nun besuche ich ihn: Otterstedts wollen es so schon die ganze Zeit: ich aber wollte nicht. Im ganzen ist es rasend viel, daß er kam. Er sieht keinen Menschen. Wollte Prinzessin Solms, des Königs Schwägerin, mit dem neuen englischen Gemahl durchaus nicht sehen. Kurz, ich fühle mich über die Maßen in meiner Erniedrigung geehrt. Nur *ich* weiß, wie elend ich war. Goethe hat mir für ewig den Ritterschlag gegeben. Beim Himmel! Er *weiß* es, der Himmel! Kein Olympier könnte *mich* mehr ehren, mir von *meiner* Ehre mehr bringen. Erst wollte ich Dir, meine Guste, die Karte schicken; aber ich traue sie keiner Post an. Nun höre *ganz,* wie lächerlich ich bin. Als er weg war, zog ich mich sehr schön an. Als wollt' ich's nachholen, redressieren! – Ein *schönes* weißes Kleid mit hohem schönen Kragen: eine Spitzenhaube, einen Kantenschleier, den Moskauer Schal: schrieb Frau von Busch, ob sie mich sehen will, und wollte doch einem anderen würdig erscheinen!!! – Sie wollte mich: und ich fand eine *liebe* Freundin der Brede, die mich mit offnen Armen und Herzen empfing, eine *liebe* Nachbarin, eine reizende Frau, die Dir gewiß gefallen wird, und worauf ich mich freue. – Nun will ich *Dir,* wie Prinz Louis *mir,* sagen: „Nun bin ich Ihnen unter *Brüdern* zehntausend Taler mehr wert; Goethe war bei mir!“ *Liebe* Guste, Teurer; meinetwegen ist es Dir, ich weiß es!

Deinetwegen schrieb' ich; wisse es. Und nun er da war, kommt mir mein Billett nicht mehr so öde, so unperiodisch, so gestaltlos vor; sondern *gut.* Gestern sah ich eine hübsche Oper göttlich gesungen von Madam Graff, gebornen Böheim. *Les acteurs ambulants,* aus dem Italienischen. Jetzt muß ich essen und ruhen. Ich war bei Otterstedts und Hertzens. Fahr' um halb sechs aus. *Soll* in die Komödie, Madam Vohs spielen sehen, die alte Weimarin. *Bin* müde; und weiß *noch* nichts Näheres über meine Reise. Heute bist Du mir *nicht* böse! Als mir die Frau von Busch sagen ließ, sie erwarte mich: sagte Dore: „Nun! *heute* gelingt *alles.*" Gleich betete ich laut: Gott soll Dich kommen lassen, und Preußen beschützen. So ist der Mensch. Man liebt sein Land! Ich mußte selbst drüber weinen. Adieu! Deine stolze, beschämte, ärgerliche, treue, kluge bei der Dummheit!

R.

Arthur Schopenhauer
an Friedrich Arnold Brockhaus

Durch die Vermittlung des Freiherrn von Biedenfeld tritt Schopenhauer im März 1818 an den Verleger Brockhaus heran und bietet ihm das noch nicht vollendete Manuskript seines Hauptwerkes zum Druck an. Zwar hat die Mutter Johanna im Jahr zuvor ihr viertes Buch dort erscheinen lassen, aber auf sie will sich der junge Philosoph nicht berufen; man ist miteinander zerstritten. Schopenhauer spart nicht mit großen Worten und ist selbstbewußt genug, dem Verleger keine Kostprobe seines Stils und seiner Gedanken vorzulegen.

Der Verlagskaufmann Brockhaus hatte einige Jahre zuvor sein Konversationslexikon abgeschlossen, hatte während der Napoleonischen Besetzung Schriften der Opposition verlegt und gab nun Reiseliteratur, Belletristik und wissenschaftliche Werke heraus.

Am 31. März schon gibt er Schopenhauer eine Zusage. Der neue Autor dankt in seinem nächsten Brief und warnt den Verleger für alle Fälle noch vor der Zensur: es stehe nämlich „die ganze vorgetragene Philosophie mit den Dogmen der Jüdisch-Christlichen Glaubenslehre in einem zwar nirgends ausgesprochenen aber sich stillschweigend unleugbar ergebenden Widerspruch". Da Schopenhauer eine lange aufgeschobene Reise nach Italien antreten und sein Werk gerne auf der Herbstmesse präsentiert sehen möchte, drängt er den Verleger zur Eile und vergreift sich prompt im Ton: er stellt Brockhaus als unzuverlässig hin und fordert sein Honorar ein. Gekränkt bricht der Verleger den Verkehr ab. Zwar läßt er das Manuskript zuvor noch drucken, schreibt aber in seinem letzten Brief: „... und werde ich daher Ihre etwaigen Briefe, die ohnehin in ihrer göttlichen Grobheit und Rusticität eher auf einen Vetturion [Kutscher] als einen Philosophen schließen lassen, gar nicht annehmen."

Da mir Hr. v. Biedenfeld gesagt hat, daß Sie, auf eine vorläufige Anfrage, nicht abgeneigt wären, ein Manuskript von mir zu drucken; so nehme ich mir die Freiheit Ihnen näher anzugeben, wovon die Rede ist.

Ich will nämlich zur nächsten Michaelis-Messe ein philosophisches Werk erscheinen lassen, an welchem ich hier seit 4 Jahren unablässig gearbeitet habe. – Es wäre nun einerseits sehr am unrechten Ort, dem Verleger gegenüber als Schriftsteller den Bescheidenen spielen zu wollen: andererseits ist es überall unrecht den Charlatan zu machen. Daher will ich Ihnen zugleich offen und gewissenhaft über mein Werk dasjenige sagen, woran Ihnen, meines Erachtens, gelegen sein kann. Zugleich aber nehme ich Ihnen, als einem Mann von Ehre, hiermit das Versprechen ab, das Gesagte streng zu verschweigen, sogar den Titel des Buchs, welchen Niemand früher als aus dem Meßkatalog erfahren soll.

Mein Werk also ist ein neues philosophisches System: aber neu im ganzen Sinn des Worts: nicht neue Darstellung des schon Vorhandenen: sondern eine im höchsten Grad zusammenhängende Gedankenreihe, die bisher noch nie in irgend eines Menschen Kopf gekommen. Das Buch, in welchem ich das schwere Geschäft, sie Andern verständlich mitzuteilen ausgeführt habe, wird, meiner festen Ueberzeugung nach, eines von denen sein, welche nachher die Quelle und der Anlaß von hundert andern Büchern werden. Jene Gedankenreihe war, dem Wesentlichen nach, schon vor 4 Jahren in meinem Kopfe vorhanden: aber um sie zu entwickeln und sie durch unzählige Aufsätze und Studien mir selber vollkommen deutlich zu machen, bedurfte es ganzer 4 Jahre, in welchen ich mich ausschließlich damit und mit den dazu gehörigen Studien fremder Werke beschäftigt habe. Vor einem Jahre fing ich an das Ganze in zusammenhängendem Vortrag für Andere faßlich zu machen, und bin damit eben jetzt fertig geworden. Dieser Vortrag selbst ist gleich fern von dem hochtönenden, leeren und sinnlosen Wortschwall der neuen philosophischen Schule und vom breiten glatten Geschwätze der Periode vor Kant; er ist im höchsten Grade deutlich, faßlich, dabei energisch und ich darf wohl sagen nicht ohne Schönheit: nur wer ächte eigene

Gedanken hat, hat echten Stil. Der Wert, den ich auf meine Arbeit lege, ist sehr groß: denn ich betrachte sie als die ganze Frucht meines Daseins. Der Eindruck nämlich, welchen auf einen individuellen Geist die Welt macht, und der Gedanke, durch welchen der Geist, nach erhaltener Bildung, auf jenen Eindruck reagiert, ist allemal nach zurückgelegtem dreißigsten Jahre da, vorhanden und geschehn: alles Spätere sind nur Entwickelungen und Variationen desselben. Ist nun diese Reaktion, dieser Gedanke, ein vom gewöhnlichen, wie er sich täglich in Millionen Individuen wiederholt, verschiedener und wirklich eigentümlicher; so kann nun auch das Werk in welchem er sich ausspricht und mitteilt, sogleich vollendet werden, sobald nur ein günstiges Geschick die Muße, die innere und äußere Ruhe dazu gibt. Dies ist nun, wie ich glaube, mein Fall gewesen. Wollte ich demnach, gemäß dem Werte, welchen ich auf mein Werk lege, meine Forderungen an Sie abmessen, so würden diese außerordentlich, ja unerschwinglich ausfallen. Sogar aber wenn ich auch nur nach dem Wert, den, meines Erachtens, das Manuskript für den Verleger haben wird, die Forderungen machen wollte, würden sie schon stark sein. Allein auch dieses werde ich nicht, weil ich nicht verlangen kann, daß Sie alles Gesagte mir ganz auf mein Wort glauben, sondern Sie natürlich argwöhnen müssen, ich sei durch Eigenliebe bestochen. Dies annehmend bequeme ich mich von der Rücksicht auszugehen, daß mein Name sehr wenig bekannt ist, und daß ein philosophisches Werk, solange es keinen Ruhm erlangt hat, vors Erste kein großes Publikum findet, wiewohl nachher ein desto größeres. Hierauf also gründen sich folgende höchst billige Forderungen.

Das Werk hat zum Titel: „Die Welt als Wille und Vorstellung, von Arthur Schopenhauer, nebst einem Anhang, der die Kritik der Kantischen Philosophie enthält." – Es wird, nach ungefährer Schätzung, wenn, wie ich durchaus will, in groß Oktav mit höchstens 30 Zeilen auf der Seite gedruckt, 40 Bogen machen, die nicht in 2 Bände geteilt werden dürfen. Sie erhalten ⅔ des MS ganz gewiß Mitte Juli: nicht früher, weil ich jetzt, da es eben fertig, es selbst ins Reine schreiben will, um dabei noch beträchtliche Verbesserungen im Vortrag vorzunehmen. Das letzte ⅓ des MS erhalten Sie spätestens Anfangs September. Sie machen sich verbindlich, das Werk zur Michaelismesse zu liefern, auf gutem Druckpapier, in großem Format, mit scharfen Lettern schön gedruckt. Sie versprechen in einem Kontrakt allerhöchstens 800 Exemplare zu drucken und begeben sich förmlich aller Ansprüche auf eine 2te Auflage. Sie versprechen mir auf Ehre und Gewissen jeden Bogen 3 Mal und das letzte Mal von einem wirklichen von mir genehmigten Gelehrten, der das MS zur Hand hat, auf das sorgfältigste korrigieren zu lassen. Sie bezahlen mir das kaum nennenswerte Honorar von einem Dukaten für den gedruckten Bogen, und zwar gleich bei Ablieferung des MS: denn ich reise, sobald ich es übergeben, nach Italien ab, welche Reise ich bloß dieser Arbeit wegen um 2 Jahre verschoben habe. Sie lassen mir endlich 10 Exemplare auf schönem Papier zukommen.

Ihnen das MS zur Durchsicht schicken, kann ich nicht, teils weil es jetzt nur mir leserlich ist, teils weil ich es nicht aus den Händen gebe, solange keine Abschrift vorhanden, endlich auch weil ich beständig damit beschäftigt bin.

Ihr gefällige ganz entschiedene Antwort erbitte ich mir ohne Aufschub, weil, falls Sie meinen Antrag nicht annehmen, ich Jemanden, der nach Leipzig geht, auftragen werde, mir dort auf der Messe einen Verleger zu suchen.

Es scheint daß Hr. v. Biedenfeld Ihnen geschrieben, ich wollte den Artikel *Farbe* zum Konversationslexikon liefern, das ist aber ganz und gar ein Irrtum: dergleichen Arbeiten mache ich nie. Ich hatte mich bloß dazu verstanden, daß wenn Hr. v. B. selbst jenen Artikel machen wollte, ich denselben durchsehen und berichtigen würde, wie ich es dem Professor Ficinus bei seinem Artikel Farbe zum Pier'schen Wörterbuch getan habe.

Letzten Herbst hatten Sie die Güte mir 2 Louisd'or für den Bogen für Beiträge zum Kunstblatt anzubieten, wovon ich jedoch keinen Gebrauch machen kann, da ich nie an Zeitschriften arbeiten würde.

Ich will nur noch bemerken, daß ich nicht etwa mich dazu verstehen werde, das MS teilweise früher abzuliefern, als zur angegebenen Zeit. Die Vollendung die ich dem Werke geben will erlaubt das durchaus nicht.

Mich ergebenst empfehlend Arthur Schopenhauer

Dresden, d. 28ten März 1818

Joseph von Görres
an Friedrich Christoph Perthes

Im Januar 1810 begannen der katholische Rheinländer Görres, damals vierunddreißig Jahre alt, und der vier Jahre ältere evangelische Thüringer Perthes einen brieflichen Gedankenaustausch, der im wesentlichen von der Sorge um das darniederliegende Vaterland bestimmt war. Der frühere Privatdozent und Publizist Görres gründete 1814 in Koblenz den „Rheinischen Merkur“, in dem u. a. die Brüder Grimm, Achim von Arnim und der Freiherr vom Stein schrieben, und der sich nach dem Wiener Kongreß zu einem Blatt entwickelte, das die offizielle Politik kräftig attackierte. Napoleon bezeichnete es als fünfte Großmacht, Friedrich Wilhelm III. verbot den „Rheinischen Merkur“ bereits 1816, womit die relative Pressefreiheit der Befreiungskriege in Preußen ein Ende hatte.

Neben Ernst Moritz Arndt war Görres einer der einflußreichsten und wortgewaltigsten Publizisten jener Jahre; die Ergebnisse des Wiener Kongresses bezeichnete er als „eine Zangen- und Notgeburt, tot ans Licht getreten und gerichtet, ehe sie geboren“. Wegen seiner Kampfschrift „Teutschland und die Revolution“ mußte er – von der preußischen Reaktion verfolgt – 1819 ins französische Elsaß fliehen, wo er sich der katholischen Kirche wieder annäherte, für die der Heimatlose nun stritt – ab 1827 als Professor für Geschichte in München. „Der Rationalist und Revolutionsvergötterer von 1793“, schrieb Golo Mann, „der deutschtümelnde Romantiker von 1806 wurde zum Mystiker auf seine alten Tage ... und war doch immer derselbe geblieben, ein redlicher Kämpfer für das Recht, ein Wahrheitssucher.“

Friedrich Christoph Perthes hatte bereits 1796 in Hamburg eine Buchhandlung eröffnet und in den Jahren 1810–1811 das „Vaterländische Museum“ verlegt. Als Hamburger Senator stellte er sich gegen Napoleon, mußte nach England fliehen und kehrte erst 1814 zurück,

Koblenz am 12. Dez. 1818

Es mögte nach gerade Zeit sein, Ihnen, mein lieber hanseatischer Freund, einmal wieder zu schreiben. Ihre letzte Zuschrift ist von März gewesen. Sie bezeugten mir darin Ihre Zufriedenheit mit der Adreßgeschichte. Sie haben seither gesehen, wie der feigste und plumpste Despotismus in dieser Sache sich benommen. So schwächlich und erregbar sind diese Leute, der geringste Reiz, den man an sie bringt, erregt Delirium und Krämpfe, und reizt man nicht, dann verfallen sie gleich in Stumpfsinn und Lethargie. Darum war der Merkur ihnen eine so heilsame diätetische Disziplin; jeden zweiten Tag reichte er ihnen eine Morselle dar, nach den Umständen aus bittern, erregenden, kalmierenden, gelind eröffnenden oder ekelmachenden Substanzen zusammengesetzt; so wurde das Gleichgewicht ziemlich erhalten, eine gelinde Transpiration befördert, die zu große Erregbarkeit abgestumpft, und die Lebensgeister wurden in einer beständigen Übung umgetrieben. Nach dreijähriger Abwesenheit wollte ich einmal eine Leuchtkugel unter die Parteien werfen, und ich kann nicht sagen, daß sie viel Erfreuliches beleuchtet hätte. Fürsten, die in der Unglücksschule studiert, aber gar nichts begriffen haben, nicht einmal so viel, daß sie ihre Würde in Acht zu nehmen wissen; Minister von gutem Willen, aber ohne Kraft, ohne Entschiedenheit, ohne Mut; eine höfische Opposition, schlecht, weniger durch Anwesenheit von positiver Bosheit als durch die gänzliche Abwesenheit alles Guten, dumm bis zur Bestialität, plump wie ein Rhinozeros, feig und erbärmlich und unter aller Kritik von oben bis unten hin; eine demokratische Partei ohne Einheit und Zusammenwirken, ohne Standpunkt und Basis, untätig, jeder Illusion nachlaufend, immer hoffend, es werde alles über Nacht sich von selber machen; eine Meinung ohne Achse, ohne Takt in den Führern, ohne Grundsatz, ohne Weltansicht, hochmütig, eitel, leichtsinnig, zerstreut und vergeßlich, verworren und ewig ohne Resultat, sich selber widersprechend, zugleich feig und anmaßend, ohne Haltung, Nachdruck und Ruhe. Das sind die Herrlichkeiten dieser hektischen Zeit, wie man sie eben von einer Generation erwarten kann, die jede Eitelkeit versucht und jede Demütigung, die auf der Zinne des Tempels gestanden und durch jeden Kot sich hat durchschleifen lassen, die nur im Zerstören Talent gezeigt, im Bauen aber gänzliche Impotenz. Sie wird nichts fertig bringen als den Anfangspunkt von etwas Besserem, wie die Juden, die aus Ägypten ausgezogen, vierzig Jahre in der Wüste gelebt und das gelobte Land nicht gesehen. Es erwächst wirklich ein besseres Geschlecht, von dem man ohne Leichtsinn und Selbsttäuschung viel Gutes erwarten kann.

Unter Zittern und Zagen ist nun die Universität hier aufgetan, sie kann viel Gutes bringen, wenn der Unsegen sie nicht getroffen, der auf Alles, was sich von heute und gestern her datiert, zu fallen pflegt. Arndt mit seinem Geist der Zeit hat beinahe im Mutterleibe einen Fluch auf sie herabgezogen; inzwischen ist die Arme dem Unheil doch glücklich entgangen, und liegt ein schwaches Kindlein in Baumwolle eingepackt. Es fehlt noch, trotz aller angewandten Mühe, in vielen Fächern, und es ist auch wenig Ehre für Deutschland, daß, nachdem mehr als ein Dutzend Universitäten eingegangen, mit Mühe ein einzige neue montiert werden kann. Mich haben sie zu klein oder zu groß in Geisteslänge dafür befunden, dagegen aber mir sonst allerlei angetragen, was ich ausgeschlagen, da ich auf eigenen Füßen und der alten Wurzel fortdauernd stehen will und mich den Winden nicht preis geben mag, von denen man nicht weiß, von wannen sie kommen, und wo sie hinziehen. Da ich wohl weiß, was ich will, und keine Sucht mich plagt, so habe ich leichtes Spiel in allen diesen Dingen.

Die Nummer des Hilfvereins, die Sie im Frühjahr mir gesendet, habe ich zur Besorgung abgegeben, Sie werden Nachricht darüber erhalten haben. Meninskys Wörterbuch behalte ich für den dort angegebnen Preis, und Sie können auf mich ziehen, das und die 300 Florin, die Sie noch von der Übersetzungsgeschichte her an mich zu fordern haben. Leben Sie recht wohl, und behalten Sie mich in Ihrem Angedenken.

Ihr E. J. Görres

Karl August Varnhagen von Ense
an Friedrich Karl von Tettenborn

Die Ermordung des achtundfünfzigjährigen Lustspieldichters August von Kotzebue durch den Burschenschafter Karl Ludwig Sand am 23. März 1819 in Mannheim veranlaßte die Mitgliedstaaten des Deutschen Bundes zu folgenschweren Reaktionen. Schon das Wartburgfest vom Oktober 1817, auf dem die aufmüpfigen Burschenschaften in einem Sonnwendfeuer feierlich einen hessischen Zopf, einen preußischen Gardeschnürleib und einen österreichischen Korporalstock samt einiger reaktionärer Bücher verbrannt hatten, war bei den betroffenen Regierungen auf besorgtes Stirnrunzeln gestoßen. Nun aber war mit Kotzebue ein russischer Staatsrat und erfolgreicher Theaterdichter ermordet worden. In seinem „Literarischen Wochenblatt" hatte er sich über die patriotischen Ideale der Burschenschaften lustig gemacht und war dafür von denen als russischer Spion, Verführer der deutschen Jugend und Schänder der deutschen Geschichte bezeichnet worden.

Für Sand, den Theologiestudenten, der sich nach der Teilnahme am Wartburgfest dem radikalen Flügel der Burschenschaft der „Unbedingten" angeschlossen hatte, war Kotzebue jedenfalls einer der Hauptgegner. Sands Selbstmordversuch nach dem Attentat scheiterte, er wurde zum Tode verurteilt und öffentlich hingerichtet.

Die Tat zog die berüchtigten „Karlsbader Beschlüsse" nach sich: strenge Zensur für Druckwerke, weitreichende Aufsicht über die Universitäten, Verbot von Burschenschaften und Turnerverbänden. Die anschließende „Demagogenverfolgung" verdächtigte alles, was auch nur entfernt nach „revolutionären Umtrieben" aussah. Auch der in preußischen diplomatischen Diensten stehende Varnhagen fiel ihr zum Opfer.

Der ehemalige Reiterführer der Befreiungskriege, Friedrich Karl von Tettenborn, war 1919 in badische Dienste getreten und Gesandter in Wien geworden.

Karlsruhe, 24. März 1819

Euer Exzellenz melde ich in aller Eile einige nähere Umstände des entsetzlichen Vorganges in Mannheim, der hier seit heute früh alles mit Schrecken und Abscheu erfüllt! Ein junger Mensch, gestern Vormittag angekommen, läßt sich nachmittags gegen 5 Uhr bei Herrn v. Kotzebue melden, um ihm seine Aufwartung zu machen. Kotezbue empfängt ihn in einem Besuchzimmer und unterhält sich eine Weile mit ihm, als dieser bei Überreichung einer Schrift einen Dolch hervorzieht und fast im selben Augenblicke den Unglücklichen niederstößt, der auch wenige Minuten darauf den Geist aufgibt. Das Geräusch zieht einen Diener herbei, der seinen Herrn am Boden, den Mörder mit gezücktem Dolche erblickt; mit dem Rufe „Wer will hier noch sterben?" drohend, gewann dieser den Ausgang, jubelte auf der Treppe, sank dann in der Haustür auf die Knie, und, indem er Gott freudig für das Gelingen seines edlen Werkes dankte, gab er sich selber zwei Stiche, die ihm das Bewußtsein raubten, das er auch seitdem nicht wieder erhielt, obwohl er noch lebt – jedoch nur schwach – denn er hat sich gut getroffen. Seine Tat hat er, wie ein bei ihm gefundener Aufruf bezeugt, aus vermeintlicher Liebe für das Vaterland und Freiheit, mit reifem Bewußtsein und nach langer Überlegung getan; er fordert das erniedrigte deutsche Volk zur mutigen Erhebung, zur Ermordung aller Schlechtgesinnten, zur Vollendung der Reformation, zur Vereinigung von Staat und Kirche auf, sein Beispiel solle nachgeahmt werden und so weiter. Alles in einer schwärmerischen, ausgelassenen Sprache, toll genug, aber nicht wahnsinnig. Ein anderes Papier, das man bei ihm fand, enthielt die Worte: „Todesurteil gegen August v. Kotzebue, vollzogen am 23. März nachmittags um 5½ Uhr, nach Beschluß der Universität..." Dieser Zusatz läßt auf seine Gemeinschaft und Verbrüderung schließen, die alle Gemüter mit furchtbaren Schrecknissen erfüllt; was will man gegen Menschen haben, die sich selbst umbringen? Soll sich im Abendlande der Orden der Assassinen wieder gebären? Bei uns, in Deutschland! Die Sache wird einen fürchterlichen Eindruck machen! Der Mörder ist ein Studiosus theologiae aus Erlangen, etwa vierundzwanzig Jahre alt, namens Carl Friedrich Sand, aber seinen Geburtsort weiß man nicht, doch hält man ihn für einen Kurländer oder Anspacher.

Der Großherzog ist sehr erschüttert über den Vorfall; er läßt denselben als einen Gegenstand des Interesses aller Regierungen mit Sorgfalt behandeln. Aber ich fürchte, alle Untersuchung wird hier fruchtlos sein.

Der russische Kaiser wird außer sich sein; aber was will er mit all seiner Macht anfangen? Gegen wen will er sie wenden? Alle Minister und Räte werden sich bedroht glauben. Ich möchte jetzt nicht Herr von Stourdza und auch mancher andere nicht sein! Ich bin so affiziert, daß ich nicht zu Mittag essen konnte, die arme Rahel ist außer sich vor Tränen und Krämpfen. – Es ist auch ein entsetzliches Ereignis. –

Mit innigster Verehrung verharrend Euer Exzellenz ganz gehorsamster

Varnhagen von Ense

Friedrich List
an Johann Friedrich Cotta

Friedrich List, Wirtschaftsprofessor und Landtagsabgeordneter im württembergischen Staatsdienst, erkannte, obwohl der konstitutionellen Monarchie durchaus zugetan, mit aller Deutlichkeit die Widersinnigkeiten besonders des wirtschaftlichen Systems beim Deutschen Bund und hörte nicht auf, öffentlich dagegen zu streiten. „Um von Hamburg nach Österreich, von Berlin in die Schweiz zu handeln", schrieb er u. a. „hat man zehn Staaten zu durchschneiden, zehn Zoll- und Mautordnungen zu studieren, zehnmal Durchgangszoll zu bezahlen." Daß er zur Beseitigung dieser Mißstände im hessischen Frankfurt Geschäftsführer eines „Gewerbevereins" wurde, der sich für die Aufhebung der Binnenmärkte einsetzte, hatte man ihm zuhause schon sehr übelgenommen. Als er aber in seiner „Reutlinger Petition" wortgewaltig die politischen Mißstände Württembergs anprangerte, schaltete sich das Stuttgarter Kriminalamt ein. 1821 verlor List sein Landtagsmandat, 1822 wurde er wegen des Verstoßes gegen das Pressegesetz sowie „Ehrenbeleidigung und Verleumdung der Regierung" zu zehn Monaten Festungshaft verurteilt. Er wich nach Frankreich aus und berichtete von der ersten Station seines zweijährigen Exils dem Verleger Cotta nach Stuttgart.

Sein späteres Schicksal verlief abenteuerlich: nachdem er 1824 aus Frankreich zurückgekehrt war, mußte er einige Monate seiner Festungshaft absitzen; im gleichen Jahr ging er nach Amerika und beteiligte sich dort am Bau einer Eisenbahnlinie. Nach seiner Rückkehr nach Deutschland setzte er sich auch hier für das neue Verkehrsmittel ein: Die Entstehung der ersten Strecke Dresden–Leipzig geht auf seine Initiative zurück.

Krank und von vielen Rückschlägen entmutigt, nahm er sich schließlich am 30. November 1846 bei Kufstein das Leben.

Straßburg, den 25. Juli 1822

Dem zu Folge, was Sie mir von Baden aus geschrieben, glaubte ich, ruhig hier dem Geschäft leben zu können, das ich mit einigen Freunden unternommen. Wie konnte ich auch denken, daß die Gerichte noch weiter etwas von mir wollen, nachdem ich selbst eine Strafe gegen mich verhängt hatte, so hart, als sie nur immer in Frankreich gegen wirkliche politische Verbrecher ausgesprochen wird, die Landesverweisung.

In der Tat, wenn ich auch einer bösen Absicht schuldig wäre, wie ich es nicht bin, ich hätte dafür schon genug gebüßt. Meine Frau war hochschwanger, als ich in der Mitternacht, wie ein Verbrecher, mein Haus floh, in welchem Zustand sich immer eine melancholische Stimmung ihrer bemächtigt. Sie können sich denken, wie sehr mein Schicksal sie angriff, was es mich kosten mußte, sie und drei Kinder zu verlassen, ohne zu wissen, wann ich sie wiedersehen, wo ich mich aufhalten, was ich künftig treiben würde. Eine harte Niederkunft, wahrscheinlich die Folge ihres Kummers, führte sie an den Rand des Grabes, und in der tödlichsten Ungewißheit über mein und meiner Kinder Schicksal mußte ich hier drei Wochen verharren. Jetzt noch liegt sie zu Bett und soeben erhalte ich Briefe, die mir das Herz zersprengen möchten. Denken Sie sich noch die ökonomischen Verluste hinzu, welche meine durch die Kriminaluntersuchung seit Jahr und Tag verursachte Untätigkeit, die Flucht hierher, die vernachlässigte Besorgung meiner Geschäfte, die beabsichtigte Verpflanzung meiner Familie auf hiesigen Boden, Verluste, die für sich schon für eine empfindliche Strafe gelten können.

Dabei werden Sie nicht verkennen, mit welcher Mäßigung ich mich benahm. Seit 1½ Jahren tat ich nichts, was die schon halb eingeschlummerte Sache wieder hätte aufwecken können. Ich gewann es sogar über mich, öffentliche Angriffe mit Stillschweigen zu übergehen. Während der Untersuchung wurden Zwangsmittel gegen mich erkannt, damit ich auf meine in der Ständeversammlung gehaltenen Reden antworte. Ich schwieg. Ich habe sogar die Einreichung einer Verteidigungsschrift unterlassen aus Furcht, darin anzustoßen. Ich habe seit den vier Monaten, da ich von Hause entfernt bin, noch keinen

Schritt zu meiner öffentlichen Verteidigung getan, stets noch hoffend, daß die Sache beigelegt werde.

Und nun hat das Gericht in Eßlingen ganz kürzlich noch die hiesige Mairie ersucht, mich auszuliefern oder mir 3000 fl. Kaution abzuverlangen! Ich kann die Absicht des Gerichts nicht begreifen. – Will man mich von französischem Boden vertreiben? Dann muß ich nach England oder Spanien. Die Trennung von meiner Familie wird mein Herz zerreißen, wird mich vielleicht umbringen. Kann ich aber zurückkehren, um eine entehrende Strafe an mir vollziehen zu lassen, um einen bürgerlichen Tod zu erstehen? Bleibt hier dem Manne von Charakter eine Wahl?

Was aber kann die Gerechtigkeit durch meinen Untergang, was kann der Ruf des Landes gewinnen, wenn nun diese Sache vor dem Publikum verhandelt wird, in welcher das Gericht nicht bloß meine Person, sondern die konstitutionellen Grundsätze angreift, – in welcher nun noch das Mitleid auf meine Seite tritt. – Ein altes Gesetz wird gegen den Geist der Konstitution geltend gemacht; ein Privatmann wird ohne Zweck ruiniert; aber er wird zum Märtyrer seiner politischen Meinung; sein Untergang ist ein Fleck in der glänzendsten Periode Württembergs, den keine Zeit verwischen kann.

Sollten Sie es denn nicht einleiten können, daß die Sache dem König unmittelbar vorgestellt wird? Seine Majestät werden meine gute Absicht nicht verkennen. Ich habe weder die Majestät des Throns beleidigt, noch Persönlichkeiten mir zuschulden kommen lassen, noch überhaupt etwas gesagt, was in einer konstitutionellen Monarchie nicht zu sagen erlaubt wäre. Ich habe nicht einmal dem gegenwärtigen Gouvernement Vorwürfe gemacht, sondern ausdrücklich gesagt, daß die gegenwärtigen Gebrechen vorangegangenen Jahrhunderten zur Last gelegt werden müssen. Mit einem Wort, ich habe im Vertrauen auf die Grundsätze der konstitutionellen Monarchie gehandelt und gesprochen; und meine Vorschläge sind aus der reinsten Quelle geflossen, nämlich aus dem Wunsch, dem Vaterland zu nützen. Es mag sein, daß Darstellung und Formen die Farbe meines Temperaments tragen. Aber die Weisheit des Königs wird nur das Wesen der Sache, mit ihren Folgen für das Ganze, berücksichtigen; wird es bestätigen, daß eine konstitutionelle

Opposition die konstitutionelle Regierung nicht schwächt, sondern kräftigt und stärkt; wird einen Beweis geben, daß die Ausübung der königlichen Prärogative hinsichtlich des Strafrechts am zweckmäßigsten da geschieht, wo die Anwendung veralteter Gesetze eine den einzelnen und das Ganze beeinträchtigende Wirkung hervorbringen müßte. Das Herz des Königs kann nicht zulassen, daß ein Bürger, der von jeher zum Besten seines Vaterlandes zu wirken suchte, und der demselben vielleicht noch in der Folge nützlich werden kann, zugrunde gehe. Die konstitutionelle Gesinnung des Königs kann nicht zugeben, daß ein Abgeordneter der Bestimmung, die ihm das Vertrauen seiner Mitbürger angewiesen, entrissen, als Verbrecher bestraft und entehrt wird, bloß aus dem Grunde, weil er gegen die Formen verstoßen.

Wilhelm Hensel
an Luise Hensel

Den Brief aus Rom mit der feierlichen Anrede „Gelobt sei Jesus Christus“ schrieb der neunundzwanzigjährige Maler Wilhelm Hensel als Stipendiat des preußischen Königs an seine Schwester Luise. Diese war Erzieherin in verschiedenen adeligen Famlien gewesen und fünf Jahre zuvor unter dem Einfluß des Freundes Clemens Brentano zum Katholizismus konvertiert. Einige gemütsstarke geistliche Lieder im Stil der Spätromantik stammen von ihr; das bekannteste ist sicherlich: „Müde bin ich, geh zur Ruh“.

Der Gegenstand von Hensels Liebe war die damals achtzehnjährige Fanny Mendelssohn Bartholdy, Schwester des berühmten Felix und Tochter von Abraham und Lea Mendelssohn Bartholdy. Die Eltern hatten ihr Kind protestantisch taufen lassen und waren selbst vor einem guten Jahr zum Christentum übergetreten, was aber noch eine Weile geheimgehalten wurde. Hensel, aus einer protestantischen Pfarrersfamilie stammend, trug sich nun gleichfalls mit dem Gedanken zu konvertieren, zögerte aber noch, weil er befürchtete dann sein Rom-Stipendium zu verlieren.

Lea Mendelssohn, die der Meinung war, daß der wenig erfolgreiche Maler nicht die richtige Partie wäre, verbot dem jungen Mann, ihrer Tochter aus Rom zu schreiben: „Sie sollen sie durchaus nicht in jene verzehrende Empfindung reißen wollen und sie durch verliebte Briefe in eine Stimmung schrauben, die ihr ganz fremd ist ...“ Wenn er denn schreiben wolle, könne er ihr, der Mutter, schreiben. Hensel wurde nicht katholisch, er heiratete Fanny im Oktober 1829, nachdem Lea Mendelssohn ihren Widerstand aufgegeben hatte, nicht zuletzt, nachdem sie die Kunst Hensels immer mehr schätzen gelernt hatte.

Rom, den 1. Dezember 1823

G. S. J. C.

In dem Gefühl, daß ich eine recht große Schuld abzutragen, setz ich mich, liebe Schwester, Dir zu schreiben. Unterwegs, mit Männern reisend, deren unangemessenen Späßen sich der Heimschreibende aussetzt, nachts kein eigenes Zimmer habend, kam ich zu nichts, hier angekommen ebensowenig, besonders weil ich eben auch im Anfang mit jemandem zusammensein mußte. Dabei wollten Landsleute Nachrichten von den Ihrigen, dem Ansehn ihrer Werke konnt' ich mich auch nicht entziehn, sowie von der andren Seite *Rom* mit seinen Festen und Altertümern lockte. So ging die Zeit hin bis heut, umso mehr als ich auch gleich anfangen mußte zu arbeiten, indem jeder bayerische und jeder preußische Künstler sich verpflichtet, zu der Vermählung unsres Kronprinzen mit der bayerischen Prinzeß eine Zeichnung als Huldigungsgabe zu machen, welchem ich mich wohl ohne Vorwurf der Undankbarkeit am wenigsten entziehen konnte. Ich habe die Hochzeit von Cana gewählt und entziehe mich heut mit Gewalt derselben, um nicht noch einen Posttag vorüberzulassen. Ich hätte das freilich schon früher tun sollen, glaube, daß ich es mir selbst sage und mich nicht vor Dir rechtfertigen will, da ich mich nicht vor dem eigenen Richterstuhl rechtfertigen kann. Ich hatte aber zugleich eine eigne Scheu vor diesem Briefe, weil ich mir vorgenommen, recht offen mit Dir zu sein und Dir mein ganzes Herz, meine ganze Lage zu entdecken. Früher hatte ich das auf mündliches Besprechen verschoben, weil sich da etwas vielmehr klar und völlig tun läßt, und in einem Briefe aus Prag, der zu sehr das Gepräge der Eile und Aufregung tragen mußte, war es zu gewagt, die tiefsten Saiten des Herzens zu berühren. Doch bis zu meiner Rückkunft will ich kein Geheimnis vor Dir haben, und so höre denn, daß – ich liebe.

Das klingt nun ganz herkömmlich, und Du wirst nicht gleich begreifen, warum etwas so Natürliches und Gewöhnliches Dir nicht längst gesagt sei, allein, die ganze Lage der Umstände ist so ungewöhnlich, die Verwickelungen sind so mannigfach, daß ich fast daran verzweifle, Dir mit einemmale einen klaren Begriff davon zu geben, was ich doch so gern möchte, damit Du mich und niemanden darin verkennen könntest. Das Mädchen würdest Du gewiß gern, wenn Du sie kenntest, als Schwester anerkennen, so wie sie Dich längst aus meinen andren Schilderungen geliebt. Nicht so billigen würdest Du den Kreis, der sie umgibt, und die Ansichten, welche in demselben herrschen. Sie ist die Tochter kaum erst Christen gewordener Eltern, und wenn auch selbst schon als Kind getauft, doch sehr in protestantischem Sinne erzogen, hatte viel gegen die Kirche reden hören und so natürlich die herkömmlichen Vorurteile gegen dieselbe teilen müssen. Durch mich hörte sie zuerst Wahreres über die Lehren der Kirche und war williger, das derselben getane Unrecht anzuerkennen, als ich bloß meiner Wirkung zuschreiben kann. Dennoch wehrt' ich mich gegen meine immer wachsende Neigung, da ich mir nicht verhehlen konnte, wie schwer es sein würde, alle äußern Hindernisse des Besitzes zu beseitigen, wenn ich mich nicht in die Ansichten der Ihrigen fügen wollte. Ich sagte dem Mädchen meine ganze Religionsüberzeugung und daß diese natürlich auch zu öffentlichem Bekenntnis führen müßte. So konnte sie sich wenigstens selbst sagen, warum ich von meiner Empfindung für sie schwiege. Später aber entriß mir doch ein unbewachter Moment das Geständnis, und sie sagte, ich möchte mit ihren Eltern sprechen. Mit welchem Zagen ich das tat, kannst Du denken; ich mußte fürchten, nun freiwillig das Glück meines irdischen Lebens zu opfern; denn daß die Religion zur Sprache kommen würde, glaubte ich sicher und hatte mich mit aller Kraft gewaffnet zum Streit für den Herrn. Aber siehe da, alles kam anders, die Eltern berührten den Glaubenspunkt gar nicht, und ich, dies natürlich für Toleranz haltend, war froh, ihn nicht berühren zu dürfen, da ich nun hoffen durfte, daß Gott mit dem Willen meines Opfers zufrieden sei. Die Eltern verlangten nur, daß die Sache noch aller Welt ein Geheimnis bleibe, da die Großmutter des Mädchens noch gar nicht wisse, daß diese wirklich Christin sei und man die alte 80-jährige Frau, eine orthodoxe Jüdin, nicht wolle mit Leid in die Grube fahren lassen, die schon ihren Sohn verstoßen hatte, weil er Christ geworden (auch daß ihre Tochter Christin sei, wußte sie nicht). Daß man nun die Enkelin nicht als erklärte Braut eines Christen hinstellen konnte, war natürlich, und so mußt' ich mich dieser Bedingung fügen.

Einige Zeit ging in ungestörtem Glücke hin; aber mit einemmale, als ich spätabends nur noch mit den Eltern und Fanny saß, fragte mich die Mutter unerwartet, wie es mit meiner Religionsansicht stände und ob es denn wahr sei, was man sage, daß ich nämlich zur katholischen Kirche übergehen wolle. Ich erwiderte, das wisse sie ja wohl längst, da ich es ihrer Tochter früher gesagt als ein Wort meiner Liebe, und nun erklärte es sich, daß diese, um die Eltern nicht gegen mich zu stimmen und ein stilleres Nähere der Zeit zu überlassen, nicht gewagt, dies derselben zu sagen. Nun kehrte sich der Zorn der Mutter gegen die Tochter, und sie erklärte, daß, wenn sie dies gewußt, sie nie ihre Einwilligung gegeben haben würde, da es mit ihren Ansichten durchaus nicht stimme, einen katholischen Schwiegersohn zu haben, da Katholizismus allemal zu Fanatismus und Kopfhängerei führe. Denke Dir nun meinen Zustand. Ich bat Gott im Stillen und stellte der Mutter die gerade Frage: ob mein Übertritt den Widerruf ihres Jawortes zur Folge haben würde? Sei das der Fall, so möchte es lieber gleich geschehn. Diese Festigkeit erschütterte sie, Fanny war weinend ins finstere Nebenzimmer gegangen. Der Vater trat, obgleich die Ansicht seiner Frau teilend, doch begütigend dazwischen, und so erklärte diese: tyrannisch wolle sie nicht sein, und wenn die Tochter einst in ihrem Gefühl beharre, so wolle sie uns nicht mit Gewalt trennen, doch sage sie mir frei heraus, daß sie alles anwenden würde, um ihre Tochter, wenn ich wirklich überträte, die Verbindung zu widerraten, und daß sie vorläufig mir jedes längere Alleinsein und jeden Briefwechsel mit derselben untersagen müßte, wenn ich mich nicht verpflichtete, der protestantischen Kirche treu zu bleiben. Ich erklärte fest, meinem Gewissen keine Fessel anlegen zu können; das Einzige, was ich versprach, war den Schritt nicht ohne nochmalige Überlegung zu tun, und sei es geschehn, es ihnen gewissenhaft zu sagen. So blieb die Sache stehn, als ich gegen Morgen wegging. Welchen Schrecken hatte ich, als die Mutter in Folge des heftigen Gespräches und der Aufregung neunstündiges Nasenbluten am andern Tage hatte, und rührend war es doch, wie sie gewollt, daß es mir verheimlicht würde, und wie ich es nur durch einen Zufall erfuhr. Natürlich wurde in den ersten Tagen die wunde Stelle gar nicht berührt, und die Mutter schnitt mir nur still die Gelegenheit ab, Fanny allein zu sprechen.

Endlich konnt' ich's nicht mehr ertragen, ich sagt' es der Tochter. Diese sagte, ich möchte die Mutter bitten, eine Unterredung zu erlauben, da sie nicht gegen ihre Kindespflicht handeln wolle, indem sie mich ohne Wissen der Eltern spräche, und ich möchte daraus sehn, wie sie einst auch andre Pflichten erfüllen würde. Ich wagte in Gegenwart der Tochter die Bitte an die Mutter, und diese schlug sie ab. Da sagte die Tochter mit einer wilden Festigkeit, deren Ton ich noch heut höre: Mutter, ich werde ihn sprechen. Diese Worte sind der Fels, auf den ich das Haus meiner Zukunft baue! Ich denke, Du wirst mit mir ein Wesen ehren, welches zwiefache Pflichten so zu vereinigen wußte. Die Mutter, wie erschreckend vor der Festigkeit des Kindes, ging still hinaus, und ich hatte eine lange ernste Unterredung mit der Tochter, worin ich sie aufs Gewissen fragte, ob ich ihrer gewiß sein könnte in jedem Fall. Sie bejahte es feierlich und versprach mir auch, sich Kenntnis von der Kirche zu verschaffen, soviel Eltern und Umstände es irgend zuließen. So gingen nun die letzten Tage meines heimischen Aufenthalts, wenn auch unter manchen Entbehrungen, doch unter festem Vertrauen auf die Geliebte hin, und bis jetzt hat es mich nicht verlassen. Dabei hat der Vater mich besonders lieb, und ich rechne sehr auf ihn in der Stunde des Kampfes, er ist eine wackre Natur, der nichts fehlt als das Eine. Die Mutter, eine sonst treffliche und geistreiche Frau, sieht nebenbei doch wohl auf Ehre und Namen vor der Welt und legt ihr Vermögen auch wohl in die Schale. Beide Eltern haben mir fleißig und aufs freundlichste geschrieben, es aber der Tochter noch nicht erlauben wollen, da ich auf meiner Seite nicht nachlasse in meiner Ansicht. So stehn die Dinge, Du weißt nun in der Hauptsache alles. Sage mir offen und frei Deine Meinung, und in allem Fall bete für mich. –

Doch habe ich Dich wohl genug von Dingen unterhalten, die Dich der Welt so ganz Valet Sagenden wohl kaum noch berühren. Du bist die Maria, die das beste Teil erwählt. Meine Seele ist der geschäftigen Martha ähnlicher, aber auch sie liebt den Herrn, nur auf ihre Weise, und soll die Maria, die erhöht ist, weil sie sich erniedrigt, nicht schelten. Ich denke, Du wirst aus dem Vorigen gesehn haben, daß ich der Welt den Herrn nicht opfere, sie mögen bieten, was sie wolln, aber das fühl ich auch immer mehr, zu einem bloß stillen beschaulichen Leben werd' ich's nicht bringen können. Ich muß wirken und schaffen im Leben und wuchern mit dem Pfunde, das mir der Herr vertraut, auf meine Weise. Du tust es auf Deine Weise, und ich will es gern glauben, daß Du die Weisere bist, aber ich kann einmal nicht anders, ob ich auch wollte. Gott gebe uns beiden seinen Segen! Daß Du mit Deiner jetzigen Lage zufrieden scheinst, ist mir ein wahrer Trost, so wie es mich freut, daß Du auf die hülflose Jugend wirkst. Was ich tun kann Dich sorgenfrei hinzustellen, soll gewiß geschehn, sage mir nur auch ehrlich jedes Bedürfnis, ich werde dann schon Rat zu schaffen suchen, wie's geht. – Daß Du einen wahren Geistlichen gefunden, ist eine große Sache, empfiehl mich seinem Gebet und ihm. Möge Rudolph recht gedeihen unter Eurer Leitung. Grüß den lieben Jungen! Auch wenn Du Ida schreibst, grüße sie. Veits grüßen Dich, ich bin mehr mit ihnen als mit andern, aber viel mit niemandem. Mein Weg geht zwischendurch. Ich kann frommer auf meinem Zimmer sein als mit den Frommsten, wenn's nicht in der Kirche ist. Christian Brentano hab' ich mehrmal gesprochen, doch vermeide ich ein Näherkommen. Du weißt, die Brentanos waren mir immer unbequem als Extremergreifende und dazu Treibende. So ist Christian auch hier aufgetreten, und selbst Overbeck und die Veits, die doch gewiß fromm und katholisch fromm sind, mögen nicht viel mit ihm zu tun haben. Er hat übrigens Deiner mit großem Interesse gedacht und mir aufgetragen, Dich sehr von ihm zu grüßen, was ich sehr gern tute, da ich sein Streben gewiß achte und ihn, ebenso Clemens. Indem ich nun den Brief schließen will, hab' ich die Sorge, daß Du wohl manches drin nicht verstehn könntest oder doch nicht verstehst. Es ist so schwer, Jahre, ihre Gefühle und Erfahrungen, auf einige Blätter zu schreiben und mögliche Fragen schon im voraus zu beantworten. Ich lese lieber den Brief nicht mehr durch, um ihn nicht vielleicht zurückzubehalten. Sage mir lieber frei, wo ich dunkel blieb, und vergib mir, wo ich nach Deiner Meinung fehlte. An Liebe für Dich hat mir's gewiß nicht gefehlt, und sie wird nicht fehlen – nimmer. –

Gott mit Dir! Dein treuer Bruder Wilhelm

Laß die Geschichte meiner Liebe ein strenges Geheimnis sein, ich bitte Dich herzlich darum. Leb wohl.

Meine Adresse ist: Al Signor Guglielmo Hensel, pittore prussiano, *Roma,* Trinità dei Monti, Via Sistina Nr. 68, Secondo piano.

Johann Wolfgang von Goethe
an Karl Friedrich Zelter

Dieser Brief Goethes an den Berliner Freund gilt vielen Kommentatoren als besonders deutlicher Beleg für das Unbehagen am allzu stürmischen Fortschritt des aufs Bewahren gestimmten Dichters, den Heine einmal das „Zeitablehnungsgenie" genannt hat. Wenige Monate später kam er in einem Briefkonzept auf das Thema Jugend und Dampfkraft zurück, verwendete es allerdings erst in den „Maximen und Reflexionen": „So wenig nun die Dampfwagen zu dämpfen sind, so wenig ist dies auch im Sittlichen möglich: die Lebhaftigkeit des Handelns, das Durchrauschen des Papiergeldes, das Anschwellen der Schulden, um Schulden zu bezahlen, das alles sind die ungeheuern Elemente, auf die gegenwärtig ein junger Mann gesetzt ist." Der Brief ist auch schon ein Beispiel für Goethes kontemplativen Altersstil, enthält das stolze und wehmütige Gefühl, einer der Letzten zu sein.

Das „Beikommende" sind Theaterpläne, die Goethe von einem Berliner Architekten erhalten hatte; bei „jener überfüllten Musik" handelt es sich um Spontinis Zauberoper „Alcidor", deren Musik von Zelter ungemein bewundert wurde. „Ultra" war ein Modeschlagwort konservativer Herkunft, mit dem man, laut Friedrich Schlegel „einen merkwürdigen Charakterzug unserer Zeit" belegte, nämlich „daß jetzt alles sogleich zur Partei wird, daß selbst das Gute und Rechte in Gesinnung und Denkart so häufig von diesem schrankenlosen Ultrageiste ergriffen und beherrscht wird."

Die Lancasterische Lehrmethode geht auf einen englischen Pädagogen zurück, der im achtzehnten Jahrhundert einen Unterricht der Schüler untereinander entwickelt hatte. (S. auch den Brief von Zelter an Goethe vom 21. Februar 1813, Seite 69.)

Weimar, 6. Juni 1825

Nur mit wenigen Worten begleite Beikommendes. Habe Dank und sage desgleichen Deinem jungen frischen Architekten.

Von unsern theatralischen Abenteuern, die eine wunderliche Wendung genommen haben, hörst Du nächstens...

Begegnet Dir *The Last Days of Lord Byron*. By William Parry, in Übersetzung, so greife hastig darnach, man wird nicht leicht auf einen so hohen und klaren Standort gehoben; alles bisher über ihn Gesagte sinkt und verschwindet wie Talnebel.

Auch die *Volkslieder der Serben* sind soeben, in einem hübschen Oktavband zu Halle herausgekommen. Die Einleitung, ein kurzer Abriß der Geschichte des untergegangenen serbischen Reichs, ist eine höchst brav und kenntnisreich gearbeitete, genügende, aber unvergnügliche Schilderung. Daß man, wie ich wünschte, die Nationallieder gleich in Masse vor sich hat ist höchst ergötzlich und unterrichtend; man weiß sogleich was es ist und was es heißen soll.

Ich kann nicht schließen ohne jener *über*füllten Musik nochmals zu gedenken; alles aber, mein Teuerster, ist jetzt *ultra*, alles transzendiert unaufhaltsam, im Denken wie im Tun. Niemand kennt sich mehr, niemand begreift das Element worin er schwebt und wirkt, niemand den Stoff den er bearbeitet. Von reiner Einfalt kann die Rede nicht sein; einfältiges Zeug gibt es genug.

Junge Leute werden viel zu früh aufgeregt und dann im Zeitstrudel fortgerissen; Reichtum und Schnelligkeit ist was die Welt bewundert und wornach jeder strebt; Eisenbahnen, Schnellposten, Dampfschiffe und alle mögliche Fazilitäten der Kommunikation sind es worauf die gebildete Welt ausgeht, sich zu überbieten, zu überbilden und dadurch in der Mittelmäßigkeit zu verharren. Und das ist ja auch das Resultat der Allgemeinheit, daß eine mittlere Kultur gemein werde, dahin streben die Bibelgesellschaften, die Lancasterische Lehrmethode, und was nicht alles.

Eigentlich ist es das Jahrhundert für die fähigen Köpfe, für leichtfassende praktische Menschen, die, mit einer gewissen Gewandtheit ausgestattet, ihre Superiorität über die Menge fühlen, wenn sie gleich selbst nicht zum Höchsten begabt sind. Laß uns soviel als möglich an der Gesinnung halten in der wir herankamen, wir werden, mit vielleicht noch wenigen, die Letzten sein einer Epoche die sobald nicht wiederkehrt.

Und so allem Guten und Echten empfohlen!

treu beharrlich Goethe

Jacob Grimm
an Friedrich Carl von Savigny

Das Jahr 1830 war ein unruhiges Jahr. In Paris war König Karl X. von der Julirevolution verjagt und der Herzog Louis Philipp von Orléans zum neuen König gewählt worden. In Brüssel hatte es Unruhen gegeben, aber auch in Braunschweig, Sachsen und Kurhessen.

Die Brüder Grimm, Jacob fünfundvierzig, Wilhelm vierundvierzig Jahre, hatten ihe Posten als Bibliothekare in Kassel aufgegeben: der dortige Kurfürst hatte schon im Anstellungsdekret kategorisch gefordert: „... daß Gedachte bei der Bibliothek angestellt Werdende mehr für die Bibliothek selbst als für sich selbst arbeiten" sollten. Doch nicht das Kanzlei-Deutsch hatte die Brüder vertrieben. Sie hatten – Wilhelm war inzwischen verheiratet – einen Ruf an die Göttinger Universität angenommen, wo es ihnen zunächst gar nicht gefiel. Doch mit der Zeit gewöhnten sie sich ein, lange bevor es dort mit König Ernst August zu jenen Zwistigkeiten kam, die unter dem Stichwort „Göttinger Sieben" bekannt geworden sind (s. S. 145).

Friedrich Carl von Savigny war Professor an der neugegründeten Berliner Universität, er war der Begründer der strengen historischen Schule der Rechtswissenschaft und er war als Professor in Marburg Freund und Lehrer der Brüder Grimm. Zu seinem 50jährigen Doktorjubiläum am 31. Oktober 1850 schrieb Jacob Grimm in seiner Schrift ‚Das Wort des Besitzes': „Dieses lehrenden Mannes freundliche Zurede, handbietende Hilfe, feinen Anstand, heiteren Scherz, freie ungehinderte Persönlichkeit kann ich nie vergessen ..."

Göttingen 29. Sept. 1830

Liebster Savigny,

ich wollte Ihnen unsere hiesige lage nicht eher beschreiben, bis mich eine hinreichende erfahrung instand gesetzt haben würde, mit sicherheit davon zu urteilen. In den letzten monaten kamen die weltereignisse dazwischen, über welchen einem die eignen angelegenheiten klein und nicht der rede wert erscheinen. Ich muß also auch jetzt damit beginnen über jene mein herz auszuschütten.

Wie erklärt es sich, daß man den liberalen, wenn Sie wollen, den revolutionären gesinnungen weniger abgeneigt wird, sobald sie uns näher rücken? Ich bin von natur und von kindesbeinen an der monarchischen und der fürstlichen sache getreu, alle meine studien und erfahrungen führen mich darauf, daß sie die meiste sicherheit und ruhe gewährt, daß sie, wenigstens lange zeiten hindurch den völkern ein glück verschafft hat, das freilich wie alles irdische unvollkommen war, aber dessen maß doch von dem nicht erreicht werden wird, was eine freiere verfassung an seine stelle setzen soll. In dieser scharfen ungleichheit der stände, in diesem unbedingten befehlen und gehorchen erkenne ich eine sanfte und wohltätige Kraft, alles ist mannigfaltig und jugendlich gestaltet, voll farbe, phantasie, poesie und glauben, während was die gegenwart verlangt, eintönig, prosaisch und nüchtern ist. Und dennoch liegt in dem verlangen eine unabwendliche über uns alle hereinbrechende gewalt, eine macht derjenigen vergleichbar, die auch zur zeit der reformation gewirkt hat, ein festhalten an der helle des tageslichts und verwerfen aller dämmerung. Was mich betrifft, ich gestehe daß ich zu Paris entschieden es mit den bürgern gehalten hätte, wie ich zu Luthers zeit dem glauben meiner väter abtrünnig und protestant geworden wäre. Ich hätte beides in dem ergreifenden moment für recht gehalten und die weitere entwickelung dem himmel anheimgestellt. Es gibt augenblicke wo man bloß zu handeln hat, ohne rücksicht auf vergangenheit oder zukunft.

Sage man nicht, die unzufriedenheit, wie sie an allen ecken in Deutschland ausbricht, sei unpolitischer art und werde vom bloßen pöbel angefacht. Dem gesindel das sich zuerst hervorwagt sehen auch die guten bürger mit innerem, ihnen selbst unerwartetem behagen zu. Die klage über das bestehende ist tief verbreitet. Wie haben aber auch fürsten und regierungen die zeit verkannt! 1814. 1815 stand der deutsche name in hoher ehre, was ist seitdem geschehen um ihn auf der höhe zu halten? Die regierungen haben immer nur verneint und nur eine unmäßige furcht antag gelegt, sobald sie ihr system gefährdet glaubten, aber nie verstanden, das volk nationell zu begeistern, nicht einmal in wissenschaftlichen dingen, z. b. wie lumpig sind die monumenta hist. germ. und was sich daran hätte schließen können unterstützt worden, während ungeheueres geld für theater, militair weggeworfen wird. Abgaben, zölle sind auf das höchste gestiegen. Ich kann von Hessen reden wo das treuste gutmütigste volk unverantwortlich gedrückt und verhöhnt worden ist und die regierung schamlos verfuhr. Die petition der casseler bürger vom 15. d. m., welche gewirkt hat, ist unbeholfen, aber aus tiefer bewegung hervorgegangen. Viele bürger haben tags vorher ihr testament gemacht; es war verabredet daß von der deputation, wenn sich der Kurfürst weigern würde, ein schwarzes zeichen am fenster aufgesteckt und das schloß alsogleich angezündet werden sollte. Wer bezweifelt, daß in Braunschweig und in Dresden weniger heftig und weniger begründet war? wo dergleichen möglich wird kann nicht von pöbel sondern nur vom volke selbst die rede sein. Hier sind auch keine anstifter, keine partei im spiel wie in den Niederlanden, (dieser Brüsseler aufruhr scheint der schlechteste und widrigste unter allen.) Es ist der lang verhaltne allgemeine unwille über den mißbrauch des fürstlichen rechts, der sich nur zuerst luft macht an bäckerladen und licenthäusern, der aber mehr will. Merkwürdig an allen diesen orten ist das benehmen der soldaten, die dem volk kein leid tun mögen.

In dieser gefahr richtet alles die augen auf Preußen. Wenn doch da etwas beruhigendes und kräftiges geschähe! Wie ganz anders stände jetzt Preußen, hätte es in diesen 15 jahren nicht gezaudert und mehr positive einrichtungen befestigt. Die langsamen provinzialstände, scheint es mir, reichen nicht aus, sondern reichsstände müssen das ganze mehr beleben und verbinden, was den rheinländern längst verheißen war, dazu ist die höchste zeit vorhanden. Ich weiß nicht, welche hoffnungen der neuernannte minister einflößt, aber das scheint klar, daß in einer solchen lage der dinge die alten abgelebten männer nicht helfen. Auf dem linken rheinufer soll die stimmung so sein, daß wenn nicht die bewaffnete macht sie niederhielte, adressen nach Paris gehen würden um wiedervereinigung. Und wie wenn in Polen die alte schuld aufwachte!

Ich hoffe der himmel wird Deutschland erhalten. Wird dem deutschen volke bewilligt was ihm nicht mehr vorenthalten werden kann, so muß auch das geschwächte nationalgefühl neues leben empfangen und dann ist von den Franzosen nichts zu fürchten. Aber die fürsten müssen ihren alten gewohnheiten und neigungen einige gewalt antun und aufrichtig erkennen, daß die zeit unumschränkter herrschaft vorüber ist, daß das volk eine andere sicherheit haben will, als die in dem privatcharacter eines sterblichen fürsten liegen kann. Gott weiß allein die folgen und den ausgang dieser bewegungen, er lenkt sie vielleicht zu unserem größten besten. Nicht unmöglich wäre, daß eine viel weitere ausbreitung des protestantismus mit daraus hervorginge und der spaltung in glaubenssachen wenigstens für Deutschland ein ende gemacht würde.

Ich komme wieder zu atem (denn diese dinge können einen wohl daraus bringen) um noch ein paar worte über mich hinzuzufügen; ich hörte neulich von Wilhelm, daß er Ihnen schon umständlichen bericht über unsere veränderung abgestattet hat und er wird die hauptumstände schon herausgehoben haben. Das läßt sich nicht leugnen, daß unser leben zu Kassel weit behaglicher war. Die stadt hält keinen vergleich mit dort aus, die schwägerin fühlt sich hier unheimlich und auch wir entbehren den langgewohnten umgang mit Luis und der schwester. Ich hatte mich dort von allem andern, vielleicht ein wenig zu viel losgemacht und konnte nach herzenslust arbeiten und einsame, stundenlange spaziergänge machen. Dies scheint hier alles großenteils verscherzt. Ich habe diesen sommer anhaltender als je in meinem leben die last von dienstgeschäften getragen. Überschlagen Sie einmal, daß die bibliothek täglich *sechs* stunden forderte, das ist mir über mein maß hinaus. Dazu kam eine stunde vorlesung und weil es meine erste war im durchschnitt vielleicht einige stunden vorbereitung dazu. Das schlimmste aber ist, daß einem durch den vormittag und nachmittagsdienst auf der bibliothek und dann wieder durch die vorlesung die übrig bleibende muße immer durchschnitten wird und kein rechts sammeln zu den studien mehr eintreten kann. Eigentlich fühle ich mich zum bibliothekar nicht recht geschaffen. Zu Kassel machte es mir zwar freude in drei stunden täglich die kleinere und ziemlich leicht übersehbare sammlung gewissenhaft in ordnung und und pflege zu halten. Sie gewährte mir fast alles für meine studien und viele minuten oder viertelstunden kamen auch diesen zu gut. Hernach war ich ein freier mann und konnte ungehindert das treiben, womit ich meiner innern ausbildung und vielleicht auch dem publikum mehr nützte als durch katalogemachen und eintragen von büchern. Kurz in Kassel, wenn man uns sonst ordentlich und gerecht behandelt hätte, waren für uns alle Elemente eines vergnügten und uns zusagenden lebens vorhanden. Ich sah vieles voraus was hier anders sein müßte, habe mir aber doch die bibliothek und ihre einrichtung fertiger und leichter vorgestellt. Die anlage der kataloge ist höchst schwerfällig, umständlich und verwickelt. Die mühsamste umarbeitung der realkataloge ist für meine ganze lebenszeit vorauszusehen; was habe ich diesen ganzen sommer getan? nichts, als eine bloß mechanische grundlage zu einer bevorstehenden umarbeitung des kat. der engl. geschichte gemacht. Die acht öffentlichen stunden jede woche sind ungemein lästig und körperlich angreifend. Dazu kommt, daß Reuß, ein beschränkter und auch nicht einmal gutmütiger mann, mit oft unausstehlichem eigensinn auf seinen gewohnheiten hält und viel gutes oder notwendiges geradezu hindert, Benecke aber, so gut wir mit ihm stehen und so treu ers mit uns meint, dennoch manche vorurteile hegt, in denen ich ihm nachgeben muß. Unter der großen masse von büchern sind mir freilich eine menge solcher zu gebot, die ich gerne lesen und studieren möchte; aber was hilft mir das, wenn die zeit mangelt? Mit der vorlesung ist es mir zwar leichter abgegangen als ich selber dachte, auch hat sie meine geschwächte brust über erwarten gut ausgehalten; allein sie hat mir doch eigentlich wenig freude gemacht; ich möchte gern alles mitteilen, was ich weiß, nicht einen auszug davon für studenten zurichten. Nächstdem verwickelt das akademische leben in zu viel besuche und gesellschaften, die mir das bißchen übrige zeit vollends wegzehrten; ich konnte nur selten und ganz spät abends zu spaziergängen gelangen, die mir in Kassel kindisch lieb waren. Unter diesen umständen mußte der druck und die ausarbeitung des dritten teils meiner grammatik, wovon vorigen winter 300 Seiten gedruckt waren, *völlig* abgebrochen und hingelegt werden. Das macht mir kummer. Wilhelm war insofern besser dran, als er keine vorlesung zu halten und kein buch auszuarbeiten hatte, auch ist er von jeher für das gesellschaftliche leben tauglicher als ich gewesen, er konnte daher die verlorne hessische einsamkeit etwas leichter verwinden.

Unter den kollegen spricht uns Dahlmann zu meist an, mit dem wir viel umgehen. Benecke ist das tägliche brot auf der bibliothek. Mit Göschen komme ich nicht so recht fort, seine zierliche, aber ihm doch nicht ganz natürliche laune macht einen in der länge verlegen und hindert größere vertrautheit. Hugo berührt zwar vieles, geht aber doch nur mit interesse auf seine ewigen geschichten, wie tres partes, Blume u. dgl. ein, sodaß man fürchtet, *ihn* mit andern ernsthaften gesprächen zu langweilen. O. Müllers umgang ist mir angenehm und lehrreich, allein er steht auf dem punkt, wohin ich mich hier auch sehne, nämlich er arbeitet recht viel und ungestört und hat daran die größte Freude. Diesen Müller verehrt Göschen aufs höchste, mit Hugo steht er sich aber nicht besonders.

Ich bin diesen augenblick ganz allein zu haus, Dortchen ist mit den kindern, die mir innige freude machen, nach Kassel, Wilhelm nach Fulda und Hanau, wohl auch nach Frankfurt. Schreiben Sie mir bald einmal, liebster Savigny, ich verbleibe unveränderlich Ihr treuer

Grimm

auch noch das, daß der haushalt hier merklich teurer und kostspieliger als in K. ist.

David Friedrich Strauss
an Christian Maerklin

Einen Tag nach dem plötzlichen Tod Hegels schrieb der dreiundzwanzigjährige Student David Friedrich Strauß diesen Brief an Christian Maerklin, den gleichaltrigen Freund und Mitschüler von der Klosterschule Blaubeuren. Beide hatten 1825 in Tübingen das Studium der Theologie aufgenommen und 1830 war Strauß Vikar in Kleiningersheim gewesen. Zwei Jahre später waren beide wieder zusammen als Philosophie-Repetenten am berühmten Tübinger Stift. Zwischendurch war Strauß für ein Semester nach Berlin gegangen, nicht zuletzt, um dort neben Schleiermacher auch vor allem Hegel zu hören und seine „Phänomenologie des Geistes" zu studieren, das erste Hauptwerk des Philosophen. Nach dessen Tod begannen jüngere Schüler religionskritische Arbeiten zu veröffentlichen, die Hegels Ansichten vom Christentum verschieden auslegten.

Strauß selbst veröffentlichte 1835 sein Werk „Das Leben Jesu. Kritisch bearbeitet", das ein gewaltiges Aufsehen erregte. Strauß stellt in dieser Abhandlung anhand einer kritischen Überprüfung der Quellen die Frage nach der Geschichtlichkeit Jesu und ordnet die Wundererzählungen der Evangelien dem Bereich des Mythos zu. Obwohl er in einer 1864 „für das deutsche Volk" bearbeiteten Volksausgabe ein weniger kritisches Bild des historischen Jesus gibt, hatte die erste Version seine Laufbahn als Theologe zunichte gemacht. 1860 schrieb er: „Ich könnte meinem Buch grollen, denn es hat mir … viel Böses getan … Es hat meinen Lebensgang einsam gemacht."

Berlin, den 15. November 1831

An wen, geliebtester Freund! soll ich es schreiben, daß Hegel tot ist, als an Dich, dessen ich auch am meisten gedachte, solange ich den Lebenden hören und sehen konnte? Zwar die Zeitungen melden es Dir wohl, ehe Dich mein Brief erreicht; aber auch von mir sollst und mußt Du es hören. Ich hoffte, Dir Erfreulicheres von Berlin aus schreiben zu können! Denke Dir, wie ich es erfuhr. Ich hatte Schleiermachern nicht treffen können, bis diesen Morgen. Da fragte er natürlich, ob mich die Cholera nicht abgeschreckt habe zu kommen, worauf ich erwiderte, daß ja die Nachrichten immer beruhigender geworden und sie jetzt wirklich auch fast zu Ende sei. Ja, sagte er, aber sie hat noch ein großes Opfer gefordert – Professor Hegel ist gestern abend an der Cholera gestorben. Denke Dir diesen Eindruck! Der große Schleiermacher, er war mir in diesem Augenblick unbedeutend, wenn ich ihn an diesem Verluste maß. Unsere Unterhaltung war zu Ende, und ich entfernte mich eilig. Mein erster Gedanke war: nun reisest du ab, was tust du ohne Hegel in Berlin? Bald aber besann ich mich und bleibe nun. Hergereist bin ich einmal, – auf eine weitere Reise komme ich nicht mehr, und hier ist Hegel zwar gestorben, aber nicht ausgestorben. Ich freue mich, daß ich den großen Meister noch gehört und gesehen habe vor seinem Ende. Ich hörte beide Vorlesungen bei ihm: über Geschichte der Philosophie und Rechtsphilosophie. Sein Vortrag gab, wenn man von allen Äußerlichkeiten absieht, den Eindruck des reinen Fürsichseins, das sich des Seins für andere nicht bewußt war, d. h. er war weit mehr ein lautes Sinnen als eine an Zuhörer gerichtete Rede. Daher die nur halblaute Stimme, die unvollendeten Sätze, wie sie so augenblicklich in Gedanken aufsteigen mögen. Zugleich aber war es ein Nachdenken, wie man wohl an einem nicht ganz ungestörten Orte dazu kommen mag; es bewegte sich in den bequemsten, konkretesten Formen und Beispielen, die nur durch die Verbindung und den Zusammenhang, in welchem sie standen, höhere Bedeutung erhielten. Am Freitag hatte er beide Vorlesungen noch gehalten; Samstag und Sonntag fielen sie ohnehin weg; am Montag war angeschlagen, daß Hegel wegen plötzlicher Krankheit seine Vorlesungen aussetzen müsse, aber am Donnerstag ihre Fortsetzung anzeigen zu können hoffe, aber noch an eben dem Montag war ihm das Ziel gesetzt. Vorigen Donnerstag besuchte ich ihn. Wie ich ihm Namen und Geburtsort nannte, sagte er gleich: ah, ein Württemberger! und bezeugte eine herzliche Freude. Er fragte mich nach allerlei württembergischen Verhältnissen, in welchen er noch mit ehrlicher Anhänglichkeit lebte, z. B. nach Klöstern, nach dem Verhältnis von Alt- und Neu-Württembergern und dergl. Über Tübingen sagte er, er höre, daß daselbst üble und zum Teil gehässige Vorstellungen über seine Philosophie herrschen; es treffe auch hier zu, sagte er lächelnd, daß ein Prophet nichts gilt in seinem Vaterlande. Von dem wissenschaftlichen Geiste in Tübingen hatte er die eigene Vorstellung, es werde da zusammengetragen, was dieser und was jener von einer Sache halte, da habe der das darüber gesagt, ein anderer jenes, auch lasse sich das noch sagen, usf. Es ist dies wohl für unsere Zeit nicht mehr ganz richtig über Tübingen – der gesunde Menschenverstand und das orthodoxe System sind positivere Mittelpunkte seiner Theologie und Philosophie. Nach Deinem Vater erkundigte sich Hegel mit vieler Teilnahme, die Erwähnung Maulbronns brachte ihn darauf, er sagte, daß er mit ihm durchs Gymnasium und die Universität gegangen. Er wußte ihn noch in Neuenstadt; als ich sagte, daß er nun Prälat in Heilbronn sei, sagte der alte Württemberger: so, jetzt ist auch in Heilbronn ein Prälat? Wenn man Hegeln auf dem Katheder sah und hörte, so gab er sich so unendlich alt, gebückt, hustend usw., daß ich ihn zehn Jahre jünger fand, als ich aufs Zimmer zu ihm kam. Graue Haare allerdings, bedeckt von jener Mütze, wie sie das Bild bei Binder zeigte, bleiches, aber nicht verfallenes Gesicht, helle blaue Augen, und besonders zeigten sich beim Lächeln noch die schönsten weißen Zähne, was einen sehr angenehmen Eindruck machte. Er gab sich ganz als einen guten alten Herrn, wie ich bei ihm war, und sagte am Ende, ich solle öfters bei ihm einsprechen, er wolle mich dann auch mit seiner Frau bekannt machen. – Nun, morgen mittag um drei Uhr wird er begraben. Die Bestürzung ist ungemein auf der Universität; Henning, Marheineke, selbst Ritter lesen gar nicht, Michelet kam fast weinend auf den Katheder. Mein Stundenplan ist nun ganz zerrissen; ich weiß nicht, ob nicht vielleicht jemand die Hefte der zwei angefangenen Kollegien abzulesen unternehmen wird. Sonst höre ich bei Schleiermacher die Enzyklopädie, bei Marheineke den Einfluß der neueren Philosophie auf die Theologie, und jetzt, da Hegels Vorlesung wegfällt, kann ich auch noch die Geschichte des kirchlichen Dogma bei ihm hören, welche er zu gleicher Stunde mit Hegel las. Bei Henning höre ich Logik, bei Michelet Enzyklopädie der philosophischen Wissenschaften. Schleiermacher ist, weil er extemporiert, nicht leicht nachzuschreiben – er hat mich überhaupt bis jetzt – auch das Predigen mit eingeschlossen – noch nicht besonders angezogen, – ich muß ihn zuvor mehr persönlich kennenlernen. Marheinekes Vortrag stellt man falsch dar, wenn man ihn stolz und affektiert nennt; er ist sehr würdig und mit unverkennbaren Spuren von Gefühl. Auch beim Besuch hat er mich ganz befriedigt, und ich denke wohl in nähere Verbindung mit ihm zu kommen. Henning ist der aufgelegte Taffel-Taffel, er spricht ebenso hastig und hat auch äußerlich dieselbe überspannte kahle Stirne. Doch versteht er seine ‚Lochik' und ist mir besonders auch durch ein Konversatorium schätzenswert. Michelet spricht äußerst pathetisch und gefühlvoll bis zur Fistel hinauf, ist aber, bis auf ein gewisses poetisches Bestreben, das wir ihm gerne schenkten, recht wakker. Ich habe auch nicht verfehlt, bei Ritter ein einstündiges Kolleg zu hören, über Geographie des alten Palästina. Sein Vortrag ist, solang er im allgemeinen versiert, aus Mangel an Begriffsvermögen etwas verworren; er kann sein System nicht weiter treiben als zu dem Satz, daß die äußere Natur unter göttlicher Leitung auf den Menschen wirke. Bei Neander habe ich auch schon hospitiert und seiner Darstellung vollen Beifall schenken müssen. Diese liebliche konkrete Fülle und doch dabei die logische Ordnung und kritische Auffassung sind eine herrliche Mischung. Wie ich ihn aber (vielleicht mit einem Urias-Brief vom Oheim) besuchte, war er wie ein Stock. Der freundlichste Mann hier ist aber Hitzig, der mir schon unzählige Gefälligkeiten erwiesen hat. Gestern führte er mich in eine Gesellschaft ein, in welcher namentlich Chamisso zu treffen war. Man liest Fichtes Leben vor. Chamisso, ein ältlicher, langer, hagerer Mann mit einem grauen altdeutschen Haar, aber kohlschwarzen Augenbrauen. Im Gespräch ist er nicht viel, zerstreut, das Gesicht greulich verziehend, aber freundlich und zuvorkommend. So hätte ich also alles, – nur Dich, mein Bester, nicht und keinen, der mir Dich irgend ersetzen könnte. Warum bist Du so eigensinnig fortgerannt, ohne auf uns zu warten? wirst Du sagen. Um Hegel noch zu sehen und ihm mit der Leiche zu gehen, antworte ich. Sende diesen Brief Bührern, damit er meinen Eltern sagt – worauf sie begierig sein werden –, was ich jetzt nach Hegels Tode zu tun gedenke. Oder kürzer kannst Du ihn an meinen Vater und durch den an Bührer senden, der ihn in jedem Fall bekommen soll und bald einen eigenen. Leb wohl! Schreibe bald Deinem treuen Freund

D. F. Strauß

PS. Hegel hat die zweite Auflage seiner objektiven Logik noch vollendet, und diese ist in kurzem vollends gedruckt. Von den subjektiven ist die erste Ausgabe noch nicht vergriffen.

Den 17.

Gestern haben wir ihn begraben. Um drei Uhr hielt Marheineken als Rektor im Universitätssaale eine Rede, einfach und innig, mich ganz befriedigend. Er stellte ihn nicht nur als König im Reich des Gedankens, sondern auch als echten Jünger Christi im Leben dar. Er sagte auch, was er bei einer kirchlichen Feier nicht würde gewagt haben, daß er wie Jesus Christus durch den leiblichen Tod zur Auferstehung im Geiste, den er den Seinigen gelassen, hindurchgedrungen sei. Hierauf ging der ziemlich tumultuarische Zug vors Trauerhaus und von da zum Gottesacker. Dieser war mit Schnee bedeckt, rechts stand die Abendröte, links der aufgehende Mond. Neben Fichte, wie er gewünscht hatte, wurde Hegel beigesetzt. Ein Hofrat Fr. Förster, ein Poet und Anhänger Hegels, hielt eine Rede voll leerer Phrasen, wie das Gewitter, das lange über unseren Häuptern gestanden und sich schon verziehen zu wollen schien, noch mit einem zündenden Strahl und harten Donnerschlag ein hohes Haupt getroffen; und dies mit einem Ton, wie wenn man dem Kerl einen Sechser gegeben hätte, um das Ding geschwind abzulesen. Nachdem dies beendigt war, trat man näher zum Grab, und eine von Tränen gedämpfte, aber hochfeierliche

Stimme sprach: Der Herr segne dich usw. Es war Marheineke. Dieser Eindruck befriedigte mich wieder ganz. Beim Austritt aus dem Gottesacker sah ich einen jungen Mann weinen und hörte ihn von Hegel sprechen. Ich schloß mich an ihn an; es war ein Jurist, vieljähriger Schüler Hegels. Damit Gott befohlen!

Johann Peter Eckermann
an Christoph Ludwig Friedrich Schultz

Wenige Tage vor seinem Tod hatte Goethe in seinem letzten Brief an Wilhelm von Humboldt über die Fertigstellung der „sehr ernsten Scherze“, des Faust nämlich, berichtet. Auch Eckermann erwähnt dies in seinem Brief an den Staatsrat Schultz, den Goethe durch Vermittlung Zelters 1814 kennengelernt hatte.

Der Staatsrat Schultz war preußischer Regierungsbevollmächtigter an der Berliner Universität gewesen, hatte 1825 mit vierundvierzig Jahren seinen Abschied genommen und war in seinen naturwissenschaftlichen Studien zu ähnlichen Ergebnissen gekommen wie Goethe in der „Farbenlehre“. Er hat Goethe mehrere Male in Weimar besucht, auch standen beide in einem Briefwechsel, in dem vorwiegend naturwissenschaftliche Themen zur Sprache kamen. Der Kanzler Friedrich von Müller notierte 1823 über Schultz: „... ein gar feiner, verständiger, in sich gefaßter Mann, eine edle Physiognomie, auf körperliche Leiden und Tiefe der Reflexion deutend.“

Eckermann, dessen „Gespräche mit Goethe in den letzten Jahren seines Lebens“ Nietzsche als eines der besten deutschen Bücher bezeichnet hat, notierte beim Anblick des toten Dichters: „Ein vollkommener Mensch lag in großer Schönheit vor mir, und das Entzücken, das ich darüber empfand, ließ mich auf Augenblicke vergessen, daß der unsterbliche Geist eine solche Hülle verlassen“. Und um Goethe das letzte Wort zu lassen: in jenem letzten Brief an Humboldt steht auch die bewegende Zeile: „Verwirrende Lehre zu verwirrenden Handel waltet über die Welt ...“.

Weimar, 24. März 1832

Hochwohlgeborner Herr,
hochzuverehrender Herr Geheimrat!

In Auftrag der Frau von Goethe soll ich Ihnen das Hinscheiden ihres Schwiegervaters, welches vorgestern, Donnerstag Mittag elf Uhr nach einer Krankheit von wenigen Tagen sanft und ruhig erfolgte, schuldigst anzeigen. Sie standen dem hohen Verstorbenen im Leben so nahe, daß Sie wohl einige Nachricht von uns Hinterbliebenen erwarten können.

Die Ursache seiner Krankheit war eine Erkältung, die er sich wahrscheinlich Donnerstag, den 15., auf einer Spazierfahrt zugezogen. Anfänglich litt er bloß an einem leichten Erkältungsfieber, welches jedoch Dienstag einen gefährlichen Charakter annahm, so daß der Arzt einen Nervenschlag befürchtete. Dieses ereignete sich zwar nicht, allein das Übel warf sich auf die Brust, und der Kranke hatte nicht Kräfte genug, es zu überwinden. Völlig angekleidet in seinem Lehnstuhl sitzend, schlummerte er nach und nach sanft hinüber.

Vom herannahenden Tode schien er kein Gefühl zu haben, denn er sprach noch wenige Stunden vorher von den bevorstehenden guten Tagen des April, wo er sich durch häufige Spazierfahrten vollkommen zu erholen hoffe.

Man hat den schönen Körper, an dem gar kein Verfall zu spüren ist, in Eis gelegt, um ihn bis Montag Nachmittag, wo er in der fürstlichen Gruft neben dem verstorbenen Großherzog beigesetzt werden soll, frisch zu erhalten. Seine Angelegenheiten sind alle in großer Ordnung hinterlassen. Sein Testament wird man nächsten Dienstag eröffnen.

Seinen Faust hat er glücklicherweise vorigen Sommer ganz beendigt, so daß an diesem unsterblichen Werke nichts Lükkenhaftes geblieben ist.

Merkwürdig ist, daß der Faust mit den Worten schließt:

‚Es kann die Spur von meinen Erdentagen
Nicht in Äonen untergehn!'

die man nun wohl mit Recht auf den hohen Verstorbenen selbst anwenden könnte.

Außerdem haben ihn in der letzten Zeit vorzüglich Naturstudien beschäftigt. Eine abermalige Redaktion des historischen Teils der Farbenlehre war mit mir gemeinschaftlich im Werke, so daß ich weiß, wie er es damit haben wollte.

Ich habe das Glück, Ihnen, verehrter Herr Geheimrat, persönlich bekannt zu sein, und ich hoffe, daß, wenn Sie über dieses und jenes in betreff Goethes und seines Hauses einige Auskunft wünschen, Sie sich geradezu an mich wenden.

Ich denke, man kann das Andenken des großen Toten nicht besser ehren, als wenn man in seinem Sinne fortzuleben und zu wirken sucht. Ich verharre mit der vorzüglichsten Hochschätzung

Euer Hochwohlgeboren ergebenster Eckermann

Ludwig Börne
an Jeanette Wohl

Nach der Pariser Julirevolution, die sich gegen die 1814 zurückgekehrten Bourbonen richtete, war neben anderen deutschen Schriftstellern auch der vierundvierzigjährige Börne nach Paris gezogen. Zwischen 1832 und 1834 schrieb er von dort seine „Briefe aus Paris“ an die Frankfurter Freundin Jeanette Wohl. Zwar wurden sie mit der Absicht der Veröffentlichung verfaßt und enthielten daher scharf geschliffene, politische und gesellschaftliche Betrachtungen über deutsche und französische Zustände, doch in deutschen Zeitungen erscheinen durften derlei bissige Kommentare natürlich nicht. Die Briefe wurden denn auch nur im Rahmen einer Gesamtausgabe veröffentlicht, ein Teil sogar zunächst nur in Paris, da ihr Erscheinen vom Deutschen Bundestag verboten worden war.

Börne war einer der angriffslustigsten Publizisten des Jungen Deutschland; indem er die politischen Mißstände geißelte, erhoffte er sich republikanische Staatsformen in ganz Europa; in diesem Licht ist auch die (hier gekürzte) Passage über den bayerischen König Otto I. von Griechenland zu sehen. Sein kämpferisches Eintreten für freiheitliche Ideen brachten ihn auch in einen gewissen Gegensatz zur deutschen Klassik und ließ ihn sich immer wieder an Goethe reiben: „Seit ich fühle, habe ich Goethe gehaßt, seit ich denke, weiß ich warum“, schrieb er in einem Brief vom November 1830. Ehe er sich auch mit Heine zerstritt, dem er schwache Nerven und Angst vor „rauhen Gedanken“ vorwarf, hatte der ihn für die „Briefe aus Paris“ überschwenglich gelobt: „Himmel! welche entsetzlichen Wortfügungen; welche hochverräterische Zeitwörter! welche majestätsverbrecherischen Akkusative! welche Imperative! welche polizeiwidrigen Fragezeichen! welche Metaphern, deren bloßer Schatten schon zu zwanzig Jahr Festungsstrafe berechtigte.“

Freitag, den 14. Dezember 1832

Heute gehe ich zum ersten Male wieder aus, nachdem ich, wegen meiner Zahnschmerzen, drei Tage das Zimmer nicht verlassen. Ich habe dabei gewonnen, daß ich drei Tage lang den stinkenden Nebel auf der Straße nicht zu trinken und so lange die stinkenden deutschen Zeitungen nicht zu lesen brauchte. Der Geschmack der letzten, die ich vor einigen Tagen las, liegt mir heute noch auf der Zunge. Nein, es ist nicht zu ertragen. Die Deutschen müssen Nerven haben wie von Eisendraht, eine Haut von Sohlleder und ein gepökeltes Herz. Diese Unverschämtheit der Fürstenknechte, dieses freche Ausstreichen eines ganzen Jahrhunderts, dieser weintolle Übermut, dieses Einwerfen aller Fensterscheiben, weil das Licht da durchfällt, als wenn sie mit dem Glase auch die Sonne zerstörten – es übersteigt meine Erwartung. Aber das steigert auch meine Hoffnung. Man muß mit den dummen Aristokraten Mitleid haben, man muß ihnen nicht eher sagen, daß das Kassationsgericht dort oben ihre Appellation verworfen hat, bis an dem Tage, wo sie hingerichtet werden. Das deutsche Volk wird einst gerächt werden, seine Freiheit wird genommen werden, aber seine Ehre nie. Denn nicht von ihnen selbst, von anderen Völkern wird die Hilfe kommen. Ich sehe es schon im Geiste; wenn einst die finsteren Gewitterwolken sich werden über den deutschen Palästen zusammenziehen, wenn der Donner zu grollen anfängt, wird das geschmeidige deutsche Volk wie ein Eisendraht hinaufkriechen zu allen Dächern seiner Tyrannen, um die geliebten Herrscher vor dem Blitze zu bewahren und ihn auf sich selbst herabzuziehen. Wem daran gelegen ist, verhöhnt und betrogen zu werden, der braucht nur großmütig gegen seine Feinde zu sein, zumal gegen die Fürsten, welche die Feinde aller Menschen sind. Wenn in Frankreich ein Don Miguel und ein Robespierre zugleich regierten, wenn an jeder Straßenecke rechts ein Galgen, links eine Guillotine stünde – die Franzosen ertrügen vielleicht lange das Morden von ihren Tyrannen geduldig; aber ihren Spott, ihre Verachtung, ihr unverschämtes hofmeistern, ihre Ohrfeigen und ihre Rute, das, was der Deutsche das ganze Jahr erduldet – sie ertrügen es keine Stunde lang. Die Franzosen waren Jahrhunderte lang Sklaven unter ihren

Königen; aber sie durften doch singen in ihren Ketten, sie durften ihre Kerkermeister verspotten. Zur Schreckenszeit wurden edle und schuldlose Menschen auf das Blutgerüst gebracht, aber nie fand Robespierre ein Gericht, das so feige und unmenschlich gewesen, einen Aristokraten zu verurteilen, daß er vor dem Ölbilde der Freiheit kniend Abbitte tue. Unter der Despotie der Könige wie unter der der Republikaner erkannte man etwas im Menschen an, das, weil von Gott gesandt, heilig und unverletzlich ist und nie zur Verantwortung gezogen werden darf. Aber dieses Göttliche, Heilige und Unverletzliche im Menschen: seine Ehre, sein Glauben, seine Tugend, das wird in Deutschland am meisten zuerst bestraft, am boshaftesten gezüchtigt. Ein Dr. Schulz in München wurde wegen seines politischen Glaubens *auf unbestimmte Zeit* zum Zuchthause verurteilt und zu der schlimmeren Züchtigung, vor dem Bilde des Königs kniend Abbitte zu tun. Sie werfen die Freiheit in den Kot, daß sie aussehe wie die Knechtschaft, damit man keinen Mann von Ehre ferner von einem Hofmanne unterscheiden könne und gemeinschaftlicher Schmutz Volk und Land und Regierung bedecke.

Würde in Paris die Todesstrafe darauf gesetzt, wenn einer es wagte, im Theater einen Laut des Mißfallens zu äußern, und es versuchte einmal ein schamlos schmeichelnder und bettelnder Hofdichter, die Leidenschaften, Torheiten und Verbrechen seiner Fürsten durch Poesie, Musik, Tanz und Malerei auf der Bühne zu verherrlichen und so ein ganzes Volk zu Mitschuldigen seiner niederträchtigen Gesinnungen zu machen – und stünde die Todesstrafe auf ein Lächeln –, es fänden sich hier Hunderte von Zuschauern, die lachen, zischen und pfeifen und ihr Leben an ihre Ehre setzen würden. Man jauchzte keinem schamlosen, tollen Schauspiele zu wie das, was neulich ein Herr von Poißl in München zur Feier der Thronbesteigung des Königs Otto dichtete und auf der Bühne vorstellen ließ. *Vergangenheit und Zukunft* hieß das Schauspiel, welches alle das dicke Bockbier, das seit dem vorigen Sommer in den bayerischen Adern stockte, in die freudigste Wallung brachte. Hellas, Bavaria, Glaube, Liebe und Hoffnung treten auf. Sooft ein deutscher Hofdichter etwas Politisches singt, umgibt er sich mit Glaube, Liebe und Hoffnung. Es sind seine Grazien und seine Parzen zugleich. Mit ihnen versüßt er die Tyrannei, mit ihnen spinnt er die Freiheit zu Tode. Übrigens ist es eine nützliche Bedeckung; denn ohne Glaube, Liebe und Hoffnung ertrüge man keinen Tag, ein deutscher Untertan zu sein.

Das zweite Bild stellt die Gegend von Athen vor. „Mit erst düsterem Himmel, verbrannten Olivenwäldern und verdorrten Fluren. Nach und nach kleidete sich der Himmel in *Bayerns Nationalfarbe.* Die Olivenwälder begannen zu grünen. Die Fluren bedeckten sich mit Blumen und Blüten, aus Ruinen entstanden Paläste. Und in diesem Augenblick erschien, von der Liebe getragen und den Glauben und die Hoffnung zur Seite, das als Segensgestirn über Hellas aufgehende Bildnis des Königs Otto, vor dem sich Griechenlands Volk in freudiger Huldigung neigte." Bavaria-Sappho ist verrückt, sie ist verliebt, weiß nicht mehr, was sie spricht, und ich sehe sie schon vom leucadischen Felsen hinab in die Isar springen. Aber Herr von Poißl hat nicht die geringste Lebensart, daß er den König Otto, der ein Mann ist, von der *Liebe,* die ein Frauenzimmer ist, tragen ließ. Ich begreife nicht, wie das zarte Wesen diese Last von München bis zum Himmel, einen so weiten Weg, hat aushalten können; König Otto muß sehr leicht sein! Warum hat er den König nicht dem *Glauben* auf die breiten Schultern gesetzt? Der hat schon in seiner Dummheit viel schwerere Lasten getragen. Dann wäre die Liebe an der Seite der Hoffnung, hinter dem Glauben und dem König Otto leicht hergeflogen, und dann wäre doch Symmetrie dabeigewesen, und das Ganze wäre ein Meisterstück geworden. Oh, Herr von Poißl! ich weiß nicht, ob Sie Verstand haben, aber Geschmack haben Sie nicht den geringsten. Wie freue ich mich, daß die verbrannten Olivenfelder wieder grün werden; jetzt können doch die armen Griechen wieder Salat essen. Aber die *bayerische Nationalfarbe,* in welche sich der Himmel kleidete, als er Audienz beim König Otto hatte – ist das nicht himmlisch? ja, ja, so ist es. Den Himmel selbst möchten sie gern zum Lakaien machen, und sein heiliges Blau soll die Livreefarbe eines deutschen Fürsten sein! Verdammnis! Es kommt mir manchmal vor, als wäre die Erde ein großer Pfeifenkopf, aus dem Gott raucht, und Deutschland wäre der Wassersack der Pfeife, bestimmt, um diese rein zu erhalten, allen Schmutz, alle stinkenden Säfte aufzunehmen. Die Zeit wird kommen, daß jeder europäische Fürst mit einem Stück seines Landes in den deutschen Bund treten wird, um sich mit einem solchen heilsamen Wassersacke zu versehen.

Georg Büchner
an die Familie

Politisch war Hessen zu Beginn der dreißiger Jahre eines der rückständigsten Länder Deutschlands. Der Getreidepreis fiel von Jahr zu Jahr, im Parlament saßen nur Abgeordnete von Großherzog Ludwigs Gnaden, die Zensur unterdrückte jede unliebsame Meinungsäußerung, und die Vertreter liberaler Ideen wurden häufig genug eingekerkert.

Der zwanzigjährige Büchner hatte während seines Medizinstudiums in Straßburg viel von den neuen Klassengegensätzen der französischen Julimonarchie erfahren; aus der Heimat erreichten ihn nun die Berichte über den Frankfurter Hauptwachensturm vom 3. April 1833. Dort hatte ein halbes Hundert Burschenschafter die Hauptwache und die Konstabler Wache erstürmt und einige Gefangene befreit.

Man erhoffte sich durch diesen Anschlag eine aufrührerische Stimmung in ganz Deutschland. Doch die Bevölkerung blieb passiv, Militär trat gegen die Verschwörer an. Einigen gelang die Flucht, die meisten wurden später vor Gericht gestellt und verurteilt.

Ein Jahr später gab Büchner von Gießen aus zusammen mit dem Butzbacher Lateinschulrektor Ludwig Weidig die Flugschrift „Der Hessische Landbote“ heraus, den Höhepunkt der revolutionären Publizistik des deutschen Vormärz. Der Brief an die Familie ist ein kleiner Vorgeschmack.

1834 ging Büchner nach Darmstadt und leitete dort einen Geheimbund; ein Jahr später mußte er nach Straßburg fliehen, am 19. Februar 1837 starb er in Zürich.

Straßburg, den 5. April 1833

Hier erhielt ich Euren Brief mit den Erzählungen aus *Frankfurt.* Meine Meinung ist die: Wenn in unserer Zeit etwas helfen soll, so ist es Gewalt. Wir wissen, was wir von unseren Fürsten zu erwarten haben. Alles, was sie bewilligten, wurde ihnen durch die Notwendigkeit abgezwungen. Und selbst das Bewilligte wurde uns hingeworfen wie eine erbettelte Gnade und ein elendes Kinderspielzeug, um dem ewigen Maulaffen *Volk* seine zu eng geschnürte Wickelschnur vergessen zu machen. Es ist eine blecherne Flinte und ein hölzerner Säbel, womit nur ein Deutscher die Abgeschmacktheit begehen konnte, Soldatchens zu spielen. Unsere *Landstände* sind eine Satire auf die gesunde Vernunft, wir können noch ein Säkulum damit herumziehen, und wenn wir die Resultate dann zusammennehmen, so hat das Volk die schönen Reden seiner Vertreter noch immer teurer bezahlt als der Römische Kaiser, der seinem Hofpoeten für zwei gebrochene Verse 20000 Gulden geben ließ. Man wirft den jungen Leuten den Gebrauch der Gewalt vor. Sind wir denn aber nicht in einem ewigen Gewaltzustand? Weil wir im Kerker geboren und großgezogen sind, merken wir nicht mehr, daß wir im Loch stecken mit angeschmiedeten Händen und Füßen und einem Knebel im Munde. Was nennt Ihr denn gesetzlichen Zustand? Ein Gesetz, das die große Masse der Staatsbürger zum fronenden Vieh macht, um die unnatürlichen Bedürfnisse einer unbedeutenden und verdorbenen Minderzahl zu befriedigen? Und dies Gesetz, unterstützt durch eine rohe Militärgewalt und durch die dumme Pfiffigkeit seiner Agenten, dies Gesetz ist eine ewige, rohe Gewalt, angetan dem Recht und der gesunden Vernunft, und ich werde mit Mund und Hand dagegen kämpfen, wo ich kann. Wenn ich an dem, was geschehen, keinen Teil genommen und an dem, was vielleicht geschieht, keinen Teil nehmen werde, so geschieht es weder aus Mißbilligung noch aus Furcht, sondern nur weil ich im gegenwärtigen Zeitpunkt jede revolutionäre Bewegung als eine vergebliche Unternehmung betrachte und nicht die Verblendung derer teile, welche in den Deutschen ein zum Kampf für sein Recht bereites Volk sehen. Diese tolle Meinung führte die Frankfurter Vorfälle herbei, und der Irrtum büßte sich schwer. Irren ist übrigens keine Sünde, und die deutsche Indifferenz ist wirklich von der Art, daß sie alle Berechnung zuschanden macht. Ich bedaure die Unglücklichen von Herzen. Sollte keiner von meinen Freunden in die Sache verwickelt sein?...

Heinrich Heine
an Heinrich Laube

Als „geistigen Vater des Jungen Deutschland" bezeichnete Metternich im November 1835 den Dichter der „Reisebilder" und des „Buchs der Lieder" und forderte strengstes Vorgehen gegen den herausragenden Vertreter dieser literarischen Gruppe. Gleichfalls in diesem Jahr beschloß der Deutsche Bund, diese Leute mit der Schärfe des Gesetzes zu bedrohen, da sie „in belletristischen, für alle Klassen von Lesern zugänglichen Schriften die christliche Religion auf die frechste Weise anzugreifen, die bestehenden Verhältnisse herabzuwürdigen und alle Zucht und Sittlichkeit zu zerstören" suchten. Doch bereits 1830 war der dreiunddreißigjährige glühende Anhänger der französischen Julirevolution als freier Schriftsteller und Auslandskorrespondent für Zeitschriften des Verlegers Cotta nach Paris gegangen. Und während der Deutsche Bundestag seine und des Jungen Deutschland Bücher verbot, gewährte ihm die französische Regierung eine Pension.

Der Brief an den gleichfalls unterdrückten jungdeutschen Kollegen Laube ist die Antwort auf dessen Schreiben vom 3. November über die literarische Lage in Deutschland. Wenige Tage nach dem preußischen Verbot jungdeutscher Schriften beklagt Laube da die Aussichtslosigkeit des politischen Kampfes und seine Schwierigkeiten mit Karl Gutzkow und Ludolf Wienbarg, den beiden Herausgebern einer geplanten Zeitschrift „Deutsche Revue"; ihr Erscheinen wurde dann verhindert, weil der Literarhistoriker und Kritiker Wolfgang Menzel einen in den Augen Heines höchst törichten Artikel verfaßt hatte. Er zahlte es ihm bald heim. Drei Monate später schreibt Heine in der Schrift „Über den Denunzianten": „... nächst einer geladenen Pistole hat Herr Menzel nie etwas mehr gescheut als die Ehrlichkeit der Rede, er war immer ein zweideutiger Duckmäuser, halb Hase halb Wetterfahne, grob und windig zu gleicher Zeit, wie ein Polizeidiener."

Boulogne-sur-Mer,
den 23. November 1835

Liebster Laube!

Ihr Brief, den ich zu beantworten eile, hat mir eine peinliche Stimmung verursacht. Ich ersah daraus die Unerquicklichkeit dortiger Zustände und Ihre eignen beängstigenden Wirrnisse. Seit etwa dreieinhalb Monaten, wo ich von Paris entfernt, habe ich kein deutsches Journal zu Gesicht bekommen, und außer einigen Andeutungen im Briefe meines Verlegers vor vier Wochen habe ich von dem literarischen Greuel, der losgebrochen ist, nichts erfahren. – Ich beschwöre Sie bei allem, was Sie lieben, in dem Kriege, den das Junge Deutschland jetzt führt, wo nicht Partei zu fassen, doch wenigstens eine sehr *schützende* Neutralität zu behaupten, auch mit keinem Worte diese Jugend anzutasten. Machen Sie eine genaue Scheidung zwischen politischen und religiösen Fragen. In den politischen Fragen können Sie so viel Konzessionen machen, als Sie nur immer wollen, denn die politischen Staatsformen und Regierungen sind nur Mittel; Monarchie oder Republik, demokratische oder aristokratische Institutionen sind gleichgültige Dinge, solange der Kampf um erste Lebensprinzipien, um die Idee des Lebens selbst, noch nicht entschieden ist. Erst später kommt die Frage, durch welche Mittel diese Idee im Leben realisiert werden kann, ob durch Monarchie oder Republik, oder durch Aristokratie, oder gar durch Absolutismus, ... für welchen letzteren ich gar keine große Abneigung habe. Durch solche Trennung der Frage kann man auch die Bedenklichkeiten der Zensur beschwichtigen; denn Diskussion über das religiöse Prinzip und Moral kann nicht verweigert werden, ohne die ganze *protestantische* Denkfreiheit und Beurteilungsfreiheit zu annullieren; hier bekömmt man die Zustimmung der Philister ... Sie verstehen mich. Ich sage, das religiöse Prinzip und Moral, obgleich beides Speck und Schweinefleisch ist, eins und dasselbe. Die Moral ist nur eine in die Sitten übergegangene Religion (Sittlichkeit). Ist aber die Religion der Vergangenheit verfault, so wird auch die Moral stinkisch. Wir wollen eine gesunde Religion, damit die Sitten wieder gesunden, damit sie besser basiert werden als jetzt, wo sie nur Unglauben und abgestandene Heuchelei zur Basis haben.

Vielleicht ohne diese Andeutungen werden Sie begriffen haben, warum ich mich immer in der protestantischen Befugnis verschanzt, so wie Sie auch leicht die pöbelhafte List der Gegner begriffen, die mich gern in die Synagoge verwiesen, mich, den geborenen Antagonisten des jüdisch-mahometanisch-kristlichen Deismus. Mit welchem Mitleiden ich auf die Würmer herabsehe, davon haben Sie keinen Begriff. Wer das Losungswort der Zukunft kennt, gegen den vermögen die Schächer der Gegenwart sehr wenig. Ich weiß, wer ich bin. Jüngsthin hat einer meiner saint-simonistischen Freunde in Ägypten ein Wort gesagt welches mich lachen machte, aber doch sehr ernsthaften Sinn hatte; er sagte, ich sei der erste Kirchenvater der Deutschen.

Dieser Kirchenvater hat in diesem Augenblick sehr viel Dinge um die Ohren, die ihn in Frankreich sehr andrängend beschäftigen und es ihm unmöglich machen, in Deutschland das neue Evangelium zu vertreten. Wird die Not groß, so werde ich doch ins Geschirr gehn. Daß man mit Herrn Menzel just zu schaffen hat, ist ekelhaft. Er ist ein schäbiger *Bursche,* an dem man sich nur besudeln kann. Er ist durch und durch ein heuchlerischer Schurke. Wenn man Stricke schreiben könnte, so hinge er längst. Es ist eine gemeine Natur, ein gemeiner Mensch, dem man Tritte in den Hintern geben sollte, daß ihm unsre Fußspitze zum Halse herauskäme.

Uns jetzt anzugreifen! jetzt, wo die Gegenpartei den Fuß auf unseren Nacken hat, das konnte nur ein Menzel, dem es nie mit unserer Sache Ernst war, der sich nur nach der Juliusrevolution uns anschloß, als sich im Hintergrunde positive Vorteile darboten ... Und so sind wieder allerlei Bübereigedanken im Hintergrunde jetzt, wo er der antiliberalen Partei auf unsere Kosten ein moralisches Vergnügen bereitet. Ziehen Sie Handschuhe an, mein Teuerster, und nehmen Sie einen guten Stock, und züchtigen Sie diesen schmutzigen Wicht, wie er es verdient, d. h. in seiner persönlichen Geschichte, die soviel Blößen bietet. Das ist Ihre Sache; lassen Sie sich aus Breslau und der Schweiz, wo er gestänkert, die nötigen Details geben zu einer Biographie. Er kriegt gewiß von der Jugend der deutschen Universitäten seine tatsächlichsten Schläge...

Ich befinde mich in diesem Augenblick in mancherlei Verdrießlichkeiten, deren Schauplatz Paris, und die mich wohl bis zum Frühjahr in Anspruch nehmen. Dem Journal, das Sie jetzt zur Auferstehung bringen, kann ich also nicht viel versprechen; gern jedoch will ich meinen Namen daran knüpfen, und die Gedichte, die Sie von mir haben, können Sie drucken. Anbei noch zwei Schnitzel, die ebenfalls nicht viel wert sind. Das Gedicht jedoch, welches anfängt: „Ich bin nun dreiunddreißig Jahr alt, und du bist fünfzehnjährig kaum", können Sie immerhin abdrucken, aber ich bitte Sie, meinen Namen nicht darunterzusetzen; die Natürlichkeit ist hier bis zur Karikatur gesteigert, das fühl' ich; es war ein Versuch, Jahrzahlen und Datum im Gedichte einzuführen. – Mit dem übrigen jungen Deutschland steh' ich nicht in der mindesten Verbindung; wie ich höre, haben sie meinen Namen unter die Mitarbeiter ihrer neuen Revue gesetzt, wozu ich ihnen nie Erlaubnis gegeben habe. – Einen guten Rückhalt sollen diese jungen Leute dennoch an mir haben, und es wäre mir höchst verdrießlich, wenn es zwischen letzteren und Ihnen zu Reibungen käme. Ich bitte Sie, durch gemeinschaftliche Freunde diese jungen Leute von den Bedingnissen Ihrer Stellung zu unterrichten, damit nicht Mißverstand ein Unheil anrichte. Vergessen Sie das nicht. – In allen Fällen rechnen Sie auf die gefühlteste Teilnahme bei allem, was Sie persönlich betrifft. Daß Sie mit einigen meiner Berliner Freunde in gutes Verständnis getreten, ist mir lieb. Varnhagen ist einer der außerordentlichsten Menschen und klar und sicher: wir sind so einverständig, daß wir gar nicht einmal eines Briefwechsels bedürfen. – Ihre Frage in betreff einer Rückkehr nach Deutschland hat mir sehr weh getan; denn ungern gestehe ich, daß dieses freiwillige Exil eines der größten Opfer ist, die ich *dem Gedanken* bringen muß. Ich würde bei meiner Rückkehr eine Stellung annehmen müssen, die mich allen möglichen Mißdeutungen aussetzen könnte. Ich will auch *den Schein* des Unwürdigen vermeiden. – So viel ich weiß, kann keine Regierung mir etwas anhaben, ich bin von allen Umtrieben des Jakobinismus entfernt geblieben; die famose Vorrede, die ich bei Campe, als sie schon gedruckt war, zu vernichten gewußt, ist später nur durch den preußischen Spion Klaproth in die Welt gekommen, das wußte die Gesandtschaft, so daß mir auch nicht einmal ein Preßvergehen stark aufgebürdet werden kann; von allen Seiten kommen mir freundliche Stimmen ans Ohr durch die Diplomaten, mit denen ich in Paris sehr gut stehe … aber alles dieses sind Gründe, die mich von einer Heimkehr viel eher abhalten, als dazu anreizen. – Hierzu kommt noch die Erbitterung der deutschen Jakobiner in Paris, die, wenn ich nach Hause ginge, um wieder deutsches Sauerkraut zu essen, hierin den Beweis des Vaterlandsverrates sehen würden. Bis jetzt können sie mich doch nur durch Mutmaßungen verleumden; bis jetzt habe ich doch der Verleumdung noch keine Fakta in die Küche geliefert. Meine Reise nach Wien, wie Sie sehen, muß daher auf sehr lange Zeit hinausgeschoben werden. – In einigen Wochen werde ich nach Paris zurückkehren. […]

H. Heine

(Lassen Sie diesen Brief bei Leibe niemanden sehen.)

Friedrich Christoph Dahlmann
an das Göttinger Universitätskuratorium

Da 1837 mit der Thronbesteigung der Königin Viktoria Hannover wieder selbständig geworden war, fiel dem ultrakonservativen in England ziemlich verhaßten Herzog von Cumberland mit sechsundsechzig Jahren die Königswürde zu. Eine seiner ersten Amtshandlungen war die Aufhebung des Staatsgrundgesetzes von 1833 zugunsten der alten Verfassung von 1819. Diese rechtswidrige Maßnahme führte zu heftigen innenpolitischen Spannungen, unter anderem protestierten sieben der bekanntesten Universitätsprofessoren. Sie beriefen sich auf ihren Verfassungseid, nach dem ihr Amt sie verpflichtete, die Verfassung gegen Übergriffe der Staatsgewalt zu verteidigen. Es waren dies unter anderen die Historiker Dahlmann und Georg Gottfried Gervinus sowie die Germanisten Jacob und Wilhelm Grimm. Zwar leitete das Kuratorium das Protestschreiben zunächst nicht weiter, doch erfuhr der König von dessen Inhalt und entließ die sieben Unterzeichner am 14. Dezember ohne die vorgeschriebene Anhörung. „Professoren, Schauspieler und Huren", so befand er, „kann man immer haben."

Dahlmann, Jacob Grimm und Gervinus mußten das Land wegen der Verbreitung ihrer Erklärung binnen drei Tagen verlassen. Die Absetzung der sieben Professoren entfachte einen Entrüstungssturm; die öffentliche Meinung ergriff fast überall Partei für sie und so mancher, der liberalen Ideen eher fernstand, begann jetzt, sich mit ihnen zu befreunden.

Jacob Grimm, der wie die anderen auch, bald wieder ein Amt in einem anderen Bundesland bekam, schrieb nicht ohne Stolz: „Die Geschichte zeigt uns edle und freie Männer, welche es wagten, vor dem Angesicht der Könige die volle Wahrheit zu sagen; das Befugtsein gehört denen, die den Mut dazu haben."

November 1837

Die untertänigst Unterzeichneten fühlen sich in ihrem Gewissen gedrungen, über den Inhalt des königlichen Patents vom 1. d. M. ihre ehrerbietige Erklärung vor dem hohen Universitätskuratorium niederzulegen.

Die Unterzeichneten können sich bei aller schuldigen Ehrfurcht vor dem königlichen Kuratorium in ihrem Gewissen nicht davon überzeugen, daß das Staatsgrundgesetz um deshalb rechtswidrig errichtet, mithin ungültig sei, weil der höchstselige König nicht den ganzen Inhalt desselben auf Vertrag gegründet, sondern bei seiner Verkündigung einige Anträge der allgemeinen Ständeversammlung ungenehmigt gelassen und einige Abänderungen hinzugefügt hat, ohne daß diese zuvor den allgemeinen Ständen mitgeteilt und von ihnen genehmigt wären. Denn dieser Vorwurf der Ungültigkeit würde nach der anerkannten Rechtsregel, daß das Gültige nicht durch das Ungültige vernichtet wird, denn doch immer nur diese einzelnen Punkte, die nach ihrem Inhalte durchaus nicht das Ganze bedingen, treffen, keineswegs das Staatsgrundgesetz. Derselbe Fall aber würde eintreten, wenn im Staatsgrundgesetze Rechte der Agnaten verletzt wären; denn der Grundsatz, daß eine jede Veränderung in der Staatsverfassung der agnatischen Einwilligung unterworfen sei, würde nicht ohne die größeste Gefährdung der königlichen Rechte aufgestellt werden können. Was endlich die dem Staatsgrundgesetze zur Last gelegte Verletzung wesentlicher königlicher Rechte angeht, so bleibt den untertänigst Unterzeichneten in bezug auf diese schwerste, aber gänzlich unentwickelt gebliebene Anklage nichts anders übrig, als daran zu erinnern, daß das königliche Publikationspatent vom 26. September 1833 sich gerade die Sicherstellung der landesherrlichen Rechte ausdrücklich zum Ziele nimmt, daß die deutsche Bundesversammlung, welche gleichzeitig mit den ständischen Verhandlungen über das Staatsgrundgesetz eine Kommission gerade zu demselben Ziele aufstellte, keine Rüge der Art jemals ausgesprochen hat, daß vielmehr das Staatsgrundgesetz dieses Königreichs in ganz Deutschland das Lob weiser Mäßigung und Umsicht gefunden hat. Wenn daher die untertänigst Unterzeichneten sich nach ernster Erwägung der

Wichtigkeit des Falles nicht anders überzeugen können, als daß das Staatsgrundgesetz seiner Errichtung und seinem Inhalte nach gültig sei, so können sie auch, ohne ihr Gewissen zu verletzen, es nicht stillschweigend geschehen lassen, daß dasselbe ohne weitere Untersuchung und Verteidigung von seiten der Berechtigten, allein auf dem Wege der Macht zugrunde gehe. Ihre unabweisliche Pflicht vielmehr bleibt, wie sie hiermit tun, offen zu erklären, daß sie sich durch ihren auf das Staatsgrundgesetz geleisteten Eid fortwährend verpflichtet halten müssen und daher weder an der Wahl eines Deputierten zu einer auf anderen Grundlagen als denen des Staatsgrundgesetzes berufenen allgemeinen Ständeversammlung teilnehmen, noch die Wahl annehmen, noch endlich eine Ständeversammlung, die in Widerspruch mit den Bestimmungen des Staatsgrundgesetzes zusammentritt, als rechtmäßig bestehend anerkennen dürfen.

Wenn die ehrerbietigst unterzeichneten Mitglieder der Landesuniversität hier als einzelne auftreten, so geschieht es nicht, weil sie an der Gleichmäßigkeit der Überzeugung ihrer Kollegen zweifeln, sondern weil sie so früh als möglich sich vor den Konflikten sicherzustellen wünschen, welche jede nächste Stunde bringen kann. Sie sind sich bewußt, bei treuer Wahrung ihres amtlichen Berufs die studierende Jugend stets vor politischen Extremen gewarnt und, soviel an ihnen lag, in der Anhänglichkeit an ihre Landesregierung befestigt zu haben. Allein das ganze Gelingen ihrer Wirksamkeit beruht nicht sicherer auf dem wissenschaftlichen Werte ihrer Lehren als auf ihrer persönlichen Unbescholtenheit. Sobald sie vor der studierenden Jugend als Männer erscheinen, die mit ihren Eiden ein leichtfertiges Spiel treiben, ebenso bald ist der Segen ihrer Wirksamkeit dahin. Und was würde Seiner Majestät dem Könige der Eid unserer Treue und Huldigung bedeuten, wenn er von solchen ausginge, die eben erst ihre eidliche Versicherung freventlich verletzt haben?

Friedrich Christoph Dahlmann
Jacob Grimm. Sehr notwendig geschieht endlich,
was schon vor vierzehn Tagen hätte geschehen sollen.
Wilhelm Grimm. Gervinus. E. Albrecht.
Heinrich Ewald. Wilhelm Weber

Wilhelm Grimm
an Clemens August Karl Klenze

Die Professoren Dahlmann, Gervinus und Jacob Grimm, drei der berühmten „Göttinger Sieben“, hatten auf Geheiß von König Ernst August am 17. Dezember 1837 das Land verlassen müssen. (Vgl. den vorhergehenden Brief). Mit Zwangspässen ausgestattet waren sie in Begleitung von Landdragonern an die hessische Landesgrenze gebracht worden. Jacob Grimm erfuhr an der Grenze des Königreichs Hannover, in Witzenhausen, eine besondere Genugtuung: hunderte von Studenten erwarteten ihn dort, spannten seinem Wagen die Pferde aus und zogen ihn bis zum Schlagbaum, wo sie ihn enthusiastisch verabschiedeten.

Seinem Bruder Wilhelm hatte man noch etwas Zeit gegeben, seinen Hausstand aufzulösen, so hatte er Gelegenheit, die Reaktionen der nicht betroffenen Kollegen zu beobachten. „Die Charaktere fingen an sich zu entblättern“, notierte er, „gleich den Bäumen des Herbstes bei einem Nachtfrost. Da sah man viele, in nackten Reisern, des Laubes beraubt, mit dem sie sich in dem Umgang des gewöhnlichen Lebens verhüllten.“ Im darauffolgenden Jahr folgte Wilhelm seinem Bruder nach Kassel. Da beide dort ohne Stellung und ohne feste Einkünfte waren, griffen sie gern den Vorschlag des Leipziger Verlegers Georg Reimer auf, ein großes deutsches Wörterbuch zu schaffen, dessen erster Band 1854 erschien. Ein „wörterbuch zum hausbedarf“ sollte es sein, doch zweifelt Wilhelm Grimm bald, „ob dem publikum ein in diesem sinne ausgearbeitetes, auf den bloß praktischen gebrauch nicht berechnetes werk behagen wird“.

Göttingen 27 Dez. 1837

Lieber Freund, ihr brief ist mir richtig eingehändigt worden, und da Jacob schon seit dem 17. Dez. uns hat verlassen müssen, so antworte ich allein darauf.

Zuerst danke ich Ihnen herzlich für die freundschaft und Liebe, die Sie darin gegen uns äußern, und die ich in ihrem vollen werte und mit rührung erkenne. von Ihnen, Lachmann und Savigny will ich gern und ohne zaudern hilfe annehmen sowie ich ihrer bedarf; für jetzt kann ich noch bestehen.

Geld kann uns zunächst nicht helfen, zuerst kommt es darauf an, daß unsere freunde und alle redlichen Leute das rechtliche unserer schritte, auf welchen kein schatten von schuld ruht, anerkennen. es lag dabei nichts zu grunde als die innere keinen augenblick schwankende überzeugung daß wer sein gewissen rein erhalten wollte, nicht anders handeln durfte; es war nicht eine faser von politischem treiben dabei. der materielle inhalt des grundgesetzes kam dabei nicht in betracht: ich habe weder lust noch beruf es zu beurteilen und hege weiter keine zärtlichkeit dafür; es wird wohl, wenn man es näher betrachtet, so sein wie alle moderne gesetzgebung. ganz verständige leute, die das land kennen, in dem ich ein fremdling bin, behaupten es enthalte manches wohltätige und manches sei zweckmäßiger als in der verfassung von 1819, die ebenfalls von papier ist. gesetzt aber das grundgesetz wäre noch schlechter als diese, so würde die sache dadurch nicht anders, und ich mich ebensowenig entschließen den eid, der mir von dem vorigen könig aufgelegt war, zu brechen. darf ein eid je anders verstanden werden als in dem sinne in welchem er aufgelegt und geleistet ist? was man dagegen vorbringt, um ihn umgehen zu können, erscheint mir wie sophistische spitzfindigkeit, der nur jemand beifall geben kann, der im voraus entschlossen ist, sein gewissen bei seite zu schieben. man hätte alle nötigen verordnungen mit dem grundgesetz machen mögen, wenn es auf dem geraden wege des rechts geschah. was auch geschehen wäre, auf meine lage hätte er schwerlich einigen einfluß gehabt, der zustand der universität blieb unverändert und für mich war kein bedenken zu der verfassung von 1819 zurückzukehren.

Es war vorauszusehen daß wir die lobpreisungen der liberalen wie die hoffärtigen verhöhnungen der gegenüberstehenden seite würden ertragen müssen. daß ein natürliches und religiöses gefühl obwalte mag beiden gleich unglaublich erscheinen. besorgen Sie nicht daß ich mich für die liberale fahne erwerben lasse, ich habe mit dem parteiwesen nichts zu schaffen und werde es als nicht vorhanden betrachten, weder deshalb etwas tun was ich für unrecht halte noch etwas unterlassen was ich für recht halte. wohlmeinende menschen will ich nicht verletzen. von den subscriptionen geld anzunehmen ist nicht meine meinung.

Dr. Wunderlich wird Ihnen den wahren zustand der dinge beschrieben haben. Sie können ihn von dort nicht richtig beurteilen. was Sie wunderbare passivität nennen, ist etwas anderes: alle redliche menschen fühlen den stachel im gewissen; es blieb ihnen aber kein anderer gesetzlicher schritt als den wir getan haben, dazu fehlt aber, wenn sie auch das ehrenhafte unbedenklich anerkennen freilich die entschlossenheit. Sie wollen ihre Stellen nicht aufs Spiel setzen. der gegenwärtige zustand ist sittlich betrachtet ein unbeschreibliches unglück.

Grüßen Sie Ihre frau, die so herzlich geschrieben hat, von uns allen auf das schönste; auch Annchen wird uns nicht vergessen haben. Sie und alle freunde mögen uns fernerhin lieb behalten.

Clemens von Metternich
an Karl August Varnhagen von Ense

Als Metternich diesen Brief schrieb, war er siebenundsechzig Jahre alt und die geschilderten Ereignisse lagen weit zurück. Napoleon, der einst Europa in Angst und Schrecken versetzt hatte, war seit fast 20 Jahren tot und auch das sogenannte Metternichsche System neigte sich langsam seinem Ende zu. Die Gelassenheit, mit der der konservative Staatsmann in diesem Brief die Erinnerungen Varnhagens um ein wichtiges Detail bereichert, ist durchdrungen von dem Bewußtsein, den Ablauf einer historischen Stunde mitbestimmt zu haben.

Der steinreiche Grandseigneur und restaurative Staatslenker war seinen Zeitgenossen das Symbol für Unterdrückung und Unfreiheit, Wendigkeit und Härte. Der Fürst war ein Herr der alten Schule, durchaus kultiviert, aber auch eitel und genußsüchtig. Sein Ziel war die vorsichtige Ausbalancierung der Interessen vor allem Preußens und Rußlands im Dienst der österreichischen Politik. Er war gegen jeden Fortschritt, gegen jede neue Idee, gegen jede Bewegung überhaupt. Als die Revolution 1848 auch Wien erreichte, opferte ihn der Hof sofort; er mußte fliehen, kehrte aber drei Jahre später zurück und versuchte, bis zu seinem Tode 1859 weiter auf die österreichische Politik Einfluß zu nehmen.

Wien, 27. März 1840

Ich bin Euer Wohlgeborn für die Übersendung Ihrer neuesten Schriften sehr verbunden. Soviel mir die Zeit es gestattete, habe ich Bruchstücke aus selben gelesen, den Wiener Kongreß aber ganz. Da dieser Aufsatz ein mir gut bekanntes Feld berührt, so dürfte Ihnen die Versicherung angenehm sein, daß in dem Bilde nur wenig zu berichtigen fände, um es von dem Standpunkte, welcher der Ihrige war, aus betrachtet, als der vollen Wahrheit treu zu erkennen.

Eine Bemerkung werde ich Ihnen preisgeben, denn sie berührt eine historische Tatsache. Sie haben unter der Impression geschrieben, als habe sich Gentz, nach der Rückkehr Napoleons von Elba, für eine friedliche Aussöhnung mit ihm erklärt. Dies war nicht der Fall, und wäre er auch anders gewesen, so würde die Ansicht unseres Freundes keinen Einfluß auf die wichtige Entscheidung gehabt haben.

Der Hergang der Sache war der folgende, und wenn ich ihn im kurzen Umrisse hergebe, so war der Krieg in einem kaum längeren Zeitraume entschieden, als ich dessen bedarf, um das Geschichtliche hier niederzuschreiben.

Die erste Kunde der Entfernung Napoleons von Elba habe ich, und zwar auf die folgende Weise erhalten. Eine Konferenz zwischen den Bevollmächtigten der fünf Mächte hatte sich in meinem Kabinette in der Nacht vom 6. auf den 7. März bis nach drei Uhr früh erstreckt. Da die Kabinette zu Wien vereint waren, so hatte ich meinem Kammerdiener den Befehl erteilt, mich, wenn Kuriere spät nachts ankamen, nicht im Schlafe zu stören. Diesem Befehle ungeachtet, brachte mir derselbe gegen sechs Uhr frühe eine mittelst Estafette eingelangte, *dringend* bezeichnete Depesche. Als ich auf dem Kuvert die Worte: *Vom K. K. Generalkonsulate zu Genua* las und kaum zwei Stunden zu Bette war, legte ich die Depesche uneröffnet auf den nebenstehenden Nachttisch und überließ mich wieder der Ruhe. Einmal gestört, wollte dieselbe jedoch mir nicht recht zu Gebote stehen. Gegen halb acht Uhr entschloß ich mich, die Schrift zu erbrechen. Sie enthielt in sechs Zeilen die Anzeige: Der englische Kommissär Cam[p]bel seie soeben in dem Hafen erschienen, um sich zu erkundigen, ob sich Napoleon zu Genua nicht habe erblicken lassen, denn von Elba seie er verschwunden, worauf infolge der verneinenden Antwort die englische Fregatte ungesäumt wieder in die See gestochen seie! In wenigen Minuten war ich angekleidet und vor acht Uhr bereits bei dem Kaiser. Derselbe las den Bericht und sprach ruhig und gefaßt, wie er dies in allen großen Gelegenheiten war, die folgenden Worte zu mir: ‚Napoleon scheint den Abenteurer spielen zu wollen; dies ist seine Sache. Die unsere ist, die Ruhe, welche er jahrelang störte, der Welt zu sichern. Gehen Sie ohne Verzug zu dem Kaiser von Rußland und dem König von Preußen, und sagen Sie ihnen, daß ich bereit bin, meiner Armee alsbald den Ausmarsch nach Frankreich zu befehlen. Ich zweifle nicht, daß die beiden Monarchen mit mir einverstanden sein werden!'

Um viertel neun Uhr war ich beim Kaiser Alexander, welcher mich mit denselben Worten beschied wie der Kaiser Franz. Um halb neun Uhr erhielt ich dieselbe Erklärung aus dem Munde des Königs Friedrich Wilhelm. Um neun Uhr war ich zu Hause, wohin ich bereits den Feldmarschall Fürsten Schwarzenberg entboten hatte. Um zehn Uhr stellten sich auf meine Aufforderung die Minister der vier Mächte bei mir ein. Um diese Stunde waren bereits Adjutanten in allen Richtungen unterwegs, um den rückziehenden Armeeabteilungen den Befehl des Haltmachens zu überbringen. Sie sehen, daß der Krieg in weniger als einer Stunde beschlossen war.

Als sich die Minister bei mir einstellten, war ihnen das Ereignis noch unbekannt. Talleyrand war der erste, der eintrat; ich gab ihm den Bericht aus Genua zu lesen. Er blieb kalt, und zwischen uns fand das folgende lakonische Gespräch statt: *Talleyrand: Savez-vous où va Napoléon? – Moi: Le rapport n'en dit rien. – T.: Il débarquera sur quelque côte d' Italie et se jettera en Suisse. – M.: Il ira droit à Paris!*

Dies ist die Geschichte in ihrer ganzen Einfachheit. Ein paar Tage später fuhren der Fürst Talleyrand, der Herzog von Wellington und ich nach Preßburg, woselbst wir die Ausgleichung mit dem daselbst befindlichen König von Sachsen, im Auftrage des Kongresses, bewirkten. Der Herzog von Wellington ließ dort drei auf ihrem Auszuge nach Frankreich durchziehende Kavallerieregimenter vor sich vorbeidefilieren.

Empfangen Euer Wohlgeborn die Versicherung meiner vollkommenen Hochachtung.

C. v. Metternich

Bettina von Arnim
an Jacob Grimm

Als einer der Göttinger Sieben hatte Jacob Grimm 1837 Lehrstuhl und Land verlassen müssen (s. Seite 145), nun bot sich ihm und Wilhelm in Berlin ein neues Wirkungsfeld. Dort hatte nach dem Tod seines Vaters Friedrich Wilhelm IV. den Thron bestiegen, ein Herrscher, dem die Förderung der Künste und der Wissenschaften am Herzen lag. Nicht zuletzt den emsigen Bemühungen Bettines ist es zu danken, daß eine der ersten Amtshandlungen des neuen Herrschers die Berufung der beiden Brüder nach Berlin war. Auch bei der Aushandlung des anfangs recht knapp bemessenen Gehalts war sie – über Humboldt – vermittelnd tätig, und dem zurückhaltenden Jacob versuchte sie, die Gelehrtenscheu vor den neuen Zwängen und dem „Geräusch einer großen Stadt" zu nehmen. Dieser seinerseits findet, daß Bettine „... wie alle Frauen ... die Angelegenheiten zu hitzig und unablässig" betreibt; er hat die politische Seite dieser Berufung vermutlich nicht recht übersehen, seine Gedanken waren schon ganz auf das gewaltige Projekt des Deutschen Wörterbuches gerichtet.

Karl Hartwig Gregor Freiherr von Meusebach war ein Freund der Brüder Grimm, Geheimer Oberrevisionsrat und Besitzer einer kostbaren Bibliothek von über 40 000 Bänden, die 1850 für die Königliche Bibliothek angekauft wurde.

Berlin, 13. November 1840

Lieber Jacob!

Wenn es wahr ist was der König gestern gesagt hat: *nun, die Grimm sind ja jetzt berufen* so werden Sie Ihres Schicksals Entscheidung schon jetzt in Händen haben. Verzeihen Sie mir daß ich Sie mahne vorsichtig damit umzugehen, und nicht allenfalls schon sich auf Unterhandlungen einzulassen schriftlich. – Ich bitte Sie herzlich folgen Sie meinem Rat und kommen Sie augenblicklich her. Meusebach soll Sie herbergen, oder ich, ich ziehe Meusebach vor weil ich nicht gern das Ansehen haben möchte als ob ich ein Recht auf Sie habe. – Aber lieber Jacob, tun Sie nichts in Ihrer Sache, ehe Sie hier sind. Ich weiß nämlich durch Humboldt daß der König will Ihr sollt Eure Bedingungen selbst machen und daß Ihr in dieser Beziehung auf das Delikateste behandelt werden sollt, ich weiß auch daß so etwas oft nicht respektiert wird und daß man auf Schleichwegen einen solchen Willen zu umgehen versteht. Ich höre zugleich, daß man Euch den Vorschlag machen wolle *des Gehalts in Göttingen.* Diese Absurdität kann nun natürlich nicht von Euch angenommen werden, und darüber brieflich zu verhandlen, ist nicht zuläßlich. Hier würdet Ihr damit auf keine Weise auskommen. Und hier sind mehr Leute die Euch Rat und Beistand gewähren als die bloß ministerielle Knauserei, und auch muß ich Euch bekennen daß ich nicht das beste Zutrauen zu solchen habe die Eure Anstellung schon vor der Huldigung in Königsberg bewirken konnten und erst jetzt mit Rippenstößen von Humboldt dazu gebracht worden sind. Kommen Sie her lieber Jacob und bringen Ihre Antwort mündlich, und vor allem zeigen Sie dem König daß Sie freudig nach Preußen kommen, Sie müssen durchaus persönlich gleich mit dem König sprechen, es ist die einzige Art wie man alle im Respekt halten kann. Meusebach ist der geeignetste, Sie zu logieren oder dann ich, und zu keinem andern müssen Sie gehen; das sind Sie mir durchaus schuldig. Und gehen Sie zu keinem Hanswursten oder sonst hinfälligen Hasen oder Achselträger oder Leichenbitter oder löschpapiernen Kerl oder zu einer Heringsseele. Meusebach oder ich, es sei denn Savigny schlüge Ihnen vor zu ihm zu kommen so wärs großmütig und schön wenn Sie es vorzugsweise von ihm annehmen wollten.

Nun bitte ich noch einmal: Habt Ihr den Ruf: gestiefelt und gesattelt, und hierher auf den Platz. Meusebach wohnt Karlsstraße Nr. 36 im Friedländers Hause. Ich wohne unter den Linden Nr. 21.

Bettine

Den Meusebach hab ich benachrichtigen lassen, daß Sie bei ihm wohnen sollen.

Sulpiz Boisserée
an Melchior Boisserée

In einer naturgemäß sehr vorläufigen Lebensbeschreibung hat 1808 der zweiundzwanzigjährige Sulpiz Boisserée anläßlich einer Bestandsaufnahme seiner künstlerischen Bestrebungen notiert: „Es ist begreiflich, daß ich bei dieser Richtung meine begeisterten Ergüsse mit einem Versuch beschloß, die Vollendung des Kölner Domes seiner hohen Bedeutung nach in meiner poetischen Prosa darzustellen." Diesem hehren Ziel blieb der Kunstkenner auch in der Zeit treu, als er zusammen mit seinem Bruder Melchior eine der ersten Sammlungen altdeutscher und altniederländischer Gemälde zusammentrug. Diese Sammlung, die sogar dem widerstrebenden Goethe Bewunderung abnötigte, erwarb 1827 Ludwig I. von Bayern als Grundstock für seine Münchner Alte Pinakothek.

Zusammen mit Joseph von Görres setzten sich die Brüder Boisserée unermüdlich für die Vollendung des Kölner Doms ein, weil nach Meinung von Sulpiz, „... kein Volk wohl mehr der Erinnerung an eine große Vorzeit bedarf als das deutsche." Auch für dieses Unternehmen gelang es ihm, den „alten Heidenkönig" Goethe zu interessieren. In den Jahren 1824–1832 ließ er seine „Geschichte und Beschreibung des Domes zu Köln" erscheinen, zehn Jahre später, am 4. September 1842, konnte die zweite Grundsteinlegung des Doms unter gewaltiger Anteilnahme vaterländisch gesonnener Kreise vonstatten gehen. Die feierliche Einweihung zog sich jedoch hin: Sie erfolgte am 15. Oktober 1880, 26 Jahre nach Sulpiz Boisserées Tod.

Köln, 9. September 1842

Mathilde hat Dir von dem ewig denkwürdigen Tag der Grundsteinlegung geschrieben, und Du wirst aus den Domblättern noch vieles Einzelne von der großen Feierlichkeit und von dem was ihr vorherging, erfahren haben. Ich kann diese reiche, bedeutungsvolle Gegenwart nur mit den Tagen von 1813, 1814 und 1815 vergleichen, wo in der großen Bewegung jeder dem andern nahe kam, alle von gleichem Gefühl durchdrungen. Es ist wie die Abendröte jener großen Zeit, die aber zugleich auch die Morgenröte einer neuen Zeit, einer, wenn nicht alle Zeichen trügen, hoffnungsreichen, segensvollen Zukunft ist!

Der Fülle der freudigsten, erhebendsten Gefühle mischt sich aber eine stille Wehmut bei, in der Erinnerung an die vielen unserer liebsten Freunde, die wir unterdessen verloren, in der Erinnerung auch an das lange Harren und Warten, bis es seit den gerechten Aussichten, die uns die Befreiungsjahre eröffnet, endlich wieder besser geworden. Diese Wehmut war am Sonntag bei denjenigen, die an jener Zeit mit vollem Herzen Teil genommen, allgemein; sie mischte sich mit der Rührung, welche die höchste Freude und Erhebung hervorbringt. Schon am Samstag abend, als der König davon sprach, daß es schon 29 Jahre seien, daß er mich im Hauptquartier kennen lernte, bemerkte ich in seinem Auge und in dem plötzlichen Ernst, der über seine so freundlichen, heitern Züge fuhr, eben die bewegte Stimmung, die sich seiner bei dieser Erinnerung bemeisterte.

Am Sonntag aber blieb kein Auge trocken, die alten Generale, die neben mir standen, der Erzherzog Johann, selbst Humboldt und auf seine Weise Metternich waren tief ergriffen und drückten sich die Hände. Humboldt sagte mir, Metternich habe über die Rede des Königs bemerkt: ‚*Il y a là un enivrement mutuel, qui est peut-être plus dangereux pour celui qui le produit que pour les autres.*‘ Mit vielen dieser und anderen Herren, mit dem Minister Bodelschwingh, Bülow, dem Gesandten Arnim, kam ich wieder so nahe, wie in jenen alten, hochbelebten Zeiten. Prinz Karl von Bayern kam quer über die Estrade auf mich zu, um mir die Hand zu schütteln, auch er hatte, wie der Erzherzog Johann, die Augen voll Tränen der Rührung. –

Warum, lieber Melchior, hast Du das nicht mit erlebt, Du, der Du mich in allen Nöten und Leiden wie auf den Armen gehalten, mich beschützt und mir immer neuen Mut eingeflößt hast!

Karl Marx
an Arnold Ruge

„Lieber Freund" pflegte Marx den fünfzehn Jahre älteren Schriftsteller und Politiker Arnold Ruge anzureden, doch im Original dieses Briefes ist diese Formel von unbekannter Hand getilgt. Marx war fünfundzwanzig Jahre alt, hatte zwei Jahre zuvor in Jena seinen Doktor gemacht und war im Oktober 1842 Chefredakteur der „Rheinischen Zeitung" geworden, einer neuen Gründung liberaler Kölner Bürger. Obwohl die Auflage anfangs wenige hundert Exemplare betrug, versuchten die Behörden, das Blatt zu unterdrücken; seine Tendenz war unbequem, sein Einfluß wuchs. Eine Woche nach diesem Brief war es soweit: da die „Rheinische Zeitung" nun auch die Zensur angegriffen hatte, wurde sie am 31. März beim Stand von 3400 Exemplaren verboten.

Bei der „Rechtfertigung des Moselkorrespondenten" handelte es sich um Kommentare, die Ende 1842 über die Not der Weinbauern von der Mosel veröffentlicht worden waren; mit „Ehgesetz" ist die Veröffentlichung des gleichfalls in dieser Zeit von der preußischen Regierung streng geheimgehaltenen Entwurfs eines neuen Ehescheidungsgesetzes gemeint. Seine „Bemerkungen über die neueste preußische Zensurinstruktion" hatte Marx vor Jahresfrist an Ruge zur Veröffentlichung in dessen „Deutschen Jahrbüchern" geschickt, einer Zeitschrift, die dieser in Dresden herausgab und der ebenfalls die Konzession entzogen wurde.

Beide Männer verließen im gleichen Jahr Deutschland und gingen nach Paris; Marx heiratete im Juni Jenny von Westphalen, die seit sieben Jahren seine Braut war.

Köln, 25. Januar 1843

Lieber...

Sie wissen wahrscheinlich schon, daß die ‚Rheinische Zeitung' verboten, aufgehoben ist, eine Todeserklärung erhalten hat. Man hat ihren Termin bis zu Ende März gestellt. Während dieser Galgenfrist hat sie Doppelzensur. Unser Zensor, ein ehrenwerter Mann, ist unter die Zensur des hiesigen Regierungspräsidenten von Gerlach, eines passiv gehorsamen Dummkopfs, gestellt, und zwar muß unser fertiges Blatt der Polizeinase zum Riechen präsentiert werden, und wenn sie was Unchristliches, Unpreußisches riecht, darf die Zeitung nicht erscheinen.

Mehre speziellen Ursachen laufen zu diesem Verbot zusammen, unsere Verbreitung, *meine* Rechtfertigung des Moselkorrespondenten, worin höchste Staatsmänner sehr blamiert wurden, unsere Obstination, den Einsender des Ehgesetzes zu nennen, die Zusammenberufung der Landstände, auf die wir agitieren könnten, endlich unsre Kritiken des Verbots der ‚Leipziger Allgemeinen Zeitung' und der ‚Deutschen Jahrbücher'.

Das Ministerialreskript, was dieser Tage in den Zeitungen erscheinen wird, ist womöglich noch schwächer als die frühern. Als Motive werden angegeben:

1. die *Lüge*, daß wir *keine* Konzession hätten, als wenn in Preußen, wo kein Hund leben darf ohne seine Polizeimarke, die ‚Rh.Z.' auch nur einen Tag ohne die offiziellen Lebensbedingungen hätte erscheinen können.

2. Die Zensurinstruktion vom 24. Dez. bezweckte eine *Tendenzzensur.* Unter Tendenz verstand man die *Einbildung,* den romantischen Glauben, eine Freiheit zu besitzen, die man realiter zu besitzen sich nicht erlauben würde. Wenn der verständige Jesuitismus, wie er unter der früheren Regierung herrschte, ein hartes Verstandesgesicht hatte, so verlangt dieser romantische Jesuitismus die *Einbildungskraft* als Hauptrequisit. Die zensierte Presse soll von der Einbildung der Freiheit und jenes prächtigen Mannes, der diese Einbildung allerhöchst gestattete, zu leben wissen. Wenn aber die Zensurinstruktion eine Zensur der Tendenz wollte, so erklärt jetzt das Ministerialreskript: für durchgängig schlechte Tendenz sei das *Verbot,*

die *Unterdrückung* in Frankfurt erfunden worden. Die Zensur sei nur da, um die Auswüchse der guten Tendenz zu zensieren, obgleich die Instruktion eben das Umgekehrte gesagt hatte, nämlich der guten Tendenz seien Auswüchse zu gestatten.

3. Der alte Larifari von schlechter Gesinnung, hohler Theorie, Dideldumdei etc.

Mich hat nichts überrascht. Sie wissen, was ich gleich von der Zensurinstruktion hielt. Ich sehe hier nur eine Konsequenz, ich sehe in der Unterdrückung der ‚Rh.Z.' einen *Fortschritt* des politischen Bewußtseins und resigniere daher. Außerdem war mir die Atmosphäre so schwül geworden. Es ist schlimm, Knechtsdienste selbst für die Freiheit zu verrichten und mit Nadeln, statt mit Kolben zu fechten. Ich bin der Heuchelei, der Dummheit, der rohen Autorität und unseres Schmiegens, Biegens, Rückendrehens und Wortklauberei müde gewesen. Also die Regierung hat mich wieder in Freiheit gesetzt.

Ich bin, wie ich Ihnen schon einmal geschrieben, mit meiner Familie zerfallen und habe, so lang meine Mutter lebt, kein Recht auf mein Vermögen. Ich bin ferner verlobt und kann und darf und will nicht aus Deutschland ohne meine Braut. Machte es sich also, daß ich etwa in Zürich mit Herwegh den ‚Deutschen Boten' redigieren könnte, so wäre mir das lieb. In Deutschland kann ich nichts mehr beginnen. Man verfälscht sich hier selbst. Sollten Sie mir daher in dieser Angelegenheit Rat und Aufschlüsse geben wollen, so werde ich sehr dankbar sein.

Ich arbeite an mehren Sachen, die hier in Deutschland weder Zensor noch Buchhändler, noch überhaupt irgendeine mögliche Existenz finden können. Ich erwarte baldigst Antwort von Ihnen.

Ihr *Marx*

Alfred Krupp
an Hermann von Boyen

Nach dem Tode des Firmengründers Friedrich Krupp im Jahre 1826, hatte sein ältester Sohn Alfred das Unternehmen in anderthalb Jahrzehnten zur größten Gußstahlfabrik der Welt ausgebaut. Wenige Jahre nach dem folgenden Brief des Dreiunddreißigjährigen an Hermann von Boyen, den ehemaligen Heeresreformer und Kriegsminister des preußischen Königs Friedrich Wilhelm IV., produzierte die Firma Krupp die ersten Gußstahlkanonen mit gezogenen Rohren. Alfred Krupp machte mit seinem Unternehmen Industriegeschichte; er war ein überragender Kaufmann und Organisator. Als er 1887 starb, waren in seinem Imperium über 50000 Arbeiter beschäftigt. Für diese sorgte er zwar durch die Einführung neuartiger Wohlfahrtseinrichtungen, gleichzeitig wandte er sich aber nach Kräften gegen die umtriebige Sozialdemokratie.

In einer Rede an seine Leute vom Februar 1877 sparte der eiserne Patriarch nicht mit guten Ratschlägen: „Genießet, was Euch beschieden ist. Nach getaner Arbeit verbleibt im Kreise der Eurigen, bei den Eltern, bei der Frau und den Kindern und sinnt über Haushalt und Erziehung. Das sei Eure Politik, dabei werdet Ihr frohe Stunden erleben. Aber für die große Landespolitik erspart Euch die Aufregung. Höhere Politik treiben erfordert mehr freie Zeit und Einblicke in die Verhältnisse, als dem Arbeiter verliehen ist.“ Auch seinen königlichen Kunden trat der freie Kaufmann selbstbewußt entgegen. Als ihm Wilhelm I. Vorhaltungen wegen der Lieferung von Waffen an das feindliche Österreich machte, entgegnete er: „Von Preußen allein können wir nicht leben.“

Essen, den 1. 3. 1844

Ew. Excellenz
habe ich die Ehre Nachfolgendes gehorsamst vorzutragen.

Unterrichtet über die wesentlichsten Eigenschaften, welche ein zu Geschützen verwendbares Material besitzen soll, habe ich mich alsdann mit dem Versuche beschäftigt, ob an der Stelle von Schmiedeeisen zu Gewehrläufen und Bronze zu Kanonen nicht ein einziges für beide Verwendungen geeignetes produziert werden könne.

Es ist mir dann gelungen, einen Gußstahl darzustellen, der die Eigenschaften der Festigkeit, Reinheit und Dehnbarkeit vereinigt, in höherem Grade besitzt, als irgend ein anderes Metall, und daraus Gewehrläufe mit Mündung versehen, aus einem massiven Körper – ohne Schweißen – anzufertigen. Es können auch Kanonen daraus geschmiedet werden, doch würde dies noch einer Anlage bedürfen, welcher die Gewißheit der Zweckmäßigkeit solcher Geschütze vorausgehen müßte.

Zu einiger Beweisführung über die Eigenschaft des gedachten Materials bin ich so frei, heute p. Post an Ew. Excellenz abzusenden:

Einen Gewehrlauf, der nach obiger Angabe ausgeschmiedet und dann in erkaltetem Zustande krumm geschlagen wurde. Es ist möglich, daß derselbe kalt wieder gerade gerichtet werden kann, ohne zu zerspringen. Ein ähnlicher wurde in der Königl. Artillerie-Werkstatt in Deutz untersucht; das erhaltene Gutachten des Chefs des Herrn Hauptmann Unger bin ich so frei, zum geneigten Vergleiche hier beizuschließen.

Der zweite gebohrte Lauf ist in der Königl. Gewehrfabrik zu Saarn fertig gemacht und damit geschossen worden. Zum strengeren Versuch der Festigkeit des Materials ist derselbe bis auf die Hälfte der vorschriftsmäßigen Metallstärke abgefeilt und die gewöhnliche Schußprobe bis zu 6 Loth Pulverladung erhöht worden. Endlich erhielt der Lauf stellenweise Erweiterungen, jedoch ohne zu zerreißen.

Die Stärke des Materials möchte demnach wohl eine bedeutende Gewichtsverminderung der Geschütze erlauben, wenn dies aus anderen Rücksichten nicht unzulässig ist.

Ew. Excellenz werden aus diesen Resultaten ermessen, ob

mein Objekt Beachtung verdient. Ich hielt mich schuldig Gegenwärtiges zur Kenntnis Eurer Excellenz zu bringen und verbinde hiermit die Versicherung meiner Bereitwilligkeit zu weiteren Versuchsarbeiten oder Probelieferungen im Fall Hochdieselben solche verlangen möchten.

Robert Blum
an Margarete Selbach

Der liberale Vormärz-Politiker Robert Blum war im Februar 1844 im Alter von siebenunddreißig Jahren vom Leipziger Appellationsgericht wegen „Verunglimpfung der königlich-sächsischen Justizbehörden zu zwei Monaten Gefängnis verurteilt worden. Er trat die Haft im September an und richtete den folgenden Brief an seine verheiratete Schwester.

In Leipzig war Blum als „Theatersekretär" beim dortigen Schauspieldirektor tätig und gab zwischen 1839 und 1842 das „Allgemeine Theaterlexikon" heraus. Er organisierte in Sachsen die liberale Bewegung und schuf sich mit den „Sächsischen Vaterlandsblättern" ein oppositionelles Organ. In diesem Blatt erschien am 13. Oktober 1844 auch der offene Brief von Johannes Ronge an den Trierer Bischof, in dem der Kaplan gegen die Wallfahrt zum Heiligen Rock polemisierte, was eine Art Kampfansage an die Katholische Kirche und der Beginn der deutschkatholischen Bewegung war. Später wurde Blum Abgeordneter in der Frankfurter Paulskirche und ging 1848 zu den Aufständischen nach Wien, wo er im November des Jahres vor ein Kriegsgericht gestellt und standrechtlich erschossen wurde.

Mit dem „frommen, edlen Priester" ist der katholische Geistliche Johannes Ronge gemeint, der 1844 wegen seiner Forderung nach einer deutschen Nationalkirche exkommuniziert worden war.

23. November 1844

Meine liebe Schwester

Du scheinst denn doch einen sonderbaren Begriff von dem Gefängnis zu haben; abgesehen davon, daß mich die Sache in meinem Geschäfte sehr, sehr stört, ist die Geschichte gar nicht so schlimm. Denn Arbeit habe ich genug, an Unterhaltung fehlt mir's nicht, u. meine Freunde besuchen mich scharenweise.

Da kommt tagtäglich ein Teil derselben, bringt ein anständiges Frühstück mit Weinen aller Art, u. wir essen, trinken, lachen u. singen ein paar Stunden zusammen. Abends kommt meine Frau von 5 bis 8 Uhr, oft die Kinder oder Agnes, u. so geht ein Tag nach dem andern hin. In 10 Tagen bin ich fertig, ja, ich wäre schon fertig, wenn ich nicht einmal eine Unterbrechung von 3, einmal eine von 8 Tagen hätte eintreten lassen. Und ich muß noch einmal pausieren, indem ich eventuell 29., 30., 1. u. 2. herausgehe, so daß ich also erst am Sonnabend, dem 7. Dezember, ganz fertig werde. Die Sache ist kindlich dumm u. nutzt mir viel mehr, als sie mir schadet. Ich habe zum Schillerfest an der Tafel von etwa 400 Teilnehmern den Vorsitz geführt, u. man hat mir zugejubelt, wie's selten jemand geschehen ist. Und ich habe das ganz absichtlich getan, denn ich wollte versuchen, was die Prüderie unserer Aristokraten für ein Gesicht schnitt, wenn ein gestern entlassener Kriminalgefangener heute den Vorsitz bei ihren Vergnügungen führt. Es hat niemand nur die Wimper gezuckt oder sich ein Wort erlaubt. Und sonst waren die Worte „Gefängnis" u. besonders „kriminal" entsetzliche Dinge, u. wer mit ihm in Berührung gekommen war, hätte sich ein Jahr lang verschleiern mögen. Die Bürgerschaft aber hat mich eben zum Wahlmann gewählt, u. binnen 8 Tagen bin ich – höchstwahrscheinlich – Stadtverordneter. Also siehst Du, daß Deine Besorgnisse in jeder Beziehung überflüssig sind. Wäre es nun aber auch nicht so, wäre alles so schwer, wie Du es siehst, u. dauerte es Monate statt Wochen, so hätte ich doch von Dir am wenigsten die spießbürgerlich elende Weisheit erwartet: „Laß es sein, Du änderst doch nichts!" Pfui, schäme Dich derselben. Es hätte nie ein Christentum u. eine Reformation u. keine Staatsrevolution u. überhaupt nichts Großes u. Gutes gegeben, wenn jeder stets gedacht hätte: „Du änderst doch nichts!“ Glaubst Du etwa, es sei ein Spiel, dieser Kampf gegen die Übergriffe u. unrechte Stellung der Staatsgewalten, aus der man sich zurückzieht, wenn es keinen Spaß mehr macht? Oder glaubst Du, man beginne diesen Kampf leichtfertig u. leichtsinnig, ohne das Bewußtsein, daß die Staatsgewalten die furchtbare Waffe eines Gesetzes, welches sie meist allein u. für ihre Zwecke gemacht haben, gegen uns schwingen u. wir fast unbewehrt sind? Allerdings gibt es der fischblutigen Amphibien sehr viele, die recht sehr freisinnig sind, solange es Volkstümlichkeit u. Beifall einbringt, die aber sehr klug sind u. sagen: „Ich ändere doch nichts!“, sobald ein unfreundlicher Wind geht. Willst Du mir raten, mich mit diesem Lumpengesindel in eine Reihe zu stellen? Dann wirst Du Dir hoffentlich zu gleicher Zeit die verwandtschaftlichen Beziehungen verbitten. Doch genug, wenn ich lange an diesen Rat denke, ärgere ich mich zu sehr. Ich will daher den Brief zerreißen u. ihn vergessen. Halt, da sehe ich am Schlusse eine Bemerkung über den heiligen Staat, den ich noch erwähnen muß. Du hast wohl nicht gelesen, was in ganz Deutschland das größte Aufsehen erregt hat! Ich schreibe dies deshalb nachträglich mit. Wer eifert denn gegen die Freiheit der Wallfahrt? Nur gegen die Nichtswürdigkeit u. Schändlichkeit der Pfaffen wird geeifert. Gegen diese öffentliche Begünstigung u. Beförderung des krassesten Aberglaubens. Gegen die schamlose Gotteslästerung, daß man das arme ungebildete Volk zur Anbetung eines Lumpens verführt, welchen wer weiß welcher Soldat, Gauner oder Bettler einmal getragen hat. Gegen die schmachvolle Götzendienerei, die man im 19. Jahrhundert treibt. Gegen den schändlichen Raub, welchen man an Tausenden von Armen begeht, indem man sie von ihrer Arbeit weglockt u. ihre Pfennige als Opfer verschluckt. Gegen diesen absichtlichen, raffinierten, unverschämten Betrug, mit dem man – allerdings zu voreilig – den Triumph der Finsternis u. der zurückkehrenden Pfaffenherrschaft feierte. Dagegen hat ein frommer, edler Priester geeifert, ein vortrefflicher Mensch, der alles, was er ist u. hat, dabei aufs Spiel setzt u. der jetzt schon darben müßte, wenn mein Freund, der Graf Reichenbach bei Neiße, ihm nicht Schutz u. Hilfe geboten. Wahrlich, wenn Du das „bitter tadeln“ mußt, dann mußt Du seit einigen Jahren so große Rückschritte gemacht haben, daß wir uns gar nicht mehr verstehen können. Wäre nicht jede Menschenverehrung Torheit, so sollte die ganze kathol. Christenheit dem edeln Ronge die Füße küssen, eher als dem Baalspriester zu Rom, bei dem sie außerdem noch besorgen müßten, von der scheußlichsten Krankheit angesteckt zu werden, wenn sie ihn berühren.

Meine Geldnot ist durch eine Anleihe gehoben, u. ich bin nun ganz ruhig. Schwer werden wird es mir allerdings sehr in den nächsten Jahren, aber wenn kein Unglück kommt, so geht es jetzt regelmäßig fort, u. ich komme mit der Zeit schon heraus. Es war wohl nur Dein Scherz, daß Du den Gedanken gefaßt hattest, unberufenerweise Itzstein in diese Verhältnisse zu ziehen? Du willst mich wohl bevormunden?

Wie es uns geht, ersieh aus dem Brief an die Mutter. Möge nur Dein Hauskauf Dir weniger Sorgen bereiten wie mir der meinige. Wo liegt denn das Haus? Und ist ein Gärtchen dran? Und verzinst es sich? Lebe recht wohl u. bessere Dich. Grüße Deinen Mann von Herzen, u. ich lasse ihn bitten, Dir Deine Dummheiten auszutreiben. Küsse Deine Kleine u. bleibt alle gesund u. munter.

Von Herzen grüßt Dein Bruder Robert

Paul Heyse
an Emanuel Geibel

Ende Februar 1848 trieben französische Revolutionäre König Louis Philippe zur Flucht nach England. Und schon im März kam es zunächst im Süden, dann aber auch im übrigen Deutschland zu Versammlungen und Straßenkundgebungen; Delegationen forderten überall das Gleiche: Nationale Einheit und liberale Verfassungen. Geschickt gaben die Herrschenden nach und gestanden bereitwillig Presse- und Versammlungsfreiheit, Geschworenengerichte und Wahlreformen zu. In Wien trat am 13. März der Staatskanzler Metternich zurück und in Berlin berief Friedrich Wilhelm IV. den Vereinigten Landtag ein. Trotzdem kam es am 18. März zu Massendemonstrationen vor dem Schloß samt Straßen- und Barrikadenkämpfen. Es gab an die 200 Tote, die sogenannten Märzgefallenen, denen der König seine Reverenz erweisen mußte. Es folgte sein berühmter Umritt durch Berlin und die Proklamation „An mein Volk und die deutsche Nation". Das aber war auch fast schon alles. Die verdutzten Revolutionäre wollten gar keine französischen Zustände, der Ruf der Stunde „Es ist alles bewilligt", über den sich schon Fontane in seinen Erinnerungen lustig machte, verriet: man wollte sich eigentlich ganz gern die Freiheit gnadenhalber von oben schenken lassen.

Der achtzehnjährige Heyse wurde von dem fünfzehn Jahre älteren Geibel nicht nur bei seinen ersten literarischen Gehversuchen beraten, sondern im gleichen Jahr 1848 von ihm auch in den literarischen Kreis „Tunnel über der Spree" eingeführt, dem auch Eichendorff und Fontane angehörten. Fontane erregte der baldige Sieg der Reaktion ungemein. „Hast Du nicht", schrieb er mit der Wut seiner knapp dreißig Jahre an den Freund Bernhard von Lepel im September, „auf väterlicher Rumpelkammer eine alte aber gute Büchse?... Hätt ich Zeit und namentlich Geld, ich wäre ein Wühler comme il faut, denn alles ist faul und muß unterwühlt werden, um im ersten Augenblick die Mine springen lassen zu können."

Berlin, 20./3. 1848
Morgens bei offnem Fenster und Frühlingssonne

Lieber Freund!

Seit drei Tagen hab ich keine Zeile geschrieben und wenn Du's nicht wärst, liefe ich jetzt in den Straßen herum und beschaute alle den Spektakel. Ich bin mein Lebtag nicht so aufgeregt gewesen als in der Nacht von Sonnabend zu Sonntag. Denk aber auch: Vierzehn Stunden Kampf zwischen Bürgern und Soldaten, und wenn sie noch einen Grund gehabt hätten, wie in Paris und Wien, nicht um so einer Elendigkeit willen Blut geflossen wäre! Du wirst's aus den Zeitungen erfahren haben, wie Alles gekommen. Wir haben „freie Presse", es spürt sich aber nichts davon in den Zeitungen, die noch immer eine erbärmliche Sprache führen, und so weiß ich nicht, ob Du lesen wirst, wie die Stimmung hier im höchsten Grad drohend und bedenklich ist. Ich begreife die Wut. Ich habe die Leichen auf dem Rathaus liegen sehn, junge kräftige Gestalten mit Blut besudelt, ein Loch in der Brust oder im Schädel, und die Weiber kamen heulend die Treppen herauf, aber die Brüder und Söhne der Erschlagenen standen bleich vor Wut und mit einander heftig flüsternd umher. Das macht der König nicht gut mit neuen Ministern. Nachher wurden die Gefallnen unter Choralgesang und Wutschreien vors Schloß getragen, auf Bahren mit Reisern und Kränzen geschmückt und man zwang den König auf den Balkon zu treten. Er kam endlich mit der Königin, und mußte die armen Opfer sehn und den Ruf hören: Das ist Dein Werk! – In der Werder'schen Kirche liegen gegen 25 Tote. Da steigen die Leute vom Volk auf die Kanzeln und predigen Rache gegen den, der das Unheil zugelassen hat und die Leichen predigen auch. Am Abend war die Stadt erleuchtet, ich kam von Kuglers zurück und hörte von den Leuten, die in Haufen beisammen standen, Verwünschungen und Flüche ausstoßen und von allen Seiten knallten die Flinten Freudenschüsse, – es waren die gräßlichsten Gegensätze. Aber die Bürger waren bewaffnet und hatten die Wachen bezogen und beschützten das Schloß, so daß die Nacht ohne Schrecken verging. Wenn ich ausdenken will, was nun kommen wird, stehn mir alle Gedanken still; ich habe wieder recht gelernt, wie man dem lieben

Gott nicht hinter die Kulissen sehn und ausspionieren kann, was für eine Szene der Weltgeschichte tragiert werden soll, sondern man sitze bescheiden und warte bis der Vorhang aufgeht.

So habe ich der Politik den Zoll entrichtet, dem sich heuer Keiner entziehen kann, und in einer Stunde muß ich mir den Kopf wirblicht machen lassen von einigen gewaschnen und ungewaschnen Studenten-Reden in der Aula. Bis dahin noch ein Wort von Poesie. Daß das Studenten-Epos nicht eben floriert, glaubst Du und verzeihst Du wohl. Und doch habe ich es ziemlich fertig in der Erfindung und bin mit der Novelle zufrieden. Hoffentlich bringt sie dieser Frühling so frisch heraus wie sie frisch angelegt ist. Aber in der *Idee* des Ganzen finde ich große Schwierigkeiten. Es muß ein begeistertes Leben drin sein, ein großer nationaler Zug, sonst bleibt das Gedicht hinter dem Aufschwung dieser Tage zurück. (Du mußt wissen, daß die Studenten wie die Helden gefochten haben und von den Bürgern auf Händen getragen werden.) Darum habe ich an die Zeit der Freiheitskriege gedacht, die einen trefflichen Hintergrund geben und das Ganze großartig schließen würden. Auf jeden Fall kann ich eines mächtigen allgemeinen Zuges der Gedanken nicht entbehren, der alle streitenden Kräfte und kleinlichen Spaltungen in sich aufnimmt und vereinigt und die deutsche Jugend insgesamt zuletzt auffordert, aus dem Schmerze und der mannigfachen Donquichotterie sich zu ernsthafter Mannestat emporzuschwingen. Am liebsten nähme ich freilich die allerneueste Zeit, aber ich habe eine geheime Furcht davor, aus dem Schönen, aber Unbewußten die Summe der bewußten Ideen zu ziehn, und mißtraue meiner Kraft. Auch kenne ich die Gefahr zu wohl und möchte nicht um den Preis, augenblicklich vielleicht bedeutender zu wirken, es aufgeben, nach der Unsterblichkeit der kräftigen Wahrheit zu ringen. Schreibe mir ein Wort darüber und bald, wenn Du kannst, es wird wunderschön im Walde und mich drängt's anzufangen.

Schicke die Novelle recht bald und schreibe auch darüber ein Wort. Mit dem andern eilt's nicht, auch habe ich großenteils Abschriften, aber die Novelle ist einzig und mir daher ans Herz gewachsen. Sollte aber die Post unsicher sein, so will ich mich auch gedulden, Du sollst ja ohnehin ein Vorsichts-Komissarius sein, wie Kuglers versichern.

Um *1 Uhr*. Am Palais des Prinzen von Preußen steht mit großen Kreidebuchstaben: Eigentum des ganzen Volks! Überall in der Stadt werden seine Wappen, wo sie über den Schildern seiner Hoflieferanten stehn, herabgestürzt. Dabei Ruhe und Ordnung, schwarz-rot-goldne Fahnen werden umhergetragen und mit Jubel empfangen, der König hat alle politischen Verbrecher begnadigt. Eine dreifarbige Kokarde steckt an meinem Hut, wenn ich meine Eltern nicht hier hätte, hätte ich mitgefochten und zöge jetzt mit den Andern nach dem Zeughause, um mich der Bürgerbewaffnung anzuschließen. Graf Schwerin hat in der Aula geredet, wir haben ihm ein Hoch gebracht.

Mir schwindelt der Kopf vor allem, was ich noch erzählen könnte. Ich muß wieder hinaus, und will den Brief mitnehmen. Lebe wohl, lieber, lieber Freund. Nimm den konfusen Bericht nicht übel. Will's Gott kommen bald stillere Zeiten, wo man wieder ruhig mitschwimmen kann mit der Geschichte und klareres Wasser hat. Adieu!

Paul

Charlotte von Kathen
an Ernst Moritz Arndt

Dieser jubilierende Brief stammt von einer alten Freundin Arndts aus den Tagen seiner Greifswalder Professur; damals stand man noch auf einem etwas förmlicheren Fuß miteinander, wie der Brief von 1807 auf Seite 44 bezeugt.

Inzwischen ist der alte Kämpe knapp 80 und vertritt in der Frankfurter Paulskirche als Abgeordneter den Wahlkreis Solingen. Denn nach der Märzrevolution war im Bereich des Deutschen Bundes nach dem allgemeinen, gleichen Wahlrecht eine deutsche Nationalversammlung gewählt und nach Frankfurt einberufen worden. Dort bildeten sich bald Gruppierungen unter den 830 Abgeordneten, wobei die Konservativen schwach blieben und die Mehrheit konstitutionell gesonnen war. Etwa 150 Abgeordnete, glänzende und geistreiche Köpfe fast alle, blieben fraktionslos, unter ihnen Arndt und Ludwig Uhland.

Die Frankfurter Nationalversammlung sollte einen nationalen Staat mit einer liberalen Verfassung schaffen; es gelang ihr auch, eine Reichsverfassung zu erarbeiten, doch die Gegensätze zwischen den Kleindeutschen und den Großdeutschen waren zu groß. Als dann der Preußenkönig Friedrich Wilhelm IV. die ihm von der Nationalversammlung angetragene Kaiserwürde ablehnte – Arndt war Mitglied dieser sogenannten Kaiserdeputation – war die Idee der Nationalversammlung gescheitert. Ohnehin hatte der König die Kaiserkrone nicht gewollt, Ausflüchte gemacht und befunden, der „Ludergeruch der Revolution" hänge an ihr. Nach dieser Erfahrung wandte sich Arndt wieder seiner akademischen Arbeit zu. Die langersehnte Einheit war gescheitert, die hochgemuten Erwartungen nicht nur Frau von Kathens waren bitter enttäuscht worden.

Putbus, den 10. Mai 1848. Abends spät

Glückauf nach Frankfurt! mein einzig lieber, teurer Freund. *Einstimmig* bist Du gewählt, und tausend Herzen und Hände heben sich für Dich zu Gott und flehen Beistand und Segen von oben herab. In mir ist ein Jubel, den ich nicht beschreiben kann. Das alte Herz schlägt mir so mächtig laut, daß ich darüber nicht zu Worte kommen kann. Alles Vertrauen, alle die Liebe, die Dir bewiesen worden, es ist wie ein Strom der Gnade meines Gottes, der auch mein Leben mit überströmt wie ein lieblicher Morgentau, der das kranke Herz erquicket und tröstet.

Du gehst in schweren Kampf. Du wirst getreulich kämpfen bis in den Tod. Der Herr aber wird mit Dir sein. Er wird es kundwerden lassen, was das sagen will, das Leben daransetzen für Recht und Wahrheit, und welche Kraft in dem Worte liegt, das Er geheiligt und gesegnet hat, und so sehe ich Dich gehn in Seinem Namen und in Seiner Kraft; ich sehe Dir nach mit dankerfülltem Blick, daß so Großes, so sehr Großes Dir vertraut worden, und falte meine Hände und bin getrost und voller Zuversicht.

Mein Karl, glaube ich, wäre sehr gerne Dein Stellvertreter gewesen. Er hatte gleiche Stimmen mit Schwerin. Da wurde noch einmal gewählt, und er mußte zurückstehn. Das hat mir um ihn leid getan.

Gib mir auch ein Zeichen Deines Lebens von Frankfurt aus. Bitte, mein Herzensfreund, versäume das nicht: nur einen einzigen Lebens- und Liebesgruß. Mache Dich nur auf recht viel Unsinn gefaßt, und der Herr, der alle Gewalt in Händen hat, gebe Dir selber das Schwert, mit welchem Du den Sieg erlangen sollst.

Gott behüte und segne Dich!

Alles für Ihn! Alles durch Ihn!

Deine treue C. v. Kathen

Adalbert Stifter
an Gustav Heckenast

Seit drei Wochen erst wohnte Stifter mit seiner Frau Amalie in Linz im Hartlischen Haus an der Unteren Donaulände, eine Übersiedlung, die sehr wohl als eine Art Flucht vor den politischen Wirren, in die das kaiserliche Wien im Vormärz 1848 gestürzt worden war, gedeutet werden kann. Wenige Tage zuvor, am 17. 5., war Ferdinand I. nicht, wie Stifter noch vermuten mußte, abgereist, sondern nach Innsbruck entführt worden; am 2. Dezember 1848 überließ er dem erst achtzehnjährigen Neffen Franz Joseph den Thron.

Stifter, zu der Zeit dreiundvierzig Jahre alt, war als Schriftsteller inzwischen über die Grenzen Deutschlands bekannt. Bis 1846 noch hatte er den ältesten Sohn Metternichs als Hauslehrer unterrichtet. Gleichwohl hatte er vor dem Ausbruch der Revolution Reformbewegungen unterstützt und sogar als Wahlmann seines Wohnbezirks an Vorbereitungen für die Wahlen ins Frankfurter Parlament teilgenommen. Allerdings teilte er die kämpferische Haltung des Jungen Deutschland nicht, wollte auch keinesfalls in seine Dichtung „seine Ansichten über den Zollverein einmischen".

Zutiefst enttäuscht vom Gang der Geschichte schreibt er im Jahr darauf, am 4. September 1849, an seinen Verleger Heckenast: „Als die Unvernunft, der hohle Enthusiasmus, dann die Schlechtigkeit, die Leerheit, und endlich sogar das Verbrechen sich breit machten und die Welt in Besitz nahmen: das brach mir fast buchstäblich das Herz ..."

Linz, 25. 5. 1848

Lieber teurer Freund!

Sie dürften vielleicht schon Manuskript für die Iris brauchen. Ich sende Ihnen den 1. Teil. Sie sehen an dem Papier, daß ich die Erzählung wieder abschreibe. Sie hat zu viel Korrekturen, als daß ich sie so lassen konnte. Ich schreibe von heute an den Rest, der ebenfalls schon fertig ist, ab, und sende denselben in nächster Woche. Hier ist es sehr stille. Die Abreise Seiner Majestät hat eine große Bestürzung in unserem Oberlande hervorgebracht, aber das gute Verhalten Wiens besänftiget die Gemüter wieder. Gebe Gott, daß man anfange einzusehn, daß nur Rat und Mäßigung zum Baue führen kann; denn bauen, nicht stets einreißen, tut not. Jeder Mißstand, jedes Übel (von jeder Seite) wird nur durch das gesänftigte, edle, ruhige aber allseitig beleuchtende Wort gut – durch dieses wird es aber ganz gewiß gut – und das Wort, diesen „sanften Öhlzweig", so heiß ersehnt, endlich errungen, gebrauchen wir jetzt so selten recht, oft wird es eine Zündfackel, oft wird es kurz bei Seite geschoben und die Gewalt gebraucht, die nur noch mehr verwirrt, die Gemüter von jeder Seite mißtrauischer macht, Verzagtheit, Ohnmacht, Zügellosigkeit, Despotie, und Reaktion hervorruft, und in vielen Fällen nicht einmal die gewünschte Frucht, sondern oft die Mißfrucht erzeugt. Ich habe Ihnen manchmal Briefe aus dem österreichischen Oberlande zugesagt, aber leider konnte ich keinen senden. Ich bin ein Mann des Maßes und der Freiheit – beides ist jetzt leider gefährdet, und viele meinen, die Freiheit erst recht zu gründen, wenn sie nur sehr weit von dem früheren Systeme abgehen, aber da kommen sie an das andere Ende der Freiheit an. Nicht in Alleingewalt, sondern in der Verteilung liegt sie. So lange die Leidenschaft forthastet, und nie genug gegen den Gegner getan zu haben meint, ist meine Stimme nicht vernehmlich, und sind Gründe nicht zugänglich. Deshalb bin ich stumm, bis man Meinungen überhaupt sucht, nicht mehr bloß Meinungsgenossen. Das Wenige, was ich mir durch mannigfaltige Staats- und Geschichtsstudien eigen gemacht habe, möchte ich gerne als Gabe auf den Altar des Vaterlandes niederlegen, aber ich muß gestehen, daß entweder vieles, was ich mir als Resultat aus den Geschichten und Verfassungen der Völker gezogen habe, falsch ist, oder daß vieles andere, was jetzt praktisch oder theoretisch gilt, irrtümlich sei. Bis ich diesen Zwiespalt in meinem Innern ausgeglichen habe, muß ich ebenfalls das Urteil aufschieben. Betrübend ist die Erscheinung, daß soviele, welche die Freiheit begehrt haben, nun selber von Despotengelüsten heimgesucht werden; es ist auch im Gange der Dinge natürlich: wer den Übermut anderer früher ertragen mußte, wird, sobald er frei ist, nicht etwa gerecht, sondern nun seinerseits übermütig; das ist der große Unterschied, *aus Gehorsam gehorchen, oder aus Achtung vor dem Gesetze.* Die früher bloß gehorsam waren, die werden nun willkürlich, und möchten, daß man *ihnen* gehorsame, die ihrem inneren eigenen Gesetze Genüge taten, tun es auch jetzt, und sind gerecht. Solche sind Männer der Freiheit, die andern müssen es erst werden. Erst wenn die Anzahl Männer, die sich selbst zügeln können, und die ihnen im Übermaße zuströmende Gewalt als Gleichgewicht in irgend eine andere Schale zu legen vermögen, sehr groß wird, ist das konstitutionelle Leben fertig. Und das ist schwerer, als man denkt. Die Edelsten, welche lange Jahre gehorsamt haben, kennen nur Gehorsam, und kommen, wenn sie selber anzuordnen haben, ins Befehlen, statt ins Organisieren, so wie Kinder, wenn sie Eltern spielen, nur die ihrigen kopieren können; durch Überwachung seiner selbst durch fleißiges Studieren der Engländer, die die längste Schule haben, und durch Ergründung der Ursachen mancher Gleichgewichtsanstalten der Geschichte können wir den Lernweg abkürzen, sonst wird er lang, und enthält alle Fehler, die unerfahrene Vorgänger schon früher gemacht und gebüßt haben. Und es sind schon, meine ich, bedeutende Fehler in unserem neuen konstitutionellen Gebaren vorgefallen. Eine andere für den Menschenbeobachter merkwürdige Tatsache kommt auch jetzt zum Vorscheine: mancher Ehrenmann ist jetzt plötzlich von bösen Leidenschaften und gierigen Gelüsten beherrscht – er war nämlich nie ein Ehrenmann, sondern seine Triebe waren bloß gehemmt, jetzt fühlt er den Damm weg, und sie strömen aus. Wer ein echter innerer Ehrenmann war, ist es auch jetzt noch, ja sein Gold hat Gelegenheit noch mehr zu leuchten, als früher. Er gab sich auch im alten Systeme seine Gesetze selber, und diese bestehen noch. Darum ist die Freiheit allein der Probestein der Charaktere, und sie macht auch allein die großen Menschen möglich. Selbstbeherrschung bis zur Opferung des Lebens, Maß bis zur Verleugnung der heißesten Triebe ist nur in der Freiheit möglich; denn sonst kann es als Gebundensein nicht als Selbstbestimmung vorliegen. Unter manchen, die ich kannte, sind die sprudelndsten Stürmer jetzt die, die früher die Schwächsten waren. Sie können eben sich selber nicht widerstehen. Das ist der Stoff zu Tyrannen. Der feste freie Mann läßt dem andern auch Festigkeit und Freiheit, ja er achtet ihn nur, wenn er beides hat; seine Waffe ist gegen den Freien das Wort und der Grund, gegen den Angreifer das Schwert. Möge ein günstiger Gott alle unsere deutschen Männer segnen, daß sie bei so vielen herrlichen Eigenschaften unserem uralten Fehler der Uneinigkeit nicht wieder unterliegen, und die Ohnmacht des schönen Landes forterben. Möge Europa sich bald in der teils neu errungenen teils schon länger bestandenen Freiheit festigen und ordnen – sonst gehen wir bei dem Auftauchen so vieler nicht meßbarer Gewalten einer düsteren Zukunft entgegen.

Ich arbeite schon an „Rosenberg“ im hiesigen Museum sitze ich wöchentlich 2 Mal unter Kolben Äxten Schwertern ... und studiere in Horneks Reimchronik.

Schreiben Sie Geiger, daß er gespornt werde. Den 6. Band erhalten Sie in ein paar Wochen ganz korrigiert. Ende Juli eine Kindererzählung. Daß nur Geiger die Zeichnungen macht!!!

Wollen Sie obenstehende Gemütsergießung für Ihr Blatt benützen, so tun Sie es. Vielleicht findet sich bald wieder etwas. B. Paoli hat eine *sehr schöne* Erzählung geschrieben. Ich hoffe Vortreffliches, wenn sie sich auf den sozialen Roman verlegt.

Leben Sie recht wohl, bleiben Sie mir gut, wie ich es Ihnen von ganzem Herzen bin. Die schönsten Grüße von uns beiden an Ihre Gattin.

Adalbert Stifter

im Hartlischen Hause an der Donau. Nr. 1313.

Elise Lensing
an Christine Hebbel

Als die vierundvierzigjährige Elise Lensing diesen Brief nach Wien an die junge und schöne Ehefrau ihres früheren Geliebten Friedrich Hebbel schrieb, da lagen die schlimmsten Erfahrungen ihres traurigen Lebens bereits hinter ihr. Der Dramatiker, dem sie ihr ganzes Geld opferte und zwei Söhne gebar, hatte zwei Jahre zuvor die berühmte Burgschauspielerin Christine Enghaus geheiratet. Die beiden Kinder aus der Verbindung mit Hebbel waren sehr klein gestorben und Elise Lensing hatte von einem Besuch in Wien den unehelichen Sohn der Schauspielerin mit sich nach Hamburg genommen. Sie bekam dafür eine Art Ausbildungsgeld und hielt fleißig brieflichen Kontakt mit der Mutter, eine Verbindung, die Hebbel höchst ungern sah. Im Revolutionsjahr 1848 sorgte sie sich besonders um die Ihren im fernen Wien und berichtet gleichzeitig über die Berliner Ereignisse – auf eine orthographisch erstaunlich nachlässige Weise. Wenige Jahre später stirbt sie im Alter von fünfzig Jahren.

Hebbel selbst hat das Schicksal Elise Lensings wenig angefochten. Als Dichter, und vor allem als Tragödienschreiber, nahm er für sich eine Ausnahmestellung in Anspruch, wenn er sich auch gelegentlich einen „Menschenfresser“ nannte. 1848 war er fünfunddreißig Jahre alt und berichtete über das Wiener revolutionäre Geschehen für die „Augsburger Allgemeine Zeitung“. Vom Wiener Schriftstellerverein wurde er zusammen mit drei Kollegen zu dem nach Innsbruck geflohenen Kaiser geschickt mit der Bitte, Majestät im Interesse der Monarchie zur Rückkehr zu bewegen. Vergebens. Und vergebens blieb auch seine Kandidatur für das deutsche Parlament: er fiel schon mit seiner Wahlrede in Leopoldstadt durch, die Einwohner hatten den Dialekt des Mannes aus Dithmarschen nicht verstanden.

Hamburg, d. 14ten November 1848

Meine beste Tine!

Nach dem Empfang des Geldes hab ich drei Briefe an Dich gesandt, Dich dringend gebeten, mir ein Lebenszeichen von Euch zukommen zu lassen; – von Tag zu Tag hab ich vergebens darnach ausgesehnt – Ich kenne unsre Verabredung: nur wenn sich etwas Besonderes ereignete wollten wir schreiben – aber, nach einer solchen Katarstrove – nach einer Begebenheit wie die Weltgeschichte sie nicht aufzuweisen hat —— Was kann Euch da nicht Alles betroffen haben!! – Mann kann ja fragen mit Recht, lebt Ihr noch Alle drei? Du hast meine Briefe die ich alle frankiert gewiß nicht erhalten sonst könntest Du nicht so hart sein, und mich ohne alle Nachricht zu lassen. – Ich bitte Dich dringend sag mir wie es Euch ergangen? was Ihr jetzt macht, ob Ihr Alle gesund seid? was das Kind macht, ich hab mehrere Nächte von ihr geträumt. Wie ist es beste Tine – wahrscheinlich hast Du keine Gage gezahlt erhalten – und wer hat jetzt Geld das Theater zu besuchen! ich fragte Dich, ob ich Dir den 100 Guldenschein zurücksenden sollte, die 50 Gulden hab ich eingewechselt weil ich Geld brauchte – und da die Wiener in der Zeit des Kampfes nicht das Geld nehmen wollten – mit bedeutenden Verlust beim Wechsler es umgesetzt; es ist ein peinlich und schmerzlicher Gedanke für mich Dich vielleicht in Verlegenheit zu wissen, Du kannst nicht um ein Darlehn ansprechen, auch wüßt ich nicht bei Wem? Ihr seidt Eure Drei und dann noch das Mädchen, ich bin allein mit dem Knaben, kann etwas geborgt erhalten u verdiene auch etwas, können uns einschränken, u die Miete zahl ich erst nach verflossenen halben Jahr – also schreib mir es umgehend ob ich den Schein die 100 oder soll ich die Hälfte 50 G. senden – dann wechsele ich es in 2 Fünfzig Guldenscheine um – wie Du es willst – ich send es in recommand. Brief – willst Du es nicht, so wollen es die Wiener nehmen, welche Ende d. M. abreisen, also Ende d. M. oder Anfang k. M. erhälst Du die Wurst, entweder bringt er sie selbst nach Wien, wohin er doch reisen muß, oder wonicht sendet er es Euch von Brün nach Wien. – Wie unendlich gern sendete ich Euch ein groß Stück Fleisch noch bei, aber die Menschen haben selbst so sehr viel Überfracht. – Hier ist es ruhig auch die Cholera hat, bei der strengen Kälte welche seit acht Tagen herrscht, täglich sind die Fenstern zugefroren – ganz aufgehört. Carl ist ganz wohl und lernt fleißig. Die Nachricht zeigt heut an, daß Blum am 9ten Nov. auf der Brigittenau erschossen ist; ebenso der Commandant Messenhauser. —

800000 Briefe sollen sich in Wien angehäuft haben, welche während der Zeit daß die Stadt abgesperrt gewesen nicht besorgt sind in Wien, wenigstens wird dies von Wien berichtet. –

Das Leichentuch, was über Wien gebreitet will man auch über Berlin ziehn – Am 12ten November ist auch Berlin in einem Belagerungszustand erklärt worden, und das Ministerium Brandenburg hat dem General v Wrangel mit Ausführung der erfoderlichen Anordnung beauftragt. Ein Offizier der Schloßwache verkündete das herrliche Produkt der Camerilla vom Sansouci unter Trommerschlag vom Schloßportal – Heut bekam ein Berliner von seinen Eltern die Nachricht, daß sie wie Viele Hunderte schon Berlin verlassen hatten – Dort wo das Volk so gemäßigt sich verhalten, kein Schritt vom Boden des Gesetzes gewichen, kein Blut, kein Gewaltschritt geschehen – Die Wut und der Haß soll aufs Äußerste gestiegen sein von der ganzen Bevölkerung Berlins. So vereinsamt als das arme liebe Wien, steht Berlin nicht – Schon hat *Stettin Magdeburg Spandau, Breslau* und eine Menge kleine Städte haben ihre Hilfe dem Volk zu gesagt. – Von 26000 Gewehren die das Volk Berlins abliefern soll, sind nur 36 abgeliefert. Die freie Presse ist aufgehoben, und nur was General Wrangel zu schreiben gestattet ist erlaubt. Jeder Einpassierende wird nach Waffen untersucht – Als der königl. Befehl den Berliner kund getan, daß die Bürgerwehr Berlins aufgelöst sei, auf Grund, daß sie die Landesversammlung beschütz haben! – Als die Vertreter des Volks der Gewalt weichen mußten, indem eine starke Militärmacht vor dem Sitzungsgebäude der National-Versamlung aufgestellt u den Abgeordneten den Eintritt verweigert sich der Zug nach dem Hotel de Russie begeben, hat das Volk sie mit einem donnernden Hurra dahin begleitet – und dazwischen ein förmliches brüllen der Wut des aufgeregten Volkes vernehmen lassen –. Von Wien schreibt man: so lange das Schwert des Damokles über unser Haupt schwebt erwarten sie keinen wahren Bericht von uns. –

So eben sagt unser Hauswirt, daß hier auch eine dumpfe Gährung längst Raum gefaßt und daß der Winter auch nicht ruhig vorüber ginge. Nun meine beste Tine, weiß ich, die sowenig unter Menschen kommt, Dir nichts mehr mitzuteilen, Noch einmal aber bitt' ich Dich dies ist der 4te Brief gib mir Antwort – und schnelle – Wie bist Du in Deine neue Wohnung gelangt? wie gefällt es Dir dort? – Die Wohnung an u für sich ist ja schön – aber die 4 Treppen, ich braucht lange Zeit sie zu steigen – Wie ist es mit Louisen? Du hast so viel Stoff zum schreiben – ich hätt' Dir schon ganze Bogen geschrieben. –

Mutter, Vater, auch Carl warten Alle auf Nachricht von Euch – Mutter jammerte immer wenn die Berichte von Wien kamen: „Ach Gott wenn sie das kleine Kind man nicht totschießen! wenn sie doch man alle hier wären."

Noch einmal leb wohl! mögen diesen Zeilen Euch gesund antreffen das ist mein innigster Wunsch!

ewig Deine Freundin Elise

N. S. vom 15ten

So eben lese ich in der Nachricht daß das 24ste Regiment, aus Märkern bestehend – entschieden zu Gunsten des Volkes gestimmt ist – Tatsache ist, daß eine Abteilung des Kaiser Franz-Regiment als es gegen einen Haufen Erzähler auf den Dönhoffsplatzen einen Bajonettenangriff machen sollte, *das Gewehr bei Fuß setzte* daß ihnen das Volk es mit einem donnernden Hurra lohnte.

Julius Fröbel
an Margarete Selbach

Als Anfang Oktober 1848 die revolutionären Unruhen in Wien begannen, beschloß die Linke der Frankfurter Nationalversammlung die Entsendung von vier Abgeordneten, die den Aufständischen eine Grußadresse überbringen sollten. Zu dieser Delegation gehörten auch Robert Blum und Julius Fröbel, ein dreiundvierzigjähriger Schriftsteller und Publizist. Sie trafen auf eine nahezu aussichtslose Lage, denn Wien wurde von einer gewaltigen kaiserlichen Streitmacht unter dem Oberbefehl des Fürsten Windischgrätz belagert, der entschlossen war, der „Rotzbubenherrschaft" ein Ende zu machen. In dieser schwierigen Situation übernahm Blum das Kommando über eine Kompanie, was ihm nach seiner und Fröbels Verhaftung am 4. November im Wiener Hotel „Stadt London" zum Verhängnis wurde.

Blum und Fröbel wurden in einem kurzen Kriegsgerichtsverfahren zum Tode verurteilt, doch während Fröbel, wohl wegen seiner großdeutschen Gesinnung, von Windischgrätz begnadigt wurde, brachte man Blum am 9. November nach der Brigittenau, wo er von österreichischen Jägern standrechtlich erschossen wurde. Ohne Zweifel handelte es sich bei dieser Erschießung um einen politischen Akt: Windischgrätz und der neue österreichische Regierungschef, Fürst zu Schwarzenberg, wollten die deutsche Nationalversammlung brüskieren und ihr auf diese Weise drastisch ihre völlige Machtlosigkeit zeigen. Der Proteststurm, der sich nun erhob, sollte noch lange fortdauern: noch am dritten Todestag Blums konnte man an Häuserwänden in Dresden lesen: „Robert Blum lebt noch."

Das Schreiben Fröbels ist an die Schwester von Robert Blum gerichtet.

22. Dezember 1848

Geehrte Frau!

Erst jetzt, indem ich Ihren ungefähr 8 Tage in meinen Händen befindlichen Brief beantworten will, sehe ich, daß derselbe schon vom 20. vorigen Monats datiert ist. Wie es gekommen, daß ich ihn so spät erhalten habe, kann ich jetzt nicht mehr ermitteln, da er kein Postzeichen hat und ich nicht weiß, welchen Weg er genommen, um zu mir zu gelangen. Urteilen Sie also über mich nicht zu ungünstig, wenn Sie erst heute von mir Antwort erhalten.

Ich wohnte in Wien in der Stadt Baden in einem Zimmer neben Ihrem Bruder. Wir gingen, mit geringen Ausnahmen, die gleichen Wege, bis wir am 26ten als Hauptleute zweier Kompanien nach entgegengesetzten Teilen der Verteidigungslinie geschickt wurden. Von da bis zum 28ten abends sah ich ihn nicht wieder. Ich hörte aber von anderen, daß er unterdessen mit einem Mut, der über jedes Lob erhaben war, ja sogar mit Lust und Freude sich im Kugelregen und in anderen Gefahren befunden. Mehrere seiner Mannschaft fielen in seiner Nähe, und andere wurden verwundet. Eine Kugel fuhr ihm auf der linken Seite, am Herzen, durch das Rockfutter. Die Nacht vom 28. auf den 29. brachte er in seinem Zimmer zu, während ich mit dem Rest meiner Kompanie einen Saal des Universitätsgebäudes innehatte. Am 29. früh um 5 Uhr besuchte ich ihn, und wir schrieben unser Entlassungsgesuch, welches wir gegen 6 Uhr abschickten. Dann lebten wir wieder bis zum 4. früh, wo wir verhaftet wurden, im Gasthaus zusammen. Ihr Bruder war in der ganzen Zeit äußerlich abwechselnd bald ernst und ruhig, bald humoristisch, bald ziemlich leidenschaftlich aktiv gestimmt, innerlich aber bemerkte ich an ihm immer eine sehr große Erregung. Wir kannten die Menschen nicht genug, die uns umgaben, und so war er ungewiß, ob für ihn die Zeit eines entscheidenden Augenblickes gekommen sei. Hätte er gewollt, so wäre die Leitung der Dinge in Wien sehr bald in seinen Händen gewesen. Weil er sich in dieser Beziehung über seine Aufgabe nicht klar sein konnte, schwankte er auch von Anfang an zwischen dem Wunsche abzureisen und dem zu bleiben. Im Gefängnis hatten wir miteinander ein leidliches Zimmer. Ihr

Bruder sprach, als hoffe er, höchstens 8 Tage gefangen zu sein und dann freigelassen zu werden, innerlich aber schienen ihn düstere Ahnungen beunruhigt zu haben. Er dachte viel an seine Familie, und als er einmal, am Fenster sitzend, vor dem Kinder spielten, zu mir sagte: „Sieh, da geht mein Kleiner" (ich weiß den Namen nicht mehr) – sah ich, daß seine Hand zitterte und seine Augen feucht waren. Er sagte mir am dritten und vierten Tage unserer gemeinsamen Haft oftmals: „Du wirst am Ende allein zurückreisen", was ich ihm auszureden suchte. Er mochte an seine Rede in der Aula und an einen sehr beleidigenden Artikel denken, den er im „Radikalen" mit seines Namens Unterschrift gegen den Fürsten Windischgrätz geschrieben.

Im Herzen war er überzeugt, daß die Stadt und unsere Sache verraten sei, und seine Wut gegen die wirklichen oder vermeintlichen Verräter war grenzenlos, sowenig sie sich auch sehr laut äußerte. Er hätte, wenn er die Macht gehabt hätte, wenigstens an den Verrätern noch Rache geübt.

Vier Tage waren wir im Gefängnis im gleichen Zimmer, zuerst allein, dann in Gesellschaft eines Italieners, Matteo Padrovani. Nachdem Ihr Bruder am 8. abends zum Verhör abgeholt worden war, sah ich ihn aber zwei Stunden später noch auf einen Augenblick. Er war im Gesicht sehr erregt, und ich las aus seinen Zügen, daß ihm der Gang des Verhörs ernste Besorgnisse erregt habe. Er wurde sogleich wieder abgeholt und in ein anderes Gefängniszimmer gebracht. Als ich ihm die Hand reichte mit den Worten: „Auf Wiedersehen!", antwortete er mir, mit langsamen Worten und zweifelndem Tone denselben Satz wiederholend.

Von einem Mitgefangenen, der Gelegenheit fand, mir einige Worte zu sagen, hörte ich, daß Ihr Bruder die Nacht vom 8. auf den 9. nach heiteren Gesprächen ruhig und in festem Schlafe zugebracht.

Er war zu einem Polen, dessen Namen ich nicht weiß, und zu einem Herrn von Terzki (auch Tertschewski genannt und unter dem Namen Vilney als Novellenschreiber bekannt) und einem Herrn von Schlechte getan worden. Alle vier schliefen im gleichen Zimmer. Was ich weiter von Ihrem Bruder hören konnte, war eine kurze Mitteilung, die mir ein Leutnant Bokorny machte, der zum Standgericht gehörte. Er hatte Ihren

Bruder im Wagen nach der Brigittenau begleitet und war im Besitz der Briefe an Frau Blum und an Vogt sowie der für mich bestimmten Notizen, welche seitdem alle publiziert worden sind. Er erzählte mir, daß Ihr Bruder mit der Festigkeit eines ganzen Mannes gestorben sei, daß er augenblicklich nach Empfang der drei Kugeln vollendet habe und daß Offiziere und Soldaten tief erschüttert gewesen seien.

Dies, verehrte Frau, ist alles, was ich Ihnen im Raume eines Briefes mitteilen kann. Eines Trostes, den ich zu geben vermöchte, bedürfen Sie nicht. Ihr Bruder hat ein ruhmwürdiges Leben durch einen ruhmwürdigen Tod besiegelt. Sein Leben und sein Tod werden fortwirken und die Zwecke erreichen helfen, die sein Bewußtsein erfüllt und seine Kraft bewegt haben. Leben Sie wohl.

Julius Fröbel

Richard Wagner
an Eduard Devrient

Nachdem der sächsische König Friedrich August II. die Frankfurter Reichsverfassung abgelehnt hatte, kam es in seiner Dresdner Residenz zu Aufständen. Der russische Agitator Michael Bakunin und der sächsische Revolutionär S. E. Tzschirner waren dabei die Anführer von knapp 12000 Mann, vor denen sich der König in die Festung Königstein zurückzog. Allerdings gelang es regierungstreuen Truppen bald, die Aufständischen niederzuwerfen; unterstützt wurden sie dabei von preußischen Truppen, die der sächsische Außenminister Friedrich Beust zu Hilfe gerufen hatte. Wagner, damals Hofkapellmeister an der Dresdner Oper, war bereits vor 1848 zu der Auffassung gelangt, daß seine künstlerische Arbeit eine Änderung der bestehenden Verhältnisse erheische, „die eben nur durch Vernichtung der sinnlichen Form der Gegenwart, also durch die Revolution zu gewinnen ist". Er verfaßt kühne Entwürfe zu einer Neuorganisation des Theaters und eckt dadurch bei Hofe und bei seinem Opernintendanten August von Lüttichau an. Er lernt Bakunin kennen, schreibt aufrührerische Artikel und verteilt am 4. Mai selbstgedruckte Flugzettel, die die sächsischen Soldaten gegen die heranrückenden Preußen aufwiegeln sollen. Während der Kämpfe sitzt er zuletzt neben Bakunin als Beobachter auf dem Turm der Dresdner Kreuzkirche. Als einen der letzten Mitkämpfer sieht er noch den Revolutionär Otto Leonhard Heubner, dann gelingt ihm auf Umwegen die Flucht: zunächst zu Franz Liszt nach Weimar. Wenige Tage nach der Niederschrift dieses Briefes an seinen Freund, den Regisseur Devrient, ist er in der Schweiz in Sicherheit.

In diesen Jahren bedient er sich zumeist der Kleinschreibung, zu der ihn die Brüder Grimm angeregt hatten.

Weimar, Himmelfahrtstag 49

Teuerster freund!

Mit schwerem herzen aber festem entschlusse wende ich mich heute an Sie – nochmals um hilfe in rat und tat. Nach langer, martervoller schwüle ist endlich so viel heftiges und gewaltsames geschehen, daß wohl ein jeder, der in der nähe der explosion war, nach charakter und wesen davon berührt worden ist. Hoffentlich – und das möchte ich zugleich gern erfahren – sind Sie mit Ihrer familie ohne schaden von der Dresdener katastrophe entkommen. Mich hat sie in mancher hinsicht stark berührt, wie es zufall und sympathie wollte. So lange ich die Dresdener erhebung zu verfolgen vermochte, war ich von vornherein mit voller sympathie bei ihr, die ich zwar in keiner tat – aber in der gesinnung gegen manchen einzelnen – nie gegen die menge (etwa als redner!) unverhohlen zu erkennen gab. Ich gewahrte nichts von den fabeln der roten republik, sondern sah mit klaren offenen augen unter dem banner der „deutschen Verfassung" (von dem ich gern zugeben will, daß die masse grade nicht um seinetwillen sich totschießen ließ!) die ganz natürliche entrüstung des bürgers und des volkes gegen einen fürsten, der fremde truppen in sein land rufe zur bezwingung der öffentlichen meinung, sowie die ganz lokal patriotische wut darüber, daß gerade „Preußen", an die Sachsen schon so viel verloren – jetzt den rest des landes besetzen sollten. Kein vernünftiger wird glauben, daß die revolution konspiriert war, da sonst jedenfalls die wichtigsten posten des platzes nicht von vornherein dem militär überlassen worden wären. Der zeughaussturm war der ungestüme akt eines waffenlosen volkes, welches sich nach der verhinderten parade der bürgerwehr für verraten hielt. Mit ungeheurer spannung verfolgte ich in der nähe alle die öffentlichen akte, namentlich die einsetzung des sicherheitsausschusses auf dem rathause, von denen ich mir nach abscheulichen vorfällen eine zweckmäßige konzentration der bewegung versprach, und zwar in dem sinne, daß die größte einmütigkeit sämtlicher behörden und des volkes nicht nur weiteres blutvergießen unmöglich machen, sondern auch ein rechtzeitiges nachgeben des königs endlich herbeiführen sollte. In diesem sinne war mein vereinzeltes bestreben am zweiten tage, nachdem bereits die stadt verbarrikadiert war, darauf gerichtet, was mir einzelnen möglich war – ohne mich laut hinzustellen – zu tun, um einem ferneren konflikte zwischen volk und militär vorzubeugen. Zweien soldaten, die ich an der kaserne beim zeughause traf, stellte ich vor, daß – bei erneutem zusammentreffen mit dem volke – sie diesem nur zu erklären hätten, wie sie mit ihm vereint sein würden, wenn es gegen fremde truppen gelte; bei den barrikaden, die ich passierte, sprach ich eben so mit einzelnen und machte sie darauf aufmerksam, sie sollten das militär nicht reizen, dagegen ihnen die einfache frage vorlegen, ob es mit ihnen gegen fremde truppen sein würde. Diese frage wurde sogar auf einem zettel an den barrikaden angeheftet, und über alles wichtig erschien es mir, daß auf diese oder eine andere weise eine vereinigung der truppen und des volkes zustande kommen möchte, nicht nur um der preußischen invasion gehörig entgegnen zu können, sondern namentlich auch um dadurch die heimische bewegung selbst im ursprünglichen richtigen geleise zu erhalten. Eine wirkliche vereinigung der sächsischen truppen mit dem sächsischen volke hätte nämlich jedenfalls nur zu dem einzigen zwecke des gemeinsamen widerstandes gegen die preußische invasion und für die deutsche verfassung zustande kommen können: eine darauf ersprießende gemeinsame vorstellung des militärs und des volkes an den könig von Sachsen hätte notwendig den ersehnten erfolg haben müssen, diesen aus dem erdrückenden preußischen einflusse zu befreien, und somit war die ganze bewegung vor jeder abschweifung nach andren gebieten hinüber auf das energischeste bewahrt. Einem der stadträte, den ich von lange her genauer kenne, äußerte ich auch meinen inständigsten wunsch, man möge mit dem militärgouverneur dahin verhandeln, daß in den sicherheitsausschuß eine anzahl militärischer mitglieder eintreten möchten. Die wahl einer provisorischen regierung machte mich noch nicht irre, da Heubner und Todt in ihr garantien boten die bewegung von ihrem wahren ziele nicht abkommen zu lassen und unterhandlungen mit dem könig zweckmäßig zu leiten. Ganz beseligt fühlte ich mich, als ich erfuhr, daß das zeughaus zur hälfte der bürgerwehr mit eingeräumt worden war, und schon hoffte ich, die preußische kabinettsverschwörung würde von Sachsen aus – vielleicht selbst unblutig – zurückgewiesen werden. – Der dritte tag sollte meine hoffnungen allerdings zunicht machen: der waffenstillstand war gekündigt, preußische truppen langten an, und im *verein mit ihnen* schlugen sich unsre truppen gegen das volk. Die erbitterung hierüber war grenzenlos, und so wenig von da ab ich noch in der nähe der bewegung blieb, kann ich Ihnen doch mit gewißheit versichern, daß nicht rote nicht blaue republik, nicht Polen, nicht Russen von da ab den antrieb zu dem erbittertsten und schonungslosesten widerstande der barrikadenkämpfer abgaben, sondern lediglich die ganz subjektive, persönliche wut der bürger und des volkes gegen das militär, die ihre nahrung noch in dem besondern hasse gegen die aus Leipzig eingetroffenen schützen erhielt, in deren corps eine alte persönliche rankünе, gegen die Dresdener bürger, vor denen sie 1830 einmal hatten weichen müssen, von ihren befehlshabern unnatürlich genug genährt worden war. Als ruhiger beobachter des kampfes verhielt ich mich sonnabend und sonntag in der objektivsten stellung von der welt – auf dem turme der kreuzkirche, da es mir – trotz der bitten meiner frau – unmöglich war, es ruhig zu hause auszuhalten. Montag früh suchte ich nochmals auf dem rathause erkundigungen über den stand der dinge einzuziehen, und sah da allerdings manches sehr geändert: der drang der umstände, die notwendigkeit in der verteidigung völlig militärisch zu verfahren, hatte erkundigungen nach strategen herbeigeführt, da dem kommandanten der bürgerwehr an einsicht und energie es zu fehlen schien: ein strategisch gebildeter Pole war empfohlen und dringend um übernahme der anfertigung eines militärischen verteidigungsplanes angegangen worden. Daß Polen von anfang an sich beteiligt hätte, ist unwahr. Schwankend und unsicher über meine jetzige subjektive Stellung zu der bewegung, verließ ich die stadt montag früh um 8 Uhr, und brachte meine frau, die bereits vorher schon gepackt hatte, nach Chemnitz, zu einer meiner dort verheirateten schwestern. Auf dem wege begegneten uns zahlreiche scharen von zuzüglern aus den fernsten punkten des landes: diese große teilnahme, der mut und die ausdauer, auf die ich überall stieß, machten auf mich einen hinreißenden eindruck: ich teilte ihnen auf ihre erkundigungen mit, was ich vom stande des kampfes in Dresden wußte, und die bestätigung der nackten wahrheit reichte hin, sie zu eiligem marsche anzufeuern. Gegen abend begegnete ich in Oederan der ganzen Chemnitzer kommunalgarde: man umringte unsren wagen und verlangte nach neuigkeiten aus Dresden; auf meine mitteilungen versetzten mir einige, sie haben andere nachrichten, nämlich die, daß Dresden bereits an die Preußen über sei. Man nötigte mich auf das rathaus, dort meine aussagen zu berichtigen: dort erkannte ich denn, daß ich mit leuten zu tun hatte, welche zum zuge nach Dresden *gezwungen* worden waren und jetzt begierig jede falsche nachricht aufgegriffen hatten als vorwand zur augenblicklichen umkehr nach der heimat. Meine nachrichten störten ihr vorhaben, und man hatte lust, mich zu verhaften, da ich ihnen als ausreißer verdächtig vorkam: ich konnte mich hiervon nur dadurch lösen, daß ich versprach, morgen früh, nachdem ich meine frau nach Chemnitz gebracht haben würde, wieder nach Dresden zurück zu kehren; mein ehrenwort hierauf ward mir abgefordert, und ich hielt es für nötig es nicht zu versagen. Zu meiner umkehr nach Dresden bestimmte mich außerdem noch die sorge um einige zurückgelassene verwandte, sowie auch der wunsch, genau zu wissen wie es dort stehe. Der postwagen führte mich bis an das feldschlößchen und von da aus erfuhr ich daß man wohl mit größter sicherheit nach dem rathause, nicht aber in andere stadtteile gelangen könnte. Auf dem rathause angelangt, hatte ich gelegenheit den stand der dinge genauer kennen zu lernen: der ängstliche Todt und der feige Tzschirner waren geflohen, und der mann des linken zentrums, Heubner, war der einzige, der mit würde, ausdauer und besonnenheit auf dem platze verblieben war. Eine ergreifende veranlassung schaffte mir gelegenheit, Heubner etwas näher kennen zu lernen: ein dem theaterpersonal angehöriger kommunalgardist wandte sich an mich mit der bitte, mich für den jungen Fürstenau zu verwenden, der, im verdachte vom fenster aus auf das volk geschossen zu haben, von diesem ergriffen und zur haft gebracht worden sei. Sogleich bat ich Heubner um gehör, und suchte ihn aus vielen vorliegenden gründen meiner eigenen überzeugung teilhaftig zu machen, daß der gefangene unschuldig sei: Heubner beruhigte mich und versicherte mich der befriedigenden lösung dieser angelegenheit. Nach dem aufenthalte einer stunde suchte ich, zumal da der weg zu den meinigen mir doch versperrt war, nach einer gelegenheit zur rückkehr nach Chemnitz: allein, wie in der nacht und bei der unmöglichkeit wagen oder post zu bekommen, dies bewerkstelligen? Ein mir von der universität her bekannter, jetzt adjutant beim bürgerwehrkommando, erhielt den auftrag schleunigst nach Freiberg als kurier zu gehen, um die Chemnitzer kommunalgarde zum eiligsten marsche aufzufordern; hierzu erhielt er eine anweisung auf postwagen und pferde, und ich benutzte diese gelegenheit zum fortkommen. Andern tages benutzte ich den von Freiberg leer nach Tharand zurückgehenden postwagen, noch einmal bis dahin zurückzukehren, um etwas genaueres zu erfahren über den verlauf der nacht: auf halbem wege begegnete mir plötzlich der vollkommen geordnete rückzug von ungefähr 2000 barrikadenkämpfern: ich steige aus, gelange an Heubners wagen und erfahre daß man beabsichtige, Freiberg zum sitz der provisorischen regierung zu bestimmen. Vor Freiberg begegnet *Heubner* ein abgesandter der Chemnitzer bürgerwehr, welcher ihn einlädt, den sitz der provisorischen regierung in Chemnitz aufzuschlagen: von reichen Freibergern bestürmt, ihre stadt nicht ruinieren zu wollen, gibt Heubner nach, läßt die freischaren nach kurzer rast nach Chemnitz abziehen, er selbst – um endlich ruhig sich auf einige stunden in ein bett legen zu können, reist schnell voraus nach Chemnitz, nennt sich am tore – denn es erschien ihm teils unnötig, teils niederträchtig, sich zu verleugnen – und legt sich mit einigen begleitern im gasthof schlafen. Die reichen fabrikherren von Chemnitz halten es für gut Heubner durch gendarmen wecken, nach Altenburg bringen und dem preußischen militär ausliefern zu lassen.

An Heubner fesselte mich bei so flüchtig angeknüpfter bekanntschaft das höchste persönliche interesse: er war der edelste, festeste, ehrlichste – und unglücklichste held der revolution. Mein schmerz um ihn ist groß. Bakunin mit seiner furchtbaren energie, war ihm vom drange der umstände, indem alles feig um ihn wurde, aufgedrungen: er konnte ihn, dessen ziel allerdings über das seinige weit hinaus lag, in augenblicken nicht von sich weisen, wo energie und nur energie an der zeit war. Wäre Heubner aber der – in der zukunft einzig siegreiche! –

blanke, nackte revolutionär gewesen, der den sieg, und nur den sieg will, – hätte er nichts nach dem wimmern der Freiberger oder Chemnitzer reichen bürgerschaft gefragt, sondern nur die furchtbare klugheit der revolution walten lassen, – er wäre nicht gefallen und die sache nicht verloren. Aber hier habe ich ersehen, daß wir alle keine revolutionäre sind, und ich am wenigsten: wir wollen die revolution um schnell auf ihr etwas gutes aufbauen zu können, – und diese rücksicht läßt sie uns vollkommen verkennen: der echte, siegreiche revolutionär kann nur zerstören wollen, und seine einzige kraft wird der *haß*, nicht die *liebe* sein, die uns leitet. –

Ich habe diese genaue darstellung vorausgesandt, um Sie genau in kenntnis meiner teilnahme an dem vorgefallenen zu setzen. Mit voller sympathie war ich anfänglich bei der erhebung, mit erbitterung die zwei mittelsten tage, mit höchst aufgeregter spannung und neugierde die beiden letzten tage. Nirgends bin ich aber tätig gewesen, weder mit den waffen noch mit öffentlicher rede: nie habe ich zu der provisorischen regierung irgend eine offizielle stellung eingenommen. Welcher niederträchtigkeit und gemeinheit aber die reaktion unter dem schutze preußischer bayonette in Sachsen fähig sein wird, bleibt mir nicht schwer zu erraten: bereits fühlte ich mich in Chemnitz bei meinen verwandten nicht sicher, meine begegnung mit der bürgerwehr dieser stadt war mir von dem jetzt lauten teile derselben als hochverrat ausgelegt worden. Nachrichten meiner Leipziger verwandten lassen mich schließen, daß ich auch von Dresden aus verklatscht und denunziert werde. Schon aus sicherheitsgründen wäre daher an eine rückkehr nach Dresden jetzt und unter den vermutlich lange dauernden gegenwärtigen umständen für mich nicht zu denken. Aber auch andere rücksichten drängen mich jetzt zu einem entscheidenden entschlusse für mein zukünftiges leben. Sie kennen das dornenvolle wesen der künstlerischen bahn, die ich eingeschlagen habe: der wunden würde ich nicht achten, aber der zerbröckelung meiner ganzen künstlerischen natur kann ich endlich nicht mehr gleichgültig zusehen. Das grauen an meiner amtlichen stellung, der druck unter dem ich in ihr schmachte, das nichtswürdige alles beginnens in dem kreise dieses amtlichen wesens – hat mich schon seit jahren in den tiefsten mißmut gebracht, der von jahr zu jahr nur wachsen konnte. Das einzige, was mich wahrhaft lebendig erhielt, war – allerdings der zweck meines lebens – mein künstlerisches produzieren: auch dies haben mir nun die zeit und die umstände verleidet: seit zwei jahren bin ich mit einer neuen oper fertig: nirgends her erhalte ich die aufmunterung, sie an den tag treten zu lassen, und seit zwei jahren zersplittere ich denn meine künstlerischen kräfte ohne lust und freude. So bin ich denn endlich revolutionär geworden – wenn nicht mit der tat doch mit der gesinnung –, und kann zu keiner freude am schaffen mehr kommen. Die letzte katastrophe hat mich hierin in soweit zu mir selbst gebracht, als ich mir dieses traurigen, zerstörten zustandes vollkommen gewiß ward, und bereits hatte ich keine andere hoffnung oder sehnsucht mehr, als mit meiner armen vielgeprüften frau in stiller abgeschiedenheit irgendwo grade nur mein leben fristen zu können, ohne tat, aber auch ohne schuld. – In Weimar angekommen, wurde ich durch die freunde, die ich mich hier durch meinen Tannhäuser gewonnen habe, sogleich auf eine andere bahn getrieben. Liszt, der hierin im einverständnis mit der großherzogin steht, kündigte mir sogleich an, ich müsse nach Paris und London: dort sei jetzt mein platz um für die zukunft zu wirken und meine kräfte auch für die gegenwart zu nutzen, nicht in Deutschland, wo ich ja – wie ich es selbst an meiner letzten vergangenheit bewies, zu grunde ginge, wenigstens als künstler. Die mittel und jede sonstige einflußreiche unterstützung sind mir geboten, mein ziel dort zu verfolgen und den aussichten nach auch schnell zu erreichen. Nun fühle ich, so schwer es mir noch ankommt, mit außerdeutschem wesen mich zu befassen, daß die angeregteste künstlerische tätigkeit doch einzig mein leben ausmachen kann: Deutschland in seiner grauenvollen verwirrung bietet jetzt dem künstler vielleicht auf lange keine fruchtbare Heimat dar: es ist ein trauriger trost, aber es ist ein trost, seine künstlerschaft wenigstens auf fremden boden noch retten zu können. Aber auch meinen zerrütteden vermögensverhältnissen gegenüber kann nur ein energisches veranschlagen meines talentes mir noch aussicht auf eine dereinstige bessere zukunft verschaffen. Ich bin daher entschlossen den aufforderungen und den anerbietungen meiner hiesigen freunde zu entsprechen: nach geringen vorkehrungen trete ich meine reise – wahrscheinlich zunächst nach London an. Es fragt sich daher nur noch, wie soll meine stellung zu Dresden bleiben? ich würde schon jetzt völlig mit Dresden zu brechen glauben müssen, wenn ich nicht annehmen dürfte, daß – so hart ich auch jetzt vielleicht verklagt bin – es sich doch aufklären müsse, wie eigentlich eine wirklich strafbare schuld an mir nicht hafte; ich hege die volle gewißheit, wenn man in mir selbst nach den begriffen der jetzt siegreichen partei einen verbrecher zu behandeln zu müssen glaubt, die hälfte der bevölkerung Sachsens müßte dann mit derselben strenge zur rechenschaft gezogen werden müssen. Es wäre daher wohl der versuch zu machen, auf grundlage der hier Ihnen wahrheitsgetreu gemachten angaben, vermittlungsweise zu ersehen, ob ein dem gesetz genügender grund gegen mich vorhanden wäre. Niemand als Sie, teurer freund, dürfte im stande sein, hier das richtige verfahren einzuschlagen, und die irgend möglichen schritte zu ergreifen, die mir eine rückkehr in mein vaterland, vielleicht selbst eine motivierte erhaltung meiner dortigen stellung gewahren könnten. Wenn alles gut und günstig sich gestaltete, müßte die formel des vertrages etwa dahin lauten, daß mir zunächst ein urlaub auf ein halbes jahr erteilt würde, um in London und Paris für die aufführung meiner opern an den dortigen theatern, auch zur erwirkung von aufträgen für eine neue oper an einem dieser orte tätig sein zu können. Zunächst besteht die absicht, meine letzte oper: Lohengrin in das englische übersetzt in London zuerst zur aufführung zu bringen. – Nehmen wir an, daß die jetzigen stürme vorübergehen werden, daß ich auch gar bald wahrscheinlich als weit weniger politisch kompromittiert erscheinen werde, als es jetzt der fall sein mag, – warum sollte dann ein Dresdener kunstinstitut für immer mich von sich entfernen, während es vielleicht schon jetzt ihm nicht zur unehre gereichen würde, wenn eines seiner mitglieder in den hauptstädten der welt sich ruhm erwürbe? – Ich wenigstens biete von ganzem herzen zu einer späteren rückkehr nach Dresden die hand, vielleicht dürfte dieses es nicht zu bereuen haben, diese hand angenommen zu haben. Von welchem nutzen und troste dies mir wäre, liegt klar zu erkennen: nur jetzt, jetzt laßt mich frei, – frei in jeder hinsicht.

Gott weiß ob alle diese vorschläge nicht bereits viel zu spät kommen! Ob ich jetzt nicht schon alberner weise als hochverräter oder dergl. verurteilt bin; – es fehlt mir aus Dresden an allen nachrichten, und auch von meiner armen frau weiß ich seit 4 tagen nichts, was mich unmäßig ängstigt.

Ach, lieber Devrient zürnen Sie mir nur jetzt nicht um der wild beunruhigenden freundschaft willen, in die ich Sie zu mir hingerissen habe! Machen Sie, daß ich wieder ganz künstler sein kann, nichts anderes als künstler und mensch – Sie sollen dann auch mit mir zufriedener werden.

Einen brief an mich schicken Sie unter dem kuvert an Liszt hierher nach Weimar: entweder er trifft mich selbst hier, oder er wird mir nachgeschickt. Aber bald – bald eine nachricht!

Gott möge Sie bewahrt haben, edler freund, und bewahre Sie und die Ihrigen ferner Ihren freunden – zu lieb!

Gott befohlen, Bester!

Ihr Richard Wagner

Gottfried Keller
an die Familie

Gottfried Keller war eben dreißig Jahre alt geworden, als er diesen Brief an Mutter und Schwester in Zürich schrieb. Zwei Jahre zuvor hatte ihm ein Bändchen Gedichte die erste Anerkennung sowie ein Staatsstipendium eingetragen, nun studierte er Geschichte, Philosophie und Literatur in Heidelberg. Zwar hatte er schon zuhause Umgang mit deutschen Emigranten gehabt, etwa mit Freiligrath und Herwegh, aber so nahe war ihm die Revolution bisher nicht gekommen. Natürlich war der Student im Gegensatz zu Carl Schurz (s. Brief vom 23. Juli) lediglich Beobachter der Geschehnisse, dafür weist sein Satz „Ihr habt jetzt die ganze Bescherung selbst auf dem Hals“ darauf hin, daß schon im Juni an die zehntausend Angehörige des von den Preußen besiegten badischen Revolutionsheeres auf Schweizer Gebiet gedrängt worden waren. Im September schrieb die Mutter in einem Brief an den Sohn: „Die badischen Flüchtlinge sind immer noch hier; die Kaserne ist voll; nur die Pferde haben dürfen nach ihrer Heimat.“

Kellers Ersuchen an den Staatsrat Sulzer wurde entsprochen: er erhielt für ein weiteres Jahr ein Ausbildungsstipendium der Zürcher Regierung. In dieser Zeit begann er mit der Niederschrift eines „traurigen kleinen Romans über den tragischen Abbruch einer jungen Künstlerlaufbahn“, wie er knapp dreißig Jahre später in seiner Autobiographie schrieb; gemeint ist die erste Fassung des Romans „Der grüne Heinrich“.

Ein halbes Jahr später schreibt Keller an den Freund Wilhelm Baumgartner: „Ich werde fast mit jedem Tag europalustiger, da ich nun erst recht an die Revolution glaube, je schlechter es ihr geht.“ Trotz dieses auftrumpfenden Bekenntnisses war Keller auch schon vor seiner Wahl ins Amt des Zürcher Staatsschreibers nicht der radikale Demokrat als der er sich gelegentlich gab.

Heidelberg, den 24. Juli 1849

Liebe Mutter und Schwester!

Der inliegende Brief, welchen ich an seine Adresse zu besorgen bitte, veranlaßt mich, endlich wieder einige Zeilen an Euch zu schreiben

Ich habe nämlich an den Staatsrat Sulzer wegen dem nächsten Herbst und Winter geschrieben, um zu erfahren, was dann geschehen soll, da die Zeit, welche ich hier zuzubringen habe, bald um ist. Im September gedenke ich heimzukommen. Die badische Revolution, welche im Mai ausbrach und bis im Juli gewährt hat, hat auch meine Finanzverhältnisse abermals verwirrt, denn der Verkehr gegen Norden ist die ganze Zeit über unterbrochen gewesen. In zwei Wochen werde ich etwa 200 Gulden für ein Heft Gedichte erhalten, welche ich herausgebe, und damit will ich dann, da ich sonst im Sinne hatte, von hier aus noch eine Tour zu machen, selbst mich auf den Weg verfügen und mein Geld einkassieren. Denn ich möchte in keinem Falle nach Zürich kommen, ohne meine Schulden bezahlen zu können. Ich weiß nicht mehr, ob ich Dir, liebe Mutter, den Empfang der 50 Gulden angezeigt habe? Wenn es nicht geschehen ist, so habe ich es über dem Kriegslärm vergessen, welcher sich lange um Heidelberg herumzog. Es wurde in der Nähe von zwei Stunden kanoniert und gepülvert, und ein paarmal kamen die Feinde bis vor die Stadt, daß wir sie auf dem Berg herumlaufen sahen. Sie schossen in unsere Gassen herein, über 2000 Schritt weit, und ein Soldat fiel tot um, nicht weit von mir, auf der Brücke. Hierauf fanden wir, die nichts da zu tun hatten, für gut, uns ein wenig zurückzuziehen. Die Preußen haben halt auch Scharfschützen. Ich verfügte mich auf mein Zimmer, aber da war es noch ärger. Die Hausleute flüchteten ihre Habe, weil das Haus am Wasser steht, es waren Kanonen dicht unter meinem Fenster aufgefahren, welche über den Neckar den Feind abhalten sollten, welcher, im Fall er ernsthaft angegriffen hätte, wahrscheinlich diese Kanonen samt dem Haus, vor welchem sie standen, auch ein wenig berücksichtigt haben würde. Die badischen Soldaten mußten indes die Stadt verlassen, weil im Rücken eine Schlacht verloren war, und am andern Morgen rückten die Preußen vor

Sonnenaufgang ein. Ihr habt übrigens die ganze Bescherung jetzt selbst auf dem Hals. Wenn man nur ordentlich umgeht bei Euch mit den badischen Soldaten; denn es sind sehr brave Kerle und haben sich tapfer gewehrt. Die Preußen haben ihren Sieg teuer erkaufen müssen, obgleich sie die Übermacht hatten. Besonders die badischen Kanoniere haben sich heldenmäßig gehalten. Sie arbeiteten, da es sehr heiß war, im bloßen Hemd, wie die Bäcker vor dem Backofen, bei ihren Kanonen, und waren noch forsch und wohlgemut dabei. Ihre Verwundeten haben sie selbst völlig totgeschossen, damit sie den Preußen nicht in die Hände geraten.

Die Freiheit ist den Deutschen für einmal wieder eingesalzen worden; doch wird es nicht lange so bleiben, und der König von Preußen wird sich wohl hüten, mit der Schweiz anzufangen. Wahrscheinlich werden nächstens die deutschen Fürsten selbst einander bei den Köpfen nehmen. Das Volk haben sie gemeinschaftlich abgetan, aber nun setzt es beim Leichenmahl Händel ab.

Mit schmerzlicher Überraschung habe ich die verschiedenen Todesnachrichten gelesen; kein einziger Brief kommt, der nicht eine enthält! Dem Heinrich lasse ich kondolieren. Als ich Deinen Brief las und an den Satz kam, wo es vom Tode seiner Frau heißt, da glaubte ich zuerst, es handle sich vom Onkel in Glattfelden, was mir doppelt weh getan hätte, weil ich ihn so lange nicht besucht und gesehen habe.

Doch es wird dunkel, und der Brief muß heute noch auf die Post.

Was die Hemden betrifft, so muß ich es doch noch machen diesen Sommer, und wenn es etwa noch zu heiß wird im August, wo man mehr braucht, so kann ich in einem Laden ein paar gemachte baumwollene kaufen. Es gibt hier große Magazine von dergleichen Zeug, welches ganz wohlfeil ist. Den Münch habe ich letzthin hier angetroffen. Er hatte seit Ostern gar nichts zu tun gehabt und nun von Heidelberg aus eine Bestellung erhalten. Er kam daher auf der Eisenbahn wie ein Furz geschossen, packte das Stücklein Arbeit und fuhr in zehn Minuten wieder davon, wie der Blitz, um ja keinen köstlichen Aufenthalt zu machen. Er läßt Euch grüßen.

Dr. Schulz wird jetzt auch wieder in Zürich sein, da er für

einstweilen wieder auspolitisiert hat in Deutschland. Doch jetzt sehe ich keinen Stich mehr. Bis auf weiteres grüße ich Euch tausendmal, sowie alle im Hause und übrige Bekannte, den Konrad Rordorf, auch den Kramer.

Euer Sohn und Bruder G. Keller

Carl Schurz
an seine Freunde

Carl Schurz, Sohn eines rheinischen Dorfschulmeisters, war gerade zwanzig Jahre alt, als er sein Studium in Bonn abbrach und zu den badischen Aufständischen stieß. Zwar hatte Baden die Frankfurter Reichsverfassung anerkannt, doch das hinderte die Garnison der Bundesfestung Rastatt nicht daran, zu meutern. Als sich weitere Truppen dem Aufstand anschlossen, floh am 14. Mai der Großherzog ins Elsaß und ein revolutionärer Ausschuß übernahm die Regierungsgewalt.

Die nach Mainz geflohene Regierung des Großherzogs forderte von der Frankfurter Reichsgewalt wie von Preußen militärische Hilfe an, die auch alsbald gewährt wurde. Die Revolutionsarmee mußte nach einer Reihe von Kämpfen zurückweichen, ein zusammengeschmolzener Rest sah sich im Juli in Rastatt eingeschlossen. Mit dem Fall der Festung endete der badische Aufstand.

Schurz hatte als Leutnant bei Bruchsal gekämpft und wartete in der Festung auf den endgültigen Ansturm. Er wurde zwar gefangengenommen, doch gelang es ihm, durch einen unterirdischen Abzug zu entkommen und in die Schweiz zu fliehen. Ein Jahr später konnte er seinen Freund und Lehrer Gottfried Kinkel aus der Festung Spandau befreien; beide hatten gemeinsam für die republikanischen Ideen gekämpft, wobei Kinkel während des pfälzischen Aufstandes verwundet und gefangengenommen worden war. Schurz wanderte 1852 nach Amerika aus, ließ sich zunächst als Anwalt nieder, trat als Gegner der Sklaverei für Lincolns Präsidentschaft ein und brachte es bis zum Senator und Staatssekretär. 1906 starb er siebenundsiebzigjährig in New York.

Rastatt, am Tage der Übergabe, 23. Juli 1849

Meine lieben Freunde! Als einen Beweis, mit wie warmer Herzlichkeit ich an Euch denke, mag Euch der vorliegende Brief dienen, den ich in einem Augenblick schreibe, wo das Leben seine letzten Forderungen an mich stellt. Die nächste Stunde wird die Preußen durch unsere Tore führen, und wir werden in den Händen unserer erbittertsten Feinde sein. Erlaßt es mir, Tatsachen zu erzählen und zu besprechen, deren Erzählung und Besprechung Ihr in jeder Zeitung finden werdet; mich drängt es, jetzt einmal aus vollem Herzen zu Euch zu reden, eingedenk der schönen Tage, die wir miteinander verlebten und die wir uns gegenseitig verschönerten, ohne daß wir es wußten, ja teilweise – erlaubt mir die spitze Bemerkung – auch ohne daß wir es wollten.

Noch ungewiß ist es, was uns die nächste Stunde bringen wird; aber nur zwei Dinge sind es, zwischen denen meine Erwartung wühlt! Tod oder endlose Gefangenschaft; die beiden Tatsachen, daß ich ein Preuße und ein politischer Verbrecher bin, lassen meine Hoffnungen über diese Alternative nicht hinausgehen. Gefaßten Gemütes sehe ich meinem Schicksale entgegen, und mit ruhiger Klarheit möchte ich noch einen Blick auf die schöne Vergangenheit werfen, aus der Eure Gestalten jetzt so lebhaft vor meine Seele treten. Als ich von St. Goarshausen in die Pfalz reiste, sagte Wessel in seiner trockenen Manier zu mir: ‚Du, es wäre hübsch, wenn du dort erschossen würdest, denn es ist doch interessant, sagen zu können, ein guter Bekannter sei in dieser oder jener Affäre geblieben.' Ich lachte damals über das Wort, und heute kommt es mir wunderbarerweise wieder in den Sinn. Und liegt nicht viel, sehr viel Bedeutung darin? Wird nicht von den Hunderten, mit denen ich bekannt war, der bei weitem größte Teil, wenn er von meinem Untergange hörte, mit bedauerndem Achselzucken sagen: ‚Schade um ihn, er hatte ein hübsches Talent, doch er war zu überspannt und hitzig; er hätte ein brauchbarer Mensch werden können.' Und damit ists denn abgemacht, und der junge Mensch mit all seinem guten Willen, all seiner Wärme, all seiner Opferwilligkeit ist vergessen, – warum? weil die Menge nicht weiß, wofür er sich geopfert hat und was er durch sein

Opfer errungen haben würde, *wenn sich alle so geopfert hätten.* Es wird mir leicht, mich in diesen Gedanken zu finden, weil ich sehe, daß die Menge recht hat: der Nutzen ist es, der alle Verhältnisse regiert, und meine Uneigennützigkeit hat nur dann Anspruch auf Anerkennung, wenn sie zum augenscheinlichen Nutzen anderer ausschlägt. Ich habe nichts getan, das eines Andenkens verdiente, es ist also nichts natürlicher, als daß ich vergessen werde. Sehet da das Programm meines Ehrgeizes vor meinem Ende. Ich weiß es, viele von Euch haben meinen Ehrgeiz zu groß und zu exklusiv angeschlagen; ich sehe das deutlich in dem Augenblicke, wo ich aus mir herauszutreten bereit bin und ein Recht habe, selbst über meine Vergangenheit zu urteilen. Es ist wahr, ich habe nicht der Zweite sein wollen, wo ich der Erste sein konnte; ich habe nicht dienen wollen, wo ich zu befehlen verstand, aber die Subordination unter die Überlegenheit ist mir niemals schwer geworden, und niemals habe ich der höheren Kraft, wo ich sie fand, meine Anerkennung versagt. Und dennoch leugne ich es nicht, ich würde verdorben sein, wenn ich länger in jenen Verhältnissen geblieben wäre. Ich trug eine gewisse Unbändigkeit in mir, die mich hätte zur Herrschsucht führen müssen; das Gefühl der Überlegenheit in einigen Dingen würde mich ihre Grenzen haben vergessen lassen, und die Worte derer, die mir ohne Wissen und Wollen schmeichelten, würden mich meine eigenen Fehler und Schwächen mehr haben übersehen als verbessern lassen. Ich war auf dem Wege, ein intoleranter Mensch zu werden, und würde es längst geworden sein, wenn nicht eine gewisse natürliche Scheu, die zu verbannen ich übrigens eifrigst bemüht war, mich mit Gewalt noch im Geleise gehalten hätte. Damals beging ich eine Lächerlichkeit, die zugleich ein Staatsverbrechen war, und diese Lächerlichkeit bezeichnet einen Absatz in meinem Lebenslaufe. Ich ging in die Pfalz, und es wurde mir dort die Anschauung einer Bewegung, die mir bald die Forderungen der Revolution an den Mann, der in ihr eine Rolle zu spielen unternimmt, klar genug versinnlicht. Ich trat in einen Kreis von Männern, deren Namen sehr viel in Deutschland waren genannt worden. Es war nicht schwer, die Überlegenheit weniger, die unbedeutende Kraft andrer zu schätzen, zu lernen und zu erkennen, daß der Ruf, eine politische Notabilität zu sein, noch keineswegs einen großen Grad politischer Tüchtigkeit voraussetzt und leichten Kaufs zu erringen sei. Der Anblick dessen, was bei der pfälzischen Revolution alles zu tun war, um ihr nur einen Schein von Hoffnung auf Erfolg zu sichern, der Anblick einer unfähigen provisorischen Regierung ließ mich bald die Frage an mich selbst stellen, ob ich denn wirklich mir dieses oder jenes gedacht haben oder es hinzustellen fähig gewesen sein würde, wenn mir in diesem Drama eine Rolle zugefallen wäre. Da erkannte ich denn schnell, daß meine mangelhaften Kenntnisse und Erfahrungen mir den Stempel eines unbedeutenden Individuums aufdrückten, dessen Gegenwart wohl auszubeuten sei, sollte seine Zukunft auch verloren sein. Ich wählte mir mit standhafter Resignation auf andre Anerbietungen eine stille, kontemplative Stellung aus, die mir einen ziemlich tiefen und klaren Einblick in alle Kreise und Verhältnisse gestattete, ohne mir eine Verantwortlichkeit aufzunötigen, die mir bei meinem Mangel an Selbstvertrauen hätte drükkend werden können. Da bin ich denn in der Revolution umhergegangen wie ein Naturforscher durch ein Gebirge, nicht ohne Gefahr, aber unermüdlich. Ich habe in diesen wenigen Monaten mehr, tausendmal mehr gelernt, als hätte mich das Schicksal meiner anscheinend selbständigen, in der Tat aber illusorischen Tätigkeit in unserer Universitätsstadt überlassen. Bald aber kamen auch die bösen Tage, und nachdem ich viel gelernt hatte, schnitt das unerbittliche Schicksal mir die Hoffnung ab, ein brauchbarer Mensch werden zu können. Ich sehe meinem Leben ein Ziel gesetzt, wo ich es erst beginnen sollte, meine Freiheit sehe ich vernichtet, wo mein guter Wille im Begriffe war, sich mit Klarheit zu verbünden. Das ist das schwere Unglück, das auf meinen Schultern lastet, und ich fühle, daß es keinen Trost für mich gibt als die ungebändigte Kraft meiner Seele. Ich habe mir meinen sittlichen Stolz bewahrt, und nichts wird meinen Nacken beugen. Ich fühle, daß ich wert wäre zu leben, weil mich die Erwartung des Todes klar und ruhig läßt. Ich habe dem Tode oft ins Antlitz gesehen, bei Bruchsal, wo ich verwundet wurde, in allen Kämpfen bei Rastatt, wo ich Klinge gegen Klinge, Stirn gegen Stirn dem Feinde gegenüberstand. Die Gefahr hat mich nicht erschüttert und die Nähe des Todes mich nicht beben gemacht, – sagt das denen, die nach mir fragen sollten.

Zum letzten Male rasseln unsere Trommeln über die Gassen, zum letzten Male lege ich Schärpe und Säbel an, um mich dem Feinde zu überliefern. Es ist Zeit, daß ich Euch Lebewohl sage, es ist kindisch von mir, aber jetzt tuts mir wehe, bei meiner Flucht nicht einmal Abschied von Euch genommen zu haben. So lebt denn wohl! Wiedersehen zu hoffen wäre Torheit. Gedenkt noch zuweilen eines Freundes, der sein Leben daran setzte, eine Idee zu realisieren, bevor er die Mittel kannte; dessen größte Sünde es war, gegen seine eigene Theorie dem Egoismus allzu fremd zu sein. Nochmals lebt wohl!

Der Eurige Carl Schurz

Karl Mendelssohn Bartholdy
an Alexander Bernus

Siebzehn Jahre alt war der älteste Sohn von Felix Mendelssohn Bartholdy, als der zukünftige Historiker und zeitweilige Führer der Heidelberger Burschenschaft Alemannia diesen Brief an den Sohn eines Frankfurter Senators richtete. Alle Einigungshoffnungen waren zerstoben, es hatte keinen „befreienden Volkskrieg" gegeben. Fünf Jahre waren seit der sogenannten Olmützer Punktation vergangen, in der die nationalen Liberalen eine Schwächung Preußens und die Preisgabe des Bundesstaatsgedankens sahen. „Längst waren damals die ‚März-Minister' aus den deutschen Kleinstaaten verschwunden", schrieb Golo Mann, „die März-Errungenschaften verwässert oder unterdrückt. Ein paar tausend schöne Reden, ein paar tausend Tote und ein paar tausend Prozesse – das war die Ernte der Jahre 1848 und 1849."

Die trübselige Stimmung des jungen Studenten, der sich hier mit einem vornehmen C im Vornamen unterzeichnet, wurde damals von vielen in deutschen Landen geteilt. Und gerne wurde ein Gedicht des todkranken Heinrich Heine vom Oktober 1848 zitiert; das so beginnt:

Gelegt hat sich der starke Wind
Und wieder stille wird's daheime;
Germania, das große Kind,
Erfreut sich wieder seiner Weihnachtsbäume.

Wir treiben jetzt Familienglück –
Was höher lockt, das ist vom Übel –
Die Friedensschwalbe kehrt zurück,
Die einst genistet in des Hauses Giebel.

Gemütlich ruhen Wald und Fluß,
Von sanftem Mondlicht übergossen;
Nur manchmal knallt's – Ist das ein Schuß? –
Es ist vielleicht ein Freund, den man erschossen …

Berlin, den 11. April 1855

Lieber Alexander,

Es ist zwar ein betrübendes Thema, aber da Du mich aufforderst, meine spezielle Meinung darüber zu äußern – kann ich Dir nicht verhehlen, daß ich ganz Deiner Ansicht bin. Wo steht es jetzt in unserem Vaterland nur erträglich gut in weltlicher oder innerer Beziehung? Politisch sind wir der Spielball mächtigerer Nationen von Russen und Franzosen gleich verachtet; Preußen sucht mit seiner schwankenden Politik die Interessen des Handels und des Wohlstands zu wahren und opfert ihnen seine Ehre auf, Östreich – denn da Du in Deinen letzten Briefen Dich so heftig über Preußen, mein Vaterland, ausläßt, kannst Du es mir nicht verargen, wenn ich auch über Dein Lieblingsland Östreich mit meiner offnen Meinung nicht hinter dem Berge halte – scheint mir eine perfide doppelzüngige Rolle zu spielen, die Westmächte zu narren und im Herzen russisch zu sein, weil es ihm im offnen Bunde mit Rußland jämmerlich gehen würde (gegen Frankreich, Ungarn, Italien, England). So zerrissen liegt unser Vaterland da, wo verweilte das Auge mit Freude, wenn es Deutschlands äußere Stellung mustert?

Und nun nach innen – da hast Du Recht – wie trübselig steht's mit Keuschheit, Sitte, Gottvertrauen. Man heuchelt zwar jetzt, mehr als sonst, eine Frömmigkeit, besonders bei uns, aber das ist nur der äußere Schein, im Geheimen treiben alle Laster ihr schamloses Spiel. Glaubst Du, daß diese heilige Osterzeit, die ernsten Erinnerungen, die in jedes Menschen Brust an ihr haften müßten, etwas bessern, die Sünden einschränken, aufheben wird? Man sieht hier die Kirchen vollgepropft von Menschen, am Karfreitag wandert halb Berlin, weil es keine öffentlichen Vergnügungen gibt, aus Langeweile in die Passion von Bach, von der keiner etwas versteht, und aus der sie vor dem Ende gähnend herausgehn. Laß Dich nicht durch den Anschein täuschen, das ist bloß jetzt Mode zu frömmeln, in die Kirche zu gehen, sich ein heiliges air zu geben, der innere Mensch ist nicht besser, durch Heuchelei nur verschlimmert. So ist es in Berlin. Anderswo auch nicht schöner. Da hast Du meine Meinung quant à ce point. Fiel sie etwas derb aus, so nimm mir das nicht übel. Das Wort „übel nehmen" ist ja aus unserm Konversationslexikon gestrichen, nicht wahr?

Das Datum unserer Ankunft weiß ich noch nicht, vielleicht den 24. Mai. Bis dahin lebe wohl, grüße Deine Schwestern und

sei selbst herzlich gegrüßt von
Deinem Carl

Justus von Liebig
an Maximilian II. von Bayern

Große Entdeckungen und Erfindungen werden um die Jahrhundertmitte gemacht, es ist die große Zeit der Forscher, der naturwissenschaftlichen Wegbereiter. Sie zu fördern sind die weiterblickenden unter den Herrschern aufgerufen. König Maximilian II. hatte schon vor Liebigs Umzug nach München im Sommer 1852 der Agrikulturchemie seine Aufmerksamkeit geschenkt. In einem Schreiben an das Kultusministerium befand er: „Der anerkannt vortheilhafte Einfluß der Chemie auf Agrikultur läßt es Mir notwendig erscheinen, Sorge zu tragen, daß die Kenntnis der landwirtschaftlichen Chemie in größtmöglicher Weise verallgemeinert werde.“ 1853 stiftete er an seinem Geburtstag den „Maximiliansorden für Wissenschaft und Kunst“, eine „Maximiliansmedaille zur Förderung der Wissenschaften“ sollte mit einem Geldpreis verbunden jedes Jahr an die Verfasser der vier besten Werke auf dem Gebiet der Staatswissenschaften, der Geschichte, der Philologie und der Naturwissenschaften verliehen werden.

Liebig, gefördert von Alexander von Humboldt, war mit einundzwanzig Jahren Professor der Chemie in Gießen geworden, wo in seinem Laboratorium alsbald die Leuchten dieser Disziplin verkehrten. Als er dem Ruf nach München folgte, war er knapp fünfzig Jahre, seine berühmte Sammlung „Chemische Briefe“ widmete er dem bayerischen König.

Mit Andersen ist der dänische Dichter Hans Christian Andersen gemeint, Joseph von Hammer-Purgstall war Orientalist, Robert von Mohl Staatsrechtlehrer.

Der Brief trägt kein Datum, er wurde mit Sicherheit im Juli oder August 1857 verfaßt.

Allerdurchlauchtigster, Großmächtigster König
Allergnädigster König und Herr

Ew. königliche Majestät haben mich durch Handschreiben vom 3. Juli aufzufordern die Gnade gehabt, über die Frage: „ob sich nicht durch Preisaufgaben und Anregungen dahin wirken ließe, gewisse Lücken in dem Organismus der Wissenschaften auszufüllen, im besonderen nach des verstorbenen Oersteds Meinung, ein gedeihliches Ineinandergreifen verwandter Wissenschaften zu einem größeren wirkungsvolleren Ganzen herbeizuführen", meine Ansicht auszusprechen.

Ich begreife Ew. königl. Majestät Idee und die Tragweite derselben vollkommen; soweit meine Erfahrungen aber in den Naturwissenschaften reichen, glaube ich nicht daß in der gedachten Weise viel gewirkt werden könnte und zwar aus folgenden Gründen: die Erweiterung des Gebietes einer Wissenschaft durch eine andere verwandte oder ihr Ineinandergreifen findet nach der Geschichte nur dann statt, wenn beide in sich selbst einen bestimmten Entwicklungsgang durchgemacht und hinter sich haben; solange die eine Wissenschaft mit sich selbst noch allzuviel zu tun hat, bekümmert sie sich um die andern nicht. Sind beide hingegen zu einem gewissen Grade selbständig geworden, so kommen sie naturgemäß durch Erweiterung ihrer Grenzen mit einander in Berührung und greifen dann ineinander ein; die Erfahrungen, die in der einen Wissenschaft gemacht worden sind, dienen dann auch in der andern. In dieser Weise dienen jetzt die Forschungen der Botaniker über die urweltlichen Pflanzen und die der Zoologen über die urweltlichen Tiere, den Geologen zur vollständigeren Erforschung der Bildungsgeschichte der Erde; allein die Botanik bekümmerte sich nicht eher um die Eigentümlichkeiten der urweltlichen Pflanzen und konnte es auch nicht eher tun, als bis sie die Besonderheiten der lebenden Arten kannte, erst dann wurde sie gewahr, daß bestimmte Unterschiede beide trennten. Dasselbe war der Fall in der Zoologie. Noch vor Cuvier hielt man die fossilen Elefantenknochen für menschliche, für Knochen von Riesengeschlechtern, weil man das Skelett des lebenden Elefanten nicht kannte. Damals in ihrer unvollkommenen Entwicklung war an ein Ineinandergreifen oder gegenseitiges

Hilfeleisten in diesen Wissenschaften nicht zu denken. Der naturgesetzliche Gang scheint mir die Förderung der einzelnen Hauptzweige der Wissenschaften zu sein, wie Ew. königl. Majestät bis jetzt beabsichtigt haben; ein Hervorrufen einer Verbindung zweier Wissenschaften, vor ihrer Reife, würde keinen gesunden, lebensfähigen, wissenschaftlichen Organismus ins Leben rufen.

Ein Beispiel liegt vor mir, was in dieser Beziehung entmutigend genug ist. Seit 17 Jahren mühe ich mich vergeblich ab, der Landwirtschaft in der Chemie die Hilfe darzubieten, die sie bedarf um auf derselben Fläche mehr Korn und mehr Fleisch zu erzeugen und ein Ineinandergreifen zu bewirken; sie ist aber auf einer viel zu niedern Stufe um Nutzen daraus (zu) ziehen; ich konnte die Landwirte von den einfachsten Wahrheiten nicht überzeugen; der gegenwärtige Feldbau ist ein roher, blinder Raub, der, wenn diese Wirtschaft sich nicht zum bessern ändert, in einer berechenbaren Zeit, die Zerstörung des Wohlstandes der ackerbautreibenden Bevölkerung und Elend und Verarmung in allen Ländern herbeiführen muß. Ich komme mir vor wie der einzige Sehende unter Blinden; ich kann die Merkzeichen des Verfalls einem jeden wissenschaftlich gebildeten Mann erkennbar machen; ich kann die Ursachen auf das Genaueste bezeichnen und ebenso die Mittel um demselben vorzubeugen, nur dem Landwirt nicht. In tiefer Hoffnungslosigkeit habe ich jetzt den Standpunkt dieser hochwichtigen Sache, in einer Reihe von chemischen Briefen in der allg. Zeitung den Staatsmännern, Männern der Wissenschaft und der gebildeten Welt vorgelegt; wenn dies nichts hilft so sehe ich das Schlimmste voraus. Die stets steigende Population muß Brot und Fleisch haben und da das was gegenwärtig auf unsern Feldern wächst, dem Bedarf der vorhandenen Bevölkerung kaum genügt, so sieht man nicht wie es in der Zukunft werden soll; der Hungrige oder Hungerleidende wird allein für Revolutionen oder den Umsturz gewonnen und aus Mutwillen wandert kein Bauer aus.

Vielleicht entschließen sich Ew. k. Majestät einen Blick in den XXXVII. chem. Brief zu werfen, der in 8 Tagen etwa erscheinen wird. Ich habe darin die Ursachen des Verfalls und die Mittel dagegen resümiert.

Wegen der Verleihung des Maximilianordens an Andersen hat das Kapitel bereits am 2. April 1854 untertänigsten Bericht erstattet und sich dahin ausgesprochen daß die Verleihung an diesen einzigen Ausländer als eine so eminente Bevorzugung vor vielen andern ausländischen Koryphäen der Kunst und Wissenschaft erscheinen würde, daß sie das Kapitel nicht glaube begutachten zu dürfen. Es sind in dem verflossenen Jahre nur wenig Maximilian Ritter abgegangen (mit Bestimmtheit weiß ich nur v. Hammer-Purgstall), so daß sich Ew. k. Majestät vielleicht entschließen werden einige Ritter motu proprio zu ernennen. Es fehlt uns in dem Kapitel ein Historiker und von Sybel dürfte der rechte Mann sein. Ew. königl. Majestät haben durch Anregungen und nachhaltige Einwirkung in der Historie, bis jetzt auf die Wissenschaften die hervorragendsten Erfolge gehabt und es dürfte die Erteilung des Maximilianordens an einen ausländischen Historiker einen guten Eindruck machen. Auch in den Staatswissenschaften könnte vielleicht Mohl in Heidelberg in Betracht kommen der uns bei den Maximilians' Preisen im vorigen Jahr sehr unterstützte. Hervorragende Erscheinungen in der Literatur für die Verleihung eines Maximilian Preises und Medaille scheinen in diesem Jahre soweit ich die verschiedenen Fächer übersehen kann, nicht vorzuliegen und es ist wahrscheinlich daß das Kapitel keine Veranlassung haben wird, Ew. königlichen Majestät Vorschläge in dieser Beziehung zu machen. Doch habe ich noch nicht alle Stimmen darüber eingeholt.

Gestatten mir Ew. Königliche Majestät den Ausdruck meiner unbegrenzten Verehrung und treuen Anhänglichkeit

Ew. Königlichen Majestät untertänigster Diener

Justus von Liebig

Ferdinand Lassalle
an Otto von Bismarck

Am 23. Mai 1863 war in Leipzig der „Allgemeine Deutsche Arbeiterverein" gegründet worden. Zum Präsidenten wurde der dreiundvierzigjährige Ferdinand Lassalle gewählt, ein radikaler Demokrat, Mitarbeiter an Marxens „Neuer Rheinischer Zeitung", Privatgelehrter und Nutznießer einer üppigen Jahresrente, die ihm die Gräfin Hatzfeldt als Dank für einen erfolgreich geführten Scheidungsprozeß ausgesetzt hatte. Lassalle hatte auch die wichtigsten Punkte dieses Vorläufers der Sozialdemokratie entworfen: Allgemeines Wahlrecht, Beteiligung der Arbeiter an der Produktion sowie Produktivassoziationen mit staatlichem Kredit.

Der Kaufmannssohn aus Breslau, Sozialist und Marx-Schüler, mehrfach als politischer Aufwiegler inhaftiert, gleichwohl ein Mann von Welt, hatte die Satzungen des Arbeitervereins dem preußischen Ministerpräsidenten Otto von Bismarck gesandt, nachdem eine Begegnung der beiden so gegensätzlichen Naturen zwar informativ aber folgenlos verlaufen war: Bismarck sah in dem jungen Intellektuellen einen Mann ohne politisches Gewicht. Immerhin beurteilte er das Treffen im Nachhinein positiv: „Er war einer der geistreichsten und liebenswürdigsten Menschen, mit denen ich je verkehrt habe, ein Mann, der ehrgeizig im großen Stil war."

Ein Jahr später war Lassalle tot: anläßlich einer Erholungsreise 1864 in die Schweiz wurde er bei einem Eifersuchtsduell so schwer verletzt, daß er wenig später starb.

Berlin, 8. Juni 1863
Bellevuestr. 13

Ew. Exzellenz

sende ich hierbei ergebenst als eine, wenn auch nur scherzhafte Fortsetzung unserer neulichen Unterredung die Verfassung *meines* Reichs, um die Sie mich vielleicht beneiden dürften! Aber es wird Ihnen aus diesem Miniaturgemälde deutlich die Überzeugung hervorgehen, wie wahr es ist, daß sich der Arbeiterstand instinktmäßig zur Diktatur geneigt fühlt, wenn er erst mit Recht überzeugt sein kann, daß dieselbe in seinem Interesse ausgeübt wird, und wie sehr er daher, wie ich Ihnen schon neulich sagte, geneigt sein würde, trotz aller republikanischen Gesinnungen – oder vielmehr gerade auf Grund derselben – in der Krone den natürlichen Träger der sozialen Diktatur, im Gegensatz zu dem Egoismus der bürgerlichen Gesellschaft, zu sehen, wenn die Krone ihrerseits sich jemals zu dem – freilich sehr unwahrscheinlichen – Schritt entschließen könnte, eine wahrhaft revolutionäre und nationale Richtung einzuschlagen und sich aus einem Königtum der bevorrechteten Stände in ein soziales und revolutionäres Volkskönigtum umzuwandeln!

Der Zweck des Gegenwärtigen ist anzufragen, ob Ew. Exzellenz Zeit gefunden haben, Sich der Durchlesung der Ihnen übersandten Rede: ‚Die indirekte Steuer und die Lage der arbeitenden Klassen' zu unterziehen.

Die Ansichtsdifferenz, welche mir Ew. Exzellenz neulich über die Wirkung der indirekten Steuern auf die Lage der ärmeren Volksklassen ausdrückten, wollte ich der Ausführlichkeit wegen, welche gerade bei diesem Gegenstande zu einer gründlicheren Behandlung erforderlich ist, nicht mündlich zu widerlegen suchen. Ich zog vor, mich hierin auf die überzeugende Wirkung dieser Abhandlung zu verlassen. Haben Sie von derselben Kenntnis genommen, so werden Sie entweder bereits meiner Ansicht sein, oder aber es wird nunmehr leicht möglich sein, auf Grund dieser faktischen Unterlage eine Übereinstimmung der Ansicht herbeizuführen.

Damit wäre etwas überaus Wesentliches gewonnen: Sie würden dann mit mir überzeugt sein, eine wie erhebliche Verbesserung in der Lage der ärmeren Klassen schon eine Abolition von zunächst 8–10 Millionen indirekter Steuern herbeiführen würde.

Überdies brauchten dieselben nicht einmal durch die direkten Steuern – so vorteilhaft dies immerhin noch wäre – ausgeglichen zu werden, sondern könnten schon durch die neulich von mir angedeuteten Maßregeln, obwohl diese ja selbst nur exemplifikatorische Proben eines größeren und zusammenhängenden Ensembles von Maßregeln waren, überreichlich ersetzt werden.

Die Überzeugung Ew. Exzellenz in dieser Hinsicht festzustellen, halte ich für so wesentlich und von so fruchtbaren Folgen nach allen Seiten hin, daß ich, zumal ich Mitte des Monats auf drei Monate verreise, bereit bin, mich zu einer zweiten Unterredung bei Ew. Exzellenz einzufinden, falls Sie mir den Tag bestimmen.

Wenn ich letzthin Ew. Exzellenz die Ansicht aussprach, daß eine zweite Unterredung unter den gegenwärtigen Umständen nutzlos bleiben müßte, so bin ich jetzt um so mehr hierzu erbötig, als die letzten Maßregeln, die inzwischen getroffen worden, sehr verhängnisvoller Natur in ihren, wenn auch freilich nicht unmittelbaren Folgen sind. Diese Maßregeln liegen nach meiner Ansicht genau eben so wenig im Interesse der Monarchie, wie im Interesse der Fortschrittspartei, sondern wenn irgendwem, so dienen sie lediglich und allein, wie ich offen konstatieren muß, der speziellen Partei, der ich selbst angehöre, der revolutionären Partei!

Um so selbstloser und aufrichtiger ist es von mir, wenn ich Ew. Exzellenz sage: Ist es wirklich Ihre Absicht, wie Ew. Exzellenz äußerten, die Krone eines Tages zu jener Umkehr, zur Proklamierung des allgemeinen Wahlrechts und zur Allianz mit dem Volke zu bewegen, so kann ein Fortschreiten auf dieser Bahn nur dazu dienen, Ihnen die Erreichung Ihrer eigenen Absichten *unmöglich* und jede Allianz zwischen Krone und Volk schlechthin unausführbar zu machen! Es wird eine Mißstimmung erzeugt, die zuletzt selbst beim aufrichtigsten Willen der Krone jede Allianz mit dem Volke ausschließt.

Freilich würde gerade das zu einem endlichen Siege der von mir vertretenen Ideen führen, aber nicht mehr auf jenem friedlichen und für die gesamte Gesellschaft wohltätigen Weg, den mir Ew. Exzellenz neulich in Aussicht stellten.

Ein Feind, aber ein offener und ehrlicher Feind des bestehenden Systems fühle ich mich, da Ew. Exzellenz einmal meine Ansichten zu hören gewünscht haben, in meiner Loyalität genötigt, dies offen auszusprechen und bin bereit zu mündlicher, näherer Begründung.

Schließlich die Bemerkung, daß über die Tatsache unserer neulichen Unterredung sich irgend etwas irgend woher ebruitiert zu haben scheint. So wenig meine Handlungen die *volle* Öffentlichkeit zu scheuen haben, so kann doch gerade durch eine *halbe* Öffentlichkeit ein entstellender Schein erregt werden, und ich erlaube mir daher Ew. Exzellenz hiervon in Kenntnis zu setzen.

Mit vorzüglicher Hochachtung
Ew. Exzellenz ergebenster

F. Lassalle

Helmuth von Moltke
an seine Frau

Seit 1862 war Bismarck Ministerpräsident, 1864 hatte der Krieg Preußens und Österreichs gegen Dänemark zur Folge, daß Preußen die Verwaltung von Holstein, Österreich die von Schleswig übernahm. Das führte mit einiger Folgerichtigkeit zum Deutschen Krieg von 1866 zwischen den beiden Großmächten. Kriegsentscheidend waren die Bataillen in Böhmen; in der Schlacht bei Königgrätz erwies sich die jüngst überholte preußische Kriegsmaschinerie unter dem Generalfeldmarschall Moltke der eher veralteten Armee aus Österreichern und Sachsen als überlegen. Moltke bediente sich zudem bei diesen Gefechten moderner technischer Möglichkeiten, etwa des Telegraphen, und verfuhr nach Clausewitzschen Regeln und dem berühmten Motto: „Getrennt marschieren, vereint schlagen."

Moltke war damals sechundsechzig, so alt wie das Jahrhundert; er sollte einundneunzig Jahre alt werden. Seine Frau, die er als Sechzehnjährige geheiratet hatte, starb zwei Jahre später.

Nach den preußischen Siegen sahen die Machtverhältnisse in Mitteleuropa anders aus: der Deutsche Bund wurde aufgelöst, Österreich schied aus Deutschland aus, seine Rechte auf Schleswig-Holstein gingen auf Preußen über. Ein Jahr später wurde der Norddeutsche Bund gegründet; der deutsche Bruderkrieg hatte in wenigen Wochen die Ergebnisse gebracht, um die man jahrelang diplomatisch gerungen hatte. Bismarck war der Herr der Stunde.

Hauptquartier Horsitz, den 4. Juli 1866

Am 2. dieses Monats waren eben die Dispositionen für einen Angriff auf die österreichische Hauptmacht abgegangen, als ich mit der Nachricht geweckt wurde, daß dieselben uns zuvorzukommen gedächten. Wir vermuteten sie hinter der Elbe mit einer Festung auf jedem Flügel, Josefstadt und Königgrätz. Nichts war mir daher erwünschter als dies freundliche Entgegenkommen ihrerseits und ihr Vorgehen aus dem starken Abschnitt. Noch um zwölf Uhr in der Nacht gingen die Befehle ab, welche alle unsere Korps konzentrieren sollten. Die Erste Armee, Prinz Friedrich Karl, stand in Horsitz der feindlichen Versammlung an der Bistritz gegenüber, die Zweite Armee, Kronprinz, hinter der oberen Elbe jenseits Königinhofen, die Elbarmee, Herwarth, südlich bei Snidar. Letztere hatten daher zwei und drei Meilen zu marschieren, ehe sie in das Gefecht eingreifen konnten. Sie waren gegen beide Flanken des Gegners dirigiert. Die Absicht war, die feindliche Armee gegen die Elbe zu werfen, sie von beiden befestigten Übergängen abzuschneiden und, wenn möglich, ganz zu vernichten. Bald nach Mitternacht, den 3. Juli, ritten die Adjutanten mit dem Befehl in die entfernten Stabsquartiere der Nebenarmeen, um vier gingen unsere Pferde von Gitschin nach Horsitz, um fünf Uhr folgte der König und das Hauptquartier zu Wagen. Ich nahm Podbielski und Wartensleben auf meinem Jagdwagen mit. Um siebeneinhalb Uhr stiegen wir in Horsitz zu Pferde, und um gegen acht Uhr fielen die ersten Schüsse der Avantgarde. Der Feind hatte eine überaus starke Stellung auf den Höhen jenseits Sadowa hinter der Bistritz und antwortete aus zahlreichen Batterien. Es lag nicht in unserem Plan, hier eine Entscheidung mit großen Opfern an dieser Stelle schnell herbeizuführen. Das Hügel- und Wiesenterrain dieser Gegend ist durch Waldkuppen unterbrochen, ein kalter Nebelregen erschwerte die Übersicht in der ganz unbekannten Gegend. Während das Gefecht in der Front langsam fortbrannte, wurde mit Spannung ausgeschaut, ob die Flügelarmeen erscheinen würden. Schon um zehn Uhr hatten die schneeweißen Rauchballen der feindlichen Batterien eine Ausdehnung von wohl zwei Meilen. Aber es war schwer zu sagen, ob ihr Feuer sich nur auf uns oder zum Teil schon auf andere Gegner richte. Die österreichische Artillerie schoß sehr gut. Kaum ließ sich eine Kolonne Infanterie oder Kavallerie irgendwo in einer Talschlucht sehen, so schlug eine Granate in unerfreulicher Nähe ein, und das Feuer unserer Batterien ertrug sie mit größter Standhaftigkeit. Bald waren fast alle unsere gezogenen Batterien in Tätigkeit und nur noch die glatten in Reserve. Nun blitzte es aber auch von dem hoch gelegenen Dorfe Chlum her aus solcher Entfernung, daß das Feuer nicht mehr gegen uns gerichtet sein konnte, und wir schlossen, daß der Kronprinz links im Anmarsch sein müsse. Bald gingen auch Meldungen darüber ein, und die Rauchwolken in der Richtung von Nechanitz konnten nur von der Herwarthschen Artillerie herrühren. Er erhielt sogleich den Befehl, dort den Übergang zu erzwingen und gegen die feindliche Flanke vorzugehen.

Im Zentrum links war General Fransecki gegen Benatek vorgegangen und hatte im dortigen Gehölz zahlreiche Gefangene gemacht. Ein furchtbares Artilleriefeuer hinderte ihn, aus demselben zu debouchieren. Noch schwieriger war es, über Sadowa vorzudringen. Zwar war die Hälfte des dahinter liegenden Wäldchens durch das einundsiebzigste Regiment genommen, aber der Aufenthalt dort sehr unangenehm. Fortwährend standen die kugelrunden weißen Wölkchen über dem Gebüsch und streuten ihre Schrapnells hinein. Eine Batterie von zwölf Zwölfpfündern stand tausend Schritte vor der Waldlisiere, sie mit Kartätschen überschüttend.

Es lag nicht in unserem Interesse, hier um jeden Preis durchzubrechen, und ich verhinderte den schon erlassenen Befehl an General Manstein, die Batterie zu erstürmen. Das Vorrücken der beiden Flügel mußte von selbst die Räumung erzwingen. So geschah es auch, und nun folgten wir der Kavallerie, welche reichlich eine Meile in schärfster Gangart vorging, um die beiden Flügel einzuholen. Hinter den zwölf Geschützen lag die gesamte Bespannung an Pferden tot. Man hatte sie bis zum letzten Augenblicke bedient, ihre Rettung aufgebend. Nirgend waren geschlossene Massen mehr sichtbar. Der Rückzug muß unter dem Schutz der Artillerie schon seit Stunden begonnen haben. Es erfolgten mehrere Kavallerieattacken, die nicht alle gelangen. Das thüringische Husarenregiment war in ein Dorf geritten, und wohl dreißig Pferde kamen herrenlos wieder heraus. Aus dem Sausen der Spitzkugeln erkannte man bald, daß die Dörfer noch besetzt waren, und die Gardebataillone drangen *tambour battant* in dieselben ein. Fast alle Kavallerieregimenter attackierten die feindlichen abziehenden Regimenter und brachten zahlreiche Gefangene ein. Nun waren wir dicht vor Königgrätz angekommen, und noch einmal erhob sich am jenseitigen Ufer der Elbe eine heftige Kanonade, die bis gegen neun Uhr dauerte. Die Granaten schlugen rechts und links ein, aber sehr bald standen wohl sechzig Geschütze auf unserer Seite dagegen. Die Entfernung war groß, man zielte nur nach dem Pulverdampf, und mehrere Geschosse platzten jedesmal dicht davor. Endlich erlosch auch das Feuer.

Wir glauben, die gesamte österreichische und sächsische Armee gegen uns gehabt zu haben. Die Schlacht dauerte über zwölf Stunden, und die Truppen haben bis sechs Meilen marschiert. Heute berechnen wir gegen zwanzigtausend Gefangene und hundertsechzehn Geschütze; drei Fahnen habe ich gesehen, es sollen aber mehr sein. Unser Verlust ist groß, namentlich an Offizieren. Näheres noch nicht bekannt. Das siebenundzwanzigste Regiment hat sehr gelitten.

Heute traf Feldmarschalleutnant Gablenz hier ein; seine Bitte um Waffenstillstand mußte abgelehnt werden.

Im scharfen Galopp vorgehend, hatte ich wenig auf das Schlachtfeld geachtet, beim Zurückreiten traten die Schrecknisse hervor. An manchen Stellen war das Feld förmlich bedeckt mit Leichen von Menschen und Pferden. Gewehre, Tornister, Mäntel usw. lagen überall herum. Es gab schreckliche Verwundungen, niemand konnte helfen. Ein Offizier flehte uns an, ihn totzuschießen. Die Krankenträger arbeiteten ohne Unterlaß, aber die Zahl der Verstümmelten war zu groß. Ich habe die Rappstute geritten, Reinhold den großen Braunen, sie gingen vortrefflich, namentlich erstere über die vielen Gräben und Sumpfstrecken. Da die Reitpferde neun und eine halbe Meile gemacht, ohne das Hinundherreiten während des Gefechts zu rechnen, so ließ ich sie in Horsitz, wo mein Wagen zurückgeblieben war, und mußte dann noch bis Gitschin fahren, wo ich ein Uhr nachts ankam. Während des ganzen Tages habe ich zwei Schokoladenplätzchen und ein kleines Stückchen Brot gegessen. In Gitschin war nichts mehr zu haben. Hungrig und von Frost geschüttelt warf ich mich mit Mantel auf ein schlechtes Bett und schlief vortrefflich ein paar Stunden, dann ging ich wieder hierher und befinde ich mich sehr wohl.

Teile unseren Freunden den Inhalt dieser eiligen Zeilen mit, die ich noch mit dem Kurier fortzubekommen hoffe.

Abends zwölf Uhr.

Herzlichst Dein Helmuth

Ferdinand Freiligrath
an Karl Marx

Im letzten erhaltenen Brief Freiligraths an Marx, des „Trompeters der Revolution“ an den Verfasser des „Kapital“, geht es um das nun fertige Werk; viel verstanden davon hat der ehemalige Mitstreiter aus den Revolutionstagen freilich nicht. Außerdem war er auf dem Sprung zurück nach Deutschland, wo den mittlerweile Achtundfünfzigjährigen eine Nationalspende in Höhe von 60 000 Talern erwartete, die den Emigranten und Revolutionsdichter aus seinen finanziellen Nöten befreite.

Mit Marx zusammen hatte Freiligrath 1848 die Redaktion der linksdemokratischen „Neuen Rheinischen Zeitung“ in Köln übernommen, die bereits ein Jahr später verboten wurde, woraufhin beide in die Emigration gingen und sich in England wiedertrafen. Da waren aber die Gemeinsamkeiten bald aufgebraucht; Freiligrath rückte in den kommenden Jahren von der Partei und ihren Zielen ab, und nur aus politischen Gründen wurde eine gewisse Gemeinsamkeit nach außen gewahrt. Im engeren Zirkel sah das anders aus: Jenny Marx nannte Freiligrath einen „feisten Philister“ und Friedrich Engels sprach in einem Brief an sie vom 22. Dezember 1859 vom „Belletristenpack“: „Immer wollen sie in den Blättern beweihraucht sein, immer ihren Namen vor dem Publikum haben, und das lumpigste Verschen, das sie fabrizieren, ist ihnen wichtiger als das kollosalste historische Ereignis.“

Engels war es denn auch, dessen Urteil über „Das Kapital“ für Marx am wichtigsten war. „Jedenfalls hoffe ich“, schrieb der in einem Brief an den Freund aus dem gleichen Jahr, „daß die Bourgeoisie ihr ganzes Leben lang an meine Karbunkel denken wird.“

11, Portland Place, Lower Clapstr. Apr. 3. 68.

Lieber Marx,

Die Sendung der Hochzeitskarten Eurer Laura hat uns heute aufs Angenehmste überrascht. Wir hatten gar nicht gewußt, daß das frohe Ereignis so nahe bevorstand, u. wünschen jetzt dem jungen Paare, wie Dir u. Deiner lieben Frau, von ganzem Herzen Glück dazu.

Laß mich Dir nun auch endlich Dank sagen für das Zeichen Deines freundlichen Gedenkens, das Du mir durch das Geschenk des ersten Bandes Deines Werkes „Das Kapital" gegeben hast, u. schließe, darum bitte ich Dich angelegentlich, aus der Verspätung dieses Dankes nicht auf eine geringere Wärme u. Aufrichtigkeit desselben! Ich hatte immer vor, ihn Dir persönlich abzustatten, aber in den mancherlei Arbeiten u. Aufregungen, welche diese letzten Monate mir gebracht haben, bin ich immer nicht dazu gekommen. Laß Dir meinen Dank nun auch jetzt noch gefallen, u. sei überzeugt, daß, wenn irgend wer, gewiß ich Einer von den Vielen bin, die den Geist, das Wissen, u. den staunenswerten Fleiß, durch die Du Dir in diesem Werke ein *monumentum aere perennius* gesetzt hast (u. ferner setzen wirst) mit freudiger Anerkennung bewundern. Du weißt, ich bin nicht Mann vom Fach, (eben nur Nationalökonom *„Mit dem Gemüte"*), u. verlangst darum kein aufs Einzelne eingehendes Urteil, – aber ich kann Dir wohl sagen, daß ich aus der Lektüre, oder ich will lieber sagen: dem Studium, des Buches schon die mannigfachste Belehrung, den reichsten Genuß geschöpft habe. Es ist eben ein Buch, das studiert sein will, u. darum ist der Erfolg vielleicht kein überschneller u. überlauter, aber die Wirkung im Stillen wird dafür um so tiefer und nachhaltiger sein. Ich weiß, daß am Rhein viele junge Kaufleute u. Fabrikbesitzer sich für das Buch begeistern. In diesen Kreisen wird es seinen eigentlichen Zweck erfüllen, – für den Gelehrten wird es nebenbei als Quellenwerk unentbehrlich sein. Nochmals herzlichen Dank! Und, nicht wahr, bei der nächsten Gelegenheit schreibst Du mir auch Deinen Namen in das Exemplar? –

Unsre Luise hat sich nun auch verlobt. Wenn die Kinderkrankheit des Verlobens u. Hochzeitmachens einmal einreißt in einem Hause, so hilft nichts dagegen. Die Geschichte muß ihren Lauf nehmen. *The matrimonial measles!*

Übrigens hat es mit der Hochzeit noch gute Wege. Luise ist noch sehr jung, u. muß noch warten. Ihr Verlobter ist Heinrich Wiens, ein Cousin von Kätchens Mann, u. auch ein richtiger Ostseepirat, wie sie dem alten Poeten die Töchter wegkapern.

Mit Deiner Gesundheit geht es hoffentlich wieder besser. Wir kommen bald einmal hinaus, um uns davon zu überzeugen.

Unterdessen die herzlichsten Grüße an Dich u. Deine Damen von uns Allen!

Dein FFreiligrath

Ludwig Feuerbach
an Wilhelm Bolin

Bereits als junger Dozent in Erlangen gerät Feuerbach nach der Veröffentlichung seiner Schrift „Gedanken über Tod und Unsterblichkeit“ ins Visier der theologischen und politischen Reaktion. „Ich stehe im Geruch, ein gräßlicher Freigeist, ein Atheist, ja, noch nicht genug, der leibhaftige Antichrist zu sein“, schreibt er an seine Schwester. 1841, er ist siebenunddreißig Jahre alt, hat den Gedanken an eine akademische Karriere aufgegeben und eine Fabrikantentochter geehelicht, erschien sein Hauptwerk: „Das Wesen des Christentums“. Mit den dort formulierten religionskritischen Ideen beeinflußte er Marx und Engels, auch identifizierte er sich 1848 mit den Vorstellungen der demokratischen Revolution. Er wird von Heidelberger Studenten zu Vorlesungen eingeladen, die er vor Akademikern und Arbeitern im Rathaussaal hält, da die Universität ihre Räume verweigert. Doch obwohl seine Freunde ihn drängen, mehr will er der revolutionären Bewegung nicht geben. Er ist Philosoph, sein Interesse gehört einer neuen, diesseitigen Deutung von der Existenz des Menschen.

1870 tritt Feuerbach der Sozialdemokratischen Partei bei, die ihn in den letzten beiden Jahren seines Lebens unterstützt, nachdem die Porzellanfabrik seiner Frau bankrott gegangen war.

Mit dem dreißig Jahre jüngeren Wilhelm Bolin, dem Mitherausgeber der ersten Gesamtausgabe seiner Werke, war Feuerbach befreundet. Bei „Platons Gastmahl“ handelt es sich vermutlich um das 1867 entstandene Gemälde seines Neffen Anselm Feuerbach.

Rechenberg, Anfang Juni 1870

Lieber Herr Bolin!

Vor Lesen komme ich nicht zum Schreiben. Den ganzen Winter über – und er dauerte heuer, wenigstens von seiner empfindlichsten Seite, von seiten der Kälte, sehr lange, selbst bis in die ersten Tage des Mai – habe ich, mit Ausnahme von ein paar unabweislichen Briefchen, keinen Federzug getan. Heute am Himmelfahrtstag faßte ich endlich den Entschluß, Ihnen zu schreiben, aber ich brachte es aus äußerlichen Abhaltungsgründen nicht weiter als bis zu diesem Anfang. Morgen denke ich fortzufahren. Die Hauptsache ist, daß oder wenn nur einmal der Anfang gemacht ist.

„Morgen." Welch ein Zeitraum liegt zwischen Heute und Morgen im schwerfälligen und verdrießlichen, schreibunwilligen Alter! Heute ist der 3. Juni. Aber Sie sehen daraus, daß ich nicht mehr zum Briefschreiben tauglich bin. In der Tat, worin man nichts mehr für sich selbst ist, darin kann man auch nichts mehr für andere sein. Wer die Feder nicht mehr in seinem eigenen Interesse führt, wie soll der sie für andere noch brauchen? – Und so ist es bei mir der Fall. Was ich wollte, die Aufgabe, die und wie ich sie mir gestellt, die und wie ich sie bei meinen geistigen und, füge ich hinzu, materiellen Mitteln und Verhältnissen ausführen konnte, habe ich vollendet. Wie jedes Gewächs, jedes Tier, hat auch der geistige Mensch seine Zeit, seine Grenze, die er nicht überschreiten kann. Ich kann und will daher keine neue Aufgabe, keine der Aufgaben, die jetzt die Menschheit bewegen, zum Objekt mitschaffender Tätigkeit machen; ich kann nichts weiter tun, als meinen Sinn offen und frei für sie erhalten, als durch teilnehmende Lektüre und Anerkennung sie mir aneignen, um so mich geistig jung und frisch zu erhalten. Eine solche Aufgabe ist, außer der großen Arbeiter- und Kapitalistenfrage, die Frauenemanzipation oder Gleichberechtigung der Weiber mit den Männern, die mir eine in New York in Amerika erscheinende und auch Ihnen zu empfehlende Zeitung, „Die neue Zeit", nahegelegt, mir diesen Winter über und jetzt noch zu einer Geist und Gemüt bewegenden Angelegenheit gemacht hat. Ob ich gleich stets die Geschlechtsdifferenz für eine wesentliche, aber nicht nur leibliche, sondern auch geistige gehalten und anerkannt habe, so habe ich doch nie auf eine Inferiorität des weiblichen Geistes geschlossen. Mann und Weib sind nicht nur leiblich, sondern auch geistig unterschieden; aber folgt aus diesem Unterschied Unterordnung, Ausschließung des Weibes von geistigen und allgemeinen, nicht nur häuslichen Beschäftigungen? – Lassen wir die Frauen nur auch politisieren! Sie werden gewiß ebensogut wie wir Männer Politiker sein, nur Politiker anderer Art, vielleicht selbst besserer Art als wir. Mad. *de Staël,* die von mir wegen ihrer *„Considérations sur la Révolution française"* hochgeschätzte, übrigens von mir auch nur aus diesem Werke gekannte Frau, sagt: „Genie kennt kein Geschlecht." – Warum nicht? Aber auch das weibliche Genie ist Genie, ebensogut, wie die weibliche Heldentat Heldentat ist. Bei jeder glänzenden, sei es im Guten, sei es im Bösen hervorragenden Eigenschaft abstrahieren wir von dem Unterschied des Geschlechts. Die Weiber werden ebensogut wie die Männer geköpft; warum sollen sie nicht auch Bürgerkronen verdienen können, warum sollen ihnen nicht die Mittel gegeben, die Bahnen geöffnet werden, solche zu verdienen? Kurz, die Emanzipation des Weibes ist eine Sache und Frage der *allgemeinen* Gerechtigkeit und Gleichheit, die jetzt die Menschheit anstrebt, eine Bestrebung, deren sie sich rühmt, aber vergeblich, wenn sie davon das Weib ausschließt.

Doch wohin bin ich geraten? Ein Beweis, was die Weiber vermögen und vollends vermögen werden, wenn sie Gelegenheit haben, ihr Vermögen zu üben und zu äußern. – Ich bin infolge meines langen abstrakten Lebens ganz kontrakt. Vielleicht macht mich eine Reise wieder lebendiger. Aber wohin werde ich reisen, um mich wieder zu erholen und zu stärken? Ich weiß es noch nicht. Vor kurzem hat mich *Deubler* auf seiner Durchreise nach Dresden besucht. Ich habe ihm halb und halb mein Kommen zu ihm zugesagt. Aber es ist leider nur etwas zu weit zu ihm. Auch ist das Wetter zum weiten Reisen nicht einladend, bald sehr heiß, bald wieder sehr kalt. Was Sie mir von der unerwarteten günstigen Wendung Ihres Schicksals gesagt, hat mich sehr gefreut, und was Sie meiner Tochter geschickt, hat sie sehr überrascht und erfreut. Sie dankt Ihnen dafür ergebenst und ich auch in ihrem Namen. Auch ich werde gelegentlich es lesen. Von „Platons Gastmahl" habe ich jetzt eine große Photographie. Jetzt erst bin ich vollkommen mit ihm zufrieden; es macht sich besser in der Photographie als im Original, dem allerdings die rechte Farbe, die Farbe des Lebens abgeht. Die Meinigen grüßen Sie von Herzen, wie auch ich.

Ihr verehrungsvoll ergebenster

L. Feuerbach

Otto von Bismarck
an seine Frau

Seit 1852 war Napoleon III., der Neffe des ersten Napoleon, Kaiser der Franzosen. Ob nun er oder Bismarck am Deutsch-Französischen Krieg „schuldiger“ war, ist eine oft hin- und hergewendete, heute recht akademische Frage. „Die Dinge des deutschen Reiches in der größtmöglichen Unordnung zu halten“, war schon das erklärte Ziel der Bourbonen gewesen, man stemmte sich also in Paris vor allem gegen eine großdeutsche Lösung. Gleichzeitig war man aber darauf bedacht, für diesen und jenen politischen Gefallen Gegenleistungen zu fordern; „Politik der Trinkgelder“ nannte Bismarck das. Unstimmigkeiten in der Frage der spanischen Thronkandidatur und die berühmte, von Bismarck redigierte „Emser Depesche“, ließen in Frankreich das Gefühl einer diplomatischen Niederlage aufkommen, die zur Kriegserklärung am 19. Juli 1870 führte. Die hatte in Preußen wie in den süddeutschen Staaten zur Folge, daß plötzlich jedermann leidenschaftlich für einen Waffengang gegen den „Erbfeind“ war. Die Reorganisation des französischen Heeres war nicht abgeschlossen, die Deutschen hingegen marschierten nach dem Generalstabsplan des Feldmarschalls Moltke auf, und nach einer Reihe von kleineren Begegnungen kam es am 1. September zur Schlacht von Sedan, die mit der Niederlage der Franzosen und der unerwarteten Gefangennahme des Kaisers Napoleon endete. Dies führte zu seiner Absetzung und zur Proklamation der III. Republik und hatte die Fortsetzung des Krieges bis zum bitteren Ende zur Folge.

Bismarcks Brief widerfuhr ein gleichsam anekdotisches Geschick: Der Kurier, der ihn nach Deutschland befördern sollte, wurde im Argonner Wald abgefangen und der Brief in einer Sondernummer des Pariser „Figaro“ vom 6. August 1872 in Faksimile und Übersetzung abgedruckt. Da war aber der Krieg schon vorbei.

Vendresse 3. Sept. 1870

Mein liebes Herz

Vorgestern vor Tagesgrauen verließ ich mein hiesiges Quartier, kehre heut zurück und habe in der Zwischenzeit die große Schlacht von Sédan am 1. erlebt, in der wir gegen 30000 Gefangene machten und den Rest der französischen Armee, der wir seit Bar le Duc nachjagten, in die Festung warfen, wo sie sich mit dem Kaiser kriegsgefangen ergeben mußte. Gestern früh 5 Uhr, nachdem ich bis 1 Uhr früh mit Moltke und den französ. Generälen über die abzuschließende Kapitulation verhandelt hatte, weckte mich der General Reille den ich kenne, um mir zu sagen, daß Napoléon mich zu sprechen wünschte. Ich ritt ungewaschen und ungefrühstückt gegen Sédan, fand den Kaiser im offnen Wagen mit 3 Adjutanten und 3 zu Pferde daneben auf der Landstraße vor Sédan haltend. Ich saß ab, grüßte ihn ebenso höflich wie in den Tuilerien und fragte nach seinen Befehlen. Er wünschte den König zu sehn; ich sagte ihm der Wahrheit gemäß, daß S. M. 3 Meilen davon an dem Orte, wo ich jetzt schreibe, sein Quartier habe. Auf N.'s Frage, wohin er sich begeben solle, bot ich ihm, da ich Gegend unkundig, mein Quartier in Donchery an, einem kleinen Ort an der Maaß dicht bei Sédan; er nahm es an und fuhr von seinen 6 Franzosen, von mir und von Carl, der mir inzwischen nachgeritten war, geleitet, durch den einsamen Morgen nach unsrer Seite zu. Vor dem Ort wurde es ihm leid, wegen der möglichen Menschenmenge, und er fragte mich, ob er in einem einsamen Arbeiterhause am Wege absteigen könne; ich ließ es besehn durch Carl, der meldete, es sei ärmlich und unrein; n'importe meinte N., und ich stieg mit ihm eine gebrechliche enge Stiege hinauf. In einer Kammer von 10 Fuß Gevierte, mit einem fichtnen Tische und 2 Binsenstühlen, saßen wir eine Stunde, die Andern waren unten. Ein gewaltiger Kontrast mit unserm letzten Beisammensein, 67 in den Tuilerien. Unsre Unterhaltung war schwierig, wenn ich nicht Dinge berühren wollte, die den von Gottes gewaltiger Hand Niedergeworfnen schmerzlich berühren mußten. Ich hatte durch Carl Offiziere aus der Stadt holen und Moltke bitten lassen zu kommen. Wir schickten dann einen der erstern auf Rekognoszierung und entdeckten ½ Meile davon in Freŝnois ein kleines Schloß mit Park. Dorthin geleitete ich ihn mit einer inzwischen herangeholten Eskorte vom Leib-Kür. Regt., und dort schlossen wir mit dem französ. Obergeneral Wimpfen die Kapitulation, vermöge deren 40- bis 60000 Franzosen, genauer weiß ich es noch nicht, mit allem, was sie haben, unsre Gefangnen wurden. Der vor- und gestrige Tag kosten Frankreich 100000 Mann und einen Kaiser. Heut früh ging letztrer mit allen seinen Hofleuten, Pferden und Wagen nach Wilhelmshöh bei Kassel ab.

Es ist ein weltgeschichtliches Ereignis, ein Sieg, für den wir Gott dem Herrn in Demut danken wollen und der den Krieg entscheidet, wenn wir auch letztern gegen das kaiserlose Frankreich noch fortführen müssen.

Ich muß schließen. Mit herzlicher Freude ersah ich heut aus Deinen und Maries Briefen Herberts Eintreffen bei Euch. Bill sprach ich gestern, wie schon telegrafiert, und umarmte ihn angesichts Sr. M. vom Pferde herunter, während er stramm im Gliede stand. Er ist sehr gesund und vergnügt. Hans und Fritz Carl sah ich, beide Bülow bei 2. G. Dr. wohl und munter.

Leb wohl mein Herz, grüße die Kinder. Dein vB.

Friedrich Nietzsche
an Richard Wagner

Nietzsche ist sechsundzwanzig und ein noch ziemlich unbekannter Professor in Basel, Wagner arbeitet im nahen Tribschen und hat gerade Cosima von Bülow geheiratet, als der Deutsch-Französische Krieg ausbricht.

Am 8. August richtet Nietzsche ein Dispens-Gesuch an den Präsidenten der Basler Universitätsbehörde: zwar könne er als Preuße im Ausland in Friedenszeiten gegen eine Einberufung Widerspruch einlegen, „die fatale Möglichkeit eines Krieges" aber sei etwas anderes: „Ich würde unwiderruflich als reitender Artillerist eingezogen werden." Und an die Mutter schreibt er: „Endlich auch bin ich betrübten Mutes, Schweizer zu sein! Es gilt unserer Kultur! Und da gibt es kein Opfer, das groß genug wäre! Dieser fluchwürdige französische Tiger!"

Sein Gesuch wird bewilligt und nach einer kurzen Ausbildung zum Lazarettdienst in Erlangen, die er über den „Erlanger Verein für Felddiakonie" absolvierte, brach Nietzsche am 23. August in Gesellschaft des Hamburger Landschaftsmalers Adolf Mosengel in den Krieg auf. Von dem Verein mit den verschiedensten Aufträgen versehen, reisen beide über Karlsruhe in eben noch umkämpfte Gebiete in Lothringen, irren über Schlachtfelder und kommen bis Metz. Hier stellt sich heraus, daß die Freundin Cosima wohl so Unrecht nicht hatte, als sie Nietzsche warnte: „... jeder Dilettant wird dort scheel angesehen, als einer, der mehr belästigt als hilft." Es ergibt sich die Möglichkeit, einen Verwundetentransport nach Karlsruhe zu begleiten, wobei sich Nietzsche infiziert. Jahrelang wird der ohnehin nicht sehr Gesunde an den Folgen der Ansteckung laborieren; an seinen alten Lehrer Friedrich Ritschl schreibt er: „Die Ruhr verdirbt auf lange hinaus die Eingeweide."

Erlangen, Sonntag 11. September 1870

Lieber und verehrter Meister. So ist denn, mitten im Ungewitter, Ihr Haus fertig geworden und fest begründet. Ich habe auch in der Ferne dieses Ereignisses immer unter Segenswünschen gedacht und bin sehr beglückt, aus den Zeilen Ihrer von mir so geliebten Frau Gemahlin zu ersehen, daß die Möglichkeit, diese Feste zu begehen, schließlich doch noch schneller kam als vielleicht – bei unserem letzten Zusammensein – zu argwöhnen war.

Sie wissen, welcher Strom mich aus Ihrer Nähe fortgerissen hat, so daß ich nicht Augenzeuge so heiliger und ersehnter Handlungen sein konnte. Meine Hilfstätigkeit hat einen einstweiligen Abschluß gefunden, leider durch Krankheit. Meine mannigfachen Aufträge und Verpflichtungen führten mich bis in die Nähe von Metz; es wurde mir und meinem – sehr bewährten – Freunde Mosengel möglich, den größten Teil unserer Aufgaben mit Glück zu erledigen. In Ars sur Moselle übernahmen wir die Pflege von Verwundeten und kehrten dann mit diesen nach Deutschland zurück. Dieses dreitägige und dreinächtige Zusammensein mit Schwerverwundeten war der Höhepunkt unserer Anstrengungen. Ich hatte einen elenden Viehwagen, in dem 6 Schwerleidende lagen, allein während jener Zeit zu besorgen, zu verbinden, zu verpflegen usw. Alle mit zerschossenen Knochen, mehrere mit 4 Wunden; dazu konstatierte ich bei zweien noch Wunddiphtheritis. Daß ich es in diesen Pestdünsten aushielt, selbst zu schlafen und zu essen vermochte, erscheint mir jetzt wie ein Zauberwerk. Kaum aber hatte ich meinen Transport an ein Karlsruher Lazarett abgeliefert, stellten sich auch bei mir ernstliche Zeichen von Unwohlsein ein. Mit Mühe kam ich nach Erlangen, um meinem Vereine über verschiedenes Bericht zu erstatten. Dann legte ich mich zu Bett und liege bis jetzt. Ein tüchtiger Arzt erkannte als mein Leiden einmal eine sehr starke Ruhr und sodann Rachendiphtheritis. Wir sind aber mit der größten Energie gegen beide ansteckenden Übel vorgegangen, und es ist heute gute Hoffnung zu melden. Mit zwei jener berüchtigten Lazarettseuchen habe ich also auf eins Bekanntschaft gemacht; sie haben so schwächend und entkräftigend auf mich in kurzer Zeit gewirkt, daß ich zunächst alle meine Hilfstätigkeitspläne aufgeben muß und an meine Gesundheit allein zu denken veranlaßt werde. So bin ich nach einem kurzen Anlauf von 4 Wochen, ins allgemeinere zu wirken, bereits auf mich selbst wieder zurückgeworfen – recht elend!

Über die deutschen Siege möchte ich kein Wort sagen: das sind Feuerzeichen an der Wand, *allen* Völkern verständlich.

Heute darf ich nicht mehr schreiben; mein nächster Brief gilt Ihrer verehrten Frau Gemahlin, der ich meine innigsten Glückwünsche zu Füßen lege. Dem Täufling ein fröhliches Glückauf! Glückauf dem ganzen Tribschener Haus!

Ihr getreuer Friedr. Nietzsche

Jacob Burckhardt
an Friedrich von Preen

Der Deutsch-Französische Krieg aus der Sicht eines gänzlich unhysterischen Schweizers. Die deutsche Armee hatte mit der Einschließung von Paris begonnen, Metz war bedroht, sein Fall eine Frage von wenigen Wochen; nach den Siegen des Sommers stand ein harter Winterkrieg bevor. Nun, nach der Gefangennahme und Absetzung des Kaisers, führte das republikanische Frankreich mit verzweifelter Kraft den Krieg weiter. Von deutscher Seite wurde er mit Annexionsforderungen der Nationalliberalen angeheizt, die auf Elsaß und Lothringen spekulierten. Dagegen wandten sich im Norddeutschen Reichstag die Sozialdemokraten Bebel und Liebknecht, und auch Karl Marx in London trat für einen sofortigen Friedensschluß ein.

Den zweiundfünfzigjährigen Burckhardt, Kultur- und Kunsthistoriker in seiner Heimatstadt Basel, erschreckten die völkischen Emotionen, die ihn in seiner Ansicht bestärkten, daß die Macht an sich böse sei. Der pessimistische Individualist war stets eigene wissenschaftliche Wege gegangen; sie hatten ihn immer wieder in die Antike und die Renaissance geführt. Aber auch für die Zeitströmungen hatte er stets einen scharfen Blick. So schreibt er, gleichfalls an Friedrich von Preen, im April 1882: „Für mich ist es schon lange klar, daß die Welt der Alternative zwischen völliger Demokratie und absolutem, rechtlosem Despotismus entgegentreibt, welcher letztere denn freilich nicht mehr von Dynastien betrieben werden möchte, denn diese sind zu weichherzig, sondern von angeblich republikanischen Militärkommandos."

Basel 27 Sept 1870

Ihren Brief vom 21. August bewahre ich Ihnen recht sorgfältig auf als Tagebuchblatt aus Ihrem Leben, dergleichen man in spätern Zeiten gerne wieder ansieht, um sich die Stimmung unvergeßlicher Tage wieder zu vergegenwärtigen. Seit Empfang des Briefes wartete und wartete ich, ob nicht eine Pause, ein Waffenstillstand mir Zeit lassen würden, über Vor und Nach irgend eine Raison zu Stande zu bringen. Aber es geht nur immer vorwärts. Frankreich soll die Hefe des Elends und der Zerrüttung kosten, bevor man ihm nur ernstlich das Wort gönnt. O mein lieber Freund, wo soll das hinaus? besorgt man denn gar nicht daß die Pestilenz, an welcher der Besiegte laboriert, auch den Sieger anstecken möchte? Diese furchtbare Vollständigkeit der Rache hätte doch ihre (relative) Berechtigung nur wenn Deutschland wirklich der so völlig unschuldige und rein angegriffene Teil wäre wie man vorgibt. Will man mit der Landwehr noch bis Bordeaux und Bayonne? denn logisch fortfahrend muß man ganz Frankreich, vielleicht viele Jahre lang, mit einer Million Deutscher besetzt halten. Ich weiß recht wohl daß dies nicht geschehen wird, allein es wäre die Folgerung aus dem Bisherigen. Sie wissen, ich hatte immer die Torheit des Weissagens und bin schon erstaunlich damit angelaufen, aber ich muß mir diesmal doch ein Bild machen von Dem was man vorzuhaben scheint. Also wie wäre es, wenn nach Besetzung von Paris und allenfalls Lyon etc die deutsche Heerführung die Franzosen abstimmen ließe über die Regierung die sie wollen? es käme sehr darauf an wie man dies in Szene setzen würde; Bauern und ein Teil der Arbeiter würden ganz gewiß den Louis Napoleon wieder wählen.

Es ist ein neues Element in der Politik vorhanden, eine Vertiefung von welcher frühere Sieger noch nichts gewußt, wenigstens keinen bewußten Gebrauch gemacht haben. Man sucht den Besiegten möglichst tief *vor sich selbst* zu erniedrigen, damit er sich künftig nicht einmal mehr etwas Rechtes zutraue. Es kann sein daß man dies Ziel erreicht; ob man dabei selber besser und glücklicher wird, ist eine andere Frage.

O wie wird sich die arme deutsche Nation irren• wenn sie daheim das Gewehr in den Winkel stellen und den Künsten und dem Glück des Friedens obliegen will! da wird es heißen: vor Allem weiter exerziert! und nach einiger Zeit wird Niemand mehr sagen können, wozu eigentlich das Leben noch vorhanden ist. Denn nun kommt der deutsch-russische Krieg in den Mittelgrund und dann allmählich in den Vordergrund des Bildes zu stehen.

Einstweilen wollen wir Beide dem Himmel dafür danken, daß wenigstens Elsaß und Baden nicht in Eins zusammengeschweißt werden, es hätte eine unselige Assemblage gegeben. Gründlich ist für die Unmöglichkeit gesorgt, indem man den Badensern so wesentlich die Belagerung von Straßburg zuwies. Ich bin nämlich so frei anzunehmen daß dies nicht bloß aus Versehen so angeordnet worden sei. Von zwei Dingen bleibt jetzt eins: Elsaß wird entweder direkt preußisch oder es bleibt bei Frankreich. Grade *weil* die deutsche Herrschaft in diesen neuen Ländern so schwierig ist, kann sie nur durch Preußen unmittelbar gehandhabt werden, und alle Zwischenformen wie Kuratel und Tutel des deutschen Reiches etc. wären unhaltbar.

Noch an einen wunderlichen Anblick wird sich die Welt gewöhnen müssen: das protestantische Haus Hohenzollern als einzige effektive Schutzmacht des nunmehr zum italienischen Reichsuntertan gewordenen Papstes.

Doch nun wäre genug politisiert! gebe es der Himmel daß wir uns in leidlich beruhigten Zwischenzeiten wieder einmal sehen. Der Philosoph ist auch in diesen letzten Wochen von Neuem im Kredit gestiegen. Es lebt hier einer seiner Gläubigen, mit welchem ich bisweilen conversiere, so gut ich mich in seiner Sprache ausdrücken kann.

Filius ist bei mir vortrefflich, anderswo etwa noch hie und da leicht; Freund Sieber findet, er könnte noch einen kleinen väterlichen Zuspruch vertragen, wegen Genauigkeit im Arbeiten.

Und nun herzlichen Gruß! wir werden uns geistig in mehr als einer Beziehung neu orientieren müssen. Ein Europa ohne amusantes, dekorierendes Frankreich! huh! und sonst noch Einiges was Europa einbüßt und was in Renan's Schreiben sehr schön betont wird.

Ludwig II. von Bayern
an Wilhelm I. von Preußen

Nach den vielen gemeinsamen Siegen über die Franzosen lag die Idee eines deutschen Kaisertums sozusagen in der Luft. Doch war der Weg dahin dornenreich, denn da der preußische König allein Anwärter auf den neuen Thron war, mußten die Bedenken der süddeutschen Länder, vor allem Bayerns, ausgeräumt werden. Lange stemmt sich der bayerische König gegen den wachsenden Druck; dreimal sendet er im Herbst 1870 seinen Vertrauten, den Oberstallmeister Maximilian Graf von Holnstein, nach Paris, um sich über den Stand der Kaiserfrage unterrichten zu lassen. Bismarck schaltet sich ein; er bietet sein ganzes psychologisches Geschick auf und es gelingt ihm schließlich, verbunden mit dem Versprechen finanzieller Unterstützung, Ludwig II. zu bewegen, Wilhelm I. im sogenannten Kaiserbrief die Krone anzubieten. Als Holnstein am 30. November aus Versailles in Hohenschwangau eintrifft, legt sich der König sofort mit Zahnschmerzen ins Bett, und der Graf muß mit einiger Entschiedenheit den in Decken gewikkelten König zur Niederschrift des Briefes bewegen.

Der preußische König seinerseits war auch nicht gerade begeistert über die nun entstandene Situation, sah er doch sein altes Preußen dahinschwinden und in einer neuen noch unklaren Konstellation aufgehen.

Am 18. Januar 1871 war es dann soweit: im Spiegelsaal des Schlosses von Versailles wurde das Deutsche Reich gegründet, nachdem zuvor noch ein Streit darüber entbrannt war, ob Wilhelm nun „Kaiser der Deutschen", „Kaiser von Deutschland" oder „Deutscher Kaiser" tituliert werden sollte.

Ludwigs Bruder Otto nahm als Vertreter der bayerischen Krone an dem feierlichen Akt teil und schrieb danach an seinen Bruder: „Ach Ludwig, ich kann Dir gar nicht beschreiben, wie unendlich weh und schmerzlich mir während jener Zeremonie zumute war, wie sich jede Faser in meinem Innern sträubte und empörte gegen all das, was ich mit ansah."

Allerdurchlauchtigster Großmächtiger Fürst!

Freundlich lieber Bruder und Vetter!

Nach dem Beitritte Süddeutschlands zum deutschen Verfassungsbündnis werden die Ew. Majestät übertragenen Präsidialrechte über alle deutschen Staaten sich erstrecken.

Ich habe mich zu deren Vereinigung in einer Hand in der Überzeugung bereit erklärt, daß dadurch den Gesamtinteressen des deutschen Vaterlandes und seiner verbündeten Fürsten entsprochen werde, zugleich aber in dem Vertrauen, daß die dem Bundespräsidium nach der Verfassung zustehenden Rechte durch Wiederherstellung eines deutschen Reiches und der deutschen Kaiserwürde als Rechte bezeichnet werden, welche Ew. Majestät im Namen des gesamten deutschen Vaterlandes aufgrund der Einigung seiner Fürsten ausüben.

Ich habe mich daher an die deutschen Fürsten mit dem Vorschlage gewendet, gemeinschaftlich mit mir bei Ew. Majestät in Anregung zu bringen, daß die Ausübung der Präsidialrechte des Bundes mit Führung des Titels eines deutschen Kaisers verbunden werde. Sobald mir Ew. Majestät und die verbündeten Fürsten Ihre Willensmeinung kundgegeben haben, werde ich meine Regierung beauftragen, das Weitere zur Erzielung der entsprechenden Vereinbarungen einzuleiten.

Mit der Versicherung der vollkommensten Hochachtung und Freundschaft verbleibe ich

Eurer Königlichen Majestät freundwilliger Vetter, Bruder und Neffe

Hohenschwangau, d. 30. Nov. 1870 Ludwig

Detlev von Liliencron
an Helene von Bodenhausen

Der siebenunddreißigjährige Sohn eines Zollverwalters und einer amerikanischen Generalstochter schrieb diesen Brief an seine spätere Frau. Als er sie 1878 heiratete, hatte der in einigen Feldzügen verwundete preußische Offizier seit einigen Jahren wegen notorischer Verschuldung seinen Dienst in der Armee quittieren müssen. Er hatte daraufhin in Amerika sein Glück in verschiedenen Berufen versucht, war Sprachlehrer, Pianist und Stallmeister gewesen, später Landesvogt auf einer nordfriesischen Insel. Dann begann er zu schreiben, was ihm zwar einigen Ruhm aber wenig Geld eintrug; immerhin erhielt er 1901 ein Ehrengehalt seines Kaisers in Höhe von 2000 Mark.

Liliencron war fast vierzig, als sein erstes Buch erscheint: „Adjutantenritte". Später sind es weniger seine Dramen als seine Lyrik, die ihn bekannt machen; wirklichkeitszugewandte, impressionistische Gedichte, auch Balladen, die von der Natur, der Liebe und dem Soldatenleben handeln, nicht unverwandt der Art, in der er der Freundin in diesem Brief seine Erinnerungen an ein Patrouillengefecht im September 1870 bei Rupigny schildert.

Von einem Buch hat Liliencron selbst einiges gehalten: „Poggfred", mit dem Untertitel „Kunterbuntes Epos in zwölf Cantussen", dem Freund Richard Dehmel gewidmet. Er sah in diesem „Luxusbuch" eine Art Quintessenz seiner Dichtkunst, und auch in ihm ist die Rede von dem Thema, das den Dichter sein Leben lang nicht losließ, vom Krieg.

Frankfurt am Main, Donnerstag, den 10. August 1871.
Nachts

Durch die Mondnacht bin ich gegangen und habe an Dich gedacht; und habe Dich hergewünscht zu mir mit jeder Faser meines Herzens. – Ich mußte Musik hören, Märsche, Tänze – ich ging in den Palmengarten und traf eine Menge Kameraden dort. Ich mußte mich hinsetzen zu ihnen, es ging nicht anders, aber ich träumte doch, während die Musik spielte, die lieblichen Geschichten. Die Gespräche sind mir langweilig unter den Kameraden; ewig dieselben Anekdoten, Erzählungen; ich ließ sie erzählen und dachte an den Musiksaal, sah Tante Cici mit großer Aufopferung Walzer und Polka trommeln, und wir tanzten dazu – zuerst waren mehrere Paare, dann nur wir beiden zuletzt. Und es war ganz reizend. – Ich nahm meine Mütze und ging unbemerkt von dannen hinein in die Nacht; ich ging nicht den gewöhnlichen großen Fahrweg, sondern bog links ab in Seitenwege und Feldstege, und da lag sie vor mir, eine duftende, träumerische Märchennacht. Der Mond goß sein fahles Licht über die Felder; am Horizont sah ich Wälder nur wie schwarze Wände ohne scharfe Konturen. Ein Hund bellte von Zeit zu Zeit aus irgendeiner Villa; ganz in der Ferne das Geräusch der Wagen der Weltstadt. – Ganz schwach schwammen die Töne eines Walzers von Strauß aus dem Palmengarten zu mir herüber. – Kein Mensch, kein lebendes Wesen. Wie schön, Helene, wie feierlich und erhaben. Es waren keine Wolken am Himmel, nicht einmal der bläuliche Dunst am Horizont – der Mond schien klar – die Luft war kalt von dem vielen Regen in diesen Tagen. Ich ging weiter und weiter hinein in die Felder. Die Häuser wurden vereinzelter, zuletzt nur Feld, Ebene, Kornfelder. – Die Ähren wogten sachte – und nur von Zeit zu Zeit schrie aus dem Walde, dem ich mich näherte, eine Eule. – Wie genau kenne ich diesen Ton. Wie oft habe ich mich vor Metz angestrengt, zu unterscheiden, ob es eine wirkliche Eule sei oder der Ruf eines französischen Postens, die täuschend das nachahmten. Wie oft bin ich herangeschlichen mit zwei bis drei meiner tüchtigsten Leute, herangeschlichen, kriechend, rutschend, mit gespanntem Revolver; da, da, ruhig ging der feindliche Doppelposten auf und ab. Noch fünf Schritt, und er *mußte* mein sein, wenigstens der eine von den beiden. Eins, zwei, und *drei* will ich laut rufen: Umstellt, verraten. Mein ganzes Gros, was ich hinter mir hatte, *natürlich* kehrtgemacht und weggelaufen (das *tut nachts* die beste Elitetruppe) – jup! da saß ich fest, nur ein alter Sergeant, mein Hornist, dem ich eine Büchse gegeben hatte, und mein Bursche, der nicht von mir lassen wollte, – wir drei, umzingelt und Schuß auf Schuß.

Tenez l'officier, schrie mir einer entgegen, und eine schwarze Gestalt wie der Teufel wollte mich packen; ein Schuß aus meinem Revolver, und er schlug rückwärts Rad ohne einen Ton mehr. Ein Schuß kam mir durch den Stiefel. Gefangen, Helene, *never, never*! Eher tot! – also *qu'est donc à faire.* Ich schreie: Kehrt – marsch! marsch! Schieße rechts, schieße links; mein Sergeant, ein alter, tüchtiger Haudegen, stürzt, durch den Kopf getroffen, neben mir. Jetzt habe ich keine Schüsse mehr; meinen Säbel hatte ich auf Feldwache gelassen, mit Willen, um beim Heranschleichen nicht behindert zu sein. Ich haue mit meinem Revolver um mich, immer verfolgt. Plötzlich kommt eine Salve über mich hingeflogen. Ich schreie aus Leibeskräften: Nicht schießen! – Aber noch eine, und die Franzosen stutzen – ich gewinne Zeit und – erreiche meine feige Bande. Das war ein kleines Abenteuer vor Metz, es war vor Metz mein lustigstes.

Gerade solche Nacht war es heute, die Eulen schrien, sonst totenstill – es ging mir doch ein Schauer durch die Seele, als ich in den Wald trat – aber ich ging hinein, der Mond brach durch die Bäume – man hört nur noch in weiter Ferne das Pfeifen der Lokomotiven. Und neben mir gingst Du – wir hatten uns die Hände gegeben, ich gab Dir den Arm – und wir erzählten uns vom Musiksaal. Ich habe das Bild jetzt an meine Studierlampe gestellt; mein Blick fällt auf den roten Lehnsessel. Du hast darin gesessen. Ich stand am Fenster. Deine Augen, sie trafen die meinigen – und mir wurde so selig zumute. Was habe ich da gelitten, Helene! – Das Bild will mir nicht aus den Augen; Du hattest ein schwarzseidenes Kleid an, und ich dachte, das ist eine Prinzessin. ... Ich will das Bild mit hinübernehmen in meine Träume, und deshalb: Gute Nacht, mein Herzens-Helenchen. Ich falle Dir zu Füßen, und mein letztes Gebet wird sein: Gott segne Dich; und lasse sie glücklich werden, meine süße Prinzessin!

Dein Fritz, der Dir heute unverantwortlich viel langweiliges Zeug geschrieben hat. – *Mes jours sont condamnés,* wollte ich einmal heute abend singen – aber, Du Narr! schrie die Eule, und ich dankte ihr dafür...

Heinrich Schliemann
an Karl Plato

Der Kaufmann und besessene Altertumsforscher stand in seinem fünfzigsten Lebensjahr, als er dem Justizrat Plato in Kolberg von dem günstigen Stand seiner Ausgrabungen berichtet. Seine oft erzählte Geschichte mutet märchenhaft an.

Heinrich Schliemann war der Sohn eines Pfarrers aus dem mecklenburgischen Neu-Buckow. Als junger Mann arbeitet er in einem Krämerladen, verletzt sich beim Hochheben eines Fasses, wandert nach Hamburg, schifft sich als Kajütenjunge auf einem Segler ein, geht mit dem unter, wird gerettet, arbeitet dann in einem Amsterdamer Handelskontor, wird Handelsagent in Petersburg und nach seiner Auswanderung nach Kalifornien Amerikaner. Wieder in Rußland bringt er es durch Großhandel mit Indigo, Farbhölzern, Schwefel und Salpeter zum Millionär. Die 10 Millionen Goldmark, die er mit seinen Geschäften verdient hat, genügen ihm, und er zieht sich von nun an von seinen Geschäften zurück. Er lernt Griechisch und liest immer wieder „Ilias" und „Odyssee" im Original. Und er bereist die halbe Welt.

Als seine russische Frau das Zarenreich nicht verlassen will, läßt er sich scheiden und heiratet über eine Anzeige eine neunzehnjährige Griechin. Er zieht nach Paris, wo er sich nun ganz dem Studium der Archäologie widmet. In Paris trifft er eines Tages den amerikanischen Konsul Frank Calvert, der einen Teil des Hügels Hissarlik gekauft hatte, unter dem man das homerische Troja vermutete. Calvert war während seiner Grabungen das Geld ausgegangen und Schliemann springt ein. Am 11. Oktober 1871 beginnt er mit seiner ersten von insgesamt vier Ausgrabungen, die ihn an Troja vorbei zu den Ruinen einer viel älteren Stadt führen. Kurz vor seinem Tod im Jahre 1890 kommt Schliemann seinem Irrtum auf die Spur, doch war es für ihn zu spät: ein anderer, der Archäologe Wilhelm Dörpfel führte sein Werk zuende.

Pergamus des Priamus, 23. Juli 1872

Ich widme Ihnen hiermit die Nachricht, welche jedes deutsche Herz mit Jubel erfüllen muß, daß ich endlich am 19. dieses Monats in zehn Meter oder dreiunddreißig Fuß Tiefe auf die kolossale trojanische Mauer stieß, welche schon Homer bewundert haben muß, denn sonst hätte er ihren Bau nicht Neptun und Apollo zuschreiben können (Ilias VII., 452–453); sie ist von mehr oder weniger behauenen, mit Erde zusammengesetzten Steinen erbaut, die so gelegt sind, daß sowohl die Außenseite, welche unter einem Winkel von siebzig bis fünfundsiebzig Grad hinabläuft, als auch die Innenseite, welche senkrecht ist, ein ziemlich glattes Aussehen haben. Sie ist oben auf der Westseite dreieinhalb, auf der Ostseite vier Meter breit und scheint ganz geneigt bis auf den Urboden hinunterzugehen, denn bis zu einer Tiefe von fünfzehn Metern oder fünfzig deutsche Fuß habe ich an ihrer Seite aufgraben lassen, ohne ihre Fundamente zu erreichen. Ihre zunehmende Breite an der Ostseite läßt mich vermuten, daß in ganz geringer Entfernung, vielleicht nach einigen Schritten, das Tor ist, welches von der Stadt nach der Akropolis führte. Trotz des giftigen Fiebers, woran jetzt alle erkranken, will ich daher meine derzeitigen Arbeiten nicht einstellen, ohne nicht etwas mehr von der Mauer, in östlicher Richtung, bloßgelegt zu haben.

Man hielt immer früher die zyklopischen Bauten für die ältesten; es ist aber leicht zu beweisen, daß Bauten von mit Erde zusammengesetzten Steinen wenigstens ebenso alt sind, denn auf diese Weise sind ja alle jene *unter* drei Schichten vulkanischer Asche von achtundsechzig Fuß Dicke auf den Inseln Thera (Santorin) und Therassia gefundenen Häuser und Mauern erbaut, denen man ein Alter von zweitausend Jahren vor Christi gibt, denn der Vulkan, der jene Asche ausgespieen hat, muß eine Höhe von dreitausendachthundert Fuß gehabt haben und wenigstens 1500 v. Chr. ins Meer versunken sein.

Ich arbeite hier schon seit 1. April im Anfang mit hundert, darauf mit hundertsechsundzwanzig und jetzt, seit einem Monat, mit hundertfünfzig Arbeitern. Ich fing in diesem Jahre damit an, von der Nordseite in sechzehn Meter Tiefe unter des Berges Gipfel, eine siebzig Meter breite Plattform hineinzutreiben. Nachdem ich aber fünfundzwanzig Meter fortgeschritten war, bemerkte ich zu meinem Entsetzen, daß der Urboden noch viel tiefer wäre; ich gab daher meiner Plattform eine Senkung von zehn Prozent und erreichte so in fünfundzwanzig Meter vom Abhange des Berges in einer Tiefe von achtzehn Metern oder sechzig deutschen Fuß den Urboden. Wie furchtbar, wie unbeschreiblich die Schwierigkeiten sind, in einer Wildnis wie diese, wo es an allem fehlt, eine sechzig Fuß tiefe, zweihundertzweiunddreißig Fuß breite Ausgrabung in einem Berge zu machen, dessen untere fünf bis acht Meter hohe Schuttschichten steinhart sind und eine kolossale Masse riesiger Steinblöcke enthalten, davon kann sich nur derjenige eine Idee machen, der Augenzeuge davon war.

Da ich sah, daß ich das Riesenwerk unmöglicherweise in diesem Jahre vollenden könnte, so begnügte ich mich damit, nachdem ich zwei Monate lang an dem großen Durchstich gearbeitet hatte, vorläufig nur einen Kanal von dreißig Metern Länge durch den ganzen Berg zu graben, und da ich denselben von der Nord- und von der Südseite gleichzeitig anfing, so schritt er rasch vorwärts und wird in zirka elf Tagen fertig sein.

Bei der Grabung dieses Kanals stieß ich auf der Südseite in einer Entfernung von fünfzig Metern oder hundertfünfundsechzig Fuß vom Abhange auf die Mauer, welche Laomedon durch die beiden Götter bauen ließ. Ich werde mir erlauben, Ihnen nach einigen Wochen eine kleine Photographie dieser Mauer zu senden.

Nächsten März will ich die Ausgrabungen im großen Maßstabe fortsetzen und dann vor allen Dingen die ganze Mauer der Akropolis und ihren Zusammenhang mit der großen Stadtmauer erforschen. Hinsichtlich der bis jetzt gefundenen Gegenstände darf ich sagen, daß ich für die Archäologie eine neue Welt aufgefunden habe; denn, um nur ein Beispiel zu zitieren, finde ich Tausende und aber Tausende von Stücken Terrakotta in Form des Vulkans und des Karussells, die mit den verschiedenartigsten religiösen Symbolen bedeckt sind; auch alle andere Töpferarbeit ist hier so phantastisch und mannigfaltig wie nur möglich.

Nach der Beschaffenheit der Schuttschichten, nach der Töpferarbeit und nach den ‚*Monuments figurés*‘ habe ich die Geschichte Trojas und aller ihrer Nachfolgerinnen in meinem fünften diesjährigen Aufsatze geschrieben, der bestimmt vom wißbegierigen deutschen Publikum mit großem Interesse gelesen würde; jetzt ist auch mein sechster und siebenter diesjähriger Aufsatz fertig und nicht einmal der erste davon ist bis jetzt gedruckt. Die vier ersten Aufsätze schickte ich nun im vorigen Jahre an die Augsburger Allgemeine Zeitung, welche sie weder gedruckt hat noch an mich zurückschickt, und fürchte ich daher, bei der grauenhaften Unordnung im asiatischen Postwesen, daß alle, weil sie sehr dick waren, gestohlen oder anderswie verloren gegangen sind.

... Welch eine Schuttaufhäufung ist hier! Fünfzig Meter oder hundertfündundsechzig Fuß hat der Berg an der Südseite an Breite zugenommen seit der Zerstörung von Troja, und die fünf bis acht Meter hohen Schutt- und Steinschichten desselben sind mit zehn Meter oder dreiunddreißig Fuß hohen Trümmern bedeckt, welche drei ganz verschiedenen vorhistorischen Völkern und endlich der hellenischen und römischen Zeit angehören.

Meine Kosten betrugen bis zum 1. Juni reichlich dreihundert Franks und seitdem über vierhundert Franks täglich.

Gleichzeitig grabe ich auch die Baustelle des Apollotempels bis zum Urboden ab, der dort aber nur in einundzwanzig Meter oder siebzig Fuß Tiefe zu sein scheint; ich fand daselbst einen herrlichen skulptierten Marmorblock, der den Φοῖβος Ἀπόλλων mit vier unsterblichen Pferden darstellt; er ist aus der Zeit des Lysimachus.

... Um eine Idee von solchen Ausgrabungen zu haben, sollte man bedenken, daß das höchste Haus in Berlin oder Paris kaum sechzig Fuß hoch ist.

Franz Joseph Loewen
an die Angehörigen

Als der Farmer Franz Joseph Loewen diesen Brief an seine in Deutschland lebenden Verwandten schrieb, war er bereits seit über zwanzig Jahren in Amerika und hatte ein bewegtes Leben hinter sich. 1857, als Neunzehnjähriger, war er nämlich aus der Moselgegend aufgebrochen in Richtung Detroit; dort lebten schon seine Geschwister, die gleichfalls die verzweifelte wirtschaftliche Situation außer Landes getrieben hatte. Er selbst, als Sohn eines „armen Nagelschmieds“, sah in seinem Geburtsort Alf kein Fortkommen.

In Detroit, 1000 Kilometer westlich von New York, waren es nicht zuletzt die deutschen Einwanderer, durch welche die Stadt in den Jahren von 1869 bis 1890 eine Bevölkerungszunahme von 45% erfuhr; noch um die Jahrhundertwende konnten dort 15% der Deutschen kein Englisch und brauchten es auch nicht. Loewen war zunächst Zimmermann bei der Michigan Central-Eisenbahn, erwarb aber 1877 eine Farm und nannte sich fortan Bauunternehmer. Anfang der achtziger Jahre schrieb er in einem Brief nach Hause: „Wer in Deutschland auf bessere Zeiten hofft, der wird sich gründlich teuschen. Die Deutschen sind verwegene Gottes Lästerer, und die Regierung Volksschinder. Wer sich fortmacht thut noch am besten Die guten müssen mit den bösen leiden.“

Den Herausgebern des Bandes, dem dieser Brief entnommen wurde, ist es zu danken, daß der Text ohne orthographische und sonstige Eingriffe abgedruckt wurde, und er wird hier auch so wiedergegeben. Die gekennzeichneten Auslassungen beziehen sich auf landwirtschaftliche und familiäre Details.

Maple Grove, Januar 25/80

Liebe Geschwister Schwager und Schwägerinn!

... Die Zeitungen bringen fortwährend traurige Nachrichten von Deutschand und dem übrigen Europa überhaupt. ... Der Cultur Kampf ist noch nicht beendet, und wird auch noch nicht sobald beendet werden. ausgenommen ein neuer Krieg steht wieder vor der Thüre. Bismark unterhandelt nur zum Schein mit Papste. damit im Falle eines Krieges Ihm die Gelegenheit offen bleibt; Frieden mit den Katholicken zu schließen, denn alsdann brauch er Sie ja wieder zum drein schlagen. Sollte darum heute oder Morgen die deutsche Regierung Frieden schließen mit Rom und die unvernünftige Maigesetzte auser Kraft setzen, so kann sich jedes deutsche Menschen Kind darauf gefasst machen, daß abermals ein grausiger Krieg los brechen wird, und dann o wehe Deutschland. denn Ich fürchte daß das deutsche Reich das Ende seiner Tage erleben wird. Obschon Ich schon 23 Jahre in Amerika binn, so denke Ich doch noch mitunter gerne der lieben Heimath wo meine Wiege gestanden, und wo Ich trotz mancher Entbehrungen eine fröhliche Jugend verlebte. gerne verweile Ich in Gedanken bei meinen lieben Geschwistern und Verwanden, und meinen Jugend-Gefährten, so wie an den Grabhügeln meiner seligen Eltern, Schwester und Verwanden und dann schleicht sich ein stilles Wehe in mein Herz, und wahr wird alsdann der Spruch – Ists auch schön im fremdem Lande, doch zur Heimath wird es nie – doch auf einmal zieht an meinem Auge vorüber alle die Plagen und Drangsaalen denen ein armer mittelloser, wenn auch ehrlicher Arbeiter in Deutschland ausgesetzt ist, und dann danke Ich doch dem lieben Gott tausenmal dafür daß Ich dem Lande entronnen binn, das dochnicht im Stande ist seine Einwohner zu ernähren. ja allen, welche den armen Nagelschmiedssohn verachteten sage Ich Dank, denn nur durch die schlechte Behandlung die Mir in Deutschland wiederführ, konnte Ich Mich entschließen die Heimath zu verlassen

Amerika hatte dießes Jahr wiederum einen reichen Ernte-Segen und obschon viele Millionen Buschel Gedreide nach Europa verschifft worden sind, so liegen doch noch ungeheure Vorräthe von Getreide in den Lager häuser der Spekulanten aufgehäuft welche den Preis zum Nachtheil der Käufer in die Höhe schrauben In den Händen der Landwirthe ist wirklich wenig Überschuss mehr vorhanden. … Im Allgemeinen sind Wir sehr zufrieden mit unserer jetzigen Lebens-Stellung, und es hat Uns noch nicht gereuet das Handwerk und das Leben in der Stadt aufgegeben zu haben, denn eine Familie von acht Kindern zu ernähren und anständig zu kleiden in einer großen Stadt, wo oft auch alles theuer ist, ist wirklich nicht leicht zu bewerkställigen Ich wollte das mühsaam Erworbene nicht länger unnothiger Weise aufs Spiel setzen, denn ein Bau-Unternehmer kann manchmal ein schön Stück Geld verdienen, Er kann aber auch das in Jahren gewonnene auf einmal zusetzen, wie es vielen von meinen Kolegen schon pasiert ist. … Bruder Peter habe Ich vor Weihnachten in *Detroit* besucht. Sie sind alle munter Ihre älteste Tochter wird in bälde heirathen. Sein ältester Sohn Franz war Neujahr bei Uns auf Besuch Er war eine Woche bei Uns. Er hat auch schon zwei allerliebste Kinder. … Baldige Antwort erwartend grüßen wir Euch Alle recht herzlich

Elisabetha Löewen
Franz Joseph Loewen

Friedrich Engels
an August Bebel

Engels war 64 Jahre alt und lebte seit seiner Flucht nach dem Pfälzischen Aufstand von 1849 ständig in England. In London war Karl Marx 1883 gestorben und Engels war mit der Herausgabe von Band II des „Kapital" beschäftigt. Bei dem eingangs erwähnten Rodbertus handelt es sich um den 1805 in Greifswald geborenen Politiker und Volkswirtschaftler Johann Karl Rodbertus, der als bürgerlicher Liberaler in zahlreichen Schriften den wissenschaftlichen Sozialismus in Deutschland begründete und dabei in Gegensatz zu Marx geriet. Nicht im Klassenkampf nämlich sah er den Kapitalismus untergehen, dieser sollte vielmehr von Staats wegen durch Vergesellschaftung von Boden und Kapital gezähmt werden.

Im übrigen ist Engels' Brief an Bebel eher eine Tour d'horizon und ein klärender Blick in dem Jahr, in dem das Mitglied des Generalrats der Internationalen Arbeiter-Assoziation in London seine Schrift „Der Ursprung der Familie, des Privateigentums und des Staates" herausbrachte. Von London aus korrespondierte Engels auch unermüdlich mit den Führern der sozialistischen Parteien vieler Länder, wobei er bemüht war, deren Ansichten und Aktionen miteinander abzustimmen.

Der zwanzig Jahre jüngere Bebel war der allgemein anerkannte Führer der deutschen Sozialdemokraten, deren Organisation, Wahlerfolge und parlamentarische Aktivitäten vorbildlich für die anderen Parteien waren. Engels wie Marx sahen in ihm einen der zuverlässigsten Arbeiterführer. Für Marx war er „der klarste Kopf in der ganzen deutschen Partei", und Engels schrieb zu Bebels Silberner Hochzeit: „Ich wenigstens segne noch heute den Tag, wo Du mit mir in regelmäßigen Briefverkehr tratest."

London, den 18. November 1884

Lieber Bebel!

Ich wollte Dir über den Rodbertusschwindel schreiben, aber nun erscheint meine Vorrede zur „Misère de la Philosophie" in der *Neuen Zeit,* und da findest Du das Nötigste besser entwikkelt, als ich es in einem Brief tun könnte. Das Weitere folgt dann in der Vorrede zum „Kapital" II. Buch.

Es ist aber ein anderer Punkt, über den ich Dir sagen möchte, wie ich davon denke, und der mir dringender scheint.

Das ganze liberale Philisterium hat einen solchen Respekt vor uns bekommen, daß es einstimmig schreit: Ja, wenn die Sozial-Demokraten sich auf den *gesetzlichen* Boden stellen wollen, die *Revolution* abschwören, dann sind wir dafür, daß das Sozialisten-Gesetz sofort aufgehoben wird. Es ist also kein Zweifel, daß man Euch diese Zumutung sofort im Reichstag machen wird. Die Antwort darauf, die Ihr gebt, ist wichtig – nicht sowohl für Deutschland, wo unsere braven Jungens sie in den Wahlen gegeben, als für das Ausland. Eine *zahme* Antwort würde den kolossalen Eindruck, den die Wahlen gemacht, sofort vernichten.

Meiner Ansicht nach liegt der Fall so:

Der bestehende politische Zustand in ganz Europa ist das Ergebnis von Revolutionen. Der Rechtsboden, das historische Recht, die Legitimität ist überall tausendmal durchlöchert oder ganz umgestoßen worden. Es ist aber die Natur aller durch Revolutionen zur Herrschaft gekommenen Parteien resp. Klassen, zu verlangen, daß nun aber auch der neue, durch die Revolution geschaffene Rechtsboden unbedingt anerkannt, heilig gehalten werde. Das Recht zur Revolution *hat* existiert – sonst wären ja die jetzt Herrschenden unberechtigt –, aber es soll von nun an nicht mehr existieren.

In Deutschland beruht der bestehende Zustand auf der Revolution, die mit 1848 anfing und mit 1866 abschloß. 1866 war eine vollständige Revolution. Wie Preußen nur durch Verrat und Krieg gegen das deutsche Reich, im Bunde mit dem Auslande (1740, 1756, 1795) zu etwas geworden, so hat es das deutsch-preußische Reich nur zustande gebracht durch gewaltsamen Umsturz des Deutschen Bundes und Bürgerkrieg. Daß es behauptet, die anderen hätten den Bundesvertrag gebrochen, tut nichts zur Sache. Die anderen sagen das Gegenteil. Noch nie hat eine Revolution des Vorwandes der Gesetzlichkeit entbehrt – vide 1830 Frankreich, wo König und Bourgeoisie jeder recht zu haben behauptete. Genug, es provozierte den Bürgerkrieg und damit die Revolution. Nach dem Sieg stürzte es drei Throne „von Gottes Gnaden" um und annektierte die Gebiete nebst dem der exfreien Stadt Frankfurt. Wenn das nicht revolutionär war, so weiß ich nicht, was das Wort bedeutet. Damit nicht genug, konfiszierte es das Privateigentum der verjagten Fürsten. Daß das nicht gesetzlich, also revolutionär, gab es zu, indem es den Akt nachträglich von einer Versammlung gutheißen ließ – vom Reichstag –, der ebensowenig Recht hatte, über diese Fonds zu verfügen, wie die Regierung.

Das deutsch-preußische Reich, als Vollendung des durch 1866 gewaltsam geschaffenen Norddeutschen Bundes, ist eine durchaus revolutionäre Schöpfung. Ich beklage mich nicht darüber. Was ich den Leuten vorwerfe, die es gemacht haben, ist, daß sie nur armselige Revolutionäre waren, nicht viel weiter gingen und gleich ganz Deutschland und Preußen annektierten. Aber wer mit Blut und Eisen operiert, Throne umstürzt, ganze Staaten verschluckt und Privateigentum konfisziert, der soll nicht andere Leute als Revolutionäre verdammen. Wenn die Partei nur das Recht behält, nicht mehr und nicht minder revolutionär zu sein, als die Reichsregierung gewesen, so hat sie alles, was sie braucht.

Vor kurzem hieß es offiziös: die Reichsverfassung sei kein Vertrag der Fürsten mit dem Volk, sie sei nur einer zwischen den Fürsten und freien Städten, die ihn jederzeit durch einen neuen ersetzen könnten. Die Regierungsorgane, die dies lehrten, verlangten also für die Regierungen das Recht, die *Reichsverfassung umzustoßen.* Man hat kein Ausnahmegesetz gegen sie gemacht, sie nicht verfolgt. Nun gut, mehr verlangen wir auch nicht für uns, im alleräußersten Fall, als hier für die Regierungen verlangt wird.

Der Herzog von Cumberland ist der legitime unbestrittene Erbe des braunschweigischen Thrones. Der König von Preußen sitzt mit keinem anderen Recht in Berlin, als der Cumberland in Braunschweig beansprucht. Was man sonst von ihm will, kann man erst beanspruchen, nachdem der Cumberland von seinem rechtlichen, legitimen Thron Besitz ergriffen. Die revolutionäre deutsche Reichsregierung aber verhindert ihn mit Gewalt daran. Neuer revolutionärer Akt.

Wie steht's mit den Parteien?

Die konservative hat den im März 1848 geschaffenen neuen Rechtsboden im November 1848 ohne Zaudern durchbrochen. Sie erkennt den konstitutionellen Zustand ohnehin nur als provisorisch an und würde jedem absolutistisch-feudalen Staatsstreich zujubeln.

Die liberale Partei aller Schattierungen hat an der Revolution von 1848–1866 mitgewirkt und würde sich auch heute nicht das Recht absprechen lassen, einem gewaltsamen Verfassungsumsturz mit Gewalt entgegenzutreten.

Das Zentrum erkennt über dem Staat die Kirche als höchste Macht, also eine Macht, die ihm gegebenenfalls die Revolution zur *Pflicht* machen kann.

Und das sind die Parteien, die von uns verlangen, *wir* sollen, *wir allein von allen,* erklären daß wir *unter keinen* Umständen zur Gewalt greifen, uns jedem Druck, jeder Gewalttat unterwerfen wollen, nicht nur sobald sie nur formell gesetzlich – nach dem Urteil unserer Gegner gesetzlich ist –, sondern auch wenn sie direkt ungesetzlich?

Keine Partei hat je das Recht auf bewaffneten Widerstand *unter gewissen Umständen* verleugnet, ohne zu lügen. Keine hat auf dies äußerste Recht je verzichten können.

Kommt es aber erst darauf an, die Umstände zu diskutieren, für die eine Partei sich dies Recht vorbehält, so hat man gewonnen Spiel. Da geht's vom Hundertsten ins Tausendste. Und namentlich eine rechtlos erklärte, also von oben herab auf die Revolution direkt angewiesene Partei. Solche Rechtloserklärung kann sich täglich wiederholen, wie sie schon einmal gekommen. Einer solchen Partei eine solche bedingungslose Erklärung abverlangen, ist rein widersinnig.

Übrigens können die Herren ruhig sein. Wie die militärischen Verhältnisse jetzt liegen, schlagen wir nicht los, solange noch eine bewaffnete Macht gegen uns ist. Wir können warten, bis die bewaffnete Macht selbst aufhört, *eine Macht gegen uns zu sein.* Jede frühere, selbst siegreiche Revolution brächte nicht *uns* an die Herrschaft, sondern die radikalsten der Bourgeois resp. Kleinbürger.

Im übrigen haben die Wahlen gezeigt, daß wir von Nachgiebigkeit nichts zu erwarten haben, d.h. von Konzessionen an unsere Gegner. Nur durch trotzigen Widerstand haben wir uns in Respekt gesetzt und sind eine Macht geworden. Nur die Macht wird respektiert; und nur solange wir eine sind, respektiert uns der Philister. Wer ihm Konzessionen macht, den verachtet er, der ist schon keine Macht mehr. Man kann die eiserne Faust im samtenen Handschuh fühlen lassen, aber fühlen lassen muß man sie. Das deutsche Proletariat ist eine mächtige Partei geworden, mögen seine Repräsentanten seiner würdig sein.

(Postschluß.)

Dein F. E.

Adolf Lüderitz
an Otto von Bismarck

Bei der Aufteilung Afrikas unter die europäischen Mächte gegen Ende des Jahrhunderts zeigte das Deutsche Reich erst ziemlich spät Flagge. Bismarcks Interessen lagen zu eindeutig auf dem europäischen Kontinent, als daß er bei den englischen und französischen Kolonialerwerbungen mitziehen wollte. Schließlich kam er aber doch nicht umhin, den Schutz des Reiches für eine Reihe von Gebieten zu gewähren, die von einigen Kaufleuten, Forschern und Abenteurern erworben worden waren. Neben Togo und Kamerun galt dies 1848 für Deutsch-Südwest-Afrika, wo der Bremer Großkaufmann Lüderitz bereits ein Jahr zuvor im Hafen von Angra Pequena, der späteren Lüderitzbucht, eine Handelsstation errichtet hatte.

Der fünfzigjährige Kolonialpionier, der sich beim Kanzler gegen den umlaufenden Ausdruck „Sandloch" zur Wehr setzen mußte, hatte in August Einwald vor Ort einen erfahrenen Mitarbeiter, der die Mentalität der Eingeborenen, vor allem ihrer Häuptlinge genau kannte. Da ihm auch der Besitz der Umgebung der Bucht nicht ausreichte, bereiste er auf der Suche nach weiteren ausbeutbaren Bodenschätzen das Landesinnere. Der Versuch, einen Gebietsgürtel von der West- zur Ostküste Südafrikas zu erwerben, scheiterte am Einspruch Englands. Zwei Jahre später ertrank Lüderitz bei der Suche nach weiteren Erzlagern im Oranje.

Die immer wieder ausbrechenden Herero- und Hottentottenaufstände führten 1889 zur Aufstellung einer Schutztruppe, der es erst nach heftigen Auseinandersetzungen gelang, einen vorläufigen Frieden herzustellen. (S. S. 291)

Bremen, 25. November 1884

Hochgebietender Herr Reichskanzler!

Wie ich Euer Durchlaucht bereits telegrafisch mitteilte, erhielt ich heute Morgen aus Durban ein Telegramm von Herrn August Einwald worin derselbe meldet, daß seine Reise erfolgreich gewesen sei.

Am 21. Mai ds. J. machte ich mit H. Einwald einen Kontrakt, dessen Inhalt, der Hauptsache nach, wie folgt lautet:

„Herr Einwald reist auf Kosten des Herrn Lüderitz auf direktestem Wege nach Zululand um dieses, soweit es möglich ist, für Herrn Lüderitz und seine Rechtsnachfolger zu erwerben.

Die Kaufkontrakte mit den in Frage kommenden Zuluhäuptlingen müssen so bündig nach Landesbrauch abgefaßt sein, daß sie von der deutschen Regierung als rechtsgültig anerkannt werden können und sodann der Schutz Deutschlands über dieses Gebiet proklamiert werden kann.

Durch die Kaufkontrakte müssen sämtliche Hoheitsrechte auf Herrn Lüderitz und seine Rechtsnachfolger übertragen werden und derselbe dadurch auch die weitgehendsten Befugnisse zum Betriebe von Handel, Gewerbe, Acker- und Bergbau, sowie zur Anlegung von Straßen, Eisenbahnen, Kanälen, Telegrafen usw. erhalten. Die Häuptlinge müssen sich verpflichten mit ihrer ganzen Macht diese Rechte des Herrn Lüderitz und seiner Rechtsnachfolger, sowie der Angestellten in dessen Diensten, gegen Übergriffe Dritter, Weißer oder Farbiger, zu schützen wenn sie dazu aufgefordert werden.

Bei Streitigkeiten unter sich müssen die Häuptlinge an die Entscheidung S. M. des deutschen Kaisers oder dessen Vertreters appellieren. Sie dürfen ferner, ohne die Einwilligung des deutschen Kaisers, keine Gebietsabtretungen an irgend eine andere Nation oder deren Untertanen machen.

Bei der Erwerbung Zululandes handelt es sich zunächst um das Küstengebiet mitsamt der innerhalb der 3-Seemeilen-Zone liegenden Inseln, Felsen und Riffe.

Zu diesem Küstengebiete muß soviel Inland wie möglich kommen, wenn das ganze Land bis an die Grenzen, Umhlatuzifluß, Transvaal und Amatonga, nicht zu erwerben sein sollte.

Es versteht sich von selbst, daß nur Gebiete erworben werden, welche von keiner anderen zivilisierten Macht als bereits in Besitz genommen reklamiert werden können. Es muß, wie die Engländer es nennen – No-mansland sein."

Darf ich Euer Durchlaucht bitten zu veranlassen, daß auch dieses Gebiet jetzt unter den Schutz S. M. des deutschen Kaisers gestellt wird? Daß mein Bruder am 26. ds. Mts. mit den Damara Kontrakten via Capetown zurückkommt, wird Euer Durchlaucht aus meinem ergebenen Schreiben an das Auswärtige Amt, d. d. 22. ds. Mts. ersehen haben. Ich erwarte denselben noch vor Weihnachten hier.

Gott gebe, daß diese großen, nunmehr für Deutschland gesicherten Gebiete dem Vaterlande von Nutzen sind.

Ich habe die Ehre zu verharren Euer Durchlaucht gehorsamster und treuergebenster

F. A. E. Lüderitz

Philipp zu Eulenburg
an Wilhelm von Preußen

Dieser leicht maliziöse Brief stammt von einer der schillerndsten Figuren der damaligen diplomatischen Szene. Der 1847 in Königsberg geborene Eulenburg war von seinem strengen Vater zum Gardeoffizier bestimmt worden, obwohl es den musischen Sohn zum Künstlertum drängte. Mündig geworden, verließ er die Armee „verbittert durch die Qualen ungerechter und roher Vorgesetzter", holte das Abitur nach, studierte Jura und trat 1877 in den diplomatischen Dienst ein.

1886 lernt er bei einer Jagd den siebenundzwanzigjährigen Kaiserenkel Wilhelm von Preußen kennen, den künftigen Thronfolger. Von Stund an herrscht zwischen ihnen eine innige Freundschaft, wobei auch in späteren Prozessen nie eindeutig geklärt werden konnte, ob Wilhelm II. die homosexuelle Veranlagung Eulenburgs jemals klar geworden ist. Dieser war preußischer Gesandtschaftssekretär in München zu der Zeit, da der bayerische König Ludwig II. entmündigt und sein Onkel Luitpold Regent wurde.

Wie über viele andere Vorkommnisse, unterrichtete Eulenburg den Prinzen und Freund auch über diese tragische Groteske; einen Tag später trug er in einem weiteren Brief den Tod des Königs und seines Arztes im Starnberger See nach.

Eulenburg hatte vor allem nach 1888 als persönlicher Freund und vertrauter Berater bedeutenden Einfluß auf seinen kaiserlichen Freund, der ihn erst fallenließ, als der Publizist Maximilian Harden 1906 den Vorwurf der Homosexualität erhob. 1888, als Bismarck noch der allmächtige Eiserne Kanzler war, hat er laut Harden über Eulenburg vernichtend geurteilt: „Als Politiker nicht ernst zu nehmen. Als Diplomat auf wichtigem Posten nicht verwendbar. Aber sehr schicklich, belesen, liebenswürdig. Augen, die mir das beste Frühstück verderben könnten."

München, 12. Juni 1886

Gnädigster Prinz und Herr!

Euerer Königlichen Hoheit beeile ich mich zufolge des mir gestern Abend zugegangenen Befehls einige Mitteilungen über die hier stattgehabten Ereignisse zu machen, deren Tragik einen starken Beigeschmack von Komik durch die Gefangensetzung der Kommission erhalten hat, die beauftragt war, König Ludwig die Übernahme der Regentschaft durch seinen Oheim anzuzeigen.

Der Wahnsinn des unglücklichen Königs hatte im Lauf des letzten Jahres Formen angenommen, die eine solche Maßregel durchaus erforderten. Personen seiner Umgebung waren daher auf Beschluß des Prinzen Luitpold und des Staatsministeriums eidlich über den Geisteszustand des Königs vernommen worden und eine Kommission von Irrenärzten sprach sich dahin aus, daß der König unheilbar erkrankt und völlig regierungsunfähig sei. Es hatte harte Kämpfe gegeben, ehe der sehr unschlüssige Prinz Luitpold zu einer energischen Aktion gebracht werden konnte, die meines Erachtens mit demselben Recht schon hätte vor einigen Jahren eintreten können. Wir Preußen haben uns jedoch nicht darüber zu beklagen, denn das Ministerium Lutz hat über jedes Lob erhaben, die bayerische Regierung in treu deutschem Sinne geführt – trotz des Widerstandes, den es bei dem die Hohenzollern in seinem Wahnsinn hassenden Könige fand. Nachdem nun seitens des Königs die Anfrage an die Kammern ergangen war, ob sie seine Schulden tilgen wollten und die Vorbesprechung eine völlige Ablehnung ergeben hatte, nachdem der König auf drei schriftliche Vorstellungen des Ministeriums, die das Schärfste waren, was ich je in dieser Art gesehen habe, durch seinen Friseur seine allerhöchste Unzufriedenheit aussprechen ließ und denselben Friseur beauftragte, nach neuen Ministern zu suchen (was dieser im Vollbewußtsein seiner politischen Mission ernsthaft, aber auch besonders elegant coiffiert, tat) – nachdem der König einen Chevauxleger aussandte, um Minister Lutz zu ermorden und den Finanzminister nach Amerika verbannt hatte, sich auch einbildete, daß dies alles geschehen sei – hielt man das Maß für voll und entschloß sich, vorzugehen.

Das geschah vor etwa drei Wochen. Seitdem wurden Gerüchte über eine Verschlimmerung des Zustandes des Königs ausgesprengt und nach zahllosen Beratungen, deren schleppender Gang mich in der Besorgnis, der König könne vor Eintritt der Regentschaft schließlich doch noch in aller Form das Ministerium entlassen und damit den Ultramontanen die Tür öffnen, geradezu in Verzweiflung brachte, wurde endlich der Termin festgesetzt. In auffallender Ungeschicklichkeit auf den 10. Juni, so daß sich zwischen der Proklamation der Regentschaft und der Einberufung der Kammern die beiden Pfingstfeiertage und ein heiliger Benno einschoben.

Prinz Luitpold wollte als ersten Schritt in dieser wichtigen Aktion die Mitteilung seiner Regentschafts-Übernahme an den König haben, der sich die Übernahme des Königs durch die Irrenärzte und die Bekanntmachung der Proklamation anschließen sollte. Dieser Plan war nur dann richtig, wenn die vom Prinzen delegierte Kommission ungehindert zum König gelangen konnte. Ich halte es für sehr fehlerhaft, wenn bei einer solchen Gelegenheit überhaupt die *Möglichkeit* eines Mißlingens vorhanden war. Deshalb hätte *gleichzeitig* mit dem Anlangen der Kommission in Hohenschwangau die Proklamation verkündet, und hätten vorher Militär- und Zivilbehörden von der Übernahme der Regierung durch den Prinzen verständigt werden müssen. Es rächte sich diese Unvorsichtigkeit in höchst bedenklicher Weise.

Am 9. Juni Nachmittag um ½5 stand ein sehr auffälliger Extrazug auf dem Zentralbahnhof. Dann erschien die Kommission, bestehend aus dem Minister des Kgl. Hauses Frh. von Crailsheim, Oberstallmeister Graf Holnstein, Reichsrat Graf Törring, Ministerialrat Rumpler, Medizinalrat Dr. von Gudden (Irrenarzt) nebst einem zweiten Irrenarzt. Abends 11 Uhr traf die Kommission in Hohenschwangau ein. Der König befand sich auf der neuen Burg, während die Herren auf dem alten Schloß abstiegen. In Hohenschwangau war keine Unruhe bemerkbar; die Ankunft schien keinerlei besondere Aufmerksamkeit erregt zu haben. Da aber die Koffer mit den Uniformen der Herren durch Postpferde von der Station nach Hohenschwangau befördert waren – ein neuer Fehler! – trat eine Verzögerung von etwa 1½ Stunden ein. In dieser Zeit war dem

König die Ankunft der Kommission verraten worden. Um 1 Uhr nachts waren die Herren fertig und begaben sich in Equipagen zur neuen Burg. An der Zugbrücke wurden sie von Gendarmen mit aufgepflanzten Bajonetten aufgehalten, die den bestimmten Befehl hatten, niemand einzulassen. Minister Crailsheim wies einen schriftlichen Befehl der obersten Behörden an die Gendarmen vor, die Deputation ungehindert passieren zu lassen. Es war vergeblich. Die Gendarmen drohten von ihrer Waffe Gebrauch zu machen, und die Herren begaben sich in das alte Schloß zurück, wo sie die Kleider wechselten und beschlossen, über die Unmöglichkeit, dem Könige das Schreiben des Prinzen zu übergeben, nach München zu berichten. Als sie sich anschickten, gegen 4 Uhr früh das alte Schloß zu verlassen, fanden sie alle Ausgänge mit Gendarmen besetzt; zugleich wurde auf Befehl des Königs im Ort Hohenschwangau Sturm geläutet und Feuerwehr und Landvolk, mit Äxten und schweren Bergstöcken bewaffnet, zog vor das alte Schloß. Der Gendarmerie-Wachtmeister erklärte die Kommission im Namen des Königs für verhaftet. Er wies jede Rücksicht auf Proklamation und Befehle aus München zurück. Unterdessen langte der Befehl des Königs an, die Hochverräter auf die neue Burg zu transportieren. Etwa um 6 Uhr setzte sich der Zug in Bewegung – nur Ministerialrat Rumpler war es gelungen, hinter einem Felsen zu entkommen. Er irrte in verzweifelter Todesangst durch die Wälder, abseits von den durch wütendes Landvolk gefährdeten Wegen; er wollte die österreichische Grenze erreichen! Dem Zug der Gefangenen voraus ging Feuerwehr und Landvolk, das sich in wachsender Erregung befand, dann eine Abteilung Gendarmen, und zwischen diesen die Gefangenen. Den Schluß bildeten wieder Gendarmen und Landvolk. Auf dem Wege zu der neuen Burg kam ein Chevauxleger dem Zug entgegen, der den Auftrag des Königs überbrachte, die Hochverräter *gefesselt* in das Gefängnis zu werfen. Wegen Mangel an Ketten unterblieb jedoch die Ausführung. Die Gendarmerie sperrte die Gefangenen in die Räume des Torhüterhauses an der Zugbrücke, in einzelne Zellen, die jedoch unter sich Verbindung hatten. Sie übernahm die Bewachung mit geladenen Gewehren. Die Feuerwehr und die Landbevölkerung hielten den Zugang zur Burg besetzt und ihre drohenden Gebärden ließen nur zu sehr den Ernst der Situation erkennen. Ein Befehl des Königs an das Volk, die Hochverräter zu töten, wäre unzweifelhaft zur Ausführung gebracht worden. Glücklicherweise lautete aber der Befehl, Grafen Holnstein und Minister v. Crailsheim die Augen auszustechen und sie totzuprügeln. Das mußten sich die Leute in den Kniehosen doch erst überlegen.

Von ganz bedenklichem Einfluß auf die Stimmung des Landvolks während dieser ersten Stunden war eine Baronin Truchsess, geb. de Sarachaga y Uria, die Gattin des ehemaligen bayerischen Gesandten in Petersburg. Sie ist kinderlos und wegen versetzter Säfte bereits zweimal im Irrenhaus gewesen. Aus demselben Grund ist sie mannstoll in den König verliebt. Sie hatte sich, um dem Geliebten näher zu sein, eine Villa bei Hohenschwangau gemietet. Die arme Frau, die von den Absichten der Münchner Regierung Kenntnis hatte, hielt sich seit mehreren Tagen vor der neuen Burg auf und fanatisierte nun die Bauern, als die Hochverräter wirklich anlangten. „Ihr habt nur einen König, Bauern! – Schützt meinen Ludwig! – schlagt die Hochverräter tot!" – so gellte es in den Ohren der unglücklichen Gefangenen, und Minister Crailsheim dachte mit Schaudern daran, daß er noch vor 14 Tagen mit dieser Frau quatre mains in ihrem Salon gespielt hatte.

Etwa um 8 Uhr morgens fragten die Gefangenen an, ob sie ihre Koffer erhalten könnten? Der König ließ ihnen sagen, für Hochverräter sei ihre schäbige Kleidung recht, sie brauchten keine Uniformen.

Während dieser Vorgänge hatte der König den Befehl gegeben, ein Bataillon Jäger sofort aus Kempten nach Hohenschwangau zu dirigieren. Das Telegramm war zufolge ministerieller Weisung, wie alle andern aus der neuen Burg abgesandten, zurückgehalten worden. Erfolgreicher war sein Befehl an seinen Flügeladjutanten, Grafen Dürkheim, sofort zu erscheinen, um ihm beizustehen. Der Graf machte sich eiligst auf den Weg, negierte die Proklamation, gab den unsinnigsten Wünschen des Königs nach und wurde gestern abend, als er auf direkte Weisung des Prinzen Regenten endlich wieder hier anlangte, verhaftet. Er tut mir leid, denn er bildet sich fest ein – ohne den König seit Jahren gesehen zu haben – daß er nicht völlig wahnsinnig ist. Ich habe ihn vor 8 Tagen nach zweistündiger Unterhaltung bewogen, nicht damals schon, ungerufen, zum König zu gehen und ihm die Regentschaftspläne mitzuteilen. – Dieser letzte Hilferuf des unglücklichen Königs hat ihn völlig alle Fassung verlieren lassen!

Den Gefangenen war es durch Vermittlung von Lakaien, die den Grafen Holnstein zu gehorchen gewohnt sind, gelungen, Depeschen nach München abzulassen, die den Regenten und die Minister in die größte Ratlosigkeit versetzten. Erst um 2 Uhr nachmittags, nachdem der Bezirkshauptmann durch die Mitteilung der Proklamation Einfluß auf die Gendarmerie gewonnen hatte, wurden die Gefangenen heimlich freigelassen, und zwar in einem Augenblick, als Baronin Truchsess mit Essen beschäftigt war und auch die auf dem Hofe versammelten Landleute ihre Aufmerksamkeit dem Bier mehr als der Zugbrücke zugewendet hatten. Diese Entweichung, die in fliegender Eile vor sich ging, war wiederum ein höchst bedenklicher Moment. Denn wären die „Hochverräter" fliehend aufgeregtem Landvolk begegnet, würden sie unfehlbar umgebracht worden sein. Die Flucht aber glückte vollkommen, und als sie den am Fuß des Berges bereitgehaltenen Wagen bestiegen, eilte aus dem Gebüsch auch Ministerialrat Rumpler herbei und schwang sich auf den rettenden Wagen.

Ich hatte von diesen Ereignissen, die in München peinlich verschwiegen wurden, Kenntnis durch einen Telegraphenbeamten erhalten, der mir aus Verehrung und Freundschaft sein Geheimnis verriet. (Ich bitte wegen dieser illegalen Art untertänigst um Vergebung.) Da sich die Situation in Hohenschwangau stündlich verschlimmern konnte, hielt ich es im Interesse des Dienstes für angezeigt, schleunigst dahin abzufahren. Ich verabredete mit dem Gesandten eine Chiffre und begab mich unter fremdem Namen am 10. Juni Vormittag auf die Reise. Als ich eine Stunde hinter Peißenberg einen Berg hinauf langsam neben meinem Wagen schritt, erschien ein Vierspänner, der sechs leichblasse Männer enthielt – es war zu meiner Freude die lebendige und vollzählige Kommission. Ich wendete mein Fuhrwerk und brach der etwaigen Annahme, daß ich Spionier-Anschläge vorhatte – was man uns Preußen als geringstes Verbrechen bekanntlich gern vorwirft! – die Spitze ab, indem ich den Herren mitteilte, wie die preußische Gesandtschaft zu eng mit den Interessen der hiesigen Regierung verwachsen sei, um sich nicht persönlich überzeugen zu müssen, welches das Schicksal der bedrohten Kommission sei. Man dankte gerührt – und teilte mir auf dem Heimweg, den wir gemeinschaftlich zurücklegten, alle détails mit, die ich vorstehend Euerer Königlichen Hoheit mitzuteilen die Ehre hatte.

Die Kommission befand sich bei ihrer Ankunft in Peißenberg in einer desolaten Verfassung. Sie hatten seit 11 Uhr in voriger Nacht nichts genossen, da sie in der Besorgnis, von den Bauern umgebracht zu werden, nirgends unterwegs einzukehren wagten. In Peißenberg im Bauernwirtshaus gab es nur Rührei; das wurde in fabelhaften Quantitäten verschlungen und gab den hohen Würdenträgern allmählich die Haltung wieder, die sie gänzlich verloren hatten.

13. Juni 1886

Zu meinem großen Bedauern mußte ich gestern den Brief abbrechen, da unaufschiebbare dienstliche Anforderungen an mich herantraten. Der Vorstand der Gesandtschaftskanzlei war vorgestern mit wichtigen Aktenstücken nach Berlin abgegangen. Unser neuer Attaché, Lieutenant von Döring, ist noch nicht eingetroffen. – Es ruht denn auf meinen Schultern allein die Arbeit, die in diesen bewegten Tagen zu kaum zu bewältigender Höhe anschwoll. Ich erlaube mir nun untertänigst, den Schluß des Dramas mitzuteilen.

Nach Ablösung der Gendarmerie hatte man die neue Burg Schwanstein gänzlich abgesperrt. Graf Dürkheim wurde vom Prinzen Regenten am 9. Juni zurückberufen, bei seiner Rückkehr, die erst am 10. abends erfolgte, auf dem Bahnhof verhaftet. Der König, der seine völlige Einschließung am 10. erkannte, ließ es geschehen, daß die am 11. nach Hohenschwangau zurückgekehrten Irrenärzte bei ihm eintraten – er hatte vorher schnell 6 Glas Cognac hinuntergestürzt, um sich Mut für den Anblick der fremden Menschen zu schaffen. Dr. v. Gudden, ein ruhiger, sehr sympathischer Mann, bat den König zu ruhen, er sei Arzt und wisse, daß der König dieser Ruhe bedürftig sei. Der König folgte dieser Bitte und bestieg auch gestern früh willig den Wagen, der ihn nach Schloß Berg führen sollte. Er hat Dr. v. Gudden in sein Vertrauen gezogen und bespricht mit ihm seine politischen Pläne. Dr. Gudden erklärt den unglücklichen Monarchen für absolut unheilbar. Mittags 1 Uhr traf der König in Berg ein. Baron Washington hat den Dienst bei ihm übernommen; Gudden bleibt vor der Hand im Schloß. Ich will heute nach Berg, um Gudden zu sprechen – ich möchte erfahren, wie es Dürkheim möglich war, unter so traurigen Verhältnissen den Gedanken aufrecht zu halten, daß der König *nicht* geisteskrank ist.

So hat eine der eigentümlichsten Situationen ihr Ende erreicht. Es hat an einem Haar gehangen, daß durch eine Katastrophe in Hohenschwangau die Meinung sich Geltung verschafft hätte, als wäre der König widerrechtlich und gewaltsam beseitigt worden: Schon die überaus komisch-tragischen Vorfälle haben die Gemüter sehr beunruhigt. Die süddeutsche Gemütlichkeit hätte sich leicht in die Nesseln setzen können, denn nur dem Zufall, daß Baronin Truchsess ein Butterbrot aß und die Bauern ein Fäßchen Bier auflegten, ist es zu danken, daß die „Hochverräter" entkamen und die Bauern sich darum wieder beruhigten. Am Abend wäre nach dem üblichen Biergenuß der ganze Schwangau und Schongau in Aufruhr gewesen.

Wie ich höre, wird am 19. Schluß des Landtages sein. Vorher findet eine feierliche Proklamierung des Regenten durch die beiden Häuser statt. Ich werde mir erlauben, Euere Königliche Hoheit telegraphisch genauer darüber zu unterrichten, da es möglicherweise nicht angenehm wäre, daß Euere Königliche Hoheit zu derselben Zeit München passierten. Ich vermute, daß Euere Königliche Hoheit in München eine Rast machen und möchte untertänigst anheimgeben in Erwägung zu ziehen, ob Euere Königliche Hoheit nicht bei dieser Gelegenheit dem Prinzen Regenten einen kurzen Besuch abhalten wollten. Ich bin überzeugt, daß ein solcher Schritt im ganzen Land den allergünstigsten Eindruck machen würde.

Schließlich wage ich Euerer Königlichen Hoheit die Bitte auszusprechen, diesen meinen Bericht – aus Euerer Königlichen Hoheit wohlbekannten Gründen – gnädigst nur ganz privat und vertraulich auffassen zu wollen.

Ich verharre in tiefster Ergebenheit stets als Euerer Königlichen Hoheit dankbarer, untertänigster Diener

Philipp Gf zu Eulenburg

Peter Rosegger
an Friedrich von Hausegger

Fast auf den Tag genau einen Monat nach der Niederschrift dieses Briefes wurde im österreichischen Braunau Adolf Hitler geboren; ihn beeinflußten nach der Jahrhundertwende noch nachhaltig die antisemitischen Ideen der deutschnationalen Bewegung, der auch der Empfänger dieses Briefes nahestand.

Hausegger war ein 1837 in Kärnten geborener Jurist, der sich 1872 an der Grazer Universität als Privatdozent für Geschichte und Musiktheorie habilitierte. Er gründete die nationale Tageszeitung „Deutsche Presse" und schrieb in der Tradition des österreichischen Politikers Georg Ritter von Schönerer, auf dessen Rassenantisemitismus sich Hitler in „Mein Kampf" beruft. Außerdem war der Musikgelehrte Hausegger leidenschaftlicher Wagnerianer; den nur mäßig musikalischen Freund Rosegger, mit dem er im Grazer „Krug zum grünen Kranz" regelmäßig zusammentraf, zum Genius des Bayreuther Meisters bekehrt zu haben, hat er sich stets hoch angerechnet.

Rosegger seinerseits hing zwar auch antisemitischem Ideengut an, verdankte aber als 1843 geborener armer Waldbauernbub und Hirtenknabe „edeldenkenden" Juden zu viel, um nicht zu Differenzierungen bereit zu sein. Beide Männer, der eine kraß, der andere nachdenklicher, vertraten jene nach 1880 in Österreich immer einflußreichere Spielart eines rassisch und politisch begründeten Antisemitismus, der in der Christlich-Sozialen Partei des österreichischen Politikers Karl Lueger propagiert wurde. Derlei Gedankengut war weit verbreitet in diesen Jahren; und selbst ein so abwägender konservativer Geist wie der Schweizer Jacob Burckhardt schreibt von dem „wachsenden Widerwillen gegen die allmächtigen Juden und deren durch und durch käufliche Presse".

Graz, 19. März 1889

Lieber Freund!

Wir beide verfolgten von jeher die Antisemitenbewegung mit größtem Interesse. Wir erwarteten ursprünglich von ihr, daß sie uns von dem unmoralischen Einfluß, den das Judentum auf unser Volk übt, befreien würde. Ich fühlte mich nach kurzer Zeit enttäuscht und der Ausdruck dieser Enttäuschung hat mir seinerzeit eine rohe Verfolgung gebracht. Ich verwand sie, ich suchte für die antisemitische Bewegung Sympathie zu gewinnen, denn ich sehe ja auch den Schaden, den die Juden in Volkswirtschaft und Presse angerichtet haben und war meine Feder in Bekämpfung der Korruption schon nicht eine der kräftigsten, so gewiß eine der mutigsten. Mich hat die Judenpresse protegiert, da ich noch schriftstellerischer Neuling war, als sie aber meine Grundsätze merkte, begann sie mich sehr geringschätzig zu behandeln und endlich totzuschweigen. Das macht nichts, das entscheidet nichts. Ich strebte leidenschaftslos und selbstverleugnend zu sein und hätte mit den Antisemiten Gemeinschaft gehalten in Bekämpfung der *bösen* jüdischen Eigenschaften. – O welch ein Idealist! Immer klarer sehe ich nun, daß der heutige Antisemitismus zwar die Juden vertilgen will, um aber sich selbst mit seinen rohesten Leidenschaften und abscheulichen Lastern an deren Stelle zu setzen. Wenn die Juden schlecht sind, das regt mich noch nicht so auf, aber wenn es die Christen sind, meine eigenen Volksgenossen, solches macht mich oft traurig, daß ich weinen möchte.

Ich nahm mir oft vor, kein antisemitisches Blatt mehr zu lesen, aber ich sehe in diesen die neue Weltrichtung, die Zukunft; wer Kinder hat, der *kann* nicht gleichgültig bleiben. Was nun aber die antisemitischen Blätter treiben, das ist ganz abscheulich. Man sieht es wohl, daß alle edleren Geister sich ihnen fernhalten, denn so schreit und lästert und benimmt sich nur ein fanatisierter Pöbel. Diesem mir bisher ganz unerhörten Haberfeldtreiben gegenüber benehmen sich die Judenblätter wie anständige, gebildete Leute. Für den ernst Prüfenden ist es unendlich schwer, es mit der Rohheit zu halten, die zudem an List und Falschheit den Juden nichts nachgibt.

Wenn die Antisemiten siegen, was haben wir zu erwarten? In sittlicher Beziehung nichts, denn wir sehen, daß ihnen nach ihrem heutigen Geiste kein Mittel zu schlecht ist, um ihre Ziele zu erreichen. In wissenschaftlicher Beziehung nichts, denn sie sind gegen die Schule und halten es vorläufig mit den Klerikalen. In künstlerischer Beziehung nichts, denn sie arbeiten auf die Verrohung des Lebens hin, in der nur physische Kraft und Gewandtheit entscheidend ist. In politischer Beziehung ist der Anschluß an das Deutsche Reich projektiert. Und selbst wenn der Antisemitismus wirklich praktische Vorteile brächte, so ist mir das zu wenig, ich will im Menschen auch ein ideales ethisches und ästhetisches Leben, welches die nationale Idee zwar in sich faßt, aber über dieselbe hinausgeht.

Weil der Antisemitismus heute vor allem durch bildungslose, rohe Massen großer Städte vertreten wird, weil alle feiner gearteten Naturen sich von dieser wilden Bewegung zurückgescheucht fühlen, darum fürchte ich sehr, daß sie großes Unheil stiften wird, und das macht mich oft so traurig.

Sie sagen vielleicht, verehrter Freund, daß ich den Antisemiten gegenüber etwas zu schwarz sehe. Ja, der Antisemitismus, wie wir ihn in der Weinstube pflegten, ... ist ein platonischer, ein olympischer. Ich hatte in letzter Zeit mehrmals Gelegenheit, in Wien den antisemitischen Pöbelhaufen zu beobachten. Leute, die heute von den Antisemitenführern als Musterchristen und Musterdeutsche gepriesen werden. Es wäre für mich ganz unmöglich, mit solchen Elementen Gemeinschaft zu halten. Wer soll sich nicht freuen darüber, daß jüdische Korruption zurückgedrängt wird! Nur dafür keine arische! – Poeten, Philosophen und Künstler stehen über den Parteien! Ja, aber für die Länge ist das langweilig. Man möchte doch auch gerne etwas Gutes in realem Sinne leisten. Aber wo ist die Partei, mit der man gehen möchte? Man kommt immer wieder zur Partei der Unparteiischen zurück und die wird für uns wohl doch am besten sein.

Eben kommt der „Kyffhäuser", welcher in seinem ersten Aufsatze alle Juden und Judenknechte für *hohnfrei* erklärt. Weil jeder, dem das Wort „Saujud" nicht geläufig ist und der die Juden sozusagen noch für Menschen hält, als Judenknecht gilt, so sind wir beide auch „hohnfrei". Jeder kann uns also öffentlich und privat höhnen, schmähen, ins Gesicht speien wie er will, wir sollen hohnfrei, schutzlos sein.

Ja, eine solche Bewegung hat ihre natürlichen Ursachen, ist also berechtigt, aber erfreulich oder gar nachfolgenswert ist sie nicht. Ich beklage es tief, in einer solchen Zeit zu leben. Ich hatte bisher gemeint, Falschheit wäre das Schlimmste. Aber Gemeinheit ist noch schlimmer.

Sollten Sie *heute* abend Lust haben, um 8½ Uhr in die Weinstube zu kommen, so würde es mir eine Freude sein, hinzugehen. In diesem Falle würde ich um Nachricht bitten.

Ihr *Rosegger*

Friedrich von Holstein
an Ida von Stülpnagel

Zehn Jahre zuvor, war der Diplomat im Auswärtigen Amt ein Protegé Bismarcks gewesen, doch hatte das Verhältnis seit einiger Zeit eine gewisse Abkühlung erfahren; nun war der Sturz des Kanzlers nurmehr eine Frage von ein paar Monaten. Auch sah der zweiundfünfzigjährige, aktenkundige, sich gern fädenziehend im Hintergrund haltende Geheimrat die Notwendigkeit eines neuen Kurses kommen. Dieser brachte denn auch unter dem Kanzler Caprivi in der Wirtschafts-, Sozial- und Kulturpolitik neue Akzente, die einerseits dem Zeitgeist vorsichtig entgegenkamen, andererseits den Konstitutionalismus zu wahren suchten.

„Die Konstantinopler Reise" des Kaisers fand Anfang November statt; Holstein hat sich ihm nie angedient, war vielmehr ein enger Berater des späteren Reichskanzlers von Bülow auch nach seiner eigenen, Holsteins, Entlassung 1806. Als er den Schaden bemerkte, den das sehr persönliche Regiment des Kaisers anrichtete, unterstützte er den Publizisten Maximilian Harden bei seinen Attacken gegen von Eulenburg und andere. Harden war es auch, der Holstein den zweifelhaften Titel einer „Grauen Eminenz" verlieh.

Über das Verhältnis Kaiser-Bismarck schreibt Fontane einen Tag nach dem auf S. 300 aufgenommenen Brief an Georg Friedländer: „Ich bin kein Bismarckianer, das Letzte und Beste von mir wendet sich von ihm ab, er ist keine edle Natur; aber die Hohenzollern sollten sich nicht *von ihm abwenden, denn die ganze Glorie, die den alten Wilhelm umstrahlt – und die noch dazu eine* reine *Glorie ist, weil das Häßliche davon an Bismarcks Händen kleben blieb – die ganze neue Glorie des Hauses verdankt das Hohenzollernthum dem genialen Kraftmeier im Sachsenwald."*

Auswärtiges Amt Berlin, Mittwoch 13. 11. 1889

Liebe Ida,

Ich wünsche Dir ein gesundes und sorgenfreies Jahr – Dir und den Deinigen.

Vor einigen Tagen hätte ich mich aus Mangel an Zeit auf ein Telegramm beschränkt. Heute, wo der Staatssekretär wieder da ist, habe ich eine Portion freie Zeit. Man hört jetzt natürlich viel von der Konstantinopler Reise [...]

Um von Ihrer Majestät auf den Gemahl zu kommen, so bin ich recht zufrieden mit dem, was ich sehe. Zunächst hat er, bei sehr liebenswürdigen Formen, die für einen Souverän wünschenswerte Eigenschaft herzlos zu sein. Eine Günstlingswirtschaft wird man deshalb unter ihm nie zu befürchten haben.

Er liest nicht gern Akten, dafür aber stundenlang Zeitungsausschnitte. Militärische und auswärtige Dinge interessieren ihn, die andern weniger, der sozialen Frage wendet er aber Interesse zu. Er wünscht da eine Verbesserung des Loses der Arbeiter, während der Kanzler nach längerem Schwanken sich starr auf die Seite des Arbeitgebers gestellt hat. Ich selber verstehe von dieser Frage nichts, sehe aber, daß der Kanzler mit seiner Auffassung isoliert steht. Äußerlich freilich wagt kein Minister oder sonstiger Beamter ihm entgegenzutreten.

Unter der Oberfläche ist ein starker Antagonismus zwischen dem Kaiser und dem Kanzler, welcher 10 Jahr lang als Kaiser regiert hatte und sich jetzt nicht an die Unterordnung unter Seine Majestät gewöhnen kann. Sobald der Kaiser in irgendeiner Frage selbständig Stellung nimmt, nimmt der Kanzler eine andre Stellung zu derselben Frage und bemüht sich, ohne direkten Widerspruch, den Kaiser ad absurdum zu führen. Dagegen läßt er den Kaiser ruhig gewähren, wenn der Dinge fordert, die seine Popularität beeinträchtigen müssen, wie die Yacht für 4½ Millionen und das Frankfurter Postschloß für 2½.

Indessen muß man das alles mit einiger Philosophie ansehen, damit nicht das bißchen Leben vorübergeht in nichts als Ärger. Man tut, was man kann, um die Dinge glatt zu halten, und sucht sich übrigens einen sorglosen Winkel im Gemüte zu bewahren – was ich Dir auch wünsche.

Fritz

Franziska zu Reventlow
an Emanuel Fehling

Mit neunzehn Jahren schrieb die spätere „Schwabinger Gräfin" diesen Brief an den zwei Jahre jüngeren Lübecker Senatorensohn, Oberprimaner am dortigen Catharineum und Mitschüler Heinrich Manns. Beider Eltern waren geachtete Bürger: Franziskas Vater war bis 1899 Landrat des Kreises Husum gewesen, der von Emanuel Fehling war Rechtsanwalt und Notar und wurde wenige Jahre später Senator der Freien und Hansestadt. Bruder Jürgen, der spätere genialische Regisseur, war damals erst fünf Jahre alt.

Franziska zu Reventlow liest heimlich moderne Literatur: Ibsen, Strindberg, Dostojewski, Zola, Hauptmann, auch Bebel, Lassalle und Nietzsche und holt sich so erste Argumente gegen die verhaßte bürgerliche Lebensform des Elternhauses. 1892 mündig geworden, verläßt sie es und geht nach München, um Malerei zu studieren. Hier lebt sie zunächst von mäßig bezahlten Übersetzungen, lernt die Münchner Boheme kennen und erfährt im rauschhaften Taumel Schwabinger Feste ihre ersten Anfälle existentieller Einsamkeit. Sie gewinnt Freunde, etwa Ludwig Klages und Karl Wolfskehl, und bekommt 1897 einen Sohn, dessen Vater sie verschweigt: „Mein Kind hat keinen Vater, es soll nur mein sein", sagt die Hauptfigur ihres autobiographisch getönten ersten Romans „Ellen Olestjerne", der 1903 erscheint.

Ihre ohne größere literarische Ansprüche geschriebenen Romane, ihr Tagebuch, vor allem aber ihre Briefe, verraten viel von der Müdigkeit, der Orientierungslosigkeit und dem Aufbegehren der Jugend im ausgehenden Neunzehnten Jahrhundert.

Lübeck, 30.4.90, 8 Uhr

Lieber Emanuel.

Ich brauche Ihnen wohl kaum zu sagen, *wie* ich mich freute, Sie zu sehen, haben Sie sehr vielen Dank dafür, wie auch für Ihren lieben Brief. Wie ich von der Marienkirche – der treuen Hehlerin unserer Sünden – zurückkam und zur Post ging, begegnete ich den beiden Mesmers, ging dicht an ihnen vorbei, aber sie erkannten mich nicht, darauf zum Dom, wo ich Ihre Zeilen las; war in der Stunde natürlich wieder ganz zerstreut und gestaltete den armen Apollo von B. zur schrecklichsten Grimasse, auf dem Rückweg wieder unerkannt Anni Mesmer begegnet. – Verzeihen Sie die Kleckse, Catty kam eben herein und ich verbarg den Bogen eiligst. Ich erzählte C. eben von A. Cossel, er blieb ganz gefaßt und erklärte nur, es ginge nicht wieder; ich schlug ihm das Gewerbemuseum vor, aber auch das zog nicht recht.

Hat Catty Ihnen übrigens von unserem Besuch im Gewerbemuseum mit Marga Plato erzählt??

Wenn Sie nächsten Mittwoch wieder kommen könnten, das wäre zu herrlich, dann komme ich etwas früher und die M. K. ist wieder unser Asyl; ich hoffe nur, Sie sind noch zur rechten Zeit zum Futter gekommen; es würde mir leid tun, wenn Sie meinetwegen irgendwelche Unannehmlichkeiten hätten.

Nun muß ich zum Tee und nachher an einem entsetzlichen schwarzen Strumpf stricken. – Ihre Hyazinthe blüht noch immer und erfreut mein Auge und Herz.

10 Uhr

Nun ist des Tages Last und Hitze zu Ende, ein wohltuendes Gefühl! Mir wird jeder Tag des häuslichen Lebens zu einer *mühsam* getragenen Last, für die ich alle Kraft, die ich nur besitze, anwenden muß, um nicht zusammenzubrechen. Abends bin ich dann vollkommen fertig und ganz entmutigt. Vorm Hinaufgehen umwandle ich noch mit Nelly den Hof, im schönsten Mondschein.

Was übrigens Ludwig und das düstere Geheimnis anbetrifft, so muß ich Ihnen doch noch sagen, daß L. vollkommen im Recht ist und ich das Verhalten meiner Eltern sehr unbegreiflich und sehr herzlos finde. Mir tut L. unendlich leid, er ist für mich immer so rührend gut und diesmal besonders, er verehrt unseren Vater aufs tiefste und wird von diesem meistens mißverstanden. Ich plane jetzt für Anfang nächster Woche wieder eine Expedition zu Manhards, weiß aber noch nicht recht, wie es zu machen. Gott sei Dank, daß morgen der 1. Mai ist, welcher es mir ermöglicht, wenigstens einen kleinen Teil meiner Schulden zu tilgen; es ist sonst zu besorgen, daß meine Eltern während meines Fortseins Rechnungen bekommen oder so etwas. Gute Nacht für heute, lieber E.

1. Mai ½10 Uhr morgens

Nach einem öden Greis-Gang und darauf folgendem Donnerwetter von M. suche ich im Schreiben an Sie Erholung. Was Sie in Ihrem Brief über das Recht der Frau sagen, dem stimme ich vollkommen bei. Eine öffentliche Stellung der Frau würde ziemlich undurchführbar sein; wenn man sich z. B. Frau Messmer als Bürgermeister vorstellt – es würde auch kaum irgendeine Frau sich dafür eignen, es würde eben lächerlich sein. Aber die Frau müßte als dem Manne gleichberechtigt existieren und dieselbe Bildung haben können, die Mehrzahl würde allerdings gerne darauf verzichten und das schadete denn ja auch nichts. Und vor allem die gesellschaftliche Freiheit – diese Beschränkung ist unerträglich und überhaupt unter aller Menschenwürde. Meiner Meinung nach würden durch eine gemeinsame Schulbildung und völlig zwanglosen Verkehr viel gesündere Verhältnisse entstehen; die jetzigen in der Gesellschaft sind doch durch und durch krank. Die weibliche Erziehung ist eben das Unsinnigste, was es gibt; ich kann Ihnen als Beispiel anführen, was ich an mir selber erfahren habe.

Ungefähr bis 14 Jahre durfte ich mit Catty und unseren gemeinsamen Freunden in allen Freistunden herumlaufen – das war ganz richtig und gut –

Dann hieß es auf einmal, nun bist Du zu groß und mußt ein junges Mädchen werden; ich mußte also außer den Stunden in der Wohnstube sitzen, nähen und stricken. Natürlich wehrte ich mich mit Händen und Füßen, benutzte jede Gelegenheit wegzulaufen und es konnte eben kein Mensch mit mir fertigwerden, die Lehrerin kündigte und ich wurde nach Altenburg geschickt, wo ich eben herausgeworfen wurde. Sie machen sich gar keinen Begriff, wie mit solch unglücklichen Backfischen zu Hause und in Pensionen verfahren wird, ihnen werden die unnötigsten uninteressantesten Kenntnisse eingetrichtert, furchtbar viel Religion, Grammatik, Handarbeiten und Klavier. Sie sollen gewaltsam in eine Schablone gepreßt werden; was dabei herauskommt, können Sie an den Durchschnitts-jungen Mädchen und -Frauen sehen, ungebildete, bleichsüchtige, spitzenklöppelnde, interessenlose Geschöpfe; die, wenn sie sich verheiraten, in Haushalts- und Kindergeschichten aufgehen und ihrem Mann unmöglich etwas sein können, als eben seine Hausfrau – bleiben sie ledig, so entsteht aus ihnen die Sippe der unleidlichen alten Jungfern, über die sich alles lustig macht, deren Wirkungskreis in Kaffeeklatsch und Diaspora besteht.

Es liegt eben darin, daß man die Frau nicht als Selbst, nur als wesenloses Geschöpf betrachtet. Ist das nicht himmelschreiendes Unrecht? Es gibt ein Gedicht über den Beruf des Weibes, darin kommt folgende Stelle vor, die schildert, wie sie ihren Mann, wenn er nach Hause kommt, empfangen soll:

„Sie geht entgegen ihm, trocknet ihm
das Gesicht
Macht ihm den Sitz zurecht und bringt
sein – Leibgericht!"

Darin ist so ungefähr das enthalten, worauf wir erzogen werden, Beruf und Lebenszweck. –

Wie schwer, ja fast unmöglich es ist, sich gegen dieses Schablonen-Verfahren zu wehren, sich selbst geistig zu erziehen und weiterzubilden, das können Sie sich denken; aber ich kann mich dem nicht fügen, das ist mir unmöglich.

Was ich bei Ibsen besonders liebe, ist seine schöne, edle Auffassung des Weibes und der Ehe. In unserer Gesellschaft findet man es fast nie, daß Mann und Frau wirklich innerlich zusammenleben, das ist ja auch unmöglich, wenn die Frau einen so weit geringeren Bildungsgrad hat. Da heißt es immer „das verstehst Du nicht, das ist nichts für Dich", sehen Sie die Summe von dem, was ich für die Stellung der Frauen für erstrebenswert halte, ist Freiheit des Verkehrs und die Möglichkeit einer wissenschaftlichen und künstlerischen Bildung;

letztere ist, wie Sie wissen, mein Ziel; sagen Sie mir gelegentlich Ihre Meinung darüber. Unsere aristokratische Verwandtschaft – wie Catty sagt, eine infame Bande – findet dergleichen unmöglich.

abends 8 Uhr

Sie glauben nicht, was das für eine Wonne für mich ist, wenn ich in Holstein bin, diese Art Leute vor den Kopf zu stoßen; dieselben leiden nämlich auch sehr an Standesvorurteilen, ich errege dann durch Tat und Wort vielen Anstoß; meine Altenburger Exkludierung wird mir auch sehr übel genommen, daß ich solche *Schande* auf die Familie gebracht habe.

Die traurigen Leute sind alle sehr orthodox und sehr gute Gesellschaft. Die Töchter, ohne Ausnahme nette Mädchen, werden vor der Lektüre von Büchern, in denen das Wort Liebe vorkommt und vor jeder Berührung mit jungen Herren mit Todesangst behütet – außer auf den Bällen, deren es circa 20 im Winter gibt und zu denen die Mütter dann mit ihren Töchtern und einem Altar in der Tasche hinfahren.

Während die unglücklichen Schlachtopfer arglos sich amüsieren, sitzen die Mütter in langen Reihen umher, beobachten mit mehr wie Argusaugen, wer wem die Cour macht etc. und tun ihr möglichstes, um Partien zu machen. Was sie darin in einer Ballsaison zustande bringen, ist unglaublich. Glauben Sie nicht, daß das karikiert und übertrieben ist, es ist traurige elende Wahrheit. Ist es da nicht natürlich, daß man sich aus diesem Schein- und Lügenwesen herausarbeiten, sich freimachen will? und dabei vielleicht zu ungestüm vorgeht.

10 Uhr

Mein Vater ist heute abend bei Manhards gewesen und ist nichts weiter erfolgt; daraus kann man schließen, daß R. und K. uns doch nicht bemerkt haben. Könnten wir uns vielleicht Montag treffen? Wir essen jetzt immer um 4, ich würde dann circa ½5 hier weggehen, zum Heiligen Geist kommen, wo uns nicht so leicht jemand stört; wenn Sie um 5 essen, wäre doch immer ein Augenblick, es ist ja so dicht bei Ihrem Hause, freilich kann meinerseits immer leicht etwas dazwischen kommen und ich kann nie für mein Eintreffen bürgen.

Als Vorwand benutze ich ein Bild, das ich von Natalie zum Kopieren geliehen habe. Ich habe heute mit unheimlichem

Fleiß gemalt, abends gingen C. und ich noch aus und versenkten uns in Husum-Erinnerungen; bei Adele Oppenheimer war anscheinend großer Diaspora-Kongreß, so daß wir mit großem Gelächter vorbeiwankten.

Eben kommt meine Mutter herauf, da muß ich das Licht ausmachen und schlafen gehen, ich träume mit großer Konsequenz von Ihnen.

Arthur Schnitzler
an Marie Glümer

Der Arzt und angehende Dichter Schnitzler ist siebenundzwanzig Jahre alt, als die sechzehnjährige Marie („Mizi") Glümer ihn in seiner Praxis aufsucht. Er weiß, daß sie bereits zwei Liebhaber gehabt hat – nach den Maßstäben der damaligen Moral und insbesondere der Wiener Gesellschaft ist sie eine „Gefallene". Der in Liebesdingen recht exaltierte Schnitzler ist gerade von seinen „aktuellen" Freundinnen gelangweilt, ihm gefällt das „süße Mädl mit den Wunderaugen" aus dem Kleinbürgertum, das – wie gehabt – zur Bühne drängt. Sie drängt aber auch, nicht zuletzt wegen ihrer Erfahrungen, nach einer Weile auf eine Ehe und auf dem Ohr hört der „Mißtrauensvirtuos" Schnitzler nun wahrlich schlecht. Erstens will er überhaupt nicht heiraten und zweitens natürlich keine solche. Als Dichter mag ihm die doppelte Moral des Milieus zur Zielscheibe dienen, als Mann gehorcht er ihr.

Von Salzburg aus, wo die nicht eben bedeutende Schauspielerin engagiert ist, wirft sie brieflich noch einmal die Heiratsfrage auf und erhält die folgende Antwort ihres im übrigen seinerseits hocheifersüchtigen Liebhabers. Nach Dichterart befreite er sich aus dem ganzen Ungemach, indem er das Schauspiel „Das Märchen" schrieb. In diesem Stück fragt sein alter ego denn auch edel: „Woher nehmen wir nur das Recht, jedes Weib für rechtlos zu erklären, das die Kühnheit hatte, zu lieben, bevor wir erschienen?" Für Schnitzler, den „Hypochonder der Liebe", galten die ersten Zeilen eines „Anatol"-Gedichts, das er in der Zeit mit Marie Glümer schrieb:

„Beträchtlich stört mein junges Liebesglück,
Daß Dich ein andrer hat vor mir besessen,
Ich kann es leider nimmermehr vergessen,
auf jenem andern glühte dieser Blick."

Im August 1903 heiratete Arthur Schnitzler Olga Gussmann.

18. 11. 90

Ich überlese deinen letzten Brief noch einmal, das dritte, vierte, fünfte Mal – es ist doch eigentlich unglaublich! – das mein braves, wahrhaft liebendes Mädl? – Kind, ich halte mich ganz streng an deine Worte, will sie keiner „grausamen Prüfung" unterziehen – aber was ich nun zu sagen habe, das zwingst du mich zu sagen – denn ich kann es nicht ertragen, *kann* es einfach nicht, mich von dir so hinstellen zu lassen. Bitte, aus deinem Brief geht hervor – du sagst es nicht deutlich – aber es geht mit vollkommener Evidenz daraus hervor – ich muß nun vollkommen aufrichtig sein, muß genau so reden, wie's mir ums Herz – daß du es für egoistisch, od. sagen wir für unschön, für „bequem" hältst – daß ich nicht um deine Hand anhalte. Leg ich dir etwas unter? – Nein – ich schreibe dir die Stellen her, welche mich zu dem Schluße bringen: *„wenn ich eine gute Heirat ausschlage, so ist das ein Opfer … etc"* – und weiter *„von den Opfern rede ich überhaupt nicht und ich habe dir gesagt od. [?], du bist mir Bürge genug für eine reelle Absicht."* Andre Stelle: *„Du natürlich wirst dich deinen Leuten wohl hüten etwas beizubringen."* Andre, weniger bedeutsame Stelle: – *„Was machst du, wenn du das nächste Mal kommst u Mutter dich fragt: Wollen Sie hei … u.s.w. – Bitte! Willst du ihr verraten das von mir unmöglich! Also was?"* –

Nachdem also die Zeit vorbei scheint, wo dir meine Liebe genügte, und dein Vertrauen auf die Ewigkeit dieser Liebe – ich weiß wahrhaftig nicht, wodurch – zu wanken scheint – *muß* ich dir wohl die Gründe meines Verhaltens aufklären, obwohl ich dich für so edel hielt, sie endlich zu begreifen. Du tust es aber nicht. – Nein, du willst sie von mir hören, – gut, höre sie! „Meinen Leuten etwas beibringen." Bitte, was. – Ich schildere dir die Ereignisse, wie sie sich notwendig abspielen müßten – schicke voraus, daß du für mich immer das einzig geliebte u brave Mädel bist – Meine Leute also: Wer ist das Mädel? – Beim Theater! – Hm – sonst anständig? – ja. – Immer gewesen? – (Nun, das folgende würden sie nicht von mir, aber von andern hören:) – 2 Liebhaber; den ersten hat sie verlassen, der 2. hat sie fürs Theater ausbilden lassen, hat dann eine andre geheiratet, hat *sie* aber noch eine Zeit lang mit kleinern Beträgen unterstützt. – Ihr Ruf? – Nun, allgemein sagte man, sie gehe zum Theater, um einen reichen Souteneur oder eine gute Partie zu finden, was aber auch gemeine Verleumdung sein kann. Nun, und während sie deine Geliebte war? – Stets treu und brav gewesen, liebte mich echt; nur einmal war sie nahe daran, einen andern zu heiraten, was ja schließlich vorkommen kann. – Und du glaubst, daß dieses Mädchen dir die Garantien für eine glückliche Zukunft als deine Ehegattin bietet? – Ja. Trotz alledem, denn sie ist eine andre geworden. – *Das glaubt* man immer. – – Aber gut, ich breche mit meinen Leuten, denn, wenn sie deine Vergangenheit erfahren – u sie erfahren sie – geben sie nie u nimmer ihre Zustimmung. – Also ich heirate dich und führe dich in eine Gesellschaft ein. In eine Gesellschaft, wo es uns mit Sicherheit passieren kann, daß in einem Salon, wo du als meine Frau vorgestellt wirst, sich ein Mann befindet, der dich in seinen Armen gehalten, ein Mann, der dich zu Haus, während deine Mutter in der Küche, auf den Divan geworfen u besessen, ein Mann, der, wenn wir den Salon verlassen, für sich hinlächeln kann und sich denken – das hab ich auch genossen – vor ihm – und ich war auch nicht der erste! –

Mein liebes Kind, wenn du findest, daß es einfach Bequemlichkeit ist, vor dieser entsetzlichen Schmach, die mir bevorsteht, zu schaudern, dann ist es wohl nicht möglich, überhaupt mit dir darüber zu reden. Ich weiß nicht, ob du so verblendet bist, das gräßliche, das in all dem liegt, wirklich nicht einzusehen, aber was das heißt, dem frühern Liebhaber seiner Frau zu begegnen – um zu glauben, daß man sich darüber einfach hinwegsetzen kann, dazu muß man einfach verrückt sein. – Wir müssen also weg, das ist klar. Vielleicht ist es feig, daß ich mich davor schäme, Arm in Arm mit dir über die Straße zu gehen, wenn man hinter mir zischelt: Das ist die Frau vom S, frühere Geliebte der Herren F. u. G.? – Feig, bequem, egoistisch! – Und, bitte, wenn deine Mutter und deine Schwester wüßten, was vorher war, möchten *diese* nicht am ersten begreifen, daß ich – zögere? – Nun, wenn ich dich für so unabwaschbar befleckt halte, warum, wirst du fragen, liebst du mich denn? – Warum verläßt du mich nicht? – Wieso bin ich dir zu deiner Geliebten gut genug? – Ich will es dir sagen. Weil ich dich eben so sehr liebe, daß ich ohne dich nicht leben kann. – Weil ich fühle, daß in dir wirklich etwas heiliges und gutes steckt, das sich erhalten hat, das mich beseligt. Weil ich glaube, daß ich mit mir einmal fertig werden kann, und mir vorstellen, daß die Erinnerung an deine Vergangenheit nur mehr die Erinnerung an Irrtümer für dich bedeutet – weil ich mir einbilde, daß dir in meinen Armen wirklich eine neue Liebe, etwas bessres, höheres aufgegangen, so wie ich bei dir nie geahntes empfunden habe. – Aber mich mit dir mitten in die Welt stellen, wo die Leute sind, die mit ihren Erinnerungen herumgehn – die dich ansehn und sich an die Schönheiten deines Leibes, die Wonnen deines Liebesrausches erinnern, den sie erzeugt, geteilt haben? – Das ists, was ich nicht kann. – Ich beschwöre dich, denk doch einmal nach und nenne mich dann noch „bequem". – Frag bei tausenden, bei Millionen – jeder hätte Achtung vor meinem Schmerz, würde meine Seelenkämpfe begreifen. Du – nicht. Du willst mir beweisen, daß du mich mehr, anders liebst, als du jene andern geliebt. Ich weiß nicht, ob es dadurch am besten geschieht, indem du wünschest, daß ich dich heirate. – Oh, Kind, nicht einen Augenblick nehm ich dir'n übel, diesen Wunsch. Nach dem, was heute in dir vorgeht, fühlst du dich so rein, daß für dich alles wirklich vorbei ist. – Aber in Wirklichkeit ist eben nichts vorbei und andre als ich haben deine Liebesseufzer gehört, und haben in deinen Reizen geschwelgt. Und wenn ich dran denke, und wenn ich dich auch anbete und an dich glaube, wie an ein Wunder, der ungeheure Ekel, der mich in diesen Momenten erfaßt, ist nicht zu überstehn. – Oft noch siehst du es als tückischen, mir eben gelegenen Vorwurf an – bist böse, zornig auf mich, der dich „sekkirt". – Wenn du eine Ahnung von dem elementaren dieser Raserei hättest, die über mich kommt wie ein Taumel, wie ein unsterbliches Unglück – Du würdest dich wohl hüten, dich zu benehmen, wie das Mädel – das verblümt sagt ... „Was schimpfst du denn, du kannst dirs ja ändern, wenn du mich heiratest. –" – Vielleicht wäre meine Qual minder arg (obzwar das eigentlich dumm) wenn nicht der eine noch dazu einer meiner guten Bekannten wäre.

– Ich wollte Klarheit in unsre Beziehung bringen. – Ich will wissen, ob du endlich, endlich das fürchterliche meiner Lage begreifst – ob du noch glaubst, daß es einfach die törichte

Eigenliebe ist, die mich davor zurückschrecken läßt, dich als meine Frau unter Menschen zu bringen, die wissen, daß du deine höchste Gunst andern vor deinem Gemahl geschenkt. – Willst du mir die Warheit und Uneigennützigkeit deiner Liebe beweisen? – Liebe mich, nachdem ich dir all dies gesagt. – Du weißt, daß ich dich so unermeßlich liebe, daß diese Liebe nie aufhören kann. – Wenn du aber vermeinst, einen Mann finden zu können, der dich skrupelloser liebt – wenn es dich nur die Ahnung eines Opfers kostet, mein zu bleiben noch für lange Zeit jedenfalls bis ich weg kann für immer als meine Geliebte – dann verlass' mich. – Aber keine Lüge. – Meine Liebe zu dir ist unausrottbar – und ich werde dich niemals verlassen. – Denkst du, als eines andern Gattin glücklicher zu werden, als mit mir – so werde eben Gattin und glücklich. – Aber wenn dir etwas sagt, daß dein Glück bei mir, nur bei mir ist, so opfre dieses Glück nicht hin. – Du willst ja sühnen, zu meinen Füßen bereuen – ich will deine Sühne, deine Reue nicht, nur deine Liebe – verlange als einzigen Beweis deiner unendlichen Liebe nur – daß du einsiehst – wir können allein glücklich sein; aber im Kampf gegen den Hohn der Welt und gegen das Lächeln zweier Vergeßner auf den Tod getroffen werden. –

August Bebel
an Friedrich Engels

Bebel wurde 1840 in Köln-Deutz geboren, mit vierundzwanzig Jahren war er selbständiger Drechslermeister, 1869 war er Mitbegründer der Sozialdemokratischen Arbeiterpartei. Von 1871 bis zu seinem Tode 1913 war er Mitglied des Reichstages. Als ganz junger Abgeordneter wurde er zusammen mit dem Freund Wilhelm Liebknecht zu zwei Jahren Festungshaft verurteilt; Vorbereitung zum Hochverrat hieß die an den Haaren herbeigezogene Anklage, und neun Monate Gefängnis setzte es wegen Majestätsbeleidigung.

Ohne Bebels Tatkraft, ohne seine immer auf erreichbare Ziele abgestellte parteipolitische Arbeit hätten die Wahlerfolge der deutschen Sozialdemokratie nicht erreicht werden können: Vierundvierzig Sozialdemokraten wurden bei der Wahl 1893 gewählt, drei Jahre zuvor waren es nur fündunddreißig gewesen. Dabei ist Bebel den Ratschlägen aus London, ob nun von Marx oder von Engels, stets da gefolgt, wo es ihm angebracht erschien; er schreibt aber über die beiden auch: „... ihr Rat wurde von mir in mehreren sehr wichtigen Fällen nicht befolgt, weil ich mir aus der Lage der Dinge heraus die bessere Einsicht zuschrieb." Und später vermerkte er einmal seufzend: „Man sieht, es war kein leichtes Stück, sich mit den beiden Alten in London zu verständigen. Was bei uns kluge Berechnung, geschickte Taktik war, das sahen sie als Schwäche und unverantwortliche Nachgiebigkeit an."

Was Bebel in diesem Brief über die Panzerschiffe schreibt, hat er sinngemäß im November des gleichen Jahres im Reichstag vorgebracht.

Filippo Turati war ein Zeitschriftenverleger und Parlamentarier; Anna Kuliscioff, seine Frau, eine Ärztin, die in der sozialistischen Frauenbewegung tätig war.

Berlin W., den 15. Juni 1893
Am Tage der deutschen Wahlschlacht

Lieber General!

Wenn Du diese Zeilen erhältst, ist das Schicksal des Wahlkampfes in der Hauptsache entschieden. Auf die Stichwahlen rechnen wir nicht zu sehr. Darüber sind wir alle einig, daß wir von diesen dieses Mal weniger denn je zu erwarten haben. Alle Gegner treten uns gegenüber gemeinsam auf. Wir werden also nur dort auf Sieg rechnen können, wo wir einen erheblichen Vorsprung haben und mit den aus eigener Kraft neu aufgebrachten Stimmen und dem kleinen Teil, der sich von den Gegnern absplittert, die Majorität erlangen.

Du scheinst mein Schreiben etwas mißverstanden zu haben. Nicht die Angaben an sich betrachtete ich als übertrieben, sondern ich erachtete es für bedenklich, unmittelbar vor dem Wahlkampf damit herauszutreten. Nun bist Du ja aber in anderer Stellung als wir, und da obendrein die deutsche Presse, soweit ich sie verfolgen konnte, merkwürdigerweise keine Notiz nahm, so sind auch meine Bedenken hinfällig.

Die Stimmenzahl entzieht sich jeder Berechnung, drei Millionen Stimmen, wie die *Vossische Zeitung* uns zuschreibt, halte ich für unmöglich; dann fiel die gesamte deutsche Bourgeoisie auf den Rücken und die Regierungen desgleichen. Man hat uns die ganze Zeit schon in den gegnerischen Blättern weit mehr Stimmen und weit mehr Mandate zugeschrieben, als wir selbst erwarten; jedenfalls in der Absicht, wenn wir das nicht erlangen, sagen zu können, *wir* seien in unseren Hoffnungen getäuscht worden.

Daß die Situation sehr günstig ist, steht ja fest, ich beurteile das nicht nach den Versammlungen, die wir abhalten; denn wir haben stets in solcher Zeit die großen Menschenansammlungen gehabt. Viel wichtiger ist, was die Agitatoren zweiten, dritten und vierten Ranges vom Lande berichten, und was die Stimmzettel- und Flugblätterverteiler aussagen über die Aufnahme, die sie fanden. Und deren Aussagen berichten von einer großen Wandlung in den Massen. Es wird sich einmal bei der jetzigen Wahl wieder zeigen, daß die Ereignisse in ihren Folgen über die Köpfe ihrer Urheber hinwegwachsen. Caprivi wird mehr als einmal bereut haben, daß er nicht alles aufbot, um ein Kompromiß zustande zu bekommen. Wenn ich glaube, daß er jetzt ein solches noch fertigbringt, so, weil ich überzeugt bin, daß eine Menge Abgeordnete dafür stimmen werden, weil sie vor einer neuen Auflösung zurückschrecken.

Wir haben heute einen glühend heißen Tag wieder, wie wir jetzt schon so viele hatten. Draußen ist alles im Verdorren, die Wiesen sehen schrecklich aus, es gibt kein Futter. Die Bauern müssen massenhaft ihr Vieh verkaufen, und sie erhalten dafür unglaublich schlechte Preise. Das Vieh ist mager, und es ist im Übermaß angeboten. Das Getreide reift, noch ehe es zum Auswachsen kam. Dauert die Hitze noch acht Tage, dann ist auch die Kartoffelernte zum Teufel. Dabei überall Klagen über schlechten Geschäftsgang. Ich kann mich nicht entsinnen, daß ich je von so viel Arbeitslosen gehört wie diesen Sommer. Wird die Ernte schlecht, wird das Geschäft noch schlechter. Da begreift sich, daß der geduldigste Philister in Wut gerät, wenn er in solchen Zeiten statt von Rücksichtnahme auf die schlechten Verhältnisse von neuen Steuern und einem Mehr von Soldaten hört.

Oben ist man einmal wieder wie mit Blindheit geschlagen und hat weder Ohren noch Augen für die Situation. Das alles ist's, was unseren Weizen zum Blühen bringt.

In Kiel habe ich mir einen unserer großen Panzer angesehen, die „Bayern"; von der „Sachsen", bei der wir zuerst anfrugen, wurden wir abgewiesen, weil keine Besuchszeit sei. Im Kieler Hafen liegt eine hübsche Zahl dieser schwimmenden Festungen – der Kieler Hafen ist großartig, soll einer der schönsten der Welt sein, und nach dem, was ich gesehen, glaube ich das. Beim Zeigen der Schutzketten gegen Torpedos frug ich unseren Führer, ob man denn noch kein Mittel habe, diese Schutzketten zu durchbrechen. Und da sagte er mir denn ganz im Vertrauen: man habe neuerdings eine Erfindung gemacht, wonach die Torpedogeschosse mit Scheren versehen seien, mit welchen sie die Ketten durchschnitten. Er behandelte die Sache sehr geheimnisvoll und erschrak, als er während der Auseinandersetzung einen Offizier herankommen sah. Man baut neuerdings im Kieler Hafen auf einer der dortigen Werften einen ganz kolossalen Panzer, die „Wörth", wie noch kein solcher existiert. Ich habe nach dem, was ich gesehen, verflucht wenig Vertrauen in die Leistungsfähigkeit derselben. Alles ist ja mit Maschinen und technischen Einrichtungen der vollkommensten Art so hergerichtet, daß es wie am Schnürchen geht. Die Geschütze werden mit einer Leichtigkeit bewegt, als setzte man eine gut gehende Nähmaschine in Tätigkeit. Ein Kind kann sie dirigieren. Aber wenn im Ernstfall so einige der eisernen Zuckerhüte auf Deck und in all diese Herrlichkeit hineinfallen, dann will ich sehen, was davon intakt bleibt. Da ist auch nicht eine Vorrichtung, nicht eine Schutzwand vorhanden, die einem solchen Geschoß widerstehen kann. Und was muß das für ein furchtbares Gerassel geben, wenn die Schrapnells und Granaten auf all das Eisenzeug niederprasseln. Die Wirkung muß schon moralisch eine sehr deprimierende sein.

Kurz, man wird zu Land und zur See die Erfahrung machen, daß man zu gut ausgerüstet ist, um noch Krieg führen zu können.

Unser Wilhelm scheint in allem das Auffallende, das Übertriebene zu lieben, so seine Liebhaberei für die Panzerkolosse und für die Kavallerie und ihre dreifache Verteidigungsfähigkeit, Lanze, Karabiner und Säbel. Wenn's drauf und dran kommt, leidet alles jämmerlich Schiffbruch.

Dein Gedanke, nach Mailand zu gehen, ist annehmbar. Ich habe schon Turati und der Dr. Kuliscioff versprochen gehabt, einmal hinzukommen, und sie haben mich auch schon wiederholt darum gedrängt und werden in Zürich wieder drängen. Der August ist freilich nicht die schönste Zeit für Italien, aber man muß die Feste feiern, wie sie fallen. Ich bin also bereit, den Weg durch die Alpen zu machen.

Ganz sublim ist Dein Gedanke, nächstes Jahr mal die Vogesen zu durchstreifen, das nenne ich doch Unternehmungsgeist; auch dabei bin ich, und zwar mit Vergnügen. Wir orientieren uns zuvor genau und legen los, das wird ein Hauptvergnügen. Schade, daß wir es nicht schon dieses Jahr haben können.

Gestern abend habe ich mir noch zum Schluß einen leichten Katarrh zugezogen. Die Leute waren ganz toll, verfolgten mich mit ununterbrochenen Hochrufen durch die Straßen, so daß ich mich in einen Restaurationsgarten flüchten mußte. Und nun ich Dir dieses alles geschrieben, will ich hinunter und für den Schriftsetzer Richard Fischer den Stimmzettel abgeben, damit er durchkommt. Ich hab's Wahllokal im Hause.

Bitte grüße Louise herzlich und sage ihr, ich würde ihr morgen schreiben, Zeitungen und Flugblätter sende ich ihr heute; ich habe aber wenig von Flugblättern zur Hand, und es wird jetzt auch schwer sein, noch welche aufzutreiben. Es ist unglaublich, was für Berge von Drucksachen in einem solchen Wahlkampfe gefressen werden und verschwinden.

Ich will im Vorstand anregen, daß wir eine Statistik über die Wahlkosten, die Zahl der verteilten Flugblätter und der abgehaltenen Versammlungen veranstalten, sie wäre hochinteressant.

Mit herzlichem Gruß von Julie und mir an Dich und Louise

Dein August

Eine so tausendstimmige Majestätsbeleidigung, wie am Montag in Kiel, habe ich im Leben noch nicht gehört. Ein nationalliberaler Redakteur trat mir mit großer Frechheit entgegen und schloß mit einem Hoch auf Kaiser und Reich. Kein Mensch erwiderte, dagegen flogen Tausende von Pfuis und Schimpfworte aller Art wie aus einem Munde ihm an den Kopf. Die arme Polizei war starr vor Schreck und vergaß die Auflösung.

Theodor Leutwein
an Hendrik Witboi

Da die Herero- und Hottentottenaufstände in der seit 1884 bestehenden Kolonie Deutsch-Südwestafrika nicht befriedet werden konnten, wurde 1889 eine sogenannte Schutztruppe aufgestellt. Dies war eine militärische Einheit, selbständig gegenüber dem Reichsheer und von einem Kommandeur befehligt, der über den jeweiligen Gouverneur dem Reichskolonialamt in Berlin unterstand. 1894 war der Generalmajor Theodor Leutwein Kommandeur und ihm gelang es, den vom Regierungsstandpunkt unbotmäßigen Hottentottenhäuptling Hendrik Witboi gefangenzunehmen, was eine Unterwerfung des ganzen Stammes bedeutete.

Vorausgegangen war ein Briefwechsel zwischen dem „Hauptkapitän von Namaland" Witboi und dem kaiserlichen Offizier, in dem der Häuptling einmal schrieb: „Ich habe den deutschen Kaiser in meinem Leben noch nicht gesehen, deshalb habe ich ihn auch noch nicht erzürnt mit Worten oder Taten. Gott, der Herr, hat verschiedene Königreiche auf die Welt gesetzt, und deshalb weiß und glaube ich, daß es keine Sünde und kein Verbrechen ist, daß ich als selbständiger Häuptling meines Landes und Volkes bleiben will..."

Da Theodor Leutwein bestrebt war, die Eingeborenen von den Weißen wirtschaftlich unabhängig zu machen, hielt er sie zur Selbstverwaltung und zur Zusammenarbeit mit den Siedlern an. Beide Versuche scheiterten: zehn Jahre später brachen die großen Aufstände los und Leutwein wurde abgelöst, da er sich weigerte, einen Vernichtungsfeldzug gegen die Hereros zu führen. Dies tat sein Nachfolger, der General von Trotha, mit seiner auf 15000 Mann verstärkten Schutztruppe; er schlug die in den Reservaten zusammengepferchten Hereros am Waterberg und trieb sie in die Wüste.

Das Namaland liegt im südlichen Teil des ehemaligen Südwestafrika, die Nama sind ein Stamm der Hottentotten.

Lager vor der Naauklof, 5. Mai 1894

Deinen Brief habe ich erhalten und will versuchen, ihn klar zu beantworten. Auf Wunsch der meisten Kapitäne des Nama- sowie des Hererolandes hat Seine Majestät der Deutsche Kaiser die Schutzherrschaft über beide Länder übernommen, dabei aber diejenigen Kapitäne welche die Schutzherrschaft nicht annahmen, unbehelligt gelassen, solange sie mit den anderen Kapitänen Frieden hielten. Du aber hast letzteres nicht getan, sondern verschiedene Kapitäne des Namalandes abgeschossen und schließlich Dich in Hornkranz festgesetzt und von da Raubzüge in das Hereroland unternommen. Du hast mithin in dem Gebiete, das unter dem Schutze des Deutschen Kaisers stand, Ruhe und Frieden gestört. Seine Majestät hat Deinem Treiben lange in Geduld zugesehen, dann aber, als Du nicht davon ablassen wolltest, befohlen, daß auf Dich geschossen werde. Denn wie mit allen seinen Pflichten, so nimmt es der Deutsche Kaiser auch ernst mit seinen Pflichten als Schutzherr des Namalandes. Wenn Du ruhig in Gibeon geblieben wärest und Dein Volk in Frieden regiert hättest, so würde nicht auf Dich geschossen worden sein. Daß Du uns Weißen vorher nie etwas getan, das weiß ich wohl; aber nicht unseres Vorteils willen ist auf Dich geschossen worden, wie oben gesagt, lediglich um der Ruhe und des Friedens des Namalandes willen.

Ob Dir der Herr Major v. François das alles so deutlich erklärt hat, darüber habe ich kein Urteil; ich denke aber, daß er es getan und daß Du ihn zu lange nicht hast verstehen wollen. Jedenfalls hat es keinen Zweck, wenn wir jetzt darüber noch viele Worte machen. Unsere Pflicht ist, jetzt nur zu reden von dem, was geschehen soll, und da finde ich, daß Deine Antwort nicht deutlich ist. Ich habe Dir klargemacht, daß Du jetzt keine andere Wahl mehr hast als bedingungslose Unterwerfung unter den Willen Seiner Majestät des Deutschen Kaisers oder Krieg bis zur Vernichtung, und darauf ersuche ich Dich um klare Antwort. Der Wille Seiner Majestät geht dahin, daß im Namalande jeder in Ruhe und Frieden seine Arbeit tun und kein Kapitän den andern bekriegen soll. Welche weiteren Bedingungen Seine Majestät Dir persönlich noch stellt, das kann ich Dir erst mitteilen, wenn Du mir gesagt hast, ob Du Dich unterwerfen willst oder nicht. Ich habe Dir bereits geschrieben, daß ich jetzt noch hoffen kann, Dir günstige Bedingungen auszuwirken.

Das eine sage ich im voraus und werde mich freuen, wenn Du dies ehrlich Deinen Leuten mitteilen wolltest. Wir Deutsche führen keinen Krieg gegen Deine Leute, sondern wir wollen in Frieden mit den Namas zusammen arbeiten. Ich hoffe daher, daß Deine Leute von der Erlaubnis, bis zum 25. d. M. friedlich in ihre Wohnplätze zurückkehren zu können, recht zahlreich Gebrauch machen.

Wir führen dagegen Krieg gegen Dich persönlich, solange Du Dich für den Oberherrn des Namalandes hältst und glaubst, das Recht zu haben, andere Kapitäne nach Belieben abzuschießen. Das hast Du früher so tun können, das soll aber jetzt nach dem Willen Seiner Majestät aufhören.

Wenn Dir nun etwas noch nicht klar sein sollte, so halte ich es für das Beste, wir treffen uns zur mündlichen Unterredung mitten zwischen unseren Lagern; aber es muß bald geschehen, da ich wenig Zeit habe.

Ich bin mit freundlichem Gruß
der Kaiserlich deutsche Landeshauptmann

J. V.: Leutwein, Major

Hugo von Hofmannsthal
an Edgar Karg von Bebenburg

Die Freundschaft zwischen dem achtzehnjährigen Hofmannsthal und dem zwei Jahre älteren Bebenburg begann 1892 am Wolfgangsee. Da sich beide in den folgenden Jahren nur selten sahen, waren sie in allen Fragen auf brieflichen Austausch angewiesen. Dieser betraf in einer Zeit großer gesellschaftlicher Veränderungen vor allem die Fragen: was denn nun eigentlich „das Leben" sei und wie man die eigene Persönlichkeit bilden könne. Darüber hinaus tauchte in diesem Zusammenhang natürlich auch die „soziale Frage" auf.

Bebenburg, ein Offizierssohn ohne Hofmannsthals Bildungshintergrund, ist dabei vielfach der Fragende und Nehmende, Hofmannsthal, „altkluger Weisheit voll und frühen Zweifels", beeindruckt ihn durch das Suchen nach Entwicklungsmöglichkeiten, ein Zug, den Hermann Bahr als das „Wilhelm-Meisterliche" an ihm bezeichnet hat.

Eine Abhandlung über die Jugendbriefe Goethes widmete er dem Freund: „An den Schiffsleutnant E. K.", denn Bebenburg tat Dienst im Seeoffizierskorps der k.k.-Marine und machte auf einer Corvette zwei Jahre lang eine Missionsreise mit, die ihn bis nach Ostasien und Australien führte. Seine glänzenden Karriereaussichten verflogen, als er an Tuberkulose erkrankte; er starb 1905 im Alter von dreiunddreißig Jahren.

In dem „Buch der Freunde", das Hofmannsthal 1922 herausgab, findet sich die folgende Bemerkung: „Das achtzehnte Jahrhundert hatte eine wahre Popularphilosophie, an deren Stelle das neunzehnte einen Hexenbrei aus allen denkbaren Gedanken und Meinungen gesetzt hat. Aus diesem wieder das Höhere und für die Epoche Wertvolle zu destillieren, scheint die Aufgabe zu sein, der sich die gegenwärtige Generation unterziehen muß."

Göding, 18ten Juni. 95

Mein lieber Edgar, was du mir in dem vorigen Brief aus Brest geschrieben hast, daß du glücklicher wärst, wenn in Pola grüne Gärten wären und Frauen mit bretonischen Hauben, anstatt nichts als Himmel, Steine und Meer, das versteh ich so gut. Hier gibt es lichtgrüne Felder und darin stehen oder knieen slowakische Bauernmädchen mit nackten Füßen und roten Kopftücheln, und hie und da reitet man durch kleine Dörfer mit lichtblau oder grün angestrichenen Häusern, und an dem fernen farblosen Himmel laufen leere lange Alleen von sehr großen Pappeln, die sich übergroß und traurig abheben, aber in dem allen hab ich manchmal ein Gefühl von so unsäglicher erstickender Einsamkeit, als ob das alles gar nicht zum Leben gehören würde, zum wirklichen Leben, sondern zu einem merkwürdigen Reich, das ich nicht begreife, das mich ängstigt und wo ich mich Gott weiß wie, hereinverirrt habe. Weißt Du, dieses Gefühl, immer nur ein Stück vom Leben zu erwischen und dann wieder weggerissen zu werden, das hast Du wohl stärker als ich, aber es hat viel tiefere Gründe als die äußeren, und so kommt es aber über mich auch. Mir ist, als ob ich Dir darüber einmal etwas sagen könnte, aber jetzt noch nicht.

In dem Brief, aus Kiel hast Du um etwas gefragt, worauf ich nur sehr schlecht und spärlich antworten kann. Über diese Dinge, was man so gewöhnlich die sociale Frage nennt, hört man recht viel reden, oberflächliches Zeug, auch besseres, aber alles so entfernt und unlebendig, wie wenn man durch ein Fernrohr von ganz weit einer Gamsherde grasen zusieht; es kommt einem gar nicht wie wirklich vor. Was es „wirklich" ist, weiß wohl auch niemand, weder die drin stecken, noch gar die „oberen Schichten". Das „Volk" kenne ich nicht. Es gibt, glaub ich, kein Volk, sondern, bei uns wenigstens, nur Leut, und zwar sehr verschiedene Leut, auch unter den armen sehr verschiedene, mit ganz verschiedenen inneren Welten. Dann darfst Du bei uns die ungeheure Mannigfaltigkeit der Nationalitäten und damit der Entwicklungsgrade nicht vergessen. Ein bettelarmer jüdischer Student, ein verdorbencoquetter Wiener Strizzi, ein melancholischer böhmischer Dragoner, ein heruntergekommener deutschmährischer Handwerker und ... und

... und ... das wird dann zu fünfzigtausenden summiert und heißt „Proletarier". Mit einzelnen kann ich was anfangen, einzelnen vielleicht helfen, einzelne begreifen, und ich glaub, auch nur darauf kommts an. Wenigstens bei uns, wie einmal dieses merkwürdige schwer zu verstehende Österreich ist. Im Westen können die anderen Worte mehr Sinn haben, da sind denk ich die Massen wirklich mehr ausgeglichen. Ich bin aber froh, daß es bei uns nicht so ist. Ein Buch über unsere Verfassung werd ich Dir suchen. Bohr Dich nur nicht zu stark in die Begriffe hinein, die uns noch leerer sind und weniger passen als anderswo, weil wir lauter fertige und von andern Verhältnissen herübergenommene haben. Mit dem bissel Erfahrung und Erinnerung kommt man weiter als man im Anfang glaubt. Nicht darauf kommt es an, daß man neues erfährt, sondern daß man in sich selber wach wird, und mit dem, was man hat, etwas anfangen lernt. Die vielen tausend abstrakten, in einanderübergehenden, einander durchdringenden abstrakten Begriffe sind wie das Geschiebe, das der große Strom an beiden Ufern hinlagert. Wenn man in der Mitte auf dem lebendigen Wasser schwimmt, gehen sie einen gar nichts an und man soll sich gar nicht darum kümmern, freilich ist es verwirrend wenn man so viele viele Menschen sieht, die immer in den Begriffen herumzerren wie Hunde in einem alten Knochen und man will sich nicht getrauen dieses ganze Treiben für nichts zu achten. Aber man soll es doch. Die meisten Menschen leben nicht im Leben, sondern in einem Schein, in einer Art von Algebra, wo nichts *ist* und alles nur *bedeutet.* Ich möchte das Sein aller Dinge stark spüren und in das Sein getaucht, das tiefe wirkliche Bedeuten. Denn das ganze Universum ist ja voll Bedeutung, ist gestaltgewordener Sinn. Das Hochsein der Berge, das Groß-sein des Meeres das Dunkel-sein der Nacht, die Art wie Pferde dreinschauen, wie unsere Hände gebaut sind, wie Nelken riechen, wie der Boden in Wellen und Mulden verläuft oder in Dünen, oder in harten Klippen, die Art wie ein ganzes Land von einem Berg aussieht, und wie einem wird wenn man an einem heißen Tag unter eine kühle Hausflur mit nassen Steinfliesen tritt oder wenn man Gefrorenes ißt: in allen den unzähligen Dingen des Lebens liegt, in jedem einzelnen und unvergleichlich, etwas ausgedrückt, das sich mit Worten nie wiedergeben läßt, aber zu unserer Seele redet. So ist die ganze Welt ein Reden des Unbegreiflichen zu unserer Seele, oder ein Reden unserer Seele mit sich selbst. Traurigkeit ist ein Begriff in der wirklichen Sprache, in der des Lebens gibt es tausend Traurigkeiten: die Traurigkeit wenn man nichts als Steine, Meer und Himmel sieht; die Traurigkeit wenn man, vielleicht beim Geruch von frischen Erdbeeren, an gewisse Kindertage denken muß; die Traurigkeit der müden Augen von manchen Affen; die ganz andere Traurigkeit, wenn die Sonne auf eine bestimmte Weise untergeht; und noch so viele andere, nicht? Die Worte sind nicht von dieser Welt, sie sind eine Welt für sich, gerade so eine ganze vollständige Welt, wie die Welt der Töne. Man kann alles, was es gibt, sagen; und man kann alles, was es gibt, musicieren. *Aber man kann nie etwas ganz so sagen wie es ist.* Darum erregen Gedichte eine eben solche unfruchtbare Sehnsucht wie Töne. Das wissen sehr viele Menschen nicht und gehen fast darüber zu Grunde, daß sie das Leben reden wollen. Das Leben redet aber sich selbst. Es redet in Erscheinungen. Aber es gibt immer eine Erscheinung, eine Verbindung von Worten, eine Verschlingung von Tönen, die unsere Seele als ein Gleiches berühren. Sie sind offenbar ein Absolut-Gleiches, der dreifache Ausdruck eines Unbekannten, einer Schwingung Gottes. Das wird Dich im Anfang ein bissel befremden, denn der Glaube, freilich ein Kinderglaube, steckt sehr tief in uns, daß wenn uns nur immer die richtigen Worte einfielen, wir das Leben so wiedererzählen könnten, wie man ein Vierkreuzerstückel auf's andere legt. Ist aber nicht wahr, und die Dichter tun ganz ganz ganz dasselbe wie die Componisten, das heißt sie drücken ihre Seele in einem Medium aus, das ja auch im ganzen Dasein verstreut ist, denn das Dasein hat wohl die Gesamtheit aller möglichen Töne in sich, aber auf's Vereinigen kommt's an; so machts der Maler mit den Farben und Formen, die an den Erscheinungen nur ein Teil, für ihn alles sind und durch deren Combination er wiederum seine ganze Seele (oder was dasselbe ist: das ganze Spiel der Welt) ausdrückt. Schließlich kann man sich auch einen wundervollen Jongleur denken, der durchs Ballwerfen in dem Medium von Schwere und Bewegung (dem Architecten ziemlich verwandt), etwas ganz gleiches zuwege brächte und uns mit aller Sehnsucht, Rührung und tausendfacher Erregung erfüllte. Siehst Du, deswegen glaub ich: es gibt nichts geschriebenes, das man glauben darf. Alle großen Bücher, die großen Gedichte, die Bibel und die andern sind solche Traumwelten, mit der wirklichen Welt und auch untereinander nur gleichnishaft verwandt, und niemals wie Schläuche aneinanderzuschrauben! Das allgemeine Gerede der Menschen aber (auch das viele niedergeschriebene Gerede) ist so, wie wenn falsch nachgesungene wirkliche Musik mit dem Knarren von Wagen und vielerlei undeutlichem Straßenlärm durcheinanderklingt. Dabei kann einem bestenfalls zufällig etwas einfallen. Reif werden heißt vielleicht nur: lernen in sich so hineinzuhorchen, daß man darüber allen solchen Lärm vergißt und schließlich gar nicht mehr zu hören vermag. Wenn man sich in sich selber verliebt und über dem Anstarren des Spiegelbildes ins Wasser fällt und ertrinkt, wie es vom Narciß heißt, so ist man glaub ich den besten Weg gefallen, wie kleine Kinder, die träumen sie fallen durch den Ärmel im Paletot ihres Vaters in das Märchenland hinein, zwischen dem gläsernen Berg und dem Froschkönig seinem Brunnen. „In sich selber verliebt", ich mein halt ins Leben, oder wohl auch in Gott, wie man will. Ich wollt das einmal alles niederschreiben, erstens weils mein Glauben ist, dann auch weils Dir vielleicht doch etwas sagt. Oder nicht? Dann widersprich recht bald.

Von Herzen

Dein Hugo

Theodor Fontane
an Georg Friedlaender

Der große Briefschreiber Fontane hat schätzungsweise an die 15 000 Briefe geschrieben, passionierter „Briefschwärmer“, der er nach eigenem Bekunden war. Der hier aufgenommene Brief ging an den Amtsgerichtsrat Dr. Georg Friedlaender, den er gelegentlich eines Aufenthalts im Riesengebirge kennengelernt hatte. In ihm zieht der achtundsiebzigjährige Fontane ein gutes Jahr vor seinem Tod noch einmal eine Bilanz der politischen Zeitläufte, die er durchmessen hat.

Als 1954 seine „Briefe an Georg Friedlaender“ von Kurt Schreinert herausgegeben wurden, da schrieb Thomas Mann, seinerseits ein großer Briefschreiber und nurmehr ein Jahr vor seinem Tod, bewundernd: „Es sind Briefe, wie heute kein Mensch sie mehr schreibt, gearbeitete Briefe, in ihrer Privatheit künstlerisch betreut.“ Es war eine lebenslange Bewunderung; schon 1910 hatte Thomas Mann in seinem Essay „Der alte Fontane“ geschrieben: „Es ist etwas unbedingt Zauberhaftes um seinen Stil und namentlich um den seiner alten Tage, wie er uns in den Briefen der achtziger und neunziger Jahre wieder entgegentritt. Mir persönlich wenigstens sei das Bekenntnis erlaubt, daß kein Schriftsteller der Vergangenheit oder Gegenwart mir die Sympathie und Dankbarkeit, dies unmittelbare und instinktmäßige Entzücken, diese unmittelbare Erheiterung, Erwärmung, Befriedigung erweckt, die ich bei jedem Vers, jeder Briefzeile, jedem Dialogfetzchen von ihm empfinde.“

Da Fontane diesem Brief noch einen zweiten beilegte, blieb der folgende ohne Unterschrift. Sie lautet unter dem zweiten: „In vorzügl. Ergebenheit Th. Fontane.“

Berlin 5. April 97.
Postdamerstraße 134.c

Hochgeehrter Herr.

Erschrecken Sie nicht. Daß ich Ihnen beinah umgehend für Ihren lieben Brief vom 2. danke, hat ganz egoistischerweise seinen Grund darin, daß ich Schreibezeit habe, während sie sonst so häufig fehlt. Ich bin seit beinah 4 Wochen zu meinem größten Leidwesen arbeitsunfähig und dadurch in der angenehmen Lage – vielleicht angenehmer für mich als für andre – freundliche Briefe mit schrecklicher Promptheit beantworten zu können. Ich erobere mir dadurch auch Arbeitsmuße für die gesunden Tage, die hoffentlich bald kommen. Nehmen Sie diese Bekenntnisse einer schönen Seele freundlich auf.

Ihr Brief, wie immer, ist reich an Stoff; das Hirschberger Thal bewahrt seinen alten Ruhm oder vielleicht ist es auch nur der Wächter auf dem Turm, der Lug ins Land-Mann, dem der Ruhm gebührt. Er sieht das, was die andern nicht sehn.

Sie klopfen an wegen der Reden aus hohem Munde, drin so viel gesagt und noch mehr verschwiegen wird. Ich komme, wenn ich dergleichen in meiner guten Vossin lese, jedesmal ganz außer mir, während ich mich doch von Illoyalität frei weiß und für vieles, was an „oberster Stelle" beliebt wird, nicht blos ein Verständniß, sondern auch eine Dankbarkeit habe. Was mir an dem Kaiser gefällt, ist der totale Bruch mit dem Alten und was mir an dem Kaiser *nicht* gefällt, ist das im Widerspruch dazu stehende Wiederherstellenwollen des Uralten. In gewissem Sinne befreit er uns von den öden Formen und Erscheinungen des alten Preußenthums, er bricht mit der Ruppigkeit, der Poplichkeit, der spießbürgerlichen Sechsdreierwirthschaft der 1813er Epoche, er läßt sich, aufs Große und Kleine hin angesehn, neue Hosen machen, statt die alten auszuflicken. Er ist ganz unkleinlich, forsch und hat ein volles Einsehen davon, daß ein Deutscher Kaiser was andres ist als ein Markgraf von Brandenburg. Er hat eine Million Soldaten und will auch hundert Panzerschiffe haben; er träumt (und ich will ihm diesen Traum hoch anrechnen) von einer Demüthigung Englands. Deutschland soll obenan sein, in all und jedem. Das alles – ob es klug und ausführbar ist, laß ich dahingestellt sein – berührt mich sympathisch und ich wollte ihm auf seinem Thurmseilwege willig folgen, wenn ich sähe, daß er die richtige Kreide unter den Füßen und die richtige Balancirstange in Händen hätte. Das hat er aber nicht. Er will, wenn nicht das Unmögliche so doch das Höchstgefährliche, mit falscher Ausrüstung, mit unausreichenden Mitteln. Er glaubt das Neue mit ganz Altem besorgen zu können, er will Modernes aufrichten mit Rumpelkammerwaffen; er sorgt für neuen Most und weil er selber den alten Schläuchen nicht mehr traut, umwickelt er eben diese Schläuche mit immer dickerem Bindfaden und denkt: „nun wird es halten." Es wird aber *nicht* halten. Wer sich neue weitere Ziele steckt, darf sein Feuerschloßgewehr nicht blos in ein Percussionsgewehr umwandeln lassen, der muß ganz neue Präcisionswaffen erfinden, sonst knallt er vergeblich drauf los. Was der Kaiser muthmaßlich vorhat, ist mit „Waffen" überhaupt nicht zu leisten; alle militärischen Anstrengungen kommen mir vor, als ob man Anno 1400 alle Kraft darauf gerichtet hätte, die Ritterrüstung kugelsicher zu machen, – statt dessen kam man aber schließlich auf den einzig richtigen Ausweg, die Rüstung ganz fortzuwerfen. Es ist unausbleiblich, daß sich das wiederholt; die Rüstung muß fort und ganz andre Kräfte müssen an die Stelle treten: Geld, Klugheit, Begeisterung. Kann sich der Kaiser dieser Dreiheit versichern, so kann er mit seinen 50 Millionen Deutschen jeden Kampf aufnehmen; durch Grenadierblechmützen, Medaillen, Fahnenbänder und armen Landadel der seinem „Markgrafen durch Dick und Dünn folgt", wird er es aber *nicht* erreichen. Nur Volkshingebung kann die Wunderthaten thun, auf die er aus ist; aber um diese Hingebung lebendig zu machen, dazu müßte er die Wurst gerade vom entgegengesetzten Ende anschneiden. Preußen – und mittelbar ganz Deutschland – krankt an unsren Ost-Elbiern. Ueber unsren Adel muß hinweggegangen werden; man kann ihn besuchen wie das aegyptische Museum und sich vor Ramses und Amenophis verneigen, aber das Land *ihm* zu Liebe regieren, in dem Wahn: *dieser Adel sei das Land,* – das ist unser Unglück und so lange dieser Zustand fortbesteht, ist an eine Fortentwicklung deutscher Macht und deutschen Ansehns nach außen hin gar nicht zu denken. Worin unser Kaiser die *Säule* sieht, das sind nur *thönerne Füße.* Wir brauchen einen ganz andren Unterbau. Vor diesem erschrickt man; aber wer nicht wagt, nicht gewinnt. Daß Staaten an einer kühnen Umformung, die die Zeit forderte, zu Grunde gegangen wären, – *dieser* Fall ist sehr selten. Ich wüßte keinen zu nennen. Aber das Umgekehrte zeigt sich hundertfältig.

Wilhelm Busch
an Grete Röber

Wenige Wochen nach Goethes Tod wurde am 15. April 1832, im hannoverschen Wiedensahl Wilhelm Busch geboren. Als Student der Polytechnischen Schule machte er 1848 die Revolution in Hannover mit; in Kompanien seien die Polytechniker losgezogen, berichtet er, „den Stock in der Hand, eine weiße Binde um den Arm, zogen wir durch die Straßen und riefen den Frauen ‚Guten Abend, Bürgerin' zu." Später lebte der Schopenhauer-Leser gern zurückgezogen und hielt dem Bürgertum in bitterbösen und teilweise kulturkämpferischen Satiren den Spiegel vor. Trotzdem wurde er beliebt und bekannt; die Leute sahen vor allem den Humoristen in ihm und freuten sich über seine grotesken Zeichnungen. Der Kaiser schrieb ihm, Bismarck lud den Gleichgesinnten zu sich ein, denn Busch belachte hämisch Frankreichs Niederlage und zog mit seinen karikaturistisch aufgespießten Pfaffen zur Freude vieler gegen die katholische Kirche zu Felde.

Busch lebte die letzten neun Jahre seines Lebens in Mechtshausen im Harz bei seinem Neffen Otto Nöldecke, schrieb eher Besinnliches und machte sich über die Zeitläufte seine Gedanken, so über „die religiöse Seite" und den „Bildungsdrang der Frauenzimmer".

„Die Welt hat Fieber", schrieb er vier Wochen nach dem folgenden Brief. „Unruhig, wie der Fieberkranke, wirft sie sich von einer Seite auf die andre, bis ihr auch hier der Kopf wieder zu heiß wird. So geht's in Kunst, Politik, Philosophie und sonstigen Dingen, und so wird's wohl weiter gehen, so lange der Patient noch lebendig ist."

Mechtshausen 24. Okt. 1899

Liebe Grete!

Sei bedankt für deinen niedlichen Brief.

Du tippst an die religiöse Seite. Ja, da muß ich sagen, was ich schon oft gesagt habe: Der Glaube ist so was wie Liebe; er beruht nicht auf Gründen, sondern auf Ursachen. Deshalb ist mit dem Verstande nicht viel zu machen dabei, weder für noch wider, und darum überlassen wir den Rationalismus wohl am besten den aufgeklärten Hausknechten und Gemüsefrauen. Zunächst ist der Verstand für die Bedürftigkeiten des Lebens bestimmt. Wer dann noch welchen über hat, nun gut, der mag ihn anwenden, um sich die verzwickten Dinge dieser Welt ein wenig zurecht zu legen. Gelegentlich, ohne Zeit und Arbeit, gehts freilich nicht. Trotzdem, gefällig wie ich bin, werd ich dir gern Rede und Antwort stehn, wenn du nur deine Fragen nicht bunt, sondern bündig zu stellen beliebst. Der Bildungsdrang der Frauenzimmer ist doch nicht mehr aufzuhalten, und wer möcht's ihnen auch verdenken, daß sie endlich heraus hucken möchten aus der zwängenden Kiepe. Schlau genug und betriebsam und hartnäckig sind sie dazu, und durchdringende Stimmmittel für öffentliche Beredsamkeit finden sich ebenfalls. Drollig! Fast in jeder Geschichte, die ich letzther zur Hand nahm, fand ich ein keckes Tantchen, das einem im Althergebrachten versimpelten Mannsbilde überlegen die Meinung sagt. Geht sie aber zu freien Taten über, dann gibt's in der Regel einen schmerzlichen Knacks. Die alte Moral scheint doch am End im tiefsten Boden der Welt zu wurzeln, und Rücksicht wird lange noch ratsam sein, so lästig sie ist.

Die Nachrichten aus Verden lauten günstig im Ganzen. Wohnung und geselliger Umgang werden gelobt. Aber Rika, die gute, ist plötzlich bockbeinig geworden. Ihre Nachfolgerin ist bereits angeworben.

Auch der sonst so freundliche Herbst macht ein grämlich Gesicht. Schad! Denn der Garten wird umgegraben. Else und Otto legten 3 Krokus- und Tulpenbeete im Rasen an für den kommenden Frühling. Vorläufig fangen erst mal die Blätter an, ganz sutjen von den Bäumen zu rieseln.

Martin ist seit gestern nicht ganz wohl. Der Doktor hält es für leichte Erkältung.

Vor dem Bodenfenster baumelt ein Hase; zu Mittag gab's Rehziemer. Ätsch!

Leb wohl! Glückliche Reise! Mit herzlichen Grüßen von uns Allen dein alter Onkel

Wilhelm

Wir schreiben also 1900, und das ist richtig; wir tun, als ob ein neues Jahrhundert begonnen hätte, und das ist falsch. Das letzte Jahr davon ist noch nicht ausbezahlt. Aber im Grunde ist's einerlei, denn die Zeit geht in einem fort, ob die Leute so oder anders zählen. *(Brief vom 2. Januar 1900)*

Hugo von Hofmannsthal
an Arthur Schnitzler

Als Hofmannsthal dem zwölf Jahre älteren Schnitzler einige erste Pariser Impressionen mitteilte, befand er sich in einer Ausdruckskrise, die in der Umbruchzeit des Jahrhundertbeginns noch andere Schriftsteller, etwa Rilke oder Benn heimsuchen sollte. Mittels fiktiver Briefe, etwa des berühmten „Brief des Lord Chandos" von 1902, gab Hofmannsthal sich, den Freunden und der Öffentlichkeit Aufschluß über diese Krise, die ihn an der Sprache verzweifeln ließ; die fruchtbare Zeit seiner „unter dem Prunk ihrer Worte hintaumelnden" Gedichte und Schäferspiele lag hinter ihm. Im zweiten seiner 1907 entstandenen „Briefe des Zurückgekehrten" läßt er den Briefschreiber über die Deutschen sagen, was wie die Vorwegnahme tausendmal gehörter Urteile über die Deutschen dieses Jahrhunderts klingt: „Sie sind ernsthaft, sie sind tüchtig, sie arbeiten wie keine Nation auf der Welt, sie erreichen das Unglaubliche – aber es ist keine Freude, unter ihnen zu leben."

Paris, 15. März 1900

Mein lieber Arthur,

es geht einem hier merkwürdig, ohne einzelnen Menschen übermäßig nahezutreten, ist man doch von einem solchen Gewirr von Menschen und Bestrebungen umgeben, daß einem zu Hause und Deutschland ungeheuer weit weg vorkommt. Für mich hat eine solche Suggestion etwas sehr Gutes. Schon lang hab' ich mich nicht so frei gefühlt, mich nicht so zusammenfassen können. Es fällt mir manchmal mehr ein, als ich aufschreiben kann, kleinere und größere Stücke, Erzählungen und anderes Phantastisches. Ich hoffe, daß ich was halbwegs Abgeschlossenes fertigbringe. Die Stadt und das Bois sind noch nicht sehr hübsch, man freut sich hier doppelt auf das Frühjahr, das Licht und die Blätter. Anatole France zu sehen, ist recht interessant; es kommen viel junge Leute zu ihm, das Gespräch fast ausschließlich politisch, die Färbung sozialistisch (die Gesellschaft ist fast vollständig nationalistisch, zum Teil in einer widerwärtigen, bornierten Weise).

Eine große Freude ist es, Rodin in seinem Atelier zu besuchen. Da ist man in einer ganz andern, sehr großen Welt. Er selbst ist von einer merkwürdigen Güte und Freundlichkeit. Ich werde nächstens auch nach Meudon zu ihm hinausfahren. Wie heißt der kleine Ort am Wasser, wo Sie einen so schönen und traurigen Abend verbracht haben? Ich denke sehr oft daran. Ich beschäftige mich mit Ihnen in Gedanken in einer sehr lebhaften, sonderbaren Weise. Mir ist unter anderm ein ganz inkommensurables, kleines, groteskes Stück eingefallen, in welchem Sie und Paracelsus (der wirkliche, von dem ich ganz außerordentliche Bücher hier, übersetzt, auszugsweise mithabe) die Hauptfiguren sind. Es ist ein Stoff, der mich merkwürdig aufregt. Wenn ich es fertigbringe, müßten wir es beim Richard spielen. Ich spüre dabei sehr stark, daß mir an dem Verkehr mit Ihnen *gar nichts* unfruchtbar ist; auch nicht die kleinste Sache, mit der sich nicht in der Erinnerung etwas anfangen ließe.

Was tun Sie? Von diesen Tagen jetzt gerade kann ich es mir denken, beinahe fühlen, aber nachher? Woran arbeiten Sie, lieber Arthur? Ich hoffe bald einen Brief von Ihnen, sehe Maeterlinck sehr viel, einen überaus erfreulichen Menschen, auch andere Leute, Frauen, Kokotten, Schauspielerinnen, sehr viele schlechte Menschen, arbeite sehr viel, finde endlich, daß der Tag 24 Stunden hat, und bin nie schläfrig.

Von Herzen Ihr Hugo

Friedrich von Holstein
an Ida von Stülpnagel

Diesen Brief schrieb der fündundsechzigjährige Geheimrat von Holstein an seine Kusine und Jugendgespielin Ida von Stülpnagel, geborene von Holtzendorf, wenige Jahre vor seiner Entlassung aus dem diplomatischen Dienst. Lange Zeit ist sein Einfluß als „Graue Eminenz“ des Auswärtigen Amtes überschätzt worden; er stand Bismarck nahe, bekämpfte aber später dessen rußlandfreundliche Politik. Er war ein enger Berater des Reichskanzlers von Bülow und machte sich gegen das sehr persönliche Regiment Kaiser Wilhelm II. stark. Die gelegentlich an Fontane erinnernden Briefe an die Freundin zeigen ihn als einen Mann voll patriotischer Sorge um sein Land, der seine Aufgabe vor allem darin sah, „möglichst zurechtzuschieben und einzurenken“. Er hing, schrieb sein Biograph, an der „süßen Gewohnheit des Lebens, und das hieß bei ihm des Kämpfens, Arbeitens und Herrschens. Er hat viel verschuldet, aber auch an ihm ist viel verschuldet worden. Daß er ein Fremdling war in der Wilhelminischen Ära, gereicht ihm zum Ruhme, daß er sie nicht zu überwinden vermochte, war seine Schwäche. Er ist ein Stück deutsches Schicksal geworden.“

Berlin, 27. März 1902

Liebe Ida

Das Frühjahr kommt kühl und weinerlich heran, wie gewöhnlich. Ich hätte recht gern zum Fest eine drei- bis viertägige Harztour gemacht, aber es schien mir angezeigt, mir's zu verkneifen. Die letzten drei Monate waren ungewöhnlich arbeitsam. Auch meine Ausflüge in der Umgegend habe ich fast ganz eingeschränkt. Und wenn ich mal wieder in einen Vorort komme, wo ich seit vielleicht fünf Jahren nicht war, finde ich mich nicht mehr zurecht, so hat sich alles verändert.

In Gegenden, wo ich vor 20, ja 15 Jahren noch Rehwild sah, stehen ganze Straßen. Das ist durch die billigen Vorort- und Straßenbahnen ermöglicht worden.

In der Wohnung Deiner lieben Mama 128 Königgrätzer Straße ist jetzt das Detektiv-Büreau von Roth-Roffi; was mögen da für Gemeinheiten vorgehen. Die ungeheure Zunahme dieser Detektiv-Büreaus ist kein gutes Zeichen der Zeit. Eine Haupteinnahme bildet die Herbeischaffung des Materials für Scheidungsprozesse, und dabei wird manchmal ganz haarsträubend verfahren.

Auch die Straßengeräusche haben sich geändert. An Stelle des Rasselns der Lastwagen, die die Möbel im Zimmer erschütterten, ist das Tuten der Automobilen oder das Klingeln der Fahrräder getreten. Die Zahl der Unfälle hat bedeutend zugenommen.

Ich bin jedesmal froh, wenn ich mit meinem mangelhaften Auge über die Leipziger oder die Friedrichstraße oder die Linden hinüber bin.

Im Jahre 48, Ende März waren wir in Karlstein zusammen und hetzten einen Fuchs am Papensee. Zwischen damals und heute liegt das Leben. Wie mögen wohl Durows Nachkommen situiert sein? Gutsbesitzer, Pächter oder Inspektoren? Durow bleibt eine sympathische Erscheinung in meinen Erinnerungen.

Unter den Neuerungen, die sich Einem aufdrängen, ist auch die elektrische Beleuchtung. Ich mag sie nicht, habe mich sowohl auf dem Amt wie in meiner Wohnung dagegen gewehrt. Und noch mehr gegen das Telefon. Eine Wohnung mit Telefon würde ich niemals nehmen. Die Besorgnis, daß man von der Wilhelmstraße angeklingelt werden kann, würde mich nie zur

Ruhe kommen lassen. Wenn ich aber mal hier in Pantoffeln sitze, wünsche ich Ruhe zu haben.

Du fragst, wie es mir bei der Glätte gegangen ist. Einmal bin ich in der Wilhelmstraße gefallen und kann heute noch nicht wieder auf der rechten Seite liegen, obschon es über zwei Monate her ist. Ich habe ohnehin Mamas schlechten Schlaf geerbt, dagegen läßt sich nichts machen. [...]

Schlaf und Hals, das sind die schwachen Punkte. Nun, ewig braucht es ja auch nicht zu dauern. [...]

Auf Wiederhören Fritz

Heinrich Mann
an Ludwig Ewers

Der Brief an den Mitschüler, Freund und späteren Journalisten fällt in eine Zeit, in der Heinrich Mann nach Abschluß seines Romans „Die Jagd nach Liebe“ viel im Ausland und in wachsender Vereinsamung lebte. Auch im Verhältnis zu Thomas hatte es Verstimmungen gegeben, die freilich eher der Bruder heraufbeschworen hatte mit seiner Kritik am Werk des Älteren. Frühzeitig schon hatte sich Heinrichs Blick für die deutschen Mißstände geschärft. Einer schien ihm die teilweise Aufhebung des Jesuitengesetzes von 1872 zu sein, einem Überbleibsel des Bismarckschen Kulturkampfes, das die Ausweisung der Jesuiten aus Deutschland vorsah. In einer autobiographischen Skizze aus diesem schwierigen Jahr schreibt er: „Da man nirgends eine Öffentlichkeit weiß mit völlig gleichen Instinkten, gelangt man dahin, sein Wirkungsbedürfnis einzuengen, es an einem Einzigen auszulassen; wodurch es gewinnt an Heftigkeit. Man geht grelle Wege, legt das Viehische neben das Verträumte, Enthusiasmus neben Satiren, koppelt Zärtlichkeit an Menschenfeindschaft.“ – Der Brief ist gekürzt um eine Passage, in der er dem Freund seine weiteren literarischen Pläne auseinandersetzt.

Riva (Tirol), den 10. April 1904
Villa Leonardi

Lieber Ewers,

der mir zuletzt gesandte Artikel (über die Jesuitengeschichte) ist wieder famos geschrieben! Du weißt amüsant und doch mit Würde zu schreiben. Das verstehen nicht gar viele. In der „Zeit" gelingt es dem Felix Salten, einem literarischen Freunde von mir. „Zeit" zusammen mit „N. F. Pr." empfehle ich Dir sehr zum Studium. In Wien werden die Zeitungen ja beträchtlich besser geschrieben; und das erklärt sich leicht aus der Rückständigkeit der österreichischen Presse, die noch keine Kolportagefreiheit und höchstens 50000 Auflage hat. Bei ihrem vornehmeren Leserkreise (der auch viel höhere Abonnements zahlen muß) soignieren sie sich also literarisch noch so wie zur Zeit, als Heine, Gutzkow, Laube in den Blättern schrieben. Es scheint, je größer, also je populärer ein Blatt wird, desto schlechter wird es. Vergleiche die „M. N. N.", dieses infame Wurschtblatt.

Ferner haben die österreichischen Zeitungen den Vorzug, daß sie – ebenfalls infolge der Rückständigkeit in ihrem Lande – noch politisch liberal sind. Ihr, in Deutschland, seid das nicht mehr. Ihr beugt Euch nicht nur unter die Vergewaltigungen der Menschenrechte, die man Euch zumutet: Ihr feiert sie sogar. Ihr habt meines Erachtens kein Recht, Euch über die Rückkehr der Jesuiten zu beklagen. Sie ist nur ein unerheblicher Zwischenfall innerhalb der großen reaktionären Bewegung, die wir durchmachen. Sträubt euch ein wenig gegen die groteske und hassenswerte Vorherrschaft des Militärs, durch die ein Kulturvolk geschändet wird. Ihr überlaßt den Protest nur zu sehr uns bücherschreibenden Literaten. Laßt es nicht zu, daß Nihilisten, die einfach modern gebildete Menschen sind wie Du und ich, vom Deutschen Reich ihren natürlichen Henkern ausgeliefert werden. Dann wird man nicht wagen, euch die Jesuiten zuzumuten! So aber verdient ihr sie.

Verzeih mir diese Meinungsäußerung. Ich bin nicht Sozialist, sondern das Gegenteil. Der Anblick des heutigen Deutschlands hat mich allmählich fast zum Sansculotten gemacht. Über den jetzigen Reichskanzler scheinen wir ja einer Ansicht zu sein. Aber siehst Du denn nicht, daß er nur der Exponent eines herrschenden Systems ist? Eigenen Willen hat der arme Mensch ja nicht: er ist ja höchstens ein Tyrann im Feuilletonstil. Es ist leider die Nation selbst, die auf eine Stufe von Materialismus gesunken ist, wo die Worte Freiheit, Gerechtigkeit nur noch leerer Schall sind. Geld verdienen, die Arbeiterbewegung durch soziale Gesetze oder aber durch Repressalien zur Ruhe bringen, damit man ungestört weiter Geld verdienen kann: sage selbst, ob das nicht das einzige ist, das die Deutschen aller Stände heute ernsthaft beschäftigt. Das einzige Ideal ist ein voller Magen. Die deutsche Militärjustiz hätte zehnmal Gelegenheit gegeben zu einer Dreyfus-Affäre. Aber die idealistische Kraft, die ein Volk oder doch die Besseren aufbringt gegen die dumme Brutalität der Machthaber, die fehlt in diesem Lande. Die Franzosen haben sie. Die Republik ist von der Soldateska periodisch bedroht gewesen: zuerst von Mac-Mahon; dann von den Boulangisten; schließlich von den Verurteilern des Dreyfus. Sie hat sich noch immer behauptet. Und jetzt gibt sie sich eine feste Grundlage durch Erzwingung des Laienunterrichts. Denn die antirepublikanischen Militaristen waren ja alle Jesuitenzöglinge.

Ich kann mir nicht helfen, ich fühle Schande auf uns, wenn ich an Frankreich denke und dann an Wilhelm II. mit seiner Benediktus-Medaille um den Hals.

Nochmals: Laß mir diesen Erguß hingehn. Ich beschäftige mich gerade sehr viel mit diesen Dingen. Ich wollte, wir könnten wieder einmal beisammensitzen und uns aussprechen über alles mögliche. Ist denn gar keine Möglichkeit dazu? Wenn Du Ferien hast im August und Dir Lübeck, wie Du sagst, nicht mehr gefällt – könntest Du nicht einen Teil Deiner Zeit in München verbringen? Ob Du allein kämst oder mit Familie – ich würde Dir schon eine angenehme Wohnung besorgen und Dir Gelegenheit zu wohlfeilem Leben zeigen. Und glaube mir: nur so kannst Du Dir in München Verbindungen schaffen und die Möglichkeit, einmal an ein dortiges Blatt zu kommen! Du mußt dort ein par Wochen zubringen …

Sei in aller Herzlichkeit begrüßt von Deinem treuen

Heinrich Mann

Wilhelm Hoegner
an Georg von Vollmar

Diesen flammenden Brief schrieb der Abiturient Wilhelm Hoegner an den Vorsitzenden der bayerischen Sozialdemokratie Georg von Vollmar. Hoegner war in den zwanziger Jahren bayerischer Landtagsabgeordneter, er saß von 1930 bis 1933 im Reichstag, emigrierte dann nach Österreich und der Schweiz und wurde im Herbst 1945 von der amerikanischen Militärregierung zum bayerischen Ministerpräsidenten ernannt, ein Amt, das er von 1954 bis 1957 an der Spitze einer Koalitionsregierung abermals innehatte. Der SPD trat Hoegner allerdings erst 1919 bei, aber schon wenige Jahre später machte sich der leidenschaftliche Nazi-Gegner einen Namen als Mitglied des spät eingesetzten Untersuchungsausschusses über den Hitler-Putsch von 1923. – Georg von Vollmar übrigens reagierte seinerzeit zurückhaltend auf den ungestümen Jüngling und riet ihm, sich an die Münchner SPD-Gremien zu wenden. Wilhelm Hoegner starb am 5. März 1980.

Sehr geehrter Herr von Vollmar!

Verzeihen Sie, daß ich ohne Berücksichtigung aller Schranken, welche guter Ton und Sitte ziehen, mich unmittelbar an Sie wende und Ihre kostbare Zeit in Anspruch nehme. Doch entschuldigt meine Dreistigkeit der Umstand, daß ich in dem heißen Wunsch, das Los des Proletariats zu bessern, mir bei einem Mann Rat erhole, der für das gedrückte Volk stets seine Stimme erhoben und, frei von förmlichem Kastengeist, dessen Elend in der Nähe geschaut hat. Und die Bitte, die mich zu Ihnen führt, ist diese, Sie möchten mich annehmen als Mitkämpfer für die Sache der Besitzlosen, der Ausgestoßenen. Selbst aus der Masse hervorgegangen, vermochte ich mir durch günstige Fügung die Bildung und die geistigen Waffen der Besitzenden anzueignen. Nach sehr guten Erfolgen verlasse ich heuer das Gymnasium und bitte Sie nun, es mir zu ermöglichen, daß ich meine Kräfte in den Dienst der Sozialdemokratie stellen kann. Man prophezeit mir eine glänzende Staatskarriere und sucht mich der sogenannten „honorigen" Clique zu erhalten. Es kommt mir wirklich nicht schwer an, auf den Schein zu verzichten. Ich kenne nur eine Aufgabe, die jeder edle Mensch zu erfüllen hat, für das wirkliche Wohl der notleidenden Mitbrüder einzutreten. Die Menschen glücklich zu machen, wird ja nie gelingen. Das Glück ist zu sehr subjektive Auffassung des einzelnen. Aber man kann wenigstens die Ungerechtigkeit aus der Welt verbannen.

Halten Sie mich nicht zu jung für politische Dinge! Ich habe die Sozialdemokratie nie lediglich als politische Partei angesehen, sondern als notwendige Kulturentwicklung, als neue Erlösung. Um solch gewaltige Umwälzungen in der Geschichte sich zu bekümmern, ist auch der Jugend erlaubt, das ist ihre Pflicht, viel eher als Kneipen und Mensuren. Außerdem habe ich in einem königlichen Seminar 7 Jahre lang die Ehre gehabt, die Verachtung zu fühlen, die auf dem niederen Volke lastet. Man kann es mir wirklich nicht verdenken, wenn mir die Augen ziemlich früh aufgingen, wenn ich schon früh über die „Gleichberechtigung" eines Paria nachdenken und Phrasen nach Gebühr schätzen lernte.

Ich weiß, ich werde einen dornenvollen Weg gehen, von eklem Natterngezücht begeifert und verleumdet. Und dennoch bitte ich Sie, weisen Sie mir diesen Pfad, geben Sie mir Gelegenheit, meinem einzigen Lebenszweck zu genügen, lassen Sie mich streiten in den Reihen der ersten Kulturmacht, der internationalen Sozialdemokratie!

In vorzüglicher Hochachtung
Wilhelm Hoegner
Abiturient

Riem, 6. Juli 1907

Karl Barth
an Martin Rade

Der Chor der freudig erregten Hurra-Patrioten vom August 1914 übertönte die besorgten Einzelstimmen natürlich bei weitem. In christlichen Kreisen jedoch erregte damals die leidenschaftliche Kontroverse, die der knapp dreißigjährige Schweizer Theologe Karl Barth mit seinem fast sechzigjährigen Freund und Kollegen, dem Marburger Herausgeber der „Christlichen Welt" führte, gewaltiges Aufsehen. Ging es doch um die Formulierung einer Kriegsideologie, die als „fromme Kriegsfertigkeit" ausgegeben wurde, ja den Eindruck erwecken sollte, als kämpften die Deutschen im Auftrag Gottes, wobei Barth sich dagegen wehrte, daß Gott bei diesem ganzen weltlichen Treiben überhaupt ins Spiel gebracht wurde. Interessant ist, daß Martin Rade und seine Zeitschrift starken Anfeindungen ausgesetzt waren, hatte diese doch den Krieg schlankweg als „Bankerott der Christenheit" bezeichnet. Martin Rade hat in seiner Antwort auf Barths Brief den Krieg zwar als ein „Unglück" für das deutsche Volk aufgefaßt, aber doch als ein „so großes ungeheueres, daß ihm alles andere Denken und Fühlen verging über dem Einen: Gott".

Verehrter lieber Herr Professor! Safenwill, 31. 8. 1914

Ich habe es mir lange überlegt, nun muß ich es Ihnen doch sagen, wie sehr mir die letzten 3 Nummern der Chr. W. eine Enttäuschung, religiös geredet ein „Ärgernis" sind. Es fällt mir so schwer, Ihnen das zu schreiben, und noch viel schwerer muß es Ihnen fallen, mir zuzuhören. Aber ich habe das Gefühl, es ginge innerlich etwas entzwei zwischen Marburg und mir, wenn ich jetzt schweigen würde. Und Sie hatten doch immer wie Wenige die Fähigkeit, auch ganz andere Gesinnungen und Stimmungen als Ihre eigenen und die gerade um Sie herrschenden zu begreifen. Das kann trotz Allem nicht so ganz anders geworden sein. Und ich habe den Mut, Ihnen zu schreiben, weil ich weiß, daß ich nicht der Einzige bin diesseits des Rheins, der so denkt.

Wir verstehen Sie nicht, verehrter lieber Herr Professor, wir *können* und *wollen* Sie nicht verstehen in Ihrer bisher eingenommenen Haltung dem *Krieg* gegenüber. Bitte werfen Sie mir jetzt nicht gleich dazwischen, daß ich Schweizer sei und über diesen Krieg nicht reden könne. Sie machen sich die Abwehr unserer Einwände immer wieder viel zu leicht mit dieser Feststellung. Über alles Politische sage ich kein Wort, ich maße mir kein Urteil darüber an, es dürfte bei der Kompliziertheit der Dinge überhaupt jetzt noch nicht möglich sein, darüber zu urteilen. Aber ich vermisse schon die letztere Einsicht, die doch für Sie so gut gilt wie für uns. Alles, was Sie in der Chr. W. jetzt sagen, geht von der stillschweigenden oder ausdrücklichen Voraussetzung aus, daß Deutschland recht hat in diesem Krieg. Ich trete nicht ein auf diese Frage. Die Geschichte wird darüber entscheiden. Aber das verwundert mich, daß die Chr. W. – eine *religiöse*, christliche Zeitschrift und von der *geistigen Kultur* der Chr. W. – diese populäre Voraussetzung einfach mitmacht, wo es doch vom Standpunkt des Glaubens wie der Bildung aus ein *Schweigen* geben dürfte, weil diese Dinge noch sub judice sind. Und das führt mich nun sofort zu dem Hauptanstoß, den ich, den wir jetzt an der Chr. W. nehmen. Sie haben jene Voraussetzung nötig als Grundlage dessen, was Sie „fromme Kriegsfertigkeit" nennen. Und das ist nun noch schlimmer als jene Voraussetzung. Das ist mir das Allertraurigste in dieser traurigen Zeit, zu sehen, wie jetzt in ganz Deutschland Vaterlandsliebe, Kriegslust und christlicher Glaube in ein hoffnungsloses Durcheinander geraten und wie nun auch die Chr. W. prinzipiell tut, wie ganz Deutschland tut. Das ist die Enttäuschung für uns, von der ich Ihnen sagen *muß*, daß wir sehen müssen, wie die Christliche Welt in diesem enscheidenden Augenblick aufhört *christlich* zu sein, sondern sich einfach *dieser* Welt gleichstellt. Das, was in diesem Augenblick das vom christlichen Standpunkt aus einzig Mögliche wäre, der unbedingte Protest gegen den Krieg überhaupt und gegen all das Menschliche, was ihn herbeigeführt hat, das wollen Sie gerade jetzt (wann hat es einen Sinn, wenn nicht jetzt, möchte ich fragen?) nicht hören, sondern Sie wollen das „Rein-Religöse" in den Vordergrund stellen, das nach den bisherigen Proben nichts Anderes bedeutet als das Deutsch-Religiöse. Dieser Zusammenbruch vor den „harten Realitäten" ists, der uns weh tut, wir hatten von der Chr. W. Anderes erwartet. Es versteht sich von selbst, daß Deutschland den Krieg, den es nun, mit Recht oder Unrecht einmal hat, auch führen muß, mit Verteidigung und Angriff, mit 42cm-Geschützen und Neutralitätsverletzungen, mit Massenfüsilierungen und Städtezerstörungen. À la guerre comme à la guerre. Aber warum lassen Sie bei dieser ganzen weltlichen, sündigen Notwendigkeit Gott nicht aus dem Spiele? Meinetwegen durch völliges Schweigen, wenn der „harten Realitäten" wegen das Protestieren nicht angeht; Schweigen mit allen religiösen Beziehungen auf das, was die Deutschen jetzt tun müssen, wäre auch ein Protest. Aber nicht Gott in der Weise in die Sache hineinziehen, als ob die Deutschen mit samt ihren großen Kanonen sich jetzt als seine Mandatare fühlen dürften, als ob sie in diesem Augenblick mit gutem Gewissen schießen und brennen dürften. *Das* nicht! Und gerade das, das gute Gewissen predigen Sie jetzt, jetzt wo das schlechte Gewissen das christlich allein Mögliche wäre gegenüber der nun einmal vorhandenen weltlichen, sündigen Notwendigkeit. Wie soll es mit den Menschen vorwärts gehen, wenn man ihnen jetzt – in diesem furchtbaren Ausbruch menschlicher Schuld – für ihr Tun noch den Trost des guten Gewissens spendet? Gibt es im gegenwärtigen Augenblick, wenn man nicht das Schweigen dem Reden vorziehen will, etwas Anderes zu sagen als „Buße"? Ja! sagen Sie, es gibt etwas Anderes, und lassen die Engel im Himmel sich über die deutsche Mobilisation freuen, lassen die deutschen Frauen ihr Kriegsgebet mit Trommelschlag beten, lassen Fritz Philippi von einem heiligen Krieg reden (leider übrigens poetisch ganz wundervolle Stücke, religiös um so bedenklicher!), machen selber den Paulus zum Advokaten der Vaterlandsreligion, feiern das Zusammenknicken der deutschen Sozialdemokraten am 4. August als etwas „Wundervolles"!! und drucken – dies ist für mich das Gravierendste – die Lutherschrift über den Krieg ab, die mich, ich muß es Ihnen gestehen, in diesem Zusammenhang, angewendet auf diesen Macht- und Rassenkampf, in ihrer Mischung von Naivität und Sophisterei einfach anwidert. „Fromme Kriegsfertigkeit" – ist das das Wort, das die Chr. W. in dieser großen Stunde zu sagen hat? „Gottes Wille aus dem Wirklichen erkennen" wollen Sie. Das möchten auch wir. Aber in der Art, wie wir es tun, offenbart sich der ganze ernste religiöse Gegensatz, der zwischen Ihnen Allen und uns besteht und neben dem mir Alles das, was Sie z. B. mit D. Kaftan verhandelten, bedeutungslos erscheint. *Wir* sagen: Hominum confusione et Dei providentia mundus regitur, wehren uns gegen die confusio, so lange es geht, fügen uns ihr in bitterer Beschämung, wenn es nicht mehr geht, und glauben dann, daß Gottes providentia trotz uns zustande bringt, was er haben will. *Sie* gehen religiös von dem neuesten Testament aus, daß der Christ heute unter ganz anderen Bedingungen lebe als zur Zeit der Apostel, folgern daraus ohne Zaudern die Pflicht, sich als Deutsche mit Ehren zu behaupten, und gehen dann ohne weitere Umstände dazu über, „ein festes Herz" zu bekommen. – Ich will mir das Schlagwort von den „zwei Religionen" nicht aneignen, aber noch nie ist mir so klar gewesen wie jetzt, wie recht Luther hatte, als er unserem Zwingli das Wort vom „andern Geist" sagte. Das hat nun offenbar auch so sein sollen, daß dieser Gegensatz nun einmal zu offenem und unversöhnlichem Ausdruck gekommen ist. Gerade weil Sie so unmittelbar und unter starkem Druck geschrieben haben. Ich habe nun nur die *eine* Angst, die ich schon andeutete, daß Sie diesen Gegensatz wieder auf einen politischen, schweizerisch-reichsdeutschen reduzieren. Sie haben uns das nun schon oft so gemacht und beharren offenbar dabei, hier, auf der Oberfläche, den Kern des Problems zu suchen. Ich habe aber die Hoffnung, daß gerade die Wucht der gegenwärtigen Tatsachen dazu dienen wird, auch Ihnen eine andere Orientierung wenigstens näherzulegen, als es bis dahin der Fall war.

Mit den herzlichsten Grüßen an die lieben Ihrigen auch von meiner Frau

Ihr ergebener Karl Barth

Franz Marc
an Wassily Kandinsky

Eine Sternstunde der Kunstgeschichte – das war die Begegnung des Russen Wassily Kandinsky mit dem vierzehn Jahre jüngeren Münchner Franz Marc am Vorabend des Ersten Weltkrieges: „Der Blaue Reiter", die bedeutendste Programmschrift der Kunst des 20. Jahrhunderts, war eine Frucht der ungewöhnlichen Freundschaft dieser beiden Maler. Sie begann 1910, als Marc den Älteren gegen Presseangriffe anläßlich einer Ausstellung der „Neuen Künstlervereinigung" verteidigte; die Künstler wurden da als „unheilbar irrsinnig" und als „schamlose Bluffer" attackiert. Die Freundschaft, die gemeinsame Arbeit waren jedoch nur von kurzer Dauer: Marc rückte 1914 ins Feld, Kandinsky ging in die neutrale Schweiz, wo er den Briefen des Freundes die verzweifelten Versuche einer Sinngebung des Grauens entnahm. Im Frühjahr 1916 fiel Marc siebenunddreißigjährig vor Verdun; Kandinsky starb als Emigrant in Frankreich 1944 mit achtundsiebzig Jahren. „Ich kenne wenig Zeugnisse oder Zeichen, die das Vorausnehmen des Kommenden, das wir inzwischen erlebt haben und das uns noch bevorsteht, ergreifender zum Ausdruck bringen, als Marcs in Vorahnung der großen Kriege geschaffene Tierschicksale", schrieb Carl Jacob Burckhardt.

Hageville 24. X 14
westlich Metz

Lieber Kandinsky,

ich hab das traurige Gefühl, daß dieser Krieg wie eine große Flut zwischen uns beiden strömt, die uns trennt; der eine sieht den andern kaum am fernen Ufer. Alles Rufen ist vergeblich, – vielleicht auch das Schreiben. In solcher Zeit wird jeder, er mag wollen oder nicht, in seine Nation zurückgerissen. Ich kämpfe in mir sehr dagegen an; das gute Europäertum liegt meinem Herzen näher als das Deutschtum; was Sie jetzt fühlen, weiß ich nicht. Ich selbst *lebe in diesem* Kriege. Ich sehe in ihm sogar den heilsamen wenn auch grausamen Durchgang zu unsern Zielen; er wird die Menschen nicht zurückwerfen, sondern Europa *reinigen*, „bereit" machen. Nach den ersten 4 Wochen unsäglicher Strapazen, die ich in den Vogesen durchzumachen hatte, nach allen Schrecknissen und Schreckbildern des Krieges bin ich seit Anfang Oktober in große Ruhe gekommen. Erst erkrankte ich an der Ruhr und lag 16 Tage im Lazarett in Schlettstadt still wie ein Knabe, dann reiste ich wieder meiner Truppe nach, die jetzt zwischen Metz und Toul steht, ohne Gefecht. Unsre ganze Division ist von den Vogesenkämpfen so dezimirt und auch durch Krankheit erschöpft, daß man ihr jetzt Ruhe gönnt und sie vorderhand überhaupt nicht wieder in's Gefecht läßt. So liegen wir in einem armseligen stillen Dörfchen Hageville, führen friedlich unsre armen Pferde zur Tränke, rauchen und kochen, spielen Schach und schlafen soviel wir können; ich hab mir ein stilles Zimmerchen gesichert, in dem ich tagsüber arbeite wie wenn ich in Ried wäre, – allerdings nicht male, – aber nachdenke und an einer langen Sache schreibe, – *das* schreibe, das ich immer in Ried schreiben wollte und nicht konnte; der Krieg hat mir meine Gedanken gelöst. Ich bin nur leider von meiner Krankheit noch müde und arbeite langsam, mit Lücken der Ermüdung. Die Fenster klirren oft stundenlang von dem Bombardement vor Toul; die armen, braven Menschen, die dort kämpfen, auf beiden Seiten! Um ein Ziel, das sie nicht wissen und das doch ist. Europa thut heute dasselbe an seinem Leibe, was Frankreich in der großen Revolution an sich that. Hoffentlich bleibt uns der Napoleon des Empire erspart! Davor hab ich freilich oft Angst, daß die

Gelegenheit in Europa noch einmal verpaßt wird! Daß es nochmals zu früh war, das große Blutopfer. Daß das Vordergrundsspiel der Politik, die große dumme Spinne ihr Netz behält; es *muß zerrissen* werden.

Schreiben Sie mir doch mal, über den großen Strom, der zwischen uns fließt. Haben Sie Lust? Ich erfuhr Ihre Adresse durch Klee. Grüßen Sie, wen Sie sonst von unserm Kreise in der Nähe wissen, herzlich von mir und nehmen Sie und Frau Münter einen festen Händedruck und Gruß

von Ihrem Fz. Marc.

Hans Carossa
an Alfred Kubin

Der Krieg war noch jung, und Hans Carossa befand sich in bester Gesellschaft mit seiner verzückten Betrachtung des „ungeheuren Schauspiels". „Das große Völkerringen" begeisterte gerade viele Künstler und oft solche, von denen man es nicht erwartet hätte. Thomas Mann schrieb, den Bruder im Visier, seine „Betrachtungen eines Unpolitischen", Ernst Jünger erlebte die Materialschlacht anfangs wie berauscht, Maximilian Harden schrieb Brandartikel in der „Zukunft" und August Stramm stürmte an der Spitze seiner Kompanie in die Weiten Rußlands. Im selben Jahr 1915 erschien übrigens auch ein Gedicht Carossas, das später den Titel „Geheimnisse" bekam und das so schloß: „Und ob er tötet, ob er stirbt, er weiß: /Dies ist nur dunkler Samen künftiger Liebe/Viel Blut, viel Blut muß in die Erde sinken/Nie wird sie sonst den Menschen heimatlich." Daß 1945, nach einem schweren Luftangriff auf München, der Rundfunk das Gedicht ohne Jahresangabe sendete, fand Carossa allerdings später degoutant. Was 1915 „echt und glaubhaft geklungen" habe, müsse nun wie „unverschämter Zynismus" wirken.

München, 3. 1. 1915

Lieber Freund Kubin!

Herzlichen Dank, wenn auch verspätet, für Ihren ausführlichen Brief und das Strindbergbuch, ganz besonders auch für die liebe kleine Zeichnung! Heute, Sonntag morgens, hab ich einmal wieder sämtliche Kubinblätter meines Besitzes durchgesehen und mich an dem Reichtum dieser wunderbaren Welt des Zwielichts gefreut. Dabei auch wieder bemerkt, daß immer jene Bilder am stärksten und tiefsten in mir anklingen, wo Traum und nüchternster Alltag zu einer solchen Einheit geworden sind, daß man die Übergänge gar nicht mehr wahrnimmt.

Ihre Augen haben sich indessen hoffentlich schon gebessert; es handelt sich lediglich um nervöse Störungen, die stets vorübergehend sind; nun müssen Sie Ihre Augen auch wirklich schonen und eine Zeit lang weder arbeiten noch lesen, was Ihnen freilich wegen der Langeweile, die aus solcher Entsagung kommt, schwer fallen wird; aber lieber rauchen Sie zuweilen eine Zigarette, um sich die trüben Gedanken zu verscheuchen oder entschließen sich zu einer kleinen Reise, und wärs auch nur bis München. Sie finden hier verschiedene Menschen, und die Last der furchtbaren Zeit, die Sie in der Zwickledter Einsamkeit zuweilen so schwer fühlen, daß Ihnen ist als müßten Sie sie ganz allein tragen, wird Ihnen leichter werden, wenn Sie sehen wie sich hundert andere, jeder auf seine Weise damit abfinden. Am glücklichsten sind ja die, die den gradesten Weg gehen, der zu gehen jetzt möglich ist, ins Schlachtfeld, und keiner von ihnen möchte, trotz aller Leiden und Entbehrungen und der ständigen Nähe des Todes mit einem tauschen, der wie Sie und ich dieses ungeheure Schauspiel nur von außen sieht. Wer in einer Sache drin steckt, ist ja immer, sogar im Fürchterlichsten, seliger, als der aus der Ferne zuschaut. Und die fallen, sterben fast alle mitten im höchsten Lebensschwung, das ist schöner als ein langes Krankenlager, und wenn schließlich doch alles auf das Mainländersche absolute Nichts hinausläuft, so gibt es keinen herrlicheren Weg dazu. Davon sind wir aber noch weit entfernt, und fast glaube ich, daß, wo es am mörderischsten, rasendsten zugeht, der unsichtbare Samen des Lebens am üppigsten ausgestreut wird; und wo es ganz still und friedlich aussieht, ist der Tod genau so nah wie zwischen den Kanonen.

Rilke ist leider leider schon wieder von hier fort und zwar nach Berlin gegangen, soviel ich aber höre, gefällts ihm dort nicht sonderlich, und so hoffe ich, daß dieser reiche innige gütige Mensch doch wieder nach München kommt und sich für eine Weile hier niederläßt. Schade, daß Ihr Brief ihn verfehlt hat; anderseits ist es fraglich, ob er, da er keine Zeitungen liest, den plumpen Angriff jenes Neiders überhaupt erfahren hat. (Für ihn ist es nicht schwer sich des täglichen Zeitungsgiftes zu enthalten, weil er viel unter Menschen lebt, die ihm alles wichtige Neue erzählen).

Dietzel ist hier gewesen, ihn hat der Aufenthalt im Schützengraben in keiner Weise verändert, nur ist er wo möglich noch nervöser als vorher.

Ich hoffe im Stillen, daß es mir im Frühjahr möglich werden wird eine Woche nach Seestetten oder Passau zu gehen um dann auch einen Ausflug nach Zwickledt zu machen; da wird es Stoff zu Gesprächen geben. Vorher aber kommen Sie doch wohl einmal nach München.

Noch Eins: ob das politische Deutschland sich nach dem Krieg mehr um Kunst kümmern wird, als vorher, wer weiß es? Aber die Gemeinde derer, die das Echte vom Unechten sondern wollen und können und die begreifen werden, daß alle äußere Macht ohne die stillen Taten der Dichter, Bildner u. Seher etwas Unheimliches ist, die wird größer stärker und inniger werden.

Rilkes Brief über Heymel lege ich bei; senden Sie ihn oder bringen Sie ihn mir gelegentlich.

Wir alle wünschen Ihnen und der lieben guten Frau Hedwig ein gutes neues Jahr! Wir denken täglich an Sie und wünschen die Zeit zurück, wo wir uns so nah waren.

Herzlich Ihr H. Carossa

Max Beckmann
an Minna Tube

Max Beckmanns „Briefe im Kriege" erschienen bei Bruno Cassirer bereits 1916. Beckmann diente in der ersten Hälfte des Jahres 1915 als Sanitätssoldat in Flandern und schrieb ziemlich regelmäßig an seine Frau Minna Tube. Mit der patriotischen Hurrastimmung vieler Künstler und Intellektueller in jenen Tagen hat er nichts gemein; das Grauen der Schlachten sieht er eher als kühler Beobachter, mit einem entzückten Malerauge. „Meine Kunst kriegt hier zu fressen", schreibt er nach Hause; aus der existentiellen Grenzerfahrung Krieg destilliert er fast eine Art von Genuß, die Zeichnungen jener Tage belegen das. Sie und auch die Briefe verraten, wie er sich zeichnend und schreibend einen Abstand von Tod und Vernichtung zu schaffen suchte. Als er aus dem Militärdienst entlassen wird, kehrt er nicht zu seiner Familie zurück, sondern sucht das Kriegstrauma zu bewältigen, was ihm erst Anfang der Zwanziger Jahre gelingt.

V., d. 4. 5. 15.

Also ich kann fast nicht an Dich schreiben, so zahllos sind die Mücken. Immer wieder fallen diese blöden Tiere herunter, und in meinem Zimmer ist ein Gesumms, wie in einem Ameisenhaufen.

Nun habe ich fürs erste Mal genug bekommen. Ich war auf dem äußersten Verbandplatz, der direkt an den äußersten Schützengräben liegt. Mitten in der großen Kanonade von Ypern. Pfui Deibel. Ich muß Dir offen gestehen, daß ich nicht unbeträchtliche Gefühle der äußersten Sorge um mein geehrtes Leben durchgemacht habe. Ich fuhr mit dem Rad nach Tenbrylen, dem letzten von den Einwohnern ziemlich verlassenen Dörfchen vor der Schlachtfront, um dort meine Bauern von gestern noch einmal zu zeichnen und dabei einen Oberstabsarzt zu besuchen, um zu sehen, ob er nicht was zu sehen hätte für mich. Mais il n'était pas là. Na, ich wandelte einsam umher und fand meine Modelle nicht. Immer zwischen gelbem Raps und endlosen Munitionskolonnen, die von der Front zurückkamen und wieder hinfuhren. Schließlich aber traf ich den Burschen vom Oberstabsarzt. „Der Oberstabsarzt ist in der äußersten Schützenlinie", sagt er, „ich gehe wieder hin, muß neues Verbandzeug hinbringen."

Ich hatte schon auf der Hinfahrt Angst gehabt, denn heute, sagte ich mir, machst du sicher eine Dummheit. Also von Zandvoorde sollte man noch eine Viertelstunde zu Fuß gehen. „Na dann also, ich gehe mit."

Nun ging's los. Gleich vor Z. stehen unsere schweren Geschütze, und natürlich hatten sie nichts Eiligeres zu tun, als loszuschießen, als wir vorübergingen. Glücklicherweise sah ich noch rechtzeitig, wie der Offizier „Feuer!" sagte, trotzdem konnte ich einige Sekunden nach dem Knall nichts hören, und der Luftdruck warf mich einige Schritte zurück. Wie eine wilde Furie sauste das Geschoß über meinen Kopf hinüber in den endlosen Raum, und nun gingen immer diese Geschosse mit wildem ironischen, wahnsinnigen Geheul über meinen Kopf weiter. Und ich durch die Trümmer des Dorfes links weiter die Chaussee, die dauernd über die Höhe führte und die sich drehte wie ein Bohrer, anstatt mich, wie ich erwartet hatte, nach vorn direkt zu führen. Links und rechts schossen nun unsere Geschütze mit einer wilden Wut, und jetzt hörte ich auch den schaurigen Lärm der feindlichen Einschläger. Na, ich zog die Schultern hoch und ging weiter. An einem verfallenen Haus der sonst ganz einsamen Chaussee saß ein Soldat und grinste mich höhnisch an.

„Was wollen Sie denn? Bloß so aus Neugierde?"

„Na ja", sagte ich verlegen.

„Ich würde aber schön zu Hause bleiben, wenn ich nicht müßte", meinte er und grinste wieder höhnisch.

„Tja", sagte ich und besah mir die weißen Kreuze, die die Chausseeränder verzierten mit ihren melancholischen, leeren Helmen. „Das ist nun mal so. Na, adieu."

Weiter! Zurück war ebenso gefährlich wie vorwärts. Ich zog wieder die Schultern hoch und ging dem braven Burschen nach. Erst mußten wir noch eine andere Verbandstelle passieren, und schließlich landete ich denn bei meinem Oberstabsarzt, der mich erstaunt empfing. Na, ich war nun da. Es war nicht mehr zu ändern. Ich muß hinzusetzen, daß er sich auf telephonische Anfrage geweigert hatte, mich mitzunehmen. A cause du danger.

Es war ein wirklicher Höllenlärm. Die Luft war angefüllt mit dem schrillen Pfeifen der Schrapnells und dem wüsten Dröhnen der schweren Geschütze. Man brachte andauernd Verwundete. Einige Vergiftete wälzten sich in wilden Zuckungen und röchelten schwer. Dem einen mußte mit der Mundsperre der Mund aufgehalten werden.

Fabelhafte Sachen sah ich. In dem halbdunklen Unterstand halbentkleidete, blutüberströmte Männer, denen die weißen Verbände angelegt wurden. Groß und schmerzlich im Ausdruck. Neue Vorstellungen von Geißelungen Christi.

Dann brachte man einen Oberleutnant, der eben einen schweren Brustschuß erhalten hatte. Ein schönes Gesicht, schon halb weiß, mit rötlichem Haar und graurosa Teint. Er war ganz ruhig und sehr matt.

„Hier ging die Kugel rein und hier raus", zeigte er an seiner nackten Brust, „schlechte Sache. Bald Ende."

Fein und groß und ruhig. Mit seinem trockenen Offizierston sprach er. – Er wird nicht mehr. Draußen lagen zwei Tote von heute früh, die nachher begraben werden sollten. Ich hob die Tücher von ihren Köpfen. Der eine ganz fahl braunweiß mit merkwürdig überirdischem Ausdruck – der andere ein brutales Gesicht, ganz mit schmutzigem Blut bedeckt, mit einer riesigen klaffenden Wunde am untern Gesicht und am Hals, ein Granat wie ein tiefer, blutiger Abgrund. Still lagen sie, nebenbei gruben die Kameraden das leichte Grab. Über uns ein feindlicher Flieger. – In Fliegerdeckung. – Inzwischen hatte wohl der Feind die Ansammlung von Menschen bemerkt, und die Granaten der schweren englischen Geschütze begannen immer näher bei uns zu krepieren. Inmitten dieser zerrissenen Menschenreste stand ich nun jeden Augenblick gewärtig, zu ihnen zu gehören.

Vielen Gesichtern sah man die Angst an. Und vor mir lag der Weg zurück über die Höhen. Oberstabsarzt C. war fein. Nicht eine Spur von Angst – mit einer Ruhe und Sicherheit bewegte er sich auf dem Terrain, wie in einem Tanzsaal. Er fuhr mit dem schwerverletzten Oberleutnant im Auto nach V.

Inzwischen wurden wir weiter beschossen, und man verbrachte die Zeit mit Aufsuchen der verschiedenen Winkel.

Dann kam mit einem Krankenauto der Divisionspfarrer.

Die Beerdigung sollte auf dem freien Platz vor dem Unterstand vor sich gehen, und der war also augenblicklich sehr exponiert.

Man versammelte sich also draußen, während dem ungeheuren Lärm. Der Pfarrer hielt eine kurze Rede, die wie eine wahnsinnig flehende Bitte klang, daß uns der Herrgott, zu dem man doch immer treu gestanden, aus dieser Not erretten möge. Seine Stimme steigerte sich teilweise zum Gebrüll, da sie sonst unverständlich war, auch weil ihn wohl Aufgeregtheit und Nerven zwangen.

Die Rede war kurz, und ich habe niemals ein so schnelles Vaterunser gehört, aber er hielt noch die Form. Sehr schön war die tiefe, erschauernde Andacht der Soldaten, die jungen und alten Gesichter mit dem Ausdruck der Not und Verlassenheit und doch auch Kraft und der stillen Würde des Unabänderlichen. In mir sauste alles. Mein Selbsterhaltungstrieb, der krampfhaft darauf lauerte, sich vor der kommenden Granate zu retten, und mein fester Wille, diesen beiden Menschen, die da quasi für mich gestorben waren, die letzte Ehre mit einer gewissen Selbstbeherrschung zu geben.

Nun kam das Amen. Ich ging als dritter an die Gräber und warf ruhig, ich war in dem Augenblick ganz ruhig, einigen Sand auf die armen braunen, zerschossenen Hände und den verdeckten Kopf.

Und nun kam wie zum theatralischen Schlußeffekt auch die Granate und explodierte fünfzig Meter weit von uns unter einem schrillen Lärm. Die ganze Gesellschaft sauste an den Boden, um sich zu decken. Es wurde niemand verletzt.

Bei der Rückfahrt hatte ich Glück. Ich fuhr zuerst mit den Gasverwundeten drinnen im Krankenauto, später außen angeklemmt über den Berg.

Ein riesiges, schwarzes Gewitter zog von Ypern her zu uns rüber.

Rosa Luxemburg
an Hans Diefenbach

Der dreizehn Jahre jüngere „Hannes" Diefenbach war einer der engsten Freunde von Rosa Luxemburg; an ihn gingen viele Briefe aus den Gefängnissen in Wronke und Breslau, in denen sie bis Kriegsende saß. Der Freund fiel wenige Monate, nachdem dieser Brief geschrieben war: an seine Schwester schrieb sie erschüttert: „Ich habe den teuersten Freund verloren, der wie keiner jede meiner Stimmungen, jede Empfindung verstand und mitempfand..." Ihre Briefe verraten viel vom Reichtum ihres Wesens, sie zeigen die deutsche Marxistin ebenso wie die kundige Leserin und die Liebhaberin der Blumen in ihrem Gefängnisgarten. Und es klingt wie trotzige Melancholie, wenn sie schreibt, daß „ich aus Versehen im Strudel der Weltgeschichte herumkreisele, eigentlich aber zum Gänsehüten bestimmt bin". Der Dramatiker Heiner Müller schrieb: „Mit dem Mord an Rosa Luxemburg und Karl Liebknecht fing mitten in Berlin der Zweite Weltkrieg an."

Wronke i. P. Festung
(ohne „c") 8. 3. 17.

Hänschen, von den Tausend Dingen, die ich Ihnen zu sagen habe, hier noch eine Handvoll. Jetzt bin ich wieder in ruhigerer Verfassung und will Ihnen deshalb schreiben, jenen zerrissenen Brief schickte ich nicht, um Sie nicht traurig zu machen; schwarz auf weiß macht sich eine vorübergehende Depression viel tragischer als in Wirklichkeit. Jetzt schreibe ich hauptsächlich auf folgendem Anlaß. Frl. Mathilde J., die hier ist, fährt nach Posen und hofft Sie zu sehen; ich habe sie dazu angestiftet, weil ich mir denke, daß Ihnen das recht sein wird; sie wird Ihnen über mich ausführlich berichten und Ihnen meine brühwarmen Grüße überbringen – aber auch noch etwas! Und dieses Etwas ist – mein Manuskript der *Antikritik*, Antwort auf die Eckstein, Bauer & Co., zur Verteidigung meines Buches über die Akkumulation! Sie Unseliger sind ausersehen, der zweite Leser dieses Opus zu sein (der erste war natürlich Mehring, der das Manuskript mehrmals gelesen hat und es beim ersten Mal „einfach genial", „eine wahrhaft großartige, hinreißende Leistung" nannte, die seit Marx' Tode ihresgleichen nicht habe; bei einem späteren Bericht – wir hatten uns inzwischen vorübergehend „verknurrt", wie er das nennt – hat er sich gemäßigter ausgedrückt! ...). In Wirklichkeit ist das eine Leistung, auf die ich einigermaßen stolz bin und die mich sicher überleben wird. Sie ist viel reifer als die „Akkumulation" selbst: die Form zur höchsten Einfachheit gebracht, ohne jedes Beiwerk, ohne jede Koketterie und Blendwerk, schlicht, nur auf große Linien reduziert, ich möchte sagen „nackt", wie ein Marmorblock. Dies ist jetzt überhaupt meine Geschmacksrichtung, die in der wissenschaftlichen Arbeit wie in der Kunst nur das Einfache, Ruhige und Großzügige schätzt, weshalb mir z. B. der vielgerühmte erste Band des Marxschen *Kapital* mit seiner Überladung an Rokoko-Ornamenten im Hegelschen Stil jetzt ein Greuel ist (wofür vom Parteistandpunkt fünf Jahre Zuchthaus und zehn J. Ehrverlust verwirkt sind ...). Natürlich muß der Leser, um meine *Antikritik* wissenschaftlich zu würdigen, die Nationalökonomie im allgemeinen und die Marxsche im besonderen aus dem ff. beherrschen. Und wie viele solche Sterbliche gibt es heute? Nicht ein halbes Dutzend. Meine Arbeiten sind wirklich von diesem Standpunkt Luxusware und könnten auf Büttenpapier gedruckt werden. Die Antikritik ist aber wenigstens ganz frei von den algebraischen Formeln, die auf den „schlichten Leser“ so panisch wirken. Im allgemeinen glaube ich, daß Sie das Ding verstehen werden, Mehring rühmte gerade „die kristallene Klarheit und Durchsichtigkeit der Darstellung“. Sie sollen es also lesen und mir Ihr Urteil als „einfacher Mann aus dem Volke“ sagen. Über die künstlerische Seite der Darstellung ist mir Ihr Urteil von größtem Wert. Ich will aber auch sehen, wieviel Sie davon kapieren werden. Also frisch an die Arbeit! Surge puer, oder wenn Sie nicht können, lesen Sie's im Liegen, aber machen Sie sich daran und schreiben Sie, welchen Eindruck Sie davontragen. Es wird Ihnen auch gar nicht schaden, mal wieder in die Nationalökonomie hineinzuschmecken.

Ach, Hänschen, wenn doch der Winter schon zu Ende wäre. Mich zermalmt dieses Wetter, ich kann jetzt keine Härte vertragen, weder von Menschen noch von der Natur. Jedes Jahr um diese Zeit pflegte ich schon meine Reisevorbereitungen zu machen, denn am 7. oder 10. April war ich schon stets am Genfer See. Jetzt habe ich ihn drei Jahre nicht gesehen. O dieser blaue, traumhaft schöne Genfer See! Wissen Sie noch, welche Überraschung man erlebt, wenn man nach der öden Strecke Bern–Lausanne und nach einem letzten furchtbar langen Tunnel plötzlich über der großen blauen Tafel des Sees schwebt! Jedesmal flattert mir das Herz auf wie ein Falter. Und dann die herrliche Strecke von Lausanne nach Clarens, mit den winzigen Statiönchen alle zwanzig Minuten, tief unten am Wasser ein Häuflein kleiner Häuser um ein weißes Kirchlein gruppiert, der ruhigsingende Ausruf des Kondukteurs, dann fängt die Stationsglocke ihr Gebimmel an – je dreimal hintereinander, und wieder dreimal, und wieder – der Zug setzt sich langsam in Bewegung, aber die Glocke bimmelt immer noch so hell und heiter. Und der blaue Wasserspiegel ändert immerzu seine Fläche zum Bahngeleise, bald steht er aufwärts schräg, bald abfallend, und darauf kriechen unten wie ins Wasser gefallene Maikäfer die kleinen Dampfer, eine lange Schleppe weißen Schaums nach sich ziehend. Und das jenseitige Ufer – die weiße schroffe Bergwand unten meist in blauem Duft verhüllt, so daß nur die oberen Schneepartien so unwirklich im Himmel schweben. Und über allem der blendende mächtige Dent du Midi. Herrgott, wann werde ich wieder den April dort verleben! Wie Balsam gießt sich dort die Luft und Ruhe und Heiterkeit jedesmal in meine Seele. In meinem Chailly sur Clarens sind die Weinberge noch mit Unkraut vorigen Jahrs überwuchert. Das Behacken beginnt erst allmählich. Ich darf noch in den Weinbergen herumschlendern und die roten Taubnesseln und die saphirblauen, betäubend duftenden Traubenhyazinthen pflücken, die dort in ungezählten Mengen wuchern. Um elf Uhr wird den Bauern das Mittagessen heraufgebracht; der Vater in Hemdsärmeln legt den Spaten weg und setzt sich auf die Erde, die Frau und die Kinder, die mitgekommen sind, hocken um ihn herum; der mitgebrachte Korb wird aufgemacht, und die Familie verzehrt schweigend das Mahl. Der Vater wischt sich mit dem Hemdsärmel den Schweiß von der Stirne, denn die Aprilsonne brennt schon hier im Weinberg tüchtig. Und ich liege schweigend in der Nähe, lasse mich von der Sonne durchglühen, beobachte blinzelnd die Winzerfamilie und nage an einem Grashalm, im Kopf keinen einzigen Gedanken, aber im ganzen Körper das einzige Gefühl: Herrgott, wie schön ist die Welt und das Leben! Und oben auf dem Col de Jamen kriecht ein Bähnlein von Glion hinauf, wie eine dunkle Raupe, über ihm ein winziger Rauchschleier, der in der Luft flattert, wie ein ferner Gruß eines abfahrenden Freundes! ...

Hänschen, adieu, R.

Käthe Kollwitz
an Hans Kollwitz

Auf der Großen Berliner Kunstausstellung des Jahres 1898 eregte ein Graphikzyklus über den Aufstand der schlesischen Weber von 1844 Aufsehen; geschaffen hatte ihn Käthe Kollwitz, die mit diesen sechs Blättern ihren Ruf als Künstlerin des Proletariats begründete. Eine goldene Medaille für dieses Werk erhielt sie freilich erst ein Jahr später; für Kaiser Wilhelm war das nämlich „Rinnsteinkunst", deren Auszeichnung er zunächst einmal zu verhindern suchte. Gleich zu Beginn des Ersten Weltkrieges fiel in Flandern ihr Sohn Peter, er hatte sich freiwillig gemeldet. Sein Tod machte es ihr schwer, sich zu der Kriegsgegnerin durchzuringen, als die sie im Oktober 1918 in einer flammenden Erklärung auftrat: „Es ist genug gestorben! Keiner darf mehr fallen!" Käthe Kollwitz begrüßte die Novemberrevolution, sah aber auch deutlich das Ergebnis: „Was geworden ist, hat ein etwas anderes Gesicht bekommen, als man geträumt hat. Das Kind ist kein Wunderkind geworden, sondern ähnelt seinen Eltern etwas sehr." Hans Kollwitz ist ihr zweiter Sohn.

[Berlin] den 18. Februar 1917

Mein lieber Hans! Nun endlich will ich in Ruhe einen ordentlichen Brief schreiben ... Eysoldts gaben einen Vortragsabend bei Cassirer. Nicht öffentlich, nur vor Geladenen. Vater und ich waren eingeladen. Das Programm bezog sich mehr oder weniger auf den Krieg. Die ersten Sachen gingen an einem vorüber (Kolb und Däubler). Dann aber las die Durieux eine Geschichte von Leonhard Frank: „Der Kellner". Ein Kellner bekommt im Jahre 94 ein Söhnchen, ein einziges. Die alte Geschichte vom Arbeiten nur für dies Kind. Besucht die höhere Schule, soll studieren. Dann kommt der Krieg. Der Sohn fällt. Der Vater bekommt den Zettel mit den bekannten Worten. Das „auf dem Felde der Ehre" bleibt ihm wie aus einer fremden Sprache. Die Arbeit wird sinnlos für ihn, er vergrübelt ganz. Und dann einmal geht ihm der Mund auf, als er bedient in einer Gewerkschaftsversamlung oder so etwas. Er fängt an zu sprechen und seinem Nichtfassenkönnen des Krieges stammelnde Worte zu geben. Die Menschen, die alle geschlagen und getreten sind durch den Krieg, verstehen ihn. Große Erregung kommt über sie. Sie drängen heraus, draußen schließen sich andere an. Bald ist es ein Zug, ein drängender, von Leidenschaft vorwärtsgerissener.

Das Wort Frieden schwillt an, alle zusammen schreien nach Frieden.

Dieses las die Durieux mit einer eigenen wachsenden Leidenschaft und Erregtheit. Es war fast nicht zum Aushalten. Ich fühlte, daß nicht nur ich es war, die kaum an sich halten konnte. Als sie geendet hatte und ihr letzter Ruf „Frieden" nachklang, rief einer aus den Zuhörern laut wie in übermäßiger Sehnsucht immer weiter – Frieden, Frieden –, es war, als ob wir alle hochgehoben wurden von derselben Welle. Dann wurde das Licht angedreht und dann kam die Eysoldt und las noch anderes – aber ich glaube, niemand hörte das mehr.

Das war mal eine Stichprobe. So sieht es in den Menschen aus, die scheinbar gut den Krieg ertragen. Und wie erst in denen, die ganz und gar durch ihn zu Boden geworfen sind? So sieht es überall in Europa aus. Überall unter der Oberfläche blutige Wunden und Tränen. *Und doch geht der Krieg weiter und kann nicht aufhören.* Nach anderen Gesetzen.

Rainer Maria Rilke
an Clara Rilke

Obwohl eher unpolitisch und im Grunde konservativ gesonnen, hat Rilke doch bereits im Ersten Weltkrieg starke Sympathien für die Kräfte und Menschen gehegt, die die Münchner Novemberrevolution trugen. Und obwohl eher der Hausfreund literarisch interessierter Adeliger, war er nicht nur mit der gebürtigen Russin Sophie Liebknecht befreundet, sondern kannte Kurt Eisner und Oskar Maria Graf ebenso wie Ernst Toller und Alfred Kurella, denen er seine Wohnung als Treffpunkt zur Verfügung stellte. Zweimal werden bei ihm nach dem Scheitern der Revolution Haussuchungen abgehalten, so daß er den flüchtigen Toller nicht bei sich beherbergen kann. Rilke beschloß dann, München zu verlassen, zumal er sah, daß „nur die alte Gesinnungslosigkeit ... mit sich selber unter der roten Fahne groß tut". „Deutschland hätte, im Jahr 1918, im Moment des Zusammenbruchs, alle, die Welt, beschämen und erschüttern können durch einen Akt tiefer Wahrhaftigkeit und Umkehr." Es habe sich aber nur retten wollen, fährt er 1923 in dem Brief an eine junge Frau fort: „... es wollte leisten und hoch- und davonkommen". Der Brief ist an seine Frau Clara gerichtet.

München, am 7. November 1918

Liebe Clara,

Dein Brief mit dem großen freien Atem (vom 28. Oktober) ist den Ereignissen vorausgeweht, wir hier in der Stadt haben nun vielmehr alles Auf und Ab und die vielen Zeitungen durchzumachen, die hundert widerlichen Gerüchte, – und bei jedem Zögern im Schritt dessen, was da endlich gekommen ist, stockt einem das Herz, als könnte diese Zukunft, die noch zu Fuß durchs Gedränge geht, stürzen oder noch einmal umkehren.

Ich war so beschäftigt mit Zuschaun und Zuhören, nein mit Hoffen vor allem, daß ich übersah, wie lange es her sein mußte, daß ich Euch geschrieben hatte. Nun, angesichts Eueres Telegramms, werf ich mir vor, Euch mit diesem Schweigen in Unruhe versetzt zu haben: dazu war nirgens ein Grund.

Inzwischen habe ich an Ruth das Altmünchener Bilderbuch schicken lassen (das wird wohl angekommen sein) und stellte mir vor, wie Ihr am Familientisch es durchseht bei der Abendlampe; es ist ganz unterhaltend, sich vorzustellen, wie ländlich und bayerisch die Stadt noch vor achtzig Jahren aussah, wo sie überall vor ihren Toren zu Ende war.

In den letzten Tagen hat München etwas von seiner Leere und Ruhe aufgegeben, die Spannungen des Augenblicks machen sich auch hier bemerklich, wenngleich sie zwischen den bajuwarischen Temperamenten sich nicht gerade geistig steigernd benehmen. Überall große Versammlungen in den Brauhaussälen, fast jeden Abend, überall Redner, unter denen in erster Reihe Professor Jaffé sich hervortut, und wo die Säle nicht ausreichen, Versammlungen unter freiem Himmel nach Tausenden. Unter Tausenden auch war ich Montag Abend in den Sälen des Hotel Wagner, Professor Max Weber aus Heidelberg, Nationalökonom, der für einen der besten Köpfe und für einen guten Redner gilt, sprach, nach ihm in der Diskussion der anarchistisch überangestrengte Mühsam und weiter Studenten, Leute, die vier Jahre an der Front gewesen waren, – alle so einfach und offen und volkstümlich. Und obwohl man um die Biertische und zwischen den Tischen so saß, daß die Kellnerinnen nur wie Holzwürmer durch die dicke Menschenstruktur sich durchfraßen, – wars garnicht beklemmend, nicht einmal für den Atem; der Dunst aus Bier und

Rauch und Volk ging einem nicht unbequem ein, man gewahrte ihn kaum, so wichtig wars und so über alles gegenwärtig klar, daß die Dinge gesagt werden konnten, die endlich an der Reihe sind, und daß die einfachsten und gültigsten von diesen Dingen, soweit sie einigermaßen aufnehmlich gegeben waren, von der ungeheueren Menge mit einem schweren massiven Beifall begriffen wurden. Plötzlich stieg ein blasser junger Arbeiter hinauf, sprach ganz einfach: „Haben Sie oder Sie, habt Ihr", sagte er, „das Waffenstillstandsangebot gemacht? und doch müßten *wir* das tun, nicht diese Herrn da oben; bemächtigen wir uns einer Funkenstation und sprechen wir, die gewöhnlichen Leute zu den gewöhnlichen Leuten drüben, gleich wird Friede sein."Ich wiederhole das lange nicht so gut, wie er es ausdrückte, plötzlich als er das gesagt hatte, stieg ihm eine Schwierigkeit auf, und mit rührender Gebärde, nach Weber, Quidde und den anderen Professoren, die neben ihm auf dem Podium standen, fuhr er fort: „Hier, die Herrn Professoren, können französisch, die werden uns helfen, daß wirs richtig sagen, wie wirs meinen ..." Solche Momente sind wunderbar, und wie hat man sie gerade in Deutschland entbehren müssen, wo nur die Aufbegehrung zu Worte kam, oder die Unterwerfung, die in ihrer Art auch nur ein Machtanteil der Untergebenen war.

Eben war ich bei Ramberg. Denkt Euch, es könnte sein, daß ich nun doch in die Schweiz fahre. Ich habe dort in Zürich angekündigt, daß ich am 25. November vorlesen wollte, hatte mir aber die endgültige Entscheidung noch vorbehalten. Nun sagt mir Ramberg, daß er mir die Erlaubnis ohne Weiteres geben könne. Und ich überlege. Sidie hat mir sehr zugeredet und mich eingeladen für solange, als ich wollte und könnte. Ich meine fast, ich tus. Beiliegend ein nicht unbehaglicher Brief von Großmama Phia, es spricht für die Tschechoslowaken, daß sie sich in dem neuen Staate verhältnismäßig gefaßt und geborgen fühlt.

Ihr seid noch in Fischerhude? Ruth auch? Bleiben die Schulen noch geschlossen?

Alles Gute und Liebe Euer Rainer Maria

(Nachschrift, am 8. 11. 1918)

Freitag früh

Wir haben eine merkwürdige Nacht hinter uns. Nun ist auch hier ein Soldaten-, Bauern- und Arbeiterrat eingesetzt, mit Kurt Eisner als erstem Vorsitzenden. Die ganze erste Seite der Münchner Neuesten nimmt eine von ihm ausgegebene Verfügung ein, durch die die bayrische Republik erklärt, Ruhe und Sicherheit den Einwohnern zugesagt wird. Dem nächtlichen Unternehmen ging eine Versammlung auf der Theresienwiese voran, die von einhundertzwanzigtausend Menschen besucht war. Nun bleibt nur zu hoffen, daß dieses ungewohnte Aufgestandensein in den Köpfen Besinnung erzeuge und nicht darüber hinaus die verhängnisvolle Berauschung. Bis jetzt scheint alles ruhig und man kann nicht anders als zugeben, daß die Zeit recht hat, wenn sie große Schritte zu machen versucht.

Ich freue mich, daß Euch mein Hausspruch recht wäre, ja: die Namen, Euere beiden, so wie Du sie aufgeschrieben hast, dürften gewiß nicht fehlen. Von den Buchstaben aber lag *keine* Probe bei. Nur dies noch als rasche Nachschrift.

Habt es gut; ich gebe bald wieder wenigstens kurz Nachricht,

Euer Rainer Maria

Wilhelm II.
an seinen Sohn, den Kronprinzen

Es scheint leicht, über dieses Dokument der Angst Spott auszugießen; im übrigen hat die Deutung, der Kaiser habe mit seiner Flucht am 9. November einen Bürgerkrieg vermeiden wollen, natürlich viele Fürsprecher, vor allem hatte sie es in jenen Monaten. Doch statt bekannter historischer Verweise sollen hier einige Sätze aus einer Rede folgen, die Wilhelm II. genau zwei Monate vor seiner Abdankung vor Krupp-Arbeitern hielt, sie sind sozusagen klassisch geworden: „Voriges Jahr habe ich gesagt: Kinder, seid euch darüber klar, das ist kein Krieg wie früher, das ist ein langwieriger Kampf ums Leben! Weil es jetzt ums Ganze geht und unsere Feinde den größten Respekt vor dem deutschen Heer haben, deshalb versuchen sie's mit Zersetzung im Innern, um uns mürbe zu machen durch Gerüchte und Flaumacherei. Jeder, der auf solche Gerüchte hört, der ist ein Verräter und herber Strafe verfallen, ganz gleich ob er Graf ist oder Arbeiter... Jeder von uns bekommt von außen seine Aufgabe zugeteilt, du mit deinem Hammer, du an deiner Drehbank, und ich auf meinem Thron... Gott helfe uns, und nun lebt wohl, Leute!" Von Friedrich von Holstein stammt die besorgte Einschätzung: „Die Abwesenheit jeden Ernstes, jeder Gedankenfolge ist das, was einen beim Kaiser beunruhigt."

Spa, 9. November 1918

Lieber Junge

Da der F.[eld] M.[arschall] Mir Meine Sicherheit hier nicht mehr gewährleisten kann und auch für die Zuverlässigkeit der Truppen keine Bürgschaft übernehmen will, so habe Ich Mich entschlossen, nach schwerem innerem Kampfe, das zusammengebrochene Heer zu verlassen. Berlin ist total verloren, in der Hand der Sozialisten, und sind dort schon zwei Regierungen gebildet, eine von Ebert als Reichskanzler, eine daneben von den Unabhängigen. Bis zum Abmarsch der Truppen in die Heimat empfehle Ich auf Deinem Posten auszuharren und die Truppen zusammenzuhalten! So Gott will, auf Wiedersehen. Gen. von Marschall wird Dir Weiteres mitteilen.

Dein tiefgebeugter Vater Wilhelm

Clara Zetkin
an Mathilde Jacob

Clara Zetkin entstammte der Familie eines sächsischen Dorfschullehrers aus der Gegend der Zwickauer Mulde. Entflammt von sozialistischen Ideen folgte sie ihrem späteren Mann in die französische Emigration. Er war russischer Emigrant, hatte als marxistischer Student in der Leipziger Arbeiterbewegung agitiert und war mit den Bismarckschen Sozialgesetzen in Konflikt geraten. Später war Clara Zetkin Reichstagsabgeordnete und kämpfte unverdrossen für die Rechte der Arbeiterinnen. Auf dem Internationalen Sozialistenkongreß von 1912 versuchte sie, die Frauen gegen den drohenden Krieg zu mobilisieren; wegen ihres Renommees war sie als einzige der linken Sozialdemokraten während des Krieges nicht eingekerkert. Noch mit fünfundsiebzig Jahren beschwor sie als Alterspräsidentin des letzten Reichstages die Einheit der Linken. Gleich zu Beginn der Emigration, 1933, starb sie. Als einzige deutsche Frau ist sie an der Kremlmauer beigesetzt.

Wilhelmshöhe, den 18. Januar 1919

Liebes, liebes Fräulein Mathilde, teure Freundin, gestern früh kam die entsetzliche Kunde. Am Nachmittag vorher brachten die Zeitungen die Nachricht von Karls [Liebknecht] und Rosas [Luxemburg] Verhaftung. Mir ahnte Schlimmes, und ich telegraphierte sofort an Haase und Frau Zietz, daß alles zum Schutz für die beiden aufgeboten werden müsse. Schrieb auch einen Eilbrief in diesem Sinne an Eisner, damit er seinen amtlichen Einfluß geltend mache. Ich war fest entschlossen, trotz Krankheit, Verkehrsschwierigkeiten und Rosas Abmachungen nach Berlin zu reisen, um dort Himmel und Hölle zum Schutz der beiden Teuren, Unersetzlichen in Bewegung zu setzen. Da kamen gestern die Morgenblätter. Alles aus! Ach meine teure Mathilde, Sie müssen verstehen, wie es seither in mir aussieht. Denn wenn Sie auch nicht mit im politischen Kampf standen, so haben Sie die beiden persönlich, menschlich besser gekannt und verstanden wie sehr viele politische Kämpfer. Sie wissen, was mit ihnen gemacht worden ist. Und so komme ich mit meiner Verzweiflung zu Ihnen. Lebe ich überhaupt noch und kann ich nach diesem Furchtbarsten noch leben? Ich möchte Blut weinen, einen Schrei ausstoßen, der die ganze Welt erschüttern, umstürzen müßte, mir den Schädel an der Wand zerschmettern, um nicht zu denken, an das Eine, Entsetzliche zu denken: Sie sind tot, gemeuchelt, gemeuchelt unter den grausigsten Umständen. Ich begreife es nicht, daß das Leben ohne Karl und Rosa seinen Gang weitergehen kann, daß draußen die Sonne scheint. Mir dünkt es, daß sie ihren Glanz verloren hat und daß die Zeit stille steht, daß sie nicht über das Schreckliche hinaus vorwärts will. Ach Mathilde, Mathilde, was haben wir verloren! Ich wäre sicher der Verzweiflung erlegen, wenn nicht die ebenso tiefe Verzweiflung meines jüngsten Sohnes mich zur Selbstbeherrschung gezwungen hätte. Er stand Rosa besonders freundschaftlich nahe, und sie hat ihn mir bei jeder Katastrophe seines Lebens stets auf die Seele gebunden. Ich mußte das Schlimmste für ihn fürchten. Wir versuchen einander aufzurichten und zu halten. Maxim und der Dichter verstehen uns und sind selbst aufs tiefste getroffen, sie haben Rosa geschätzt und geliebt. Ihre Teilnahme tut uns wohl, aber unsere Verzweiflung kann sie nicht mildern. Um

Rosas willen, für sie wollen wir versuchen, das Leben ohne sie zu tragen. Aber ob uns das möglich sein wird, ob es nicht über unsere Kraft geht, das stehet dahin. Und unsere eigene Verzweiflung läßt uns an den Schmerz der anderen Freunde denken. Was müssen Sie, liebste Mathilde, empfinden, was der arme, eingesperrte Leo [Jogiches] und Paul [Levi], was die unglückselige Sonja [Liebknecht], für die Karl der Lebensinhalt war, was die Einfachen, Schlichten, die die letzte Zeit mit den beiden zusammen gearbeitet und zusammen gekämpft haben! Wir gehören in unserer Seelennot zusammen. Mathilde, Mathilde, werden wir es tragen können, ohne die beiden, ohne Rosa zu leben? Der Versuch, es zu tun, hat für mich nur einen Sinn, dem Leben diesen Inhalt zu geben: im Geist der beiden unter den Massen und mit den Massen zu arbeiten und kämpfen, darüber zu wachen, dafür zu sorgen, daß der Geist der Gemeuchelten führend bleibt. Das ist Rosas Testament für mich. Dazu gehört auch, daß Rosas Arbeiten gesammelt und herausgebracht werden. Sie sind eine kostbare, lebendige Hinterlassenschaft, die den Massen gehört, sie werden, zusammen mit der künftigen Entwicklung der revolutionären Bewegung das Denkmal sein, dauerhafter als Erz, das Rosa gebührt. Ich will meine ganze Kraft daran setzen, daß Rosa und Karl dieses ihrer allein würdige Monument in der sozialistischen Literatur und in der Geschichte erhalten. Liebste Freundin, es ist Ihre Aufgabe, darüber zu wachen, daß nicht ein Zettel, nicht eine Zeile von Rosas Manuskripten verschleppt und verstreut wird, nicht eine ihrer älteren bereits gedruckten Arbeiten, Artikel, Broschüren etc. abhanden kommen. Sie müssen mit Argusaugen darüber wachen, daß unter dem Vorwand gerichtlicher Feststellungen, Haussuchungen etc. nichts, auch gar nichts von Rosas geistiger und politischer Hinterlassenschaft entwendet werden kann. Sie brauchen zu dem allen einen Rechtsanwalt. Hoffentlich wird es Ihnen nicht an einem solchen fehlen, der das richtige Verständnis und die erforderliche Schneidigkeit besitzt. Rosas geistiges Erbe muß verteidigt werden, es gehört dem revolutionären Proletariat. Auch Unberufene, wie Kautsky und Co., dürfen nicht die Hand darauf legen. Es wäre Leichenschändung. Daß Leo nicht frei ist! Wir müssen auch alle älteren Arbeiten von Rosa sammeln. Ich fürchte, Rosa hat es gemacht wie ich: Es genügte ihr, daß sie ihre Gedanken in die

Bewegung geworfen hatte, verschwenderisch ausbreitend, sie hat ihre Arbeiten aber nicht gesammelt. Wir müssen ihnen daher in Zeitungen und Zeitschriften nachgehen. Besonders kommt auch in Betracht, was sie in den letzten Jahren und Wochen geschrieben. Die „Rote Fahne" wird für diese Revolution sein, was die „Neue Rheinische Zeitung" für die Revolution von 1848 gewesen: die führende Stimme des Sozialismus. In ihr hat das Herz der Revolution geschlagen. Der Meuchelmord an Karl und Rosa sieht ganz wie bestellte Arbeit aus. Die Massenmörder in der Regierung fürchteten die Unannehmlichkeiten und die aufrüttelnde Wirkung eines Prozesses gegen sie, fürchteten den unerbittlichen Kampf der beiden, der vorübergehend gehindert, aber nie gebrochen werden konnte. Man wollte der Revolution den tapferen, kämpfenden Arm, das leuchtende, leitende Hirn, das leidenschaftlich glühende Herz rauben. Karl und Rosa wurden gemeuchelt. Nun, sie werden nicht nur für uns leben, sie werden, sie müssen für die Massen lebendig bleiben, denen sie Leib und Seele gegeben, geopfert haben. Können Herzen wie die ihren stillestehen, Geister wie die ihren aufhören zu leuchten, schöpferisch zu sein? Sobald es nur geht, komme ich nach Berlin, um persönlich über allerlei zu sprechen, was sich brieflich kaum erledigen läßt. Sagen Sie den Freunden, daß ich mehr als je zu ihnen stehe, daß wir die Zähne zusammenbeißen und „durchhalten" müssen. Das ist die Mahnung der Toten an die Lebenden. Wenn es Ihnen möglich wäre, mir etwas Nachricht zu geben, wäre ich Ihnen sehr dankbar. Aber eingeschrieben. Ihren letzten Brief erhielt ich mit der gleichen Post, die mir 8 Seiten von Rosa brachte, geschrieben am 11. im Feuer, in der Gefahr des Kampfes. Ein so lieber Brief, ganz Rosa. Mathilde – ich darf nicht denken, der Wahnsinn faßt mich an. Rosa, Rosa, einzige Rosa, Du bist nicht mehr, und ich soll weiterleben. Liebe gute Freundin, verzeihen Sie, daß ich mich nicht mehr in der Hand habe. Es geht über meine Kraft. Grüßen Sie alle, die eines Schmerzes mit uns sind. Ich küsse Sie in herzlicher Freundschaft

Ihre Clara Z

Walther Rathenau
an Alexander Schwab

Die Neuorientierung nach der „vorläufig eingefrorenen Revolution", das war vordringlich für den leidenschaftlichen Planer und kühlen Analytiker Rathenau. Als Industrieller, Politiker und Schriftsteller hat er seine Einschätzung der Lage stets gern freimütig mitgeteilt. Seiner Urteilskraft kam dabei die Selbsteinschätzung zur Hilfe, nach der er bei seiner Berufswahl zwischen Malerei, Literatur und Naturwissenschaften geschwankt, sich dann jedoch für letztere und zwar für Mathematik, Physik und Chemie entschieden hatte, weil sie ihm „die Grundlagen neuzeitlicher Technik und Wissenschaft" schienen. Nach dem Krieg nannte Thomas Mann diesen sehr undeutschen deutschen Juden eine „kulturelle Neubildung von hoher Merkwürdigkeit" und Moritz Heimann fand, daß ihm zum rechten Staatsmann der „heroische Zynismus" gefehlt habe. Am 24. Juni 1922 wurde der Außenminister Rathenau von Angehörigen einer nationalistischen Gruppe auf der Fahrt ins Auswärtige Amt ermordet.

Verehrter Herr Doktor! 29. 11. 1919

Für Brief und Aufsatz danke ich Ihnen. Die Schrift werde ich gern in einer freieren Stunde lesen.

Antwort auf Ihre beiden Fragen:

1. Welche politische Konstellation, welche Maßnahmen?

Sie gehen, wie die meisten, von der Annahme aus, eine *Revolution* sei gewesen. Es ist keine gewesen, ein Militärstreik war, eine große, langsame Revolution hat begonnen und ist vorläufig eingefroren.

Bei den Maßnahmen sind wir noch nicht, die werden sich finden, wenn die Zeit reif ist – (die heutigen Maßnahmen der besseren oder schlechteren Müllabfuhr rechne ich nicht; das ist Regierungspraxis; ich schreibe kein Handbuch für Minister und solche, die es werden wollen) –; heute bedarf es der Ziele. Ziele müssen begriffen werden, zuerst von wenigen, dann von vielen, dadurch reift die Zeit. Der simple Gedanke des Deutschen Reiches brauchte ein Menschenalter, bis er begriffen war, dann kam seine Zeit. Heute Verwirklichung von Zielen, die noch nicht da sind, durch eine Diktatur des Proletariats, wäre im großen das gleiche wie im kleinen die Verwirklichung des Deutschen Reiches durch die Professoren der Paulskirche es gewesen wäre.

Was ich zu geben suche, sind Ziele und Grundlagen, die der Sozialismus zu geben versäumt hat.

Die Maßnahmen, die heute getroffen werden können, sind nicht mechanische, sondern geistige. Es ist fast ein Glück, daß die sogenannten regierenden Parteien das nicht begriffen haben; etwas Schönes würde herauskommen, wenn sie „die Sache in die Hand nähmen".

Trotzdem ist im Revolutionsvorspiel etwas sehr wichtiges geschehen: Deutschland ist nicht mehr reaktionär gebunden; der Geist ist frei, und darf wirken. Ob er wirkt: das hängt von Ihnen ab und von allen, die sich verantwortlich fühlen.

In einem wichtigen Punkte haben alle Voraussagen getäuscht: Man glaubte an eine akute soziale Revolution; sie ist aber sehr chronisch.

2. Wie steht es um die Tradition?

Die Frage beruht auf dem gleichen Irrtum wie die erste, aber in umfassenderer Form.

In Deutschland ist keine Revolution gewesen, sondern es hat eine begonnen. In der *Umwelt* – abgesehen von Rußland – ist aber gar keine gewesen. Im Gegenteil, man sage, was man wolle: In Frankreich Reaktion, in Amerika business as usual, in England Ansätze zum Staatssozialismus. Sonst nichts.

Die Weltrevolution wird also vermutlich so lange, vielleicht länger dauern als die deutsche, und währenddessen herrscht kapitalistische und koloniale Weltwirtschaft, Konkurrenz des technischen und mechanischen *standings* und standards.

An sich werden wir durch den verlorenen Krieg schon reichlich distanziert, mehr als wir wissen; technisch, kulturell und am meisten moralisch.

Ein Bruch der Tradition – Erziehung, Erfahrung, Personal und Material – würde uns zu einem nördlichen Serbien machen. Insuffizienz, Abhängigkeit, Bestechlichkeit, Schlamperei mit einer Stuckfassade von Zukunftsstaat, bis zum Eintritt der Militärdiktatur eines beliebigen Klubs – die übrigens auch gleich zu Anfang kommen kann.

Grundsatz: ein Volk kann in seinen Einrichtungen (sozialen, politischen, zivilisatorischen, kulturellen) nicht weiter sein, als seine Substanz und sein Gedankenvorrat es jeweils zuläßt.

Die soziale Revolution wird daher eine chronische Revolution bleiben. Sie wird, fürchte ich, nicht durch deutsche Arbeit gefördert werden – wie es sein müßte! –, auch nicht durch russische Propaganda, sondern leider durch westlichen Etatismus. Wieder, wie beim Liberalismus, wird der Westen formenschaffend sein, und zwar auf dem langwierigen, langweiligen, freilich evolutionären Wege des Staatssozialismus.

Wollen wir die Führung für Deutschland, so gibt es nur einen Weg: Denken – Begreifen – Zum Verständnis bringen. Diesen Weg können heute nur die Gebildeten, soweit sie freidenkend sind, beschreiten. Praktisch würde diese Geistesarbeit ihren Ausdruck finden: Neue Wirtschaft – neuer Staat – Neue Gesellschaft. Die Aussicht aber ist verschwindend. Es besteht nicht das mindeste Unterscheidungsvermögen für Gedankenqualität, es hört jeder nur sich selber reden, und es herrscht das Schlagwort. Es wird sehr lange dauern, bis das sich ändert.

Daß ich Ihren Brief eingehend beantworten konnte, verdanke ich einem günstigen Zufall, der mir eine freie Stunde schaffte. Häufiger werde ich Ihnen leider nicht schreiben können. Dagegen stehe ich Ihnen gern zur Verfügung, wenn Sie in etwas ruhigeren Tagen mich zu befragen wünschen.

In Ergebenheit der Ihre Rathenau

Ernst Toller
an Maximilian Harden

Vergleichsweise milde, nämlich zu nur fünf Jahren Festung, wurde Ernst Toller nach der grausamen Niederwerfung der Räterepublik verurteilt, auch er einer, der mit vaterländischen Empfindungen in den Krieg gezogen war. Krank kehrte er zurück, wurde Pazifist und schloß sich als Student der Revolution an. Den anarchistischen Sozialphilosophen und Literaturwissenschaftler Gustav Landauer lernte er bereits 1918 kennen und war beeindruckt von dessen Zuversicht: „Ich habe mein Leben lang gearbeitet, daß diese Gesellschaft, die auf Lug und Trug, auf der Ausbeutung und Unterdrückung des Menschen ruht, zusammenbreche ... wenn die Stunde es fordert, werde ich dasein und arbeiten." Landauer war später Volksbeauftragter für Volksaufklärung der Räterepublik und wurde von den Regierungstruppen auf besonders viehische Weise ermordet. Sein Freund Martin Buber hat ihm nach dem Tod eine seiner Reden gewidmet: „Gustav Landauer aufs Grab". Er spricht dort von dem „kostbarsten Erbe des klassischen Judentums: der Tendenz zur Verwirklichung." Der Publizist Maximilian Harden war Herausgeber der „Zukunft", ein offener Brief von ihm steht auf Seite 363.

An Maximilian Harden Niederschönenfeld 1920

In meinem Gefängnis lebt ein Kamerad, der in den letzten Stunden vor Landauers Ermordung sein Gefährte war. Mit Gustav Landauer hat die deutsche Revolution einen ihrer reinsten Menschen, einen ihrer größten Geister verloren. Aber wer kennt heute in Deutschland Gustav Landauers schöpferisches Werk, wer kennt seine Bücher über Shakespeare, Hölderlin, Whitman?

Ein Zeuge, an dessen Glaubwürdigkeit ich nicht zweifle, berichtete mir, daß die letzten Worte Gustav Landauers, die er seinen Folterern, seinen Mördern zurief, lauteten: „Erschlagt mich doch! Daß ihr Menschen seid!"

Und was ist mit den Mördern in der deutschen Republik geschehen? Freiherr von Gagern, der Landauer mit der Reitpeitsche ins Gesicht schlug, ward freigesprochen, der Soldat, der schoß, wegen Diebstahls von Landauers Uhr zu einigen Wochen Gefängnis verurteilt.

Mein Kamerad erzählt:

Es war am Abend des 1. Mai 1919, als im Amtsgerichtsgefängnis in Starnberg, wo die nach dem Einzug der weißen Garden verhafteten Arbeiterräte von Starnberg untergebracht waren, großer Lärm und Spektakel vermuten ließ, daß wieder ein Schwerverbrecher eingeliefert worden sei. Es war dies, wie wir nach einiger Zeit erfahren konnten, unser Genosse Landauer.

Wir wurden nach dem Gefängnis Stadelheim transportiert. Als wir nach Stadelheim kommen, ist der Teufel los. Rufe wie „Den Landauer, den Landauer bringens! Schlagt sie tot, die Hunde!" wurden laut. Von einer Rotte Soldaten in die Mitte genommen, vorwärts geschoben und gestoßen, kamen wir vor das Aufnahmezimmer.

Hier wurde Landauer ein heftiger Stoß oder Schlag versetzt, daß ihm seine Gläser herunterfielen. Dann ging die Schieberei wieder los. Unsere Personalien wurden nicht aufgenommen, und wir kamen vor die Tür zum Hof des Frauengefängnisses.

Hier wurde Landauer, nachdem er etwas über den verfluchten Militarismus gesagt hatte, von einem Soldaten wieder ein heftiger Schlag mit der Hand ins Gesicht versetzt. Worauf Landauer erklärte, er meine auch den Militarismus der roten Armee. Hier soll ein Offizier gerufen haben: Halt, Landauer wird sofort erschossen!

Ich sah nur, nachdem wir bis in die Mitte des Hofes gedrängt worden waren, wie ein großer, starker Mann unseren Genossen Landauer mit umgekehrter Reitpeitsche ins Gesicht schlug, worauf Landauer mit der Hand vor dem Gesicht stürzte. In diesem Augenblick kam ein Soldat an uns drei Arbeiterräte heran und sagte, wir sollten ihm folgen. Da krachte ein Schuß, dem, als wir durch das Tor von dem kleineren in den größeren Hof gingen, ein zweiter folgte. Ich hörte, wie der Führer der Begleitmannschaft (welcher, nebenbei bemerkt, anständig war) noch sagte: bis hierher hätte er seinen Auftrag erfüllt – nun sei er aber machtlos gewesen.

Wir drei wurden von jenem Soldaten und einem Aufseher durch eine Pforte außen an der Mauer von Stadelheim wieder nach dem Aufnahmezimmer geführt, wo unsere Personalien aufgenommen wurden. Als wir bei dem Gang durch den Neubau durch den kleinen Hof mußten, lag unser armer Genosse Landauer tot in dessen Mitte. Einer der Soldaten sagte: „Da liegt er jetzt, euer Spezi."

Stefan Zweig
an Romain Rolland

Stefan Zweig war ein allezeit hilfsbereiter Mitmensch; er versuchte Talente zu fördern und Freunden zu helfen, wie etwa Joseph Roth, der sich in der Emigration ruinierte. Er setzte sich für Künstler, so Frans Masereel, ein, er entwarf für und mit dem Verleger Anton Kippenberg umfangreiche Verlagsunternehmungen. Er kannte tout le monde, so auch Romain Rolland, mit dem er durch die Jahre mehrere hundert Briefe wechselte. In ihnen klang immer schon die Sorge an, wie wohl die deutsche und die französische Nation nach dem großen Völkersterben miteinander umgehen würden. Wenn das recht abgenutzte Wort vom Humanisten für jemanden noch zutrifft, dann für Stefan Zweig, dem, wie sein Freund Richard Friedenthal einmal sagte, nur eines völlig fehlte: der Haß.

Salzburg, 8. Febr. 1921

Mein lieber und verehrter Freund, ich schreibe Ihnen heute deutsch, weil ich nicht weiß, ob ich alles, was ich sagen will, genug klar ausdrücken kann. Es ist mir ein Bedürfnis, Ihnen unsere intellectuelle Situation zu schildern. Denn der jetzige Augenblick ist ein kritischer.

Meine Beziehung zu den meisten deutschen Menschen beginnt jetzt wieder peinlich zu werden. Menschen, die schon ganz klar fühlten, die sogar diese Klarheit in Worten zum Ausdruck brachten, ziehen sich mit einem mal zurück: Deutschland hat nur *einen* Gedanken jetzt – und dieser Gedanke drückt sich in allen seinen Menschen aus –: nicht mehr aufrichtig zu sein. Ganz Deutschland arbeitet jetzt an einer Lüge, an einer neuen Legende: Der Kaiser, Ludendorff werden jetzt plötzlich große Persönlichkeiten, der Krieg eine heilige Sache. *Alles ist vergessen:* die Jugend glüht vor Haß, fiebert nach Krieg, die Professoren, die bestürzt über ihre eigene Dummheit ein wenig geschwiegen hatten, blasen wieder in die teutonischen Hörner. Der wildeste Wahn ist wieder wach.

Nie waren wir mehr isoliert als jetzt. In den schlimmsten Tagen des Krieges hatten wir Verbündete, vor allem das Leiden des Volkes, das jedes Wort des Friedens im geheimen segnete, wir hatten die Wirklichkeit des Krieges als Gegner, gegen den man kämpfen konnte. Aber schon entsteht wieder das Phantom des Krieges, herrlich idealisiert als Krieg der Rache und der Gerechtigkeit – wie gegen Wahnbilder kämpfen? Was wir sagten, ist vergeblich gegen eine Mentalität, die nicht hören *will* und die gegen unsere heiligsten Bemühungen das Argument hat: seht, wie die *Feinde* den Frieden verstehen.

Diese Lüge ist das Schlimmste in der Tat, was Frankreich und England an Deutschland getan haben. Der Hunger traf nur den Leib, – das Rachegelüst, das sich in den letzten französischen Beschlüssen kund tut und auf 42 Jahre von ungeborenen Kindern noch Sclavenarbeit verlangt, hat die deutsche Seele vergiftet. Wir, Sie und ich leben unter Rasenden, unter Wahnsinnigen. Die Deutschen lügen sich aus Verzweiflung jetzt *selbst* an – wahr ist in ihnen nur der rasende Haß.

Und, lieber verehrter Freund, wie entsetzlich – ich verstehe diesen Haß! Ich teile ihn selbstverständlich nicht, ich weiß ja, daß es ein „Volk", eine „Nation" gar nicht gibt, sondern nur Menschen. Aber wie das den Leuten *erklären* daß es Franzosen gibt, die das Quälerische, das Erpresserische mißbilligen, wie ihnen das Schweigen des französischen Parlaments (das für sie das Volk darstellt) glaubhaft machen? Die Leute haben ja Recht, wenn sie sagen, daß Artaxerxes und Timur nie einen so grausamen Frieden geschlossen haben, daß Bismarck, den man als einen Gewalttätigen verschrien: eine sentimenale Jungfrau war gegen diese Herren des Rechtes. Und mit Entsetzen sehe ich, daß *gerade dadurch,* daß Frankreich den Tribut auf ein halbes Jahrhundert erstreckt, daß noch in 42 Jahren Salz in die deutsche Wunde gestreut werden soll, die Revanche *unvermeidlich* sein wird. Wenn Wunden heilen sollen, muß man ihnen Zeit lassen, sich zu schließen.

Nie habe ich die moralische Atmosphäre giftiger und erstikkender empfunden als jetzt, nie unsere Einsamkeit hilfloser, unser Wort sinnloser. Vom Zustand der deutschen Lüge (die jetzt den Krieg als Pflicht von neuem feiert) machen Sie sich keinen Begriff. Die *ganze* Jugend ist vergiftet, *alle* Zeitungen, selbst jene, die von Stinnes noch nicht gekauft sind, dem Wahn verfallen. Aber ich wiederhole: das Volk ist in die Sackgasse dieses ziellosen Hasses hineingetrieben worden. Und – offen gesagt – ich weiß keinen Ausweg für sie. Und doch sind wir igendwie verantwortlich, ihnen eine Tröstung zu geben. Das Moskauer Zaubertränklein ist ja billig und leicht zu verabreichen – aber wir sind ja Seelenärzte genug, um zu wissen, das diese Arznei sofort wieder zum Gifte wird.

Was tun? Zu Menschen sprechen, die sich den Finger in die Ohren stopfen und laut brüllen, um nicht denken zu müssen? Oder öffentlich protestieren? Unsere Proteste sind so wertlos wie österreichische Banknoten. Oder warten, bis der Wahn vorbei ist? Das ginge, würde nicht 42 Jahre, Jahr für Jahr die Wunde aufgerissen. Ich und Sie, wir haben keine 42 wachen Jahre mehr! Es ist entsetzlich für uns in Deutschland, gerade die Jugend und immer wieder die neue Jugend gegen sich zu haben – zu sehen, daß die, die für uns nur gegen den Krieg zeugen könnten, daß die Kriegsteilnehmer und Invaliden aus Haß *lügen* und für den Krieg und gegen uns zeugen. Wahr ist der Tribut durch 42 Jahre und was kann dieses unser Wort gegen jene Wahrheit!

Glauben Sie nicht, ich sei müde oder feig geworden vor der Übermacht. Ich frage mich nur: wie dieser Lüge, in der doch eine Wahrheit die treibende Kraft ist, entgegentreten? Können wir von Deutschland aus überhaupt noch etwas tun, ich meine, etwas *positives,* denn unsere Gesinnung ist ja ein esoterischer Wert? Ach, wenn Sie wüßten, wie widerlich mir diese Teutschen Teutonen mit ihrem Kriegsgeheul sind (ich weiß, es ist auch Heulen, weil sie Steuern zahlen sollen) und wie ich doch diese mißleiteten und enttäuschten Menschen, dies in die Knie gedrückte Volk bemitleide!

Wie compliciert ist all dies geworden! Und wie einfach haben wir uns alles gedacht. Wir meinten, beim Sieger würde Begeisterung, beim Besiegten Ekel vor dem Krieg sein. Und es ist umgekehrt! Wirklich, man soll kein Ziel stellen für sein Wirken, sondern nur rein wirken, gerade aus sich heraus: vielleicht hilft man den andern nur, wenn man sich selbst hilft.

Ich muß Ihnen einmal dies Alles schildern – ich könnte Tage davon erzählen! Ein Buch über die Desbordes-Valmore (aus 1914 Pariser Tagen) sende ich gleichzeitig mit. Über meine Biogaphie sind schon viel Aufsätze erschienen. Mit vielen Grüßen Ihr getreuer

Stefan Zweig

Sigmund Freud
an Romain Rolland

Der erste Brief Freuds an Romain Rolland war die Antwort auf einen Brief des Romanciers vom 22. Februar 1923, in dem dieser sich für eine Freundlichkeit bedankte. Daraus entwickelt sich eine ergiebige Korrespondenz zwischen den beiden schreibfreudigen Männern, aus der manche Anregung entsprang. So bezog sich Freud zu Beginn seiner Schrift „Das Unbehagen in der Kultur" auf eine grundsätzliche Bemerkung Rollands. Dieser hatte in einem religionskritischen Aufsatz Freuds Hinweise auf das Ursprüngliche, das „Ozeanische", die Empfindung der „Ewigkeit" vermißt. Der Skeptiker Freud führte in seiner Schrift nun aus, daß er derlei ozeanische Gefühle bei sich nicht entdecken könne und fragte zweifelnd: „Haben wir ein Recht zur Annahme des Überlebens des Ursprünglichen neben dem Späteren, das aus ihm geworden ist?"

Wien 4. März 1923

Verehrter Herr

Es wird mir bis an mein Lebensende eine erfreuliche Erinnerung bleiben, daß ich einen Gruß mit Ihnen tauschen konnte. Denn Ihr Name ist für uns mit der köstlichsten aller schönen Illusionen verknüpft, der von der Ausdehnung der Liebe auf alle Menschenkinder.

Zwar ich gehöre einer Rasse an, die im Mittelalter für alle Volksseuchen verantwortlich gemacht wurde und die in der Gegenwart die Schuld an dem Zerfall des Reiches in Österreich und die am Verlust des Krieges in Deutschland tragen soll. Solche Erfahrungen wirken ernüchternd und machen wenig geneigt, an Illusionen zu glauben. Auch habe ich wirklich einen großen Teil meiner Lebensarbeit (ich bin zehn Jahre älter als Sie) dazu verwendet, eigene und Menschheitsillusionen zu zerstören. Aber wenn diese eine sich nicht irgendwie annähernd realisieren läßt, wenn wir nicht im Laufe der Entwicklung lernen, unsere Destruktionstriebe von unseresgleichen abzulenken, wenn wir fortfahren, einander wegen kleiner Verschiedenheiten zu hassen und um kleinen Gewinn zu erschlagen, wenn wir die großen Fortschritte in der Beherrschung der Naturkräfte immer wieder für unsere gegenseitige Vernichtung ausnützen, welche Zukunft steht uns da bevor? Wir haben es doch wahrlich schwer genug, die Fortdauer unserer Art in dem Konflikt zwischen unserer Natur und den Anforderungen der uns auferlegten Kultur zu bewahren.

Meine Schriften können nicht sein, was die Ihrigen sind: Trost und Labsal für ihre Leser. Doch wenn ich glauben darf, daß sie Ihr Interesse erweckt haben, will ich mir erlauben, Ihnen ein kleines Buch zuzuschicken, das Ihnen gewiß noch unbekannt ist, die 1921 veröffentlichte ‚Massenpsychologie und Ich-Analyse'. Nicht, daß ich diese Schrift für besonders gelungen hielte, aber sie führt einen Weg von der Analyse des Individuums zum Verständnis der Gesellschaft. In herzlicher Ergebenheit

Ihr Freud

Maximilian Harden
an den Präsidenten des Schwurgerichts

Wie rechtslastig die Rechtsprechung der Weimarer Republik war, ja wie sehr sie recht eigentlich die Unrechts-Justiz des Dritten Reiches vorbereitete, zeigt der Attentats-Prozeß Maximilian Hardens unter anderem deshalb so eindringlich, weil sich der berühmte und einflußreiche Publizist und Herausgeber der Wochenschrift „Die Zukunft" höchst eloquent darzustellen verstand. Als aggressiver ehemaliger Gegner der kaiserlichen Politik, leidenschaftlicher Pazifist, darüber hinaus noch sozialdemokratischer Neigungen nicht unverdächtig, zog er den Haß nationaler und antisemitischer Kreise auf sich. Von ihnen gedungene Mörder führten im Juli 1922 das Attentat aus, von dessen Folgen er sich nie mehr erholte. In dem Brief von 1924 lehnt er eine Beteiligung als Nebenkläger gegen den Angeklagten Ankermann ab, der zu sechs Jahren Zuchthaus verurteilt und nach vier Jahren amnestiert wurde. Der Angeklagte Grenz erhielt vier Jahre und neun Monate Gefängnis, Weichardt zwei Jahre und neun Monate. Maximilian Harden starb 1927.

Dem Herrn Präsidenten des Schwurgerichtes zeigte ich hierdurch ergebenst an, daß ich der am 17.4. in meiner Berliner Wohnung zugestellten Ladung zum 28.4. nicht zu folgen vermag.

Am 3. Juliabend 1922 wurde ich in Grunewald, nahe bei meinem Häuschen, in der „Dachsberg" genannten Villenstraße, hinterrücks überfallen, erhielt mit einer Eisenstange von hinten einen Schlag auf den Schädel, den kein Hut deckte, brach ins Knie, der Mörder stellte sich mit beiden Füßen auf meinen linken, von ihm niedergezerrten Arm, hieb noch siebenmal mit der Eisenstange auf meinem Kopf und rannte erst davon, als ich (in dem visionär klaren Gefühl, daß er nur aus Angst vor Geräusch nicht eine Schußwaffe gebraucht habe) alle Kraftbleibsel zu lauten Schreien („Mörder! Schurke!" usw.) gesammelt hatte.

Die bei meinem Lebensalter wohl nicht erwartete Stimmkraft, auch die Tatsache, daß ich sehr langes und dichtes Haar hatte, ließ den Mordplan nicht ganz gelingen. Der Mörder *hielt* ihn für gelungen; er hat das Gelingen im Büro der Deutsch-Nationalen Partei gemeldet, als „Erlediger Hardens" dort Reisegeld gefordert, und außerdem haben er und sein Gehilfe die gelungene Ermordung ihren Auftraggebern resp. Zuhältern brieflich angezeigt.

Mit acht Schädelwunden, vom Kopf bis zu den Füßen in Blut getaucht, die ganze Gestalt buchstäblich von Blut überströmt, so schleppte ich mich bis an mein Haus. Eine Reihe glücklicher Zufälle ermöglichte, daß sofort von einer Krankenschwester der Kopf rasiert und im Laufe einer knappen Stunde der Geh. Medizinalrat Prof. Dr. Moritz Borchardt herbeigeholt werden konnte. Im Krankenwagen wurde ich nachts in seine Klinik geschafft, wo noch um Mitternacht der erste operative Eingriff erfolge. Dort lag ich fünf Wochen, zwei in ernstester Lebensgefahr, die nur durch die Genialität und unermüdliche Sorgfalt des großen Chirurgen abgewandt wurde. Doch war ich durch die Wunden und den ungeheuerlichen Blutverlust so geschwächt, daß ich meine seit dreißig Jahren bestehende Wochenschrift „Die Zukunft" einstweilen aufgeben, monatelang am Genfer See leben, später ans Meer gehen mußte und noch heute arg an den Folgen der feigen Schandtat leide.

Auf die Fahndung der Täter setzte die löbliche Staatsregierung eine „Belohnung" von 10000 (zehntausend Papiermark), erhöhte sie, als zu hoffen war, daß der Haupttäter im Trockenen sei, auf 100000; ein Zwanzigstel des an Ministermörder gehängten, einen Pappenstiel gegen die Gefahr „völkischer" Maffia-Rache. Trotzdem wurden zwei Mittäter gefaßt. Aufgefundene Schriftstücke und die ersten Aussagen bewiesen unzweideutig, daß der Mörderklüngel nicht etwa durch blinden Fanatismus, sondern ausschließlich durch Geldgier zur Tat bestimmt worden war. Die Leute kannten zunächst die Person des zu Mordenden gar nicht, waren und wären ihrem Bildungsgrad nach nicht imstande, das von ihm Veröffentlichte, Aufsätze, Bücher, zu verstehen, zu beurteilen; wollten schnell Geld verdienen und hatten sich zum Mord (zu Meuchelmord, nicht zu weniger) verpflichtet, noch ehe sie wußten, *wen* sie abschlachten sollten. Sie hatten wochenlang wüst in Berlin gebummelt und erst auf wiederholte Mahnung, erst als sie durchaus neues Geld haben *mußten*, den Auftrag ausgeführt. All das ist über jeden Zweifel hinaus erwiesen; insbesondere steht fest, daß *nur* Mord, nicht „Mißhandlung" oder „Denkzettel", gefordert und zugesagt war.

Zugesagt war von den Auftraggebern, außer der Münchener Mordprämie, feste Versorgung der Mietlinge im bayerischen Staatsdienst. Von wem Handgeld, Spesenvorschuß, Nachschuß gegeben wurde, ob die Staatsamtszusage von Befugten, von welchen kam, ist *niemals* von irgend einer Gerichtsstelle geprüft worden.

Da ich als Sohn eines jüdischen Vaters geboren wurde und als Knabe (ohne je der Judenreligion angehört zu haben) in die Christengemeinschaft übertrat, als Jüngling, vor vierzig und etlichen Jahren, aus rein familiären Gründen einen anderen Vatersnamen (mit gesetzlicher Erlaubnis) annahm, konnte die einzige Klippe des an sich simpelsten Verfahrens der völkisch-antisemitische Terror werden. Zur Leitung der Hauptverhandlung wurde aus einer Kammer für Handelssachen ein der Praxis des Strafrechtes fremder Rabbinersohn berufen. Ihm gelang es, die Sache so zu „führen", daß die antisemitische Presse ihn nicht nur nicht mit dem leisesten Wörtchen angriff, sondern mit Lob überschüttete. Die Staatsanwaltschaft war angewiesen worden, „die Sache klein zu machen, damit nicht neue Beunruhigung entstehe" (die offenbar entstehen müßte, wenn gedungene Mörder hart bestraft würden).

Weil ich nicht zu den Beamten, Abgeordneten, zu den Reichs-, Staats- und Gemeindeparasiten aller Sorten gehöre, die das aus unverhülltem Mißtrauen gegen die ordentlichen Gerichte geborene schamlos willkürliche „Gesetz zum Schutz der Repulik" schirmen soll, kam diese Sache vor das Schwurgericht. Trotz dem bis ins Kleinste klaren Tatbestand wurde drei Tage lang verhandelt. Nicht etwa gegen die Angeklagten. Nein; gegen mich. Das erweist der stenographierte Bericht, erweisen die von unbefangenen Zuhörern verschiedener Parteirichtungen öffentlich über die Verhandlung publizierten Urteile. Ich sollte als ein „Schädling", ein Antipatriot, ein ganz schlechter Kerl, Halb- oder Ganz-Jude usw. hingestellt und dadurch das Verbrechen „entschuldigt" werden. Ich erklärte, daß ich diesen Weg nicht mitgehe, daß an sich, für die Schuldfrage, die Qualität meiner Politik vollkommen gleichgültig, ich aber bereit sei, mit der Hilfe von 120 Bänden „Zukunft" dem Gericht darzustellen, weshalb ich die kaiserliche Politik und die noch viel erbärmlichere der „Republik" bekämpfte und meinem Land, oft unter Zustimmung der feinsten Staatsmannsköpfe zweier Kontinente, manchmal einsam, auf meine Weise zu dienen, zu nützen, versucht habe. Dazu sei viel Zeit nötig. Mich vor Gericht von gemieteten Mördern und strebsamen Anwälten besudeln, verdächtigen zu lassen, sei ich nicht verpflichtet. Wirkte also, zu dem Spektakel, nicht weiter mit.

Anstifter und Gehilfe wurden, trotzdem die Infamie ihres Handelns, der Vorsatz zu, die bewußte Absicht auf Mord und Gewinnsucht durch schriftliches und mündliches Geständnis bestätigt war, vor Gericht wie edle Gentlemen behandelt, ausnahmslos als „Herren" angeredet, von der Anklage versuchten Mordes freigesprochen, durch die Zubilligung mildernder Umstände geehrt und nur „wegen Körperverletzung" zu Bagatellstrafen verurteilt. Der Einzige, gegen den harte und freche Worte fielen, war ich; der um Haaresbreite dem Tod Entgangene, dem ein Lebenswerk zerstört, die Gesundheit zerrüttet, kaum tragbare Vermögensverluste bereitet worden waren und der als schwerkranker Mensch vor diesem Gericht stand. Die Wichte durften es wagen, ihr treudeutsches Edelmenschentum in grotesker Pathetik meiner Verruchtheit entgegenzustellen.

All dies zu hindern oder die Aufhebung des – eigenartigen Urteils zu erwirken, hat der Vertreter der Anklagebehörde nie ernsthaft und nachdrücklich versucht. Er war abhängig von den Weisungen einer Regierung, der ich meine Verachtung nie gehehlt habe, und der niemals auch nur der Begriff dessen, was wir Rechtsgefühl nennen, ins Bewußtsein trat.

Ungefähr um dieselbe Zeit wurde der dem Regiererklüngel nähere, also wertvollere Abgeordnete Scheidemann überfallen, ihm wurde kein Härchen gekrümmt, nicht für eines Tages Dauer die Fähigkeit zu öffentlicher Rede geschmälert. Dem Staatsgerichtshof schienen *zwanzig Jahre Zuchthaus* die angemessene Sühne dieses Verbechens, zu dessen Motiven nicht Geldgier gehörte.

Der Vergleich ergibt von selbst die schärfste Satire. Nach dem Abschluß des Verfahrens, das all meine forensischen (gewiß nicht lieblichen) Erlebnisse aus der Kaiserzeit sehr weit hinter sich ließ und zu dessen warnender Bewahrung in der Geschichte deutschen Straf-Rechtes ich alles Erdenkliche tun werde, habe ich beschlossen, vor völligem Wandel des kriminalpolitischen Ethos in Deutschland *niemals wieder freiwillig vor ein deutsches Gericht zu treten.* Als Schwerverwundeter hatte ich der Aufforderung, dem Verfahren mich als Nebenkläger anzuschließen, zugestimmt; um Einblick in den Gang des Verfahrens zu erlangen. Das Bedürfnis der Selbstachtung erzwang *nun* den Entschluß, von dem Recht als Nebenkläger zurückzutreten, nachdem es mir den „Einblick" in ernsthaft ausreichendem Maß gewährt hatte. Dem vortrefflichen Rechtsanwalt Grünspach, der sich in selbstlosem Eifer zur Führung meiner Sache erbot, habe ich diesen Entschluß mehrmals seit dem Februar 1923 angezeigt, und ihn ersucht, keinen Schritt mehr in dieser Sache zu tun.

Ein Zufall hat, im Mai 1923, die Verhaftung des Haupttäters, dem der Mordversuch das Leben wohl nie erschwerte, unter anderem Verdacht in Wien herbeigeführt; ein Mächtigen unwillkommener Zufall. Weil immerhin denkbar war, daß gegen ihn, bei durchaus nicht neuer Klärung bedürfendem Tatbestand, in irgendwie absehbarer Zeit verhandelt würde, und weil ich selbst diesem feigen Lüdrian und Meuchler die Haft nicht verlängern wollte, bin ich in Berlin geblieben, obwohl mein Gesundheitszustand miserabel war, mein Arzt, Prof. Storm van Leeuwen, von der Universität Leiden, drängend die Rückkehr in seine Behandlung und in die erleichternde Seeluft forderte. Und obwohl ich steter Bedrohung und Lebensgefährdung in der Aera wachsenden völkischen Terrors ausgesetzt war.

Als seit der Verhaftung des Ankermann 11 Monate, elf, verstrichen waren, ohne daß ich irgendwas hörte, als Physis und Psyche längeres Bleiben kaum noch ertragbar machten, bin ich mit dem *letzten Zug vor* dem Beginn der nur durch Erlegung von 500 Billionen Papiermark zu öffnenden Auslandssperre nach Holland gefahren, um die (im vorigen Jahre begonnene) Bronchialbehandlung wieder aufzunehmen und die Sammlung eines neuen Krafthortes zu versuchen. Seit sechs Tagen bin ich hier; drei Tage nach meiner Abreise wurde der (kurzbefristete) Termin angesetzt. Der Arzt verbietet mit äußerster Bestimmtheit die Rückfahrt. Ich fühle, daß sie mich in vielleicht verhängnisvoller Weise psychisch schädigen, daß ich die Erregung und (besonders) den Ekel, der durch neue Verhandlung bewirkt würde, nicht überstände. Hierzu kommt Anderes; die Reise, hin und her, Visum, 500 Billionen-Buße usw. wäre sehr teuer, der für die Fahrt hierher aufgewandte Betrag nutzlos vertan; und wer entschädigt mich vor neuen Verlusten? Was riskiert denn einer, der Harden „erledigt"? In Briefen, am Telephon, auf jedem Weg wurde ich bedroht und mir aufgelauert. Ein früher als Unterseebootsmatrose Bediensteter wollte abends um 10 in meine Wohnung unter lügnerischem Vorwand eindringen, versteckte sich, als ihm gesagt war, ich sei noch nicht heimgekehrt, unter einer finsteren Gartentreppe, stürzte, weil er *mich* kommen zu hören glaubte, hervor und lief einem inzwischen herbeitelephonierten Schutzpolizisten in die Arme. Auf der Revierwache hat der herkulisch gebaute Mann wildeste Schmähungen gegen mich ausgestoßen. In seiner Gesäßtasche war englisches Geld; dennoch hatte er sich für mittellos ausgegeben und getan, als erhoffe er von mir ein Almosen. Er kam von einem mecklenburgischen Gut, wo er Landarbeiter gewesen war. Nach dem ersten Verhör im Polizeipräsidium hat er sich in der Zelle *erhängt*. (Daß es möglich sei, hatte ich nicht geahnt!)

Der zuständige Polizei-Dezernent, auch ein von täglichem

Terror der „völkischen" Presse bedrohter Israelit, hielt *nicht* für nötig, mich oder meine Hausgenossen, auch nur telephonisch, über den Vorgang zu hören; hielt aber für nötig, die Presse (die ich *nicht* benachrichtigt hatte) zu „informieren". Er hatte selbst den Matrosen stundenlang vernommen und „festgestellt", daß der Mann „ein Verehrer des Herrn Harden", übrigens „offenbar geisteskrank", gewesen sei (Pleonasmus? Wie könnte ein nicht offenbar Geisteskranker immerhin einem eines Mordplanes Verdächtigen, ein erfahrener und gewissenhafter Polizeibeamter, Dr. jur. und Ober-Regierungs-Rat, die bequeme Möglichkeit zum Selbstmord in der Zelle lassen?). Der Mann habe sich „in der Nähe" (hört!) von Hardens Wohnung aufgehalten, um ihm seine Bewunderung auszudrücken. (Der Leser sollte glauben, ich sei Angstmeier geworden; kein Wort deshalb davon, daß der Kerl *in* meinem Grundstück nachts gelauert hatte und dort verhaftet worden war.) In der Wohnung des Selbstmörders sei ein Bild Hardens mit dessen Unterschrift gefunden worden usw. „Keine Spur also von einem Attentat." Auf der Wache, im ersten Verhör, nirgends hatte der Mann eine Silbe von „Verehrung" gesagt; sondern „den Speck hatte ich ihm gelegt, aber er ist nicht hereingegangen". – „Alle müssen sie daran glauben", und ähnliches. Dem Wachepolizisten blieb nicht der geringste Zweifel, daß der Riese mich töten wollte und konnte. Soll er sich erhängt haben, weil er „offenbar" unschuldig war? Wäre ein Geisteskranker dieses Schlages etwa ungefährlich? Das „Bild und Unterschrift" erwies sich als eines, das der Verlag meines Buches „Köpfe" vor ungefähr 12 Jahren in Tausenden Exemplaren ausgab; die Unterschrift ist lithographiert. Die Witwe des Selbstmördes hat mir's geschickt und mir vorgeworfen, daß ich nicht durch Fürsprache ihren Mann (von dessen Vernehmung usw. ich doch gar nichts wußte) gerettet habe. Auch sie hat in ihrem Brief kein Wort von „Verehrung" gesagt, obwohl es doch einigermaßen wichtig gewesen wäre. Der Polizeidezernent aber hat dem Vertreter einer der größten Berliner Zeitungen tadelnd vorgehalten, daß die Bagatelle (Selbstmord eines Goliath, der nachts den Zaun meines Gärtchens überklettert, sich im Dunkeln versteckt und auf den Eintretenden, weil er glaubte, ich sei es, gestürzt hatte: Bagatelle) überhaupt öffentlich erwähnt wurde und wörtlich hinzugefügt:

„Wir haben für Herrn Harden nichts übrig."

„Wir", das heißt die Polizei, die, glaubte ich bisher, für die Pflicht besoldet wird, für alle Bürger gleich viel „übrig zu haben". Beschwerde? Über einen November-Sozialisten wäre sie an einen älteren Partei-Sozialdemokraten gegangen, dessen Rechtsempfinden und „Weltanschauung" mir zulänglich bekannt sind. Wozu den Minister-Genossen an den Rand von Gewissenkonflikten bringen? Als der Polizeidezernent in einer Gesellschaft, der ich Verruchter immerhin noch interessanter als er schien, soviel für mich „übrig hatte", daß er mich, mit superlativischer Höflichkeit, ansprach, sagte ich ihm gerade heraus, sein amtliches Handeln in der Sache des Matrosen setze Leuten, die mich morden möchten, eine neue Prämie aus. Er hat ebensowenig reagiert wie der Rabbinersohn, dessen Leistung als des Schwurgerichtspräsidenten ich, in einer zum Besten der deutschen Schriftsteller erbetenen Rede im überfüllten Großen Schauspielhaus, objektiv dargestellt und der von bekannten Journalisten verschiedener Parteirichtungen noch Ärgeres hingenommen hatte.

So leben wir. Vor zehn Jahren noch hätte ich nach diesem Bericht gefragt, ob von der Neger-Republik Liberia die Rede sei.

So lebe ich. Das Kaiserreich hat mich, wegen des Dinges, das Majestätsbeleidigung hieß (und, da die würdige Would-be Republik es nicht getötet hat, morgen wieder in Rechtskraft erwachen kann), dreimal verurteilt und in die Festung gesperrt. Der Ertrag von Jahrzehnten mühseliger Arbeit ist verloren, weil die verbrecherische Leichtfertigkeit aller Regierungen seit 1914 nicht geruht hat, bis der Besitz fast aller anständigen Menschen in buchstäblichem Wortsinn verzettelt war. Meine Gesundheit ist zerrüttet, meine Wochenschrift (die einzige politische Revue von Weltruf, die Deutschland je hatte) ist seit 1922 noch nicht wieder erschienen, die Morddrohung währt fort; und da ich weder den Krieg noch die militärische Niederlage herbeigeführt, weder dem Imperialkomödianten zugejauchzt noch die Konjunktur-Revolutionäre bewedelt habe, erfreue ich in dieser „freiesten Republik der Welt" mich, Gott sei Dank, keiner hohen Gunst. Ist ein Gebild, das weder Leben noch Eigentum schützt, das nur nimmt, Parasiten züchtet und der armen Nation die Verachtung des Erdkreises erwirbt, noch ernsthaft ein Staat zu nennen? Muß ich, um den Ruf dieses „Staates", der offiziell zweierlei „Recht", eines für die Scheidemänner, eines für uns gelten läßt, noch einmal mein Leben, meinen Kraftrest, aufs Spiel setzen, und „geschützt" von einer Polizei, deren vor antisemitischem Angriff schlotternder Leiter „für Harden nichts übrig hat", die Rachsucht der Mörderzentrale abermals auf mich lenken? Um zu erleben, daß nun auch der biedere Eisenkreuzritter, der von Dirnengeld lebte und Kneipanimiererinnen um Darlehn betrog, den Zorn seines völkischen Edelherzens gegen mich austobt? *Kann* nach 22 Monaten, nach allem Geschehen, eine Gerichtsverhandlung noch ein auch nur annähernd richtiges Bild von der Tat geben, deren Opfer lebt, äußerlich naturgemäß, wieder hergestellt scheint, und deren ernstliche Sühnung von der regierenden Macht gar nicht gewünscht wird? Muß ich reuelosen feigen Schuften gefällig sein oder in einer Staatskomödie Komparsendienst leisten? Kein Verständiger kann diese Fragen anders als mit schroffem Nein beantworten.

Mit äußerster Entschiedenheit verbietet der Arzt die Rückfahrt; kann auch noch nicht absehen, wann ich seelischer und leiblicher Anstrengungen solcher Art gewachsen sein werde; und ist, als Universitätsprofessor und Leiter eines staatlichen Instituts, zu schriftlicher Bestätigung bereit. Seinem Verbot trotzen, habe ich keinen Grund. Elf Monate habe ich, seit der Zufallsverhaftung des Ankermann, in Berlin gewartet, gelitten. Mag man ihn freisprechen, auf Staatskosten speisen, in „Walhall" aufnehmen, noch einmal Besudlung meines Wirkens versuchen, noch einmal die kindische Lüge ausbellen, daß ich „eigentlich Isidor" heiße, und „in Amerika für Dollars das Vaterland verraten hätte", wenn nicht drei treudeutsche Ehrenmänner mit dem Eisen, das „unser alter Gott" wachsen ließ, auf der Wacht gewesen wären; nicht *mir* wird es schaden. Und für die autoritas justitiae germanicae werde ich gern kämpfen, sobald fühlbar wird, daß es wieder eine deutsche Rechtspflege gibt.

Dem Hohen Gerichtshof in persönlicher Hochschätzung

Maximilian Harden

Carl Jacob Burckhardt
an Hugo von Hofmannsthal

Hofmannsthal war Mitte vierzig, Burckhardt achtundzwanzig Jahre alt, als die Freundschaft zwischem dem Dichter und dem jungen Schweizer Gesandtschaftssekretär 1919 in Wien begann. Für Hofmannsthal, dessen Freund Eberhard von Bodenhausen gerade gestorben war, und der sich sehr vereinsamt fühlte, wurde diese Verbindung mit den Jahren immer wichtiger; konnte er doch mit dem jungen Historiker seine tief empfundene Trauer über den Untergang der Österreichisch-Ungarischen Monarchie bereden. Burckhardt, der sich „einem Nebenfluß desselben Stromes" wie der Dichter zugehörig fühlte, hat in vielen Briefen einen verblüffenden Spürsinn für künftige historische Entwicklungen verraten. Nach dem Zweiten Weltkrieg befielen ihn gelegentlich erkenntnistheoretische Skrupel: „Bei jeder Feststellung, jedem Urteil, das ich notierte, starrte mir mein immer unheimlicher werdender Zweifel an aller geschichtlichen Zusammenfassung entgegen", schrieb er 1957 an Max Rychner anläßlich der Niederschrift seiner „Danziger Mission".

Ritterhof, 3. Januar 1925

Verehrter lieber Freund,

So fahre ich also nächstens nach Paris. Vielleicht sehen wir uns dort, falls Sie im Frühjahr wirklich nach Nordafrika gehn, vielleicht auf der Hinfahrt?

Ich dachte kürzlich an Ihre Bemerkung über die merkwürdige Vergeblichkeit aller vernünftigen Friedensbestrebungen. Die Nichtunterzeichnung des Genfer Protokolls für die friedliche Regelung internationaler Streitigkeiten – wann war es? Anfang Oktober letztes Jahr, glaube ich – diese Nichtunterzeichnung wegen der Weigerung der britischen Dominions war solch eine Illustration zu Ihrer Ansicht. Außerdem, Verträge werden gekündigt, wenn sie störend sind. Da besuchte mich kürzlich ein früherer Studienkamerad aus der Göttinger Zeit 1913. Er sprach finster inspiriert wie ein der Mantik ergebener: ein heimlicher Kaiser nahe heran (da spukt immer noch der Rembrandt-Deutsche), er werde die vier Gewalten ausüben, das civilisatorisch Ausgeklügelte müsse mit Feuer ausgetilgt werden, zur Gesundung (er sprach viel von Gesundung, augenscheinlich dem Gegenteil von Civilisatorisch) müsse der „geeinte tiefere Wille des Volkes einströmen in einen einzigen Willen dieses heimlichen Herrschers". Er redete drauf los über H. St. Chamberlain und auch über Schuler, sagte eine „Flutwelle neuer aus der Scholle keimender Volksreligion" voraus, er war finster, zum Äußersten entschlossen, wollte harte Abrechnung halten, augenscheinlich mit Vertretern der civilisatorischen Schmach. Er war über alle Begriffe absurd, aber gar nicht lächerlich, dazu war er allzusehr der Vertreter einer ganz realen Phalanx, die im Anmarsch ist.

Was ist das, diese durch die Aufklärung hindurchgeretteten Mythen, die durch das gewisse läppisch-muntere Wesen, das seit dem siècle des lumières sich bemerkbar macht, einen Zuschuß an affektiver Kraft erhielten, eine Federwirkung aus Ärger und Ungeduld? Das Tiefe ist ja, weil es scheinbar tief ist, nicht unbedingt wahr, aber es wirkt würdiger als das Flache, es verleiht dem Selbstbewußtsein etwas Auszeichnendes, Seltenes. Es gibt deshalb einen ganz bestimmen Ton der Tiefe, der sehr leicht nachzuahmen ist und dessen sich die Leute gern vor sich selbst bedienen. Dieser falsche Ton kann höchst gefährlich werden. –

Der heimliche Kaiser – der Staufer im Kyffhäuser – der Unbekannte mit dem Zeichen auf der Stirn, mitten im Volksgewühl! Wie lange schon vom Kindermärchen bis zum Operntext sind solche Hoffnungsträger, Seelenbilder archaischer Art zur Befriedigung einer sonderbaren Sehnsucht, einem in Fabriken und Amtsräumen sachlich, rational tätigen Volke angeboten worden. Bei Shakespeare bezeichnet das Mythische immer etwas Wirkliches, es ist eine Verdichtung, eine Abkürzung von Konstanten des englischen Wesens, bei uns dagegen ist alles Mythische ungenau, rauschhaft, und da es nicht durch das kalte Erwachsensein, das beispielsweise die Franzosen haben, entschärft und harmlos allegorisch gemacht wird, da es beim deutschen Menschen immer vor einem nie ganz überwundenen, halb dichterischen Pubertätszustand aufgenommen wird, drängt es dann jeweils zu unheilvollen Verwirklichungen.

Was wollen Sie eigentlich, frage ich: „Entfesselung mythischer Urkraft gegen civilisatorische Tücke" antwortete er. Natürlich ist er ein Dummkopf, und man könnte darüber zur Tagesordnung schreiten, wie die Herren aus dem Kaffee Imperial mit einem Witzwort sich wieder viel wichtigern Problemen, Einstein oder Mallarmé zuwenden, aber das nützt nichts, genau das, was dieser schon als Student etwas benachteiligte ewig unbefriedigte, immer todernste Dr. phil. mir da im alten grünen Zimmer, wo er so schlecht hineinpaßte, vorgeredet hat, genau das ist die Wirklichkeit von morgen. Hören Sie nicht bisweilen in der Nacht diesen massenhaften Marschschritt? Die im Anmarsch sind, sind unter anderm auch Ikonoklasten, d. h. sie sind an eine der stärksten aus Unvermögen und Rachsucht entstandenen menschlichen Passionen angeschlossen. Marat, den die Enkelin Corneilles umbrachte und Le Corbusier stammen so ziemlich aus derselben Gegend. Le Corbusier hätte gerne alle alten Stadtkerne mit ihren Domen niedergelegt, er haßte im Grunde dasselbe wie Marat, sie zogen oder besser sie ziehn gegen die Mythen zu Felde, von denen sie annehmen, daß sie sich im alten Gemäuer und einer ganz bstimmten ihnen verhaßten Schönheit verbergen. Sie wollen niederreißen, gleichmachen im sozialen Aufbau wie im architektonischen. Was sie dann beide an die Stelle des Niedergerissenen setzen, ist natürlich nicht neu, sie greifen auf archaische Gesellschaftsformen, auf maurische Bauformen zeitloser Prägung zurück, auf das arabische Viertel vor Casablanca und auf die Horde mit dem Stammeshäuptling. Auch sie sind Ikonoklasten, aber relativ harmlose, gemessen an jenen, die nicht im Namen der Vernunft gegen dunkle Mächte des Vergangenen vorgehn, sondern im Namen der Urmächte, des Dunkeln selbst, das unabhängig von uns sein Wesen treibt, nun gegen die schwachen Sicherungen, die mühsam verständige Erfahrung errichtete, anrennen mit einem abgründlichen Haß gegen alle Werke menschlicher Einsicht wie Kirche, Bildung, Rechtsleben und Sitte. Aber gegen alles, was unter dem verächtlichen Begriff ‚civilisatorisch' zusammengefaßt wird, bietet man vermeintliche Urkräfte auf. Wobei die betonte Vorsilbe Ur, die dem Trieb zum Primitiven entgegenkommt, Vorstellungen von Macht, von ungebrochener Gewalt erregt, die bei dieser nun herannahenden Umwälzung eine ganz entscheidende Rolle spielt. Jedenfalls ist, was sich vorbereitet, von ungeheurer Primitivität, wobei sich aber herausstellt, daß dasjenige, was wir mit primitiv bezeichnen, viel mehr ein Verfalls- und Auflösungszustand ist, als ein ferner Anfang. Der Anfang ist nie chaotisch, das Ende ist es.

In meiner civilisatorischen Tücke habe ich, gleich nach dem Verschwinden meines finstern Besuchers, um aufzuatmen, in Petrarcas Briefen gelesen, in diese Sammlung sollten wir einmal zusammen hineinschauen, vielleicht in Paris, vielleicht hier.

In Vorfreude darauf herzlichst CJB

Alfred Döblin
an Gustav Hocke

Unter dem Titel „Offene Antwort an einen jungen Menschen" erschien Döblins Brief am 5. Juli 1930 im „Tage-Buch". Veranlaßt war diese Antwort durch einen gleichfalls offenen Brief, den der Student Gustav Hocke aus Bonn an die Zeitschrift gerichtet hatte. Darin bat er den Schriftsteller, „durch einige kluge Worte eine Einsicht in die Notwendigkeiten unserer Zeit und die Aufgaben unserer ... geistigen Existenz zu geben. Weil gerade für uns, die wir nach einem Prinzip der Gestaltung suchen, nichts bindender sein kann als das Wort des Führers, der mithalf, das geistige Antlitz unserer Zeit zu formen, wenden wir uns aus innerer Nötigung an Sie." Auf Döblins erste Antwort folgten weitere, schließlich wurde daraus ein Buch, das unter dem Titel „Wissen und Verändern! Offene Briefe an einen jungen Menschen" 1931 erschien. Döblin fand später zwar, daß das Buch ganz hilfreich gewesen sei, den eigenen Standort zu bestimmen, verfiel aber doch im Hinblick auf den Nutzen in tiefe Resignation: „O dieser Wahnsinn, in diesem Land ‚helfen' zu wollen ... Einmal hat es mich gedrängt, hier einzudringen und wenigstens zu sprechen, aber es ist doch besser, es nicht zu tun ... Es scheint, diese Menschen hier fühlen sich wohl in ihrer Art und in ihrer Haut, aber ich bitte sehr, ich will sie doch gar nicht stören."

Juni 1930

Sehr geehrter Herr Gustav Hocke, ich habe Ihren offenen Brief an mich aufmerksam mehrere Male gelesen. Ich habe mehrmals zu einer Antwort angesetzt und bin gegen meine Gewohnheit steckengeblieben. Ein „Offener Brief" ist eine mir zu feierliche Sache, ich kann mich schwer in diese Würde hineinfinden. Sie müssen mich kennen, wie ich bin, ein vollkommen privater Mensch. Wenn Sie mich irgendwo treffen würden, würden Sie mich bestimmt übersehen. Nun verlangen Sie Repräsentanz von mir. Wenn Sie mir gegenübersäßen, würde es leichter gehen; Sie würden sehen, daß ich gern lache, öfter schweige, daß ich überhaupt viel vom Schweigen halte, und daß ich auch oft sage: „Ich weiß nicht", ohne beunruhigt zu sein. Vielleicht würde ich Sie, wenn Sie mir gegenübersäßen, nur aushorchen. Halten Sie mich nicht für einen Propheten oder Posaunenbläser; eine Fahne trage ich bestimmt nicht. Sagen Sie, Herr Hocke, wollen Sie wirklich von einem so nonchalanten Menschen eine Antwort haben, und wissen Sie nicht alles besser?

Nun, nehmen wir an, Sie bestehen auf Ihre Antwort, Sie haben einen Satz von mir zitiert, von der „Verpflichtung, geistige Hilfe zu leisten", und das ist in der Tat ein immer mehr drängendes Gefühl in mir, und zu dem Satz stehe ich. Und ich antworte Ihnen nun – zwar nicht so, wie ich Ihnen geantwortet hätte, wenn Sie mir gegenübersäßen und wenn ich wüßte, was eigentlich bei Ihnen hinter Ihren Fragen steckt –, es wird eine geschriebene Antwort sein, aber doch eine Antwort.

Sie sagen: Sie und viele andere fühlten sich bedrückt und verwirrt durch das schreckliche Überangebot von Wahrheiten heute. Sie sehen sich in einem Labyrinth, Sie wissen nicht, wohin sich wenden.

Richtig. Es gibt heute viele Prinzipien, Haltungen, Richtungen, Wahrheiten. Sie zählen welche auf. Es gibt übrigens noch mehr. Sie kennen das ganze Labyrinth noch nicht, Herr Hocke. Und nun frage ich Sie vorweg und ganz allgemein: warum beunruhigt es Sie eigentlich und überhaupt, daß es so viele Lehren und Wahrheiten gibt? Ich gebe ja zu, daß es störend und etwas ärgerlich sein kann für Leute, die drauflos handeln wollen. Aber wir reden jetzt einmal theoretisch: Warum soll es nicht sehr viele Lehren und sogar Wahrheiten geben? Jedes Ding hat viele Ebenen, die Welt sieht in jeder Stunde anders aus; überlegen Sie einmal, was es alles an einem einzigen Grashalm gibt und was mit ihm alles geschieht: da machen Sie mit den paar Wahrheiten Rationalismus und Irrationalismus, Ästhetizismus, Moralismus gar keinen Eindruck. Sie sind doch nicht der Meinung, daß das ganze Dasein, Himmel, Erde und Hölle, unter den Hut einer einzigen hundertprozentigen Zauberformel und Wahrheit zu bringen sei? Das Vorzügliche an den jetzt so verwelkten Religionen bestand unter anderm darin, daß sie Vorstellungen hatten, die kolossal vieldeutig waren. Sie waren wirklich tief, das heißt, sie gaben Durchblicke nach vielen Seiten (was unsere heutige Wissenschaft, wie Sie bemerkt haben, ganz und gar nicht tut. Sie denkt über einen kleinen Tisch hin und ist stolz dabei und merkt nicht, daß der größte Teil der Welt unter ihrem Tisch liegt.) Also, Herr Hocke: an sich stört und verwirrt Sie die Vielheit der Richtungen und Meinungen nicht. Und wenn sich jede Meinung als die einzige und allein wahre aufspielt, so lassen Sie sie nur, das gehört so dazu.

Aber Sie sagen: Ich bin ja auf das theoretische Denken gar nicht aus, ich muß eingreifen, etwas leisten, und da muß ich mich entscheiden und zu einem Ding ja sagen. Pardon, Herr Hocke, eine kleine Randbemerkung dazu, wir sind im Gebiet des tausendmal zitierten Wortes von Karl Marx: „Wir sind nicht da die Welt zu erkennen, sondern sie zu verändern." Das meinen Sie, aber bitte, bitte, meinen Sie es nicht zu intensiv oder doch nur mit Vorbehalt. Marx hatte schon recht mit seinem Satz, damals, in dem verträumten Deutschland, gegen Hegel und die fürchterlichen Hegelianer. Es war der Fluch des durch Jahrhunderte von seinen Fürsten versklavten Deutschland, nur in Gedanken zu existieren, auch nur in Gedanken sich aus seinem Gefängnis zu retten. Heute aber hat der Satz einen verdammten Beigeschmack. Es sieht so aus, als brauchen wir gar nicht zu erkennen. Denken ist überflüssig, man hat nur zu „verändern". Ja, so stimmt's nun auch nicht. Ich muß das ausdrücklich hier sagen, selbst wenn Sie, Herr Hocke, mir ohne weiteres zustimmen; aber einige neben Ihnen brauchen es. Ich kann mir also vorstellen, daß jemand heute aufsteht, z. B. ich, und meint: es wurde in den letzten Jahrzehnten enorm viel in der Welt verändert, beinah etwas zuviel, die Dinge sind kolossal in Fluß geraten, es wäre einmal gar nicht schlecht, auch ein bißchen zu denken und vom Denken aus energisch die Veränderung zu kommandieren. Schließlich geschehen ja die Veränderungen durch uns, und wir sind, wenigstens nach der Ansicht der Zoologen, eine Art von Großhirntieren. Daß heute zuviel gedacht und erkannt wird, würde auch Karl Marx nicht behaupten. Viel geredet und gedruckt wird bestimmt, aber allemal weniger von heute als von gestern und vorgestern. Der schauderhaften Lobpreisung der Aktion muß nachgerade eine entschlossene Lobpreisung des Denkens entgegengesetzt werden. Dieses ist durchaus selber Aktion, schwere, seltene Aktion, wenn auch unsichtbare, aber das Denken, ich meine das wirkliche, nicht das Träumen und Spekulieren, ist die alleinige und einzig lebendige Wurzel jeder späteren Veränderung. Wenn wir also wirklich verändern wollen, lassen Sie uns, geehrter Herr Hocke, so vorgehen. Sie wenden sich ja auch an mich, der nicht im Verdacht steht, durch „Aktionen" in die Welt einzugreifen, sondern der nur für sich denkt, und wenn Sie wollen, auch für Sie.

Endlich zu Ihren Fragen. Ich greife eine heraus: „Und Rußland? Ein von der Bürde der Geschichte unbeschwertes Volk in einer furchtbaren Krise, deren Aufhören sie erst zu den Herren Europas machen wird, das starke urwüchsige Barbarenvolk, welches das untergehende Abendland überrennen wird. So sagt man. Nein, auch nicht Rußland. Wir haben eben unsere Geschichte, wir haben sie in Fleisch und Blut.« Herr Hocke, mir gefällt das nicht. Haben Sie weiter nichts zur Frage Rußland zu sagen, sind Sie wirklich imstande, eine Ablehnung Rußlands glatt neben eine Ablehnung Amerikas zu setzen, welches „nach Europa verpflanzt, Berlin W" ergeben soll? Dieser Punkt, eine Unklarheit, ist aber so wichtig, und die Fragen, die damit zusammenhängen, sind so zentral, daß ich heute überhaupt nur diese Stelle Ihres Briefes anfassen werde.

Es scheint, Sie haben viel gelesen, bestimmt lesen Sie täglich Zeitungen, bestimmt haben Sie Ihre Augen auf, und Sie werden etwas in Deutschland gemerkt haben: Soziale Unordnung, wirtschaftliche Anarchie. Das Wort „Klassenkampf" kann mancher schwer aussprechen, aber Sie haben diese Hemmung nicht; Sie sagen, was Sie sehen, und Sie sehen das eigentümliche, schreckliche, grausame, atavistische und fast unglaubliche Faktum der sozialen Klassen und ihres Kampfes. Ich muß Sie festhalten bei diesem Punkt, keinen Schritt erlaube ich Ihnen, bevor Sie nicht diesen getan haben; Sie dürfen keine Furcht haben, Sie müssen den Dingen ins Auge sehen, es mögen sich Konsequenzen ergeben, welche es wollen. Schon jetzt nach dem Vorhalt hier dürfen Sie nicht einfach den Satz von Rußland wiederholen, von dem „Barbarenvolk, welches das untergehende Abendland überrennen wird." Als erstes, Herr Hocke, haben Sie zu dem russischen Faktum zu sagen: Dort liegt der Versuch zu der ungeheuer notwendigen sozialen Ordnung vor. Von irgend etwas sonst dürfen Sie noch lange nicht sprechen, und, ich bitte sehr, einen Satz wie: „Wir haben eben unsere Geschichte, wir haben sie in Fleisch und Blut" ist ganz unmöglich, und ich lasse ihn absolut nicht durch. Sie müssen doch sehen, daß die Versklavung durch den Staat, durch die besondere Form des Staates, und die soziale Unordnung mit zur deutschen Geschichte gehört, und dies wollen Sie in Fleisch und Blut behalten, und sind stolz darauf, und wollen es nicht viel mehr als eine Krankheit aus Ihrem Blut entfernen? Ich bitte sehr, geehrter Herr Hocke, denken wir zusammen und akzeptieren wir in keiner Weise Dinge, die wir nicht kontrolliert haben.

Aus der Einsicht in das Faktum des Klassenkampfes ergeben sich Konsequenzen für Sie. Es ist möglich, daß Sie weder auf der aktiven, noch auf der passiven Seite den ungeheuren Mißstand deutlich selbst erleben; nehmen wir an, Sie sind ein geistiger Mensch. Wir werden entwickeln, welche Haltung Sie im sozialen Kampf einzunehmen haben.

Erstens negativ und kategorisch: Sie stehen nicht auf Seite der Minorität, der Besitzenden, der Unternehmer und Rentner, der Kultivierten, der Privilegierten. Sie können an sich allemal mit der Macht gehen, genauso wie mit der Ohnmacht, aber Sie werden mit der Macht nur dann gehen, wenn Sie einen Sinn, einen Wert, eine Ordnung vertritt. Das tut greifbar der Kapitalismus nicht, vielmehr das Gegenteil. Er ist aus auf Warenproduktion, Gewinn und Anhäufung von Geld, ohne den geringsten allgemein menschlichen Zweck. Sie brauchen, um dies zu wissen, nur prominente Vertreter dieser Schicht anzusehen, brauchen nur ihre Physiognomien zu studieren, die Schlauheit, Berechnung, den Drang nach Expansion, die Rücksichtslosigkeit, gnadenlose Sachlichkeit da erkennen und werden wissen: Die Sache hier ist Machtzuwachs, Geldgewinn und nichts weiter. Als gelegentlicher, unvermeidlicher Nebenbefund ergibt sich „kultureller Fortschritt". Wie fremd aller menschlichen Zielsetzung, wie unfähig zur Ordnung der menschlichen Verhältnisse, ja, wie widerspenstig und unwillig die Kapitalherren sind, darüber belehrt Sie die Geschichte der letzten Jahrzehnte ausreichend. Auf diesem „sachlichen" Wege scheute man nicht vor Hekatomben von Menschenopfern zurück. Sie haben hier einen furchtbaren, scheusäligen Götzen vor sich, einen vollkommenen Satan, der hassenswert in unserer Menschheit steckt. Sie werden nicht mit der Macht gehen, weil Sie diesen Götzen nicht anbeten. Es entsteht die Frage, ob Sie auf die Linie der Unterdrückten, der Niedergehaltenen treten sollen.

Auf den ersten Zug ist hier „ja" zu sagen, und keine spätere Überlegung ändert etwas an diesem prinzipiellen Ja; es kann nur die Frage sein, wie speziell Sie dieses „Ja" exekutieren. Sie sagen prinzipiell ja, denn wenn man etwas nicht will, wird man das Instrument zur Beseitigung dieses Etwas wollen. Der Kampf der Arbeiterschaft zwingt Schritt um Schritt die Herrschenden und Besitzenden zu gesellschaftlicher Ordnung, zu Gerechtigkei; es ist unzweifelhaft, daß das Kapital, nach Geld und Macht und immer mehr Macht lüstern, von sich aus nur eine bettelhafte Philanthropie treiben kann, und Gerechtigkeit und Ordnung nur soweit schaffen kann, als es zu seiner eigenen Sicherheit und Ruhe bedarf.

Aber es gilt für Sie im Augenblick, wo Sie den Willen haben, Ihr Ja zu exekutieren, genau zu sehen, was der Klassenkampf der Arbeiterschaft erreichen kann. Die marxistische Grundlehre redet deutlich und sehr verlockend: im kapitalistischen Zeitalter stellen sich Unternehmer und Arbeiter gegenüber zum Klassenkampf, die siegreiche Arbeiterschaft setzt sich in den Besitz der entscheidenden Produktionsmittel und beseitigt alle Klassenunterschiede. Und Sie wissen, daß Rußland eben bei der proletarischen Diktatur hält, welche die systematische Ausmerzung der noch vorhandenen Klassenunterschiede betreibt. Sie hören einen neuen Ton, der für Sie enorm bezaubernd ist: die siegreiche

Arbeiterklasse beseitigt alle Klassenunterschiede. Sie hatten vorher nur das eine Argument für die Arbeiterklasse: Gerechtigkeit; jetzt taucht sogar ein wunderbares zweites auf, der uralte, bisher utopische Gedanke des Sozialismus, in einen realen Plan einbezogen. Sie sind nun ganz bereit, Ihr prinzipielles Ja zu exekutieren. *Und hier ist innezuhalten!* Hier ist Widerspruch anzumelden, und ich bitte Sie, sehr geehrter Herr Hocke und Ihre Freunde, an diesem Punkt aufs schärfste aufzumerken. Es kommt der für Sie entscheidende Punkt. Alle Ihre heutigen und morgigen Unsicherheiten werden von der Unklarheit an dieser Stelle herrühren.

Die Arbeiterparteien haben ein Rüstzeug: den Klassenkampf, und zwei Ziele: soziale Gerechtigkeit und den Sozialismus. Man hat gesagt: es gab schon vor Marx die Arbeiterbewegung und den Sozialismus; er hat sie zusammengebunden. Und in der Tat: das Ende des ersten Bandes vom „Kapital" verkündet die „freie Assoziation freier und gleicher Produzenten". Wie steht es damit? Die Arbeiterbewegung und der Klassenkampf kann die Zertrümmerung der Kapitalistenklasse zur Folge haben, – es steht vollkommen in der leeren Luft, daß er die klassenlose Gesellschaft und den Sozialismus zur Folge hat. Es kann aus keinem Ding etwas hervorgehen, was nicht schon in ihm steckt, – es kann aus dem mörderisch geschärften Klassenkampf Gerechtigkeit, aber kein Sozialismus hervorgehen. Betrachten Sie das russische Beispiel: ist hier eine Bewegung zum Sozialismus oder Kommunismus zu sehen? Es ist Sieg der Arbeiterklasse und Kollektivismus mit Staatskapitalismus. Die Verteidiger sagen: wir sind noch im Kampf; ich antworte: sie haben einen ungeheuren Fortschritt gegenüber den Weststaaten vollzogen, sie treiben sehr vernünftigen und rationalen Staatskapitalismus, sie werden eine höchst preußisch, friderizianisch despotisch durchorganisierte Staatsmaschine auf die Beine stellen, das Modernste des Modernen, sie werden vielleicht tatsächlich damit über Europa oder Asien herfallen können, – dieser despotische friderizianische Staatskapitalismus, der den Massen nach alter Methode von außen auferlegt wird, hat aber nicht das Mindeste mit Kommunismus zu tun. Dessen Leitsätze sind: Freiheit, spontaner Zusammenschluß der Menschen, Ablehnung jedes Zwanges, Empörung gegen Unrecht und Zwang, Menschlichkeit, Toleranz, friedliche Gesinnung. Was hat Marx von diesem, dem wirklichen Kommunismus gelehrt? Ich weiß nicht, er hat ihn wohl verhöhnt. Was ging ihn und so den heutigen Klassenkämpfer der wirkliche Kommunismus an? Die „freie Assoziation"? Ehrlich ist sie ihnen blauer Dunst, Utopie, ein Wort, woran sie keine Sekunde Nachdenkens verlieren. Sie haben etwas Dringenderes vor. Lesen Sie eine kommunistische Zeitung, – ob Sie in ihr etwas außer dem Klassenkampf erfahren. Aber sie sagen: wir können auch nicht anders, wir haben noch nicht mal die Revolution zustande gebracht; wer redet von übermorgen, wo noch nicht mal das Morgen, nein, das Heute steht? Ich warne Sie vor diesem Schwindel. *Aus einem Ding entsteht nichts, was nicht schon in ihm steckt.* Kommunismus muß gewollt und mit spezifischen Mitteln entwickelt werden. Aus der Atmosphäre des planmäßig zu Revolution und Bürgerkrieg gesteigerten Klassenkampfes kann er nicht entstehen. Aus Menschen, die zu eisernen Klassenkämpfern gezüchtet werden, aus Heroen des Klassenkampfes, werden keine Kommunisten. Eine kriegerische Rasse kann entstehen, der Krieg kann über die ganze Erde getragen werden, das hat mit Klasse, Klassenkampf, Klassensieg, nichts mit Kommunismus zu tun. Wie unwahr an dem mächtigen Baum des Klassenkampfes die Papierblüte des „Kommunismus" hängt, wie angeklebt sie da ist, erkennen Sie bei Marx selber: ganz dünn, blutlos, lyrisch verschwommen und sentimental erscheint zum Schluß des ersten Bandes vom „Kapital" jenes Wort von der zukünftigen „freien Assoziation". Wer glaubt dem Berserker das? Wie hätte dieser Logiker und Analytiker den Kommunismus auf die Füße gestellt, wenn er ihn gewollt hätte. Aber er betrieb klassenkämpferische Aufklärung, die in der Tat hundertprozentig nötig war und ist, und sonst nichts. Er hat, sagen wir es kurz und bündig, *nicht* die Arbeiterbewegung mit dem Sozialismus verbunden. Er hat das Wort und die Rüstung für den Klassenkampf geschaffen, der Arbeiterschaft und uns die Augen geöffnet, – *und uns übriggelassen zu überlegen, wie man zur „Gerechtigkeit" auch noch den Menschen findet.* Daher und also: der Klassenkampf wird ausgetragen von zwei Bürgerparteien, Großbürgern und Kleinbürgern; der Sieg der Kleinbürger, die sich Proletarier nennen, bleibt Etappe im Kampf, führt nicht aus dem alten Bürgerlichen mit seinen Kategorien Krieg, Gewalt,

Unterwerfung heraus, ergibt höchstens neubügerlichen Staatskapitalismus.

So gerecht also der Kampf der Kleinbürger (Proletarier) gegen die Großbürger (Bourgeois) ist, – Sie, Herr Hocke, können Ihr prinzipielles Ja zu dem Kampf nicht exekutieren, indem Sie sich in die proletarische Front einordnen. Sie müssen es bewenden lassen bei der erregten und bitteren Billigung dieses Kampfes, aber Sie wissen auch: tun Sie mehr, so bleibt eine ungeheuer wichtige Position unbesetzt, die Position jenseits der bloßen Gerechtigkeit: die urkommunistische der menschlichen individuellen Freiheit, der spontanen Verbindung der Menschen, des Widerwillens gegen Neid, Haß, Barbarei und Krieg! Das sind Dinge, die keine vorübergehende Kultur in die Menschen hineingelegt hat, aber die die sogenannte Kultur Zug um Zug verschüttet. Diese Position, Herr Hocke, ist es, die als einzige Ihnen, dem geistigen Menschen, zufällt. Diese allein ist Ihnen angemessen, in jeder andern werden Sie verkommen. Lassen Sie sich hier nicht herausmanövrieren durch die verlogene Dialektik der pseudokommunistischen Bürger und ihrer Intellektuellen. Man wird versuchen, Sie zu „Entscheidungen" zu drängen, worunter man die Entscheidung zwischen großbürgerlich und kleinbürgerlich (falsch unterschieden als bürgerlich und proletarisch) versteht. Man braucht Sie als Hilfskraft, wird Ihnen aber dauernd mißtrauen (Bebel: „Kommt ein Bürgerlicher zu euch, seht ihn euch genau an; ist es ein Intellektueller, doppelt genau." „Die Befreiung der Arbeiterklasse kann nur das Werk der Arbeiterklasse selbst sein.") Man wird Sie verlachen, wenn Sie von der Freiheit des Individuums reden; Masse, Kollektivum ist das große Wort von heute; man ist eben kriegerisch, kennt nur Heere und Soldaten als Nummern, und wenn die Söldner hüben und drüben von Ihnen das Wort Menschlichkeit hören, so werden sie auf den Rücken fallen und sich vor Lachen krümmen. Immer lachen lassen! Sie werden zuletzt lachen! Sie gehören nicht der Arbeiterklasse an und haben nicht nötig, sich unehrlicherweise wie viele Intellektuelle zu assimilieren. Sie vertreten die Ideen, die ich nannte, aktiv und angreifend; es sind die größten der Welt und die revolutionärsten, *vertreten Sie sie an Ihrem Platz,* allein und mit den vielen andern, die bald kommen werden. Ich habe nicht von Praxis zu sprechen, wir denken hier nur; aber Sie erkennen: es gibt ungeheuer zu tun.

Das deutsche Bürgertum war einmal radikal, progressiv, jetzt ist es elend, verängstigt, ideenlos oder faschistisch. Wo ist da die wirkliche Front der Geistigkeit, warum wirbt sie nicht, warum hat sie keine Macht? Ist sich die Geistigkeit Deutschlands, die Erbin von Klassikern auf vielen Gebieten, die heute noch Schulen und Universitäten beherrscht, nicht einer ungeheuren Schuld bewußt, wenn sie die „Wirtschaft" autonom das Land regieren sieht? Schämt sie sich nicht ihrer Rolle? Hat sie noch immer nicht die Augen auf?

Sie berufen sich auf Ihre Bildung, Herr Hocke, ich schenke sie Ihnen! Zeigen Sie, daß Sie lebendig sind, helfen Sie mit, einen Ort schaffen für die alten revolutionären Ideen, die ich nannte, schlagen Sie Bresche in das Bürgertum, verstehen Sie den Marxismus und halten sich doch fest jenseits der Bürgerei. Es heißt: einfach sein, seine Bildung für heute haben. Der Zugang zum Volk wird in Deutschland durch die Parteien versperrt. Statt daß die Geistigen Einfluß üben, regieren wirtschaftliche Gruppen, und man besitzt die Frechheit, die Geistigen zum Eintritt in diese Parteien aufzufordern! Das nennt man Politisierung! Ich habe Sie gewarnt.

Offen ist die Trennung von Sozialismus und Klassenkampf zu vollziehen, der Sozialismus wieder als „Utopie" herzustellen, als reine Kraft, Element in uns, seine Verwirklichung oder die Annäherung an ihn mit neuen Mitteln zu versuchen. Dies ist die Aufgabe, die Generallinie der Bewegung, zu der ich Ihnen rate. Ich hatte, geehrter Herr Hocke, im Anschluß an Ihre Rußlandbemerkung nur die Klärung dieses Punktes heute vor. Sie hören bald mehr von mir.

Ihr Alfred Döblin

Albert Einstein
an Sigmund Freud

Im Jahr 1932 stellte der Völkerbund in Genf den beiden größten naturwissenschaftlichen Kapazitäten der Epoche die Frage „Warum Krieg?“. Die bibliophile Ausgabe der Antworten erreichte im Deutschland des Jahres 1933 die stolze Auflage von 2000 Exemplaren. Einstein hat einmal in einem Interview die Ansicht vertreten, daß die Massen an sich nicht kriegslüstern seien, solange sie nicht durch Propaganda vergiftet würden; es käme darauf an, sie gegen diese Propaganda zu immunisieren. In seiner Antwort auf Einsteins Brief hebt Freud diesen Gedanken gleichfalls hervor und schreibt: „Man müßte mehr Sorge als bisher aufwenden, um eine Oberschicht selbständig denkender, der Einschüchterung unzugänglicher, nach Wahrheit ringender Menschen zu erziehen, denen die Lenkung der unselbständigen Massen zufallen würde. Daß die Übergriffe der Staatsgewalten und das Denkverbot der Kirche einer solchen Aufzucht nicht günstig sind, bedarf keines Beweises.“

Caputh, bei Potsdam, 30. Juli 1932

Lieber Herr Freud!

Ich bin glücklich darüber, daß ich durch die Anregung des Völkerbundes und seines Internationalen Instituts für geistige Zusammenarbeit in Paris, in freiem Meinungsaustausch mit einer Person meiner Wahl ein frei gewähltes Problem zu erörtern, eine einzigartige Gelegenheit erhalte, mich mit Ihnen über diejenige Frage zu unterhalten, die mir beim gegenwärtigen Stand der Dinge als die wichtigste der Zivilisation erscheint: Gibt es einen Weg, die Menschen von dem Verhängnis des Krieges zu befreien? Die Einsicht, daß diese Frage durch die Fortschritte der Technik zu einer Existenzfrage für die zivilisierte Menschheit geworden ist, ist ziemlich allgemein durchgedrungen, und trotzdem sind die heißen Bemühungen um ihre Lösung bisher in erschreckendem Maße gescheitert.

Ich glaube, daß auch unter den mit diesem Problem praktisch und beruflich beschäftigten Menschen, aus einem gewissen Gefühl der Ohnmacht heraus, der Wunsch lebendig ist, Personen um ihre Auffassung des Problems zu befragen, die durch ihre gewohnte wissenschaftliche Tätigkeit zu allen Fragen des Lebens eine weitgehende Distanz gewonnen haben. Was mich selber betrifft, so liefert mir die gewohnte Richtung meines Denkens keine Einblicke in die Tiefen des menschlichen Wollens und Fühlens, so daß ich bei dem hier versuchten Meinungsaustausch nicht viel mehr tun kann, als versuchen, die Fragestellung herauszuarbeiten und durch Vorwegnahme der mehr äußerlichen Lösungsversuche Ihnen Gelegenheit zu geben, die Frage vom Standpunkte Ihrer vertieften Kenntnis des menschlichen Trieblebens aus zu beleuchten. Ich vertraue darauf, daß Sie auf Wege der Erziehung werden hinweisen können, die auf einem gewissermaßen unpolitischen Wege psychologische Hindernisse zu beseitigen imstande sind, welche der psychologisch Ungeübte wohl ahnt, deren Zusammenhänge und Wandelbarkeit er aber nicht zu beurteilen vermag.

Weil ich selber ein von Affekten nationaler Natur freier Mensch bin, erscheint mir die äußere beziehungsweise organisatorische Seite des Problems einfach: die Staaten schaffen eine legislative und gerichtliche Behörde zur Schlichtung aller zwischen ihnen entstehenden Konflikte. Sie verpflichten sich, sich den von der legislativen Behörde aufgestellten Gesetzen zu unterwerfen, das Gericht in allen Streitfällen anzurufen, sich seinen Entscheidungen bedingungslos zu beugen sowie alle diejenigen Maßnahmen durchzuführen, welche das Gericht für die Realisierung seiner Entscheidungen für notwendig erachtet. Hier schon stoße ich auf die erste Schwierigkeit: Ein Gericht ist eine menschliche Einrichtung, die umsomehr geneigt sein dürfte, ihre Entscheidungen außerrechtlichen Einflüssen zugänglich zu machen, je weniger Macht ihr zur Verfügung steht, ihre Entscheidungen durchzusetzen. Es ist eine Tatsache, mit der man rechnen muß: Recht und Macht sind unzertrennlich verbunden, und die Sprüche eines Rechtsorgans nähern sich umsomehr dem Gerechtigkeitsideal der Gemeinschaft, in deren Namen und Interesse Recht gesprochen wird, je mehr Machtmittel diese Gemeinschaft aufbringen kann, um die Respektierung ihres Gerechtigkeitsideals zu erzwingen. Wir sind aber zur Zeit weit davon entfernt, eine überstaatliche Organisation zu besitzen, die ihrem Gericht unbestreitbare Autorität zu verleihen und der Exekution seiner Erkenntnisse absoluten Gehorsam zu erzwingen imstande wäre. So drängt sich mir die erste Feststellung auf: Der Weg zur internationalen Sicherheit führt über den bedingungslosen Verzicht der Staaten auf einen Teil ihrer Handlungsfreiheit beziehungsweise Souveränität, und es dürfte unbezweifelbar sein, daß es einen andern Weg zu dieser Sicherheit nicht gibt.

Ein Blick auf die Erfolglosigkeit der zweifellos ernst gemeinten Bemühungen der letzten Jahrzehnte, dieses Ziel zu erreichen, läßt jeden deutlich fühlen, daß mächtige psychologische Kräfte am Werke sind, die diese Bemühungen paralysieren. Einige dieser Kräfte liegen offen zutage. Das Machtbedürfnis der jeweils herrschenden Schicht eines Staates widersetzt sich einer Einschränkung der Hoheitsrechte desselben. Dieses politische Machtbedürfnis wird häufig genährt aus einem materiell-ökonomisch sich äußernden Machtstreben einer andern Schicht. Ich denke hier vornehmlich an die innerhalb jedes Volkes vorhandene kleine, aber entschlossene, sozialen Erwägungen und Hemmungen unzugängliche Gruppe jener Menschen, denen Krieg, Waffenherstellung und -handel nichts als eine Gelegenheit sind, persönliche Vorteile zu ziehen, den persönlichen Machtbereich zu erweitern.

Diese einfache Feststellung bedeutet aber nur einen ersten Schritt in der Erkenntnis der Zusammenhänge. Es erhebt sich sofort die Frage: Wie ist es möglich, daß die soeben genannte Minderheit die Masse des Volkes ihren Gelüsten dienstbar machen kann, die durch einen Krieg nur zu leiden und zu verlieren hat. (Wenn ich von der Masse des Volkes spreche, so schließe ich aus ihr diejenigen nicht aus, die als Soldaten aller Grade den Krieg zum Beruf gemacht haben, in der Überzeugung, daß sie der Verteidigung der höchsten Güter ihrs Volkes dienen und daß manchmal die beste Verteidigung der Angriff ist.) Hier scheint die nächstliegende Antwort zu sein: Die Minderheit der jeweils Herrschenden hat vor allem die Schule, die Presse und meistens auch die religiösen Organisationen in ihrer Hand. Durch diese Mittel beherrscht und leitet sie die Gefühle der großen Masse und macht diese zu ihrem willenlosen Werkzeuge.

Aber auch diese Antwort erschöpft nicht den ganzen Zusammenhang, denn es erhebt sich die Frage: Wie ist es möglich, daß sich die Masse durch die genannten Mittel bis zur Raserei und Selbstaufopferung entflammen läßt? Die Antwort kann nur sein: Im Menschen lebt ein Bedürfnis zu hassen und zu vernichten. Diese Anlage ist in gewöhnlichen Zeiten latent vorhanden und tritt dann nur beim Abnormalen zutage; sie kann aber verhältnismäßig leicht geweckt und zur Massenpsychose gesteigert werden. Hier scheint das tiefste Problem des ganzen verhängnisvollen Wirkungskomplexes zu stecken. Hier ist die Stelle, die nur der große Kenner der menschlichen Triebe beleuchten kann.

Dies führt auf eine letzte Frage: Gibt es eine Möglichkeit, die psychische Entwicklung der Menschen so zu leiten, daß sie den Psychosen des Hasses und des Vernichtens gegenüber widerstandsfähiger werden? Ich denke dabei keineswegs nur an die sogenannten Ungebildeten. Nach meinen Lebenserfahrungen ist es vielmehr gerade die sogeannnte ‚Intelligenz', welche den verhängnisvollen Massensuggestionen am leichtesen unterliegt, weil sie nicht unmittelbar aus dem Erleben zu schöpfen pflegt, sondern auf dem Wege über das bedruckte Papier am bequemsten und vollständigsten zu erfassen ist.

Zum Schluß noch eins: Ich habe bisher nur vom Krieg zwischen Staaten, also von sogenannten internationalen Konflikten gesprochen. Ich bin mir dessen bewußt, daß die menschliche

Aggressivität sich auch in anderen Formen und unter anderen Bedingungen betätigt (z. B. Bürgerkrieg, früher aus religiösen, heute aus sozialen Ursachen heraus, Verfolgung von nationalen Minderheiten). Ich habe aber bewußt die repräsentativste und unheilvollste, weil zügelloseste Form des Konfliktes unter menschlichen Gemeinschaften hervorgehoben, weil sich an ihr vielleicht am ehesten demonstrieren läßt, wie sich kriegerische Konflikte vermeiden ließen.

Ich weiß, daß Sie in Ihren Schriften auf alle mit dem uns interessierenden, drängenden Problem zusammenhängenden Fragen teils direkt, teils indirekt geantwortet haben. Es wird aber von großem Nutzen sein, wenn Sie das Problem der Befriedung der Welt im Lichte Ihrer neuen Erkenntnisse besonders darstellen, da von einer solchen Darstellung fruchtbare Bemühungen ausgehen können.

Freundlichst grüßt Sie Ihr A. Einstein

Ricarda Huch
an Max von Schillings

Im März 1926 wurde der Preußischen Akademie der Künste in Berlin eine Sektion für Dichtkunst angegliedert; damit schienen Bemühungen am Ziel, die seit der Jahrhundertwende versucht hatten, der Literatur mehr Einfluß im gesellschaftlichen Bereich zu verschaffen. Doch sehr bald spalteten politische Grundkonflikte die Sektion: links stand gegen rechts, „Großstadtliteratur" gegen „Blut und Boden", „zersetzend" gegen „volksnah", der Schriftsteller gegen den Dichter. Nach dem 30. Januar 1933 und dem erzwungenen Rücktritt Heinrich Manns vom Vorsitz der Sektion erfolgte – nicht ohne eifriges Zutun Gottfried Benns – das Einschwenken der Sektion für Dichtung an der Preußischen Akademie der Künste auf die Vorgaben der neuen Machthaber. Akademiepräsident Max von Schillings gab sich alle Mühe, die nationale Gesinnung Ricarda Huchs zu mobilisieren – umsonst.

Heidelberg, 9. April 1933

Sehr geehrter Herr Präsident, lassen Sie mich zuerst danken für das warme Interesse, das Sie an meinem Verbleiben in der Akademie nehmen. Es liegt mir daran, Ihnen verständlich zu machen, warum ich Ihrem Wunsche nicht entsprechen kann. Daß ein Deutscher deutsch empfindet, möchte ich fast für selbstverständlich halten; aber was deutsch ist und wie Deutschtum sich betätigen soll, darüber gibt es verschiedene Meinungen. Was die jetzige Regierung als nationale Gesinnung vorschreibt, ist nicht mein Deutschtum. Die Zentralisierung, den Zwang, die brutalen Methoden, die Diffamierung Andersdenkender, das prahlerische Selbstlob halte ich für undeutsch und unheilvoll. Bei einer so sehr von der staatlich vorgeschriebenen Meinung abweichenden Auffassung halte ich es für unmöglich, in einer staatlichen Akademie zu bleiben. Sie sagen, die mir von der Akademie vorgelegte Erklärung werde mich nicht an der freien Meinungsäußerung hindern. Abgesehen davon, daß eine „loyale Mitarbeit an den satzungsgemäß der Akademie zufallenden nationalen und kulturellen Aufgaben im Sinne der veränderten geschichtlichen Lage" eine Übereinstimmung mit dem Programm der Regierung erfordert, die bei mir nicht vorhanden ist, würde ich keine Zeitung oder Zeitschrift finden, die eine oppositionelle Meinung druckte. Da bliebe das Recht der freien Meinungsäußerung in der Theorie stecken.

Sie erwähnen die Herren Heinrich Mann und Dr. Döblin. Es ist wahr, daß ich mit Herrn Heinrich Mann nicht übereinstimmte, mit Herrn Dr. Döblin tat ich es nicht immer, aber doch in manchen Dingen. Jedenfalls möchte ich wünschen, daß alle nichtjüdischen Deutschen so gewissenhaft suchten, das Richtige zu erkennen und zu tun, so offen, ehrlich und anständig wären, wie ich ihn immer gefunden habe. Meiner Ansicht nach konnte er angesichts der Judenhetze nicht anders handeln, als er getan hat.

Daß mein Verlassen der Akademie keine Sympathiekundgebung für die genannten Herren ist, trotz der besonderen Achtung und Sympathie, die ich für Dr. Döblin empfinde, wird jeder wissen, der mich persönlich oder aus meinen Büchern kennt. Hiermit erkläre ich meinen Austritt aus der Akademie.

Ricarda Huch

Walter Benjamin
an Gerhard Scholem

Eher eine bezeichnende Momentaufnahme als ein beredtes Zeugnis aus dem reichen Briefwechsel Benjamin-Scholem ist diese Mitteilung vom März 1933 – das Exil als neuer Abschnitt der Korrespondenz, die insgesamt für Benjamin „etwas sehr Kostbares, aber auch etwas sehr Behutsamkeit Erheischendes" war. Schwierige Fragen, die in ihr auftauchten, bewahrte er in seiner „inneren Registratur" auf, in die er bei Bedarf zurückgriff. Denn die Freunde sahen sich nur selten; Scholem war seit 1923 in Palästina, Benjamin viel auf Reisen – seit 1933 unfreiwillig. Er war ein passionierter Briefschreiber: Wenn er Goethe in seiner berühmten Sammlung „Deutsche Menschen" als „Kanzlist des eigenen Innern" bezeichnet, so hat er damit auch den Epistographen in sich selbst gekennzeichnet. Was ihn zum Briefeschreiben bewegte, so befand Adorno später, war wohl auch, „daß er geschichtliche Formen – und der Brief ist eine – wie Natur sah, die zu enträtseln, deren Gebot zu folgen sei".

Paris, Hotel Istria, 20. März 1933

Lieber Gerhard,

so stünden wir wieder einmal im Begriff, einen neuen Abschnitt in unserer Korrespondenz einzuweihen, die, was Stempel und was Adressen angeht, von meiner Seite gewiß nicht einförmig ist. Was du von Kitty Marx dieser Tage über mich hörst, wird dir gewiß ein getreues Bild von den inneren und äußern Umständen geben, in die die Ereignisse einschlugen, die sie wieder einmal gründlich veränderten. Ehe ich darauf aber eingehe, will ich nicht versäumen, zu bemerken wie beklagenswert ich es fand, daß ein Abschiedsbesuch – wenn ich es so nennen darf – den Beginn einer Bekanntschaft bildete, von der ich mir viel Anziehendes hätte versprechen können. Da nun die Ankunft des Briefes in Jerusalem nicht allzulange nach der ihren erfolgt, lege ich auf die schwere Fracht von Mitteilungen, die er enthalten wird, für sie ein kleines Willkommenboukett oben auf.

Ob du schon Leute gesprochen hast, die Deutschland nach dem 15ten März etwa verlassen haben, bezweifle ich. Brieflich könntest du nur durch besonders tollkühne Individuen informiert sein. Denn es kann sehr gefährlich werden, von dort ohne sorgfältige Tarnung zu schreiben. Ich darf mich, im Besitz der Freiheit, deutlich und umso kürzer fassen. Einen Begriff von der Lage gibt weniger der individuelle Terror, als die kulturelle Gesamtsituation. Über den erstern ist schwer, absolut Zuverlässiges in Erfahrung zu bringen. Unbezweifelt sind die zahlreichen Fälle, in denen Leute nachts aus ihren Betten geholt und mißhandelt oder ermordet werden. Wichtiger vielleicht noch, aber schwerer zu durchleuchten ist das Schicksal der Gefangenen. Von diesen laufen die furchtbarsten Gerüchte um, zu denen man nur sagen kann, daß einige von ihnen sich als unwahr herausgestellt haben. Sonst liegt es wie immer in solchen Zeiten: den wenigen Fällen, die übertrieben werden, mögen viele gegenüberstehen, von denen man überhaupt nichts erfährt.

Was mich betrifft, so sind es nicht diese – seit langem mehr oder minder absehbaren – Verhältnisse gewesen, die in mir, und zwar erst vor einer Woche, in unbestimmten Formen, die Entschließung, Deutschland zu verlassen zur schleunigsten Entfaltung gebracht haben. Es war vielmehr die fast mathematische

Gleichzeitigkeit, in der von allen überhaupt in Frage kommenden Stellen Manuscripte zurückgereicht, schwebende, beziehungsweise abschlußreife Verhandlungen abgebrochen, Anfragen unbeantwortet gelassen wurden. Der Terror gegen jede Haltung oder Ausdrucksweise, die sich der offiziellen nicht restlos angleicht, hat ein kaum zu überbietendes Maß angenommen. Unter diesen Umständen kann die äußerste politische Zurückhaltung, die ich seit jeher und mit gutem Grunde geübt hatte, den Betreffenden zwar vor planmäßiger Verfolgung, nicht aber vor dem Verhungern schützen. In alledem habe ich das Glück gehabt, meine Wohnung auf ein Jahr an einen zuverlässigen Mann vermieten zu können. Nur durch schwierige Operationen ist es mir immerhin gelungen, die paar hundert Mark zusammenzubringen, mit denen ich auf Ibiza – wohin ich zunächst zu gehen gedenke – ein paar Monate leben kann. Das Weitere allerdings könnte eines Tages so vollkommen verbaut sein wie es jetzt offen ist. Zumindest kann ich gewiß sein – so unerträglich die deutsche Atmosphäre, in der man den Leuten lieber auf die Revers und danach meist am liebsten schon garnicht mehr in die Gesichter sieht, ist – keinem Impuls der Panik gefolgt zu sein. Es war vielmehr die reine Vernunft, die hier alle Eile gebot und es gibt unter den mir Näherstehenden niemand, der das anders beurteilt.

Allerdings waren nicht mehr allzuviele von ihnen im Augenblick meiner Abreise noch in Deutschland: Brecht, Kracauer, Ernst Bloch sind rechtzeitig weggefahren – Brecht einen Tag, bevor er verhaftet werden sollte. Ernst Schoen ist verhaftet gewesen aber wieder freigelassen worden. Vermutlich wird man ihm – wie meist in solchen Fällen – den Paß abgenommen haben. Die Gültigkeit des meinen läuft unglücklicherweise im August dieses Jahres ab; natürlich kann man unter den heutigen Verhältnissen mit seiner Verlängerung nicht bestimmt rechnen.

Mit diesen Zeilen kommt es mir darauf an, dich im Großen über meine Lage und die Maßnahmen, die ich in ihr getroffen habe, zu unterrichten. Einzelnes kann für später bleiben. Trotzdem ich nicht lange in Paris sein werde, bitte ich dich, deine Antwort hierher zu richten, sie wird mir nötigenfalls folgen. Fräulein Marx aber richte, neben den schönsten Grüßen, bitte aus, daß die Bücher, welche sie von mir hat, zunächst in Jerusalem bleiben sollen; später werde ich ihr eine Adresse angeben, an die die Druckbogen der „Mutter" [Brechts] gehen können – hoffentlich nicht, ohne daß du sie vorher einem genauen Studium unterzogen hättest.

Schrieb ich dir, daß ich in Berlin eine ganz kleine und vielleicht sonderbare Arbeit über die Sprache verfaßt habe – ganz danach angetan, dein Archiv zu zieren?

Antworte geschwindest und nimm, mit Escha, die herzlichsten Grüße

Dein Walter

Joseph Roth
an Stefan Zweig

Der Leidensweg des Joseph Roth begann 1918 mit der Auflösung der K. u. K. Monarchie, und er erreichte einen vorläufigen Höhepunkt 1933. „Was wird Österreich machen, und ich, sein armer Leutnant", schrieb der konservative Monarchist an den stets hilfsbereiten Freund und Mäzen Stefan Zweig. Österreich versammelte sich 1938 zu seinem unendlichen Schmerz auf dem Heldenplatz zur Feier des Anschlusses und der arme Leutnant stemmte sich aus dem Exil noch eine Weile schreibend gegen das Unabänderliche und trank sich dann langsam zu Tode. In seinen Briefen, die oft an den Ton seiner Dichtungen erinnern, konnte er so verzweifelt wie hoffnungsvoll, so poetisch wie pedantisch sein – etwa wenn es um Probleme der geliebten Sprache ging. „Indes er sich selber aufgab", schrieb sein Freund Hermann Kesten, „seine Gesundheit, sein Leben, gab er in seinen Schriften nicht ein Komma, nicht eine einzige Sorgfalt auf." Joseph Roth hat keine Autobiographie geschrieben; in seinen Briefen hat er sich und anderen den Roman seines Lebens erzählt.

Paris, Hotel Foyot,
am 26. III. 1933

Verehrter und lieber Freund,

ich glaube, daß man in diesen Zeiten in möglichst ständiger Verbindung bleiben muß. Deshalb antworte ich Ihnen sofort.

Ich bitte Sie, darauf zu achten, daß Ihre Briefe an mich *via Schweiz* gehn. Manche gehen nämlich über Deutschland.

Ich stimme mit Ihnen vollkommen überein: man muß warten. Vorläufig. Es ist mir nur noch nicht ganz klar, wie lange.

Die Stumpfheit der Welt ist größer, als 1914. Der Mensch rührt sich nicht mehr, wenn man das Menschliche verletzt und mordet. Es war 1914 so, daß man sich von allen Seiten bemüht hat, die Bestialität mit humanen Gründen und Vorwänden zu erklären.

Es ist aber heute so, daß man die Bestialität einfach mit bestialen Erklärungen versieht, die noch grausamer sind, als die Bestialitäten.

Und nichts rührt sich, in der ganzen Welt. Ich meine: in der Welt der schreibenden Menschen, abgesehen von dem ewigen Exzentriker Gide, der, neuerdings Kommunist, hier eine lächerliche Versammlung für Snobs und die internationale Beamtenschaft des Kommunismus ohne jeden Erfolg abgehalten hat; außer den Juden in Amerika und in England, die aber lediglich der Antisemitismus bekümmert, ein kleines Segment aus dem großen Kreis der Bestialität.

Es ist Ihnen klar: in dem Maße, in dem sich etwa ein krankes Tier vom Typ Goering von dem immer noch im Bereich des Menschlichen verbliebenen Wilhelm II. unterscheidet: in dem Maße ungefähr unterscheidet sich 1933 von 1914.

Es ist klar, daß Trottel Dummheiten begehen, Bestien Bestialitäten, Verrückte wahnsinnige Handlungen: alles selbstmörderisch.

Aber es ist nicht klar, wann die ebenfalls kranke und verworrene Umgebung die Dummheit, die Bestialität, den Wahnsinn *erkennt.*

Darauf kommt es an. Und ich frage mich, wann die Zeit gekommen ist, in der es unsere Pflicht ist, die Umwelt durch Worte *abzusondern* vom Kranken, damit sie nicht angesteckt werde.

Ich fürchte, es ist *überhaupt* zu spät.

Ich fürchte, daß ich in die Lage gerate, einen möglichst schnellen Krieg *wünschen* zu müssen.

Ich komme nicht nach Wien, aus vielen Gründen. Ich lebe seit 10 Jahren, jedes Jahr 6–8 Monate in Frankreich. Warum nicht jetzt? Und besonders: warum nicht, wenn es den Menschen, die absolut Böses in mir sehen wollen, immer einfallen wird, zu sagen, ich sei geflohen. Und warum nicht, wenn es selbstverständlich ist, daß man *wirklich* flieht?

In Wien spricht es sich schneller herum, daß ich aus Dtschld weg bin, als hier. Ja, gerade dort, weil ich so lange dort gelebt habe, einmal, und nun zurück käme.

In einer französischen Tratsch-Zeitschrift stehen auch Sie unter den nach der Schweiz geflüchteten Namen und ich unter dem Namen *Ernst Roth*, offenbar, weil man Toller ausgelassen hat.

Bei Zsolnay kann ich nichts selber machen, weil Landauer mein Freund ist, und er soll für sich – indem er mich verkauft – Vorteil ziehen können. Denn er ist auch aufgeschmissen.

Nach Salzburg aber und zu Ihnen und sei es auch nur für ein paar Tage komme ich, sobald mir ein neuer Vertrag Geld verschafft hat und vorläufige Sicherheit.

Was das Jüdische in uns betrifft: so bin ich mit Ihnen d'accord, daß man nicht den Anschein erwecken darf, man sei gerade nur um die Juden besorgt und sonst nicht.

Aber man muß dabei immer wissen, daß die Eigenschaft, Jude zu sein, keinen Menschen von Gewissen von der Pflicht befreit, ebenso in die vorderste Front zu gehn, wie jeder Nicht-Jude von Gewissen.

Es gibt da einen gewissen Punkt, an dem die Noblesse zur Pflichtverletzung wird und obendrein noch nichts hilft. Denn für die Bestien drüben bleibt man doch ein gefährlicher Saujud.

Sie sind als Jude gegen den Krieg gegangen und ich als Jude in den Krieg. Wir haben viele Kameraden, beide. Wir sind nicht in der Etappe geblieben.

Es gibt auf dem Schlachtfeld der Humanität, könnte man sagen, ebenfalls Etappen-Juden.

Solch einer darf man nicht werden.

Ich habe niemals die Tragik des Jüdischen überschätzt, besonders nicht jetzt, wo es schon tragisch ist, ein anständiger Mensch schlechthin zu sein.

Es ist die Gemeinheit der Andern: Juden zu sehn. Es schickt sich nicht, daß wir durch Zurückhaltung allzusehr das Argument der törichten Tiere bestätigen.

Als ein Soldat und Offizier war ich kein Jude. Als ein deutscher Schriftsteller bin ich auch kein Jude. (In dem Sinn, in dem wir jetzt sprechen)

Ich fürchte, es gibt einen Augenblick, in dem die jüdische Zurückhaltung nichts mehr ist als eine Reaktion des taktvollen Juden gegen die Chuzpe des taktlosen.

Dann ist jene sinnlos und schädlich, wie diese.

Man hat – wie ich Ihnen schon sagte – eine Verpflichtung gegen Voltaire, Herder, Goethe, Nietzsche, wie gegen Moses und seine jüdischen Väter.

Es ergibt sich daraus die Verpflichtung:

das Leben zu retten, wenn es durch Bestien gefährdet ist und sein Schreiben.

Kein Sich-Ergeben in Das, was man voreilig Schicksal nennt.

Und „eingreifen", kämpfen, sobald der richtige Augenblick da ist. Es ist die Frage, ob er nicht sehr bald da ist.

Immer herzlich, Ihr treuer Joseph Roth.

Kurt Tucholsky
an Walter Hasenclever

Als Tucholsky diesen Brief von unterwegs schrieb, hatte er sich schon ins schwedische Hindås zurückgezogen, war er schon eine Zeitlang der „aufgehörte Dichter“, kümmerte er sich nicht mehr um die deutschen Dinge: „Es geht mich nichts mehr an.“ Nur mit dem alten Freund Walter Hasenclever, von ihm auch Hasenschiller genannt, und mit Max angeredet, tauschte er gelegentlich noch Politisches aus. Er schrieb dann so pointiert, so wie in alten Zeiten, daß der Freund einmal anfragte, warum er denn solche Briefe nicht in Schweden publiziere. Die Antwort: „Sie sind satt hier und von einer recht aufdringlichen Bescheidenheit.“ Im übrigen setzte er den vielen Aufforderungen, doch weiter zu publizieren, man brauche seine Stimme gerade in dieser Zeit, immer wieder den abwehrend-resignierenden Satz entgegen: „Mich haben sie falsch geboren.“

Zürich, 4. 3. 33

Lieber Max,

schönen Dank für Ihre beiden Schreiben vom 28. 2. und vom 2. 3. Entschuldigen Sie meinen letzthinnigen diktierten, ich war ganz herunter und hatte solche Ohrenschmerzen, daher war er so unpersönlich. Item:

Krankheit geht so, Dank der Nachfrage. Ich mache noch eine Inhalationskur, die besonders billig ist, man muß sehr viel Geduld haben. Nochmals, gehe ich so, schwach und schwer gehandicapt, unter Leute, dann mache ich mir alles kaputt. Lieber abwarten, anderswo wachsen jetzt auch keine goldenen Blümlein. Ich hoffe aber doch sehr, daß wir uns denn doch einmal in Mitteleuropa in die Arme sinken werden. Ich habe nicht genau lesen können, wohin Sie nach Paris gehn. Südfrankreich? Mentone? / Natürlich ist die Schweiz *kein* erfreuliches Land. Die Ostschweizer sind wie die Boches, sehr hochmütig, ekelhaft saturiert, grauslich. /

Jetzt muß ich aber vor Rührung einen Absatz machen.

Lieber Max, daß Sie mir da Ihre Hilfe in dieser schweren Zeit anbieten, hat mich auf das tiefste gepackt. Es wird nicht erforderlich sein, daß ich sie annehme – aber daß Sie es überhaupt tun, das werde ich Ihnen nicht vergessen. Händedruck, alter Bursche.

Das Haus in Schweden habe ich noch, ich will auch, wenn auch nur leise hergestellt, zurück und da arbeiten. „*Weltbühne*" ... da ist die Frau J. in Wien, berät, ob Wien oder Zürich. Hierzu wie zur ganzen Lage:

Ich glaube nach wie vor nicht an extrem blutige Sachen in Deutschland. Es kann aufflackernde kommunistische Putsche geben, die werden blutig unterdrückt, 80 Tote, und 80 nutzlose Tote. Dann aber Totenstille. Dann setzt etwas viel, viel Schlimmeres ein: nach dem Spiel „Das dürfen die Leute ja gar nicht!" kommt das Spiel: „Ich weiß gar nicht, was Sie wollen – so schlimm ist es nun auch wieder nicht!" Das möchte ich nicht mitspielen, und ich werde es nicht mitspielen.

An einer etwa einsetzenden deutschen Emigrationsliteratur sollte man sich unter keinen Umständen beteiligen. Lieber Max, erstens wird es keine große Emigration geben, weil, anders wie damals bei der russischen, 1917, Europa nicht aufnahmefähig für solche Leute ist. Sie verhungern. Zweitens zerfallen sie, wie jede Emigration, und nun noch deutsche, in 676 kleine Grüppchen, die sich untereinander viel mehr bekämpfen werden als etwa alle zusammen Adofn (dem wir das *L* nun endgültig wegnehmen wollen, wir brauchen es ja für Eckner, Hei Adof!). Drittens sollte man es nicht tun, weil es den Charakter verdirbt, man bekommt Falten um die Mundwinkel und wird, bei allem Respekt, eine leicht komische Figur. Lieber Freund, ich kann das nicht vergessen, wie damals im Salon der Frau Ménard-Dorian das ganze durchgefallene Europa da war: der unsägliche Kerenski, Nitti, Karolyi, die Italiener – und alle hatten recht, nur leider eben bloß im Salon. Und da fragte jemand den Nitti: „Qu'est-ce que vous faites à Paris, Monsieur Nitti?" – Und da sagte der, und der Satz ist mir als Lehre eingebrannt: „J'attends." Und wenn er nicht gestorben ist, dann wartet er heute noch. Und das wollen wir nicht mitmachen.

Ich brauche Ihnen nicht zu sagen, lieber Max, daß ich nicht inzwischen die „aufbauwilligen Kräfte im Nationalsozialismus" entdeckt habe. Ich werde nie einen Finger breit abgehn. Aber ich muß nicht meine Kraft und meine Arbeit an eine Sache setzen, die mir nicht einmal in der Negation wert ist, mich nach ihr herumzudrehn. Ich habe dazu kaum noch Beziehungen; es ist möglich, daß ich nichts mehr zu fressen habe, aber daß ich mich mit den Konvulsionen von Kru-Negern abgeben soll, also ich nicht. Die Leute wollen das ja so, im Grunde. Die letzte Tat des Reichsbanners ist ein Werbemarsch für den Wehrsport gewesen, die SPD versichert heute noch, sie sei doch aber patriotisch und ruhrkämpferisch, fast alle erkennen die von Adof gesetzten Kategorien an und streiten sich nur um ihre Einordnung, niemand hat den Mut zu sagen: Der Wert eines Menschen hängt nicht von seinem Soldbuch ab. Und damit soll ich mich befassen? Nein, lieber Herr. Mich geht das nichts an, nur eben als Zeichen der Zeit, in der wir ja leben. Aber sonst – ohne mich.

Vorgestern haben wir hier einen Radio installiert und Adof gehört. Lieber Max, das war sehr merkwürdig. Also erst Göring, ein böses, altes blutrünstiges Weib, das kreischte und die Leute richtig zum Mord aufstachelte. Sehr erschreckend und ekelhaft. Dann Göbbeles mit den loichtenden Augen, der zum Vollik sprach, dann Heil und Gebrüll, Kommandos und Musik, riesige

Pause, der Führer hat das Wort. Immerhin, da sollte nun also der sprechen, welcher ... ich ging ein paar Meter vom Apparat weg und ich gestehe, ich hörte mit dem ganzen Körper hin. Und dann geschah etwas sehr Merkwürdiges.

Dann war nämlich gar nichts. Die Stimme ist nicht gar so unsympathisch wie man denken sollte – sie riecht nur etwas nach Hosenboden, nach Mann, unappetitlich, aber sonst gehts. Manchmal überbrüllt er sich, dann kotzt er. Aber sonst: nichts, nichts, nichts. Keine Spannung, keine Höhepunkte, er packt mich nicht, ich bin doch schließlich viel zu sehr Artist, um nicht noch selbst in solchem Burschen das Künstlerische zu bewundern, wenn es da wäre. Nichts. Kein Humor, keine Wärme, kein Feuer, nichts. Er sagt auch nichts als die dümmsten Banalitäten, Konklusionen, die gar keine sind – nichts.

Ceterum censeo: ich habe damit nichts zu tun.

Marginalie: Ossietzky unbegreiflich. Man hat mir erzählt, daß man ihm seinen Paß nach Tegel gar nicht wiedergegeben habe. Ob das wahr ist, weiß ich nicht – er schreibt ja keine Briefe. Dieser ausgezeichnete Stilist, dieser in der Zivilcourage unübertroffene Mann, hat eine merkwürdig lethargische Art, die ich nicht verstanden habe, und die ihn wohl auch vielen Leuten, die ihn bewundern, entfremdet. Es ist sehr schade um ihn. Denn dieses Opfer ist völlig sinnlos. Mir hat das mein Instinkt immer gesagt: Märtyrer ohne Wirkung, das ist etwas Sinnloses. Ich glaube keinesfalls, daß sie ihm etwas tun, er ist in der Haft eher sicherer als draußen. Nur bei einem wenn auch mißglückten Attentat auf Adof kann etwas passieren, dann würde die SA die Gefängnisse stürmen und von den Wärtern an nichts gehindert werden. Sonst aber kommt er nach zwei, drei Wochen, denke ich, heraus. (Wenn nicht Konzentrationslager gemacht werden!)

Kurz: ich lebe in keinerlei Panik. Und mein Pessimismus setzt genau da ein, wo der der andern aufhört, etwa zu dem Zeitpunkt, wo das Zentrum mitmacht. „Es wird ihnen die Kanten abschleifen!" sagen die falschen Propheten. An Schmarrn. Dann, erst dann, ist diese neue Herrschaft ganz totensicher fundiert, dann ist gar nichts mehr zu machen. Und wer wird und soll etwas machen? Man kann für eine Majorität kämpfen, die von einer tyrannischen Minorität unterdrückt wird. Man kann aber nicht einem Volk das Gegenteil von dem predigen, was es in seiner

Mehrheit will (auch die Juden). Viele sind nur gegen die Methoden Hitlers, nicht gegen den Kern seiner „Lehre". Und wenn es die Opposition nicht von innen her geschafft hat, so werden wir es nie schaffen, wenn in Paris ein paar Käsblätter erscheinen. Ich werde das nicht mitmachen.

Ceterum censeo: Ihr Hindenburggeburtstags-Artikel sollte von den Kanzeln verlesen werden.

Lieber Max, hoffentlich lassen sie Rutchen heraus, er ist so schön und dick, und wir wollen ihn noch ins Krematorium tragen, wenn er tot ist, und dann trinken wir mit der Leiche einen Apéritif.

Hallo, lieber Max, das ist ein langer Brief geworden. Nie wieder Korreschpondanx. Kommt noch solche nach Hindås? Ich habe inzwischen nichts bekommen. Mögen Sie –!

[...] lesen Sie auf alle Fälle „*Voyage au Bout de la Nuit*". Es lohnt sich.

In Treue fest

Ihr alter Mitkolumbus
Edgar, formalz Adof.
Verfasser broschierter und gebundener Werke.
Ehemal. Mitglied der deutschen Republik
aufgehörter Dichter

Böse Enttäuschungen werden wir nun an unsern berliner Freunden erleben. Es wird *sehr* übel werden.

Klaus Mann
an Gottfried Benn

Als Künstler verehrte Klaus Mann den Dichter Gottfried Benn außerordentlich. „Einige seiner dunkel suggestiven, tragisch kühnen Verse haben sich mir für immer eingeprägt", schrieb er in seinem Lebensbericht „Der Wendepunkt". Er besuchte den „äußerlich so korrekten und konventionellen Visionär" gelegentlich, verstand sich mit ihm in literarischen Fragen, vermied gleichwohl lieber die Erörterung politischer Probleme. Er fand schon früh, daß die Fortschrittsverachtung des „nietzschetrunkenen Dermatologen" dabei war, in „bösartigen Nihilismus" umzuschlagen; Benn setze den Idealen der Demokratie nur eine „höhnische Grimasse" entgegen. Das Irrationale, für das beide früher ein Faible hatten, nähme nun immer deutlicher den Charakter einer „zerstörerischen Massenhysterie" an. Benns offene Sympathie für derlei Zeitphänomene sowie sein Eintreten für den neuen Staat bestimmten Klaus Mann, ihm im Mai 1933 aus Le Lavandou jenen privaten Brief zu schreiben, auf den Benn dann öffentlich reagierte.

Le Lavandou, 9. Mai 1933

Lieber und verehrter Herr Doktor Benn

erlauben Sie einem leidenschaftlichen und treuen Bewunderer Ihrer Schriften mit einer Frage zu Ihnen zu kommen, zu der ihn an sich nichts berechtigt, als eben seine starke Anteilnahme an ihrer geistigen Existenz? Ich schreibe diese Zeilen nur in der Hoffnung, daß Sie mich als verständnisvollen Leser Ihrer Arbeiten etwas legitimiert finden eine offene Frage an Sie zu richten. – In den letzten Wochen sind mir verschiedentlich Gerüchte über Ihre Stellungnahme gegenüber den „deutschen Ereignissen" zu Ohren gekommen, die mich bestürzt hätten, wenn ich mich hätte entschließen können ihnen Glauben zu schenken. Das wollte ich keinesfalls tun. Eine gewisse Bestätigung erfahren diese Gerüchte durch die Tatsache, die mir bekannt wird, daß Sie – eigentlich als *einziger* deutscher Autor, mit dem unsereins gerechnet hatte – Ihren Austritt aus der Akademie *nicht* erklärt haben. Was mich bei der protestantischen Frau Ricarda Huch nicht verwundert und was ich von Gerhart Hauptmann, der seine Rolle als der Hindenburg der deutschen Literatur mit einer bemerkenswerten Konsequenz zu Ende spielt, nicht anders erwartet hatte, entsetzt mich in Ihrem Falle. In welcher Gesellschaft befinden Sie sich dort? Was konnte Sie dahin bringen, Ihren Namen, der uns der Inbegriff des höchsten Niveaus und einer geradezu fanatischen Reinheit gewesen ist, denen zur Verfügung zu stellen, deren Niveaulosigkeit absolut beispiellos in der europäischen Geschichte ist und vor deren moralischer Unreinheit sich die Welt mit Abscheu abwendet? Wie viel Freunde müssen Sie verlieren, indem Sie solcherart gemeinsame Sache mit den geistig Hassenswürdigen machen – und was für Freunde haben Sie am Ende auf dieser Falschen Seite zu gewinnen? Wer versteht Sie denn dort? Wer hat denn dort nur Ohren für Ihre Sprache, deren radikales Pathos den Herren Johst und Vesper höchst befremdlich, wenn nicht als der purste Kulturbolschewismus in den Ohren klingen dürfte? Wo waren denn die, die Ihre Bewunderer sind? Doch nicht etwa im Lager dieses erwachenden Deutschlands? Heute sitzen Ihre jungen Bewunderer, die ich kenne, in den kleinen Hotels von Paris, Zürich und Prag – und Sie, der ihr Abgott gewesen ist, spielen weiter den Akademiker *dieses* Staates. Wenn Ihnen aber an Ihren Verehrern nichts liegt – sehen Sie doch hin, wo die sich aufhalten, die Sie Ihrerseits auf so hinreißende Art bewundert haben. Heinrich Mann, dem Sie wie kein anderer gehuldigt haben, ist doch mit Schanden aus eben derselben Organisation geflogen, in der Sie nun bleiben; mein Vater, den Sie zu zitieren liebten, wird in dem Lande nur noch beschimpft, für dessen Ansehen er in der Welt allerlei geleistet hat – wenn auch nicht so viel, wie seine neuen Herren nun wieder zu zerstören wußten. Die Geister des Auslands, die doch auch Ihnen wichtig gewesen sind, überbieten sich in den schärfsten Protesten – denken Sie doch an André Gide, der gewiß nie zu den platten „Marxisten" gehört hat, die Sie so schrecklich abstoßend fanden.

Da sind wir ja wohl beim entscheidenden Punkt. Wie gut habe ich Ihre Erbitterung gegen den Typus des „marxistischen" deutschen Literaten (fatalster Vertreter: Kracauer) immer verstanden, und wie sehr habe ich sie oft geteilt. Wie blöde und schlimm war es, wenn diese Herren in der Frankfurter Zeitung, im Börsencurier oder in ihren verschiednen Linkskurven Dichtungen auf ihren soziologischen Gehalt hin prüften. Das war ja wirklich zum Kotzen, und niemand hatte mehr unter denen zu leiden als ich. Mit Beunruhigung aber verfolgte ich schon seit Jahren, wie Sie, Gottfried Benn, sich aus Antipathie gegen diese aufgeblasenen Flachköpfe in einen immer grimmigeren *Irrationalismus* retteten. Diese Haltung blieb rein geistig und hatte für mich eine große Verführungskraft, wie ich gestehe – aber das hinderte nicht, daß ich ihre Gefahren spürte. Als ich unlängst in der ‚Weltbühne' den Aufsatz über Sie und Ihre ‚Flucht zu den Schachtelhalmen' las, konnte ich dem, der da gegen Sie polemisierte, beim besten Willen so ganz Unrecht nicht geben – ja: wenn ich genau nachdachte, fiel mir ein, daß ich eigentlich recht ähnliche Dinge ziemlich viel früher über Sie geschrieben hatte. Es scheint ja heute ein beinah zwangsläufiges Gesetz, daß eine zu starke Sympathie mit dem Irrationalen zur politischen Reaktion führt, wenn man nicht höllisch genau Acht gibt. Erst die große Gebärde gegen die „Zivilisation" – eine Gebärde, die, wie ich weiß, den geistigen Menschen nur zu stark anzieht –; plötzlich ist man beim Kultus der Gewalt, und dann schon beim Adolf Hitler. – Ist es nicht doch ein bißchen so, wie ein geistreicher

Autor (*kein* „Marxist") an dieser Küste neulich zu mir sagte: „Der Benn hat sich einfach so viel über den Döblin geärgert, daß er schließlich Nazi darüber wurde". Ich verstehe ja sehr gut, daß man sich ausgiebig über den Döblin ärgern kann, aber doch nicht gleich bis zu dem Grade, daß man den Geist überhaupt darüber verrät. Mich könnte kein Kracauer, kein Ihering je so weit bringen. Im Gegenteil: während der Ihering heute Mittel und Wege findet sich so ein bißchen fascistisch umzufrisieren – und vielleicht wird morgen schon bei ihm die „Nation" stehen, wo gestern das „Klassenbewußtsein" stand –, weiß ich nun so klar und so genau wie nie, wo *mein* Platz ist. Kein Vulgärmarxismus kann mich mehr irritieren. Ich weiß doch, daß man kein stumpfsinniger „Materialist" sein muß, um das Vernünftige zu wollen und die hysterische Brutalität aus tiefstem Herzen zu hassen.

Ich habe zu Ihnen geredet, ohne daß Sie mich gefragt hatten; das ist ungehörig, ich muß noch einmal um Entschuldigung bitten. Aber Sie sollen wissen, daß Sie für mich – und einige andre – zu den sehr Wenigen gehören, die wir keinesfalls an die „andre Seite" verlieren möchten. Wer sich aber in dieser Stunde zweideutig verhält, wird für heute und immer nicht mehr zu uns gehören. Aber freilich müssen Sie ja wissen, was Sie für unsere Liebe eintauschen und welchen großen Ersatz man Ihnen drüben dafür bietet; wenn ich kein schlechter Prophet bin, wird es zuletzt Undank und Hohn sein. Denn, wenn einige Geister von Rang immer noch nicht wissen, wohin sie gehören –: die dort drüben wissen ja ganz genau, wer nicht zu ihnen gehört: nämlich der *Geist.*

Ich wäre Ihnen dankbar für jede Antwort.

Gottfried Benn
an Klaus Mann

Gottfried Benn hat in sein „Doppelleben" von 1950 den voranstehenden Brief von Klaus Mann „auch als Ehrung für den Verstorbenen" aufgenommen und angemerkt, daß der von ihm durchaus geschätzte Jüngere klarerdenkend gewesen sei, er selber in seiner Antwort dagegen romantisch, überschwenglich und pathetisch; sie habe stellenweise einen „unangenehmen Schwung" gehabt und sei erfüllt gewesen von einer Art Schicksalsrausch. Benns Erwiderung trug den Titel „Antwort an die literarischen Emigranten", hatte die Form eines offenen Briefes und wurde am 24. Mai 1933 im deutschen Rundfunk verlesen. Einen Tag später druckte sie die „Deutsche Allgemeine Zeitung" ab.

Sie schreiben mir einen Brief aus der Nähe von Marseille. In den kleinen Badeorten am Golf de Lyon, in den Hotels von Zürich, Prag und Paris, schreiben Sie, säßen jetzt als Flüchtlinge die jungen Deutschen, die mich und meine Bücher einst so sehr verehrten. Durch Zeitungsnotizen müßten Sie erfahren, daß ich mich dem neuen Staat zur Verfügung hielte, öffentlich für ihn eintrete, mich als Akademiemitglied seinen kulturellen Plänen nicht entzöge. Sie stellen mich zur Rede, freundschaftlich, aber doch sehr scharf. Sie schreiben: was konnte Sie dahin bringen, Ihren Namen, der uns der Inbegriff des höchsten Niveaus und einer geradezu fanatischen Reinheit gewesen ist, denen zur Verfügung zu stellen, denen das ganze übrige Europa gerade diesen Rang bestreitet? Was für Freunde tauschen Sie für die alten, die Sie verlieren werden, ein? Wer wird Sie dort verstehen? Sie werden doch immer der Intellektuelle, das heißt der Verdächtige, bleiben, und niemand nimmt Sie dort auf. Sie stellen mich zur Rede, Sie warnen mich, Sie fordern von mir eine unzweideutige Antwort – „Wer sich in dieser Stunde nicht zu uns bekennt, wird von heute an und für immer nicht mehr zu uns gehören –". Also hören Sie bitte meine Antwort, und die muß natürlich unzweideutig sein.

Ich muß Ihnen zunächst sagen, daß ich auf Grund vieler Erfahrungen in den letzten Wochen die Überzeugung gewonnen habe, daß man über die deutschen Vorgänge nur mit denen sprechen kann, die sie auch innerhalb Deutschlands selbst erlebten. Nur die, die durch die Spannungen der letzten Monate hindurchgegangen sind, die von Stunde zu Stunde, von Zeitung zu Zeitung, von Umzug zu Umzug, von Rundfunkübertragung zu Rundfunkübertragung alles dies fortlaufend aus unmittelbarer Nähe miterlebten, Tag und Nacht mit ihm rangen, selbst die, die das alles nicht jubelnd begrüßten, sondern es mehr erlitten, mit diesen allen kann man reden, aber mit den Flüchtlingen, die ins Ausland reisten, kann man es nicht. Diese haben nämlich die Gelegenheit versäumt, den ihnen so fremden Begriff des Volkes nicht gedanklich, sondern erlebnismäßig, nicht abstrakt, sondern in gedrungener Natur in sich wachsen zu fühlen, haben es versäumt, den auch in Ihrem Brief wieder so herabsetzend und hochmütig gebrauchten Begriff „das Nationale" in seiner realen

Bewegung, in seinen echten überzeugenden Ausdrücken als Erscheinung wahrzunehmen, haben es versäumt, die Geschichte form- und bilderbeladen bei ihrer vielleicht tragischen, aber jedenfalls schicksalbestimmten Arbeit zu sehen. Und mit diesem allen meine ich nicht das Schauspielhafte des Vorgangs, das impressionistisch Fesselnde von Fackeln und Musik, sondern den inneren Prozeß, die schöpferische Wucht, die in der Richtung wirkte, daß sie auch einen anfangs widerstrebenden Betrachter zu einer weitertreibenden menschlichen Umgestaltung führte.

Schon aus diesem Grunde werden wir uns kaum verstehen. Aber die Verständigung scheitert auch noch an einem anderen Problem, das seit Jahren als theoretischer Streit zwischen Ihrer Gruppe und mir stand, das sich nun aber plötzlich von so schroffer Aktualität erweist, daß es jeden vor eine direkte ausgesprochene Lebensentscheidung führt. Wir nähern uns diesem Problem am besten, wenn wir das Wort Barbarei betrachten, das in Ihrem Brief wiederholt auftaucht und auch in anderen Äußerungen die an mich gelangten. Sie stellen es so dar, als ob das, was sich heute in Deutschland abspielt, die Kultur bedrohe, die Zivilisation bedrohe, als ob eine Horde Wilder die Ideale schlechthin der Menschheit bedrohe, aber, und so lautet meine Gegenfrage, wie stellen Sie sich denn nun eigentlich vor, daß die Geschichte sich bewegt? Meinen Sie, sie sei in französischen Badeorten besonders tätig? Wie stellen Sie sich zum Beispiel das zwölfte Jahrhundert vor, den Übergang vom romanischen zum gotischen Gefühl, meinen Sie, man hätte sich das *besprochen*? Meinen Sie, im Norden des Landes, aus dessen Süden Sie mir jetzt schreiben, hätte sich jemand einen neuen Baustil *erdacht*? Man hätte *abgestimmt*: Rundbogen oder Spitzbogen; man hätte *debattiert* über die Apsiden: rund oder polygon? Ich glaube, Sie kämen weiter, wenn Sie endlich diese novellistische Auffassung der Geschichte hinter sich ließen, um sie mehr als das elementare, das stoßartige, das unausweichliche Phänomen zu sehen; ich glaube, Sie kämen den Ereignissen in Deutschland näher, wenn Sie die Geschichte nicht weiter als den Kontoauszug betrachteten, den Ihr bürgerliches Neunzehntes-Jahrhundert-Gehirn der Schöpfung präsentierte, – ach, sie schuldet Ihnen ja nichts, aber Sie ihr alles, sie kennt ja Ihre Demokratie nicht, auch nicht Ihren vielleicht mühsam hochgehaltenen Rationalismus, sie hat keine andere Methode, sie hat ja keinen anderen Stil, als an ihren Wendepunkten einen neuen menschlichen Typ aus dem unerschöpflichen Schoß der Rasse zu schicken, der sich durchkämpfen muß, der die Idee seiner Generation und seiner Art in den Stoff der Zeit bauen muß, nicht weichend, handelnd und leidend, wie das Gesetz des Lebens es befiehlt. Natürlich ist diese Auffassung der Geschichte nicht aufklärerisch und nicht humanistisch, sondern metaphysisch, und meine Auffassung vom Menschen ist es noch mehr. Und damit stehen wir vor dem Kern unseres alten Streites: Ihr Vorwurf, ich kämpfte für das Irrationale.

In Ihrem Brief lautet die Stelle so: „Erst kommt das Bekenntnis zum Irrationalen, dann zur Barbarei, und schon ist man bei Adolf Hitler." Das schreiben Sie in dem Augenblick, wo doch vor aller Augen Ihre opportunistische Fortschrittsauffassung vom Menschen für weiteste Strecken der Erde Bankerott gemacht hat, wo es sich herausstellt, daß es eine flache, leichtsinnige, genußsüchtige Auffassung war, daß nie je in einer der wahrhaft großen Epochen der menschlichen Geschichte das Wesen des Menschen anders gedeutet wurde als irrational, irrational heißt schöpfungsnah und schöpfungsfähig. Verstehen Sie doch endlich dort an Ihrem lateinischen Meer, daß es sich bei den Vorgängen in Deutschland gar nicht um politische Kniffe handelt, die man in der bekannten dialektischen Manier verdrehen und zerreden könnte, sondern es handelt sich um das Hervortreten eines neuen biologischen Typs, die Geschichte mutiert und ein Volk will sich züchten. Allerdings ist die Auffassung vom Wesen des Menschen, die dieser Züchtungsidee zugrunde liegt, dahingehend, daß er zwar vernünftig sei, aber vor allem ist er mythisch und tief. Allerdings denkt man hinsichtlich seiner Zukunft so, daß man ihn unten am Stamm okulieren muß, denn er ist älter als die Französische Revolution, schichtenreicher als die Aufklärung dachte. Allerdings empfindet man sehr weitgehend ihn als Natur, ihn als Schöpfungsnähe, man erlebt ja, er ist weit weniger gelöst, viel wundenvoller an das Sein gebunden, als es aus der höchstens zweitausendjährigen Antithese zwischen Idee und Realität erklingt. Eigentlich ist er ewiges Quartär, schon die letzten Eiszeiten feuilletonistisch überladener Hordenzauber, diluviales Stimmungsweben, tertiäres Bric à Brac; eigentlich ist er ewiges Urgesicht: Wachheit, Tagleben, Wirklichkeit: locker konsolidierte Rhythmen verdeckter Schöpfungsräusche. Wollen Sie, Amateure der Zivilisation und Troubadoure des westlichen Fortschritts, endlich doch verstehen, es handelt sich hier gar nicht um Regierungsformen, sondern um eine neue Vision von der Geburt des Menschen, vielleicht um eine alte, vielleicht um die letzte großartige Konzeption der weißen Rasse, wahrscheinlich um eine der großartigsten Realisationen des Weltgeistes überhaupt, präludiert in jenem Hymnus Goethes „An die Natur" –, und wollen Sie auch das noch in sich aufnehmen: über diese Vision entscheidet kein Erfolg, kein militärisches oder industrielles Resultat, wenn zehn Kriege aus dem Osten und aus dem Westen hereinbrächen, um diesen deutschen Menschen zu vernichten, und wenn zu Wasser und zu Lande die Apokalypse nahte, um seine Siegel zu zerbrechen, der Besitz dieser Menschheitsvision bliebe vorhanden, und wer sie verwirklichen will, der muß sie züchten, und Ihre philologische Frage nach Zivilisation und Barbarei wird absurd vor so viel Legitimation als geschichtliches Sein.

Aber verlassen wir die Philosophie und gehen wir zur Politik über, wenden wir uns von der Vision ab und stellen uns vor die Tatsachen der Erfahrung. Da sitzen Sie also in Ihren Badeorten und stellen uns zur Rede, weil wir mitarbeiten am Neubau eines Staates, dessen Glaube einzig, dessen Ernst erschütternd, dessen innere und äußere Lage so schwer ist, daß es Iliaden und Äneiden bedürfte, um sein Schicksal zu erzählen. Diesem Staat und seinem Volk wünschen Sie vor dem ganzen Ausland Krieg, um ihn zu vernichten, Zusammenbruch, Untergang. Es ist die Nation, deren Staatsangehörigkeit Sie besitzen, deren Sprache Sie sprechen, deren Schulen Sie besuchten, deren Wissenschafts- und Kunstpflege Sie Ihren ganzen geistigen Besitz verdanken, deren Industrie Ihre Bücher druckte, deren Theater Ihre Stücke spielte, der Sie Namen und Ruhm verdanken, von der Sie möglichst viel Angehörige zu Ihren Lesern wünschten und die Ihnen auch jetzt nicht viel getan hätte, wenn Sie hiergeblieben wären. Da werfen Sie nun also einen Blick auf das nach Afrika sich hinziehende Meer, vielleicht tummelt sich gerade ein Schlachtschiff darauf mit Negertruppen aus jenen sechshunderttausend Kolonialsoldaten der gegen Deutschland einzusetzenden berüchtigten französischen Forces d'outremer, vielleicht auch auf den Arc de Triomphe oder den Hradschin, und schwören diesem Land, das politisch nichts will als seine Zukunft sichern, und von dem die meisten unter Ihnen geistig nur genommen haben, Rache. Sie schreiben in Ihrem Brief, jetzt erst, nun aber vollends seien Sie zum „wahren Marxisten" geworden, kein Vorwurf von „Vulgärmarxismus" oder „Materialismus" könne Sie abhalten, unsere „hysterische Brutalität" zu bekämpfen, Sie ständen auf seiten „des Geistes" und zögen mit in den Krieg gegen „die politische Reaktion". Ich weiß zwar gar nicht, was Sie mit diesen Ausdrücken eigentlich sagen wollen, es klingt mir alles wie aus einem anderen Erdzeitalter, ich könnte Sie auch fragen, ob Sie auch von hysterischer Brutalität gesprochen haben, als der Staat, in dem Ihr Marxismus siegte, die zwei Millionen bürgerlicher Intelligenz erschlug. Aber ich will annehmen, Sie meinen Sozialismus, und die bedeutendsten der jetzt im Ausland lebenden deutschen Intellektuellen sind ja in den letzten Jahren oft für die Rechte des deutschen Arbeiters eingetreten, am aufrichtigsten und in der sichtbarsten Form und zu wiederholten Malen jedenfalls Thomas *Mann*. Denen also würde ich mitteilen, daß es dem deutschen Arbeiter heute besser geht als zuvor. Sie wissen, daß ich als Arzt mit vielen Kreisen, als Kassenarzt mit vielen Arbeitern in Berührung komme, auch mit früheren Kommunisten und Angehörigen der SPD, es kann gar nicht zweifelhaft sein, ich höre es von allen, daß es ihnen besser geht als zuvor. Sie werden in ihren Betrieben besser behandelt, die Aufsichtsbeamten sind vorsichtiger, die Personalchefs höflicher, die Arbeiter haben mehr Macht, sie sind besser geachtet, sie arbeiten in besserer Stimmung, in Staatsbürgerstimmung, und was die sozialistische Partei ihnen nicht erkämpfen konnte, gab ihnen diese neue nationale Form des Sozialismus: ein sie bewegendes Lebensgefühl. Seien Sie auch fest überzeugt, daß die Eroberung der Arbeiterschaft durch die neue Macht weiterschreiten wird, denn die Volksgemeinschaft in Deutschland ist kein leerer Wahn, und der Erste Mai war kein getarnter kapitalistischer Trick, er war höchst eindrucksvoll, er war echt: die Arbeit trug plötzlich nicht mehr ihren Makel als Joch, ihren Strafcharakter als proletarisches Leid, den sie die letzten Jahrzehnte trug, sondern sie stand da als Grundlage einer neu sich bildenden, die Stände auflösenden Gemeinschaft, es ist kein Zweifel, für keinen, der es sah, dies Jahr 1933 hat vielem, das seit Jahrzehnten an Sozialismen in der europäischen Luft lag, ein neues festes Gesicht gegeben und einen Teil der Menschenrechte neu proklamiert. Falls Sie also mit Ihrem Ausdruck politische Reaktion um Arbeiterrechte kämpfen wollten, müßten Sie dem neuen Staat beitreten, nicht ihn diffamieren.

Schließlich richtet sich aber Ihr Brief auch unmittelbar an meine Person. An diese richten Sie Fragen, Warnungs- und Prüfungsfragen hinsichtlich der Besonderheit ihres radikalen Sprachgefühls, das mir auf der anderen Seite nur Hohn und Spott eintragen würde, schließlich nach ihrer Verehrung bestimmter literarischer Köpfe, die jetzt auf *Ihrer* Seite sich befinden. Ich antworte Ihnen: ich werde weiter verehren, was ich für die deutsche Literatur vorbildlich und erzieherisch fand, ich werde es verehren bis nach Lugano und an das Ligurische Meer, aber ich erkläre mich ganz persönlich für den neuen Staat, weil es mein Volk ist, das sich hier seinen Weg bahnt. Wer wäre ich, mich auszuschließen, weiß ich denn etwas Besseres – nein! Ich kann versuchen, es nach Maßgabe meiner Kräfte dahin zu leiten, wo ich es sehen möchte, aber wenn es mir nicht gelänge, es bliebe mein Volk. Volk ist viel! Meine geistige und wirtschaftliche Existenz, meine Sprache, mein Leben, meine menschlichen Beziehungen, die ganze Summe meines Gehirns danke ich doch in erster Linie diesem Volke. Aus ihm stammen die Ahnen, zu ihm kehren die Kinder zurück. Und da ich auf dem Land und bei den Herden großwurde, weiß ich auch noch, was Heimat ist. Großstadt, Industrialismus, Intellektualismus, alle Schatten, die das Zeitalter über meine Gedanken warf, alle Mächte des Jahrhunderts, denen ich mich in meiner Produktion stellte, es gibt Augenblicke, wo dies ganze gequälte Leben versinkt, und nichts ist da als die Ebene, die Weite, Jahreszeiten, Erde, einfache Worte –: Volk. So kommt es, daß ich mich denen zur Verfügung stelle, denen Europa, wie Sie schreiben, jeden Rang abspricht. Dies Europa! Das hat wohl Werte, – wo es nicht bestechen und schießen kann, da steht es wohl recht kläglich da! Jetzt flüstert es Ihnen ins Ohr, es sei nicht das Volk, das sich hinter Hitler stellte, nur seine „Schafe", wie es Lady Oxford in „News Chronicle" eben schrieb. Eine große Täuschung! Es ist das Volk! Vergleichen

Sie einmal die beiden Geister Hitler und Napoleon. Napoleon war wohl sicher das große individuelle Genie. Nichts trieb Frankreich als Volk, die Pyramiden zu erobern und Europa mit seinen Heeren zu überziehen, dahin trieb es allein dies riesige militärische Genie. Heute und hier aber können Sie immer wieder die Frage hören: schuf Hitler die Bewegung oder die Bewegung ihn? Diese Frage ist bezeichnend, man kann sie beide nämlich nicht unterscheiden, da sie beide identisch sind. Es liegt hier wirklich jene magische Koinzidenz des Individuellen und des Allgemeinen vor, von der *Burckhardt* in seinen Weltgeschichtlichen Betrachtungen spricht, wenn er die großen Männer der historischen Weltbewegung schildert. Die großen Männer – alles ist da: die Gefahren des Anfangs, ihr Auftreten fast immer nur in schrecklichen Zeiten, die ungeheure Ausdauer, die abnorme Leichtigkeit in allem, namentlich auch den organischen Funktionen, dann aber auch die Ahnung aller Denkenden, daß er es sei, um Dinge zu vollbringen, die nur ihm möglich und dabei notwendig sind. Beachten Sie wohl, ich sagte: aller Denkenden, und Sie wissen, wie über alles ich den Gedanken stelle. Es ist ein großer Eigensinn, der Eigensinn, der dem Menschen Ehre macht, nichts in der Gesinnung anerkennen zu wollen, was nicht durch den Gedanken gerechtfertigt ist, mit diesem Hegelwort überprüfte ich von je mein politisches Gefühl. Wollen Sie mir also glauben, wollen Sie sich also nicht täuschen, was auch immer Europa Ihnen zuflüstert, hinter dieser Bewegung steht friedliebend und arbeitswillig, aber, wenn es sein muß, auch untergangsbereit, das ganze Volk.

Schließlich noch etwas, über das Sie im Ausland, wenn Sie das Vorstehende lesen, sicher Bescheid wissen wollen: *ich gehöre nicht zu der Partei, habe auch keine Beziehung zu ihren Führern, ich rechne nicht mit neuen Freunden*. Es ist meine fanatische Reinheit, von der Sie in Ihrem Brief so ehrenvoll für mich schreiben, meine Reinheit des Gedankens und des Gefühls, das mich zu dieser Darstellung treibt. Ihre Grundlagen sind dieselben, die Sie bei allen Denkern der Geschichte finden. Der eine sagte: die Weltgeschichte ist nicht der Boden des Glücks *(Fichte)*; der andere: Völker haben bestimmte große Lebenszüge an den Tag zu bringen, und zwar völlig ohne Rücksicht auf die Beglückung des einzelnen, auf eine möglichst große Summe von

Lebensglück *(Burckhardt)*; der dritte: die zunehmende Verkleinerung des Menschen ist gerade die treibende Kraft, an die Züchtung einer stärkeren Rasse zu denken. Dazu: eine herrschaftliche Rasse kann nur aus furchtbaren und gewaltsamen Anfängen emporwachsen. Problem: wo sind die Barbaren des zwanzigsten Jahrhunderts *(Nietzsche)*. Das alles hatte die liberale und individualistische Ära ganz vergessen, sie war auch geistig gar nicht in der Lage, es als Forderung in sich aufzunehmen und es in seinen politischen Folgen zu übersehen. Plötzlich aber öffnen sich Gefahren, plötzlich verdichtet sich die Gemeinschaft, und jeder muß einzeln hervortreten, auch der Literat, und sich entscheiden: Privatliebhaberei oder Richtung auf den Staat. Ich entscheide mich für das letztere und muß es für diesen Staat hinnehmen, wenn Sie mir von Ihrer Küste aus zurufen: Leben Sie wohl.

Oskar Maria Graf
an den P. E. N.-Club, Deutsche Gruppe

Von der berühmten „Verbrennt mich!"-Aufforderung Oskar Maria Grafs anläßlich der Bücherverbrennungen war im Mai 1933 die Weltpresse voll. Im Juni wurde Graf ausgebürgert; im September erreichte ihn in Wien ein Rundschreiben der Deutschen Gruppe des P. E. N.-Clubs mit der Bitte, seinen Jahresbeitrag zu entrichten. Das war ein Grund für Graf, eine erbitterte Erwiderung loszulassen, zumal er nach seinem Protest im Juli aus dem Schutzverband deutscher Schriftsteller hinausgeworfen worden war. 25 Jahre lang lebte er als paßloser Emigrant und Staatenloser im Exil; erst 1958 erhielt er die amerikanische Staatsbürgerschaft. Ingrimmig notiert er in seinen Erinnerungen, daß nach seinem Protest Münchner Studenten und Professoren in der Aula der Universität eine „würdige Extraverbrennung" seiner Bücher vorgenommen hätten.

Berlin-Lichterfelde

Sie, Herr Sekretär Hanns Martin Elster, schicken mir am 1. September 1933 ein Schreiben mit der Überschrift: „Sehr geehrtes P. E. N.-Club-Mitglied!" Ich muß Sie darauf aufmerksam machen, daß schon diese Anrede eine Lüge ist. Erstens bin ich von Ihnen und Ihresgleichen nicht „sehr geehrt" und möchte mich auch gefälligst dagegen verwahren, und zweitens wollte ich nie Mitglied dieses seltsamen Abendessen-Clubs sein. Vielleicht sehen Sie nach, was ich seinerzeit nach Berlin schrieb, als mich – wie ich später erfuhr – Herr Mahrholz selig, Herr Walter von Molo und Herr Joseph Ponten ohne mein Zutun und Wissen da hineinwählten. Ich schrieb, daß ich nicht wüßte, was ich in diesem Verein eigentlich sollte, schrieb, daß ich kein Geld zur Beitragsleistung hätte, und schrieb ferner, daß – bei jeder Clubzusammenkunft war dunkler Anzug vorgeschrieben – ich wohl für allfallsige familiäre Trauerfälle einen schwarzen Anzug hätte, nicht aber die rechte Manierlichkeit für so eine noble Gesellschaft. Später bat ich Herrn Mahrholz des öfteren ausdrücklich, er sollte mich aus der Mitgliederliste doch endlich streichen. Er tat's nicht. Ich bekam einmal, als ich in Berlin war, Einblick, was „P. E. N.-Club" eigentlich ist, nämlich, ich machte ein Abendessen mit. Im Laufe von sechs oder sieben Jahren habe ich vom P. E. N.-Club immer nur monatlich eine sehr schön gedruckte Einladung zu einem solchen Abendessen in irgendeinem vornehmen Berliner Restaurant zugeschickt bekommen. Die Tätigkeit und die Verpflichtungen schienen also sehr anstrengend und ungemein wichtig zu sein.

Jetzt, höre ich, sollen diese Zusammenkünfte noch viel prunkvoller sein, und ins bunte Bild der Teilnehmer sollen sich SS- und SA-Uniformen mischen, vor denen die deutschen Schriftsteller stramm stehen. Jetzt soll überhaupt dieser ganze schöne Unterhaltungsverein etwas belustigend Uniformiertes angenommen haben – ich kann's verstehen, so was kostet auch allerhand. Darum senden Sie mir also Ihren Brief und verlangen von mir einen Beitrag von Mk. 20,– für das Jahr 1933. Früher war das, soviel ich weiß, billiger. Man hätte nur 12 Mark zu zahlen gehabt. Sie sind auch absolut menschlich, Herr Sekretär! Sie erinnern mich daran, daß Sie bei Beginn des Jahres, dann im April von mir das Geld haben wollten, die Nachnahme sei aber uneingelöst zurückgegangen. Daraufhin hätten Sie im Mai abermals eine „Erinnerung" an mich geschickt und eine Nachnahme für den 15. Juli angekündigt. Diese aber hätten Sie – so heißt es in Ihrem Brief – „nicht abgesandt, um meine Sommerruhe nicht zu stören". Und nun bitten Sie mich „zum dritten Male herzlich", doch zu zahlen.

Herr Sekretär? Wo leben Sie eigentlich, wenn ich fragen darf? Wissen Sie nicht, daß Sie einem Verein Dienste tun, der die Verfemung und Vertreibung aller deutschen Schriftsteller von Rang und Weltgeltung ruhig mit angesehen hat! Und wer eigentlich bestimmt Sie dazu, den Geldeintreiber zu machen für einen Club, der heute den Herren Goebbels, Rust und Göring zu Gnaden sein muß, die alles, was „deutscher und freier Geist" heißt, nur noch vom Unteroffiziers-Standpunkt aus kommandieren wollen!

Herr Sekretär? Sie waren auch als Beauftragter – nicht etwa des P. E. N.-Clubs, sondern der deutschen Machthaber – in Ragusa beim Kongreß aller P. E. N.-Clubs der Welt und haben gehört, was die Geistigen der anderen Nationen zu dieser deutschen Schande gesagt haben. Und Sie sind heimgefahren und haben mitgeholfen, den deutschen P. E. N.-Club gleichzuschalten. Und nun wenden Sie sich an mich, an ein unfreiwilliges, längst ausgetretenes Mitglied, an einen emigrierten und verfemten deutschen Schriftsteller, an einen seit Jahren bekannten Kämpfer gegen die stockreaktionäre, kulturfeindliche Hitlerei! Sie wenden sich an mich, dessen Bücher von der Polizei aus den Buchläden heraus beschlagnahmt werden, weil ich es gewagt habe, das Empfohlenwerden von den heutigen deutschen Machthabern zurückzuweisen – Sie, Herr Sekretär, müssen so tun, als sei Ihnen das alles unbekannt und müssen um Geld betteln für den Komikerverein, der sich heute noch „P. E. N.-Club, deutsche Gruppe" nennt, um Geld betteln bei feindlich gesinnten Emigranten, bei Verjagten und Verfolgten!

Wahrhaftig, ein bitteres Geschäft, armer Herr Sekretär! Wahrhaftig, etwas, das sich dem „Deutschtum" Ihrer Herren gut anpaßt, bei denen es auch heißt: „Geld stinkt nicht!" In diesem Sinne grüße ich alle Mitglieder der „deutschen Gruppe".

Oskar Maria Graf

Robert Musil
an Klaus Pinkus

1931 war der erste Band des Romans „Der Mann ohne Eigenschaften" erschienen, und 1932 war in Berlin die Musil-Gesellschaft gegründet worden, deren Zuwendungen dem Dichter die Weiterarbeit am Roman ermöglichen sollten. Der erste Teil des zweiten Bandes erschien denn auch 1933, dem Jahr, in dem Musil ohne Druck Deutschland verließ und nach Wien zurückkehrte. Von dort aus informierte er den aus einer schlesischen Industriellenfamilie stammenden Freund und Mäzen Klaus Pinkus über die neueste Stimmung im Lande. Als Musil im April 1942 mitten in der Arbeit am Roman in Genf starb, schrieb Carl Jacob Burckhardt von dort an Max Rychner: „... mit diesen scharfen Tagesaugen, diesem messenden, überlegenden, äußerst Wachen seines Sehens betrachtete er große und ferne innere Vorgänge als betrachte er Stempel und Staubfäden, oder als schaue er durch das Mikroskop auf präzise und äußerste Wachheit und Verstandesraschheit erfordernde Vorgänge."

Lieber Herr Pinkus! 21. X. 33

Ich hätte Ihnen schon längst wieder geschrieben, wenn mich Ihre Frage nach der geistigen Atmosphäre Wiens nicht in eifrige Bemühung versetzt hätte, diese kennen zu lernen, denn ich hatte mir das seit meiner Rückkehr aus Gründen inneren Wohlgeschmacks zuvor nicht allzu angelegen sein lassen. (Sofern man schon bestehende Verbitterung Wohlgeschmack nennen kann.) Das Erträgnis ist arm und unsicher. Als gewiß glaube ich, daß der Ns. noch immer mächtig gärt, vornehmlich in der Provinz, aber auch in Wien. Ebenso, daß auch hier auf seiner Seite die Aktionslust ist, die Fahne des Propheten, während im Lager der Braven der Glaube hohl ist, eine Erscheinung, die, unter anderen, ja auch bei dem Sturz der Demokratie in Deutschland sehr zu bemerken gewesen. Ohne den Einfluß des Kardinals und die Rücksichten der äußeren Politik wäre Österreich meiner Ansicht nach heute nationalsoz., trotz Dollfuß' großer Verdienste; und sonach ist es das heute noch halb und halb unterirdisch, wie ja auch er anscheinend nach einer bodenständigen Fassung dafür sucht, und wohl einen Austrofaschismus finden wird. In diesen Gärungen ist wenig zu bemerken, was auf Zukunft weist. Man sagt mir, daß die ständisch-wirtschaftlichen Konzeptionen völlig dilettantisch seien, und geistig haben die Anrufungen des neuen Patriotismus kaum eine größere Höhe als die Gespräche bei einer Hasenjagd. Über alles schal, leere Wiederholung aus Gelegenheit, sind aber auch die Proteste der öffentlichen Meinung von links, und daß von der Sozialdemokratie als politischer Organisation irgendeine entscheidende Äußerung noch zu erwarten wäre, wird meines Wissens nirgends mehr angenommen. Dabei ist aber die Arbeiterschaft zwar im Augenblick keine Macht mehr, doch aber noch eine harte Masse und da ihr der Austrofaschismus nicht einmal ein soziales Schlagwort anbietet, sondern bloß gegen ihre bisherige politische Vertretung drückt, dürfte er nicht viel Glück bei ihr haben. Das zusammenfassend, wird wohl als das Konzept der Regierung nicht viel mehr als ein gewisser Ordnungs- und Unabhängigkeitssinn anzunehmen sein, gestützt auf den Besitz der Brachialgewalten und auf die diplomatische Lage, und dazu eine Art provinzlerisch-konservativer, im Kleinen energischer Geist. Hoffentlich irre ich mich. Taktisch ist D., nach verschiedenen Einzelerfolgen zu urteilen, ungewöhnlich geschickt.

Inzwischen bin ich aber selbst auch mit der Politik, nur der neu-deutschen, in Berührung gekommen, und daß sich dieser Brief gegen meinen Wunsch verzögerte, hat seinen Hauptgrund wohl darin, daß ich mit mir selbst uneinig war. Ich glaube mich zu erinnern, daß ich Ihnen schon das letzte Mal davon erzählte, daß man mir Schwierigkeiten wegen der Mitarbeit an der Sammlung mache und daß ich mich da für eine Sache schlagen soll, die mir wohl grundsätzlich etwas bedeutet, nicht aber in ihrer konkreten und individuellen Form als eine von Kl. M. geleitete Zeitschrift, die ein Verlag herausgibt, der die Verhandlungen mit mir unhöflich hat liegen lassen, ganz abzusehen davon, wie ich zu Heinr. M. stehe. Aber um die Sache ganz darzustellen, genügen nicht meine inneren Vorbehalte zu dieser Zeitschrift, sondern ich muß sagen, daß ich doch auch den Wunsch hatte, meine Bedenken zu überwinden, um endlich einmal wenigstens durch etwas ein Lebenszeichen der Nichtgleichgeschaltetheit zu geben. Nun, dieser Versuch ist vorderhand gründlich mißlungen, ja in einen schmächlichen Rückzug der Beteiligten ausgegangen. Sie werden die Affaire ja wohl kennen, aber vielleicht nicht ganz richtig. Man muß es den Deutschen lassen, daß sie sich aufs Kriegführen verstehn: sie haben sich nicht begnügt, der Zeitschrift Schwierigkeiten zu bereiten, was man erwarten konnte, sondern sind sofort in einer wirksamen Weise gegen alle vorgegangen, die als Mitarbeiter genannt waren, indem der Buchhändler-Börsenverein eine Boykottandrohung gegen sie veröffentlichte und dadurch die eben erst gemurrt hatten, schon vor ein lautes Alles oder nichts stellte, was den allgemeinen Umfall alsbald nach sich zog. Die Boykottandrohung richtete sich gegen jeden, der an Emigrationszeitschriften mitarbeite, führte mit Namen aber nur Autoren der Sammlung und eines gewissen Verlagskreises an. Deren Rückzug benutzte dann (war es den ersten Flüchtenden souffliert? ich weiß es nicht) merkwürdig gleichlautend den Umstand, daß die Einladung zur Mitarbeiterschaft etwas lediglich Kunstpflegliches habe erwarten lassen, und nicht den politischen Einschlag, durch den die im ersten Heft folgende Programmerklärung dann von ihr abwich. Das ist sogar wahr, und Kl. Mann hatte gleich mit einem Taktfehler debutiert; aber andrerseits wird doch auch wohl niemand erwartet haben, daß eine Emigrationszeitschrift nur Liebesgedichte enthalte. Auch waren einige Erklärungen recht würdelos; andere weniger, darunter die meine, die eine der letzten war und sich auf die knappeste Formel beschränken konnte.

Um das richtig zu beurteilen, muß man natürlich noch berücksichtigen, daß in der Zeit die einzelnen Schriftsteller von ihren Verlegern bearbeitet wurden, die ihnen dringend nahelegten, eine Verzichterklärung auf die Mitarbeit an der Sammlung auszustellen. (Von Emigrationszeitschriften i. a. war weiter nicht mehr die Rede.) Ich vermute überhaupt, daß die Verleger, die keine Schwierigkeiten wollen, namentlich aber S. Fischer, der außerdem Konkurrenzzeitschriften der N. Rundschau immer verabscheut hat, der Nationalzelle im Buchhändler-Börsenverein sehr freiwillig entgegengekommen sind. Man muß ihnen dabei zubilligen, daß Fischer, Rowohlt, Insel in der Emigration und deren drohender Ergänzung eingefrorene Kapitalien und Chancen besitzen, so daß sie, wenn der Autor mit ihnen weiterarbeiten will, nicht ohne Grund von ihm verlangen, daß er ihnen das Leben erleichtere und es nicht dazu kommen lasse, daß seine gegenwärtigen Bücher aus allen Handlungen ausgestoßen und seine zukünftigen verboten werden. Ich stelle mir überhaupt vor, daß zähe Kleinarbeit geschieht, um von dem, was seinerzeit beim ersten Anprall weggeschwemmt worden, nach und nach das Wichtigste wieder ans Ufer zu ziehn. Man nimmt das neue Deutschland als gegeben an und sucht darin die alten Geschäfte zu machen, ja sogar den alten „Idealismus", aromatisch mit dem neuen versetzt, sich zu bewahren.

Wenn ich aber nicht auf das Allgemeine eingehe, denn darüber könnte man eine Woche ohne Unterbrechung schreiben, sondern mich auf das Persönlichste beschränke, so war schließlich entscheidend, daß ich nicht den Mut hatte, unabsehbare Ungewißheiten auf mich zu nehmen, für eine Sache, die schon keinen repräsentativen Wert mehr in dem Augenblick hatte, wo sie von wichtigen Leuten verlassen war. In der Tat hätte sich ja das komische Zusammentreffen ergeben, daß ich freiwillig in die Wüste gegangen wäre, während einige ihrer Hauptbewohner schon zurückkehrten. Die literarische Opposition ist (vielleicht behält Ihre optimistischere Auffassung auf die Dauer recht, aber im Augenblick gilt die meine) schlecht organisiert und dadurch im vorhinein entmutigt und demoralisiert worden, sie bietet keine Möglichkeit zu wirken, sie bietet keine zu leben (außer den Herausgebern, oder wenn man, journalistisch flink, viel und billig schreiben kann), sie wird von zweifelhaften Leuten geführt, und die Stimme der Vernunft drängt dahin, daß man sich für ein solches Gefecht nicht totschlagen läßt. Allerdings die Stimme der Tapferkeit spricht anders; sie kennt keine solchen Erwägungen, und der Tapfere schlägt sich, wo er angegriffen wird. Ihm hilft dann wirklich sehr oft das Glück. Ich habe mich in diesem Zwiestreit tagelang elend befunden.

Und noch habe ich bei alledem nicht von der Hauptsache gesprochen, daß ich das von Ihnen mir angewiesene Geld erst in B. wußte, und es, da Prof. G. anscheinend am liebsten nichts mehr damit zu tun haben möchte, nicht herausbekommen kann, ohne mir nahestehende Personen einzubeziehn, was im Fall einer gegen mich losgebrochenen Hetze natürlich kaum zu tun wäre. Ich hoffe dieser Tage den größten Teil des Betrags zu erhalten und bin erst dadurch der unmittelbaren Nötigung, mich zu ducken, entrückt. Und nun muß ich Ihnen auch sagen, lieber Freund, daß sich um mein Leben seit dem Umsturz niemand mehr bekümmert hat als Sie, der Sie selbst wahrscheinlich am wenigsten dazu in der Lage sind, und daß ich Ihren Edelmut und Ihre Unerschütterlichkeit bewundere! Das hindert nicht, daß ich alles tun muß und schon manches versucht habe, um dieses Opfer nicht zu mißbrauchen. Gleich nach meinem Eintreffen in Wien ließ ich durch einen mir ergebenen Ministerialrat und später noch einmal durch einen sehr beziehungsreichen Mann vorfühlen, ob sich nicht die Regierung in Würdigung der Umstände an der Mus. Spende beteiligen möchte, aber das Ergebnis war ganz negativ. Sodann erinnerte ich S. Fischer daran, daß wir im Herbst über eine Übernahme meiner Bücher sprechen wollten, aber obwohl diese im Mai noch sehr wahrscheinlich war, hat der Verlag jetzt anscheinend andere Sorgen und Appetite, und der Vorschlag darf für abgetan gelten. Als mir Rowohlt ausführlich schrieb, um mich wegen der Samm. zu bearbeiten, benutzte ich darum die Gelegenheit, ihm einiges nahezulegen, was er aber durchaus nicht bemerken wollte; so daß ich jetzt noch einmal deutlich fragen werde, wie er sich das Verhältnis zu mir vorstelle: ich bin leider einigermaßen sicher, daß es noch mehr als früher auf das „interesselose Wohlgefallen" hinauskommen werde, denn die heutigen Literaturzustände sind ihm dabei günstig. Nun hat sich allerdings neuestens eine englische Agentur mit der Frage an mich gewandt, ob ich imstande wäre etwas Historisches zu schreiben, über ein österreichisches Thema. Weil dies nicht ganz nutzlos für den Schlußteil des M. o. E. zu sein brauchte, wäre ich nicht abgeneigt, und falls ein solcher Abschuß zustande käme, hielte er mich ein Jahr lang oder noch etwas länger über Wasser, ohne daß ich Ihnen in der gegenwärtigen Lage zur Last fallen muß, wobei mich eine hauptsächlich mit dem Verstand zu leistende Arbeit nicht gerade schreckt, auch wenn sie mich nicht entzückt. (Habe ich im Ausland Boden gefaßt, kann ich auch das, was ich in diesen Tagen schlecht gemacht habe, wieder gut machen. Ich bitte Sie aber über das Ganze vorderhand um Diskretion, da ich die Sache noch keineswegs sicher habe).

Sollte es dahin kommen, so dachte ich mir die Einteilung aber so, daß ich, solange das jetzt eintreffende Geld reicht, ausschließlich am Roman weiterarbeite, womit ich den Schluß des Hauptteils vielleicht nicht ausführend erreichen, wohl aber im Wesentlichen sichern werde; so daß ich dann neben der Brotarbeit den gleichfalls nicht mehr alles Herz erfordernden Schlußteil hoffentlich entwerfen und ausführen kann.

Soviel für heute! Angesichts dieser Fülle will ich nur noch kurz sagen, daß ich die Geschichte der Siserah überaus gern kennen lernen möchte, wenn das möglich wäre, vielleicht einmal durch mündliches Übersetzen und Befragen, denn das wäre ein Stoff auch für mich. Ich selbst bin kein besonders guter Hasser, aber ich liebe es an anderen!

Und damit aufs nächstemal!

Mit freundschaftlichem Gruß Ihr m.

Ernst Barlach
an Friedrich Hildebrandt

Die hochgestellte Persönlichkeit, an die Barlach hier ebenso ratlos wie mannhaft schreibt, ist der Reichsstatthalter für Mecklenburg und Lübeck, ein ehemaliger Landarbeiter und Freikorpskämpfer, seit kurzem SS-Mitglied und bald auch Mitglied des Reichstages. Er hatte sich laut „Lübecker General-Anzeiger" vom 18. Februar 1934 in einer Rede vor Parteigenossen unter anderem auch zu den kommenden Aufgaben der Kunst geäußert, und dabei auch Barlach erwähnt als einen Künstler, der dem deutschen Wesen fremd sei. Unter Beifall hatte er erklärt, daß der „Künstlerstand" die Pflicht habe, den deutschen Menschen zu verstehen, dieser seinerseits kenne „nicht den Bauern als einen faul auf die Erde gestreckten Menschen, sondern als den harten, selbstbewußten Mann, der mit brutaler Faust, mit dem Schwert in der Hand sich den Weg bahnt". Im Gegensatz zu Joseph Goebbels, an den sich Barlach gleichfalls wandte, antwortete ihm der Reichsstatthalter, zeigte allerdings in seinem Schreiben nicht das geringste Verständnis für schöpferische Vorgänge. Barlach ertrug die Verfolgungen nicht lange; Uwe Johnson, der in Güstrow zur Schule ging, schrieb über ihn: „Weil er für einen Juden gehalten wurde, war er in Güstrow auf der Straße angespuckt worden. Den hatten sie mit Verboten von Arbeit und Ausstellungen gehetzt, bis er sich hinlegte und starb." Das war am 24. Oktober 1938.

Güstrow, 6. 3. 1934

Hochgeehrter Herr Reichsstatthalter, vor mir liegt ein Zeitungsausschnitt des ‚Lübecker Generalanzeigers' mit einigen Sätzen aus Ihrem Munde, die eine klare Stellungnahme gegen mich als künstlerische Persönlichkeit bedeuten.

Diese Stellungnahme Ihrerseits erweist sich als eine Tatsache, die ich bedaure, aber hinnehmen muß, trotzdem ich ein Mensch bin, der, Jugend- und spätere Mannesjahre eingerechnet, 30 Jahre in Mecklenburg gelebt hat, und es wohl im ganzen Deutschland kaum einen Künstler gibt, der von den ersten Anfängen an Form und Wesensgestalt seiner Arbeit aus der engsten Volksgemeinschaft heraus gewonnen hat.

Es ist indes nicht der Zweck dieser Zeilen, Sie umzustimmen oder Ihr Urteil gegen mich abzuschwächen, aber aus Ihren im ‚Generalanzeiger' wiedergegebenen Sätzen darf ich gewiß Ihre Schätzung einer charaktervollen Aufrichtigkeit folgern, und so erlaube ich mir, sehr geehrter Herr Reichsstatthalter, Sie zu bitten, in Erweiterung Ihrer Stellungnahme in Lübeck mir über meine allgemeinen Rechte als Künstler im Lande Mecklenburg und Lübeck eine Aufhellung zuteil werden zu lassen.

Ich erlebe, neben manchem anderen, daß eine Morgenfeier für mich im Schweriner Staatstheater „abgesetzt" wird, kurz vor dem bestimmten Termin, ohne Benachrichtigung an mich, ohne Angabe der Gründe in der Presse. Diese derart unbegründete Absetzung hat natürlich allen möglichen, mir ungünstigen Vermutungen Tür und Tor geöffnet.

Für die Ausstellung von Porträts mecklenburgischer Persönlichkeiten und solcher, die als ausdrücklich für Mecklenburg in Betracht kommend bezeichnet wurden, gab ich an den Rostocker Kunstverein vier Arbeiten. Wohlverstanden: aufgefordert und ohne, daß ich mich darum bemüht hätte. Diese Arbeiten mußten entfernt werden, wiederum, ohne daß ich von einer solchen Maßnahme, die einer Maßregelung gleicht, unterrichtet oder daß Gründe dafür anzuführen für nötig gehalten wurde.

Ich bitte Sie nun, Herr Reichsstatthalter, sich zu vergegenwärtigen, welcher Ratlosigkeit ich in bezug auf Rechte, die ich als Bürger dieses Landes habe, anheimfallen muß. Hinsichtlich dieser Rechte drängt es mich, von Ihnen ein offenes Wort, eine

Bestätigung und unmißverständliche Stellungnahme zu erfahren. Ich glaube, hierauf einen Anspruch zu haben, da ich für meine Person so fest im Lande verwurzelt bin, daß der Gedanke, fortzugehen, mein Heil als Emigrant zu suchen, mir himmelfern steht. Ich werde auf meinem Platze aushalten, wie es auch kommen möge – nur, daß ich eines sicheren Anhaltes dafür bedarf, wie ich mich in Anbetracht der Schädigung meines Rufes durch obengenannte und andere immerhin auch nachteilig wirkende Erfahrungen hinfort einzurichten habe und ob dergleichen bei künstlerischen Gelegenheiten ähnlicher Art weiter zu gewärtigen sei.

Indem ich Ihnen dergestalt meine Lage nicht als lamentabel, vielmehr vornehmlich als von unbekannt gebliebenen Einflüssen bestimmt schildere, spreche ich die Hoffnung aus, mir mit der Offenheit, die ich aus den wenigen Sätzen Ihrer Lübecker Ansprache zu entnehmen gewiß berechtigt bin, zur Ergründung der Ursachen meiner Beunruhigung zu verhelfen.

Man kann den Gegner achten, wie ich wohl, ohne mißdeutet zu werden, hinzufügen darf, aber man kann einer geheimen Gegnerschaft, wie sie sich sowohl in Rostock wie in Schwerin geltend machte, kaum anders als mit obiger Kennzeichnung, eben als einer geheimen und darum gerade heute verwerflichen, begegnen.

Mit der Versicherung meines stärksten Vertrauens in Ihre Bereitwilligkeit, meinem Anliegen zu entsprechen

Ihr sehr ergebener E. Barlach

Fiete Schulze
an seine Schwester

Der Widerstand gegen Hitler – erfolgreich war er nur sehr begrenzt. Vor allem in den ersten Jahren seiner Herrschaft erfuhr der Diktator zu viel Aufmerksamkeit von seiten des Auslands, hatte zu viele innenpolitische Erfolge, als daß sich eine Widerstandsbewegung auf breiter Basis hätte bilden können. Als sich die ehemalige Opposition einigermaßen gesammelt hatte, war auch die Gestapo soweit. Sie hatte Spitzel eingeschleust, Druckereien ausgehoben, Verbindungen zum Ausland unterbrochen. 1935 wurden viele illegale Organisationen der Kommunisten, Sozialdemokraten und Gewerkschaften zerschlagen, es kam zu Massenverhaftungen und Massenprozessen. In diesem Jahr war es mit der organisierten Illegalität der deutschen Arbeiterschaft vorbei; viele Widerstandskämpfer saßen in den Zuchthäusern, andere, wie der Hamburger Arbeiter Fiete Schulze, wurden hingerichtet. Er war vierzig Jahre alt.

München, 2. August 1935

Schwesterlein!

Dank für Deine Zeilen. Warum aber so kleinmütig? Du haderst mit den Verhältnissen, die Dir den Bruder nehmen. Warum willst Du nicht verstehen, daß ich dafür sterbe, daß viele nicht mehr einen frühen und gewaltsamen Tod sterben brauchen? Noch ist es nicht so, doch hilft mein Leben und Sterben es bessern. Es kann und darf nicht Eure Aufgabe sein, mein Sterben zu bejammern, denn nur dann – wenn Ihr es bejammert – ist es nutzlos und verfehlt. Voll erfüllt es seinen Zweck, wenn Ihr es ganz verstehen lernt. Darin kann sich all Eure Liebe und Achtung zu mir zeigen: im Verstehen und Bemühen, gleich mir zu denken und zu handeln. Je besser und je tiefer Ihr das vermögt, um so eher werden Angehörige aufhören können, die Ihren zu beweinen, die gestern und heute fielen und die morgen in noch größeren Massen fallen werden. Denn dann wird dieses Fallen aufhören, aber auch nur dann! Es muß dieses Begreifen nicht mit neuen Strömen von Blut erkauft werden. Es wird es aber, wenn dieses Begreifen nicht sehr bald eintritt. Mein Bemühen war, eine solche Katastrophe zu verhindern. Ich wurde gehindert, es fortzusetzen. Damit kann und wird jedoch die Vollendung nicht gehindert werden. Zurück läßt sich das Rad der Entwicklung nicht drehen. Die Menschen werden in kurzem begreifen lernen, daß es sich nicht einmal ungestraft aufhalten läßt.

Herzliche Grüße Euch allen. Fiete

Lion Feuchtwanger
an den Bewohner seines Hauses in Berlin

Schwankt auch sein Bild in den Literaturgeschichten dieses Jahrhunderts, so ist doch unbestritten, daß Lion Feuchtwanger einer der auflagenstärksten Schriftsteller seiner Zeit war. „Solid, unterhaltend und seriös, eben readable" nannte Thomas Mann ihn einmal mit sorgfältig versteckter Herablassung und notierte, daß der so Gelobte immer die prächtigsten Häuser gehabt habe: In Sanary-sur-Mer, der ersten Station vieler Emigranten, ebenso wie später im kalifornischen Santa Monica. Da hatte der „kleine Meister" seine geliebte Grunewaldvilla schon lange verlassen, verlassen müssen: gleich nach Hitlers Machtergreifung war sie von einem S. A.-Trupp geplündert und verwüstet worden. Als „jüdischer Asphaltliterat" schien Feuchtwanger besonders gefährlich. Den besonderen Haß der zu allem übrigen auch noch durch und durch humorlosen neuen Herren, hatte er sich durch eine im amerikanischen Rundfunk gesendete Stilanalyse von Hitlers „Mein Kampf" zugezogen. Auf einem Empfang des deutschen Botschafters in Washington hatte er ohne Umschweife erklärt: „Hitler means war", was Goebbels bewog, ihn in einer Rundfunkrede als „ärgsten Feind des deutschen Volkes" hinzustellen. Bei aller politischen Empörung, allem persönlichen Ekel nahm Feuchtwanger es gelassen auf, hatte er doch schon fünf Jahre zuvor geschrieben: „Der Schriftsteller L. F. war 19mal in seinem Leben vollkommen glücklich und 14mal abgründig betrübt. 584mal schmerzte und verwirrte ihn bis zur Betäubung die Dummheit der Welt, die sich durch keine Ziffer ausdrücken läßt. Dann wurde er dagegen abgestumpft."

Ich weiß nicht, wie Sie heißen, mein Herr, und auf welche Art Sie in den Besitz meines Hauses gelangt sind. Ich weiß nur, daß vor zwei Jahren die Polizei des Dritten Reiches mein gesamtes bewegliches und unbewegliches Vermögen beschlagnahmt und der Reichsaktiengesellschaft für Konfiskation des Vermögens politischer Gegner (Aufsichtsratsvorsitzender Minister Göring) überwiesen hat. Ich erfuhr das aus einem Schreiben des Hypothekengläubigers. Sie teilten mir erläuternd mit, die Rechtsprechung des Dritten Reichs verstehe, wenn es sich um das konfiszierte Vermögen politischer Gegner handle, unter ‚Vermögen' nur die Aktiva. Trotzdem also mein Haus und meine Bankkonten, die die Hypothek um ein Vielfaches überstiegen, konfisziert seien, sei ich verpflichtet, die Hypothekenzinsen genauso wie meine deutschen Steuern aus meinem im Ausland neu zu erwerbenden Vermögen weiter zu bezahlen. Sei dem wie immer, jedenfalls sitzen jetzt Sie, Herr X, in meinem Haus, und ich habe nach der Auffassung deutscher Richter die Zinsen zu zahlen.

Wie gefällt Ihnen mein Haus, Herr X? Lebt es sich angenehm darin? Hat der silbergraue Teppichbelag der oberen Räume bei der Plünderung durch die S. A.-Leute sehr gelitten? Mein Portier hat sich damals in diese oberen Räume geflüchtet, die Herren wollten sich, da ich in Amerika war, an ihm schadlos halten, der Teppichbelag ist sehr empfindlich, und Rot ist eine kräftige Farbe, die schwer herauszubringen ist. Auch der Gummibelag des Treppenhauses war nicht gerade für die Stiefel von S. A.-Leuten berechnet. Wenn er sehr gelitten hat, wenden Sie sich am besten an die Firma Baake; der Belag ist der gleiche wie auf den Treppen der ‚Europa' und der ‚Bremen', und diese Firma hat ihn geliefert.

Haben Sie begriffen, wozu ich die halbgedeckte Dachterrasse bauen ließ? Frau Feuchtwanger und ich, wir verwandten sie für unsere morgendliche Gymnastik. Achten Sie, bitte, darauf, daß die Dusche nicht einfriert.

Was fangen Sie wohl mit den beiden Räumen an, die meine Bibliothek enthielten? Bücher, habe ich mir sagen lassen, sind nicht sehr beliebt in dem Reich, in dem Sie leben, Herr X, und wer sich damit befaßt, gerät leicht in Unannehmlichkeiten. Ich zum Beispiel habe das Buch Ihres ‚Führers' gelesen und harmlos konstatiert, daß seine 140000 Worte 140000 Verstöße gegen den deutschen Sprachgeist sind. Infolge dieser meiner Feststellung sitzen jetzt Sie in meinem Haus. Manchmal denke ich darüber nach, wofür man wohl im Dritten Reich die Büchergestelle verwenden könnte. Seien Sie vorsichtig, falls Sie sie herausreißen lassen, daß die Mauer nicht darunter leidet. Und hat man bei der Plünderung die Rundbank in der Fensterloggia der Bibliothek herausgerissen? Auf alle Fälle, Herr X, gibt es in dem Haus manches zu erneuern und wiederherzustellen. Darf ich Ihnen empfehlen, sich da an den Architekten Sobotka zu wenden? Es ist allerdings fraglich, ob dieser Herr seinen Beruf in Berlin ausüben darf; denn es gab dort nicht viele Architekten, die bauen konnten, aber viele Parteigenossen, die bauen wollten. Beschäftigen Sie, bitte, wenn Ihre Beziehungen das erlauben, trotzdem keinen Parteigenossen, sondern einen Sachverständigen. Es wäre schade um das Haus.

Gern möchte ich wissen, was jetzt mit der Kreissäge in der Oberförsterei Grunewald los ist. Ihr Lärm hat mir manchmal die Freude an dem Haus verleidet, und nur mit großer Mühe konnte ich durchsetzen, daß man die Störung beseitigte. Heute freilich dürfte Lärm in Berlin kaum mehr als störend empfunden werden. Immerhin wäre es freundlich von Ihnen, wenn Sie meinen in heißem Kampf erstrittenen Sieg nicht ohne weiteres preisgäben.

Und was haben Sie mit dem Terrarium angefangen im Fenster der Längswand meines Arbeitszimmers? Hat man wirklich meine Schildkröten und meine Eidechsen totgeschlagen, weil ihr Besitzer ‚fremdrassig' war? Und haben die Blumenbeete und der Steingarten sehr gelitten, als die S. A.-Leute meinen krumm und lahm geschlagenen Portier schießend durch den Garten verfolgten, wie er sich in den Wald flüchtete?

Kommt es Ihnen nicht doch manchmal merkwürdig vor, daß Sie in meinem Hause sitzen? Ihr ‚Führer' gilt sonst nicht als Freund der jüdischen Literatur. Ist es da nicht erstaunlich, daß er sich so gern an das Alte Testament hält? Ich selber habe ihn mit viel Stimmaufwand zitieren hören: „Auge um Auge, Zahn um Zahn" (womit er wohl „‚Vermögenskonfiskation' um literarische Kritik" meinte). Und jetzt hat er auch an Ihnen eine Verheißung des Alten Testaments wahrgemacht, den Spruch: „Du sollst in Häusern wohnen, die du nicht gebaut hast."

Lassen Sie mein Haus nicht verkommen Herr X. Es zu bauen und einzurichten, hat Frau Feuchtwanger und mir viel Mühe gemacht. Es zu bewirtschaften und zu erhalten, macht nicht viel Mühe. Pflegen Sie es, bitte, ein bißchen. Ich sage das auch in Ihrem Interesse. Ihr ‚Führer' hat versprochen, daß seine Herrschaft tausend Jahre dauern wird: ich nehme also an, Sie werden bald in der Lage sein, sich mit mir über die Rückgabe des Hauses auseinanderzusetzen.

Mit vielen guten Wünschen für unser Haus.

Lion Feuchtwanger

P. S. Finden Sie übrigens auch, daß meine These, Ihr Führer schreibe schlechtes Deutsch, dadurch widerlegt wird, daß Sie in meinem Hause sitzen?

Thomas Mann
an den Dekan der Philosophischen Fakultät der Universität Bonn

Lange hatte Thomas Mann nach 1933 gezögert, seinen Bruch mit dem nationalsozialistischen Regime deutlich zu machen, zu lange nach Meinung vieler Freunde und vor allem seiner Kinder. Rücksichtnahmen der verschiedensten Art hatten ihn dazu bewogen, nicht zuletzt die auf seinen Verleger Gottfried Bermann Fischer; aber auch eine habituelle Zögerlichkeit spielte eine Rolle. Doch am 2. Dezember 1936 wurde Thomas Mann, samt seiner Frau und den vier jüngeren Kindern ausgebürgert, eine Maßnahme übrigens, die keine rechtliche Bedeutung mehr besaß, da er zwei Wochen zuvor die tschechoslowakische Staatsbürgerschaft erworben hatte. Am 19. Dezember wurde ihm in einem Brief des Dekans der Philosophischen Fakultät der Universität Bonn die Ehrendoktorwürde entzogen; unterzeichnet war der Brief von Professor Dr. Karl Justus Obenauer, Germanist und Angehöriger der SS. In den letzten Tagen des Dezember entwarf Thomas Mann dann jenen Antwortbrief an den Dekan, datiert vom 1. Januar 1937, der die endgültige Absage an das Deutschland Hitlers enthielt und der bereits im Monat darauf als Broschüre unter dem Titel „Ein Briefwechsel" weltweit verbreitet wurde.

Küsnacht am Zürichsee, Neujahr 1937

Sehr geehrter Herr Dekan,

ich habe die trübselige Mitteilung erhalten, die Sie unterm 19. Dezember an mich gerichtet haben. Erlauben Sie mir, Ihnen folgendes darauf zu erwidern:

Die schwere Mitschuld an allem gegenwärtigen Unglück, welche die deutschen Universitäten auf sich geladen haben, indem sie aus schrecklichem Mißverstehen der historischen Stunde sich zum Nährboden der verworfenen Mächte machten, die Deutschland moralisch, kulturell und wirtschaftlich verwüsten, – diese Mitschuld hatte mir die Freude an der mir einst verliehenen akademischen Würde längst verleidet und mich gehindert, noch irgendwelchen Gebrauch davon zu machen. Den Ehrentitel des Doktors der Philosophie führe ich auch heute, da die Harvard-Universität ihn mir aufs neue verliehen hat, und zwar mit einer Begründung, die ich Ihnen, Herr Dekan, nicht vorenthalten möchte.

Aus dem Lateinischen ins Deutsche übersetzt, lautet das Dokument: „... haben wir Rektor und Senat unter dem Beifall der ehrenwerten Universitätsinspektoren in feierlicher Sitzung Thomas Mann, den weitberühmten Schriftsteller, welcher, indem er vielen unserer Mitbürger das Leben deutete, *zusammen mit ganz wenigen Zeitgenossen die hohe Würde der deutschen Kultur bewahrt*, zum Doktor der Philosophie ehrenhalber ernannt und ausgerufen und ihm alle Rechte und Ehren, welche mit diesem Grade verbunden sind, verliehen."

So sonderbar der aktuellen deutschen Auffassung widersprechend malt sich meine Existenz in den Köpfen freier und gebildeter Männer jenseits des Meeres – und, ich darf es hinzufügen, nicht nur dort. Nie wäre es mir in den Sinn gekommen, mit den Worten jenes Schriftstücks zu prahlen; heute und hier aber darf, ja muß ich sie anführen; und wenn Sie, Herr Dekan (ich kenne die Gepflogenheiten nicht), die an mich gerichtete Mitteilung am Schwarzen Brett Ihrer Universität sollten haben anschlagen lassen, so müßte ich wahrhaftig wünschen, daß auch dieser meiner Entgegnung solche Ehre zuteil würde: vielleicht daß manchen akademischen Bürger, Student oder Professor, doch ein nachdenkliches Stutzen, ein rasch unterdrückter, ahnungsvoller Schrecken ankäme bei einer Lektüre, die einem flüchtigen Blick aus bösartig erzwungener Abgeschlossenheit und Unwissenheit in die freie geistige Welt gleichkommen würde.

Hier könnte ich schließen. Und doch wollen in diesem Augenblick einige weitere Erklärungen mir wünschenswert oder doch statthaft scheinen. Zu meiner staatsrechtlichen ‚Ausbürgerung' habe ich, trotz mancher Anfrage, geschwiegen; die akademische darf ich als schickliche Gelegenheit betrachten, zu einem knappen persönlichen Bekenntnis, – wobei Sie, Herr Dekan, den ich nicht einmal dem Namen nach kenne, sich nur als den Zufallsadressaten dieser Ihnen kaum zugedachten Äußerung betrachten wollen.

In diesen vier Jahren eines Exils, das freiwillig zu nennen wohl eine Beschönigung wäre, da ich, in Deutschland verblieben oder dorthin zurückgekehrt, wahrscheinlich nicht mehr am Leben wäre, hat die sonderbare Schicksalsirrtümlichkeit meiner Lage nicht aufgehört, mir Gedanken zu machen. Ich habe es mir nicht träumen lassen, es ist mir nicht an der Wiege gesungen worden, daß ich meine höheren Tage als Emigrant, zu Hause enteignet und verfemt, in tief notwendigem politischem Protest verbringen würde. Seit ich ins geistige Leben eintrat, habe ich mich in glücklichem Einvernehmen mit den seelischen Anlagen meiner Nation, in ihren geistigen Traditionen sicher geborgen gefühlt. Ich bin weit eher zum Repräsentanten geboren als zum Märtyrer, weit eher dazu, ein wenig höhere Heiterkeit in die Welt zu tragen, als den Kampf, den Haß zu nähren. Höchst Falsches mußte geschehen, damit sich mein Leben so falsch, so unnatürlich gestaltete. Ich suchte es aufzuhalten nach meinen schwachen Kräften, dies grauenhaft Falsche, – und eben dadurch bereitete ich mir das Los, das ich nun lernen muß, mit meiner ihm eigentlich fremden Natur zu vereinigen.

Gewiß, ich habe die Wut dieser Machthaber herausgefordert nicht erst in den letzten vier Jahren, durch mein Außenbleiben, die ununterdrückbaren Kundgebungen meines Abscheus. Lange vorher schon hatte ich es getan und mußte es tun, weil ich früher als das heute verzweifelte deutsche Bürgertum sah, wer und was da heraufkam. Als Deutschland dann wirklich in diese Hände gefallen war, gedachte ich zu schweigen; ich meinte, mir durch die Opfer, die ich gebracht, das Recht auf ein Schweigen verdient zu haben, das es mir ermöglichen würde, etwas mir herzlich

Wichtiges, den Kontakt mit meinem innerdeutschen Publikum aufrechtzuerhalten. Meine Bücher, so sagte ich mir, sind für Deutsche geschrieben, für solche zuerst; die ,Welt' und ihre Teilnahme waren mir immer nur ein erfreuliches Akzidens. Sie sind, diese Bücher, das Produkt einer wechselseitigen erzieherischen Verbundenheit von Nation und Autor und rechnen mit Voraussetzungen, die ich selber erst in Deutschland habe schaffen helfen. Das sind zarte und hütenswerte Beziehungen, die plump zu zerreißen man der Politik nicht erlauben soll. Gab es Ungeduldige daheim, die, selbst geknebelt, dem in der Freiheit Lebenden sein Stillschweigen verübeln würden: die große Mehrzahl, durfte ich hoffen, würde meine Zurückhaltung verstehen, ja sie mir danken.

So meine Vorsätze. Sie waren undurchführbar. Ich hätte nicht leben, nicht arbeiten können, ich wäre erstickt, ohne dann und wann zwischenein, wie alte Völker sagten, „mein Herz zu waschen", ohne von Zeit zu Zeit meinem unergründlichen Abscheu vor dem, was zu Hause in elenden Worten und elenderen Taten geschah, unverhohlenen Ausdruck zu geben. Verdient oder nicht, mein Name hatte sich nun einmal für die Welt mit dem Begriff eines Deutschtums verbunden, das sie liebt und ehrt; daß gerade ich der wüsten Verfälschung klar widerspräche, welche dies Deutschtum jetzt erlitt, war eine in alle freien Kunstträume, denen ich mich so gern überlassen hätte, beunruhigend hineintönende Forderung. Eine Forderung, schwer abzuweisen für einen, dem immer gegeben gewesen war, sich auszudrücken, sich im Wort zu befreien, dem immer Erleben eins gewesen war mit reinigend bewahrender Sprache.

Das Geheimnis der Sprache ist groß; die Verantwortlichkeit für sie und ihre Reinheit ist symbolischer und geistiger Art, sie hat keineswegs nur künstlerischen, sondern allgemein moralischen Sinn, sie ist die Verantwortlichkeit selbst, menschliche Verantwortlichkeit schlechthin, auch die Verantwortung für das eigene Volk, Reinerhaltung seines Bildes vorm Angesichte der Menschheit, und in ihr wird die Einheit des Menschlichen erlebt, die Ganzheit des humanen Problems, die es niemandem erlaubt, heute am wenigsten, das Geistig-Künstlerische vom Politisch-Sozialen zu trennen und sich gegen dieses im Vornehm-,Kulturellen' zu isolieren; diese wahre Totalität, welche die Humanität selber ist und gegen die verbrecherisch verstieße, wer etwa ein Teilgebiet des Menschlichen, die Politik, den Staat zu ‚totalisieren‘ unternähme.

Ein deutscher Schriftsteller, an Verantwortung gewöhnt durch die Sprache; ein Deutscher, dessen Patriotismus sich – vielleicht naiverweise – in dem Glauben an die *unvergleichliche moralische Wichtigkeit* dessen äußert, was in Deutschland geschieht, – und sollte schweigen, *ganz* schweigen zu all dem unsühnbar Schlechten, was in meinem Lande an Körpern, Seelen und Geistern, an Recht und Wahrheit, an Menschen und an dem Menschen täglich begangen wurde und wird? Zu der furchtbaren Gefahr, die dies menschenverderberische, in unsäglicher Unwissenheit über das, was die Weltglocke geschlagen hat, lebende Regime für den Erdteil bedeutet? Es war nicht möglich. Und so kamen, gegen das Programm, die Äußerungen, die unvermeidlich Stellung nehmenden Gesten zustande, die nun den absurden und kläglichen Akt meiner nationalen Exkommunikation herbeigeführt haben.

Der einfache Gedanke daran, wer die Menschen sind, denen die erbärmlich-äußerliche Zufallsmacht gegeben ist, mir mein Deutschtum abzusprechen, reicht hin, diesen Akt in seiner ganzen Lächerlichkeit erscheinen zu lassen. Das Reich, Deutschland soll ich beschimpft haben, indem ich mich gegen *sie* bekannte! Sie haben die unglaubwürdige Kühnheit, sich mit Deutschland zu verwechseln! Wo doch vielleicht der Augenblick nicht fern ist, da dem deutschen Volke das Letzte daran gelegen sein wird, nicht mit ihnen verwechselt zu werden.

Wohin haben sie, in noch nicht vier Jahren, Deutschland gebracht? Ruiniert, seelisch und physisch ausgesogen von einer Kriegsaufrüstung, mit der es die ganze Welt bedroht, die ganze Welt aufhält und an der Erfüllung ihrer eigentlichen Aufgaben, ungeheurer und dringender Aufgaben *des Friedens*, hindert; geliebt von niemandem, mit Angst und kalter Abneigung betrachtet von allen, steht es am Rande der wirtschaftlichen Katastrophe, und erschrocken strecken sich die Hände seiner ‚Feinde‘ nach ihm aus, um ein so wichtiges Glied der zukünftigen Völkergemeinschaft vom Abgrunde zurückzureißen, ihm zu helfen, wenn anders es nur zur Vernunft kommen und sich in die wirklichen Notwendigkeiten der Weltstunde finden will, statt sich irgendeine falschheilige Sagennot zu erträumen. Ja, die Bedrohten und Aufgehaltenen müssen ihm schließlich noch helfen, damit es nicht den Erdteil mit sich reiße und gar in den Krieg ausbreche, auf den es, als auf die ultima ratio, immer noch die Augen gerichtet hält. Die reifen und gebildeten Staaten – wobei ich unter ‚Bildung' die Bekanntschaft mit der grundlegenden Tatsache verstehe, daß *der Krieg nicht mehr erlaubt ist* – behandeln dies große, gefährdete und alles gefährdende Land oder vielmehr die unmöglichen Führer, denen es in die Hände gefallen, wie Ärzte den Kranken: mit größter Nachsicht und Vorsicht, mit unerschöpflicher, wenn auch nicht gerade ehrenvoller Geduld; jene aber glauben, ‚Politik', Macht- und Hegemonie-Politik gegen sie treiben zu sollen. Das ist ein ungleiches Spiel. Macht einer ‚Politik', wo die anderen an Politik gar nicht mehr denken, sondern an *den Frieden*, so fallen ihm vorübergehend gewisse Vorteile zu. Die anachronistische Unwissenheit darüber, daß der Krieg nicht mehr statthaft ist, trägt selbstverständlich eine Weile ‚Erfolge' ein über die, die es wissen. Aber wehe dem Volk, das, weil es nicht mehr ein noch aus weiß, am Ende wirklich seinen Ausweg in den Gott und Menschen verhaßten Greuel des Krieges suchte! Dies Volk wäre verloren. Es wird geschlagen werden, daß es sich nie wieder erhebt.

Sinn und Zweck des nationalsozialistischen Staatssystems ist einzig der und kann nur dieser sein: das deutsche Volk unter unerbittlicher Ausschaltung, Niederhaltung, Austilgung jeder störenden Gegenregung für den ‚kommenden Krieg' in Form zu bringen, ein grenzenlos willfähriges, von keinem kritischen Gedanken angekränkeltes, in blinde und fanatische Unwissenheit gebanntes Kriegsinstrument aus ihm zu machen. Einen anderen Sinn und Zweck, eine andere *Entschuldigung* kann dieses System nicht haben; alle Opfer an Freiheit, Recht, Menschenglück, eingerechnet die heimlichen und offenen Verbrechen, die es ohne Bedenken auf sich genommen hat, rechtfertigen sich allein in der Idee der unbedingten Ertüchtigung zum Kriege. Sobald der Gedanke des Krieges dahinfiele, als Zweck seiner selbst, wäre es nichts weiter mehr als Menschheitsschinderei – es wäre vollkommen sinnlos und überflüssig.

Die Wahrheit zu sagen: es *ist* dies beides, sinnlos und überflüssig, – nicht nur, weil man ihm den Krieg nicht erlauben wird, sondern weil es selbst in Ansehung seiner Leitidee, der absoluten und ‚totalen' Kriegsertüchtigung, das Gegenteil von dem bewirkt, was es anstrebt. Kein Volk der Erde ist heute so wenig in der Verfassung, so ganz und gar untauglich, den Krieg zu bestehen, wie dieses. Daß es keinen Verbündeten haben wird, nicht einen einzigen in der Welt, ist das erste, doch das geringste. Deutschland würde allein sein, furchtbar gewiß immer noch in seiner Verlassenheit; aber diese wäre furchtbarer, denn es wäre eine Verlassenheit auch von sich selbst. Geistig reduziert und erniedrigt, moralisch ausgehöhlt, innerlich zerrissen, in tiefem Mißtrauen gegen seine Führer und alles, was sie durch Jahre mit ihm angestellt, tief unheimlich sich selber, zwar unwissend, aber übler Ahnungen voll, würde es in diesen Krieg gehen – nicht in dem Zustande von 1914, sondern, selbst physisch schon, in dem von 17, von 18. Zehn Prozent unmittelbare Nutznießer des Systems auch sie schon halb abgefallen, würden nicht hinreichen, einen Krieg zu gewinnen, in welchem die Mehrzahl der andern nur die Gelegenheit sähe, den schändlichen Druck abzuschütteln, der so lange auf ihnen gelastet, – einen Krieg also, der nach der ersten Niederlage in Bürgerkrieg sich verkehren würde.

Nein, dieser Krieg ist unmöglich. Deutschland kann ihn nicht führen, und sind seine Machthaber irgend bei Verstande, so sind die Versicherungen ihrer Friedfertigkeit nicht das, als was sie sie vor ihren Anhängern blinzelnd ausgeben möchten: taktische Lügen, sondern entspringen der scheuen Einsicht in eben diese Unmöglichkeit. Kann und soll aber nicht Krieg sein – wozu dann Räuber und Mörder? Wozu Vereinsamung, Weltfeindschaft, Rechtlosigkeit, geistige Entmündigung, Kulturnacht und jeglicher Mangel? Warum nicht lieber Deutschlands Rückkehr nach Europa, seine Versöhnung mit ihm, seine freie, vom Erdkreis mit Jubel und Glockengeläut begrüßte Einfügung in ein europäisches Friedenssystem mit all ihrem inneren Zubehör an Freiheit, Recht, Wohlstand und Menschenanstand? Warum nicht? Nur weil ein das Menschenrecht in Wort und Tat verneinendes Regime, das an der Macht bleiben will und nichts weiter, sich selbst verneinen und aufheben würde, wenn es, da es denn nicht Krieg machen kann, wirklich Frieden machte? Aber ist das auch ein Grund? –

Ich habe wahrhaftig vergessen, Herr Dekan, daß ich noch immer zu Ihnen spreche. Gewiß darf ich mich getrösten, daß Sie schon längst nicht mehr weitergelesen haben, entsetzt von einer Sprache, deren man in Deutschland seit Jahren entwöhnt ist, voll Schrecken, daß jemand sich erdreistet, das deutsche Wort in alter Freiheit zu führen. – Ach, nicht aus dreister Überheblichkeit habe ich gesprochen, sondern aus einer Sorge und Qual, von welcher Ihre Machtergreifer mich nicht entbinden konnten, als sie verfügten, ich sei kein Deutscher mehr; einer Seelen- und Gedankennot, von der seit vier Jahren nicht eine Stunde meines Lebens frei gewesen ist und gegen die ich meine künstlerische Arbeit tagtäglich durchzusetzen hatte. Die Drangsal ist groß. Und wie wohl auch ein Mensch, der aus religiöser Schamhaftigkeit den obersten Namen gemeinhin nur schwer über die Lippen oder gar aus der Feder bringt, in Augenblicken tiefer Erschütterung ihn dennoch um letzten Ausdrucks willen nicht entbehren mag, so lassen Sie mich – da alles doch nicht zu sagen ist – diese Erwiderung mit dem Stoßgebet schließen:

Gott helfe unserm verdüsterten und mißbrauchten Lande und lehre es, seinen Frieden zu machen mit der Welt und mit sich selbst!

Thomas Mann

Adolf Hitler
an Benito Mussolini

Was Hitler in dem Brief als „diplomatische Ränke" bezeichnet, war der Versuch des ungenügend gerüsteten Duce, in letzter Minute ein internationales Treffen auf die Beine zu bringen, das eine Art Wiederholung der Münchner Konferenz darstellen sollte. Frankreich hatte diesen Vorschlag am 1. September 1939 angenommen, wollte aber Polen dabei haben, was der polnische Außenminister Josef Beck mit dem Hinweis ausschlug, man befinde sich ja mitten im Kriege und müsse nun kämpfen. England ließ wissen, der deutsche Angriff ließe eine Konferenz als sinnlos erscheinen. Als Mussolini nicht locker ließ, und Hitler unter Hinweis auf seine militärischen Anfangserfolge dennoch ein Treffen der Achsenmächte mit den Westmächten einschließlich Polens nahelegte, sagte der auf Zeitgewinn bedachte Diktator eine Antwort bis zum 3. September zu. Als die Engländer als Vorbedingung den Rückzug der deutschen Truppen aus Polen nannten, betrachtete Mussolini seinen Konferenzvorschlag als gescheitert. Am Morgen des 3. September übergab der britische Botschafter in Berlin das englische Ultimatum, in dem der Kriegszustand für 11 Uhr angekündigt wurde, sollte die Reichsregierung sich bis dahin nicht auf die Warnungsnote vom 1. September geäußert haben. Hitler hatte zu hoch gepokert.

Duce, Ich danke Ihnen zunächst für Ihren letzten Versuch einer Vermittlung. Ich wäre bereit gewesen anzunehmen, allerdings nur unter der Voraussetzung, daß sich eine Möglichkeit hätte finden lassen, mir gewisse Garantien zu geben für einen erfolgreichen Verlauf der Konferenz. Denn seit 2 Tagen sind die deutschen Truppen in einem teilweise außerordentlichen schnellen Vormarsch in Polen begriffen. Es wäre unmöglich gewesen, die dabei gebrachten Blutopfer sich durch diplomatische Ränke wieder entwerten zu lassen. Trotzdem glaube ich, daß ein Weg hätte gefunden werden können, wenn nicht England von vornherein entschlossen gewesen wäre, es unter allen Umständen zum Krieg kommen zu lassen. Ich bin vor der englischen Drohung nicht zurückgewichen, weil ich, Duce, nicht mehr daran glaube, daß der Friede länger als ein halbes oder sagen wir ein Jahr hätte aufrechterhalten werden können. Unter diesen Umständen hielt ich aber den jetzigen Zeitpunkt eines Widerstandes trotz allem für geeigneter. Zur Zeit ist die Überlegenheit der deutschen Wehrmacht in Polen auf allen technischen Gebieten eine so ungeheure, daß die polnische Armee in ganz kurzer Zeit zusammenbrechen wird. Ob dieser schnelle Erfolg in ein oder zwei Jahren auch noch zu erzielen gewesen wäre, glaube ich bezweifeln zu müssen. England und Frankreich hätten ihren Verbündeten immerhin so weit aufgerüstet, daß die durchschlagende technische Überlegenheit der deutschen Wehrmacht nicht mehr so in Erscheinung hätte treten können. Ich bin mir bewußt, Duce, daß der Kampf, in den ich gehe, ein Kampf auf Leben und Tod ist. Mein eignes Schicksal spielt dabei überhaupt keine Rolle. Ich bin mir aber weiter bewußt, daß man einem solchen Kampf auf die Dauer nicht ausweichen kann, und daß man mit eisiger Überlegung den Augenblick des Widerstandes so wählen muß, daß die Wahrscheinlichkeit des Erfolges gewährleistet ist, und an diesen Erfolg, Duce, glaube ich felsenfest. Sie haben mir freundlicherweise neulich zugesichert, daß Sie auf manchem Gebiet glauben helfen zu können. Ich nehme dies schon im voraus mit aufrichtigem Dank entgegen. Ich glaube aber weiter, daß – auch wenn wir jetzt getrennte Wege marschieren – das Schicksal uns doch aneinanderbinden wird. Sollte das nationalsozialistische Deutschland von den westlichen Demokratien zerstört werden, würde auch das faschistische Italien einer schweren Zukunft entgegengehen. Ich war mir persönlich dieser Verbundenheit der Zukunft unserer beiden Regime stets bewußt, und ich weiß, daß Sie, Duce, genauso denken. Zur Lage in Polen möchte ich nur kurz bemerken, daß wir natürlich alles Unwichtige liegen lassen, keinen Mann an nebensächlichen Aufgaben verbrauchen, sondern alle unsere Handlungen nur von großen operativen Erwägungen aus leiten lassen. Die im Korridor befindliche polnische Nordarmee ist schon jetzt durch dieses unser Handeln vollkommen eingeriegelt. Sie wird entweder aufgerieben oder sich ergeben. Im übrigen finden alle Operationen planmäßig statt. Die Tagesleistungen der Truppen stehen weit über allen Erwartungen. Die Herrschaft unserer Luftwaffe ist, obwohl sich kaum ein Drittel in Polen befindet, eine ausschließliche. Im Westen werde ich mich defensiv verhalten. Frankreich kann hier zunächst sein Blut opfern. Es wird dann der Augenblick kommen, daß wir mit der ganzen Kraft der Nation uns auch dort dem Gegner stellen können. Nehmen Sie nochmals meinen Dank entgegen, Duce, für alle Ihre Unterstützungen, die Sie mir in der Vergangenheit gegeben haben und die ich bitte mir auch in Zukunft nicht versagen zu wollen.

Heinrich Himmler
an Walter Küchlin

Der Gefreite Küchlin hat die ihm in diesem Brief angebotene Gesprächschance genutzt; drei Wochen später diktierte Himmler eine Notiz, in der er eine nochmalige Überprüfung der Ahnentafel des SS-Soldaten sowie dessen vorläufigen Verbleib in der Schutzstaffel anordnete und zwar bis zur endgültigen Klärung der „rassischen Verschmutzung" des Mannes. Geklärt werden sollte vor allem, ob der Gefreite mütterlicherseits von einem gewissen Abraham Reinau abstammte, einem 1685 getauften Juden aus dem Badischen, über den Himmler schon zwei Jahre zuvor brieflich gestöhnt hatte: „Dieser Jude Reinau muß verheerend in der dortigen Gegend gewirkt haben. Heute habe ich schon einen SS-Führer entlassen müssen, da er und seine Frau 1 mal und ein Teil sogar 2 mal von diesem Reinau abstammen". Immerhin hatte der Reichsführer Zweifel an der jüdischen Abstammung Reinaus, hatte er doch herausgefunden, daß dessen Tochter sich mit einem ehrenwerten Wirt verheiratet hatte, an dessen rassisch aufrechter und „im Innern unchristlicher" Gesinnung er keinen Zweifel hegte. – So absurd, kabarettreif und grotesk ging es zu Beginn des Krieges noch zu.

Mein lieber Küchlin!

Ich habe den Brief, den Sie vom Westwall an SS-Brigadeführer Dr. Grawitz geschrieben haben, gelesen.

Ich kann mich so sehr gut in Ihre Lage und Ihr Gefühl hineinversetzen, denn es ist sicherlich so, wenn einer einmal richtig SS-Mann war, kommt er von dieser Schutzstaffel, die unendlich viele Opfer und sehr viel Hartes von ihm verlangt hat, nicht mehr los. Letzten Endes haben wir diese Schutzstaffel aber alle so gern, weil sie immer kompromißlos und unbeugsam gewesen ist.

In den Fragen des Blutes habe ich für die Schutzstaffel festgesetzt, daß das Ende des 30jährigen Krieges der Stichtag ist, bis zu dem jeder verpflichtet ist, nachzuforschen und von dem ab ich rechne. Ist nach diesem Stichtag ein jüdischer Ahne in der Ahnenreihe, so muß der Mann aus der SS ausscheiden. Milder rechne ich, wenn bei der Frau in der Ahnenreihe weit zurückliegend ein jüdischer Vorfahre ist. Hier habe ich in manchen besonders gelagerten Fällen – es hat sich hier um Frauen in einem höheren Alter gehandelt, die keine Kinder mehr bekamen – den Mann in der Staffel belassen, weil ja nicht er selbst Träger dieses Blutes ist.

Ebenso offen, wie ich Ihnen nun sage, daß ich meine Entscheidung nicht ändern kann, ebenso offen sage ich Ihnen, daß ich Sie als einen außerhalb der Schutzstaffel stehenden SS-Mann ansehe, der zeitlebens in seinem Handeln und Tun ein solcher sein wird, und der aus Treue und Gehorsam dieses Opfer bringt.

Wenn Sie mich nun fragen, warum ich dieses Opfer verlange, wenn ich Sie trotzdem als SS-Mann ansehe, so muß ich Ihnen antworten und erklären: Sicherlich könnten wir, die wir die Schüler und Zeitgenossen des Führers sind, diese oder jene Ausnahme gestatten. Ich glaube, daß wir die Härte hätten, niemals hier zu weit zu gehen und die Ausnahme zur Regel werden zu lassen, wenn nicht die Gefahr bestünde, daß unsere Nachfolger in allen unseren Stellungen das, was wir heute tun, dann als vorbildlich nähmen, und zwar mit der Begründung, in der Zeit Adolf Hitlers ist das schon erlaubt gewesen. Sie würden also nicht in einem, sondern in vielen Fällen die Ausnahme gestatten, und je weicher einmal irgendein Nachfolger wäre, würde die

Gefahr gegeben sein, daß diese Ausnahme zur Regel wird. Damit würde dann der Damm, den wir mühselig errichtet haben, wieder eingerissen werden.

Ich glaube, wenn ich Ihnen dies sage, daß Sie dann den tieferen großen Sinn des Harten, das Ihnen auferlegt ist, verstehen. Sie werden dann auch überzeugt sein, daß Sie zwar äußerlich nicht mehr SS-Mann sein können, daß Sie innerlich aber immer zur SS gehörig sich selbst empfinden und von uns empfunden werden.

In diesem Sinne können Sie auch völlig beruhigt sein, falls das Schicksal im Krieg entscheidet, daß Sie Ihr Leben für Deutschland lassen. Dann wird Ihre Frau und werden Ihre Kinder den Schutz und die Fürsorge der SS erhalten, als ob Sie auch äußerlich ihr noch angehören würden.

Sollten Sie einmal Urlaub haben und wollen Sie sich gern mit mir auch noch einmal mündlich aussprechen, so lassen Sie mich das wissen. Ich will Ihnen dann Ort und Zeit der Rücksprache mitteilen lassen.

Mit meinen herzlichen Grüßen und besten Wünschen für die nächsten Monate bin ich mit Heil Hitler! Ihr HH

Adolf Ziegler
an Karl Schmidt-Rottluff

Im Münchner „Haus der Deutschen Kunst" verkündete eine Bronzetafel vielsagend: „Kunst ist eine zum Fanatismus verpflichtende Mission." Getreu dieser Maxime wurden die großen deutschen Künstler nach 1933 gegängelt, verboten oder vertrieben. 1936 war der prominenteste Aktmaler des Dritten Reiches und Präsident der Reichskammer der Bildenden Künste, Professor Adolf Ziegler, von Goebbels beauftragt worden, die berüchtigte Ausstellung „Entartete Kunst" zusammenzustellen. In ihr war naturgemäß alles vertreten, was die deutsche Kunst einmal bekannt gemacht hatte; neben der Bücherverbrennung die beschämendste Demonstration deutschen Ungeistes jener Jahre. Hitlers Forderung nach der Darstellung des „Erhabenen und des Schönen" und Goebbels Ruf nach dem Heroischen und „Stählernen: national mit großem Pathos" setzten nicht nur die Maßstäbe für die aktuelle Kunst, sie bestimmten auch die Kriterien, nach denen die Großen von gestern behandelt wurden: mit Aberkennung der „Zuverlässigkeit".

3. April 1941

Anläßlich der mir seinerzeit vom Führer aufgetragenen Ausmerzung der Werke entarteter Kunst in den Museen mußten von Ihnen allein 608 Werke beschlagnahmt werden. Eine Anzahl dieser Werke war auf den Ausstellungen „Entartete Kunst" in München, Dortmund und Berlin ausgestellt.

Aus dieser Tatsache mußten Sie ersehen, daß Ihre Werke nicht der Förderung deutscher Kultur in Verantwortung gegenüber Volk und Reich entsprechen.

Obwohl Ihnen außerdem die richtungweisenden Reden des Führers anläßlich der Eröffnung der Großen Deutschen Kunstausstellungen in München bekannt sein mußten, geht aus Ihrem nunmehr zur Einsichtnahme hergereichten Originalwerken der Letztzeit hervor, daß Sie auch heute noch dem kulturellen Gedankengut des nationalsozialistischen Staates fernstehen.

Ich vermag Ihnen auf Grund dieser Tatsachen nicht die für die Mitgliedschaft bei meiner Kammer erforderliche Zuverlässigkeit zuzuerkennen. Auf Grund des § 10 der Ersten Durchführungsverordnung zum Reichskulturkammergesetz vom 1. November 1933 (RGBl. I, S. 797) schließe ich Sie aus der Reichskammer der bildenden Künste aus und untersage Ihnen mit sofortiger Wirkung jede berufliche – auch nebenberufliche – Betätigung auf den Gebieten der bildenden Künste.

Das auf Ihren Namen lautende Mitgliedsbuch

M 756

meiner Kammer ist ungültig geworden; Sie wollen es umgehend an mich zurücksenden.

(Stempel) gez.: Ziegler Beglaubigt:
gez. Unterschrift

Klaus Wilms und Harald Henry
Zwei Frontbriefe

Der Krieg als Sinnsuche, als spätromantisch verquastes Härte-Abenteuer und der Krieg als Vorhölle und absolute Sinnlosigkeit – das führen diese beiden Briefe in extenso vor: der von Klaus Wilms ist die letzte Niederschrift vor dem Tod. Geboren wurde der zuletzt in Köln lebende stud. phil. 1919 in der Nähe von Aachen, gefallen ist er am 28. Oktober 1941 bei Upjerwitschi in Rußland. Harald Henry, ebenfalls 1919 und in Berlin geboren, lebte bis Kriegsbeginn dort als Dr. phil. und Assistent. Er fiel drei Wochen nach der Niederschrift dieses Briefes nordwestlich von Moskau bei einem Panzer- und Infanteriegefecht durch einen Bauchschuß. Einen Tag vor seinem Tod am 21. Dezember 1941 schrieb er an seine Eltern: „Leider noch keine Möglichkeit zu schreiben. Nur die wachsende Gewißheit, auch aus diesem Schlamassel einmal herauszukommen, und sei es als letzter, einziger Mann der Kompanie.“

Ostfront, Oktober 1941

Glaubst Du, es wäre schwer, Großes zu bewundern und ehrfürchtige Schauer in Deiner Seele zu empfinden, weil das Erhabene so selten sei im Leben?

Nun denn: geh hin, schau das Gras an, wenn der Tau es genetzt, sieh den Käfern zu, die schillernd über schwanke Halme klettern – sieh einen Baum blühen und hör dem rauschenden Regen zu – und Du wirst die Schauer der Ehrfurcht fühlen, wenn Du Dich so versenkst ins Kleine, weil Du dann das Große ahnst im Wundervoll-Winzigen!

Die Amsel singt ihr Morgenlied, und die ganze Schönheit der Welt liegt in den jubelnden Tönen ihrer Kehle. Und überall raunt das erwachende Leben. Tief atmet die Erde, und man sieht Gott herablächeln auf seine Schöpfung. Ein klares Bächlein springt mit hellem Lachen in hurtigem Lauf über runde Kiesel. Sein Wasser gleicht hellem Bergkristall und seines Ufers grüner Rasen wirft farbige Schatten in die Helle.

Wie manches Mal suchte ich Gott – wie oft habe ich an ihm gezweifelt! Bis ich einmal stillstand und seine Größe zu mir drang durch seine Werke. Ergriffen lauschte ich dem Wind, der in der Bäume Kronen ein andachtsvolles Lied anstimmte. Ich sah die Menschen alle, auch mich, als Gottes Werk, als seine größte Schöpfung, wie er Gesetze in ihr Inneres legt. Und zu der Ehrfurcht, die mich erfüllte, gesellte sich die Liebe zu Gott.

Ehrfürchtig staunend stand ich einst vor dem Dom. Er ward mir zum Gleichnis des deutschen Menschen. Fest, wuchtig wurzelt er im Heimatboden. Stein fügt sich an Stein in strenger Klarheit. So ist die deutsche Seele, die suchende, strebende. Stolz ward ich, aus solchem Volk zu kommen, das kühn hinstrebt zu dem Höchsten.

Kämpfen und Suchen muß sein im Leben – kämpfen um des Lebens Notdurft, ja, mit den dunklen Mächten in sich selbst, und suchen nach des Lebens Bestimmung, nach der Seele und dem Gesetz des All. Unruhe, Mühsal, Enttäuschungen werden sein, am Ende aber steht das Glück eines gelebten Lebens!

Wie kann „Leben" schlechthin gleich sein dem „Sich-Ausleben" im Sinne des trägen Nur-Genießens? Denn das bloße Genießen würde uns hohlbrennen und wir würden zusammenfallen wie Feuer ohne hinreichende Nahrung. Nichts würde in uns schwingen, und nichts würde groß und drängend in uns: wir hätten uns selbst betrogen um den Wert unseres Lebens – ja um uns selbst!

Wer sein Leben wagt, um ein anderes zu erhalten, gute, helfende Worte dem zu geben vermag, auf dessen Seele dumpfe Not lastet – der ist Kamerad. Und er wird emporgehoben sein über sich selbst, und Gott wird erregendes Glück in seine Seele geben. – Des Lebens Härte lachend meistern, stolz sein durch Herzens-Adel und frank und frei sein – so findet man den Mut, lachend und jauchzend zu sterben für ein Großes, weil man dann reich war im Leben, bewußt gelebt hat, so daß der Tod im mannhaften Kampf Krönung ist und Erfüllung!

Die Sommersonne kost mit hellem Licht die goldnen Halme voller Ährenlast. Nichts Schweres scheint zu sein – mir ist so leicht. Doch birgt das Reifen rings der Mühen viel: Ganz still in mir hab ich ein Ahnen von schwerem Gang hin über frische Schollen. Es klingt in mir wie leises Mahnen...

1. und 3. Dezember 1941

Das soll mein Weihnachtsbrief für Euch sein, geschrieben aus der tiefsten Bitternis eines entsetzlich gewordenen Lebens. Die letzten Tage waren wieder so grauenhaft, die Nächte so marternd, daß sie waren wie in alter Zeit, als man erzählte, die Menschen seien in einer einzigen Nacht grau geworden. Hier auf den Schneefeldern wird unsere beste Kraft gemordet, nicht nur dieser Jahre, die wir hier verlieren, sondern auch der kommenden; kehren wir einmal zurück, so sind wir auch noch um die Zukunft betrogen, entkräftet, zermartert und stumpf.

Ein ganz tiefer Haß, ein ganz großes Nein sammelt sich in unserer Brust. Ach, es ist so schrecklich. Ich werde dieses Fest anders verbringen als Ihr, vielleicht in einem Erdloch zerbissen und verwundet von dieser grauenhaften Kälte, überrieselt von den wimmelnden Läusen, die auf der überall schorfig gekratzten Haut ihr Spiel treiben, während man eingeschnürt und verschnallt sich nicht regen kann. Vielleicht habe ich das Glück, wenigstens einige Augenblicke lang, das Glück der Erinnerung an Euch, an so viele geliebte, schöne Jahre, so viele schöne Weihnachtsfeste. Vielleicht – aber die Erinnerungen sind so schwach geworden vor der starken Qual, nur ganz selten befallen sie mich noch beglückend. Wahrscheinlich werde ich nur stumpf und traurig sein und an etwas Eßbares denken. Oh, dies Weihnachten! Ich will kurz von den letzten Tagen berichten. An einem Tage endlosen Marschierens, zu dem wir schon um ¾5 Uhr aufstanden, griff uns wieder ein Flieger an, in mehrfachen Anflügen stürzte er auf uns nieder – ich stand am Gefechtswagen und feuerte auf ihn. Die beiden Pferde hinter uns brachen unter seinem MG-Feuer zusammen. Die Pferde vor mir gingen plötzlich durch, drehten um und rissen den schweren Wagen herum; die Zugtaue erfaßten mich, rissen mich um und ich fiel unter die Deichsel, wurde zwischen den blitzenden Hufen und den Vorderrädern des Wagens geschleift. Das Rad ergriff meinen Mantel; als es gerade ansetzte, mir über die Hüfte zu rollen, brachten die Anderen den Wagen zum Stehen. Mir war, so grausig die Sache aussah, so zerfetzt und blutbespritzt mein Mantel war, nichts geschehen, nur eine kleine Fleischwunde hatte ich an der Hand. Zerfetzt der Mantel, zerfetzt schon früher meine Hose, zerrissen und furchtbar hartscheuernd die Stiefel, dazu bis zu 30 Grad Kälte. Am Nachmittag marschierten wir wie die Verrückten weiter, bis sich am Abend alles auf ein einziges Dorf zusammendrängte. Die ganze Kompanie schlief in einem einzigen Haus, sitzend, übereinander, verkrümmt, es war unbeschreiblich. Der nächste Morgen des ersten Advent brachte einen Angriff, doch waren die feindlichen Panzer schon entfernt, so daß wir nur den weiteren Vormarsch zu sichern brauchten. Die Quartiere blieben am Nachmittag und bei der Vorverlegung am Abend schlecht und eng. In der Nacht wurden wir alarmiert, russische Panzer waren beim Schwesterregiment durchgebrochen. Als wir heraustraten in dieser furchtbaren Nacht, glaubten wir die ganze Hölle losgebrochen, ein eisiger Sturm schüttelte Schneemassen auf, tobte. Nun ging es los, hinaus in diese Nacht, unser Zug mußte nach kurzem Marsch auf Spähtrupp vor, stieß dauernd auf russische Trupps, stapfte im übrigen im mehr als kniehohem Schnee herum, erfror halb. Am Vormittag ging es zurück in das alte Dorf, das nun aufs höchste bedroht, wie ein Igel von Posten und Sicherungen starrte. Es war der kälteste Tag, wir ohnehin vom

Schnee durchnäßt, mußten alle drei bis vier Stunden Tag und Nacht heraus und sichern. Doch kamen die Russen in dieser Nacht nicht. Als es weiterging, flogen wieder drei Bomber unsere Marschkolonne an, aber schon waren deutsche Jäger zur Stelle, schon brannten die russischen Maschinen, qualmten, stürzten, ein Pilot sprang im Fallschirm ab. Nun liegen wir noch weiter vorn, schon ganz dicht, und ein Stellungskrieg wie ihn wohl noch kein deutscher Soldat *so* erlebt hat, steht uns bevor. Gott sei uns gnädig! Es gibt nichts mehr, das selbstverständlich ist: Es ist nicht mehr selbstverständlich, daß man ein Dach über dem Kopf, Essen, Post hat, daß man die Winternächte in geheizten Häusern verbringt – all dies ist besondere Gnade, Geschenk, Weihnachtsgeschenk meinetwegen.

Ich bin müde, hatte bei starker Erkältung heute nacht auch heftiges Fieber, und kann keinen richtigen Brief zustande bringen. Lese ich dies Geschreibsel durch, so spüre ich recht, wie wenig die trockenen Berichte wirklich die Schrecknisse dieser Tage einfangen und wie wenig auch dieser Weihnachtsbrief euch sagt, was er sagen sollte, wie wenig er dankt und befriedigt. Aber Ihr müßt das alles nicht vom Schimmer der Weihnachtskerzen her beleuchtet sehen, sondern von der tiefen Störung und Zerstörung, der wir jetzt wie einer schrecklichen Krankheit, Irrung der menschlichen Natur unterworfen sind. Immer zweifelhafter erscheint es mir, ob überhaupt noch Heilung möglich ist.

Friedrich Munding
an Fritz Scheffelt

Von der sogenannten Heimatfront Berlin berichtete der ehemalige republikanische Journalist an einen Konstanzer Buchhändler und lieferte damit so etwas wie eine Innenansicht der Großstadtgesellschaft im Bombenkrieg. Diese Mitteilungen sind zwar privat an einen Freund gerichtet, gleichwohl weiß der Schreiber, daß sie in dessen Buchhandlung einem oppositionell gestimmten Kreis zugänglich gemacht werden, mithin so etwas wie eine bescheidene Art von Veröffentlichung erleben. Wegen der Briefzensur mußten die Briefe oft verschlüsselt werden, was immer wieder zu den sonderbarsten Angleichungen an die offizielle Sprachregelung führt, die nur der Kundige wieder zurückübersetzen kann. Aber neben dick aufgetragener Arglosigkeit und der Verwendung des herrschenden Jargons steht auch die ganz direkte Betroffenheit, etwa über die „verschärfte Judenaktion", das „Antreten" in der Levetzowstraße, wo eine Synagoge seit 1941 als Sammellager für Juden diente, die deportiert werden sollten. Darüber, daß „die Leute schon bald vergast würden", schreibt Munding, habe man sich durchaus unterhalten.

Lieber Herr Scheffelt! B., 30. Januar 1942

Mein Briefwechsel stockt. Das ist mir selber sehr ärgerlich. Was mag die Schuld haben? Wir leben hier in einer andauernden Unruhe und Verwirrung, aus der heraus man so schlecht etwas aufschreiben kann. Obwohl ich heute mehr denn je überzeugt bin, daß unsere gute Sache obenauf kommen wird, kann ich mich doch zeitweiliger Anfälle von tiefer Verstimmung und Trostlosigkeit kaum erwehren. Wir haben auch Grund dazu, denn allem Anschein nach stehen uns noch recht ernste Tage bevor, und darüber wird vielleicht unser ganzes Leben drauf gehen.

Zunächst muß ich aber endlich einer Anstandspflicht genügen. Die Ankunft Ihrer freundlichen Äpfelsendung wurde Ihnen schon bestätigt. Nun muß ich mich aber, auch im Namen meiner Frau, herzlich bedanken. Das Kistchen kam am 24. 12. an, und nach zwei Stündchen Anstehen auf der Post hatten wir es auch glücklich in Händen. Da es gut verpackt war, war die obligate „Entnahme" zur privaten Winterhilfe für Unbekannt nicht erfolgt. Und der Inhalt hat uns trefflich geschmeckt. Gern hätte ich mich irgendwie erkenntlich erwiesen; aber hier ist ja bald nichts mehr zu bekommen. Auch Gemüse und Erdäpfel bekommen wir hier nur auf Karten, d. h., wenn etwas da ist. Und das ist oft nicht der Fall, gerade bei Kartoffeln. Wie ich aus Mecklenburg hörte, sind tausende von Morgen nicht rechtzeitig geerntet worden und erfroren. Vieles auf dem Feld, anderes in den Mieten. Aber wir bekamen zwei Säcklein vom Bodensee und haben darum gut lachen. – Noch knapper ist's mit den täglichen Gebrauchsartikeln. Die Warenhäuser in Berlin werden jetzt in Lazarette umgewandelt, weil sie ohnehin nichts mehr zu verkaufen haben. Der Bau der Prachtbauten stockt; dafür werden an allen Bahnhöfen Bunker gebaut. Vor einigen Tagen waren wir mittags halb eins anderthalb Stunden im Keller. Nachher stand in der Zeitung, es sei ein Mißverständnis gewesen. Vorgestern abend auch wieder anderthalb Stunden. Sonst hatten wir längere Zeit unsere nächtliche Ruhe und genossen sie mit Verstand. Erst wenn man oft unerwartet zu nachtschlafender Stunde aus dem Bett rauschen muß, weiß man eine ungestörte Nacht so recht zu schätzen.

Aber sonst muß ich leider feststellen, daß hier in allen Kreisen eine auffallende Unruhe und ein ebenso auffallender Pessimismus zutage tritt. Vom Schimpfen, das man nun auf Schritt und Tritt hören kann, will ich gar nicht reden. Aber der und jener spricht einen darauf an: Was meinen Sie, was wird nur werden, wenn die Russen hierher kommen? Was für eine Torheit! Wie oft wurde uns doch versichert, daß derartiges ganz unmöglich ist, daß die Russen vernichtet sind und sich nicht wieder erheben können. Aber die Feldpostbriefe und die Erzählungen Zurückgekehrter sind derartig grauenhaft, daß allmählich die Stimmung stark gedrückt werden muß. Es ist darum auch begreiflich, daß jetzt auch die Feldpostbriefe nicht nur von der militärischen Zensur im Feld, sondern auch von einer politischen Zensur in der Heimat nachgesehen werden.

„Die Russen werden sich rächen!" sagt man. Für was denn? Was geschah, war doch alles rechtens. Alles im Zuge des Aufbaus eines neuen Europas.

Nicht einmal die vielen Dummheiten und Schlafmützigkeiten der Engländer und Amerikaner haben es vermocht, den Geist des Zweifels zu verscheuchen. Ja, die Stimmung ist wirklich sehr anders geworden. Dazu kommt noch, daß man einer wahren Flut von Gerüchten ausgesetzt ist, und es sind lauter unerfreuliche. Morgen abend ist „Sturmappell" der gesamten SA. Was werden sich daran wieder für Gedanken knüpfen! Die vielen merkwürdigen Todesfälle haben auch Unruhe verursacht, und diese ist durch die Zeitungsartikel, in denen wirklich das letzte getan wird, nicht verscheucht worden. Ja, wie soll man in einer solchen Situation die Ruhe der Seele behalten?

Nun bin ich wieder aufgehalten worden, gleich zwei Tage. Ich habe mir russische Bastpantoffeln besorgt. Berlin trägt jetzt Bastschuhe. Man muß sich daran halten: Sind mal in einem Geschäft solche zu erhalten, sind sie auch gleich weg. Es ist wohl das Primitivste, was sich denken läßt, und auch das Billigste. Wenigstens in Rußland, wo sie 20 Pfennig kosten. Aber hier in Berlin 3 Mark 75. Dafür konnte man hier in früheren Tagen ein Paar einfacher Hausschuhe kaufen. Ein bißchen unbehaglich wird ja einem Menschen von Grundsätzen diese Annäherung an Rußland...

Übrigens steht Berlin z. Z. im Zeichen der verschärften Judenaktion. Es sind immer noch eine Anzahl alter Leute, meist alte Weiblein hier, und Berlin soll doch unserem Führer zu seinem Geburtstag als judenrein neu geschenkt werden. Viele sterben vor Schrecken, wenn sie den Befehl erhalten: Antreten in der Levetzowstraße! Viele begehen Selbstmord. Es ist unheimlich, was hier tagtäglich Selbstmorde geschehen aus seelischem Elend. Dann kostet der Transport viele Menschen. Ein ganzer Zug soll eingefroren sein auf dem Weg nach Polen oder Rußland. Vorgestern hörte ich, daß allein in Berlin 8000 Soldaten als Deserteure gesucht werden. Ich hörte es von mehreren Seiten und kann es nicht gut als freche Lüge bezeichnen. Der Sohn eines Bekannten, der verwundet aus Rußland kam und in einem Lazarett liegt, erklärte kategorisch, er gehe um keinen Preis mehr nach Rußland. Dazu kommt, daß man auch von Selbstmorden junger Leute hört, die nach oder wieder nach Rußland sollen. Und es werden augenblicklich wieder unzählige Menschen zum Kriegsdienst eingezogen, die ihrem Schicksal anscheinend mit nur geringer Begeisterung entgegengehen. Ja, dieses Rußland scheint durchaus kein erfreulicher Aufenthalt zu sein.

Überhaupt: Was gilt heute das Leben noch? Man muß sich des Augenblicks erfreuen, wenn man sich überhaupt einer Sache noch freuen kann, denn keiner weiß, was morgen ist. Und es wird wohl noch eine Weile so bleiben.

Herzlichen Gruß. M.

Suhrkamp Verlag
an das Propagandaministerium

Trotz zunehmender Papierknappheit blieb das Werk Hermann Hesses im neugegründeten Suhrkamp Verlag bis Anfang der vierziger Jahre lieferbar, obwohl der schon lange in der Schweiz lebende Dichter nicht unangefeindet war. Als Hesse das „Glasperlenspiel" beendet hatte und es um die einschlägigen Druckgenehmigungen ging, machten sich das Reichsministerium für Volksaufklärung und Propaganda, die Reichsschrifttumskammer und Rosenbergs Amt für Schrifttumspflege die Kompetenzen streitig; letzteres meldete Einwände an. Um die drohende Ablehnung des Buches zu vermeiden, wandte sich Peter Suhrkamp am 21. September 1942 mit einem Meisterwerk doppelbödig-listiger Argumentationskunst an die Schrifttumsabteilung im Propagandaministerium. Vergebens! Die Rosenbergstelle setzte sich durch, das Buch konnte in Deutschland nicht mehr erscheinen und erfuhr erst 1943 seine Erstausgabe, nunmehr in der Schweiz. Peter Suhrkamp übrigens wurde im April 1944 verhaftet und unter der Anklage des Hoch- und Landesverrates zehn Monate eingesperrt.

Mir wurde mitgeteilt, daß das Amt für Schrifttumspflege Einspruch gegen die Veröffentlichung des neuen Buches von Hermann Hesse in Deutschland eingelegt hat. Für Ihre Entscheidung danach unterbreite ich Ihnen noch folgende Gesichtspunkte, wobei ich den mir zuerst genannten Grund, weil das Buch eine Utopie sei, übergehe, denn es hat mit dem üblichen Begriff Utopie, an den bei der Ausschaltung einer Buchkategorie gedacht sein könnte, nichts gemein.

Danach bleibt als Einwand der Aufenthalt Josef Knechts in dem katholischen Kloster Mariafels und besonders seine Freundschaft mit dem Pater Jakobus, dem Historiker und Diplomaten unter den Mönchen in Kapitel IV „Zwei Orden" und V „Die Mission". – Im Mittelpunkt von Hesses Werk steht ein geistiger Orden (nicht ein geistlicher!), der sich die Reinerhaltung und Sicherung des geistigen Lebens im Lande zur Aufgabe gemacht hat, der Orden der Kastalier. Dieser Orden lehnt es ausdrücklich ab, sich um das Seelenheil der Menschen zu kümmern und sogar Philosophie zu treiben. Das Urbild von Kastalien ist die „Pädagogische Provinz" in Goethes Wilhelm Meister.

Der Orden der Kastalier entstand als Protest gegen das „feuilletonistische Zeitalter" des unverbindlichen und zu nichts verpflichtenden Intellektualismus und allgemeiner Auflösung des Geistes. Der Orden beschäftigt sich mit der Ausbildung von Formen und Methoden für die reine Geistesarbeit, nachdem die Sprache als Ausdrucksmittel für den Geist entwertet wurde. Das Leben in Kastalien hat die strengen und verzichtvollen Formen, die eine ausgesprochen geistige Existenz auferlegt; insofern also auch Anklänge an Klösterliches. Es ist nur natürlich und noch mehr als das künstlerisch notwendig, daß dieser neue Orden an den bekannten und historischen katholischen Orden gemessen wird; die eine Vorstellung ruft die andere. Zumal in Kastalien eine Tendenz gegen jedes konfessionelle Bekenntnis besteht. Daß der katholische Orden für die Anerkennung Kastaliens beim Vatikan bemüht wird und diese Anerkennung schließlich durchsetzt, ist nicht ohne ironische Nüance, hat im übrigen nur Bedeutung als symbolisches Dekorum. Darüber hinaus geht auch die Darstellung des katholischen Klosters Mariafels nicht, die in jeder Beziehung voll Distanz gehalten ist. Ausführlicher kommen nur die Zusammenkünfte mit Pater Jakobus, dem Historiker und Diplomaten unter den Mönchen zur Darstellung. Pater Jakobus führt den Josef Knecht ein in das Wesen der Historie, und dadurch wird dieser entscheidend darauf hingeführt, daß eine Klausur und ein Refugium nicht die Welt sind, und daß in der Welt andere Kräfte, machtvolle und auch reichere, neben dem Geist wirken. Diese Aufklärung ist es nicht zuletzt, die Josef Knecht später als Leiter der zentralen Siedlung Kastaliens veranlassen, aus dem Orden auszutreten, um in der Welt zu wirken.

Das scheint mir aber in der Beurteilung von Hesses Buch völlig übersehen worden zu sein: daß das Scheitern des Versuches eines reinen geistigen Ordens gezeigt wird und also das Scheitern des reinen Geistes für die lebende Welt. Dies Motiv wird schon im 11. Kapitel in der Begegnung und dem Kampf mit einem Gastschüler, dem Sohn eines Staatsmannes, angeschlagen, es kehrt in den Krisen, die in jedem Kapitel vorkommen, immer wieder, erhält durch Pater Jakobus entscheidenden Anstoß und führt im Resultat zum Austritt Josef Knechts. Im letzten Schluß: Josef Knecht geht bei der ersten Berührung mit dem Leben zu Grunde – beherrscht es den Bericht vollends. Die Form des Berichtes, von großer Strenge und bewußter Objektivität im Stil unterscheidet dies Buch von allen bisherigen Büchern Hesses, in denen das Subjektive, oft verführerisch wirkte. Dies Buch wird nur von hochstehenden Lesern gelesen werden, so daß Mißverständnisse und Mißdeutung auch insofern ausgeschlossen sind.

Dann möchte ich darauf aufmerksam machen, daß dieses Buch Hesses, wenn es in Deutschland nicht erscheint, bei dem Rang Hesses unter den europäischen Schriftstellern, in der Schweiz erscheinen wird und danach dann sicher auch bei Bermann-Fischer in New York, ebenso selbstverständlich in Stockholm und vermutlich auch in England. Es wird in dem Buche selbst geforscht werden, warum es in Deutschland nicht erscheinen konnte, denn es ist bekannt, daß Hesse sich erneut entschieden hatte, sein Gesamtwerk und auch den „Glasperlenspielmeister" in Deutschland zu veröffentlichen. Und da sonst nichts in dem Buche ist, das Grund gegen eine Veröffentlichung in Deutschland sein könnte, wird man im Ausland auf diese katholischen Kapitel kommen müssen und daraus Material schöpfen.

Die reine und darum schwierige Geistigkeit des Buches oder anders gesagt, daß es kein Volksbuch ist, sondern eine Dichtung literarischen Charakters, wird nicht als Grund angenommen werden. Und auch daraus würde nur Material gegen die Kulturpropaganda Deutschlands geschöpft werden.

Es war meine Absicht, über den Rang des Buches das Urteil von Hans Carossa beizubringen, der die meisten Teile kennt, darunter auch die beiden Kloster-Kapitel. Er hat mir gegenüber wiederholt seine ungemeine Schätzung zum Ausdruck gebracht. Ich erhielt aber heute Nachricht, daß er vom 5. September bis Mitte Oktober im Ausland ist.

Heil Hitler! Suhrkamp Verlag

Zwei letzte Briefe
aus Stalingrad

Um die Stimmung der Truppe in der Festung Stalingrad kennenzulernen, hatte das Führerhauptquartier angeordnet, Feldpost zu beschlagnahmen und auszuwerten. Ein entsprechender Befehl vom Oberkommando des Heeres an die Heeresfeldpost-Prüfstelle führte zur Beschlagnahme von sieben Postsäcken, die im Januar 1943 mit der letzten Maschine aus dem Kessel von Nowo-Tscherkask ausgeflogen wurden. Die Briefe wurden geöffnet, die Prüfstelle entfernte Anschrift und Absender und übergab das Material nach Inhalt und Tendenz geordnet dem Oberkommando der Wehrmacht. Da man sich ja in einem ordentlichen deutschen Krieg befand, übergab dieses die Briefe an die Heeresinformationsabteilung zur weiteren statistischen Behandlung. Die ergab denn auch, daß über die Hälfte der Briefschreiber dem Krieg „ungläubig, ablehnend" gegenüberstanden, immerhin aber noch über dreißig Prozent indifferent waren – zumindest in ihren Briefen. Diese wurden nun zusammen mit anderen Unterlagen einem Beauftragten überlassen, der ein großes Dokumentarwerk über die Schlacht an der Wolga abfassen sollte. Ein fertiges Buch wurde allerdings nicht daraus, die Sprache der Briefe war zu niederschmetternd. Daher entschied der Propagandaminister: „Untragbar für das deutsche Volk." Die authentischen Abschriften wanderten in das Heeresarchiv Potsdam und wurden dort wenige Tage vor der Einnahme Berlins sichergestellt.

... Das mußt Du Dir aus dem Kopf schlagen, Margarete, und Du mußt es bald tun. Ich möchte Dir sogar raten, es gründlich zu tun, denn um so geringer wird die Enttäuschung sein. Ich lese aus jedem Deiner Briefe den Wunsch, mich bald bei Dir zu sehen. Es ist gar nicht so verwunderlich, daß Du Dich danach sehnst. Ich warte ja auch, und zwar leidenschaftlich, auf Dich. Dieser Umstand macht mich nicht so unruhig, sondern daß im Hintergrund und zwischen den Zeilen ein Verlangen wartet, nicht nur den Mann und Geliebten, sondern den Pianisten wieder bei sich zu haben. Das spüre ich sehr deutlich. Ist es nicht eine komische Verwechslung der Gefühle, daß ich, der am unglücklichsten sein müßte, sich in sein Schicksal ergeben hat, und die Frau, die allen Grund hätte dankbar zu sein, daß ich überhaupt lebe (bis jetzt noch), hadert mit dem Schicksal, das mich betroffen hat.

Ich habe oftmals den Verdacht, daß ein stiller Vorwurf gegen mich erhoben wird, so, als ob ich schuldig sei, nicht mehr spielen zu können. Das wolltest Du doch hören. Und darum bohrtest Du solange in deinen Briefen um Klarheit, die ich Dir besser und lieber persönlich gegeben hätte. Vielleicht will es das Schicksal so, daß unsere Lage hier einen Stand erreicht hat, der keine Ausreden und kein Ausweichen mehr gestattet. Ob ich noch einmal zu Dir sprechen kann, weiß ich nicht, darum ist es ganz gut, wenn diese Post in Deine Hände gelangt und Du es bereits weißt, wenn ich eines Tages auftauche. Die Hände sind hin, schon seit Anfang Dezember. An der linken fehlt der kleine Finger, noch schlimmer ist es, daß an der rechten Hand die drei mittleren Finger erfroren sind. Ich kann den Trinkbecher nur mit dem Daumen und kleinen Finger halten. Ich bin ziemlich hilflos, und man merkt es erst, wenn einem die Finger fehlen, wie sehr man sie bei den kleinsten Verrichtungen gebraucht. Am besten kann ich noch schießen mit dem kleinen Finger. Die Hände sind hin. Ich kann doch nicht mein ganzes Leben schießen, wenn ich zu etwas anderem nicht mehr zu gebrauchen bin. Ob es vielleicht zum Förster langt? Das ist Galgenhumor. Und ich schreibe es auch nur, um mich zu beruhigen.

Kurth Hahnke, mir ist so, Du kennst ihn aus dem Kollegium aus 37, hat auf einem Flügel in einer kleinen Seitenstraße am Roten Platz vor acht Tagen die Appassionata gespielt. So was erlebt man nicht alle Tage, direkt auf der Straße stand der Flügel. Das Haus ist gesprengt worden, aber das Instrument haben sie wohl aus Mitleid vorher herausgeholt und auf die Straße gestellt. Jeder Landser, der vorbeikam, hat drauf rumgehämmert, und ich frage Dich, wo stehen auch sonst Klaviere auf der Straße. Ich habe es schon geschrieben; am 4. Januar hat Kurt unerhört gespielt, er wird bald in der vordersten Front stehen.

Entschuldige, jetzt habe ich schon für „Reihe" das Wort „Front" gebraucht, so sehr hat der Krieg Einfluß auf alle um uns herum. Wenn der Junge heimkommt, werden wir bald viel Rühmenswertes von ihm hören. Ich werde diese Stunden bestimmt nicht wieder vergessen. Dafür sorgen schon die Art und der Rahmen des Publikums. Schade, daß ich kein Schriftsteller bin, um das in Worte zu kleiden, wie die hundert Landser in ihren Mänteln hier herumhockten, mit Decken über dem Kopf; überall bummerte es, aber keiner ließ sich stören, sie hörten Beethoven in Stalingrad, auch wenn sie ihn nicht verstanden. Ist Dir nun wohler, da Du die volle Wahrheit weißt?

Januar 1943

...Liebster Vater! Die Division ist ausgeschlackt für den Großkampf, aber der Großkampf wird nicht stattfinden. Du wirst Dich wundern, daß ich an Dich schreibe und an Deine Adresse im Amt, aber was ich in diesem Brief zu sagen habe, ist nur unter Männern zu sagen. Du wirst es in der Dir eigenen Form an Mutter weitergeben. Wir dürfen heute schreiben, heißt es bei uns. Das bedeutet für einen, der die Lage kennt, wir können es nur noch einmal.

Du bist Oberst, lieber Vater, und Generalstäbler. Du weißt, was das bedeutet, und mir ersparst Du damit Erklärungen, die sentimental klingen könnten. Es ist Schluß. Ich denke, es wird noch ungefähr acht Tage lang gehen, dann ist der Kragen zu. Ich will nicht nach Gründen suchen, die man für oder gegen unsere Situation ins Feld führen könnte. Diese Gründe sind jetzt gänzlich unwichtig, und außerdem ohne Nutzen, aber wenn ich dazu etwas zu sagen habe, dann das eine: sucht nicht nach Erklärungen für die Situation bei uns, sondern bei Euch und bei dem, der dieses zu verantworten hat. Haltet den Nacken steif. Du, Vater, und die mit Dir der gleichen Ansicht sind. Seid auf der Hut, damit nicht größeres Unheil über unser Vaterland kommt. Die Hölle an der Wolga soll Euch Warnung sein. Ich bitte Euch, schlagt diese Erkenntnis nicht in den Wind.

Und nun noch zum Gegenwärtigen. Von der Division sind noch 69 Mann verwendungsfähig. Bleyer lebt noch und Hartlieb auch. Der kleine Degen hat beide Arme verloren, er wird wohl bald in Deutschland sein. Für ihn ist auch Schluß. Fragt ihn dann nach Einzelheiten, die für Euch wissenswert sind. D. hat keine Hoffnung mehr. Ich möchte wissen, was er manchmal über die Lage und ihre Folgen denkt. Wir haben noch zwei MG und vierhundert Schuß. Einen Granatwerfer und 10 Granaten. Sonst nur noch Kohldampf und Müdigkeit. Berg ... ist mit 20 Mann ausgebrochen, ohne Befehl. Besser, in drei Tagen wissen, wie es ausgeht, als in drei Wochen. Kann es ihm nicht verdenken.

Zum Schluß das Persönliche. Du kannst Dich darauf verlassen, daß alles anständig zu Ende gehen wird. Ist ein bißchen früh mit dreißig Jahren, ich weiß. Keine Sentiments. Händedruck für Lydia und Helene. Kuß für die Mama (vorsichtig sein, alter Herr, Herzfehler bedenken), Kuß für Gerda. Grundsätzlich Gruß an alle übrigen. Hand an den Helm, Vater, Oberleutnant ... meldet sich bei Dir ab.

Sigmund Rascher
an Heinrich Himmler

Zu den grauenvollsten Untaten, die in den Konzentrationslagern des Dritten Reiches planmäßig begangen wurden, gehören die sogenannten „erbbiologischen“ und „wehrwissenschaftlichen“ Forschungen. So führte etwa der SS-Hauptsturmführer Dr. Sigmund Rascher im Auftrag der Luftwaffe Versuche durch, bei denen Häftlinge unterkühlt und wieder aufgewärmt wurden. Ermuntert und unterstützt wurde er dabei von Heinrich Himmler, der ein ebenso laienhaftes wie fanatisches Interesse an allen „biologischen“ Fragen an den Tag legte und dem Dr. Rascher in einem als „Geheime Reichssache“ deklarierten Brief etwaige moralische Flausen von vornherein auszutreiben suchte; er, Himmler, sehe jeden als Hoch- und Landesverräter an, der derlei Menschenversuche ablehne und dafür lieber „tapfere deutsche Soldaten“ sterben lasse.

München, den 17. Februar 1943

Hochverehrter Reichsführer!

In der Anlage überreiche ich, in kurze Form gebracht, eine Zusammenstellung der Resultate, welche bei den Erwärmungsversuchen an ausgekühlten Menschen durch animalische Wärme gewonnen wurden.

Zur Zeit arbeite ich daran, durch Menschenversuche nachzuweisen, daß Menschen, welche durch trockene Kälte ausgekühlt wurden, ebenso schnell wieder erwärmt werden können als solche, welche durch Verweilen im kalten Wasser auskühlten. Der Reichsarzt SS, SS-Gruppenführer Dr. Grawitz, bezweifelte diese Möglichkeit allerdings stärkstens und meinte, daß ich dies erst durch 100 Versuche beweisen müsse. Bis jetzt habe ich etwa 30 Menschen unbekleidet im Freien innerhalb 9–14 Stunden auf 27°–29° abgekühlt. Nach einer Zeit, welche einem Transport von einer Stunde entsprach, habe ich die Versuchspersonen in ein heißes Vollbald gelegt. Bis jetzt war in jedem Fall, trotz teilweise weißgefrorener Hände und Füße, der Patient innerhalb längstens einer Stunde wieder völlig aufgewärmt. Bei einigen Versuchspersonen trat am Tage nach dem Versuch eine geringe Mattigkeit mit leichtem Temperaturanstieg auf. Tödlichen Ausgang dieser außerordentlich schnellen Erwärmung konnte ich noch nicht beobachten. Die von Ihnen, hochverehrter Reichsführer, befohlene Aufwärmung durch Sauna konnte ich noch nicht durchführen, da im Dezember und Januar für Versuche im Freien zu warmes Wetter war und jetzt Lagersperre wegen Typhus ist und ich daher die Versuchspersonen nicht in die SS-Sauna bringen darf. Ich habe mich mehrmals impfen lassen und führe die Versuche im Lager, trotz Typhus im Lager, selber weiter durch. Am einfachsten wäre es, wenn ich, bald zur Waffen-SS überstellt, mit Neff nach Auschwitz fahren würde und dort die Frage der Wiedererwärmung an Land Erfrorener schnell in einem großen Reihenversuch klären würde. Ausschwitz ist für einen derartigen Reihenversuch in jeder Beziehung besser geeignet als Dachau, da es dort kälter ist und durch die Größe des Geländes im Lager selbst weniger Aufsehen erregt wird (die Versuchspersonen brüllen, wenn sie sehr frieren).

Wenn es, hochverehrter Reichsführer, in Ihrem Sinne ist, diese für das Landheer wichtigen Versuche in Auschwitz (oder Lublin oder sonst einem Lager im Osten) beschleunigt durchzuführen, so bitte ich gehorsamst, mir bald einen entsprechenden Befehl zu geben, damit die letzte Winterkälte noch genützt werden kann.

Mit gehorsamsten Grüßen bin ich in aufrichtiger Dankbarkeit mit Heil Hitler

Ihr, Ihnen stets ergebener
S. Rascher

Carl-Friedrich Goerdeler
an Friedrich Olbricht

Der frühere Leipziger Oberbürgermeister und zeitweilige Reichskommissar für Preisüberwachung war für den Fall eines erfolgreichen Verlaufes des 20. Juli als Reichskanzler vorgesehen, wobei es im Kreisauer Kreis auch Gegenstimmen gab, die fanden, daß für diesen Posten mehr vonnöten sei als preußisches Pflichtbewußtsein und kommunalpolitischer Sachverstand: nämlich ein entschiedeneres Beharren auf christlichen Tugenden als Grundlage für die „sittliche und politische Erneuerung". In einer Reihe von Denkschriften hatte Goerdeler seine Reformgedanken zur Wiederherstellung eines deutschen Rechtsstaates entwickelt. Jetzt, im Jahre 1943 und angesichts der immer deutlicheren Niederlage, hielt er die Zeit zum Handeln ganz dringlich für gekommen. General Olbricht war seit 1940 Chef des Allgemeinen Heeresamtes im Oberkommando des Heeres. Er wurde noch am 20. Juli im Hof des Kriegsministeriums erschossen. Goerdeler wurde am 2. Februar 1945 in Plötzensee hingerichtet.

17. Mai 1943

Hochverehrter Herr General!

Immer wieder habe ich mir die Auffassung überlegt, es müsse erst der psychologisch richtige Moment abgewartet werden.

Wenn man darunter den Zeitpunkt versteht, in dem die Ereignisse Handlungen auslösen, dann fällt er mit dem Beginn des Niederbruchs zusammen: für eine politische Auswertung würde die Handlung dann zu spät kommen. Inzwischen wären unersetzliche Kulturwerte, die wichtigsten Wirtschaftszentren Trümmerhaufen, wäre die Verantwortung der militärischen Führer mit kostbaren Menschenleben überlastet. Deshalb darf das Nahen des „psychologisch richtigen" Zeitpunktes nicht abgewartet, er muß *herbeigeführt* werden. Denn wir sind uns sicher einig, daß Führung ohne vorausschauendes richtiges Handeln nicht möglich ist.

Von ihr möchte ich im Interesse der Zukunft unseres Vaterlandes die in Jahrhunderten herangebildete Intelligenzschicht nicht ausgeschlossen wissen; in ihr sollten aus gleichem Grunde die erfahrenen führenden Köpfe unserer Soldaten nicht fehlen.

Stalingrad und Tunis sind so schwere Niederlagen, wie sie in der deutschen Geschichte seit Jena und Auerstedt nicht zu verzeichnen sind. In beiden Fällen ist dem deutschen Volke gesagt, daß entscheidende Gründe verlangt hätten, Armeen zu opfern. Daß das unwahr ist, wissen wir; denn Soldat und Politiker können nur solche Opfer als notwendig vertreten, die auf anderen Gebieten einen das Opfer überwiegenden Erfolg verbürgen. In Wahrheit liegt unfähige gewissenlose Führung vor; bei rechter Führung wären beide Opfertragödien vermieden und damit eine günstigere militärische und politische Lage hergestellt.

Die Zahl der auf Befehl vor und in diesem Kriege zum Tode gebrachten Zivilisten, Männer, Frauen und Kinder der verschiedenen Völker sowie der russischen Kriegsgefangenen übersteigt weit eine Million. Die Art und Weise ihrer Beseitigung ist ungeheuerlich und hat mit Ritterlichkeit, Menschlichkeit, ja mit den primitivsten Anstandsbegriffen primitiver Völker nichts zu tun. Dem deutschen Volke aber wird wahrheitswidrig dargestellt, als ob die russischen Bolschewisten es sind, die laufend ungeheure Verbrechen an Unschuldigen begangen hätten.

Die Liste solcher Tatsachen ließe sich fast beliebig vermehren. Ich habe nur diese beiden Vorgänge herausgegriffen, weil sie Schulbeispiele für die sittliche Vergiftung des Volkes sind und zusammen mit einer in der deutschen Geschichte noch nicht dagewesenen Korruption sowie mit der Vernichtung des Rechts jede Möglichkeit bieten, den „psychologisch richtigen" Zeitpunkt *zu schaffen*. Gewiß, die Mehrheit des deutschen Volkes, fast die gesamte Arbeiterschaft, weiß heute, daß dieser Krieg kein gutes Ende nimmt.

Demgegenüber erscheint die Geduld des Volkes unerklärlich. Aber diese Perversität beruht nur auf der Tatsache, daß Terror Geheimhaltung, Lüge und Verbrechen schützt.

Die Perversität schwindet sofort, wenn das Volk sieht, daß dem Terror zu Leibe gerückt, der Korruption Vernichtung angesagt und an Stelle des Geheimnisses und der Lüge Offenheit und Wahrheit gesetzt werden. In derselben Stunde wird jeder Deutsche wieder zurechtgerückt, der Anständige wie der Unanständige, jeder wird die Handlung, die er gestern noch, weil sie heimlich bleibt, ungehindert vornahm oder unbeanstandet ließ, heute ablehnen und verurteilen, weil jener Anstand, dieser Verantwortung vor sich stehen sieht.

Finden wir keinen anderen Weg, so bin ich bereit, alles zu tun, um zu einer Aussprache mit Hitler zu gelangen. Ich würde ihm sagen, was zu sagen ist, insbesondere, daß sein Rücktritt vom Lebensinteresse des Volkes erfordert wird.

Es ist nicht gesagt, daß eine solche Aussprache, wenn sie herbeigeführt werden kann, böse enden muß; Überraschungen sind möglich, nicht wahrscheinlich; aber das Risiko muß gewagt werden. Nur ist es wohl nicht unbescheiden, wenn ich Sicherheit verlange, daß dann unmittelbar gehandelt wird.

Die politischen Voraussetzungen hierzu sind einsatzbereit. Ich bitte Sie, hochverehrter Herr General, dringend, nochmals zu prüfen, ob sich nicht auch die den technischen Maßnahmen entgegenstehenden Schwierigkeiten überwinden lassen. Ich bitte, auch das von mir vorgeschlagene Verfahren zu überdenken und mir nach meiner Rückkehr Gelegenheit zu ruhiger Besprechung der Lage und Möglichkeiten zu geben.

Mit herzlichem Gruß Ihr Goerdeler

Günther von Kluge
an Adolf Hitler

Vier Wochen vor diesem Rechtfertigungsschreiben, das völlig den Denk- und Sprachschablonen jener Jahre verhaftet ist, teilte der Feldmarschall Rommel seinem Führer den bevorstehenden Zusammenbruch der normannischen „Invasionsfront" mit. Er sprach dabei von „rund 97 000 Mann an Verlusten" und äußerte die Befürchtung, daß der Feind alsbald in „die Weite des französischen Raumes" vorstoßen werde: „Die Folgen werden unübersehbar sein." Wenige Tage später gibt Hitler den „Trümmerbefehl" zur Zerstörung von Paris heraus, der dann von General von Choltitz unterlaufen wird. Am 25. August zogen General de Gaulle und Winston Churchill in Paris ein.

Mein Führer,

Ihre mir gestern von Feldmarschall Model eingehändigte Entscheidung enthebt mich der Führung des Oberkommandos West und der Heeresgruppe B. Der Grund dafür liegt offensichtlich in dem Fehlschlag des Panzerstoßes nach Avranches, wodurch es unmöglich wurde, das bis zur See hin klaffende Loch zu schließen. Meine als des verantwortlichen Befehlshabers ‚Schuld' steht damit fest.

Erlauben Sie mir, mein Führer, mit allem Respekt meinen Standpunkt darzulegen. Wenn Sie diese Zeilen erhalten, die ich durch Obergruppenführer (Generaloberst) ‚Sepp' Dietrich übersende, den ich in den schweren Wochen als einen tapferen, unbestechlichen Mann kennen und schätzen lernen sollte, werde ich nicht mehr sein. Ich kann den Vorwurf nicht ertragen, das Schicksal des Westens durch fehlerhafte Strategie besiegelt zu haben, und mich selbst zu verteidigen fehlen mir alle Mittel. Daraus ziehe ich die Folgerung, und so begebe ich mich selbst dorthin, wo Tausende meiner Kameraden bereits sind. Ich habe den Tod nie gefürchtet. Das Leben hat keinen Sinn mehr für mich, außerdem stehe ich auf der Liste der Kriegsverbrecher, die ausgeliefert werden sollen.

Was die Frage meiner Schuld angeht, so darf ich folgendes sagen:

1. Die Panzerformationen waren auf Grund der vorausgegangenen Kämpfe an sich viel zu wenig schlagkräftig, um einen Erfolg zu garantieren. Selbst wenn es mir durch eine geschicktere Führung gelungen wäre, ihre Schlagkraft zu erhöhen, sie würden, gewissen von ihnen erzielten Anfangserfolgen zum Trotz, die See niemals erreicht haben. Die einzige Division, die hinsichtlich ihrer Schlagkraft als mehr oder minder normal angesprochen werden konnte, war die 2. Panzerdivision. Ihre Erfolge können jedoch nicht zum Maßstab der Beurteilung der anderen Panzerformationen gemacht werden.

2. Selbst gesetzt den Fall, Avranches hätte erreicht werden können, sicherlich hätte dann das Loch verstopft werden können, die für die Heeresgruppe bestehende Gefahr wäre aber gewißlich nicht abgewandt gewesen, sie wäre höchstens eine Zeitlang hinausgezögert worden. Ein weiterer Durchbruch unserer Panzerformationen nach Norden hin, wie er befohlen war, und ein Eingreifen unserer übrigen Kräfte in den Angriff, um die

gesamte Position zu erschüttern, lag vollkommen außerhalb jeder Möglichkeit. Jeder, der den Zustand kannte, in dem unsere Truppen, vor allem die Infanteriedivisionen, sich befanden, dürfte mir ohne Zögern bescheinigen, daß ich recht habe. Ihr Befehl ging deshalb von Voraussetzungen aus, die gar nicht bestanden. Als ich diesen entscheidenden Befehl las, hatte ich unmittelbar den Eindruck, daß da etwas verlangt wurde, das in die Geschichte als eine großartige Operation von höchster Kühnheit eingehen werde, die aber leider in der Praxis unmöglich durchzuführen war, so daß folgerichtig die Schuld auf den verantwortlichen Armeeführer fallen würde.

Ich tat, was ich nur konnte, um ihren Befehl durchzuführen. Ich gebe auch zu, daß es besser gewesen wäre, mit dem Beginn des Angriffs noch einen Tag zu warten. Aber grundsätzlich hätte auch das nichts geändert. Das ist meine unerschütterliche Überzeugung, die ich mit mir ins Grab nehme. Denn die Lage war schon viel zu weit gediehen, als daß es noch irgend etwas gegeben hätte, das sie hätte wenden können. Es standen schon viel zu starke Kräfte in der Südflanke der Heeresgruppe, die, selbst wenn das Loch bei Avranches gestopft worden wäre, sehr leicht aus der Luft hätte versorgt werden können und die weiterhin Unterstützung von den Kräften erhalten hätten, die in die Bretagne eingeströmt waren. Unsere eigene eigentliche Verteidigungslinie aber war bereits so geschwächt, daß man nicht mehr erwarten konnte, sie würde auch nur die kleinste Zeitspanne noch halten, zumal als nun der Strom neuer anglo-amerikanischer Streitkräfte direkt gegen sie gerichtet wurde und nicht mehr durch das Loch von Avranches nach Süden flutete. Wenn ich, meiner besseren Einsicht zum Trotz, dem Vorschlag des Panzerführers und der Siebten Armee, schnell loszuschlagen, zustimmte, so geschah das, weil wir alle sehr genau die Widerstandskraft der Nordfront dieser Armee kannten und ihr nicht mehr viel zutrauten, auch dann nicht, wenn wir die Entfaltung des Feindes im Süden außer acht ließen. Es ging daher darum, schnell zu handeln, zumal die Luftlage ebenfalls schnelles Handeln forderte. Was die Luftlage anging, von der ein am Tage geführter Kampf fast vollkommen abhängig war, so waren die Aussichten auf den erhofften Erfolg ebenfalls äußerst gering. Und das Barometer stand bis heute unausgesetzt hoch.

Auf Grund dieser Tatsachen beharre ich bei meiner Versicherung, daß es keine Möglichkeiten des Erfolges gab, im Gegenteil, die befohlenen Angriffe waren dazu angetan, die Gesamtlage der Heeresgruppe entscheidend zu verschlechtern: und so ist es auch gekommen.

Schließlich war das Westheer – unter einem personellen und materiellen Gesichtspunkt gesehen – fast isoliert. Das war das notwendige Ergebnis der verzweifelten Lage im Osten. Vollends das rapide Sinken der Zahl der Panzer und Panzerabwehrwaffen und die ungenügende Versorgung der sogenannten stehenden Divisionen mit Werfern führte die Lage herbei (die durch die Verluste in den sogenannten Kesseln noch unendlich verzweifelter wurde), vor die wir uns heute gestellt sehen. Meine gespannten Beziehungen zu dem neuen Chef des Generalstabes (Generaloberst Guderian), der in mir seinen Feind sieht, brachten es mit sich, daß ich nicht an ihn gelangen konnte, und so bestand keine Möglichkeit für mich, die Panzerunterstützung für den Westen zu erhalten, die notwendig gewesen wäre. All das war für die Entwicklung der Gesamtlage entscheidend.

Mein Führer, ich glaube den Anspruch erheben zu können, alles, was in meiner Macht lag, getan zu haben, um die Lage zu meistern. In meinem Begleitbrief zu dem Memorandum Generalfeldmarschall Rommels, das ich Ihnen übersandte, führte ich bereits aus, wie sich die Lage womöglich entwickeln werde. Sowohl Rommel wie ich, aber wahrscheinlich alle Befehlshaber hier im Westen, die über Kampferfahrung gegenüber den Anglo-Amerikanern mit ihrer Materialüberlegenheit verfügen, sahen die gegenwärtige Entwicklung voraus. Man hat nicht auf uns gehört. Unsere Ansichten waren nicht von Pessimismus diktiert, sondern einfach durch die Kenntnis der Tatsachen. Ich weiß nicht, ob Generalfeldmarschall Model, der in jeder Hinsicht bewährt ist, die Lage noch wird meistern können. Ich hoffe es von ganzem Herzen. Sollte es aber nicht der Fall sein und sollten Ihre neuen, sehnlichst herbeigewünschten Waffen, vor allem die der Luftwaffe, keinen Erfolg bringen, dann, mein Führer, entschließen Sie sich, den Krieg zu beenden. Das deutsche Volk hat solch unsagbare Leiden erduldet, daß es Zeit ist, diesem Schrecken ein Ende zu setzen.

Es muß Mittel und Wege geben, das Ende herbeizuführen und

vor allen Dingen zu verhüten, daß das Reich in die bolschewistische Hölle gerät. Das Verhalten einiger Offiziere, die im Osten in Gefangenschaft gerieten, ist mir stets ein Rätsel gewesen. Mein Führer, ich habe immer Ihre Größe bewundert und Ihre Haltung in diesem gigantischen Kampf und Ihren eisernen Willen, sich selbst und den Nationalsozialismus zu behaupten. Wenn das Schicksal stärker ist als Ihr Wille und als Ihr Genie, so liegt das im Willen der Vorsehung. Sie haben einen ehrenhaften und großen Kampf gekämpft. Dieses Zeugnis wird Ihnen die Geschichte ausstellen. Zeigen Sie sich jetzt auch so groß, dem hoffnungslosen Kampf, falls es notwendig ist, ein Ende zu setzen.

Ich scheide von Ihnen mein Führer, als einer, der Ihnen in dem Bewußtsein, seine Pflicht bis zum Äußersten getan zu haben, näherstand, als Sie das vielleicht erkannt haben.

Heil, mein Führer! (gez.) von Kluge

18. August 1944 Generalfeldmarschall

Helmuth James Graf von Moltke
an seine Frau

Helmuth James Graf von Moltke war Christ und glaubte an die Zukunft des Sozialismus. Mit 22 Jahren übernahm er die Leitung des väterlichen Gutsbetriebes in Kreisau, betrieb aber weiter seine juristische Ausbildung. Zusätzlich studierte er englisches Recht und erwarb 1938 seine Zulassung als Barrister vor Gerichten in Großbritannien. 1939 wurde er als Völkerrechtler eingezogen und blieb bis zu seiner Verhaftung im Januar 1944 beim Oberkommando der Wehrmacht in Berlin. In regelmäßigen Zusammenkünften versuchten er und gleichgesinnte Freunde Vorbereitungen für die Zeit nach dem verlorenen Krieg zu treffen. Zwar war Moltke ein Gegner des Attentats, doch war sein Name schon des längeren bekannt: er wurde wegen Hochverrats angeklagt, am 12. Januar 1945 zum Tode verurteilt und am 23. Januar hingerichtet. Am gleichen Tag schreibt seine Frau an die amerikanische Journalistin Dorothy Thompson: „Er war ungebrochen, unverändert ruhig, ja gelegentlich glücklich. Zwar hat er auch gelitten, aber er blieb innerlich unberührt – weder Freisler, noch irgendeiner dieser Leute konnte ihm nahekommen. Er hat nie seine Freiheit verloren – eher hat er sie gefunden."

Berlin, den 10. Januar 1945

Meine Liebe, denk' mal, wie schön, daß ich noch einmal hier nach Tegel zurückgebracht worden bin, daß die Würfel, deren Fall schon genau feststeht, sozusagen auf der Kante noch einmal halten. So kann ich noch in Frieden einen Bericht schreiben.

Erst mal den Schluß vorweg: um 3 Uhr etwa verlas Schulze, der keinen üblen Eindruck machte, die Anträge: Moltke: Tod und Vermögenseinziehung; Delp desgleichen; Gerstenmaier: Tod; Reisert und Sperr: desgleichen; Fugger: drei Jahre Zuchthaus; Steltzer und Haubach: abgetrennt. Dann kamen die Verteidiger, eigentlich alle ganz nett, keiner tückisch. Dann die Schlußworte der Angeklagten, wobei Dein Mann als einziger verzichtete. Eugen war, wie ich am Schlußwort merkte, etwas unruhig.

Nun kommt der Gang der Verhandlung. Alle diese Nachrichten sind natürlich verboten.

Es war in einem kleinen Saal, der zum Brechen voll war. Anscheinend ein früheres Schulzimmer. Nach einer langen Einleitung von Freisler über Formalien – Geheimhaltung, Verbot des Mitschreibens und so weiter – verlas Schulze die Anklage, und zwar nur den kurzen Text, der auch im Haftbefehl stand. Dann kam Delp dran, mit dem seine zwei Polizisten vortraten. Die Verhandlung spielte sich so ab: Freisler, den Hercher sehr richtig beschrieben hat: begabt, genial und nicht klug, und zwar alles dreies in der Potenz, erzählt den Lebenslauf, man bejaht oder ergänzt und dann kommen diejenigen Tatfragen, die ihn interessieren. Da schneidet er aus dem Tatbestand eben Dinge heraus, die ihm passen, und läßt ganze Teile weg. Bei Delp fing es damit an, wie er Peter und mich kennengelernt hat, was zuerst in Berlin besprochen ist, und dann kam Kreisau Herbst 42 dran. Auch hier die Form: Vortrag von Freisler, in den man Antworten, Einreden, eventuell neue Tatsachen einbauen kann; besteht aber die Möglichkeit, daß man damit den Duktus stören könnte, so wird er ungeduldig, zeigt an, daß er es doch nicht glaubt oder brüllt einen an. Der Aufbau für Kreisau so: zuerst waren es allgemeine Erörterungen mehr grundsätzlicher Art, dann wurde der praktische Fall der Niederlage erörtert, und zum Schluß wurden Landesverweser gesucht. Die erste Phase möge noch angehen, obwohl überraschend sei, daß alle diese Besprechungen ohne einen einzigen Nationalsozialisten stattfanden, dafür aber mit geistlichen und lauter Leuten, die sich später am 20. Juli beteiligt hätten. – Die zweite Phase aber sei bereits schwärzester Defaitismus allerdunkelster Art und das dritte offene Vorbereitung zum Hochverrat. – Dann kamen die Münchener Besprechungen dran.

Das stellte sich zwar alles als viel harmloser heraus, als es in der Anklage stand, aber es hagelte Pflaumen gegen die katholischen Geistlichen und gegen die Jesuiten: Zustimmung zum Tyrannenmord-Mariano; uneheliche Kinder; Deutschfeindlichkeit und so weiter, und so weiter. Das alles mit Gebrüll mittlerer Art und Güte. Auch die Tatsache, daß Delp bei den Besprechungen weggegangen war, die in seiner Wohnung stattfanden, wurde ihm als echt jesuitisch zur Last gelegt: „Gerade dadurch dokumentieren Sie ja selbst, daß Sie genau wußten, daß da Hochverrat getrieben wurde, aus dem Sie gerne das Köpfchen mit der Tonsur, den geweihten, heiligen Mann heraushalten wollten. Der ging derweil wohl in die Kirche, um dafür zu beten, daß das Komplott auch in Gott wohlgefälliger Form gelänge." – Dann kam Delps Besuch bei Stauffenberg dran. Und schließlich die am 21. Juli erfolgte Mitteilung Sperrs davon, daß Stauffenberg ihm Andeutungen über einen Umsturz gemacht habe. Diese beiden letzten Punkte gingen glimpflich ab. Bemerkenswert in der ganzen Vernehmung, daß in jedem zweiten Satz von Freisler irgendwie vorkam: „der Moltke-Kreis", „Moltkes Pläne", „gehört auch zu Moltke" und so weiter.

Als Rechtsgrundsätze wurden verkündet:

„Der Volksgerichtshof steht auf dem Standpunkt, daß eine Verratstat schon der begeht, der es unterläßt, solche defaitistischen Äußerungen wie die von Moltke, wenn sie von einem Mann seines Ansehens und seiner Stellung geäußert werden, anzuzeigen." – „Vorbereitung zum Hochverrat begeht schon der, der hochpolitische Fragen mit Leuten erörtert, die in keiner Weise dafür kompetent sind, insbesondere nicht mindestens irgendwie tätig der Partei angehören." – „Vorbereitung zum Hochverrat begeht jeder, der sich irgendein Urteil über eine Angelegenheit anmaßt, die der Führer zu entscheiden hat." – „Vorbereitung zum Hochverrat begeht, der zwar selbst jede Gewalthandlung ablehnt, aber Vorbereitungen für den Fall trifft, daß ein anderer, nämlich der Feind, die Regierung mit Gewalt beseitigt; dann rechnet er eben mit der Gewalt des Feindes." Und so ging es immer weiter. Daraus gibt es nur einen Schluß: Hochverrat begeht, wer dem Herrn Freisler nicht paßt.

Dann kam Sperr. Der zog sich aus der Kreisauer Affäre – mit Recht ein wenig auf meine Kosten – einigermaßen heraus. Es wurde ihm aber folgendes vorgehalten: „Warum haben Sie nicht angezeigt? Sehen Sie, wie wichtig das gewesen wäre: der Moltke-Kreis war bis zu einem gewissen Grade der Geist des ‚Grafen-Kreises', und der wieder hat die politische Vorbereitung für den 20. Juli gemacht; denn der Motor des 20. Juli war ja keineswegs Herr Goerdeler, der wahre Motor steckte in diesen jungen Männern." Sperr im ganzen freundlich behandelt. Nun Reisert: Er wurde sehr freundlich behandelt. Er hat drei Besprechungen mit mir gehabt, und es wurde ihm vor allem zur Last gelegt, daß er nicht schon nach der ersten bemerkt hätte, daß ich ein Hochverräter und schwerer Defaitist sei, und dann noch zwei andere Besprechungen mit mir gehabt hätte. Ihm wurde vor allem der Vorwurf gemacht, nicht angezeigt zu haben. Schließlich Fugger. Der machte einen sehr guten Eindruck. Er war eine Zeitlang elend gewesen und hatte sich nun wieder erholt, war bescheiden, sicher, hat keinen von uns belastet, sprach nett bayerisch und hat mir noch nie so gut gefallen wie gestern; ganz ohne Nerven, während er hier immer schreckliche Angst gehabt hatte. Er gab sofort zu, daß, nach dem, was ihm heute gesagt worden sei, ihm klar sei, daß er hätte anzeigen müssen, und er wurde so gnädig entlassen, daß ich gestern abend dachte, er würde freigesprochen werden.

Hingegen war auch in den anderen Vernehmungen der Name Moltke immerzu zu hören. Wie ein roter Faden zog sich das durch alles durch, und nach den oben angeführten „Richtsätzen" des V. G. H. war ja klar, daß ich umgebracht werden sollte.

Die ganze Verhandlung wurde durch das Mikrophon auf Stahlbänder für das Archiv aufgenommen. Du wirst sie Dir also, solltest Du Lust dazu haben, später einmal vorspielen lassen können. Man tritt vor den Tisch, die beiden Polizisten mit, die sich rechts und links auf die beiden Stühle setzen; für Reisert und mich wurden sofort und ohne daß wir fragten ein Stuhl bereitgestellt. Schulze, Freisler und Berichterstatter in roten Roben. Typisch war ein Vorfall: aus irgendeinem Grunde wurde ein

StGB. gebraucht, weil Freisler was daraus vorlesen wollte. Es stellte sich aber heraus, daß keines aufzufinden war.

Nun vielleicht eine kleine Einschiebung über das Bild.

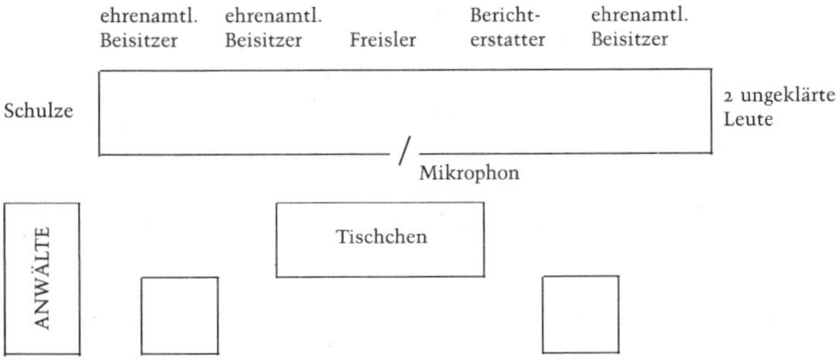

Nun kommt der zweite Tag. Da fing es mit mir an. In mildem Ton ging es los, sehr schnell, sozusagen rapid; Gott sei Dank, daß ich flink bin und F.s Tempo spielend mitmachte; das machte übrigens sichtlich uns beiden Freude. Aber wenn er das bei einem Mann exerzierte, der nicht ganz schnell ist, so ist der verurteilt, ehe er bemerkt hat, daß F. die Personalien hinter sich gelassen hat. Bis einschließlich der Besprechung mit Goerdeler und meiner Stellung dazu durchaus glatt und ohne viel Aufhebens. Dann kam mein Einwand, Polizei und Abwehr hätten davon gewußt. Da bekam F. Tobsuchtsanfall Nr. 1. Alles, was Delp zuvor erlebt hatte, war einfach eine Spielerei dagegen. Ein Orkan brach los: er hieb auf den Tisch, lief an so rot wie seine Robe und tobte: „So etwas verbitte ich mir, so etwas höre ich mir gar nicht an." Und so ging das immerfort. Da ich ohnehin wußte, was rauskam, war mir das alles ganz gleich: ich sah ihm eisig in die Augen, was er offenbar nicht schätzte, und plötzlich konnte ich nicht umhin, zu lächeln. Das ging nun zu den Beisitzern, die rechts von Freisler saßen, und zu Schulze. Den Blick von Schulze hättest Du sehen müssen. Ich glaube, wenn ein Mensch von der Brücke über dem Krokodilteich im Zoo hinunterspringt, so kann der Aufruhr nicht größer sein. Na schön, damit war das Thema erschöpft. Nun kam aber Kreisau, und da hielt er sich nicht lange bei den Präliminarien auf, sondern steuerte schnurstracks auf zwei Dinge los: a) Defaitismus, b) das Aussuchen von Landesverwesern. Über beides neue Tobsuchtsanfälle gleicher Güte, und als ich mit der Verteidigung kam, das alles sei aus dienstlicher

Wurzel hervorgegangen, dritter Tobsuchtsanfall: „Alle Behörden Adolf Hitlers arbeiten auf der Grundlage des Sieges, und das ist im O. K. W. nicht anders wie woanders; so etwas höre ich mir gar nicht an, und selbst wenn es nicht so wäre, so hat eben jeder einzelne Mann die Pflicht, selbständig den Siegesglauben zu verbreiten." Und so in langen Tiraden.

Nun kam aber die Quintessenz: „Wer war denn da? Ein Jesuitenpater! Ausgerechnet ein Jesuitenpater! Ein protestantischer Geistlicher, drei Leute, die später wegen Beteiligung am 20. Juli zum Tode verurteilt worden sind! Und kein einziger Nationalsozialist! Kein einziger! Und da will ich doch nur sagen: Nun ist aber das Feigenblatt ab!" „Ein Jesuitenpater, und ausgerechnet mit dem besprechen Sie Fragen des zivilen Widerstandes! Und den Jesuitenprovinzial kennen Sie auch! Und der war auch einmal in Kreisau! Ein Jesuitenprovinzial, einer der höchsten Beamten von Deutschlands gefährlichsten Feinden, der besucht den Grafen Moltke in Kreisau! Und da schämen Sie sich nicht! Kein Deutscher kann doch einen Jesuiten auch nur mit der Feuerzange anfassen! Leute, die wegen ihrer Haltung von der Ausübung des Wehrdienstes ausgeschlossen sind! Wenn ich weiß, in einer Stadt ist ein Jesuitenprovinzial, so ist das für mich fast ein Grund, gar nicht in die Stadt zu gehen! – Und der andere Geistliche, was hatte der dort zu suchen? Die sollten sich ums Jenseits kümmern, aber uns hier in Ruhe lassen. – Und Bischöfe besuchen Sie! Was haben Sie bei einem Bischof, bei irgendeinem Bischof verloren? Wo ist Ihre Befehlsstelle? Ihre Befehlsstelle ist der Führer und die NSDAP! Für Sie so gut wie für jeden anderen Deutschen, und wer sich seine Befehle in noch so getarnter Form bei den Hütern des Jenseits holt, der holt sie sich beim Feind und wird so behandelt werden!" Und so ging das weiter. Aber das war in einer Tonart, der gegenüber die früheren Tobsuchtsanfälle noch wie das sanfte Säuseln eines Windchens waren.

Ergebnis dieser Vernehmung „gegen mich" – denn zu sagen „meiner Vernehmung" wäre Quatsch –: ganz Kreisau und jede dazugehörige Teilunterhaltung ist Vorbereitung zum Hochverrat.

Ja, richtig, das muß ich noch sagen: nach diesem Höhepunkt ging es in fünf Minuten zum Schluß: die Unterredungen in Fulda und München, das alles kam überhaupt nicht mehr dran, sondern F. meinte, das können wir uns wohl schenken, und fragte: Haben Sie noch etwas zu sagen? Worauf ich nach einigem Zögern, leider, erwiderte: „Nein!" Und damit war ich fertig. Nun geht es in der Zusammenfassung weiter: wenn die anderen Leute, deren Namen vorgekommen sind – übrigens nicht in der Verhandlung, denn nachdem die Sache so lief, haben wir uns alle gehütet, auch nur noch einen Namen zu nennen –, noch nicht verhaftet sind, so vielleicht als quantité négligable. Werden sie aber verhaftet und haben sie irgendeine Kenntnis gehabt, die über die rein gesellschaftliche Unterhaltung über solche Fragen hinausgeht oder die diese Fragen in Zusammenhang mit möglicher Niederlage bringen, so müssen sie mit Todesstrafe rechnen...

Letzten Endes entspricht diese Zuspitzung auf das kirchliche Gebiet dem inneren Sachverhalt und zeigt, daß F. eben doch ein guter politischer Richter ist. Das hat den ungeheuren Vorteil, daß wir nun für etwas umgebracht werden, was wir a) getan haben, und was b) sich lohnt. Aber, daß ich als Märtyrer für den heiligen Ignatius von Loyola sterbe – und darauf kommt es letztlich hinaus, denn alles andere war daneben nebensächlich –, ist wahrlich ein Witz, und ich zittere schon vor dem väterlichen Zorn von Papi, der doch so antikatholisch war. Das andere wird er billigen, aber das? Auch Mami wird wohl nicht ganz einverstanden sein.

(Eben fällt mir noch etwas zum Tatbestand ein. Mich fragte er: „Sehen Sie ein, daß Sie schuldig sind?" Ich sagte im wesentlichen nein. Darauf Freisler: „Sehen Sie, wenn Sie das immer noch nicht erkennen, wenn Sie immer noch darüber belehrt werden müssen, dann zeigt das eben, daß Sie anders denken und damit sich selbst aus der kämpfenden Volksgemeinschaft ausgeschlossen haben.") Das Schöne an dem so aufgezogenen Urteil ist folgendes: wir haben keine Gewalt anwenden wollen – ist festgestellt; wir haben keinen einzigen organisatorischen Schritt unternommen, mit keinem einzigen Mann über die Frage gesprochen, ob er einen Posten übernehmen wolle – ist festgestellt; in der Anklage stand es anders. Wir haben nur gedacht, und zwar eigentlich nur Delp, Gerstenmaier und ich, die anderen gelten als Mitläufer, und Peter und Adam als Verbindungsleute zu Schulenburg etc. Und vor den Gedanken dieser drei einsamen Männer, den bloßen

Gedanken, hat der N. S. eine solche Angst, daß er alles, was damit infiziert ist, ausrotten will. Wenn das nicht ein Kompliment ist. Wir sind nach dieser Verhandlung aus dem Goerdeler-Mist raus, wir sind aus jeder praktischen Handlung heraus, wir werden gehenkt, weil wir zusammen gedacht haben. Freisler hat recht, tausendmal recht; und wenn wir schon umkommen müssen, dann bin ich allerdings dafür, daß wir über dieses Thema fallen.

Ich finde, und nun komme ich zum Praktischen, daß diese Sache, richtig aufgemacht, sogar noch ein wenig besser ist als der berühmte Fall Huber. Denn es ist noch weniger geschehen. Es ist ja nicht einmal ein Flugblatt hergestellt worden. Es sind eben nur Gedanken ohne die Absicht der Gewalt. Die Schutzbehauptungen, die wir alle aufgestellt haben: Polizei weiß, dienstliche Ursache, Eugen hat nichts kapiert, Delp ist immer gerade nicht dabei gewesen, die muß man streichen, wie sie auch Freisler mit Recht gestrichen hat. Und dann bleibt übrig ein Gedanke: womit kann im Chaos das Christentum ein Rettungsanker sein? Dieser eine einzige Gedanke fordert morgen wahrscheinlich fünf Köpfe und später noch die von Steltzer und Haubach und wohl auch Husen. Aber dadurch, daß in dieser Verhandlung das Trio Delp, Eugen, Moltke heißt und der Rest nur durch „Ansteckung" dies trägt, dadurch, daß keiner dabei ist, der etwas anderes vertrat, keiner, der zu den Arbeitern gehörte, keiner, der irgendein weltliches Interesse betreute, dadurch, daß festgestellt ist, daß ich großgrundbesitzfeindlich war, keine Standesinteressen, überhaupt keine eigenen Interessen, ja nicht einmal die meines Landes vertrat, sondern menschheitliche, dadurch hat Freisler uns unbewußt einen ganz großen Dienst getan, sofern es gelingt, diese Geschichte zu verbreiten und auszunutzen. Und zwar m. E. im Inland und draußen. Durch diese Personalzusammenstellung ist dokumentiert, daß nicht Pläne, nicht Vorbereitungen, sondern der Geist als solcher verfolgt werden soll. Vivat Freisler!

Das auszunutzen ist nicht Deine Aufgabe. Da wir vor allem für den heiligen Ignatius sterben, sollen seine Jünger sich drum kümmern. Aber Du mußt ihnen diese Geschichte liefern, und wen sie von Wurms Leuten zuziehen, ist gleich. Am besten wahrscheinlich Pressel. Ich berede das morgen noch mit Poelchau. Kommt es raus, daß Du diesen Brief empfangen und weitergegeben hast, so wirst Du auch umgebracht. Tattenbach muß das klar auf sich nehmen und im Notfall sagen, er habe es von Delp mit der letzten Wäsche bekommen. Gib dies Exemplar nicht aus der Hand, sondern nur eine Abschrift, und bei der muß sofort so übersetzt werden, daß es von Delp stammen kann, also bei ihm in der Ich-Form.

So, das ist dieser Teil; der Rest kommt gesondert.

Ein Kamerad
an die Angehörigen

Vor Breslau, Februar 1945

Am Morgen des 14. Februar wurden wir zu einer Gegenstoßkompanie eingeteilt. Nachmittags, gegen 13 Uhr, eröffnete der Russe mit schwerem Panzer das Feuer. Nun war die Hölle offen, Karl-Friedrich und ich sagten zueinander: Werden wir es noch einmal schaffen? 14.30 Uhr kam der Befehl: Der Russe ist in Wasserborn eingedrungen, hinaus zum Gegenstoß! 14.40 Uhr begann der Angriff mit einem starken Feuerüberfall gegen den Feind. Wir kamen ganz gut voran, bis an die letzten Häuser von Wasserborn. In diesem Augenblick legte der Feind ein sehr starkes Granatfeuer auf uns drei erste Männer, Meter für Meter eine Granate. Wir kamen nicht mehr vorwärts und rückwärts und trotzdem kam der Befehl: Maschinengewehr nach vorn! Wir führten den Befehl aus und mußten bluten. Auf einmal rief mir Ihr Sohn zu: MG-Schütze Oertel ausgefallen! Das waren seine letzten Worte vor dem Tode. Ich sah, daß er an der linken Kopfseite blutete, und an der linken Hand hat es ihm noch drei Finger zerfetzt. Er kniete auf dem rechten Fuß, den Kopf gebeugt, sein MG in der rechten Hand, als er in die Ewigkeit verschied.

Hermann Broch
an Volkmar von Zühlsdorff

„Deutschland braucht Reue", schreibt Hermann Broch unmittelbar nach Kriegsende aus Princeton an den idealistisch gesonnenen Volkmar von Zühlsdorff. Dieser unterstützte als Mitarbeiter des Prinzen zu Löwenstein im amerikanischen Exil vor den Nazis geflohene Intellektuelle. Vom Glauben an die Notwendigkeit der Bekehrung, der Anerkennung der Schuld, der Überwindung der Gleichgültigkeit ist Broch zutiefst durchdrungen und diese Überzeugungen vertritt der passionierte Briefeschreiber vor allem dann, wenn er auf die jüngste Geschichte der Juden zu sprechen kommt – und er kommt oft und leidenschaftlich darauf zu sprechen. Der Wunschtraum beider, daß nämlich eine deutsche Regierung die vertriebenen jüdischen Bürger einmal zur Rückkehr auffordern würde, hat sich, man weiß es, nicht erfüllt. Die Nachkriegsgeschichte verlief nicht nur in dieser Hinsicht ganz anders, als sich beide das vorstellten. Broch mag es geahnt haben, als er in einem seiner letzten Briefe an Zühlsdorff schrieb: „Wahrscheinlich stehen wir beide auf verlorenem Posten."

Princeton, N. J., 9. 8. 45

Liebster Volkmar,

nein, Sie haben mich mißverstanden: ich werde mich persönlich doch nicht als „Opfer" bezeichnen; im Gegenteil, ich bin dem Hitler für meine Austreibung (ja sogar für die vorangegangene Einkerkerung) höchlich dankbar, denn es heißt etwas, in meinem Alter ein im wahrsten Sinn des Wortes „neues" Leben beginnen zu dürfen. Ich möchte für mich nichts davon missen.

Aber unpersönlich bin ich ein Opfer. U. z. als Jude. Es wird Sie vielleicht wundern, daß ich das Judenproblem so herausstelle – Sie haben sich schon über meine Bemerkung im letzten Brief gewundert –, aber ich tue dies nicht aus Ressentiment, sondern nach sehr reiflicher Überlegung.

Am Judenproblem zeigt sich nämlich die „Schuld" des deutschen Volkes: durch volle 20 Jahre hat der Deutsche die tollidiotischeste Judenhetze mit völliger Gleichgültigkeit betrachtet, und kraft dieser bestialischen Gleichgültigkeit ist er zum Helfershelfer eines bestialisch-systematischen Massenmordes geworden. Sie sehen, ich spreche nicht von Politik (obwohl man an Ludendorff sehen kann, wie Kriegsverbrechen und gemeines Verbrechen zusammenhängen), ich spreche von gemeinem Verbrechen, nämlich von jenem, das in den Ghettos verübt worden ist. Jeder Deutsche, der nicht im Konzentrationslager gewesen ist – und sogar mancher Lagerinsasse – ist dieser Beihilfe zum Mord kraft Gleichgültigkeit zumindest verdächtig.

Das soll die übrige Welt nicht reinwaschen. Gleichgültigkeit (und erst recht dem Juden gegenüber) ist eine allgemeine menschliche Eigenschaft. Aber das deutsche Volk – und hier denke ich äußerst rassisch –, dieses im Guten wie im Bösen extremste Volk des Abendlandes, hat sich wiederum als der Brennspiegel des Weltgeistes erwiesen: es hat, wie ich in einem Nazi-Radio gehört habe, den andern Völkern „den Adlerflug gelehrt".

Auch in der Kriegführung hat Deutschland die andern Völker den „Adlerflug" gelehrt. Deutschland war gerüstet, der Westen ungerüstet; das war vielleicht eine Schlamperei der Demokratien, heute ist es ihr stärkstes Argument. Daß die englischen Städte weniger als die deutschen verwüstet worden sind, ist kein

Argument für deutschen Edelmut, sondern Ergebnis der überraschenden westlichen Rüstungsaufholung. Wäre Deutschland dem Westen in der Konstruktion der Atombombe zuvorgekommen, so würde New York heute das Schicksal Nagasakis teilen. Man kann es Hitler fast als Genialität auslegen, daß er, in Erkennung der technischen Möglichkeiten und Notwendigkeiten, die Gesamtmenschheit zu seiner Gefolgschaft verpflichtet hat.

Meine gesamte Arbeit und mein gesamtes Denken ist nun seit vielen Jahren mit diesem einzigen Problem beschäftigt: wie kann der Mensch (also keineswegs nur der Deutsche) wieder auf die Bahn zunehmender Humanisierung gebracht werden? Die eigentliche praktische Lösung wird – dessen bin ich sogar überzeugt – von Deutschland ausgehen, *weil dort die Schuld am akzentuiertesten gewesen ist* und weil dort der mystische Zusammenhang von Schuld und Sühne am handgreiflichsten zutagetritt. In der Regeneration der Welt wird Deutschland die führende Rolle spielen, sobald der Deutsche erfaßt haben wird, was Schuld durch Gleichgültigkeit bedeutet. In diesem Sinn haben Sie durchaus recht, wenn Sie sagen, daß ich für Deutschland schreibe.

Und darum bin ich auch der Ansicht, daß jeder, der guten Willens ist, nach Deutschland zurückkehren kann und soll, jeder und doch kein Jude: denn der Täter wird beim Anblick des Opfers verstockt, und außerdem würden ja nicht die Toten, sondern die Lebenden heimkehren, die sich überdies noch vielfach als „Sieger" benehmen und damit den Hitlergeist nur wieder frisch anfachen würden.

Ich persönlich will außerdem nicht zurückkehren, weil ich nicht wieder in die Zwangslage geraten will, verachten zu müssen. Von allem, was ich im Hitlerdeutschland erlebte, war der Ekel vor dem Menschen und seiner Sturheit das Furchtbarste; nichts ist wahrer als das Bild vom „würgenden" Ekel, und nichts ist würgender als der Anblick menschlicher Niedrigkeit. Was ich persönlich so an Niedrigkeit (an [der] Universität etc.) erlebt habe, möchte ich nicht wiedererleben; man mag es Wehleidigkeit nennen, aber ich möchte diese Menschen nicht wiedersehen müssen. *Hier* war ich wenigstens *noch nicht* zu solcher Verachtung gezwungen.

Ich hoffe, daß ich mich diesmal klarer ausgedrückt habe. Im übrigen bekommen Sie sehr bald ein Kapitel des Massenwahnes; das sei Ihnen nicht erspart.

Grüßen Sie Prinz und Prinzessin in Freundschaft und nehmen Sie sehr herzliche Gedanken ihres

Hermann

Carl Zuckmayer
an Alfred Ibach
und Gustav Kapsreiter

Zuckmayers Brief an seine Wiener Freunde ist eine Art Rundbrief, gedacht, in Abschriften an weitere Freunde und Bekannte weitergegeben zu werden. Da das besetzte Deutschland gleich nach dem Krieg vom Internationalen Postverkehr ausgeschlossen war, konnten Nachrichten offiziell nur durch das Internationale Rote Kreuz und inoffiziell nur über Besatzungsangehörige zu den Besiegten gelangen. Ein Jahr später empfingen die Freunde den Zivilbeamten Zuckmayer am Wiener Westbahnhof, gleichfalls 1946 wurde „Des Teufels General" in Zürich von Heinz Hilpert zum ersten Mal inszeniert. – Der von Zuckmayer „nach dem Original abgeschriebene Briefauszug" wurde leicht gekürzt.

Barnard, Vermont, im Spätherbst 1945

Unser Leben hat natürlich durch die Jahre und alles, was man in dieser Zeit an Wandlungen oder Entwicklungen erlebt hat, auch andere Schwerpunkte und Akzente bekommen. Man kann ja niemals einfach dorthin zurück, von wo man fort mußte. Im Grund aber fühlen wir uns unverändert – wenn auch „verwandelt" – und in unveränderter und unwandelbarer Verbundenheit mit allen, die wir liebten, und mit allem, wozu wir gehörten. Amerika aber ist für uns dazugekommen – als ein neuer Boden, in dem Wurzel zu ziehen wir hart genug gerungen und gearbeitet haben –, und wir werden und dürfen es nie mehr ganz aufgeben. Unsere Zukunft – wenn es überhaupt für uns alle eine gibt – wird in der Vermittlung, im Schaffen der Verbindung, in der Versöhnung der Geister bestehen – und gerade dadurch, daß wir uns hier eine wirkliche Zugehörigkeit erworben haben, hoffen und glauben wir, das Rechte und Richtige für drüben tun zu können. Wir müssen und werden unser Leben teilen – zwischen hier und dort –, und wenn wir nicht wirklich eine Welt aus unserer Welt machen können, dann wird sie sowieso zum Teufel gehen.

... Erst war es schwer – furchtbar schwer –, und an eine lange Zeit muß ich zurückdenken, wie wenn man eine fast tödliche Krankheit überstanden hätte – von der man nie wußte, ob man sie übersteht. Der Verlust des eigenen Sprachgebiets – es war wie wenn man eine Pflanze mit allen Wurzeln aus dem Erdreich reißt. Ich konnte auch nicht so einfach ein anderes akzeptieren – so lang ich's mir nicht erworben hatte – ich konnte nicht in Hollywood hocken und Schreibsklave spielen – auch nicht für viel Geld –, so lang auf der Welt die Bomben krachten. Meine, unsere Rettung war das Land – und der vollständige Wechsel unserer Berufs- und Lebensweise. Vier Jahre lang habe ich, außer ein paar Skizzen und Entwürfen oder vielleicht einmal einem Gedicht, nicht mehr geschrieben, und ich wußte nicht, in dieser ganzen Zeit, ob ich's je wieder tun werde. Dann, als es drüben zu Ende ging, brach es los wie Schneeschmelze. Das erste, was ich wieder vollendete, war eine kleine Geschichte, die im Salzburgischen spielt, genannt „Der Seelenbräu" – man erfährt erst auf Seite zwanzig oder so, was das heißt. Sie ist in Stockholm als Buch erschienen und wird jetzt wohl bald nach Österreich kommen. Das nächste war die Vollendung und Ausarbeitung des im Januar 1943 wie in Trance niedergeschriebenen Dramas „Des Teufels General". Ich las gestern in der Zeitung, daß Heinz Hilpert in Zürich sei und dort im nächsten Jahr die deutsche Uraufführung dieses Stückes inszenieren werde, und ich hoffe, es ist wahr. Das Stück werde ich auch natürlich mit hinüberbringen und hoffe, daß es dann auch in Deutschland oder Österreich zu einer Aufführung kommt.

In den Jahren des Nichtschreibens – da haben wir eben hier nicht gesessen und gewartet wie in einem Kaffeehaus oder einer Bahnhofswirtschaft oder einem Sanatorium, sondern gelebt und gearbeitet – die einzige gesunde und produktive Möglichkeit, den Schock der Entwurzelung zu überkommen. Es war eine sehr andere Art von Landleben, als wir sie je in Henndorf auch nur erdacht oder uns vorgestellt haben könnten. Auch war ja alles ganz falsch, was wir uns je von Amerika erdacht oder vorgestellt und vor allem, was wir je darüber gelesen hatten. Das einzige, was bis zu einem gewissen Grad stimmte, war das, was wir für ganz irreal gehalten hatten: unsere Kinder- und Knabenphantasie vom Pioneer-Leben, von der frontier und von den Waldläufern. Denn alles, was hier stark und lebendig ist, kommt wahrhaftig aus dem alten Pioneer-Geist, und man kann kaum beschreiben, wie das in einer kleinen, primitiven, abgelegenen Farmergemeinde noch vorhanden ist.

Unsere Farm – die ich durch Zufall bei einem Erkundungsgang über einen nicht mehr benutzten alten Holzfällerweg fand – sie war seit fast dreißig Jahren unbewohnt – hieß denn auch wirklich: The Backwood's Farm. Wir haben sie mit Hilfe des früheren Besitzers und mit unendlich viel eigener Arbeit hergerichtet und dann ganz allein in Gang gebracht – meine einzige Arbeitshilfe in der schlimmsten Zeit war ein vierzehnjähriger Bub –, und ich habe vom Melken bis Dachdecken, vom Holzfällen bis Schlachten, vom Kartoffel- und Maisbauen bis Zuckermachen (die hiesige Ahornsaftindustrie) alles selbst gemacht und gelernt, mein eigener Zimmermann und Klempner, Ofenputzer und Veterinär zu sein...

Für diesen Winter habe ich mich wieder ganz aufs Schreiben konzentriert und die Farm vorübergehend gesperrt – meine Tiere zum Teil verkauft, zum Teil einem Nachbarfarmer übergeben...

Wir haben in Schneestürmen gesteckt, die uns bis zu fünf Tagen von der Außenwelt absperrten, und ich habe im Sommer in kleinen Holzfällercamps übernachtet und mein Winterholz heruntergebracht – alles in allem empfinde ich dieses Leben mit all seinen Härten und ohne mein zeitweiliges Stöhnen und Fluchen zu vergessen als ein Geschenk und eine Gnade und die beste uns mögliche Form, eine „tote Zeit" zu überleben – eine Zeit, in der man nie aufhören konnte, an das zu denken, was euch drüben geschah –, ohne selbst dabei schlaff und matt und flach zu werden. Was auch in der Welt passiert und wie auch die Zukunft werden mag – jetzt geht's wieder los, und es hat für mich wieder Sinn bekommen zu leben und zu schaffen, das heißt zu dichten. Und unser Zusammenhang mit Amerika hat sich ohne Theater, ohne Tantiemen oder Filmhonorare, aber auf einer menschlichen Ebene vollzogen, die für uns auch einen echten Sinn und eine große Verpflichtung bedeutet – nicht etwa nur die der Dankbarkeit. Das Merkwürdige ist, daß es uns so geht – nicht nur mir, sondern auch meiner Frau –, daß wir beim Gedanken, dieses Land hier wieder ganz verlassen zu müssen, heute fast so verzweifelt wären und ein solches Heimweh hätten wie damals, als wir drüben fort mußten – ohne auf eine Rückkehr hoffen zu können …

Konrad Adenauer
an Bernhard Custodis

So deutlich und so direkt auf den Klerus bezogen wie in diesem Brief an den Bonner Pfarrer Custodis hat Adenauer sich nicht sehr häufig zur Schuldfrage geäußert: Vier Wochen später, in seiner Kölner Universitätsrede, drückte er sich allgemeiner aus: „Aber der Nationalsozialismus hätte in Deutschland nicht zur Macht kommen können, wenn er nicht in breiten Schichten der Bevölkerung vorbereitetes Land für seine Giftsaat gefunden hätte." Allerdings waren es dann Adenauer und seine Partei, die das, was Eugen Kogon den „Geburtsfehler der deutschen Demokratie" genannt hat, nämlich die Abrechnung mit den Verantwortlichen der Hitler-Zeit, dilatorisch behandelten. Ein Jahr später verabschiedete Adenauers CDU ihr Ahlener Programm mit erstaunlich fortschrittlichen sozialen und wirtschaftlichen Forderungen, von denen man nach der Währungsreform Schritt für Schritt wieder abrückte – ganz sicher ein weiterer Geburtsfehler der jungen Demokratie.

23. Februar 1946

Lieber Custodis!

Von der Mutter Werhahn erhielt ich den anliegenden Artikel des Paters Pribila mit der Bitte um Beurteilung. Da ich die Adresse des Paters Pribila nicht habe und die Mutter Werhahn mir mitteilte, daß sie den Artikel durch Dich bekommen habe, sende ich ihn anbei mit der Bitte zurück, ihn an Pater Pribila zurückgelangen zu lassen.

Ich würde den Artikel nicht erscheinen lassen. Nach meiner Meinung trägt das deutsche Volk und tragen auch die Bischöfe und der Klerus eine große Schuld an den Vorgängen in den Konzentrationslagern. Richtig ist, daß nachher vielleicht nicht viel mehr zu machen war. Die Schuld liegt früher. Das deutsche Volk, auch Bischöfe und Klerus zum großen Teil, sind auf die nationalsozialistische Agitation eingegangen. Es hat sich fast widerstandslos, ja zum Teil mit Begeisterung auf all den in dem Aufsatz gekennzeichneten Gebieten gleichschalten lassen. Darin liegt seine Schuld. Im übrigen hat man aber auch gewußt – wenn man auch die Vorgänge in den Lagern nicht in ihrem ganzen Ausmaße gekannt hat –, daß die persönliche Freiheit, alle Rechtsgrundsätze, mit Füßen getreten wurden, daß in den Konzentrationslagern große Grausamkeiten verübt wurden, daß die Gestapo, unsere SS und zum Teil auch unsere Truppen in Polen und Rußland mit beispiellosen Grausamkeiten gegen die Zivilbevölkerung vorgingen. Die Judenpogrome 1933 und 1938 geschahen in aller Öffentlichkeit. Die Geiselmorde in Frankreich wurden von uns offiziell bekannt gegeben. Man kann also wirklich nicht behaupten, daß die Öffentlichkeit nicht gewußt habe, daß die nationalsozialistische Regierung und die Heeresleitung ständig aus Grundsatz gegen das Naturrecht, gegen die Haager Konvention und gegen die einfachsten Gebote der Menschlichkeit verstießen. Ich glaube, daß, wenn die Bischöfe alle miteinander an einem bestimmten Tage öffentlich von den Kanzeln aus dagegen Stellung genommen hätten, sie vieles hätten verhüten können. Das ist nicht geschehen und dafür gibt es keine Entschuldigung. Wenn die Bischöfe dadurch ins Gefängnis oder in Konzentrationslager gekommen wären, so wäre das kein Schade, im Gegenteil. Alles das ist nicht geschehen und darum schweigt man am besten. Ich weiß bestimmt, daß der verstorbene Papst mit meinem Urteil genau übereinstimmte. Wie der jetzige Papst denkt, weiß ich nicht.

Vielen Dank für die Beförderung und herzliche Grüße

Dein

Jedenfalls würde der nicht dem Nationalsozialismus direkt verfallene Teil des Deutschen Volkes, insbesondere auch die kath. Kirche in Deutschland, vor dem Ausland und insbesondere vor der Nachwelt gerechtfertigter dastehen, als es jetzt der Fall sein wird.

Heinrich Böll
an Theo Weidmann

Die quasi anarchistische Lebensform der Zeit gleich nach dem Krieg erlebte der Heimkehrer Heinrich Böll in Köln, wo er sich mit seiner Frau Annemarie durchschlug, an der Universität eingeschrieben war aber nicht studierte, als Hilfsarbeiter in der väterlichen Tischlerei arbeitete und Stunden gab. Wann immer er Zeit hatte, saß er an der Schreibmaschine und schrieb. „Im Überleben", fand er später, „liegen Brutalität und Nihilismus", und so beobachtete er die Gesellschaft bei ihren Aufbauanstrengungen lieber als daß er sie tätig unterstützte; er hatte zuviel kaputtgehen sehen. Auf der anderen Seite fühlte er aber auch eine neue Solidarität mit den Davongekommenen, aus denen nun wieder brave Bürger werden sollten: „Ich glaube nicht, daß jemand schuldig ist, weil er geboren ist, wo er geboren wurde, aber auch keiner unschuldig, weil er geboren ist, wo er geboren wurde. Die Schuld der Zeitgenossen tragen wir alle." Erbittert wogte damals der Streit um die Kollektivschuld, die der spätere Bundespräsident Theodor Heuß mit dem Wort von der Kollektivscham zu besänftigen suchte.

Köln, den 24. Juni 1946

Lieber Theo, Du mußt immer lange warten, bis wir Dir schreiben. Aber es ist wirklich nicht so, als ob wir nicht an Dich dächten. Das Leben ist hier ein wüster Kampf; wir leben von der Hand in den Mund, aber manchmal ist die Hand leer, die dem Mund etwas geben möchte. Absolute Rücksichtslosigkeit und vollkommene Unfähigkeit, sich in jemand anderes Lage zu versetzen, sind die Haupteigenschaften unserer Zeitgenossen. Wir schlagen uns durch, das ist der einzig treffende Ausdruck.

Wir haben noch das große Glück, eine nette Wohnung zu haben, das ist viel in diesen Zeiten in Köln. Ringsum gibt es nichts anderes als Korruption, man muß wirklich manchmal daran zweifeln, ob die Deutschen fähig sind, auch nur eine relative Freiheit zu gebrauchen. Es ist nicht sehr erquicklich im großen ganzen. Aber das alles ist wirklich leicht zu ertragen gegen den fürchterlichen Krieg und die Gefangenschaft. Ich war fast bis zu meiner Entlassung Ende September im großen Lager in AH. Vorher war ich noch an der Sieg schwer ins Gedränge gekommen, zehn Kilometer von meiner Frau entfernt. Das war alles unsagbar bitter. Ich hoffe, daß wenigstens Eure äußeren Lebensumstände einigermaßen erträglich sind. Denn die Gefangenschaft wird ja zur wahren Geißel, wenn noch Hunger und Kälte hinzukommen. Hoffnungslos bleibt sie ja trotzdem. Ach, vielleicht könnt Ihr ja doch bald berechtigte Hoffnung auf Entlassung schöpfen. Jetzt wäre es noch einigermaßen günstig, irgendwo eine Stelle zu finden. Wer weiß, was noch kommt.

Annemarie geht es gesundheitlich – bis auf den allgemeinen Hunger – gut. Wir sind alle überschlank geworden. Annemarie ist auch wieder im Dienst hier in Köln. Ich selbst bin an der hiesigen Universität, studiere die halbe Woche und arbeite die andere Hälfte der Woche bei Alois praktisch, um mich auch für einen praktischen Beruf etwas zu schulen. Den wüstesten Hauptkampf körperlicher Arbeit – die Instandsetzung unserer Wohnung – haben wir nun hinter uns. Das hat ein halbes Jahr gedauert ... die Bauverhältnisse sind deshalb so schwierig, weil es einfach kein Material gibt. Trotzdem hat Köln schon ein anderes Gesicht bekommen. Der Schutt verschwindet doch allmählich von den Hauptstraßen, und die Altstadt ist sogar ziemlich passierbar. Auf der Strecke vom Dom bis zum Severinstor kann man vielleicht noch zwei Dutzend Häuser zählen ... so sieht es aus.

Ach, lieber Theo, es ist nun leider so, daß ich Dir nicht viel Erfreuliches erzählen kann, aber wir ertragen alles mit Geduld und mit dem festen Vertrauen darauf, daß dieser fürchterliche Zustand nur noch höchstens ein Jahr dauert. Oft fahre ich hinaus nach Marienfeld, wo Du uns ja einmal besucht hast, besuche dort das Grab unseres kleinen Jungen und nehme dann die Gelegenheit wahr, bei den Bauern, die wir dort kennen, einmal sanft „vorzusprechen". Das Ergebnis ist nie sehr ermutigend, aber es hilft doch immer etwas. Wir haben sonst das strenge Gesetz bei uns eingeführt, daß vom Essen nicht mehr geredet werden darf. Hinzu kommt eine allgemeine Verteuerung bei geringeren Einnahmen, so bereitet sich allmählich der zukünftige soziale Zustand unseres Volkes vor.

Trotz allem, lieber Theo, bedenke, daß sich das alles viel schlimmer anhört, als es ist. Wir hungern zwar wirklich, aber wir werden nicht verhungern, und ein Mensch in der Freiheit hat doch noch viele Chancen. Sehr drückend ist allerdings auch noch die Nikotinfrage, die in der Gefangenschaft ja geradezu toll war. Ach, mögest Du bald erlöst werden, lieber Theo. Wir beten jeden Abend für alle Gefangenen ... Sei guten Mutes und hoffe. Ich grüße Dich herzlich vielmals und wünsche Dir viel Glück

Hein und Annemarie

Walter Kolbenhoff
an Sigrid Undset

Noch bevor irgendeiner von der künftigen Gruppe 47 sich einen Namen als Schriftsteller machen konnte, war Walter Kolbenhoff schon wer. Er hatte in der amerikanischen Gefangenschaft im Fort Kearney, jenem Camp also, in dem die damalige Kriegsgefangenenzeitung „Der Ruf" entstand, nicht in der Redaktion mitgearbeitet, sondern an einem Manuskript geschrieben; nach dem Krieg erschien das Buch in der Nymphenburger Verlagshandlung unter dem Titel „Von unserem Fleisch und Blut". Zurück in Deutschland, in der amerikanischen Zone, wurde er Redakteur der in München erscheinenden „Neuen Zeitung" (er hat das alles sehr schön in seinem Buch „Schellingstraße 48" beschrieben) und publizierte neben Alfred Andersch und Hans Werner Richter viel in dem neuen „Ruf". Und dort, im Heft 4 vom Oktober 1946, erschien auch sein Brief an Sigrid Undset. Auch er ist ein Beitrag zur vieldiskutierten Kollektivschuldthese, zu der sich die schon seit 1933 gegen die Nazis auftretende norwegische Nobelpreisträgerin dezidiert geäußert hatte.

Sehr geehrte Frau Sigrid Undset! Nur zögernd mache ich mich daran, Ihnen zu schreiben. Ich habe soeben Ihr letztes Buch ‚Wieder in die Zukunft' gelesen, und der Ton, die Stimmung des Buches haben mich zutiefst erschreckt und beunruhigt. Ich fühle, ich muß Ihnen schreiben, als ein junger Mensch jener Nation, von der Sie in Ihrem Buch so leidenschaftlich erklären, daß Sie sie hassen, und von der Sie glauben, sie sei an und für sich schlecht und hoffnungslos und es lohne sich nicht, sich irgendwelchen Illusionen über die Wandlung der Deutschen zu modernen Kulturträgern hinzugeben.

Mein Zögern entspringt der Tatsache, daß Sie in Ihrem Buche gefühlsmäßig argumentieren und daß ich Ihre Gefühle als Mutter und Patriotin respektiere – meine Landsleute haben Ihr Land überfallen, in dem Ihre Vorfahren seit tausend Jahren frei lebten, sie haben Ihnen Ihren Sohn erschossen und die Scheußlichkeiten begangen, die die Welt jetzt kennt. Was soll ich Ihnen darauf antworten? Ihr Schmerz und Ihre Empörung sind gerecht, Ihr Zorn und Ihre Trauer sind tausendfach berechtigt. Auch Ihr Haß, der Sie gefühlsmäßig zum Schreiben des letzten Teils Ihres Buches veranlaßt hat, ist menschlich begreiflich. Aber das, was Sie der Welt in Ihrem Haß zu sagen haben, ist durch eben diesen Haß verzerrt, und, verzeihen Sie, daß ich es Ihnen als weitaus jüngerer Mensch der von Ihnen angeklagten Nation sage: Sie hätten es nicht tun sollen, Sie haben weder der Welt noch sich selbst einen Dienst dadurch erwiesen.

Die Welt kennt Sie, Sie sind Nobelpreisträgerin und eine berühmte Frau. Ihr Roman ‚Kristin Lavransdatter' ist sowohl in diesem Lande als auch in der ganzen Welt von ungezählten Menschen gelesen worden. Die Welt, und besonders die Menschen in den Vereinigten Staaten werden auch dieses Ihr letztes Buch lesen. Sie sagen ihnen: „Ich weiß, daß es vielen Amerikanern, die gewohnt sind, vom ‚internationalen guten Willen' sprechen zu hören, als unklug erscheinen muß, daß ich soviel über den Haß gegen Deutschland und alles Deutsche geredet habe, obwohl dieser Haß eine Tatsache ist, der nach dem Kriege bei allen Plänen für den Wiederaufbau und allen Bemühungen, eine internationale, gerechtere und bessere Ordnung zwischen den Völkern zu schaffen, Rechnung getragen werden muß."

Hiermit, sehr geehrte Frau Undset, legen Sie sich fest. In welch ungeheurem Gegensatz stehen Ihre Worte zu den Worten des verstorbenen Präsidenten Roosevelt, der gesagt hat: „Ich würde meinen tiefsten religiösen und politischen Überzeugungen untreu werden, wenn ich je die Hoffnung, ja den Glauben aufgäbe, daß in allen Völkern, ohne Ausnahme, ein Sinn für die Wahrheit, ein Streben nach Gerechtigkeit und eine Sehnsucht nach Frieden lebt – wenn auch dies alles im Falle Deutschlands von einem brutalen Regime unterdrückt sein mag. Wir klagen nicht das deutsche Volk als solches an, denn wir können nicht glauben, daß Gott irgendein Volk auf ewige Zeiten verdammt hat."

Was wollen Sie mit Ihrem Haß erreichen? Auch ich bin ein Deutscher, aber ich schäme mich über die Schandtaten der Gangster, die unser Volk diskriminiert haben, mehr als Sie es je verstehen werden, und ich verurteile die Infamie und die Teufelei, mit der sie die Welt ins Unglück stürzten, ebenso entschieden wie Sie. Mich trifft Ihr Haß nicht. Ich und Millionen anderer Deutscher haben schon gegen Hitler und seine Bande gekämpft, als Sie noch nicht daran dachten, es zu tun. Uns kann, wie gesagt, Ihr Haß nicht erreichen. Aber Ihr Haß ist dazu angetan, den Hunger und das Elend von Millionen unschuldiger Kinder, die nichts für die Stupidität ihrer Eltern können, zu verlängern, und deshalb taten Sie Unrecht, dieses Buch zu publizieren. Sie sind eine berühmte Frau und wissen, daß Sie mit Ihrem Wort die anderen Menschen gefühlsmäßig beeinflussen können.

Sie graben, um Ihren Argumenten mehr Gewicht zu geben, einen mittelalterlichen dänischen Chronisten heraus und zitieren: „Ihre (der Deutschen) Brutalität ist maßlos, wo sie die Herren sind; aber wenn das Glück gegen sie ist, betteln und winseln sie um Gnade." Und Sie, Frau Undset, fügen hinzu: „Kann jemand daran zweifeln, daß wir dieses Gejammer wieder hören werden, wenn es den Alliierten gelingen sollte, die Angreifer der freien Staaten zu besiegen?"

Sie begründen Ihr Abstandnehmen von uns durch eine Anschauung, die ich schon einige Jahre vor dem Kriege in Skandinavien ausgedrückt hörte. Schon damals begann es dort in gewissen Kreisen modern zu werden, von den Deutschen mit verächtlichem Achselzucken zu sagen: Es ist ihnen nicht zu helfen, ihre Natur ist ihnen angeboren. Sie haben die Mentalität unkultivierter Rekruten und verspüren nichts als masochistische Freude, wenn sie dem ewigen preußischen Korporal gehorchen dürfen! – Es fällt Ihnen leicht, ich weiß es, diese Behauptung mit tausend Argumenten zu bekräftigen. Und doch ist sie nicht richtig. Sie erklären, daß die beispiellose Barbarei des Hitlerismus eine logische Folge dessen sei, was Sie die „deutsche Gedankenwelt" nennen. Aber Sie vergessen dabei, daß die „deutsche Gedankenwelt" auch mitgeholfen hat, die Kultur Ihres Landes zu formen. Die sozialistische Arbeiterbewegung, die Ihrem Lande das fortschrittliche politische Gesicht der letzten Jahrzehnte gab, ist in Deutschland entstanden. Marx, Engels, Lasalle, Liebknecht waren Deutsche, und diese Männer waren mit den Philosophen und Dichtern der letzten Jahrhunderte Träger eines Gedankengutes, das heute der ganzen Welt angehört. Sie haben zum Teil den deutschen Militarismus, dieses unser geschichtliches Unglück, heftiger bekämpft als alle anderen, weil sie ihn am besten kannten. Sie wissen das alles ganz genau, Frau Undset, aber Ihr Haß läßt Sie nicht klar sehen. Sie sehen nur die *eine* Type, wenn Sie von den Deutschen sprechen, die Type, die Heinrich Heine, die Gebrüder Mann und der Maler George Grosz so genial porträtierten, und verallgemeinern in der Art, in der es in der letzten Zeit modern geworden ist, zu verallgemeinern. Man klagt immer ganze Völker an, ganze Rassen und Klassen: die Rothaarigen, die Krummnasigen, die Schwarzen, die Juden, die Jungen, die Alten.

Auch Sie tun es. Sie glauben, das deutsche Problem sei hoffnungslos, die deutsche Mentalität werde sich nicht ändern. „Die Charaktereigenschaften des Herrenvolkes" sind „statische Züge, die beweisen, wie erstaunlich wenig sich die Deutschen in den letzten tausend Jahren verändert haben", sagen Sie, doch treffen Sie mich damit ebensowenig, wie Sie mich mit Ihrem Haß treffen. Ich weiß nämlich, daß es Kräfte in Deutschland gab und gibt, die Ihnen tausendfach widersprechen. Diese Kräfte haben das Objekt Ihres Hasses schon lange erkannt, und es bedeutet für sie den Sinn ihres Lebens, diese böse Kraft in unserem Volk zu vernichten. Und diese Leute sind Deutsche von der Art, an die Sie nicht glauben.

Sie zitieren, um Ihre These von der Unveränderlichkeit der deutschen Mentalität zu bekräften, einen alten Schloßkustoden, der Ihnen einmal mit Tränen in den Augen sagte: „Wir Deutsche können nicht leben ohne Herren, zu denen wir aufschauen." Ich könnte Ihnen Italiener, Franzosen, Polen und sogar Skandinavier zitieren, deren politischer Infantilismus nicht angenehmer dadurch wird, daß er kein deutscher ist.

Verstehen Sie mich nicht falsch: Ich kenne unser Grundübel nur zu gut. Und ich weiß, daß die bösen Gefahren mit dem Zerschlagen des Nationalsozialismus keineswegs beseitigt sind. Aber ich sehe gerade in der jetzigen Zeit eine unvergleichbare Chance, die geistige Einstellung eines Teiles unseres Volkes zu ändern. Wir hatten diese Chance zweimal: in den Jahren 1848 und 1918. Es hat keinen Zweck, sich jetzt darüber zu streiten, warum wir sie nicht ausnützten. Wir haben sie jetzt zum drittenmal, und ich bin optimistisch genug zu glauben, daß es uns diesmal, wenn auch langsam und unter ungeheuren Schwierigkeiten, gelingen wird. Auch Ihre Vorfahren, Frau Undset, waren einmal brutale und sehr unangenehme Plünderer und Räuber, die sich auf ihren Raubzügen den Teufel etwas daraus machten, was die kultivierten Überfallenen von ihnen dachten.

Falls Ihre Anschauung von der unveränderlichen hassenswerten Mentalität der Deutschen an sich und von der Zwecklosigkeit jeden Bemühens, sie umzuerziehen, wahr sein sollte, falls also Ihr Pessimismus siegen sollte, stände es schlecht nicht nur um uns, sondern auch um Sie. Wir sind immerhin sechzig Millionen Menschen und wohnen im Herzen Europas. Wie sollte Ihrer Meinung nach dieses Problem gelöst werden? Ich habe in Ihrem Buch keinerlei Anhaltspunkte dafür gefunden. Man kann uns nicht auf ewig versklaven oder eine ewige Wacht an unseren Grenzen halten. Die einzige Lösung des Problems ist die, daß wir uns einordnen in das Leben der anderen Völker. Ich versichere Ihnen, daß jetzt schon wieder, wie auch früher, in einem großen Teil unseres Volkes die heiße Sehnsucht steckt, dies zu tun. Diese Sehnsucht jedoch wird nicht auch auf den anderen Teil der Deutschen übertragen, wenn man, wie Sie es tun, die dargebotene Hand von sich stößt.

Zu Anfang dieses Briefes sagte ich, daß ich mich nur zögernd daran machte, Ihnen zu schreiben. Ihre Gefühle als Mutter und Patriotin sind mir zutiefst verständlich, und ich achte Ihren Schmerz und Ihre Trauer. Aber glauben Sie nicht, daß ich das Recht habe, eine Trennung von Gefühlsäußerungen, die Ihnen der Haß diktiert, und kühleren Überlegungen vorzunehmen? Ich bin ein ebenso entschiedener Gegner der Barbarei, wie Sie es sind. Unser Unterschied ist nur der, daß ich erstens Deutscher und zweitens nicht so pessimistisch bin wie Sie. Vielleicht, Frau Undset, liegt es auch daran, daß ich jünger bin und daß ich das deutsche Volk und vor allem seine Arbeiterklasse doch besser kenne als Sie. Wenn Sie in Ihrem Buche schreiben: „Die Nachbarvölker hatten immer das Gefühl gehabt, daß die Deutschen unsere Auffassung von Aufrichtigkeit, von persönlicher Verantwortung anderen gegenüber, von Wahrheitsliebe, Bescheidenheit, Zurückhaltung und Selbstbeherrschung, kurz, alle unsere Ideale der menschlichen Lebensführung nicht zu teilen schienen" – dann tun Sie dem besten Teil dieses Volkes unrecht. Diese Menschen versuchen jetzt unter unsäglichen Mühen, nach bitteren Enttäuschungen und schmerzenden Schlägen, einen neuen Weg zu finden. Sie haben die Hoffnung nicht verloren und werden sie nie verlieren. Sie tragen den Teil ihrer Schuld, und, glauben Sie es mir, sie tragen ihn tapfer und ohne zu murren.

Aber ihre Schuld ist nicht die, von der Sie sprechen, und sie weisen Ihre Angriffe mit aller Entschiedenheit zurück. Sie, Frau Undset, glauben nicht an die guten Kräfte im deutschen Volke. Aber die guten Kräfte werden sich trotzdem durchsetzen, denn wenn sie es nicht täten, lohnte es sich nicht mehr, für sie zu leben. Dann wären alle die Anstrengungen der Menschheit, das Leben schöner und wertvoller zu machen, vergeblich gewesen. Wir sind optimistisch genug zu glauben, daß sie nicht vergeblich gewesen sind.

Armgard zur Mühlen
an die Familie

Armgard zur Mühlen ist ein Pseudonym, der wirkliche Name der Schreiberin wurde bei der Publikation des Briefes 1971 auf ihren Wunsch hin unkenntlich gemacht. Die Familie, um die es sich hier handelt, besaß ein großes Gut im östlichen Mecklenburg. Der Treck gen Westen bei Kriegsende wurde von den sowjetischen Truppen eingeholt; man zog also zunächst zum Gut zurück, mußte sich aber bald auf Veranlassung der Besatzungsbehörde mindestens 40 Kilometer von ihm entfernen. 1946 pachtete die Familie einen Bauernhof, 50 Kilometer von ihrem alten Gut entfernt; Mutter und Schwester waren inzwischen in die britische Zone übergewechselt. Die mehr oder weniger gewaltsame Strukturveränderung der Landwirtschaft in der sowjetischen Besatzungszone war nach dem Krieg ein Thema, das Ost und West stark beschäftigte. Literarischen Niederschlag haben diese und andere Veränderungen in den Büchern des in Mecklenburg aufgewachsenen Uwe Johnson gefunden.

Calberwisch, den 10. 1. 47

Liebe Familie,

schon lange werdet Ihr auf diesen Brief gewartet haben, aber im Drange der Ereignisse war es nicht eher möglich zu schreiben. Womit soll ich nun anfangen? Es ist so unendlich viel, was ich zu erzählen habe. Also heute kam Euer Telegramm, freudig begrüßt, da ich schon in Sorge war. – Wir sind nun also aus dem Lande Mecklenburg ausgewiesen vom russischen Kommandanten in Schwerin. Nein, ich muß doch der Reihe nach erzählen.

Ihr wißt ja, daß unser Dorf, das nur Bodenklasse 7 bis 9 hat, für das Ablieferungssoll aber in Bodenklasse 2 bis 3 gekommen war, das Soll nicht erfüllen konnte. Niemand im Dorf konnte es. Die meisten gaben nur 23 bis 24% ab. Der Erfolg war nun, daß bei uns und auch in den Nachbargemeinden eine systematische Druckaktion der russischen und deutschen Behörden einsetzte. Es sollte unbedingt 100% abgeliefert werden. Jeder, bei dem Korn gefunden wurde, ganz gleich ob es Futtergetreide oder Brotgetreide für die Selbstversorger war, wurde abgeholt und eingesperrt. Bei einer der Suchaktionen wurde in unserer Scheune Korn gefunden, das unser Arbeiter Klinker ohne unser Wissen zur Seite gebracht hatte. Karl lag ja noch mit seinem gebrochenen Bein im Bett, und so stand ich mal wieder allein vor der Bescherung. Umringt von Polizei, Russen und Neugierigen verteidigte ich mich, so gut oder vielmehr so schlecht es eben ging. Mit einem Gedanken war ich immer bei meinem Sonntagsessen, einem fetten Hecht, den ich dem Fischer A. mit viel Augenaufschlägen abgehandelt und dann kilometerweit herangeschleppt hatte, und der nun rettungslos verschmorte. Es war gräßlich. Der Polizeichef war aber ganz nett zu mir. Den armen Klinker griffen sie auf dem Felde und nahmen ihn mit, nachdem ich ihn mit den beiden Symbolen dieser Wochen, Decke und Brot, ausgerüstet hatte. Von nun an verging kein Tag ohne Suchaktion. Ein Mann von der SED war immer dabei, eine reine Bestie. Eines Nachmittags kam plötzlich der Polizeichef, ein russischer Oberleutnant, ein Dolmetscher und die SED-Bestie zu uns ins Haus, setzte sich ohne Aufforderung gleich hin und begann ein Verhör: Warum wir noch nicht ausgedroschen hätten, wieviel abgeliefert, wo früher gewohnt, wieviel Land gehabt? Wie? 3000 Morgen??? Eisiges Schweigen. – Verschweigen hätte nichts genützt, denn sie wußten das alles längst, kamen auch eben von dem Denunzianten des Dorfes.

Plötzlich hieß es: „Ja, wir müssen zur Deckung des Solls Ihre Möbel und Ihr Vieh beschlagnahmen." – Wir waren sprachlos, denn das war eine ganz neue Methode. Mit wankenden Knien durch die Wohnung mit dem Polizeimann und dem Dolmetscher. Auch Süßes Babybett wurde aufgeschrieben. Ich sagte empört: „Aber das können Sie doch nicht!" „Wir können", sagte der Dolmetscher kalt. Inzwischen kam der Bürgermeister, Kommunist, ein sehr rechtlicher Mann, der auch nie ein Blatt vor den Mund nahm. Er unterstützte uns und bewies anhand seiner Papiere, daß bisher wir aus dem ganzen Dorf am meisten abgeliefert hatten. 60%, die anderen alle nur 30%. Der Russe schüttelte nachdenklich den Kopf, sagte: „Beste Bauer..." Ich kämpfte mit Tränen der Wut. Wie hatten wir geschuftet! Unter was für Verhältnissen! Als wir vor drei Monaten den Hof übernahmen, da stand doch nur noch das nackte Haus ohne Fenster und Türen inmitten der 400 Morgen bestellter Felder. Und nun hatten wir seit ein paar Wochen eine Kuh, das Ferkel Nauke, das in einer Kiste in der Küche hauste, während die Kuh nebenan in der Speisekammer stand, und vier Hühner, die tatsächlich Eier legten! Der Polizeichef zog mich ins Nebenzimmer, tröstete mich, sagte, das alles sei nur Bluff, und ich glaubte ihm. Dann gingen sie mit dem Befehl an uns, binnen drei Tagen auszudreschen. Wir waren erschöpft.

Gegen Abend kam der Bürgermeister und sein Schreiber und riefen mich hinunter. Ich wunderte mich. Wir gingen ins Haus, der Bürgermeister fing an zu stottern, er müßte uns etwas Schreckliches sagen. Ich schrie ihn an: „Los, Mensch, sagen Sie schon!" Darauf zog er ein Schreiben hervor und las uns vor, daß wir auf Befehl des Kommandanten binnen 48 Stunden das Land Mecklenburg zu verlassen hätten. Mit Handgepäck. Wegen Sabotage. Wir sahen uns an. Karl wurde totenbleich, ich dachte „dennoch, dennoch". Wie oft im letzten Jahr hatte ich das schon gedacht, wenn mir nichts weiter mehr einfallen wollte.

Am nächsten Tag hatte die Süße 40 Fieber. Wir bekamen 48 Stunden Aufschub. Inzwischen fuhr ich persönlich zum russischen Kommandanten nach Güstrow, um noch irgend etwas zu versuchen. Ich hatte Angst. Er saß hinter seinem Schreibtisch, die Mütze auf den Hinterkopf geschoben, er sah aus wie alle Russen, aber mir erschien er wie der leibhaftige Teufel. Soldaten gingen aus und ein und machten Meldung. Ich saß mit noch ein paar schüchternen Gestalten auf einer Art Armesünderbank. Dann winkte er mich heran. Der blonde Dolmetscher aus Dobbertin war da und sagte ihm, wer ich sei. Er fragte mich nur: „Deine Mann Gutsbesitzer?" „Ja", sagte ich. „Raus", sagte er ganz ruhig. Das war eine kurze Audienz! Ich ging, die Nase hoch. Der Dolmetscher öffnete mir mit übertriebener Höflichkeit die Tür. Ich fühlte eine Art Genugtuung, daß es mir gelang, da mit ganz unbewegtem Gesicht hinauszukommen.

Am nächsten Tag startete ich nach Schwerin zur Landesregierung, um dort Hilfe zu suchen. Mit der Reise ging alles gut. Ich drang auf der Landesregierung bis zum Stellvertreter des Ministers vor, der mir erklärte, daß sie natürlich gegen eine Anordnung der Russen machtlos seien. Inzwischen rief ich zu Hause an, da unsere Frist abgelaufen und ich in großer Angst war. Man sagte mir dort auf dem Gemeindebüro, daß am Morgen Karl und die Kinder hätten abtransportiert werden sollen, daß sie aber noch da wären. Unendliche Verspätungen, stundenlanges Warten in überfüllten, stinkenden Wartesälen, allzufreundlichen Russen glücklich entronnen, dann wieder zehn Kilometer zu Fuß nach Hause. Ich rannte. Gegen sechs Uhr platzte ich zu Hause in die Stube, sah mit einem Blick: alle waren da! Gott sei Dank!

Am nächsten Morgen alle Kisten, Kasten und Kinder auf einen Wagen.

So und nun muß ich aufhören. Nur noch soviel: Wir haben hier bei diesem Bauern in der Altmark, wo wir nun erstmal gelandet sind, nur ein leeres Zimmer bekommen, obwohl er auf dem Boden noch unbenutzte Möbel hat. Auf Zureden gab er uns einen rohen Tisch und drei Gartenstühle. Das ist unsere ganze Einrichtung. Trotzdem haben wir schon Weihnachten gefeiert, mit selbstgebackenen Pfeffernüssen, einem kleinen hübschen Tannenbaum, der auf unserem weißverkleideten Kartoffelsack steht. Süßigkeiten, die es auf Zuckerkarten gab, und einer Bescherung, die ich, zusammenbrechend, aus der nächsten Stadt heranschleppte. Ein Bett, als Sofa frisiert, geliehene Bücher, ein grüner Teppich, den wir mitnahmen, Kisten mit Tischdecken dekoriert – unser Heim war trotzdem gemütlich.

Unsere Gastgeber hier, die Bauern, haben nichts verloren. Der Krieg ging an ihrem Besitz und scheinbar auch an ihren Herzen spurlos vorüber. Sie leben satt, sicher und geborgen.

Es grüßt Euch

Eure Armgard

Walter Maria Guggenheimer
an einen Mitläufer

Viel lag den Nachkriegsdeutschen nicht an der Beschäftigung mit ihrer jüngsten Vergangenheit, was später mit dem treffenden Wort von der „Unfähigkeit zu trauern" ausgedrückt wurde. Eine der wenigen Zeitschriften, die sich deutlich und engagiert zu den vergangenen zwölf Jahren äußerte, war der mittlerweile legendäre „Ruf", begründet von Alfred Andersch und Hans Werner Richter. Da er nicht nur den Deutschen, sondern auch der amerikanischen Besatzungsmacht unliebsame Wahrheiten sagte, wurde er von dieser kurzerhand verboten: Heft 17 vom 15. April 1947 wurde nicht mehr ausgeliefert. Allerdings ist wahrscheinlich, daß bei dem Verbot auch die Sowjets mitmischten; damals zog man noch an einem Strang in derlei Dingen. In diesem Heft 17 sollte der offene Brief von Walter Maria Guggenheimer erscheinen, in dem der Publizist sich an eine politische Spezies wandte, die nicht zuletzt durch die traurigen Entnazifizierungsprozesse in aller Munde war; der Brief sollte den Titel tragen: „Sehr geehrter Herr Mitläufer."

I. 15. IV. 1947

Ich spreche Sie, und das hat seinen Grund, in der Einzahl an, obzwar ich Sie in vielfachen Exemplaren kenne, und obwohl Sie gar nicht so sehr einförmig sind, wie ich es mir anfangs vorstellte. Denke ich nur an die vielerlei Profile, die ich schon von Ihnen entdeckt habe: zwei erinnern deutlich an die glatten Gipsabgüsse, die in manchen Museen das Andenken römischer Imperatoren schänden; ein anderes, mit scharfer Brille, schnuppert kühn und forschend irgendwo nach oben; eins bekommt man gar nie richtig zu sehen, so unruhig weicht es immer aus, als warte es immer noch auf den Peitschenhieb eines Führers. Im ganzen ist Ihr Profil wohl das des deutschen Volkes gemeinhin, und das ist ja das Unglück. So sind Sie eine Art singulare tantum, eine unfaßbare zahllose Einheit, die allein schon dieses gemeinsam zu charakterisieren genügte: Die flammende Empörung, die Sie erfaßt hätte, wäre es uns eingefallen, Sie vor zehn, ja fünf Jahren als Mitläufer zu bezeichnen. Aber wir wollen nicht auf diesem Detail herumreiten – wer von uns weiß, ob er nicht auch eine moralische Ohrfeige drei Jahren Arbeitslager vorzöge?

Ja, überhaupt, wer von uns weiß...? Das ist nämlich die quälende Frage, zu der Sie Anlaß geben – Sie haben doch nicht im Ernst geglaubt, ich würde mich ein paar Spalten lang mit Ihnen selbst abgeben? Wiewohl ich weit davon entfernt bin, Ihre Bedeutung zu unterschätzen. Sie sind, sehr geehrter Herr Mitläufer, das wahre und tragische Unglück Deutschlands. Ein Dutzend politischer Großgangster treiben Sie zur Not in jedem Land der Welt auf, und ebenso etliche zehntausend Spezialisten: Straßenbauer, Flugzeugkonstrukteure, Kindergärtnerinnen, Panzerwagenkommandeure, Opernsängerinnen, Ägyptologen, die für des Teufels Großmutter arbeiten würden, wenn sie sie aus dem Vollen schöpfen läßt; aber viele Millionen von willenlosen Werkzeugen, die sich für ein kärgliches Trinkgeld ihre politische Selbstbestimmung und privates Ehrgefühl abkaufen lassen, und dabei in ihrer Instinktlosigkeit nicht einmal die Münze auf ihre Wertbeständigkeit prüfen, die ihnen da hingeworfen wird – eine derartige Hammelherde werden Sie woanders nicht leicht finden. Nicht Hitler hat ‚Heil Hitler' geschrien, sondern Sie, das wollen wir doch nicht vergessen. Goebbels hat gelogen, was so manch einer tut; Sie aber haben ihm geglaubt, und damit begann der Jammer. Himmler war ein sadistischer Tyrann (ein schwer ergründbarer, stiller und höflicher Mann, übrigens); Sie aber haben ihm masochistisch Ihre Freiheit und Ihre Menschenwürde nachgeworfen, weil Sie ihrer müde waren, und Sie waren dabei nicht einmal still und höflich, sondern grölten und prahlten. Der unsagbare Göring hat sich immerhin fünfzehn Jahre eines der erstaunlichsten Abenteurerleben der Weltgeschichte zusammengeräubert; Sie aber haben sich dafür rationieren und schikanieren lassen, und waren auch noch stolz darauf. Noch die grausamsten Schlächter finden einen Schimmer von Entschuldigung in der Raserei ihres überspannten Willens, in der verzweifelten Hitze des Kampfes um die Macht; Sie aber haben nur kalt und feig zugesehen und zugelassen. Um dieser Kälte und Feigheit willen hasse ich Sie, wie man nur eine Kälte und Feigheit hassen kann, auf deren widerliches Gewürm man schon einmal entsetzt in einer Ecke seines eigenen Herzens gestoßen ist...

II.

Ich habe diesen Krieg in einer Elitetruppe mitgemacht, in der sich eine Handvoll recht bunt zusammengewürfelter Leute gefunden hatte, um mit der Ehre und der Freiheit einer alten europäischen Kulturnation die Ehre und Freiheit ganz Europas, und nicht zuletzt Deutschlands, zu retten; in de Gaulles „Free French Forces". Nach Zehntausenden von endlosen Kilometern durch die weite Welt bin ich in einer alten Uniform und zerrissenen Schuhen, ohne Geld und ohne Habe, aber, so grotesk es klingen mag, als alliierter Sieger in das Land zurückgekehrt, in dem ich nun seit über einem Jahr als deutscher Besiegter Not und Erbitterung und das Sterben jeder Hoffnung miterlebe. Und wenn ich einen Flüchtling aus Königsberg oder Breslau oder Karlsbad treffe, oder von den als Eisstatuen aus Polen ankommenden Ausgewiesenen lese, oder mit Arbeitern einer zu demontierenden Fabrik spreche, oder bei meinen nationalökonomischen Studien dieses vielmillionenfache Todesurteil, den Industrieplan, prüfe, oder die letzten krampfhaften Zuckungen einer deutschen Kultur beobachte, die an dreckigem Mangel an Kohle und Papier und Holzbläsermundstücken und Filmmaterial kläglich erstickt, oder wenn ich meine paar lebendig und an letzte Hoffnung geklammert durch den Krieg gekommenen Verwandten und Freunde nunmehr im Frieden langsam an Unterernährung, Kälte, Sorge und Verbitterung draufgehen sehe: dann frage ich mich manchmal nach meinen Kriegszielen. Oder ich bereite mich auf meine Spruchkammersitzung in zehn oder fünfzehn Jahren vor: Meine Herren, ich glaubte eben an die Atlantic Charta. – Ich muß gestehen, daß es schon während der Kämpfe selbst gelegentlich peinliche Momente gab. Nun, das war schließlich im Krieg, und Soldaten untereinander haben sich wohl über die Chancen, auf seine Führung Einfluß zu nehmen, niemals besondere Illusionen gemacht.

Heute aber haben wir uns ja durchgerungen und können unter dem Schutz einer auf unsere Umerziehung bedachten Besatzungsmacht demokratischen Geist und freiheitliche Institutionen erproben. Ich bin dann auch gleich einer der lizenzierten Parteien beigetreten, die mir weltanschaulich nahestand und in deren Rahmen ich mich aktiv als politisch interessierter Staatsbürger zu betätigen gedachte. Als diese Partei für die neue bayerische Verfassung eintrat, versuchte ich, meine gegenteilige Auffassung geltend zu machen. Die zur Besprechung angesetzte interne Versammlung fand aber nicht statt, so daß ich schließlich – nach der Abstimmung – im ‚Ruf' darlegte, warum ich die Verfassung miserabel fände. Die Partei wählte dann unter erheblichen Kämpfen ihren Landesvorsitzenden; ich habe heute noch nicht in Erfahrung bringen können, durch welchen Delegierten meine Stimme für welchen Kandidaten eingesetzt wurde; über die gegen den Landesvorsitzenden erhobenen Vorwürfe weiß ich genauso viel wie irgendein unorganisierter Zeitungsleser. Meine Partei beteiligte sich dann an der Regierungsbildung, wobei die Kandidaten, die zunächst als ganz selbstverständlich im Vordergrund standen, unberücksichtigt blieben, ohne daß ich jemals über die Gründe irgend etwas Näheres erfahren hätte. Die Partei ging ohne jede Not und gegen alle Erwartung eine Koalition mit der größten gegnerischen politischen Partei ein, wobei aber ein erheblicher Teil ihrer Abgeordneten sich absonderte. Es war mir bis heute nicht möglich festzustellen, zu welcher der einander in so grundsätzlichen Fragen bekämpfenden Gruppen ich durch meine Stimme innerhalb der Organisation gehöre und durch wen ich dabei vertreten werde, geschweige denn warum. Auf wiederholte mündliche und schriftliche Mahnung, nun doch endlich Gelegenheit zu einer internen Unterrichtung und Meinungsäußerung zu geben, erhielt ich die Mitteilung, es sei dies bisher der Kälte wegen nicht möglich gewesen; ich möchte aber, und zwar mit meinen Angehörigen, bei einer imponierenden Massenkundgebung, mit einer Rede des Herrn Ministerpräsidenten, erscheinen.

Morgens beim Rasieren blickte ich forschend in den Spiegel und frage mich: So also sieht ein Mitläufer aus?

III.

Aber was sollen Ihnen, sehr geehrter Herr Mitläufer, meine Seelenqualen? Sie persönlich hätten liebend gerne das schlechteste Gewissen der Welt, wenn man Sie dabei nur ein wenig mehr in Ruhe lassen wollte. Denn wie sagten Sie neulich so richtig, als Sie mir in Ihrem entzückend eingerichteten, heimelig warmen Wohnzimmer eine – es sei Ihnen unvergessen – herrliche Tasse Bohnenkaffee und ein Gläschen Schnaps anboten: „Diese Unsicherheit ist ja schlimmer als das KZ; da wußten die Leute doch wenigstens, woran sie waren!" – Wir wollen die Sache einmal ruhig miteinander betrachten. Sie müssen doch schließlich selbst einsehen, daß, da nun einmal dieser Krieg gegen die Nationalsozialisten gewonnen wurde, irgendwelche Konsequenzen daraus gezogen werden würden. Sie selbst hätten die Lage außerordentlich vereinfachen können, wenn Sie die Amerikaner, statt mit völlig unnötigen Blumen, mit einer möglichst kompletten und bedeutungsvoll im Winde baumelnden Kollektion Ihrer jeweiligen Orts-Obernazis empfangen hätten. Aber Sie waren ja, zarte Seele, ausgerechnet in der dafür zur Verfügung stehenden halben Stunde des sinnlosen Mordens müde geworden...

Was Sie nun so besonders erregt, ist der formalistische Charakter der jetzt ergriffenen Sanktionen, wobei Leute, deren Gesinnung die Ihrige an Nazismus übertraf, völlig ungeschoren durchzukommen scheinen. Ja, in drei Teufels Namen, sehen Sie denn nicht, daß gerade darin Ihre Rettung liegt? Kapieren Sie denn nicht, daß damit haarscharf an dem vorbeigeschossen wird, was den deutschen Faschismus ermöglichte (und daher auch in Zukunft ermöglichen wird): die gesellschaftliche Verfilzung, ein mittelständlerisches Versicherungs- und Gegenseitigkeitsgeschäft? Sie haben die Naivität, sehnsüchtig von einer Besatzungszone zu träumen, in der angeblich sogar aktive Nazis, wenn Sie nur den Anschluß an eine neuerdings führende Partei gefunden haben, wieder in voller Tätigkeit sind. So. Und glauben Sie, daß Sie im dortigen politischen Klima Ihren alten Kegelbruder Wutzlberger (weißer Fragebogen) noch als Referenten im Wohnungsamt finden würden, und Ihren Leibfuchs Oberhuber im Landwirtschaftsamt, und daß Ihr früherer Chauffeur, jetzt Fuhrunternehmer, Sie jeden zweiten Tag anrufen würde, ob Sie nicht eine besonders dringliche Geschäftsfahrt mit einer seiner Taxen zu bestellen hätten, und daß Ihr Maß-Schneider, in Erinnerung an alte Zeiten, und in der Hoffnung auf neue, immer noch ein paar Meter soliden Stoffs für Sie parat hätte? Merken Sie denn nicht, daß die Deutschen das Einzige einfach nicht wollen – es sich in ihrer unvorstellbaren Armut einfach nicht leisten wollen –, was Ihnen und dem Nazismus wirklich und endgültig den Garaus machen könnte: einen sozialen Umbruch mit Zertrümmerung der ökonomischen und gesellschaftlichen Positionen, die sich der Faschismus geschaffen hat? Daß niemand im entferntesten daran denkt, mit der herrschenden Spießbürger-Schicht zu brechen, sofern sie nur taktvoll genug ist, wenigstens die formal unmöglich gewordenen Vertreter auf Eis zu legen?

Sie sind natürlich in dieser ganzen Angelegenheit momentan die etwas tragikomische Figur des designierten Sündenbocks. Lassen Sie sich das nicht weiter anfechten. Sie müssen eben ein wenig Geduld aufbringen. Lassen Sie nur einmal alle diese rabiat gewordenen Demokraten drankommen und wieder abwirtschaften, die jetzt ihre Zeit für gekommen halten – wie sie jetzt schon toben, die armen Irren, zwischen den vier Gummiwänden der sorglich um sie aufgebauten grinsenden hinterhältigen schadenfrohen, achselzuckenden passiven Resistenz! Und glauben Sie etwa, es macht irgendeinem Vergnügen, dauernd mit Leuten zu tun zu haben, die auf ihre Emigration ins ‚gai Paris' oder nach einem der asiatischen Schlaraffenländer pochen, oder, wenn schon, auf ein paar Jahre Konzentrationslager, oder gar auf ein bißchen alliierten Militärdienst, wobei sie sich noch vollgefressen haben, gratis die Welt zu sehen bekamen und womöglich es nicht einmal zu einem gesellschaftsfähigen Offiziersrang brachten? Die Taktlosigkeit dieser deutschen Demokraten kennt ja kaum Grenzen, was bei den verworrenen Ideen, die sie sich von Menschenwürde, unverlierbaren Menschenrechten, konstruktivem Aufbau und ähnlichen Requisiten für Bankettreden machten, nicht verwunderlich ist. Der Rekriminationen ist kein Ende, sie machen sich Sorgen um die Struktur der Landwirtschaft, die Wirtschaftlichkeit des Kohlenexports, und was sie sonst an Lebensnotwendigkeiten des deutschen Volkes entdecken. Auf einmal. Am groteskesten benehmen sie sich auf dem sogenannten Kultursektor; da gibt es Tragödien wegen eines amerikanischen Romans, eines englischen nationalökonomischen Werkes, eines französischen Philosophiesystems, die ihnen nicht rechtzeitig zur Kenntnisnahme unterbreitet wurden, oder sie kaprizieren sich auf einen Schriftsteller oder Komponisten, der eben aus wohlerwogenen Gründen in Österreich erwünscht und zur Abwechslung in Bayern unerwünscht ist; oder man könnte meinen, die Welt geht unter, weil irgendeine Universität, die schon soundsoviel hundert Jahre (also auf alle Fälle viel zu lange) sich durchgewurschtelt hat, nun nicht mehr im alten Trott weitermachen kann.

Aber verlassen Sie sich darauf: lange wird die Herrlichkeit dieser armen Schlucker nicht dauern. Man wird bald genug den Wert eines wohlgedrillten, gepflegten deutschen Mannes zu schätzen lernen, der strammzustehen versteht, wenn man es von ihm erwartet, und der sich auch nicht scheut, wünschenswerte Entwicklungen und Einsichten beim nachgeordneten Publikum mit der nötigen Energie durchzusetzen. Sie dürfen sich durch kleine Anfangsschwierigkeiten nicht entmutigen lassen. Erinnern Sie sich nur: es war auch bei den Nazis zu Beginn nicht gar so leicht. Was haben die Ur-Pg's gelacht, wenn Sie einmal etwas unvorsichtig von „uns alten Kämpfern" sprachen, wie amüsierten sich die Leute über Ihren zunächst so ungelenken und schüchternen Hitlergruß! Sie dürfen nichts überstürzen. Mit Hello Boy! in die Tür zu fallen, müssen Sie sich bis auf weiteres verkneifen. Aber seien Sie guten Mutes und glauben Sie mir: Was ein richtiger Mitläufer ist, der bei allem mitkommt und dem bei nichts die Luft wegbleibt, auf den greift man immer wieder zurück!

Ihr Walter Maria Guggenheimer

Bruno Walter
an Wilhelm Furtwängler

Nach einigem Zögern hatte sich Wilhelm Furtwängler bereit erklärt, Ende 1949/Anfang 1950 zwei Konzerte mit dem Chicago Symphony Orchestra zu geben. Nach Bekanntwerden dieser Verabredung erhob sich von Seiten verschiedener Musiker und Dirigenten ein nachhaltiger Widerstand, die Orchesterleitung in Chicago erhielt Drohungen, und Furtwängler wandte sich erschrocken an Bruno Walter und wies in einigen Briefen auf seine besondere Lage im Dritten Reich hin: gerade er habe sich doch am meisten für Juden eingesetzt, habe sich jeder Bindung an den Staat enthalten und empfinde das Ganze nun als einen üblen Verleumdungsfeldzug. Furtwängler schien nur mit Mühe zu verstehen, was Bruno Walter ihm schon in einem früheren Brief auseinandergesetzt hatte, daß nämlich die Kunst des Daheimgebliebenen „Jahre hindurch als ein äußerst wirksames Mittel der Auslandspropaganda für das Regime der Teufel verwendet wurde", sein bedeutendes Talent den Machthabern zu Diensten stand und daß „Anwesenheit und Tätigkeit eines Künstlers Ihres Ranges auch in Deutschland selbst jenen furchtbaren Verbrechern zu kulturellem und moralischem Kredit verhalf".

Beverly Hills, 10. 11. 1949

Sehr geehrter Herr Furtwängler:

Ihr Brief vom 22. Januar zeigt, wie sehr unsere Anschauungen in wichtigen Fragen auseinander gehen, und meine Erfahrung von der Fruchtlosigkeit der Diskussionen bei entgegengesetzten Überzeugungen rät mir, unsere Erörterung nicht fortzusetzen. Doch möchte ich nicht, daß Sie mein Schweigen als Mangel an gutem Willen oder auch als Zustimmung zu Ihren Anschauungen auffassen, und daher will ich wenigstens auf die Verschiedenheit unserer Gesichtspunkte hindeuten, ohne sie jedoch zu diskutieren. Hierzu könnte ich mich keineswegs entschließen und wäre dankbar, wenn Sie mir darin beipflichteten.

„Zumindesten krankt die Einstellung der Teilnehmer am Boykott gegen mich an Mangel an Einfühlungsvermögen in Situationen, wie es die meine war", so schreiben Sie. Diese Krankheit ist eine Weltepidemie, gegen die nur ein ständiger und ernst bemühter guter Wille immunisiert. Und ich muß aufrichtigerweise sagen, daß auch Sie in Ihrer Einstellung gegenüber solchen Teilnehmern – Opfern der Nazis, Mitfühlende, Empörte – Symptome jener Krankheit aufweisen. Meinem vorigen Brief konnten Sie entnehmen, in welchem Licht Ihre zwölfjährige bedeutende Anteilnahme am politisch durchseuchten Kulturleben Nazi-Deutschlands erscheinen mußte.

Sie „verstehen die Gefühle der Juden gegenüber den Deutschen"! Als ob nicht eine große Zahl der Demonstranten Nicht-Juden gewesen seien! Als ob es sich um nationale Gefühle gehandelt hätte, und nicht im Wesentlichen um einen Abscheu moralischer Art gegen die deutschen Verbrecher! Ich selbst akzeptiere überhaupt kein Kollektivurteil, ob es sich um die „Deutschen", oder die „Juden", die „Franzosen", die „Musiker" u. a. handelt.

Aber am meisten trennen sich unsere Wege, wenn Sie von dem „wahren Deutschen" sprechen. Hier geht Ihre frühere irrige Kennzeichnung des Konflikts als nationaler Gegensatz in ein nationalistisches Bekenntnis über. Ein „wahrer Deutscher" ist in rühmlichem Sinne gemeint, und daraus klingt jener Nationalismus, jener Patriotismus, aus deren Betonung und Steigerung das Unheil erwächst. – Ich glaube, daß nur durch Überwindung eines solchen Nationalismus, durch Hineinwachsen in ein weltbürgerliches Gefühl, eine Besserung der Lage erreicht werden kann.

Die Beantwortung Ihrer Frage im ersten Teil Ihres Briefes erlassen Sie mir bitte. Nur so viel, daß die Gründe der damaligen Veränderung in unseren Beziehungen nichts mit musikalischen Dingen zu tun hatten. Sie scheinen mir aber zu unwichtig nach allem Tragischen, was sich ereignet hat, als daß ich ihnen nur ein Wort widmen möchte.

Es tut mir leid, wenn diese Zeilen Sie nach allem, was Sie durchgemacht haben, von neuem belasten sollten. Aber ich fühle, daß meine Bereitschaft zur Versöhnlichkeit mich nicht an voller Aufrichtigkeit in meinen Äußerungen verhindern darf.

Mit besten Grüßen bin ich Ihr sehr ergebener

Bruno Walter

Hermann Hesse
„Antwort auf Briefe aus Deutschland"

Die ganz besondere Art, in seinen Büchern „Lebensfragen" aufzuwerfen, haben Hermann Hesse in seinem Leben über 35 000 Briefe eingetragen; keinem anderen Schriftsteller dieses Jahrhunderts ist das in diesem Ausmaß widerfahren. Die Antworten waren Hesse oft eine lästige Pflicht, aber er hat sie als Herausforderung auf sich genommen; sehr oft individuell und ausführlich. Zu allem hatte er keine Hilfskraft, denn „einen Kanzleiapparat aufzubauen gegen den täglichen Ansturm" wäre für ihn ein Unding gewesen. Nach der Verleihung des Nobelpreises 1946 schwoll der tägliche Posteingang derart an, daß er eine neue literarische Gattung erfand: die Rundbriefe. Sie ermöglichten ihm, auf die häufigsten Fragen zu reagieren, ohne daß seine schriftstellerische Produktivität zu sehr eingeschränkt worden wäre. Zunächst erschienen diese Rundbriefe als Privatdrucke, die er seinen immer kürzeren Antworten beilegte; später erschienen sie auch in Buchform. Auf ihre sehr persönliche Weise sind sie in ihrer Konzentration auf das Wesentliche so etwas wie ein kleiner Leitfaden durch die Nachkriegsgeschichte.

Oktober 1950

Danke für Ihren Brief, der mir so manches Interessante und Liebe bringt und der mich dennoch mehr erschreckt und befremdet als erfreut hat, denn er ist so voll von Symptomen der großen aktuellen Weltkrankheit, so erfüllt und gepreßt von einer verzweifelten Kriegsangst und Bolschewiken-Panik, daß man darauf nur antworten kann: „Ja, wenn Ihr im deutschen Westen wirklich so völlig mutlos und verzweifelt schon den ersten Attaken einer Massenpsychose und eines Nervenkriegs erliegt, dann freilich werden wir sehr bald den von Euch an die Wand gemalten und so widerstandslos und kindisch erwarteten Krieg haben."

Wenn der Brief, den Sie mir geschrieben haben, nicht von Ihnen käme, einem Mann, den ich als klug und belesen kenne und der mich bisher oft der Übereinstimmung seiner Gesinnung und Anschauungen mit den meinigen versichert hat, oder wenn er nur die einmalige Äußerung eines Einzelnen wäre, in einer verzagten Stunde hingeschrieben, so würde ich nicht auf ihn antworten. Aber die gleiche aufgepeitschte, hysterische Kriegsangst, die gleiche Anfälligkeit für Gerüchte, die gleiche blinde Hingabe von satanischen Suggestionen und die gleiche törichte, ungeprüft weitergegebene Meinung, daß es nun selbstverständlich wieder das „arme Deutschland" sei, das den Schauplatz der kommenden Greuel abgeben müsse, steht auch in vielen anderen Briefen, Aufsätzen und andern Mitteilungen, die mir von drüben zugehen. Man hat Angst, man zittert vor Feigheit, man atmet das Gift der Aufpeitschung, der Gerüchte und Lügen mit einer selbstquälerischen Sensationslust ein, und schwatzt verantwortungslos und kritiklos nach, was die Angstmacher und Kriegshetzer einblasen. Genau wie Ihr einst, es ist noch nicht lange her, Euch von Hitlers Propaganda die Todesangst vor den Bolschewiken so lange habt einschwatzen lassen, bis das ganze Volk bereit war, wieder einen Krieg auf sich zu nehmen, so macht Ihr heute den Leuten, die am Zustandekommen eines neuen Krieges interessiert sind, die Freude, ihrer Reklame und Propaganda wie Behexte Glauben zu schenken und zuzustimmen.

Lieber Freund, ein Krieg kommt nicht aus dem blauen Himmel herab, er muß gleich jeder andern menschlichen Unternehmung vorbereitet werden, er bedarf der Pflege und Mitwirkung vieler, um möglich und wirklich zu werden. Gewünscht aber, vorbereitet und suggeriert wird er durch die Menschen und Mächte, denen er Vorteil bringt. Er bringt ihnen entweder direkten baren Geldgewinn wie der Rüstungsindustrie (und sobald Krieg ist – wie unzählige vorher harmlose Gewerbe werden da zu Rüstungsgeschäften, und wie automatisch strömt das Kapital diesen Geschäften zu!) oder er bringt ihnen Gewinn an Geltung, Achtung und Macht wie etwa den stellenlosen Generälen und Obersten. So sind zum Beispiel an der Wiederaufrüstung von Deutschland, Japan und anderen zur Zeit militärlosen Ländern viele Tausende und Zehntausende interessiert, Leute mit harten Rechnerseelen oder ehrgeizigen Kriegerseelen, und zu den Mitteln, mit denen diese Leute den von ihnen gewünschten Krieg vorzubereiten bemüht sind, gehört die Verbreitung der Unsicherheit und Angst – und Ihr, Freunde, die Ihr dieser Ansteckung erliegt, helft dadurch mit, den Krieg zu ermöglichen und herbeizurufen. Daß man Euch nach dem, was Ihr seit 1914 bis heute erlebt habt, noch darüber aufklären muß, ist traurig und beschämend und bestätigt jenen fatalen, angeblich Hegelschen Spruch: das einzige, was man aus der Weltgeschichte lernen könne, sei, daß noch nie aus der Weltgeschichte etwas gelernt worden sei.

Ich bin der letzte, der von Euch erwartet, daß Ihr die Augen vor der Wirklichkeit schließen und Euch hübschen Träumen hingeben sollt. Die Welt ist voll von Gefahren und Kriegsmöglichkeiten, und die „Bolschewiken" sind keineswegs die einzigen Bedroher, sie stehen unter demselben Zwang und sie sind vermutlich in der Mehrzahl ebensowenig für das Schießen und Erschossenwerden begeistert wie wir. Bedroher unsrer Welt und jedes Friedens sind jene, die den Krieg wünschen, die ihn vorbereiten und uns durch vage Versprechungen eines kommenden Friedens oder durch die Angst vor Überfällen von außen zu Mitarbeitern an ihren Plänen zu machen versuchen.

Diesen Leuten und Gruppen, für die der Krieg ein Geschäft ist, und zwar ein besseres als der Friede, diesen Vergiftern und Beschwörern tun Sie, lieber Freund, den Gefallen, ihren Suggestionen widerstandslos zu erliegen. Sie übernehmen damit eine Mitverantwortung am etwaigen Krieg. Statt in Ihrer Seele alle

Helligkeit und Wachsamkeit, alle Tapferkeit und Heiterkeit zu sammeln und zu stärken, wie es nötig und Ihre Aufgabe wäre, lassen Sie den Kopf hängen, tragen das Gift der Blindheit und Angst weiter und liefern sich und Ihre Umgebung dem unsinnigen Grauen aus. Ich weiß nicht, ob Sie ahnen können, welcher Schmerz und welche Enttäuschung es für mich sein mußte, gerade von einem alten, treuen Leser, Schüler und Gefolgsmann wie Sie so im Stich gelassen und von der Fruchtlosigkeit all meiner Bemühungen überzeugt zu werden. Auch hierüber einen Augenblick nachzudenken, würde vielleicht gut sein, es würde vielleicht helfen, ein wenig Licht in Ihre Verfinsterung zu bringen.

Sollten Sie einmal über die Wiederaufrüstung Ihres Landes abzustimmen haben, so rate ich Ihnen weder zu Ja noch zum Nein, sondern hoffe, daß Sie Ihre Stimme nach klarer und gewissenhafter Überlegung, nicht aber unter dem Druck dieser Hysterie abgeben werden. So sehr ich Vernunft und Verzicht auf Gewalt für den einzigen Weg in eine bessere Zukunft halte, gebe ich doch zu, daß von Land zu Land und von Fall zu Fall Anpassungen an das Bestehende und Aktuelle unvermeidlich sind. So habe ich hier bei uns in der Schweiz die Einrichtung einer Armee, die nur auf Angriff hin unser Land verteidigt, und die sich in zwei Kriegen bewährt hat, niemals aus pazifistischem Puritanismus angefochten. Es wird gewiß in jedem zur Zeit mächtigen Staat der Welt eine Kriegspartei geben, doch fehlt es auch in besiegten und entwaffneten Ländern nicht an Leuten, die lieber heut als morgen wieder Aufträge für Heer und Krieg annehmen würden, und auch nicht an solchen, die gern wieder statt als Herr Müller als Herr Oberst oder Herr Leutnant angeredet werden möchten. Und so ist es überall. Wir Freunde des Friedens und der Wahrheit, Sie und ich, dürfen nicht diesen Geschäftemachern und Strebern Gehör schenken und helfen, wir müssen stets zu unsrem Glauben stehen, daß es andre Wege zum Frieden und andre Mittel zur Ordnung und Entgiftung der Welt gibt als die Bomben und den Krieg.

Erika Mann
an Edward J. Shaugnessy

Zu diesem Brief einige sachliche Anmerkungen. Es versteht sich, daß das Original in englischer Sprache abgefaßt wurde. First papers sind in den USA die ersten Papiere, die für eine Einbürgerung einzureichen sind. Erika Mann hatte den englischen Schriftsteller Wystan H. Auden 1935 geheiratet und war dadurch britische Staatsbürgerin geworden. Die entschieden kritische Haltung, die Erika Mann Nachkriegsdeutschland gegenüber einnahm, ihr Eintreten für die Kollektivschuld-These, dazu ihr „frühzeitiger Antifaschismus" und ihre „Teilnahme" am Spanischen Bürgerkrieg machten sie verdächtig. Sie trugen ihr den Ruf einer stalinistischen Agentin und den Vorwurf prokommunistischer Gesinnung ein, was im Lande Senator Mc Carthys zwangsläufig publizistische Verdammnis nach sich zog. Lion Feuchtwanger sah in dem Brief an den Director of Immigration and Naturalization New York District Office „ein kleines Meisterwerk eleganter und tödlicher Polemik" und drängte auf Veröffentlichung. 1952 übersiedelte die Familie Mann wieder in die Schweiz.

Pacific Palisades, 11. 12. 1950

Sehr geehrter Herr:

Hiermit möchte ich Sie von meinem Entschluß in Kenntnis setzen, meinen anhängigen Antrag auf die Staatsangehörigkeit der USA zurückzuziehen – ein Entschluß, zu dessen Verwirklichung dieser Brief, wie ich zuversichtlich hoffe, beitragen wird. Ich habe diesen entscheidenden Schritt lange bedacht und möchte Ihnen versichern, daß ich ihn nur nach sorgfältigster und gewissenhaftester Erwägung tue. Bitte erlauben Sie mir, meinen Standpunkt darzulegen. Ich werde mich bemühen, wenn schon nicht kurz, so doch so kurz wie unter den Umständen möglich zu schreiben.

Durch Heirat britische Staatsbürgerin geworden, kam ich im Jahre 1936 als Besucherin erstmals in dieses Land. Im Juli 1937 immigrierte ich und besorgte mir, da ich zu bleiben beabsichtigte, meine First Papers am Tage nach meiner Rückkehr. 1942 wäre ich für die Einbürgerung in Frage gekommen. Doch inzwischen war längst der Krieg ausgebrochen, und ich war zu sehr damit beschäftigt, zuerst die britischen und dann die amerikanischen Kriegsbemühungen zu unterstützen, als daß ich mich für die erforderliche Dauer von sechs Monaten an einem Ort der USA hätte niederlassen können. Unzählige Male habe ich mein Leben in Gefahr gebracht, als ich während der schweren Luftangriffe für die BBC arbeitete und als Kriegsberichterstatterin bei den US-Streitkräften akkreditiert war. Hierzu hätte ich übrigens keine Genehmigung erhalten, wenn ich nicht der eingehendsten Überprüfung unterzogen und für geeignet befunden worden wäre. Von 1939 bis 1946 verbrachte ich ungefähr die Hälfte meiner Zeit im Krieg oder bei den Besatzungstruppen und, um mir etwas Erholung zu gönnen, ein Drittel bei Vortragsreisen „daheim" in den Vereinigten Staaten. Ich bekam mehr Angebote, als ich hätte annehmen können – weitaus mehr. Meinem Agenten zufolge war ich der „meistgefragte" weibliche Lecturer in diesem Land und, nebenbei bemerkt, einer der besten, mit denen er je zusammengearbeitet hat. Hunderte von Briefen verschiedenster Organisationen – Universitäten, Schulen, Kirchen, Clubs, kommunale Diskussionskreise – bezeugen den konstruktiven und pädagogisch wertvollen Charakter meiner Bemühungen.

Ich verdiente mir meinen Lebensunterhalt gut dabei, ruinierte aber meine Gesundheit – nicht weil ich das Geld so bitter nötig gehabt hätte, sondern weil ich meinen Zuhörern begreiflich machen wollte, wofür „wir" kämpften und welche Art von Frieden „wir" zu etablieren suchten. Dies waren auch die Jahre, in denen mir zwei öffentliche Ehrungen des Finanzministeriums für besondere Leistungen auf seinem Gebiet zuteil wurden, ebenso wie eine des Kriegsministeriums, das meinen hervorragenden patriotischen Einsatz an mehreren überseeischen Kriegsschauplätzen anerkannte. Wäre ich amerikanische Staatsbürgerin gewesen, ich hätte mich nicht stärker bemühen können, dem Lande nützlich zu sein. In der Tat fühlte ich wie eine Amerikanerin, lebte wie eine Amerikanerin, *war* praktisch eine Amerikanerin. Daher bat ich, sobald sich die Gelegenheit dazu ergab, um Gewährung der amerikanischen Staatsangehörigkeit. Nicht, daß ich jemals meine Dankbarkeit gegenüber Großbritannien vergessen hätte und die Treue, die ich ihm schuldete, solange ich britische Staatsbürgerin war. Doch zwei meiner Brüder waren in die US-Streitkräfte eingetreten und hatten in ihnen gedient; meine Eltern waren ebenfalls amerikanische Staatsbürger geworden; und die Bindungen zwischen Großbritannien und den Vereinigten Staaten waren so stark, daß mir der beabsichtigte Wechsel der Staatsangehörigkeit keinen größeren Gesinnungswandel zu erfordern schien – keinen Umsturz meiner Prinzipien und Überzeugungen. Ich lebte und arbeitete nun einmal in den USA, und da ich dies auch weiterhin zu tun wünschte, hielt ich es nur für korrekt, mich dem guten Volk dieses Landes auch legal anzuschließen. Ich stellte meinen Antrag vor fast vier Jahren.

Seit diesem Zeitpunkt ist eine Überprüfung im Gange, die unvermeidlich dazu führte, Zweifel an meinem Charakter zu wecken, meine berufliche Laufbahn allmählich zu ruinieren, mich meines Lebensunterhalts zu berauben und mich – kurz gesagt – von einem glücklichen, tätigen und einigermaßen nützlichen Mitglied der Gesellschaft zu einer gedemütigten Verdächtigen zu machen. Freunde von mir sind zwei und drei Stunden hintereinander verhört worden, bis sie fast zusammengebrochen sind. Als sich herausstellte, daß ich weder Kommunistin, noch „Mitläuferin", noch Mitglied einer als „subversiv" registrierten Organisation, noch sonst irgendwie politisch unerwünscht war, begannen die Behörden in meinem Privatleben herumzustochern in einer Weise, die alle Befragten äußerst schockierte. Barkeeper, Büroangestellte, Manager, Redakteure, gute Bekannte und Leute, die mich fast gar nicht kennen, wurden gleichermaßen verhört. Kein Wunder, daß potentielle Arbeitgeber eine heftige Abneigung verspürten, mich zu engagieren. Während der letzten drei Jahre ist die Zahl meiner Lecture-Termine von gut 75 in einer viermonatigen Saison auf 1 in diesem Jahr (Winter 1950/51) zurückgegangen. Mein Manager hat es für angebracht gehalten, sich von mir zu trennen, und ich würde es kaum wagen, mich in einer der Redaktionen blicken zu lassen, für die ich früher als Journalistin arbeitete. Denn sogar diejenigen, die mit Recht von meiner völligen „Unschuld" überzeugt sind, neigen heutzutage zu der Befürchtung, daß der Umgang mit einer fälschlich Verdächtigten ihnen verübelt werden könnte.

Man könnte einwenden, daß meine Ansichten, die ich in meinen Lectures freimütig auszusprechen pflege, nicht mehr so populär seien wie zur Zeit des Krieges; daß ich, wenn ich auch stets ausführlich Kritik an der UdSSR geübt habe, gegenüber gewissen Entwicklungen im zeitgenössischen Amerika kaum weniger kritisch gewesen sei; und daß meine jetzigen Mißerfolge beim Aushandeln von „Terminen" auf mein eigenes Verhalten zurückzuführen seien und nicht darauf, daß die endlose Überprüfung meine Situation prekär und schließlich unhaltbar gemacht hat. Aus zwei Gründen bin ich überzeugt, daß dies nicht der Fall ist: 1.) Jahre vor dem Krieg, zu einer Zeit, als der Isolationismus stark verbreitet war und viele meiner Zuhörer, besonders im Mittelwesten, warm mit Deutschland – jeglichem Deutschland – sympathisierten, während andere Frieden um fast jeden Preis wünschten, war meine Haltung mindestens ebenso „unpopulär" wie heute, wenn nicht sogar noch unpopulärer. Dennoch – vermutlich infolge meiner offensichtlichen Aufrichtigkeit – schienen die Leute sich nie daran zu stoßen, und ich kam mit den meisten gut zurecht. 2.) Das tue ich noch immer, wenn ich Gelegenheit habe, mir Gehör zu verschaffen. Im Oktober/November 1949 verbrachte ich vier Wochen als „Gast-Schriftsteller" an vier Colleges und Universitäten in Südkalifornien. Und niemals – nicht einmal während des Krieges, als meine „Linie" sich trefflich in das allgemein akzeptierte Muster einfügte – bin ich erfolgreicher gewesen als in dieser Zeit. Dasselbe gilt für meine Teilnahme an der Rundfunksendung „Townhall of the Air" im August 1948, die sich mit der Frage „Was sollen wir in der jetzigen Berlin-Situation tun?" befaßte. Wie bei allen „Townhall of the Air"-Sendungen wurde auch damals eine dramatische Zuspitzung des betreffenden Problems verlangt, woraus sich für die Diskussionsteilnehmer die Notwendigkeit ergab, eine sehr eindeutige Haltung einzunehmen und ihre jeweiligen Meinungen möglichst extrem zu formulieren. Folglich hätte man erwarten können, daß ich mich noch unbeliebter gemacht hätte als gewöhnlich, zumal meine „Gegner" sich beide als Experten erwiesen und unablässig genau das sagten, was die Mehrheit hören wollte. Nichtsdestoweniger wurde ich in freundlichster Weise akzeptiert und erhielt mehr Fragen aus dem Publikum als meine beiden Partner zusammen.

All dies erwähne ich lediglich zum Beweis meiner Behauptung, daß es keinesfalls die Art meiner Vorträge war, die meine Laufbahn als Lecturer beendete, sondern daß ich durch Umstände außerhalb meiner Verantwortung zum Schweigen gebracht worden bin.

Natürlich sehe ich ein, daß jeder, der die US-Staatsbürgerschaft erwerben möchte, überprüft werden muß, selbst wenn mehrere vorausgegangene Überprüfungen keine ungünstigen Ergebnisse zutage gebracht haben. Eine Routine-Überprüfung, über den Zeitraum eines halben Jahres oder sogar eines Jahres hinweg, wäre nichts Ungewöhnliches gewesen und hätte keinen Schaden anrichten können. Doch daß eine Menge von Leuten fast vier Jahre lang ausgefragt wurden, mußte zwangsläufig Mißtrauen hervorrufen – nicht nur bei den Betreffenden selbst, sondern auch bei allen, denen sie sich anvertrauten (und das waren viele).

Mir persönlich ist es völlig unerklärlich, wieso die Überprüfung solche katastrophalen Ausmaße annehmen konnte. Man hat mir niemals einen Anhörungstermin gewährt, und nur einmal bin ich von zwei Herren befragt worden, die die Einwanderungsbehörde von Los Angeles vertraten und – soweit ich erkennen konnte – in erster Linie meine verschiedenen Aufenthaltsorte während der letzten dreizehn Jahre nachprüften. Doch ich – und nur ich – hätte die verlangten Informationen liefern können und hätte freiwillig *alle* Auskünfte erteilt, die nur irgend gewünscht worden wären. Es gibt nichts in meinem Leben, was ich nicht bereitwillig erzählt hätte; nichts, was ich aus irgendeinem Grund verheimlichen müßte; nichts, was mich möglicherweise hätte davon abhalten können, amerikanische Staatsbürgerin zu werden.

Darf ich bemerken, daß es weniger der tatsächlich erlittene Schaden ist als vielmehr die Ungerechtigkeit des ganzen Vorgehens, die mich bis ins Innerste schmerzt und beleidigt. Letztendlich wird sich bei meinem Fall mit Sicherheit herausstellen, daß die Tatsachen gewichtiger sind als der ganze Wust von Zweifeln, Verdächtigungen und Denunziationen, die alle miteinander unbegründet sind und daher niemals bewiesen werden können. Doch selbst wenn ich schließlich widerwillig akzeptiert worden wäre, hätte ich mich äußerst unbehaglich gefühlt, ebenso wie das Gespenst meiner ruinierten Laufbahn mich mein Leben lang verfolgt hätte. Schlimmer noch – ich hätte nicht besonders stolz sein können auf meine Staatsangehörigkeit, ein Privileg, das ich nur mit knapper Not erworben hätte. Als britische Staatsbürgerin, entschlossen, meinem Land und seinen Freunden und Alliierten nach besten Kräften zu dienen, habe ich nie das Gefühl haben müssen, daß meine Dienste für unbedeutend erachtet wurden. Auch als Einwohnerin der USA sind mir Anerkennung und höchst ermutigender öffentlicher Beifall nicht versagt geblieben. Erst als „Einbürgerungsbewerberin" mußte ich die allmähliche Vernichtung von allem, was ich in mehr als einem Jahrzehnt aufgebaut hatte, mit ansehen. Dieses Schauspiel war um so quälender, als es die dritte Existenz betraf, die ich mir selbst geschaffen hatte. Der Nazismus vertrieb mich aus meinem Geburtsland Deutschland, wo ich ziemlich erfolgreich gewesen war; Hitlers wachsender Einfluß in Europa veranlaßte mich, den Kontinent zu verlassen, in dem ich auf Gastspielreisen mit meiner eigenen Show über tausend Vorstellungen gegeben hatte; und jetzt sehe ich mich – ohne eigenes Verschulden – ruiniert in einem Land, das ich liebe und dessen Staatsbürgerin zu werden ich gehofft hatte.

Dennoch möchte ich es völlig klar machen, daß ich mich nach dem Gesetz – natürlich einschließlich des Gesetzes über Innere Sicherheit von 1950 – noch immer als zur Naturalisierung geeignet betrachte; daß es in meinem Lebenslauf – meinen früheren und jetzigen Aktivitäten, Verbindungen, Überzeugungen, Äußerungen und dergleichen – nichts gibt, was mich von der Erlangung der amerikanischen Staatsangehörigkeit ausschließen könnte; daß ich meinen anhängigen Antrag allein aus den oben beschriebenen Gründen zurückziehe; daß ich keine Veranlassung habe, weiterer Überprüfung auszuweichen oder eine schließliche Ablehnung zu fürchten; daß ich mich, ungeachtet der erlittenen Kränkungen ideeller und materieller Art, die mich zu dem Entschluß brachten, keinen Gebrauch von meiner Einbürgerungs-Eignung zu machen, weiterhin so betragen werde, daß ich geeignet bleibe – theoretisch, im Prinzip und *de jure.*

Ich muß wiederholen, daß ich diesen Entschluß nicht ohne sehr ernsthafte Erwägung getroffen habe. Da er nun jedoch getroffen worden ist, muß ich sagen, daß ich keinerlei Bedauern verspüre bei der Aussicht, den Rest meines Lebens als britische Staatsbürgerin verbringen zu müssen. Und Sie können ganz sicher sein, daß ich als britische Staatsbürgerin stets bemüht sein werden, den Interessen anglo-amerikansicher Zusammenarbeit nach besten Kräften zu dienen.

Ihre sehr ergebene Erika Mann-Auden

John T. Becher
an Johannes R. Becher

Dieser Brief erschien in der „Frankfurter Rundschau“ und stammt von dem damals einundzwanzigjährigen Sohn des in der DDR hochgeachteten Johannes R. Becher, einst kämpferischer expressionistischer Dichter, nun anerkannter Repräsentant des sozialistischen Realismus, Präsident des Kulturbundes zur demokratischen Erneuerung Deutschlands, Vizepräsident der Akademie der Künste und bald Minister für Kultur. Der junge Becher war 1938 mit seiner Mutter aus der Tschechoslowakei nach England geflohen und arbeitete als Maschinist in einer Fabrik. In der Zeit des Kalten Krieges war Becher im Westen ein höchst unbeliebter Mann, vor allem wegen der Rigorosität seiner Kulturpolitik, davon legt Zeugnis auch der Briefwechsel mit Hermann Kesten ab. Kasimir Edschmid schrieb: „Es war nicht gut, in der Bundesrepublik mit Becher zusammen im Jahre 1951 auf einer Fotografie zu erscheinen.“ Und er fügt tapfer hinzu: „Ich habe eine aufbewahrt. Es hat mich wenig gekümmert.“

London, Januar 1951

Lieber Vater!

Wie Du siehst, ich bin zurück in England. Ich bedauere nicht Dich besucht zu haben, ich bedauere auch nicht nach England heimgekehrt zu sein. Es war erfreulich, Dich, Vater, wiederzusehen – nach 12jähriger Trennung. Die wenigen Augenblicke mit Dir zusammen, der Anblick des Zustandes, in dem Du lebst, war für mich ein weit stärkerer Lehrmeister, als alle meine Jahre in England.

Du wirst Dich erinnern, ich rief Dich per Telephon von der Berliner Westzone an. Es war ein Sonntag, und Du warst gerade vom PEN-Kongreß zurückgekehrt. Mein Verlangen Dich zu sehen, war der Zweck meiner Reise nach Berlin. Doch Du mußtest mir sagen: Ich kann Dich nicht empfangen in meinem Haus. Ich mußte bis zum nächsten Tage warten, um Dich in Deinem Bureau zu sehen, – wie ein Arbeitskollege oder Businessman. Es ist mir nie gelungen, Dich in Deinem Haus hinter Stacheldraht zu besuchen. Niemals werde ich Antwort geben können auf die Frage so vieler Freunde: Warum lebt Dein Vater hinter Stacheldraht? – Ist das der Schutz vor der Liebe Deines Volkes? – Vater, ich weiß, wie große Ideale und Zukunftshoffnungen Du in das deutsche Volk gesetzt hattest, das Dir immer am Herzen gelegen hat. – Fürchtest Du Dich jetzt vor Deinem Volk? –

Dein freudiger Blick, als wir uns endlich wiedersahen, wird mir in ewiger Erinnerung bleiben. Trotz der langen Trennung fühlte ich, daß die Liebe nicht gemindert war. Du hattest sofort Pläne für mich – für die Zukunft. War es möglich, daß Du den Verhältnissen um Dich so blind gegenüberstandest? – Denn als ich daranging, den ersten Schritt zu Deinen Plänen zu verwirklichen, da fühlte ich bereits, daß Unmögliches von mir verlangt werde. Ich mußte Erlaubnis haben von der Partei, vom Innenministerium, in der Deutschen Demokratischen Republik bleiben zu dürfen. Du warst überzeugt von Deiner Macht. – schließlich bist Du ja eine Persönlichkeit. – Und so ging ich zur Partei mit der Bitte, mir den Aufenthalt zu gewähren, den Aufenthalt in meiner Heimat bei meinem Vater.

Man gab mir einen langen Fragebogen. Man verlangte von mir Auskunft über Dich, meinen Vater, und über meine Mutter.

Warum von mir? – Ich habe Blut geschwitzt um dieses Dokument zu beantworten, zumal mein Deutsch nach den vielen Jahren, wie Du weißt, mangelhaft ist.

Wer ist dieser Anton Joos, zu dem man mich geschickt hatte? Da saß er hinter seinem Schreibtisch, – ein kleiner, grauhaariger Mann, mit harten kalten Augen im Gesicht, das in den langen Stunden meiner Vernehmung niemals ein Lächeln hervorbrachte.

Warum alle diese Fragen? Warum die Stenotypistin hinter mir? Er hatte den von mir ausgefüllten Fragebogen in der Hand, und nochmals mußte ich dieselben Fragen beantworten. Sollte es für ihn unbegreiflich sein, daß meine Mutter es vorzieht, im Frieden Englands zu leben, als in ihrem Alter sich nochmals in den Wirbel des verrückten Berlins zu werfen? – Machte er mich für meine Mutter verantwortlich? Und warum konnte er das natürliche Gefühl nicht begreifen, daß alles, was ich wollte, war, mit Dir zu sein, – und in meiner Heimat wieder leben zu dürfen. – Ich gefiel ihm nicht, und er war mir von Herzen unsympathisch. Und das entschied meine Zukunft.

Dieser kleine Mann, – dieser Wicht im Vergleich zu Dir, – schrieb Dir vor, – Dir, einem Führer des Neuen Deutschlands, – wie Du Deinen Sohn zu behandeln hast. Und Du folgtest ohne Widerspruch. Vielleicht hattest Du Dich etwas geschämt, denn Du hast solang wie möglich gezögert, mir die Entscheidung bekannt zu geben.

Ist Dir in dieser Situation die Realität der Verhältnisse, unter denen Du lebst, nicht zum Bewußtsein gekommen? Erkennst Du nicht, daß Deine Macht nur eine Illusion ist? – Daß das Deutschland, von dessen Aufbau Du jahrelang geträumt hast, in den Händen von solchen Personen zum Selbstzweck mißbraucht wird? – Und alles das geschieht mit Deinem Namen, ein Name, den jeder Deutsche kennt und dem viele vertrauen.

Muß ich Dir sagen, daß man Dich verwendet, wie ein Werkzeug? Daß man nur Deinen Namen und Deine Unterschrift als Aushängeschild dem deutschen Volke hinhält? – Daß Deine Liebe, das deutsche Volk, mit Deiner Hilfe vernichtet wird? –

Schau mit offenen Augen! – Und Du mußt wahrnehmen, daß die ganze Propaganda, die Plakate und Aufrufe für Frieden umkreist werden von Uniformen, – und daß die deutsche Jugend in Deiner Demokratischen Republik vorbereitet und trainiert wird für ein noch größeres und vollkommeneres Blutbad. Wenn Du in Deinem Auto durch die Straßen fährst, versuch die Menschen zu erfassen, – so wie sie sind, – hungrig und in Angst vor dem Morgen. Sie wünschen nur eins: In friedlicher Sicherheit zu leben! – Blick auf die wieder marschierende Jugend in Uniform und Militärstiefeln; hast Du das nicht schon einmal gesehen?

Wir hatten wenig zu sagen, als wir uns verabschiedeten. Ich fühlte, Du ahntest, was in mir vorging, nämlich daß ich mich bereits entschieden hatte, niemals an dem Traum von Deinem Deutschland teilzunehmen, der sich zusehends in einen Alpdruck verwandelt.

Als mein Vater besitzt Du meine Liebe. Wenn ich Deine Arbeiten lese, so glaube ich zu begreifen, was Du pflanzen und pflegen wolltest, aber wenn ich sehe, was aus Deinem Werk emporschießt, – eine Finsternis, die aufs neue Europa bedroht, dann bin ich froh, daß sich unsere Wege getrennt haben.

Dein Sohn John T. Becher, London.

Bertolt Brecht
an Peter Suhrkamp

Weil er ein Anstoß für wirkliche Diskussionen war, fand Brecht den 17. Juni 1953 „nicht einfach negativ". Schon einige Zeit hatte der Stückeschreiber die Empörung der Bevölkerung gegen das lähmende „Kaderwelsch" der Funktionäre verständlich gefunden, trotzdem flößte ihm der Aufstand der Massen Angst ein. Proben zu „Don Juan" am Morgen des 17. Juni wurden abgesetzt, das Berliner Ensemble hielt Betriebsversammlungen ab und Brecht diktierte Briefe an Ulbricht, Grotewohl und den sowjetischen Hochkommissar Semjonow. Da das „Neue Deutschland" aus einem Brief an Ulbricht am 21. Juni nur den letzten Satz veröffentlichte, der die Maßnahmen der Regierung zu unterstützen schien, erklärte der verärgerte Brecht in einem weiteren Beitrag sein Verständnis für die „berechtigte Unzufriedenheit" der Arbeiter und forderte eine Aussprache über die „allseitig gemachten Fehler". Als sein Verleger und Freund Peter Suhrkamp um eine Erklärung seiner Haltung bat, schrieb er ihm den folgenden Brief.

Berlin-Weißensee, 1. Juli 1953

Lieber Suhrkamp,

Sie fragen nach meiner Stellungnahme zu den Vorkommnissen des 16. und 17. Juni. Handelte es sich um einen Volksaufstand, um den Versuch, „die Freiheit zu erlangen", wie der überwältigende Teil der westdeutschen Presse behauptet? Bin ich einem Volksaufstand gleichgültig oder gar feindlich gegenübergestanden, habe ich mich gegen die Freiheit gestellt, als ich am 17. Juni in einem Brief an die Sozialistische Einheitspartei Deutschlands, von dem der Schlußsatz veröffentlicht wurde, bereit erklärte, bei der unbedingt nötigen großen Aussprache zwischen Arbeiterschaft und Regierung in meiner Weise (in künstlerischer Form) mitzuwirken? – Ich habe drei Jahrzehnte lang in meinen Schriften die Sache der Arbeiter zu vertreten versucht. Aber ich habe in der Nacht des 16. und am Vormittag des 17. Juni die erschütternden Demonstrationen der Arbeiter übergehen sehen in etwas sehr anderes als den Versuch, für sich die Freiheit zu erlangen. Sie waren zu Recht erbittert. Die unglücklichen und unklugen Maßnahmen der Regierung, die bezwecken sollten, überstürzt auf dem Gebiet der DDR eine Schwerindustrie aufzubauen, brachten zu gleicher Zeit Bauern, Handwerker, Gewerbetreibende, Arbeiter und Intellektuelle gegen sie auf. Eine Mißernte im vorigen Jahr, verursacht durch eine große Trockenheit und die Landflucht von Hunderttausenden von Bauern dieses Jahr, bedrohten die Ernährung aller Schichten der Bevölkerung zugleich. Maßnahmen wie der Entzug der Lebensmittelkarten für Kleingewerbetreibende stellten ihre nackte Existenz in Frage. Andere Maßnahmen, wie die Anrechnung des Krankenurlaubs auf den Erholungsurlaub, Streichungen der Vergünstigungen für Arbeiterfahrkarten und die generelle Erhöhung der Normen bei gleichbleibenden oder sich gar erhöhenden Lebenskosten trieben die Arbeiterschaft, deren Gewerkschaften nur schwächlich arbeiteten und ihrer Position nach nur schwächlich arbeiten konnten, schließlich auf die Straße und ließen sie die unzweifelhaft großen Vorteile vergessen, welche die Vertreibung der Junker, die Vergesellschaftung der Hitlerschen Kriegsindustrie, die Planung der Produktion und die Zerschmetterung des bürgerlichen Bildungsmonopols ihnen verschafft hatten. Die Straße freilich mischte die Züge der Arbeiter und Arbeiterinnen schon in den frühen Morgenstunden des 17. Juni auf groteske Art mit allerlei deklassierten Jugendlichen, die durch das Brandenburger Tor, über den Potsdamer Platz, auf der Warschauer Brücke kolonnenweise eingeschleust wurden, aber auch mit den scharfen, brutalen Gestalten der Nazizeit, den hiesigen, die man seit Jahren nicht mehr in Haufen hatte auftreten sehen *und die doch immer dagewesen waren.* Die Parolen verwandelten sich rapide. Aus „Weg mit der Regierung!" wurde „Hängt sie!", und der Bürgersteig übernahm die Regie. Gegen Mittag, als auch in der DDR, in Leipzig, Halle, Dresden, sich Demonstrationen in Unruhen verwandelt hatten, begann *das Feuer* seine alte Rolle wieder aufzunehmen. Von den Linden aus konnte man die Rauchwolke des Columbushauses, an der Sektorengrenze des Potsdamer Platzes liegend, sehen, wie an einem vergangenen Unglückstag einmal die Rauchwolke des Reichstagsgebäudes. Heute wie damals hatten nicht Arbeiter das Feuer gelegt: es ist nicht die Waffe derer, die bauen. Dann wurden – hier wie in anderen Städten – Buchhandlungen gestürmt und Bücher herausgeworfen und verbrannt, und die Marx- und Engels-Bände, die in Flammen aufgingen, waren sowenig arbeiterfeindlich wie die roten Fahnen, die öffentlich zerrissen wurden. (Auf den Fotos, die in der westdeutschen Presse veröffentlicht wurden, können Sie ohne Vergrößerungsglas sehen, wer da die Fahnen zerriß.) In der Provinz wurde „befreit". Aber als die Gefängnisse gestürmt wurden, kamen merkwürdige Gefangene aus diesen „Bastillen", in Halle die ehemalige Kommandeuse des Ravensbrücker Konzentrationslagers, Erna Dorn. Sie hielt anfeuernde Reden auf dem Marktplatz. An manchen Orten gab es Überfälle auf Juden, nicht viele, da es nicht mehr viele Juden gibt. Und den ganzen Tag kamen über den RIAS, der sein Programm kassiert hatte, anfeuernde Reden, das Wort Freiheit von eleganten Stimmen gesprochen. Überall waren die „Kräfte" am Werk, die Tag und Nacht an das Wohlergehen der Arbeiter und der „kleinen Leute" denken und jenen hohen Lebensstandard versprechen, der am Ende dann immer zu einem hohen Todesstandard führt. Da schien es große Leute zu geben, die bereit waren, die Arbeiter von der Straße direkt in die Freiheit der Munitionsfabriken zu führen. Mehrere Stunden lang, bis zum Eingreifen der Besatzungsmacht, stand Berlin am Rand eines dritten Weltkriegs.

Lieber Suhrkamp, machen wir uns nichts vor: Nicht nur im Westen, auch hier im Osten Deutschlands sind „die Kräfte“ wieder am Werk. Ich habe an diesem tragischen 17. Juni beobachtet, wie der Bürgersteig auf die Straße das „Deutschlandlied“ warf und die Arbeiter es mit der „Internationale“ niederstimmten. Aber sie kamen, verwirrt und hilflos, nicht durch damit.

Die Sozialistische Einheitspartei Deutschlands hat Fehler begangen, die für eine sozialistische Partei sehr schwerwiegend sind und Arbeiter, darunter auch alte Sozialisten, gegen sie aufbrachten. Ich gehöre ihr nicht an. Aber ich respektiere viele ihrer historischen Errungenschaften, und ich fühlte mich ihr verbunden, als sie – nicht ihrer Fehler, sondern ihrer Vorzüge wegen – von faschistischem und kriegstreiberischem Gesindel angegriffen wurde. Im Kampf gegen Krieg und Faschismus stand und stehe ich an ihrer Seite.

Karl Jaspers
an Hannah Arendt

Momentaufnahme eines politisierenden Philosophen: solche Briefe gingen gerade in den fünfziger Jahren viele hin und her zwischen dem Philosophen in Basel und seiner „Meisterschülerin“ in Amerika; geschrieben in dem Bewußtsein: „Alles, was unsere Welt ist, kann in einem Monat weggewischt sein.“ Damals lag die Genfer Viermächtekonferenz über die Wiedervereinigung gerade ein gutes Jahr zurück und die Sowjetunion hatte eine gewisse Verständigungsbereitschaft signalisiert. Das Schicksal Israels beschäftigte die beiden besorgten Briefpartner übrigens nicht erst seit dem Sinai-Feldzug. Bei allen gelegentlichen Irrtümern war Jaspers politisch ungemein hellhörig. Sein melancholischer Realismus machte ihm jeden Nationalismus verdächtig: als Deutscher fühle er sich „wohl dem Paß nach, aber ohne Freude“ schrieb er 1952. Rückblickend hatte er im Alter den Eindruck, sich als politischer Schriftsteller „vielleicht übernommen“ und seinen Ruf als Philosoph gefährdet zu haben.

Basel 10. 11. 56

Liebe Hannah!

Ihre lieben Worte danke ich Ihnen. Aus gleichen Gründen und in gleichem Sinne liegt der Schatten schwarzer Wolken auf unserer Seele.

Ja, das Wiedersehen ist immer ungewiß. Wir meinen beide, noch viel uns sagen zu können. Ich habe noch sehr viel auf dem Herzen, das sich nur in guten Stunden entwickeln kann. Meine Hoffnung auf 1958 ist trotz allem noch groß und nicht ganz unbegründet – was die politische Sorge angeht.

Allerdings der Hauptfaktor ist uns – im Unterschied zu damals bei Hitler – völlig unbekannt: wollen die Russen bald einen Krieg oder nicht? Daß im Kreml kein Hineinschliddern stattfindet, sondern ein klarer Wille, ist mir nicht zweifelhaft. Dort wird alles entschieden. Schon in diesen Jahren der Freundlichkeiten, bei der Genfer „Gipfelkonferenz", fragte ich immer: ist das eine raffinierte Verschleierung, um aufs stärkste weiterzurüsten und um zugleich die anderen zu täuschen und unter sich in Zänkereien geraten zu lassen, oder geht wirklich auf lange Sicht der Wille darauf, Frieden zu halten, aber nach Möglichkeit die eigenen Positionen für den äußersten Fall und als Druckmittel zur Erzielung weiterer Vorteile zu verbessern? Tatsache ist wohl die ständige Rüstung unter Ausbeutung vor allem der Bauern, und vor allem die gewaltige Landkriegsmacht. Die Russen wenden vergleichsweise viel mehr auf als die Amerikaner. Mit ihrer Landarmee haben sie ohne Atombombe Europa jeden Augenblick in der Tasche. Aber Montgomery sagte vor etwa einem halben Jahr, ein Angriff Rußlands über die Grenze Westdeutschlands hätte den *sofortigen Atomkrieg automatisch* zur Folge. Die Amerikaner meinen, sich in ihrer Torheit sichern zu können durch die hochgetriebene Technik. Aber es wird immer bleiben: im Krieg ist doch das Risiko und Opfer der Soldaten eines ganzen Volkes entscheidend. Denn Ausweichen ist, wenn nicht Feigheit, doch sich selbst täuschende vorläufige Bequemlichkeit. Da die entscheidenden Leute in Washington und Moskau *wissen*, was die H-Bombe ist, während die Völker es zu vergessen neigen, besteht für den Ausbruch eines Weltkriegs eine gewaltige Hemmung. Aber dunkel bleibt doch der letzte Wille in Moskau.

Schöne wäre es, wären Sie noch hier zum täglichen Gespräch! Wir würden von Ungarn sprechen und schweigen. Ich hätte es nicht für möglich gehalten, daß ein Volk das heute noch vermöchte. Es ist schrecklich, daß man zusieht. Hilfe für Ungarn ist nur militärisch möglich, aber brächte fast gewiß den Weltkrieg. Darum bleibt sie aus. Aber dieser ungarische Kampf ist etwas, von dem Kant sagen [würde]: „das vergißt sich nicht". Es hat Folgen.

Sehr zufrieden bin ich mit der Politik, dem Benehmen, der Sprechweise Israels. Wie der Heerführer Dayan unter den mir heute sichtbaren Generälen der einzige ist, der physiognomisch verläßlich, einfach, unmilitaristisch und klar aussieht, so ist Israels Politik offen. Und sie ist recht, *wenn* einmal der zionistische Entschluß zu der „Heimstätte in Palästina" gefaßt wurde (wogegen sich früher viel – seit 1906 an dem Abend, von dem ich Ihnen erzählte – sagen ließ), und nachdem in der höchsten Not, völlig sich selbst überlassen, ohne Verwaltung, Ordnung und Schutz gelassen von den abziehenden Engländern, der Staat gegründet und in opfermutiger Selbstbehauptung bewährt wurde. Seitdem ist eine Wirklichkeitsgrundlage, die vor allem Recht liegt, vielmehr ein Recht begründet. Wenn dann die umgebende arabische Welt mit Waffen versorgt wird zur Vorbereitung des Angriffs, der ausgesprochenerweise zur Austilgung Israels und Ermordung aller Israelis führen soll, dann muß ein Staat etwas tun. Rücksicht auf die Gefahr eines Weltkrieges kann man von kleinen Staaten nicht verlangen, zumal sie niemals Ursache, sondern nur Anlaß eines ohne sie gewollten Weltkriegs werden können. Was Israel geschieht, ist – überpolitisch geredet – Symptom und Symbol für die Selbstbehauptung des Abendlandes. Was Hitler den Juden antat, war das, was in irgendeinem Sinne allen Deutschen geschehen sollte (wie Sie es glänzend dargestellt haben). Was die Abendländer den Juden geschehen lassen, wird ihnen selber geschehen. Man spürt doch den Zusammenhang.

Aber wie unklar, was jetzt geschehen wird! Es ist im Augenblick in der abendländischen Welt ein gewisser Schwung, der Wahrheit sieht und zu – kleinen – Opfern fähig ist – wie alle Länder Europas Zehntausende von Ungarn aufzunehmen bereit sind. Israel erfährt leider nicht die eindeutige Beurteilung. Es gibt sogar Leute – der ewige Antisemitismus, der Wirklichkeit nicht zu sehen vermag –, die empört über Israel diesem die Schuld am gegenwärtigen Unheil geben. Man muß, und meine Frau hat, große Sorge um Israel [haben]. Das große Spiel nur darum, dasein und sich behaupten zu dürfen, wird fortgespielt, und wie großartig maßvoll und besonnen. Araber verlassen in Massen auf Weisung – wie zum großen Teil 1948 – jetzt die zu Jordanien gehörigen Gebiete westlich des Jordans. Israel besetzt trotzdem *nicht* und besetzt *nicht* Jerusalem. Das ist Selbstbeherrschung, wie sie auch im Abendland selten war. Wie haben die Israelis den Krieg geführt, verglichen mit dem jämmerlichen Zögern Englands und Frankreichs, die, wären sie so energisch und soldatisch gewesen wie die Israelis, die ganze Lage nicht so weit hätten kommen lassen. Es mußte in wenigen Tagen alles fertig sein, wie es am ersten Tage versprochen wurde, nämlich die Besetzung des ganzen Kanals. Heute ist die Sache weitgehend mißlungen. Immerhin ist nun eine Verhandlungslage, in der die Israelis, gestärkt durch ihr soldatisches und besonnenes Gesicht, ihre Beschwerden deutlicher und wirksamer als bisher der Welt zur Kenntnis bringen können.

Ich bin sehr müde, am Abend, entschuldigen Sie die Schrift!

Herzlich Ihr Karl Jaspers

Hermann Kesten
an Johannes R. Becher

In einem Zeitungsbericht über eine Tagung des PEN-Clubs im Mai 1957 hatte Hermann Kesten beklagt, daß in der DDR immer noch Autoren ins Gefängnis geworfen würden, nur weil sie Meinungen verträten, die ihrer Regierung nicht genehm seien, auch würden immer noch Schriftsteller verfolgt. Daraufhin forderte ihn der Kulturminister der DDR, Johannes R. Becher, in einem Brief auf, ihm Namen solch verfolgter Autoren zu nennen. Er, Becher, kenne da niemanden, und Kesten solle ihm nur nicht mit Wolfgang Harich kommen, der sei ja nicht als Autor angeklagt worden, sondern habe sich gegen die Verfassung der DDR vergangen. Immerhin sicherte er Kesten zu, wisse er erst Namen, könne er diese Verfolgungen seinerseits verfolgen. Kesten antwortete mit dem nachstehenden Brief – ein wortgewaltiges, pathetisches Anklageschreiben und zugleich ein eindrucksvoller Beleg für die Sprache des Kalten Krieges zwischen den beiden Deutschlands.

Rom, den 4. Juli 1957

Sehr verehrter Herr Dr. Becher!

Durch die „Süddeutsche Zeitung“ erhielt ich Ihren Brief vom 4. Juni 1957 mit einiger Verspätung. Ich beantworte Ihren Brief mit einer weiteren Verzögerung erst heute, da ich Ihre Zusicherungen voll aggressiver Humanität ernst nehme und in der Tat hoffe, daß Sie alles daran setzen werden, um „die deutschen Autoren, die man ins Gefängnis geworfen hat, weil sie ihre Meinung äußerten, die ihrer Regierung – in der DDR – nicht genehm ist“, aus diesen Gefängnissen herauszuholen. Dabei will ich Ihnen gleich sagen, daß mir nichts daran liegt, daß Sie die Verfolger verfolgen, sondern daran, daß man Autoren befreit, die man nur eingesperrt hat, weil sie eine oppositionelle oder „abweichende“ Ansicht äußerten.

Da ich keinem inhaftierten deutschen Autor die Chance rauben wollte, durch Ihre Aktion befreit zu werden, habe ich mich vor meiner Antwort bei einigen Schriftstellern erkundigt, die am Schicksal deutscher Schriftsteller im Westen und im Osten denselben Anteil nehmen wie ich.

Man nannte mir eine Reihe von deutschen Autoren, die in den Gefängnissen der Deutschen Demokratischen Republik sitzen. Ach, ich fürchte, diese „schwarze Liste“ ist unvollständig. Vielleicht ist sie nicht mehr ganz akkurat; der eine mag schon wieder entlassen oder in der Haft verstorben sein; ein andrer mag inzwischen neu verhaftet sein. Sie wissen selber, wie schwer es ist, zuverlässige Nachrichten über Diktaturländer zu erhalten. Wahrscheinlich ist es für mich, einen Schriftsteller außerhalb Ihres Diktaturlandes, ebenso schwer, mich präzis zu informieren, wie es für Sie ist, einen Minister eben dieses Diktaturlandes. Außerdem wechseln die obskuren Verhältnisse und gewaltsamen Situationen in solchen Polizeistaaten wie der DDR zuweilen sehr rasch.

Hier ist meine Liste deutscher Autoren in den Gefängnissen der Deutschen Demokratischen Republik: Es ist ein Dutzend, und mit Harich sind es dreizehn!

1. Wolfgang Harich, Zeitschrift für Philosophie
2. Manfred Hartwig, Zeitschrift für Philosophie

3. Bernhard Steinberger, Zeitschrift für Philosophie
4. Richard Wolf, Rundfunkkommentator
5. Janka, Leiter des Aufbau-Verlages
6. Gusta Just, Redakteur des „Sonntag"
7. Zöger, Aufbau-Verlag
8. Gerda Kleinert, Journalistin, Strafvollzugsanstalt Hoheneck
9. Alfred Weiland, Journalist, Strafvollzugsanstalt Bützow-Dreibergen
10. Horst Vollrath, Journalist, Strafvollzugsanstalt Bautzen
11. Horst Bischoff, Journalist
12. Lothar Hellwig, Journalist, Strafvollzugsanstalt Brandenburg
13. Karl W. Fricke, Journalist, Strafvollzugsanstalt Bautzen.

Zu dieser Unglücksliste von dreizehn gefangenen deutschen Autoren, von der ich hoffe, daß sie durch Ihre Aktion zu einer Glücksliste von dreizehn befreiten Autoren werde, kommen noch jene Autoren, die zwar weder in meinem Artikel über den Frankfurter PEN-Kongreß 1957 in der „Süddeutschen Zeitung" Nr. 131 vom 31. Mai „Die Deutschen und ihre Dichter" noch in Ihrem Leserbrief an mich vom 4. Juni 1957 erwähnt werden, die ich aber gleichfalls Ihrer aggressiven Menschenfreundlichkeit empfehlen darf, Autoren, die beruflich verfolgt wurden und denen die Verhaftung stündlich droht, wie dem selbstbewußten Philosophen Ernst Bloch.

Sie kennen sicher die Anekdote von den drei prominenten philosophisch geschulten Essayisten der Frankfurter Zeitung in den Jahren der Weimarer Republik, Siegfried Kracauer, Walter Benjamin und Ernst Bloch, die alle drei intim mit einander befreundet waren. Kracauer sagte, es gebe zu ihrer Zeit nur drei deutsche Essayisten von erstem Rang, ihn, Benjamin und Bloch. Walter Benjamin versicherte, es gebe nur zwei, ihn und Bloch. Und Bloch kannte nur einen: sich selber.

Glauben Sie nicht, verehrter Herr Dr. Becher, da Stalin sogar in Sowjetrußland moralisch tot ist, und die Stalinisten „reaktionäre Parteifeinde" sind, und Chruschtschow mehr Butter und Liberalismus versprochen hat, es sei endlich an der Zeit, die ominöse Kunstdiktatur über die deutsche Literatur in Ihrer Deutschen Demokratischen Republik zu beenden, ebenso wie jene durch Staatspolizeiorgane durchgeführten literarischen Gewaltmoden, etwa den verödenden „russischen Realismus" und die angestrengten Agitprop- und Pseudovolksstile, mit denen man ebenso die genötigten Konsumenten, nämlich das Volk beleidigt, wie die genötigten und vergewaltigten Produzenten, nämlich Sie und Ihre Kollegen, die Dichter der DDR, lauter literarisch oder physisch „verhaftete" Autoren?

Ich weiß wohl, daß auch in autokratisch regierten Ländern große Künstler gelebt und große Kunstwerke geschaffen haben. Ich weiß, daß die geistige Freiheit auch in jenen Ländern, wo die Regierungen frei gewählt wurden, für im voraus bestimmte Perioden, und wo sie vom Volk und seinen frei gewählten Vertretern in den Parlamenten kontrolliert werden, keineswegs vollkommen ist, daß es überall auf Erden Mißbräuche und offene oder versteckte und indirekte Zensur und mehr oder minder offizielle Einschränkungen der geistigen Freiheit gibt. Doch erreichen die Korruption und die Vergewaltigung des Geistes in Diktaturländern einen Grad und ein Ausmaß, die in den freieren Ländern unvorstellbar sind.

Ich weiß auch, daß die Freiheit kein Ersatz für Talent ist, und daß der Charakter allein keine Meisterwerke schafft, und daß auch in den freieren Ländern große Künstler und große Kunstwerke selten sind. Aber mir scheint doch, daß das künstlerische Niveau in den freieren Ländern unvergleichlich höher ist als in Diktaturländern, und daß die Moral der Intellektuellen in freieren Ländern ungleich höher erscheint als in Polizeistaaten vom Typus der DDR. Freilich hat die von Ihren russischen Freunden kürzlich so hemmungslos niedergeknüppelte ungarische Revolution bewiesen, wieviel intellektueller Mut, wieviel integre Menschenwürde, wieviel opferbereite Moral sogar unter der Polizeidecke einer kommunistischen Diktatur, sogar unter ehemals kommunistischen Literaten es geben kann.

Ich nehme an, Herr Dr. Becher, daß Sie in der Weimarer Republik ehrlich geglaubt haben, nur der Kommunismus werde Deutschland oder die Welt retten, daß Sie zur Zeit Ihrer Stalinhymnen ehrlich geglaubt haben, nur Stalin werde die Welt und Deutschland retten, daß Sie später ehrlich geglaubt haben, Stalin sei ein halbirrer Verbrecher gewesen, daß Sie seit einem Tag vielleicht glauben, Molotow, Malenkow, Schepilow und Kaganowitsch seien reaktionäre Parteiverräter. Vielleicht glauben Sie heute noch (oder noch heute vormittag wenigstens), daß Ulbricht nur durch seine diktatorischen Methoden den Weltsozialismus, den Marxismus, die Menschheit und insbesondere Deutschland retten könne, und daß Sie, Herr Becher, der deutschen Literatur nützen, indem Sie in einem Staat Kulturminister sind, in jener DDR, wo es den deutschen Intellektuellen, Bauern, Arbeitern und Bürgern dank Ihrer Regierung schlechter geht als in jenem Teil von Deutschland, wo Sie nicht regieren. In der Tat hat die russische Revolution viele historische Mißbräuche beendet, und auch die Deutsche Demokratische Republik hat gewisse historische und soziale Verdienste.

Aber um welchen Preis, Herr Becher?

Die russische Revolution ist vierzig Jahre alt, und Ihre sogenannte Demokratische Republik zwölf Jahre alt, und noch ist kein Ende der Vergewaltigung, der Sklaverei, der Schablone, des millionenfachen Mords, der Konzentrationslager und Arbeitslager und Zwangsarbeit, der Diktatur und Diadochenkämpfe und des Cäsarenwahnsinns, der Uniformierung des Geistes, der Künste, der Wissenschaften, der Literatur, kein Ende der Greuel und willkürlichen Justiz, des Verrats und der Denunziation und der Geheimpolizeimethoden, der Riesenkorruption und Niedertrampelung der Menschenwürde, des Mißbrauchs der Jugend, der Unterernährung und Überbewaffnung, der Militarisierung und prinzipiellen Menschenopfer, der Verachtung des einzelnen und der propagierten Vergötzung der Masse, der Superbürokratie und des Supernationalismus, des Neukolonialismus in Europa und Asien und der sittenlosen Barbarei! Und alles geschieht im Namen des Sozialismus, im Namen der sozialen Gerechtigkeit, im Namen der Menschenliebe, im Namen des Kommunismus, im Namen der Völkervereinigung, im Namen der Humanität. Auch in freieren Ländern, unter anderen Regierungssystemen fehlt es nicht an Mißbräuchen, nicht an Verfälschern der Menschheitsideale, nicht an Korrupteuren des Volkes und der Humanität, nicht an korrupten Literaten, die ihr Talent verkauft und verloren haben, nicht an Militaristen, Amoralisten, Nationalisten, Egoisten und Kriegshetzern und Ausbeutern der Völker.

Aber die Korruption und die Versklavung und die Vernichtung

der Menschenwürde scheinen mir in Ihren kommunistischen Diktaturländern unvergleichlich schlimmer zu sein als in freien Ländern.

Und Sie haben noch, vor Nationalsozialisten und Faschisten, die Schmach voraus, daß Sie im Namen der Freiheit unterdrükken, und im Namen der Gerechtigkeit ungerecht sind, daß Ihre Ideale in der Tat einst ideal waren. Nun aber handeln Sie im Namen des Sozialismus unsozial und dezimieren und entwürdigen die lebenden Generationen im Namen der künftigen Generationen und zum angeblichen Heile der künftigen Menschheit. Es ist das System blutiger Chiliasten und menschenopfernder Menschheitserlöser, von Kleinfunktionären der Großgewalt, von erbarmungslosen Sozialpropheten.

Dennoch hoffe ich, Herr Becher, daß Sie einmal der Stimme der Menschlichkeit folgen und sich ehrlich bemühen werden, deutsche Autoren aus den Gefängnissen der DDR zu befreien.

Unter allen Systemen, in allen Ländern der Welt haben Menschen gelegentlich sich human erwiesen.

Sie wissen aus eigener Erfahrung, Herr Becher, daß ich, der nie Sympathien für Diktatursysteme oder für Kommunisten an der Macht hatte, bei verfolgten Kommunisten die Partei des Verfolgten vergessen und Mitgefühl mit dem Verfolgten hatte. Als deutsche kommunistische Literaten ebenso an Leib und Leben und in ihren literarischen Werken verfolgt wurden wie liberale oder konservative oder parteilose oder sozialdemokratische oder freie oder antinazistische und unabhängige Literaten, da habe ich als literarischer Leiter des ersten antinazistischen deutschen Verlags in Amsterdam, Allert de Lange, auch den Dreigroschen-Roman von Bert Brecht und Geschichten aus Sieben Gettos von Egon Erwin Kisch und Geschichten von Theodor Plievier und ein Buch von Ihnen, Herr Becher, gedruckt, ohne zu fragen, ob Sie oder Kisch oder Plievier oder Brecht Mitglieder einer Partei seien, mir war es genug, daß Sie gegen Hitler waren, und neben Ihrem Buch und den Büchern Ihrer Freunde erschienen in jenem liberalen holländischen Verlag Allert de Lange Bücher von Winston Churchill und Sigmund Freud, von der Prinzessin von Griechenland und Georg Bernhard und Theodor Wolff, von Joseph Roth und René Schikkele und Alfred Neumann und Ödön von Horváth, von

Adrienne Thomas und Irmgard Keun, Karl Tschuppik und Max Brod und Georg Hermann und Alfred Polgar und Siegfried Kracauer und vielen andern.

Und als Bert Brecht 1940/41 aus Finnland nicht zu Stalin, sondern zu Roosevelt flüchten wollte, da half ich ihm sein Leben retten, wie manchem andern exilierten Schriftsteller Europas, durch das Emergency Rescue Committe in New York, dessen ehrenmäßiger Berater ich war, zusammen mit Thomas Mann und Sigrid Undset, mit Jacques Maritain und Jules Romain und Maurice Maeterlinck.

Ich habe so manches Verdienst um Ihre berühmten Kollegen in der DDR, Herr Becher. Die Anna Seghers z.B. habe ich 1927 im Lektorat bei Kiepenheuer entdeckt. Dem F.C. Weiskopf, der später Botschafter in Stockholm und in Peking wurde, habe ich in Provincetown das Radfahren beigebracht. Und sollten Sie beim nächsten Regierungswechsel in der DDR ins Exil gehen müssen, Herr Dr. Becher, und gefährdet sein, so verspreche ich Ihnen schon jetzt, daß ich mich aufrichtig bemühen werde, Ihnen ein Visum oder einen neuen Verlag zu verschaffen oder, wenn nötig, Ihnen das Radfahren beizubringen.

Inzwischen aber geben Sie, Herr Dr. Becher, Ihren Sachsen und Preußen und Ost-Berlinern Gedankenfreiheit, und literarische Freiheit, und die physische Freiheit, und versuchen Sie, diese dreizehn Gefangenen auf meiner Liste aus ihren Gefängnissen zu befreien.

Ich hoffe, Sie werden nicht wiederholen, was Sie mir in Ihrem Brief anläßlich des Wolfgang Harich schrieben: „Sollten Sie mit den Autoren allerdings nur den einen Dr. Harich meinen, so handelt es sich bei diesem keineswegs darum, daß er in seiner Eigenschaft als Autor angeklagt wurde, sondern er wurde durchaus rechtens verurteilt wegen Vergehens gegen die Verfassung der Deutschen Demokratischen Republik."

Was ist das für ein Vergehen? Kein intellektuelles Vergehen eines Autors? Und wie wollen Sie einen Autor aufteilen, in wieviele Eigenschaften, die Sie säuberlich auseinanderhalten? In welcher Eigenschaft sitzt also Harich im Gefängnis? Sitzt in seiner Zelle kein Autor? Und sitzt er auf Harichs Hintern oder auf seiner Eigenschaft als „Verfassungsvergeher"?

Ich erinnere mich, wie ermüdend gewisse Gespräche mit

Ihrem Parteifreund Bert Brecht waren (vor dem amerikanischen Kongreß sagte zwar Brecht, er sei nie in der Partei gewesen, darum lebte er auch, wie Brechts Verleger Suhrkamp schrieb, im Exil abseits und in der Stille, und nahm nur abseits und in der Stille Geldgeschenke von amerikanischen Großkapitalisten wie Rockefeller, und von amerikanischen Akademien, und Gelder von der amerikanischen Großindustrie in Hollywood). Alle drei Minuten fragte mich Brecht in gewissen Gesprächen: „Haben Sie Hegel gelesen?" Schließlich erwiderte ich ihm verdrießlich: „Herr Brecht, Sie haben offenbar den Hegel nicht gelesen; denn was immer Sie lesen, findet man wörtlich in Ihren gesammelten Werken wieder, und da ist noch nichts von Hegel." Brecht lachte damals.

Lieber Herr Becher, haben Sie Hegel gelesen? Vergessen Sie ihn! Bitte, glauben Sie nicht, der Staat sei der Gott auf Erden, insbesondere nicht der durch den alten Stalinisten Ulbricht verkörperte Staat der DDR!

Wenn mich meine Erinnerung nicht täuscht, so waren Ihre Erinnerungen, die ich in Amsterdam bei Allert de Lange verlegt habe, als wir beide noch verfolgte exilierte deutsche Autoren waren, ein recht hübsches Buch. Sollte man gar für einen liberalen Lektor, wie ich es war, besser schreiben als für eine Diktatur, wo Sie Minister sind, Herr Becher? (Ich würde übrigens Ihr Buch sehr gerne wieder lesen, ich suchte vergeblich ein Exemplar, ließen Sie es in Ihrem Staate wieder erscheinen?)

Geehrter Herr Dr. Becher! Ich warte mit Ungeduld auf Ihre Antwort und auf das Resultat Ihrer Bemühungen oder Erkundigungen wegen dieser dreizehn gefangenen deutschen Autoren in Gefängnissen der DDR. Wozu ist ein Autor Minister, wenn er nicht helfen würde, gefangene Autoren in seinem Lande zu befreien? Geehrter Herr Dr. Becher! Ihrer Antwort mit höchster Ungeduld entgegensehend zeichne ich hochachtungsvoll

Hermann Kesten

Günther Anders
an Claude R. Eatherly

Mit diesem Brief begann Günther Anders den berühmt gewordenen „Briefwechsel mit dem Hiroshima-Piloten Eatherly" in einem, wie er später schrieb, „ganz unidiomatischen und wohl gestelztem Englisch". Der ehemalige Pilot der „Pfadfindermaschine" vom 6. August 1945 saß zu dieser Zeit in einem „Veterans Hospital", weil er – ganz unbewußt – durch einige kleinere Diebstahlsdelikte auf sich und seine Probleme hatte aufmerksam machen wollen; er fühlte sich ganz einfach mitschuldig, eine Empfindung, die in dem Briefwechsel ansatzweise reflektiert wurde. Dieser hatte im übrigen einen gewaltigen Erfolg, er wurde in alle „Kultursprachen" übersetzt, sein „Held" weithin bekannt, und der Fall so gründlich diskutiert, daß Günther Anders den Major Eatherly als eine Art Gegenfigur zu Adolf Eichmann bezeichnen konnte.

Lieber Herr Eatherly, 3. Juni 1959

Den Schreiber dieser Zeilen kennen Sie nicht. Sie dagegen sind uns, meinen Freunden und mir, bekannt. Wie Sie mit Ihrem Unglück fertig oder nicht fertig werden, das verfolgen wir, gleich ob wir in New York sitzen, in Wien oder Tokio, klopfenden Herzens. Nicht, weil wir neugierig wären; oder weil Ihr ,Fall' uns medizinisch oder psychologisch interessierte. Wir sind weder Mediziner noch Psychologen. Sondern deshalb, weil wir damit beschäftigt sind, voll Angst und brennender Sorge damit beschäftigt sind, uns über diejenigen Moralprobleme klar zu werden, die uns allen heute den Weg verstellen. Die Technisiertheit des Daseins: die Tatsache, daß wir ahnungslos und indirekt, gewissermaßen als Maschinenschrauben, in Handlungen eingefügt werden können, deren Effekte wir nicht übersehen und die wir, wenn wir die Effekte übersähen, nicht bejahen könnten – die hat unser aller sittliche Situation verändert. Die Technik hat es mit sich gebracht, daß wir auf eine Weise *schuldlos schuldig* werden können, die es früher, in der technisch noch nicht so vorgeschrittenen Zeit unserer Väter, noch nicht gegeben hatte.

Sie verstehen, was *Sie* damit zu tun haben: Schließlich gehören Sie ja zu den ersten, die sich in diese neuartige Schuld, in die sich heute oder morgen jeder von uns verstricken könnte, wirklich verstrickt haben. Ihnen ist es so gegangen, wie es uns allen morgen gehen könnte. Aus diesem Grunde also spielen Sie für uns die große Rolle eines Kronbeispiels, ja die eines *Vorläufers.*

Vermutlich ist das Ihnen gar nicht recht. Sie wollen Ihre Ruhe haben, your life is your business. Wir versichern Ihnen, daß wir Indiskretion genau so wenig lieben wie Sie es tun, und wir bitten Sie um Verzeihung. Aber in diesem Falle ist, aus dem Grund, den ich eben genannt habe, Indiskretion leider unvermeidlich, ja sogar geboten: Ihr Leben ist auch unser business geworden. Da der Zufall (oder wie immer wir die unbestreitbare Tatsache nennen) es gewollt hat, Sie, den Privatmann Claude Eatherly, in ein Symbol der Zukunft zu verwandeln, haben Sie kein Recht mehr darauf, sich gegen unsere Indiskretion zu verwahren. Daß gerade Sie, und nicht irgendein anderer unter den Milliarden von Zeitgenossen, zu dieser Symbolfunktion verurteilt worden sind, das ist Ihre Schuld nicht, und es ist gewiß entsetzlich. Aber es ist nun einmal so.

Und dennoch: Glauben Sie nicht, daß Sie der einzige derart Verurteilte sind. Denn wir alle haben ja in dieser Epoche zu leben, in der wir in solche Schuld hineingeraten könnten; und so wenig wie Sie sich Ihre unselige Funktion, so wenig haben wir uns diese unselige Epoche selbst ausgesucht. In diesem Sinne sind wir also, wie Sie als Amerikaner sagen würden, ‚in the same boat', in einem und demselben Boot, ja wir sind Kinder einer einzigen Familie. Und diese Gemeinsamkeit bestimmt unsere Beziehung zu Ihnen. Wenn wir uns mit Ihrem Leiden beschäftigen, so tun wir das als Geschwister, also so, als wären Sie ein Bruder, dem das Unglück zugestoßen ist, dasjenige wirklich zu tun, was jeder von uns morgen zu tun gezwungen werden könnte; als Geschwister, die hoffen, dieses Unglück vermeiden zu können, so wie Sie heute schrecklich vergeblich hoffen, Sie hätten es damals vermeiden können. Aber damals war das eben nicht möglich gewesen: Die Befehlsmaschinerie hatte lückenlos funktioniert, und Sie waren damals noch jung und einsichtslos gewesen. Sie *haben* es also getan. Aber da Sie es getan haben, können wir durch Sie erfahren, und eben nur durch Sie, wie es uns ergehen würde, wenn wir an Ihrer Stelle gestanden hätten, wenn wir an Ihrer Stelle stehen würden. Sie sehen: Sie sind ungeheuer wichtig für uns, geradezu unentbehrlich. Gewissermaßen unser *Lehrer.*

Natürlich werden Sie diesen Titel abwehren. ‚Nichts weniger als das', werden Sie antworten, ‚denn ich werde mit meinem Zustande ja gerade *nicht* fertig.'

Sie werden erstaunt sein, aber gerade dieses ‚nicht' ist es, was für uns den Ausschlag gibt. Ja, was für uns sogar tröstlich ist. Ich weiß, diese Behauptung klingt erst einmal sinnlos. Darum ein paar Worte der Erklärung:

Ich sage nicht: ‚tröstlich für Sie'. Nichts liegt mir ferner als zu versuchen, *Sie* zu trösten. Der Tröstende spricht ja stets: ‚Es ist ja nicht so schlimm', versucht also, das Geschehene: Leiden oder Verschuldung, zu verkleinern oder mit Worten aus der Welt zu schaffen. Genau das ist es ja auch, was zum Beispiel Ihre Ärzte versuchen. Warum diese Männer das tun, ist ja nicht schwer zu erraten. Schließlich sind sie Angestellte eines Militärhospitals, denen die moralische Verurteilung einer allgemein anerkannten, ja gepriesenen militärischen Aktion nicht gut bekommen würde, nein, denen die Möglichkeit einer solchen Verdammung gar nicht einfallen *darf;* die also die Untadeligkeit der Tat, die Sie mit Recht als Schuld empfinden, unter allen Umständen verteidigen müssen. Daher behaupten ja Ihre Ärzte: ‚Hiroshima in itself is not enough to explain your behaviour' – was in unverkünstelter Sprache nichts anderes bedeutet als: ‚So schlimm war Hiroshima ja gar nicht'; daher beschränken sie sich ja darauf, *anstelle der Tat selbst* (oder des Weltzustandes, in dem solche Tat möglich ist), Ihre *Reaktion auf die Tat* zu kritisieren; daher sind sie ja genötigt, Ihr Leiden und Ihre Erwartung von Strafe eine ‚Krankheit' (classical guilt complex) zu nennen; und deshalb müssen sie ja Ihre Tat als ein *‚selfimagined wrong'*, als eine von Ihnen ausgedachte Untat behandeln. Ist es ein Wunder, daß Männer, die durch ihren Konformismus und durch ihre moralische Unselbständigkeit dazu gezwungen sind, die Untadeligkeit ihrer Tat zu retten, und die deshalb Ihre Gewissensnot als pathologisch bezeichnen müssen, daß mit so lügenhaften Voraussetzungen arbeitende Männer nicht gerade sensationelle Heilerfolge erzielen können? Ich kann mir vorstellen – wenn ich mich irre, korrigieren Sie mich bitte –, wie ungläubig, wie mißtrauisch, wie abweisend Sie diesen Männern gegenüberstehen müssen, weil sie eben lediglich Ihre *Reaktion* ernst nehmen, Ihre *Aktion* dagegen nicht. Hiroshima – self-imagined. Wahrhaftig! *Sie* wissen es besser. Nicht ohne Grund betäuben die Schreie der Verletzten Ihre Tage, und nicht ohne Grund drängen sich die Schatten der Toten in Ihre Träume. Sie wissen, daß, was geschehen ist, geschehen ist und nicht imagined. Sie lassen sich von diesen Männern keine Schwachheiten einreden. Und auch wir lassen uns von ihnen nichts vormachen. Mit solchen ‚Tröstungen' wollen also auch wir nichts zu tun haben.

Nein, ich sage: ‚für uns'. Für uns ist die Tatsache, daß Sie mit dem Geschehenen ‚nicht fertig werden' tröstlich. Das ist sie für uns deshalb, weil sie beweist, daß Sie den Versuch machen, dem (damals nicht vorgestellten) Effekt Ihrer Tat nun nachträglich doch noch nachzukommen; weil dieser Versuch, auch wenn er scheitert, ein Zeugnis dafür ist, daß Sie Ihr Gewissen haben wachhalten können, obwohl Sie einmal als Maschinenstück in einen technischen Apparat eingeschaltet gewesen und in diesem erfolgreich verwendet worden waren. Und da *Sie* dazu imstande waren, haben Sie damit bewiesen, daß *man* dazu imstande ist, daß *unsereiner* dazu gleichfalls imstande sein muß. Und das zu wissen – und dieses Wissen verdanken wir eben Ihnen –, das ist für uns tröstlich.

‚Auch wenn Ihr Versuch scheitert', sagte ich. Er *muß* nämlich scheitern. Aus folgendem Grunde:

Schon wenn man einem einzigen Menschen Unrecht angetan hat – ich rede noch gar nicht von Töten –, ist es, obwohl die Tat übersehbar bleibt, keine leichte Aufgabe, damit ‚fertig zu werden'. Aber hier handelt es sich ja um etwas anderes. Sie haben ja das Unglück, zweihunderttausend Tote hinter sich gelassen zu haben. Und wie sollte man einen Schmerz aufbringen können, der 200000 Menschenleben umfaßt? Wie sollte man 200000 bereuen können? Das können nicht nur Sie nicht, das können nicht nur wir nicht, das kann niemand. Wie verzweifelt wir es auch versuchen, Schmerz und Reue bleiben unzulänglich. Die Vergeblichkeit Ihrer Bemühung, die ist also nicht Ihre Schuld, Eatherly. Sie ist die Folge dessen, was ich vorhin als das entscheidende Neue unserer Situation bezeichnet hatte: Daß wir nämlich mehr herstellen können, als was wir *vorstellen* können; daß die Effekte, die wir mit Hilfe unserer von uns selbst hergestellten Geräte anrichten, so groß sind, daß wir für deren Auffassung nicht mehr eingerichtet sind. Größer also als das, was wir innerlich meistern, womit wir fertig werden können. Machen Sie sich keine Vorwürfe dafür, daß Ihnen Ihre Reue nicht gelingt. Das fehlte noch gerade. Die Reue kann nicht gelingen. Aber das *Scheitern* Ihrer Mühe, das müssen Sie freilich täglich erfahren und durchmachen; denn außer dieser Erfahrung des Scheiterns gibt es nichts, was die Reue ersetzen könnte, was uns davon abhalten könnte, uns noch einmal auf so ungeheuerliche Taten einzulassen. Daß Sie, da Ihre Mühen nicht gelingen können, panisch und unkoordiniert reagieren, ist also durchaus begreiflich. Beinahe darf man sagen: Es ist ein Zeichen Ihrer moralischen Gesundheit. Denn Ihre Reaktion beweist die Lebendigkeit Ihres Gewissens.

Die übliche Methode, mit dem zu großen fertig zu werden, besteht in einem bloßen Unterschlagungsmanöver: darin, daß man genau so weiterlebt wie vorher; daß man das Geschehene von der Tischplatte des Lebens wischt, daß man die zu große Schuld als gar keine Schuld behandelt. Also darin, daß man, um damit fertig zu werden, keinen Versuch macht, damit fertig zu werden. Wie es zum Beispiel Ihr Kamerad und Landsmann Joe Stiborik tut, der ehemalige Radarmann auf der Enola Gay, den man Ihnen, weil er robust und guter Dinge weiterlebt, und weil er in bester Stimmung erklärt hat, daß es ‚damals eben nur eine etwas größere Bombe gewesen' sei, als gutes Beispiel vorzuhalten liebt. Noch besser wird diese Methode sogar durch jenen Präsidenten illustriert, der Ihnen sein ‚go ahead'-Zeichen gegeben hat, so wie Sie Ihr ‚go ahead'-Zeichen dem Bombenpiloten gegeben haben; der sich also eigentlich in der gleichen Situation wie Sie, wenn nicht sogar in einer noch böseren, befindet. Aber was *Sie* getan haben, das hat *er* eben versäumt. Denn er hat ja vor einigen Jahren – ich weiß nicht, ob Ihnen das damals zu Ohren gekommen ist –, alle Moral aufs naivste verkehrend, in einem für die Öffentlichkeit bestimmten Interview verkündet, er spüre nicht die geringsten ‚pangs of conscience', womit seine Unschuld ja wohl bewiesen sei; und als er jüngst an seinem 75. Geburtstag ein Fazit seines Lebens zog, da hat er ja als das einzige, seiner Reue würdige Unrecht die Tatsache genannt, daß er erst als Dreißiger geheiratet habe. Es scheint mir unwahrscheinlich, daß Sie dieses ‚clean sheet' beneiden. Völlig gewiß aber bin ich, daß Sie keinem gewöhnlichen Verbrecher die Erklärung, daß er unter keinen Gewissensbissen leide, als Beweis seiner Unschuld abnehmen würden. Ist nicht ein Mann, der so vor sich selbst Reißaus nimmt, eine lächerliche Figur? *Sie* haben das jedenfalls nicht getan, Eatherly. Sie sind keine lächerliche Figur. Sie tun, auch wenn Sie dabei scheitern, das Menschenmögliche. Sie versuchen, *als der* weiterzuleben, der es getan hat. Und das ist es, was uns tröstet. Auch wenn Sie sich, eben *weil* Sie mit Ihrer Tat identisch geblieben sind, durch diese Ihre Tat verändert haben.

Sie verstehen, daß ich damit auf Ihre Einbrüche, Fälschungen und ich weiß nicht welche anderen kriminellen Taten, die Sie begangen haben, anspiele. Und darauf, daß Sie als demoralisiert gelten. Glauben Sie nicht, daß ich Anarchist sei und für Einbrüche oder Fälschungen eintrete oder sie auf die leichte Schulter nehme. Aber in ihrem Falle sind diese Vergehen etwas anderes als gewöhnlich. Eben Verzweiflungsschritte. Denn so schuldig zu sein wie Sie es sind, und trotzdem von der Öffentlichkeit als schuldlos klassifiziert, ja auf Grund der Schuld sogar als smiling hero gepriesen zu werden, das muß für einen anständigen Menschen ein unerträglicher Zustand sein; ein Zustand, für dessen Beendigung man eben auch etwas Unanständiges unternimmt. Da das Ungeheure, das auf Ihnen lag und liegt, in der Welt, der Sie angehören, nicht verstanden wurde, nicht verstanden werden durfte, nicht verständlich gemacht werden konnte, mußten Sie eben versuchen, in der dort verständlichen Sprache, in der kleinen Sprache of petty oder big larceny, in den terms der Gesellschaft selbst zu sprechen und zu handeln. Also haben Sie versucht, Ihre Schuld durch Akte zu beweisen, die als Vergehen dort immerhin anerkannt werden. Aber auch das ist Ihnen nicht gelungen. Weiter bleiben Sie dazu verurteilt, als krank zu gelten, statt als schuldig. Und deshalb, weil man Ihnen gewissermaßen die *Schuld nicht gönnt,* bleiben Sie weiter ein unglücklicher Mensch.

Und nun zum Schluß eine Anregung.

Im vorigen Jahr habe ich Hiroshima besucht; und dort habe ich mit denjenigen gesprochen, die nach Ihrem Besuch von Hiroshima übriggeblieben sind. Sie können gewiß sein: Unter diesen Menschen gibt es keinen einzigen, der daran dächte, die Schraube innerhalb einer militärischen Maschine – und das waren Sie ja, als Sie als Sechsundzwanzigjähriger Ihre ‚Mission' durchführten –, zu verfolgen; keinen einzigen, der Sie haßt.

Aber nun haben Sie ja bewiesen, daß Sie, obwohl Sie einmal als eine solche Schraube verwendet worden waren, im Unterschiede zu den anderen ein Mensch geblieben oder wieder ein Mensch geworden sind. Und nun mein Vorschlag, den Sie sich vielleicht überlegen.

Am kommenden 6. August feiert die Bevölkerung von Hiroshima, wie jedes Jahr, den Tag, an dem ‚es' geschehen ist. Diesen Menschen könnten Sie eine Botschaft schicken, die zur Feier zurechtkommen müßte. Wenn Sie diesen Menschen als Mensch mitteilen würden: „Ich wußte damals nicht, was ich tat; nun aber weiß ich es. Und ich weiß, daß derartiges nicht wieder geschehen darf; und daß kein Mensch keinem anderen zumuten darf, derartiges zu tun." Und: „Euer Kampf gegen die Wiederholung solcher Aktion ist auch mein Kampf; und euer ‚No more Hiroshima' ist auch mein ‚No more Hiroshima'", so oder so ähnlich – Sie können überzeugt davon sein, daß Sie mit solcher Botschaft den Überlebenden von Hiroshima eine ungeheure Freude bereiten würden; und daß Sie von diesen Menschen als Freund betrachtet werden würden, als einer von ihnen. Und sogar, daß das mit Recht geschähe, da auch Sie, Eatherly, ein Hiroshima-Opfer sind. Und vielleicht wäre das auch für Sie, wenn auch keine Tröstung, so doch eine Freude.

In dem Gefühl, das ich jedem dieser Opfer gegenüber empfinde, grüße ich Sie.

Günther Anders

Hans Magnus Enzensberger
an Peter Hacks

Das Vergnügen an einer treffenden Polemik läßt nur allzu leicht den Anlaß in den Hintergrund treten, die Umstände vergessen. Bei dem im Bayerischen Rundfunk veröffentlichten offenen Brief Enzensbergers an den durchaus polemikerprobten Peter Hacks handelt es sich nur sehr vordergründig um eine Literatenfehde. Das merkt der Leser spätestens dann, wenn die in beiden Deutschlands offenbar recht beliebten Ungeziefer-Vergleiche zur Sprache kommen; Auftakt zum gründlich geführten „kalten Bürgerkrieg zwischen den beiden deutschen Teilstaaten". Hacks stand mit seinem Grimm auf Uwe Johnson nicht allein. Auch Hermann Kant verdammt die Bücher Johnsons, fand sie gegen die DDR gerichtete „Produkte aus Unverständnis und schlechtem Gewissen" und urteilte: „Ihre Aussage ist falsch und böse." Man war hochgereizt damals. Im gleichen Jahr 1959, in dem die von Enzensberger erwähnte Diskussion des PEN-Zentrums Ost und West stattfand, wurden auch die „Mutmaßungen über Jakob" veröffentlicht. Ihr Autor setzte sich ab und formulierte das später so: „Rückgabe einer Staatsangehörigkeit an die DDR nach nur zehnjähriger Benutzung und Umzug nach West-Berlin mit Genehmigung eines dortigen Bezirksamtes."

Frankfurt am Main, 11. November 1960

Sehr geehrter Herr Hacks,

vor zwei Jahren haben Sie im *Organ des Zentralrates der Freien Deutschen Jugend* einen offenen Brief an meine Adresse veröffentlicht, in dem, aus Anlaß meines Buches *Verteidigung der Wölfe,* die Rede war vom Bürgerkrieg, den Sie begrüßten, von der Justiz der Arbeiterklasse, vertreten durch Hilde Benjamin, und von der Literatur in den beiden deutschen Teilstaaten, der Bundesrepublik Deutschland, die Sie für kriegerisch, und der DDR, die Sie für friedfertig hielten. Sie haben sich über mein Buch geärgert; Sie warfen mir Unkenntnis vor. Ich habe Ihren Brief mit großem Interesse gelesen. Ich habe ihn beantwortet. Das *Organ des Zentralrats der Freien Deutschen Jugend* hat meine Antwort nicht veröffentlicht, aus guten Gründen, aus Gründen, über die wir kein Wort zu verlieren brauchen, denn sie sind hinlänglich bekannt, Ihnen, mir und jedermann, der weiß, wie frei die *Freie Deutsche Jugend* ist. Daß in Ihrem Organ eine offene Antwort auf einen offenen Brief nicht möglich ist, wissen wir allemal, und sowenig ich mich mit diesem Zustand abfinden kann, sowenig liegt mir daran, ihn in Ihre Schuhe zu schieben. Solange er anhält (und Sie treten, sei es direkt oder indirekt, für seine Erhaltung ein), wird immer nur die eine Hälfte unseres Landes von den offenen Briefen Kenntnis nehmen, die wir miteinander wechseln, und Sie dürfen sich nicht beklagen, wenn ich mich zur Publikation des meinen des Bayerischen Rundfunks bediene, der vermutlich in ihren Augen ein Ausbund monopolkapitalistischer Bosheit ist, solange Sie nicht dafür sorgen, daß die Hühner, die wir miteinander zu rupfen haben, auch vor die Augen Ihrer Mitbürger gebracht werden können.

Sie sind, werter Herr Hacks, ein Mitglied des Deutschen Pen-Zentrums Ost und West, das seinen Namen wohl dem Umstand verdankt, daß ihm außer den führenden Literaten der DDR auch die Herren Ernst Rowohlt und Günther Weisenborn angehören. Dieses Pen-Zentrum hat am 28. November 1959 in der Deutschen Akademie der Wissenschaften zu Berlin eine öffentliche Diskussion veranstaltet, deren Protokoll heuer im Ost-Berliner Verlag der Nation als Broschüre erschienen ist. Das Thema dieser Diskussion war *Die Literatur im Zeitalter der Wissen-*

schaft. Das ist ein großes Thema, und ich hätte mir denken können, daß ein Schriftsteller wie Sie, der sich für die Wissenschaft interessiert und Unkenntnis, vermeintliche oder tatsächliche, verwirft, fähig gewesen wäre, es sachlich zu diskutieren. Stattdessen gehen Sie in Ihrem Beitrag einer Beschäftigung nach, die in den letzten zehn Jahren zum Steckenpferd der deutschen Intelligenz geworden ist: der Aufrüstung zum kalten Bürgerkrieg zwischen den beiden deutschen Teilstaaten. Sie wissen vermutlich, daß das eine lebensgefährliche, um nicht zu sagen: selbstmörderische Beschäftigung ist. Aber mir scheint, daß Sie, wie nur eh und je die Bombenwerfer des 19. Jahrhunderts, eine gewisse Befriedigung bei dieser Feuerwerkerei verspüren. Der Umgang mit Dynamit scheint Ihnen dafür zu bürgen, daß Sie ein echter Revolutionär sind. Sie übersehen dabei, und das erstaunt mich bei einem Mann, der sich öffentlich seiner dialektischen Kenntnisse rühmt, daß Ihre Spreng- und Genußmittel sich in der deutschen Situation von 1960 prinzipiell gegen ihren Urheber kehren. Wer nämlich heute in der Bundesrepublik Hetzreden gegen die DDR führt, Rotbücher verfaßt, mit Raketen rasselt, der gibt seinem Gegner recht, der liefert dem *Neuen Deutschland* die Munition, die er für den Ernstfall zu stapeln meint. In diesem Punkt werden Sie mir recht geben; aber es macht die Hoffnungslosigkeit dieses offenen Briefes aus, daß Sie die Umkehrung meines Satzes nicht akzeptieren können, so absolut und tödlich (jawohl, ich sage tödlich) auch ihre Folgerichtigkeit ist. Recht gibt die DDR und recht geben Sie unserem Innenminister Schröder, und dem Notstandsgesetz, das er uns eintränken will, recht geben Sie unserem Verteidigungsminister Strauß, und den Raketen, die er uns in den Hinterhof pflanzt, mit jedem einzelnen Fall von Menschenraub, mit jedem Todesurteil, mit jedem Verbrechen, das in Ihrem Land im Namen des Sozialismus begangen wird. Sie wissen aber auch, daß die großen Verbrechen von den kleinen leben, und daß der Boden, auf dem die großen Lügen gedeihen sollen, durch tausend kleine gedüngt wird. Und damit bin ich beim Gegenstand dieses Briefes und bei unserer Sache, der Literatur.

Ich zitiere aus Ihrer Rede vor dem deutschen Pen-Zentrum Ost und West: „Welch trostloses Bild ergibt ... eine literarische Landschaft, die bis zu den Gipfeln hin angefüllt ist mit dem

Nebel der Unwissenheit. Ich rede von der Landschaft des bürgerlichen Geistes. Ich rede etwa von Westdeutschland, wo ganze Galgen voll talentierter Leute, die von der Gabe ihrer Finger und der Zahl ihrer Gehirnwindungen her Schriftsteller sein könnten, aus Unkenntnis zu Stümpern werden." Sie fahren fort, in dem Sie einen Namen nennen, den Namen Uwe Johnson. Johnson hat im vergangenen Jahr den ersten und einzigen Roman publiziert, der mit dem Thema der deutschen Spaltung Ernst macht, den Roman *Mutmaßungen über Jakob*. Geschrieben wurde dieser Roman in der DDR, veröffentlicht wurde er in Frankfurt am Main. Über die Aufnahme des Buches bei der Kritik schreiben Sie: „Die Meute der Kunstaufpasser macht einen großen Jubel um dieses Buch und lobt Herrn Johnson und bestärkt ihn in seiner Dummheit." Und dann kommt der Satz: „In diesem Land" – Sie meinen die Bundesrepublik – „werden die Talente geknackt wie die Flöhe."

Das also ist es, was Sie, Herr Hacks, über die *Literatur im Zeitalter der Wissenschaft* zu sagen haben. Ich zögere, Ihre Äußerungen auf Unkenntnis zurückzuführen. Sie haben Johnsons Buch *Mutmaßungen über Jakob* gelesen – im Gegensatz zu der Bevölkerung der DDR; denn das Buch darf in Ihrem Land nicht erscheinen und seine Lektüre ist nur der privilegierten Minderheit gestattet, der Sie angehören. Sie wissen auch, daß Uwe Johnson Ihr Land verlassen hat, und aus welchen Gründen er es hat verlassen müssen; Ihre Mitbürger wissen es nicht, weil die Zeitungen und Rundfunkstationen Ihres Landes gehalten sind, Tatsachen, die Ihrer Regierung mißfallen, zu verschweigen. Nicht Unkenntnis, sondern Kenntnis ist es, Herr Hacks, was ich Ihnen vorwerfe, eine Kenntnis, die Ihre Obrigkeit Ihnen zu erwerben gestattet, weil sie Ihnen Vorrechte einräumt, die sie Ihren Mitbürgern verweigert, unter einer Bedingung: Sie dürfen die Wahrheit, die Ihnen bekannt ist, nicht bekanntmachen. Dieser Bedingung fügen Sie sich. In Ihrer Rede vor dem Pen-Zentrum verschweigen Sie, daß Johnson ein Bürger Ihres Landes war. Sie verschweigen, wovon, nämlich von unserer, von meiner, von Ihrer und von unser aller Sache, in Johnsons Buch die Rede ist. Aber Sie geben sich mit dem Verschweigen der Wahrheit, das man von Ihnen verlangt, nicht zufrieden. Sie gehen zur Veröffentlichung der Unwahrheit über, wo Sie hätten schweigen können. Sie wissen ganz genau, womöglich genauer als ich, welcher der deutschen Teilstaaten es war, der den Versuch gemacht hat, das Talent des Schriftstellers Johnson zu knacken, und Sie wissen auch, welche Methoden es sind, die ich hier mit Ihrer Metapher umschreibe. Sie haben mir unter dem 3. Februar 1959 mitgeteilt: „Ich kenne den DDR-Strafvollzug aus eigener Anschauung seit 1955. Ich versichere Ihnen auf mein Wort, daß ich lieber ein Jahr in einer beliebigen Strafanstalt der DDR zubringe als ein halbes in Straubing oder in Tegel oder wo immer in Westdeutschland Sie wollen." Ich will Sie weder nach Straubing oder nach Tegel bringen, Herr Hacks, und die Wahl, vor die Sie mich da stellen wollen, ist nicht die, vor die sich Uwe Johnson gestellt sah. Aber das alles wissen Sie so gut wie ich. Wüßten Sie es nicht, Ihre Rede wäre mir verständlicher. Es ist kein lohnendes Geschäft, einen Mann, der wider besseres Wissen spricht, der Unwahrheit zu überführen. Es liegt mir aber daran, zu erforschen, worauf diese Unwahrheit gründet. Zu diesem Ende halte ich mich, da Sie ein Schriftsteller sind, an Ihre Sprache. Mir scheint nämlich, daß sie mehr verrät, als Sie selber zu sagen gewillt sind. In den Sätzen, die ich aus Ihrem Beitrag zitiert habe, finden sich ein paar Metaphern, die mich auf den ersten Blick fremdartig angemutet haben. Einem Mann, der Schriftsteller mit Flöhen vergleicht, kann der Gedanke nicht ferne liegen, daß man Literatur, und die sie hervorbringen, wie Ungeziefer knacken, also unschädlich machen kann. Ich begnüge mich mit der Feststellung, daß dieser Gedanke in meinen Vorstellungen ebensowenig Platz hat wie in der Wirklichkeit, in der ich lebe. Ähnlich verhält es sich mit der Denkweise, die sich in Ihrer Redewendung „ganze Galgen voll talentierter Leute" verbirgt. Was Sie sagen wollen, ist offenbar, daß es zahlreiche talentierte Leute gibt; aber Sie sind in einem Land aufgewachsen, zu dessen alltäglichen Attributen die Todesstrafe gehört. In meinem Land ist die Todesstrafe seit elf Jahren abgeschafft. Es gibt, wo ich lebe, keine Galgen; es kann infolgedessen auch keine Galgen voller Leute, seien sie talentiert oder untalentiert, geben. Warum behaupten Sie das Gegenteil? Sind am Ende Sie es, Herr Hacks, der Schriftsteller, die nicht Ihrer Meinung sind, für Ungeziefer hält? Sind Sie es, der von Galgen träumt, die da aufzurichten wären? Das ist ein furchtbarer Verdacht, aber es ist Ihr Text, der ihn nahelegt, und Sie sind für diesen Text verantwortlich. „Ein Autor“ – ich zitiere wieder aus Ihrem Beitrag, Herr Hacks –, „ein Autor kann doch nicht unbegrenzt unter sein Niveau gehen.“ Ein Autor, der Galgen aufstellt für Autoren, hat das Gegenteil bewiesen.

Hans Magnus Enzensberger

Rudi Dutschke
an Josef Bachmann

Rudi Dutschke hat zwei Mal an „seinen Attentäter" geschrieben; der erste Brief mit dem vertraulichen Du trägt versöhnliche Züge und ruft zu Aktion und Schulterschluß auf. Der zweite vom Jahresende 1968 verwendet das distanziertere Sie, fordert den Gefängnisinsassen Bachmann zum Lesen und Nachdenken auf und wendet sich noch einmal gegen den Selbstmord. Bachmann hat auf diese Briefe geantwortet. Sein erster Brief ist verlorengegangen; im zweiten vom 10. Januar 1969 spricht er sein Bedauern aus, über das „was ich Ihnen angetan habe". Gleichzeitig offenbart er sein völliges Unverständnis für die Ziele der Studentenrevolte und seinen Haß, auf alles, „was bolschewistisch und kommunistisch ist". Er lobt die Deutschland-Politik und den allgemeinen Wohlstand und fragt: „Warum wird demonstriert? Gegen was wird demonstriert? Warum will man die Arbeiterschaft und unser heutiges System den Verbrechern Ulbricht und Genossen in die Hand spielen?" Zwar nimmt er Dutschke von seinen Vorwürfen aus, doch ist die politische Kluft zwischen dem jungen Arbeiter und dem Studentenführer unübersehbar.

Mailand, den 7. Dezember 1968

Lieber Josef Bachmann!

Paß auf, Du brauchst nicht nervös zu werden, lies diesen Brief durch oder schmeiß ihn weg.

Du wolltest mich fertigmachen. Aber auch, wenn Du es geschafft hättest, hätten die herrschenden Cliquen von Kiesinger bis zu Springer, von Barzel bis zu Thadden *Dich* fertig gemacht. Ich mache Dir einen Vorschlag.

Laß Dich nicht angreifen, greife die herrschenden Cliquen an: Warum haben sie Dich zu einem bisher so beschissenen Leben verdammt?

Warum wurdest Du und wirst Du und mit Dir die abhängigen Massen unseres Volkes ausgebeutet, wird Deine Phantasie, wird die Möglichkeit Deiner Entwicklung zerstört. Warum werden wir alle noch immer geduckt und niedergehalten?

Für die Schweine der herrschenden Institutionen, für die Vertreter des Kapitals, für die Parteien und Gewerkschaften, für die Agenten der Kriegsmaschinerie und der „Medien" gegen das Volk, für die Parteifaschisten gegen die Massen, die sich überall finden, dürft Ihr täglich schuften.

Die wenigen Tage der deutschen Revolution von 1918 haben die Massen den 8-Stunden-Tag erkämpft – 50 Jahre später muß unser ganzes Volk, um sich erhalten zu können, genauso sich quälen wie eh und je – nur in ‚schönerer', unmenschlicherer Form.

Die Studenten und Intellektuellen haben bisher an Eurer Benutzung und Ausbeutung sich beteiligt. Für uns taugen Studenten nur etwas, wenn sie endlich wieder ins Volk gehen.

Die Intellektuellen und Künstler müssen endlich auch ihre schöpferische Phantasie fest mit dem Leben des Volkes verbinden, bei Euch arbeiten, Euch unterstützen, sich verändern, Euch und Dich verändern.

Was hältst Du von diesem Vorschlag?

Ich habe viele Jahre auf dem Lande und in Fabriken gearbeitet. Viele von uns, die die Universität abschließen, gehen jetzt als Gruppen in den Produktionsprozeß, um die Revolution vorzubereiten. Also schieß nicht auf uns, kämpfe für Dich und Deine

Klasse. Höre auf mit den Selbstmordversuchen, der antiautoritäre Sozialismus steht auch noch für Dich da.

Rudi Dutschke

P. S.: Da ich erwarte, daß Du diesen Brief nicht von den Staatsvertretern erhältst, gebe ich ihn auch der sogenannten Öffentlichkeit in der ganzen Welt.

Peter Schneider
an die herrschende Klasse in Deutschland

Von allen problematischen Briefen dieser Sammlung, solchen also, die sich der Briefform nur als literarischer Gattung bedienen, ist dieser sicher der problematischste: die Briefform als raffinierter Verstärker der Abrechnung. Es ist eine Abrechnung mit den Vätern, mit der Kriegsgeneration, mit denen da oben, eben: der herrschenden Klasse. Der pathetische Ton der 68er ist darin, und wer Peter Schneiders Erzählung „Lenz" gelesen hat, erinnert sich wieder, wie genau er das Lebensgefühl der ideologischen Wünschelrutengänger jener Jahre getroffen hat; jener hochsensiblen, zur Radikalität bereiten Intellektuellen der antiautoritären Bewegung mit den großen menschheitserlösenden Ideen im Kopf und dem unglücklichen Hang zur Handarbeit im Herzen. All das steckt auch in diesem auf heiße Ekstase kalt getrimmten Brief, und deshalb wurde dieser „Brief an die herrschende Klasse in Deutschland" hier aufgenommen.

Wir sind jetzt bald dreißig.

Und wir können jetzt einigermaßen übersehen, was aus uns geworden ist. Und da ihr diejenigen seid, die man anbrüllen muß, um sich verständlich zu machen, hört zu: Als wir noch in dem Alter waren, da wir die Wälder nicht vom Schoß unserer Mütter unterscheiden konnten, was sahen wir da, was hörten wir da? Da sahen wir unsere Mütter rennend auf dem Feld, während ringsum die Bäume brannten. Und was neben uns Löcher schlug, das machte uns klug, bevor wir sprechen konnten. In acht nehmen sollten wir uns vor Tieffliegern und zu der Freude, als dann unser Name gerufen wurde, konnten wir nichts tun. Das war unser erster Unterricht in Dialektik.

Als ihr dann aus dem Krieg nachhause kamt, mit geschorenen Köpfen und jungen Gesichtern, da saht ihr uns eigentlich ziemlich ähnlich, und es bestand kein Grund, sich an euch ein Beispiel zu nehmen. Wir hätten euch womöglich auf den Schoß genommen. Aber euren berühmten Respekt, wo sollten wir den hernehmen, bei so leeren Händen und so wenig Haut auf den Knochen. Ihr hattet ja nichts zum Imponieren als euer Loch im Bauch, und das hatten wir auch. Es gab keinen blauen Anzug zu kaufen und auch kein Geld, um andere einen blauen Anzug machen zu lassen. Das war nicht so schlimm.

Es gab da keine großartige Organisation, sondern organisieren nannte man damals: denen, die zwei Eimer Sirup hatten, den einen wegnehmen. Eure Häuser, von denen ihr immer noch sagtet, sie wären eure eigenen, nachdem ihr alles eigene und auch den Krieg verloren hattet, eure Häuser gehörten nicht euch, sondern denen, die kein Dach über dem Kopf hatten. Das waren alle.

Und wer, als alle den Zucker mit Salz verdünnten, den Zucker für sich nahm und das Salz den anderen ließ, bei dem hieß es Kopf ab. Das war ganz logisch.

Und wer nicht zärtlich war und wer keine guten Einfälle hatte, der lebte schlechter. Das war das erste Mal, daß wir Verhältnisse sahen, in denen der Gebrauchswert regierte. Damals begriffen wir nicht, daß solche menschlichen Verhältnisse im Kapitalismus immer nur das Ergebnis einer Katastrophe sind und deswegen wie eine Katastrophe beseitigt werden.

Als ihr euch wieder eingelebt hattet, da wurde das Silber aus dem Garten gegraben und das Privateigentum, und der Tisch wurde für den Nachbarn nicht mehr gedeckt. Während unsere Mütter noch Trümmerfrauen waren, suchtet ihr schon wieder nach Leuten, die euch mit Herr anreden. Da wurden die Häuser wieder aufgebaut, aber denen sie dann gehörten, waren wieder nicht die sie aufbauten. Da wurden die Maschinen aus dem Schutt gegraben, aber die, die darüber verfügten, waren wieder nicht die, die sie ausgruben und daran arbeiteten. Da wurde das Geld entwertet, aber enteignet wurden nicht die Kapitalisten, sondern die, die nur ihre Hände als Produktionsmittel besaßen. Da wurden die Bombentrichter zugeschüttet, aber über ihnen errichtet wurden wieder die Banken des Kapitals, das sich in seinen fettesten Jahren in Bomben verwandelt hatte und wieder verwandeln wird.

Wozu sollen wir immer wieder erklären, wie das funktioniert, ihr seid ja gewohnt zu nicken und nichts zu kapieren. Wenn euch immerhin jemals wegen irgendwas die Verzweiflung packte, und sei es nur, weil ihr damals eure Lieblingspfeife verloren habt, dann wären wir erst mal zufrieden, das wäre ein Anfang.

Später, als wir dann in das Alter kamen, wo man zu etwas nütze sein will, da fragten wir uns: Woher kommt denn nur dieser Haß, was macht das so? Schulfreunde sagen schon, wir seien unmenschlich. Seht sie doch an, diese Familien- und sonstigen -vorsteher! Da faßt einen ja der Jammer schon bevor man sie aus dem Fenster stürzt! Ja, von Natur aus sind wir ziemlich sanft: Wir dachten immer, erst mal einen Beruf haben, bevor man zurückschlagen kann, erst mal so etwas Positives geleistet, bevor man negiert, erst mal richtig ins Detail gegangen, bevor man aufs Ganze.

Aber dann zeigt uns doch mal in dieser Wüste, die ihr aufgebaut habt, die Stelle, wo wir uns einrichten könnten! Ihr habt uns doch nichts übriggelassen als diesen Überfluß. Lernen konnten wir von euch zu laufen und wie man ißt. Aber wer euch bei der Arbeit zusah, der lernte nur, fortzufahren mit der Rache für den Zusammenbruch und sich zu ängstigen vor dem nächsten. Wir haben das ausprobiert.

Wir haben uns auch erst mal einen Velourteppich ins Zimmer gelegt, weil wir dachten, wenn man das macht, dann hat man Grund unter den Füßen. Nur, als wir im Kino wieder die Bomben hörten und das Gebrüll der Sirenen, da wunderten wir uns, daß wir uns da zuhause fühlten. Und als wir im Flugzeug saßen, da hätten wir fast nicht gemerkt, daß wir fliegen. Und als unser bester Freund erschossen wurde, da wären wir fast zu kaputt gewesen zum Brüllen. Und als wir uns endlich wehrten, da hätten wir uns immer noch fast geekelt vor Steinen. Und als die black panther anfingen zurückzuschießen, da wären wir fast zu brutal gewesen, uns darüber zu freuen. Und als wir wieder Brennesseln rochen und Zikaden hörten und wir mit diesen und anderen Erlebnissen nicht genug anfangen konnten, da fingen wir an, Theorie zu treiben.

Und wirklich: das hat uns keinen Spaß gemacht. Statt der Genüsse eine Theorie, warum sie nicht möglich sind und schon wieder eine Theorie. Das ist ja gespenstisch, wie bei einigen allmählich die Stirnen üppig werden und die Lippen immer dünner, es gibt schon welche, die nur mit dem Großhirn lachen, und bei vielen, wenn sie lieben, bewegt sich nur noch der Schwanz.

Meine Herren! Hinter jenem Zitat, das wir vorholen, steht ein Bedürfnis, und noch unsere Anmerkungen bersten vor Wünschen: Nach einer Gesellschaft, in der die Menschen hauptsächlich freundlich sind und die Dinge nichts weiter als nützlich, was aber nicht sein kann, solange die einzige Art des Umgangs mit den Menschen die Ausbeutung und die einzige Art des Umgangs mit den Dingen das Besitzen ist, so daß wir also erst die Ausbeutung und das Privateigentum abschaffen müssen, bevor wir entscheiden können, inwieweit es sich bei dem jetzigen Unglück um menschliche Charaktereigenschaften handelt.

Aber wenn wir euch dann sitzen sehen mit euren Gesichtern, dann genügt es beinahe zu sagen, wir kämpfen darum, daß wir nie solche Gesichter bekommen wie ihr.

Das aber genügt nicht. Wir, wenn wir unter uns bleiben mit dieser Wut, bleiben euch doch zu ähnlich. Unsere Wut findet ihr noch ganz amüsant. Indem wir lernen an den Kämpfen derer, die von euch ausgebeutet werden, erkennen wir in euren Gesichtern das Gesicht der Gesellschaft. Und die nicht als Söhne, sondern als Ausgebeutete gegen euch kämpfen, die werden euch nicht bloß beschimpfen, die werden euch einfach vom Sessel schmeißen.

Robert Havemann
an Erich Honecker

Diesem Brief an den Staatsratsvorsitzenden folgte im November des gleichen Jahres ein zweiter, in dem Robert Havemann sich dafür bedankte, daß Siegmar Faust auf seinen Brief hin sogleich aus der Haft entlassen wurde. Gleichzeitig bat er ihn, die Ausbürgerung von Wolf Biermann rückgängig zu machen, der für die jungen Menschen in der DDR in „zwiespältiger Weise eine Art letzter großer Hoffnung auf einen Sozialismus verkörpert, von dem sie schon aufgehört hatten zu träumen". Havemanns Kritik an der Funktionärsherrschaft der DDR war nicht nur wegen seiner Widerstandstätigkeit unter den Nazis so effizient, sie war es auch, weil er sich stets leidenschaftlich gegen die „verkommene Welt des Kapitalismus" und für einen gerechten und humanen Sozialismus eingesetzt hatte.

16.3.1976

Lieber Kamerad und Genosse Erich Honecker!

Ich wende mich an Dich in Deiner verantwortungsvollen Stellung als Kamerad der antifaschistischen Widerstandsbewegung und als Dein Knast-Kamerad im Zuchthaus Brandenburg-Görden. Ich wende mich an Dich mit der Bitte um Rettung des Schriftstellers Siegmar Faust, der als politischer Gefangener in Cottbus im Gefängnis sitzt. Es ist zu einer Strafe von viereinhalb Jahren verurteilt, von denen er schon über zwei Jahre abgesessen hat. Er ist mit einer lebenslustigen jungen Frau verheiratet und hat ein kleines Töchterchen. Beide sind in tiefes Unglück gestürzt. Ich glaube nicht, daß seine Verurteilung gerecht war. Er gehört zu denjenigen, die an unseren Zuständen gerade darum scharfe Kritik üben, weil sie leidenschaftliche Streiter für den Sozialismus sind. Ich wende mich an Dich, weil ich fürchte, daß er die schweren Bedingungen seiner Haft womöglich nicht lebend übersteht. Ich habe erfahren, daß sich auch der Bonner Vertreter Herr Gaus bereits um seine Freilassung bemüht hat, aber wohl vergebens. Ich bitte Dich, auch im Interesse unseres Staates, dem Siegmar Faust Gerechtigkeit zu gewähren und seine sofortige Freilassung zu veranlassen.

Vor einer Woche sandte Siegmar Faust einen Kassiber an seine Frau, den ich Dir hier mitteilen will:

> Tina! Wenn mich nicht bald etwas rettet, kratze ich ab. Ich möchte mit jedem Polit-Häftling Chiles oder Spaniens tauschen. Terror, Folterungen, Repressalien, Schikanen werden immer schlimmer. Warum läßt sich hier keine UNO-Kommission sehen? Laßt alle Glocken läuten! Ich friere, muß hungern, habe Seh-, Herz-, Kreislauf- und Schlafstörungen und verblöde langsam aber sicher. Habe ja nun schon über 23 Monate Einzelhaft und 63 Tage Folterarrest kennengelernt. Was noch? Wofür? Wenn Ihr mir wenigstens Mut machen könntet! ... Informationen von Wolf! Tina, es geht um mein Leben und um unsere Zukunft. Haltet alle zusammen und entreißt mich diesen Meuchelmördern. Euer Faustus

Solch ein Brief macht mich für uns alle traurig. Lieber Kamerad, denke daran, wie schwer es manche von uns hatten, damals in der Nazizeit, und daran, wieviel schwerer es ist, bei den eigenen Freunden und Genossen eingesperrt zu sein.

Mit kameradschaftlichem Gruß

Carola Stern
an einen liberalen Bildungsbürger

1977/78, zur Zeit des Terrorismus und der Intellektuellenhetze, des Radikalenerlasses und des „Sympathisantentums" flogen die offenen Briefe hin und her. Sie füllten ganze Taschenbücher, drangen in die Sonntagsbeilagen vor, man polemisierte, man bezog Stellung. Jürgen Habermas schrieb an Kurt Sontheimer, Carl Amery an die Deutsche Bischofskonferenz, Heinrich Böll an die FAZ, Martin Walser an die SPD. Zivilcourage und politische Phantasie waren gefragt, Reformbedürftigkeit und Reformfähigkeit standen zur Diskussion. Die offenen Briefe waren weniger „literarisch", sondern direkt, um Klärung bemüht, auf Versöhnung bedacht; sie verrieten persönliche Betroffenheit angesichts aufgerissener Gräben und verhärteter Standpunkte.

September 1977

Lieber Kollege,

ich beneide Sie um Ihre Bildung, die Erstausgaben in Ihrer Bibliothek, den gepflegten Wein aus Franken, den Sie Gästen reichen. Sie beruflich einzuordnen, fällt mir schwer. Sind Sie mehr Wissenschaftler oder Künstler? Auf jeden Fall gehören Sie zum Kulturbetrieb. 1972 haben Sie wahrscheinlich Willy Brandt und die SPD, 1976 dann wieder FDP gewählt. Meine Sympathie für die Bundestagsabgeordneten Coppik und Conradi mögen Sie nicht teilen, die Tarifforderungen der ÖTV nennen Sie übertrieben, Strauß-Reden erregen Sie. Kurz gesagt, Sie sind kein Linker, Sie sind ein Liberaler. Dennoch gehören Sie zur „schweigenden Mehrheit" dieser Republik.

In der Hochschule, wo Sie einen Lehrauftrag wahrnehmen, erklärten Ihnen neulich Seminarteilnehmer, niemand habe „die faschistische Gefahr in der Bundesrepublik Deutschland mehr vorangetrieben als die SPD". Brocken aus dem Klippschulmarxismus flogen durch die Gegend; nur durch revolutionäre Gewalt sei der Kapitalismus hier zu überwinden. Sie schwiegen, weil Sie sich mit Marxismus-Leninismus nie beschäftigt haben und Ihnen „ideologischer Schlagabtausch" zuwider ist. Sie schwiegen auch deshalb, weil Sie sich erinnern, mit zwanzig selber ziemlich wirres Zeug verzapft zu haben. Es liegt Ihnen daran, als toleranter Freund der Jugend akzeptiert zu werden. Da Sie den Radikalenerlaß für schlimm und schädlich halten – darin sind wir uns einig –, trachten Sie danach, alles zu vermeiden, was womöglich als seine Billigung verstanden werden könnte. So sind Sie zu dem Schluß gekommen, „man kann da gar nichts sagen, ohne mißverstanden zu werden." Sie schweigen auch, wenn Handwerker im Haus, der Taxifahrer und Ihr Schwager angesichts des Terrorismus nach Bundeswehreinsatz, Sicherheitsverwahrung und der Todesstrafe rufen. „Es lohnt sich einfach nicht, mit solchen Leuten rumzustreiten", sagen Sie, „man sollte ihnen aus dem Wege gehen". Neulich im Kino nach dem Festfilm rief ein Mann in Ihrer Reihe: „Jedenfalls, die Baader-Meinhof-Bande hat's bei Hitler nicht gegeben. Der hätte aufgeräumt mit denen." Zustimmung bei anderen Besuchern. Sie wenden sich von solchen Szenen angewidert ab. In öffentliche

Pöbeleien möchten Sie nicht reingezogen werden. Ihrer Frau erzählten Sie zu Hause, Sie hätten aus Protest demonstrativ den Saal verlassen. Doch der Film war sowieso zu Ende.

Neulich trafen wir uns auf einer Jahreskonferenz, bei der man abends hören konnte, daß es sich zur Zeit Schillers in Deutschland besser lebte als zur Zeit von Schmidt. Die Unterdrückung in der Bundesrepublik, die da geschildert wurde, erinnerte an die Unterdrückung in den Diktaturen Südamerikas. Sie protestierten nicht dagegen, erstens weil Sie nicht in den Verdacht kommen wollen, zu den unkritischen Geistern zu gehören. Bei andersdenkenden Kollegen womöglich als konservativ, als „rechts" zu gelten, wäre Ihnen schrecklich. (Ich verstehe das, auch mich trifft das weit mehr, als ich oft zugeben mag.) Zweitens sind Sie liberal und lassen jede Meinung gelten, drittens haben Sie Hemmungen, öffentlich zu reden. Anderen mag das liegen, Ihnen eben nicht. Zusammen mit einigen Kollegen erwägen Sie, nächstes Jahr gar nicht zu der Konferenz zu kommen, „die Leute unter sich zu lassen"; denn Sie sind ja liberal und beklagen unter Freunden den Verriß der Republik.

Ich möchte nicht, daß wir uns mißverstehen. Aufgewachsen in der Hitlerzeit, jung gewesen in der DDR, weiß ich wohl zu schätzen, daß man in der Demokratie nicht reden, nicht bekennen *muß*. Und sollten Sie und mich demnächst Leute zwingen wollen, öffentlich zu sagen, daß wir keine Terroristenfreunde sind, obgleich wir von der Baader-Meinhof-Gruppe und nicht -Bande sprechen, so werden wir zusammen schweigen. Doch kann man Republiken heute nicht mehr mit der Waffe, sondern nur noch mit dem Wort verteidigen. Deshalb möchte ich Sie ermutigen, Hemmungen zu überwinden, Ihr stetes Schweigen zu durchbrechen und in diesen Wochen als ein Liberaler der Verleumdung Linker zu begegnen.

Und nun zum Schluß überfällt mich doch noch mal der Zorn: Machen Sie doch endlich mal den Mund auf, Herr Kollege.

Ihre Carola Stern

Helmut Gollwitzer
an Lukas Ohnesorg

Der Theologe und Patenonkel Helmut Gollwitzer berichtet seinem Patensohn Lukas Ohnesorg in diesem Geburtstagsbrief, wie es weiterging nach jenem 2. Juni 1967, an dem der Vater von Lukas, Benno Ohnesorg, beim Berlin-Besuch des Schah von einem Polizisten erschossen wurde; ein Brief an die Nachgeborenen. Denen die Ereignisse jener Monate zu erklären, bemüht sich immer wieder der damalige Berliner Regierende Bürgermeister Heinrich Albertz, der am 26. September 1967 zurücktrat. In einem Zeitungsartikel reflektierte er über die Vorkommnisse und bemerkte, daß die Studenten „letztlich aus einem einzigen Grund rebellierten: der Unglaubwürdigkeit der Mächtigen, dem Widerspruch zwischen Gesagtem und Getanem, dem Zerfall aller Wertvorstellungen in einer Gesellschaft, in der Freiheit vor allem die Freiheit der Ellbogen des Stärkeren bedeutete. Nichts oder fast nichts ist geschehen, um die Lücken dieser Widersprüche zu schließen. Kein oder fast kein Beispiel wurde gegeben, um die Zielvorstellung einer freien und gerechten Gesellschaft auf Zukunft deutlich zu machen. Wir leben weiter über unsere Verhältnisse, wir vergeuden die knapper werdenden Energiequellen, wir zerstören systematisch die Schöpfung Gottes, wir beuten die Völker der Dritten und Vierten Welt rücksichtslos aus, wir rüsten uns zu Tode.“

Mein lieber Lukas! 20. 9. 1977

Heute vor zehn Jahren schauten wir dem 12. November 1967 entgegen, dem Tag, an dem Du mit Deinem ersten Schrei Dich auf dieser Erde zu Wort meldetest. Du konntest nicht ahnen, daß Du für uns ein Hoffnungskind warst: ein Kind, mit dem wir die Hoffnung verbanden, die in jenen Jahren – oft genug in der Form von lärmenden Protestanten, aber immer doch als Hoffnungen erkennbar – von den Hochschulen auf die Straßen getragen wurden. Der Tod Deines Vaters durch die Polizeikugel hatte dem Schrei von Protest und Hoffnung eine solche Unwiderstehlichkeit gegeben, daß die Kehlen ihn nicht mehr zurückhalten konnten. Es mag Dir später vielleicht manchmal lästig sein, wenn Du merkst, daß wir Dich und Deinen Vater wie Symbolfiguren anschauen. Wir wollen's taktvoll tun, aber doch nicht unterlassen, Dir zu erzählen von dem, was damals war und was daraus wurde, um dann Dich zu beteiligen an der Frage, wie's weitergehen wird.

Da haben sich von Berkeley über Tokio bis nach Berlin junge Leute, vor allem Studenten, in kurzer Zeit gegenseitig angesteckt mit einer ungewohnten Empfindlichkeit für die Unmenschlichkeit um sie her, für die Verarmungen und Entartungen, in die sie das Leben unzähliger Menschen und auch ihr eigenes Leben hineingezwungen sahen. Das Morden in Vietnam, das Hungern und Foltern in Lateinamerika, ebenso die Zustände im nächsten Knast und in der nächsten Fabrik – nichts konnten sie mehr von sich fernhalten, alles rückte ihnen auf die Haut und fragte sie: Muß das so sein? Muß das so bleiben? Was tust Du dazu, daß es so bleibt – oder dazu, daß es geändert wird?

Mit Lärm und Spott gaben die Jungen diese Fragen an die Älteren, an die Etablierten, weiter und klagten die guten Dinge ein, die im Grundgesetz unseres Staates versprochen und zur Verwirklichung befohlen sind: Unantastbarkeit der Menschenwürde, freie Entfaltung der Persönlichkeit, Chancengleichheit und Gleichberechtigung aller bei der Gestaltung des Gemeinschaftslebens. Sie drückten es, wie in unserem Lande üblich, in Fremdworten aus: Emanzipation, Demokratisierung, zusammengefaßt: Sozialismus. Sie sahen: Es ist dringend nötig, die

Welt in dieser Richtung zu verändern, und es muß doch auch möglich sein, und sie schlugen dazu so auf den Putz, daß die Etablierten das Fracksausen bekamen und sich beeilten, das Reformzeitalter einzuläuten. Eine kurze Zeit durften die Demonstrationen von der herrlichen Erwartung getragen sein: es geht voran!

Die Rache kam bald. Das Grundgesetz so auszulegen, sei viel zu radikal – und radikal sein (das wirst Du noch merken) gilt in unserem Lande immer als gemeingefährlich. So wurde, wer allzu radikal für die Verwirklichung der Grundrechte des Grundgesetzes stritt, in den Verdacht gebracht, ein Verfassungsfeind zu sein. Mit den Reformen, besonders mit den zunächst abgetrotzten Demokratisierungen, ging's zurück. Die Wirtschaftskrise sorgte dafür, daß nicht mehr genug Geld für beides da war: für die Reformen *und* fürs nichtreformierte Staats- und Wirtschaftsleben. Die Reformverhinderer erklärten sich für die wahren Verfassungshüter und aus Grundgesetz, Demokratie, Freiheit und Rechtsstaat wurden Worte, die man nur noch affirmativ gebrauchen darf, das heißt als Bezeichnungen für einen Besitz, den wir angeblich schon haben, nicht mehr kritisch für Aufgaben, denen wir uns annähern sollen.

Einige von den Jungen drehten durch und schlugen mit Gewaltaktionen zurück, weil sie es für eine Illusion hielten, durch Reformen diese Gesellschaft verändern zu wollen. Sie imitierten die südamerikanischen „Stadtguerilla", schlugen alle Warnungen in den Wind, verschlimmerten das Unheil, und noch im Scheitern produzierten sie Nachfolger, die mit jenem Aufbruch von Hoffnungen nichts mehr gemein haben und in Wut, Ekel, Zynismus und Verzweiflung sich ins Morden stürzen wie andere in die Drogen.

Das nun gab denen, die die Veränderungsforderungen niederschlagen wollten, die große Gelegenheit. Einer von ihnen hatte in Sonthofen schon den Terrorvorsatz verkündet, die linken Ratten in ihre Löcher zurückzutreiben, und viele von ihnen konnten ihre Zustimmung zum schrecklichen Militärputsch in Chile nicht verbergen. Das schadete ihnen aber nichts in unserer Öffentlichkeit, und daran konnte man sehen, wie die liberalen Vorsätze, mit denen diese Republik gegründet worden war, im Abbröckeln waren. Jetzt, da der Wahnsinn der Terroristen einen

Höhepunkt erreicht hat, schiebt man die Schuld daran der Protest- und Hoffnungsbewegung zu und bläst zur Jagd gegen alle, die die Notwendigkeit und die Möglichkeit grundlegender Veränderungen erkannt haben. Die Angst der Bürger vor Veränderungen wird mit der Angst vor den Terroristen angeheizt, und alles wird in einen Topf hineinidentifiziert: die Terroristen mit den Linksradikalen, die Linksradikalen mit den Jusos, die Jusos mit der SPD und die SPD mit Emanzipation und kritischer Aufklärung und mit dem „Sittenverfall" dazu. Und die arme SPD, in einen so schrecklichen Topf geworfen, strampelt mit Selbstverteidigung, beteuert ihre Unschuld und Ungefährlichkeit, will auch nicht mehr „mehr Demokratie wagen", wie sie damals angekündigt hatte und wird doch keine Gnade finden, solange sie sich nicht des letzten gefährlichen Streichholzes von Emanzipation und Sozialismus entledigt hat, das noch in ihrem Programm zu finden ist. Es könnte aber für sie diese Stunde auch die Stunde der Erkenntnis werden, daß ein demokratischer Rechtsstaat immer nur offensiv verteidigt und das Ziel des demokratischen Sozialismus nur offensiv verfochten werden kann.

Wenn Du diesen Brief in einigen Jahren liest, dann wirst Du wissen, was wir heute noch nicht wissen: wie's weitergegangen ist und wer sich schließlich durchgesetzt hat. Ein französischer Beobachter, der Professor Alfred Grosser, hat soeben gesagt, dies sei „die erste große Probe der Bundesrepublik", die Probe auf die Haltbarkeit und Entwicklungsfähigkeit des zweiten Versuchs einer deutschen Demokratie. Für Dein Leben wird entscheidend sein, wie es jetzt bei uns weitergeht. Ich will dafür keine Voraussagen wagen, sondern Dir nur das sagen, worauf es jetzt für uns und eines Tages ebenso für Dich ankommt:

Zum ersten: Man darf nie resignieren. Drum spiro, spero – das heißt, solange ich atme, hoffe ich. Und hoffen heißt natürlich nicht nur, ein paar Wünsche heimlich im Busen hegen, sondern hoffend dafür tätig sein. Solange diese zweite deutsche Demokratie noch einigermaßen vorhanden ist, wollen wir uns einsetzen für ihre Erhaltung und ihre Entwicklung, und zwar für die Entwicklung nach vorn und nicht nach rückwärts. Und sollte sie uns genommen werden durch das Zusammenwirken von Reaktion und Terrorismus, dann werden wir neu, wie vor einigen

Jahrzehnten schon, für ihre Wiedergewinnung kämpfen müssen.

Und zweitens: Die Umstände und die Propaganda und die zurückentwickelten Erziehungseinrichtungen werden Dir alle predigen: Kümmere Dich um nichts als um Deine eigene Haut und Dein eigenes Fortkommen! Wenn aber Dein Leben reich und sinnvoll werden soll, dann mußt Du das Gegenteil tun: Dich kümmern um die anderen, die Verkümmerten und Benachteiligten, und Dich kümmern ums Ganze, um das, was wir die gesellschaftlichen Verhältnisse nennen: daß diese Erde bewohnbar bleibt für Menschen und Tiere und Pflanzen und daß durch die Verhältnisse das Entstehen von freien, aufrechten und gemeinschaftlichen Menschen nicht verhindert, sondern gefördert wird.

Es ist ein riskanter Weg, auf den ich Dich verlocken möchte – das wirst Du in diesem Lande gründlich zu spüren bekommen. Aber es ist der einzige Weg, der sich lohnt. Deine Mutter und wir haben, als Du Säugling warst, bewußt unterlassen, Dich zu taufen. Worum es aber bei der Taufe, beim Christsein geht, das hängt eng mit diesem Weg zusammen: mit der Inspiration, mit dem langen Atem und mit der Zufuhr von Kraft, höchst nötig, um Freiheit und Resignation auszutreiben, höchst nötig, wie Du vielleicht entdecken wirst, für einen so riskanten Weg.

Deine klugen Augen schauen mich mit vertrauensvoller Zuneigung an. Ich denke auch an Dich bei unserem heutigen Kampf um diese zweite deutsche Demokratie.

Dein Helmut Gollwitzer

Günter Grass
an die Abgeordneten des Deutschen Bundestages

Immer wieder hat Günter Grass im offenen Brief ein Mittel gesehen, Gehör zu finden und seine politischen Vorstellungen zu verbreiten. So forderte er etwa 1965 Ludwig Erhard zum Rücktritt auf und verlangte am Vorabend der Bundeskanzlerwahl 1966 von Kurt Georg Kiesinger, wegen seiner Mitgliedschaft in der NSDAP auf das Amt zu verzichten. Der Brief an den Deutschen Bundestag erschien am 25. November 1983 in der ZEIT aus Anlaß der bevorstehenden Abstimmung über die Stationierung der amerikanischen Pershing II-Raketen auf dem Boden der Bundesrepublik. Erfolge hatten derlei Appelle an die Vernunft natürlich nie. Immerhin antwortete – gleichfalls öffentlich – auf den Brief an die Abgeordneten der Historiker Hans-Adolf Jacobsen als Vorsitzender des Kuratoriums der Deutschen Gesellschaft für Friedens- und Konfliktforschung. Er brachte Bedenken gegen den Begriff „infantil“ vor, warnte vor der Errichtung neuer innenpolitischer Feindbilder und bedauerte das Fehlen der politischen Dimension des Briefes: weniger die Raketen als „der Antagonismus der Systeme und die Ungerechtigkeit in unserer Welt“ erzeugten die Spannungen und Krisen.

Sehr geehrte Damen und Herren,

so ungewohnt mir die Form dieser pauschalen Anrede ist, so übergewichtig sind die Gründe, Ihnen dennoch und rechtzeitig, vor Beginn der Bundestagsdebatte über die Stationierung von Mittelstreckenraketen auf dem Boden der Bundesrepublik, einen dringlich appellierenden Brief zu schreiben; einen Brief, weil die sich abzeichnende Gefahr des Verfassungsbruches und der Fremdbestimmung durch Aufgabe von Souveränität den öffentlichen Appell verlangt.

Natürlich weiß ich, daß die Argumente des Für und Wider bis zum Verschleiß ihres Sinnes wiederholt und bis zur Spruchbandlänge verkürzt worden sind. Zudem will mir meine jahrzehntelange literarische und nebenbei auch politische Erfahrung beweisen, wie wenig Gehör meine Besorgnisse dort finden werden, wo das Rechthaben zu Hause ist und die Vorurteile auf Abruf bereitstehen. Oft genug hat sich (besonders in Deutschland) die Unvereinbarkeit von schriftstellerischer Einsicht und politischer Praxis bewiesen; denn hätten wir ein angenähertes Verständnis von vielschichtiger Wirklichkeit, dann wäre auch Ihnen „Kassandra", die jüngste Erzählung der Schriftstellerin Christa Wolf, erhellend und für Ihren Entschluß hilfreicher gewesen, als die dürftige Fiktion der Genfer Verhandlungen. Warum also dennoch diesen Brief?

Weil es gesagt werden muß. Weil der Ihnen auferlegten Verantwortung späterhin keine Ausrede erlaubt werden darf. Weil uns Schriftstellern die Kassandra-Nachfolge (oft gegen unseren Willen) wie vorgeschrieben ist. Weil die deutsche Vergangenheit nicht aufhören will, gegenwärtig zu sein. Weil in Deutschland schon einmal ein Ermächtigungsgesetz folgenschwer Geschichte gemacht hat. Und weil eine kleine Hoffnung mir sagt: Es könne unter den vielen Unbeirrbaren einige Abgeordnete geben, die bereit sind, sich beirren zu lassen.

Sie können gewiß sein: mir sind die sowjetischen SS-20-Raketen genauso fürchterlich wie die uns zugeordneten US-amerikanischen Pershing II und Cruise Missiles. Ich weiß aber auch, daß das eine wie das andere Raketensystem, als Teil des in beiden Weltmachtbereichen angehäuften Vernichtungspotentials, keine wirksame Verteidigung erlaubt, vielmehr besonders geeignet ist, die Selbstvernichtung der Menschheit auszulösen. Den sowjetischen Sicherheitswahn, der zur Stationierung der SS-20-Raketen geführt hat, mit der Stationierung von atomaren Mittelstreckenraketen zu beantworten, verdoppelt den Wahnsinn, schmälert die ohnehin dürftige Sicherheit, wird weiteres Wettrüsten auslösen und beweist ein Verhalten, das reflexhaft auf selbstentworfene Feindbilder reagiert; weshalb ich dieses Verhalten infantil nenne.

Zwar gibt man sich (in West und Ost) immer noch Mühe, wie gelernt, betont faktenbezogen zu argumentieren, aber alle den Laien einschüchternde Kompetenz kann nicht verbergen, daß die Politik der beiden Weltmächte infantil von ihren jeweiligen Heilslehren her und infantil in ihrem Machtgebrauch ist. Die Besetzung Afghanistans, die Eroberung des Inselchens Grenada, die Mördergrube Libanon, aber auch die mit Mega-Toten jonglierenden Planspiele des Pentagon und die dem Kreml eigene Agentenfurcht sind Zeugnisse dieser weltbeherrschenden Infantilität.

Es wird Ihnen dieser Begriff nicht passen, zumal er unterstellt, es sei die Bundesrepublik (mit ihren Politikern) eingebunden in die westliche Spielart des politischen Infantilismus. Gut, entrüsten Sie sich über die Wortwahl des Schriftstellers; dennoch laufen Sie Gefahr, mehrheitlich auf Rüstungswahn mit Rüstungswahn, also unverantwortlich, infantil zu handeln. (Sie wollen keine Angst zeigen, wollen von den Sowjets nicht erpreßt werden, wollen als höchstes Gut die Freiheit verteidigen. Hätten Sie doch die Freiheit, begründete Angst zu zeigen und ausreichenden Mut, der möglichen Erpressung – frei von Raketen – dennoch zu widerstehen.)

Vielleicht ist den meisten von Ihnen nicht bewußt, wie trotzig (um nicht zu sagen: kindisch-verbockt) Sie die Befürwortung der neuen Raketensysteme aufrechterhalten, wie unreif Sie sich gegenüber Besorgnissen verschließen, die von der Mehrheit der bundesdeutschen Bevölkerung – hier laut, dort leise – an Sie herangetragen werden. (Nur nicht hinhören. Es könnte das liebgewonnene Feindbild verblassen. Es könnten sich Zweifel einnisten.) Ich bitte Sie dennoch, von Ihrem Trotz, diesem Ausdruck politischer Unreife, zu lassen und Ihr auf Zeit verliehenes Mandat nicht zu mißbrauchen, indem Sie (gegen den mehrheitlichen

Bürgerwillen) nicht nur der Stationierung der neuen, nichts sichernden, allenfalls den Rüstungswahn steigernden Raketensysteme zustimmen, sondern auch die Bundesrepublik Deutschland – und gleichwohl die Deutsche Demokratische Republik – in ihrer Substanz erschüttern.

Sollten Sie mehrheitlich ja sagen zu den vorgesehenen Mittelstreckenraketen – das hieße ja sagen zur auf wenige Minuten verkürzten Vorwarnzeit, ja sagen zu Vernichtungssystemen, die für den atomaren Erstschlag geeignet sind –, dann werden die Folgen für Europa, doch zuallererst für die beiden deutschen Staaten einerseits bald und täglich spürbar, andererseits unabsehbar sein. Alltäglich spürbar nenne ich den Verlust an Sicherheit: jederzeit könnte dann, ohne daß Kriegswillen den Ausschlag zu geben hätte, aus Gründen menschlichen Versagens der alles vernichtende atomare Schlagabtausch beginnen; ihm wäre – alle Planspiele widerlegend – keine Grenze gesetzt. Unabsehbare Folgen würde Ihre Entscheidung für das Neben- und Gegeneinander der beiden deutschen Staaten haben. Der bekennende Satz, den führende Politiker hier und drüben mehrmals, beteuernd und beschwörend gesagt haben – „Nie wieder darf von deutschem Boden Krieg ausgehen" – hätte nur noch den Wert einer Phrase.

Ich wage die Voraussage: ein Ja zur Stationierung der neuen atomaren Raketensysteme wird eine Zäsur, nein, schlimmer, einen Bruch in der relativ kurzen Geschichte der Bundesrepublik zur Folge haben. Offenkundiger als zuvor kann fortan die Fremdbestimmung, der Satellitenstatus des westdeutschen Staates nachgewiesen werden; auf die fünfziger Jahre zurückgeworfen, wäre eine negative Annäherung an die Abhängigkeit der DDR nicht mehr zu leugnen. Das wird Folgen haben: viele Bürger – nicht nur junge – werden sich enttäuscht, weil getäuscht, vom Staat und seiner durch Mandatsmißbrauch verspotteten Verfassung abwenden. Eine Minderheit wird sich radikalisieren und den gewalttätigen Terrorismus neu aufleben lassen; dem mögen die Staatsorgane wirkungsvoll begegnen, doch der gewaltfreie Widerstand wird nicht zu brechen sein.

Die bevorstehende Debatte und Abstimmung im Bundestag ist nicht zu vergleichen mit dem „normalen" parlamentarischen Alltag: Nicht ein Gesetz, das späterhin novelliert werden kann, steht zur Debatte, sondern die Vorbestimmung Mitteleuropas zum atomaren Kriegsschauplatz, konkret: der aus falsch und feige verstandener Bündnistreue hinzunehmende Tod von hundert und mehr Millionen Menschen. Deshalb werde ich ein Ja zur Stationierung der vorgesehenen Vernichtungswaffen niemals tolerieren. Und gleich mir werden Hunderttausende engagierter Demokraten jedem Abgeordneten die Achtung verweigern, der durch sein Ja verantwortlich wird für das Unverantwortliche, der bereit ist, gegen den mehrheitlichen Willen der bundesdeutschen Bürger den Anfang vom Ende zu datieren und der leidvollen Erfahrung deutscher und europäischer Geschichte Hohn zu sprechen.

Diese Geschichte ist eine schuldhafte. Bis heute tragen wir an ihren Folgen. Aus ihr zu lernen sollte Gebot jedes Bundestagsabgeordneten sein. Zuerst mitverantwortlich, dann hauptverantwortlich haben wir Deutsche uns und Europa zweimal mit Krieg überzogen, die Welt herausgefordert, schließlich das Verbrechen des Völkermordes als nicht abzutragende Schuld auf uns geladen, und dennoch aus den Niederlagen – so sieht es abermals aus – nicht das Entscheidende lernen wollen. Jedesmal waren wir hochgerüstet und glaubten, obgleich christlich geprägt, vor allem an Rüstung. Ist dieser Glaube immer noch nicht gebrochen? Vor allen anderen Völkern müßte das deutsche Volk schmerzhaft, peinigend und unstillbar wissen, daß Waffen auf ihren Gebrauch warten, daß Waffensysteme sich selbständig machen und ihre eigene vernichtende Logik entwickeln, daß uns nicht Waffen fehlen.

Die Mehrheitsverhältnisse im Bundestag machen es notwendig, besonders jenen Abgeordneten ins Gewissen zu reden, deren Parteien sich christlich nennen. Ich frage Sie: Wie sollen Sie als Christen und beredte Vertreter christlicher Wertvorstellungen ein Ja verantworten, dessen menschenverachtende, alles Leben vernichtende Folgen nachgewiesen, schlimmer noch, vorgesehen sind? Wie wollen Sie, nach Ihrem Glauben, vor Jesus Christus und seinem Gebot der Nächstenliebe bestehen, wenn Sie Ja gesagt haben zu den Instrumenten des kalkulierten Völkermordes?

Ich bitte Sie, Nein zu sagen zur drohenden Aufstellung von Mittelstreckenraketen mit nuklearen Sprengköpfen auf deutschem Boden. Gleichzeitig sollten Sie europäische, also auch deutsche Mitsprache bei der Fortsetzung der Genfer Verhandlungen fordern.

Ich bitte Sie, Abschied zu nehmen von einem trügerischen, auf Abschreckung beruhenden Sicherheitssystem, dessen (ich wiederhole) infantiles Konzept bisher nur den Aberwitz des Wettrüstens zur Folge gehabt hat und demnächst außer Kontrolle geraten wird; ein neues Sicherheitssystem setzt nicht das Ende, wohl aber die Reform und Zusammenarbeit der beiden gegeneinander gerichteten Militärbündnisse voraus.

Ich rufe Sie auf, Ihre Kräfte auf jene Probleme zu konzentrieren, die überdies die Bürger tagtäglich bedrücken. Keine neuen Raketen sind hierzulande gefragt, wohl aber ein wirksames Arbeitsbeschaffungsprogramm. Wenn Sie den Frieden sicherer machen wollen, dann fahren Sie fort, mit der DDR ein gesamtdeutsches Umweltschutzabkommen zu erarbeiten, damit, nach allem was sonst uns schon abgestorben ist, nicht auch der Wald und die Flüsse sterben.

Ich bitte Sie, meinen dringlichen Appell so ernst zu nehmen, wie ich die Ihnen auferlegte und vor den Bürgern der Bundesrepublik zu verantwortende Entscheidung ernst nehme.

Günter Grass

Peter-Jürgen Boock
an Peter Schneider

Eines der beherrschenden innenpolitischen Themen gegen Ende der siebziger Jahre waren die Aktionen der sogenannten Stadtguerilla. Peter-Jürgen Boock hatte sich 1977 an einem „Kommandounternehmen" der „Roten Armee Fraktion" beteiligt, es dann aber sabotiert. Er hatte sich zwei Jahre später von der RAF losgesagt und an seine ehemaligen Freunde appelliert, den bewaffneten Kampf aufzugeben. Nach seiner Verhaftung 1981 weigerte er sich, als Kronzeuge aufzutreten und wurde am 7. Mai 1984 für schuldig befunden, an sechs Morden beteiligt gewesen zu sein: die Strafe von dreimal lebenslänglich plus 15 Jahre war damals die höchste, die jemals von einem Gericht der Bundesrepublik verhängt worden war. Der Schriftsteller Peter Schneider war mit dem Vorschlag eines Fernsehinterviews an ihn herangetreten, doch das Oberlandesgericht in Stuttgart hatte das untersagt. Daraufhin hatten beide einen Briefwechsel verabredet, in dem unter anderem Boocks Gratwanderung zur Sprache kam, sowohl die Freiheit als auch den Schutz der Gruppe aufgegeben zu haben. Heinrich Böll schrieb an Fronleichnam 1984 ein Gedicht, dessen erste Strophe schließt: „... dreimal lebenslänglich / wo doch / real existierende Mörder / nur einmal lebenslänglich / ihre Pension beziehen".

Stammheim, den 13. 5. 1984

lieber peter,

das war's denn also. irgendwer hat mir gesagt, daß das die höchste strafe gewesen sei, die in der geschichte der brd bisher ausgesprochen worden ist, welche ‚ehre'!

die ersten tage nach dem urteil war ich wie örtlich betäubt. du kennst ja sicher dieses gefühl nach der spritze beim zahnarzt; man denkt, der ganze mund und die zunge seien auf das doppelte ihres normalen volumens angeschwollen, und alles fühlt sich so an, als bestehe es aus totem, abgestorbenem fleisch. es war sicher eine art selbstschutz der psyche, diesen horror nicht zu nah heranzulassen. leider hält dieser schutz, genau wie eine spritze, nicht ewig vor, und allmählich bahnt sich der schmerz seinen weg durch die betäubung.

das urteil hat in mehr als einer hinsicht demonstrativen charakter. es galt nicht nur mir, war eben nicht nur die rache für meine weigerung, mich zum willfährigen judas der büttel machen zu lassen, dieses urteil galt vor allem auch einer politischen haltung, und nicht nur der meinen; es zielt auf alle, die mich unterstützt haben, die diese haltung teilen. außerdem muß man dieses urteil – so glaube ich jedenfalls – im zusammenhang mit einer ganzen menge anderer fälle sehen, die zusammengenommen das roll-back der justiz in den letzten jahren kennzeichnen: das brokdorf-urteil, die nürnberger massenverhaftungen, das kammergerichtsurteil in berlin gegen klöckner und härlin, die hinrichtung durch die hintertür von peter schult, die art, wie kemal altun in den tod getrieben wurde. das alles gehört zusammen, auch wenn das so keiner wahrhaben will.

manches, was ich bisher weggedrückt habe, wegdrücken mußte, um überhaupt noch da drüben im mehrzweckgebäude sitzen zu können, wird mir jetzt mehr und mehr bewußt. wenn diese typen nur gekonnt hätten, sie hätten mich aufs schafott gezerrt. wahrscheinlich ziehen sie (noch) die dreimal lebenslange strafe vor, weil sie nicht soviel widerspruch aufkommen läßt, weil sie – so jedenfalls das kalkül – schneller vergessen wird. ich kann jetzt diejenigen verstehen, die, wie manche in den usa, auf ihrer hinrichtung bestanden haben. ich finde es ehrlicher, jemanden gleich umzubringen, als langsam alles leben aus ihm herauszuquetschen und das als „humanitär" zu bezeichnen – welche heuchelei!

du hast recht, es ist in der tat auf den ersten blick merkwürdig, in wievielen punkten sich die anwürfe der ‚raf' einerseits, der bundesanwaltschaft und des gerichts andererseits decken. merkwürdig aber auch nur auf den ersten blick. es ist deutsche logik, es ist die mentalität, die auch die endlösung hervorgebracht hat, es ist die gesinnung, die für die massenmorde von staats wegen immer eine entschuldigung weiß und gleichzeitig mit der geheuchelten empörung des biedermanns auf einen buhmann zeigt, der als der ‚wahre verbrecher' herhalten muß. so, wie sich für die ‚raf' die welt in kämpfer und schweine unterteilt, so zerfällt sie für die obrigkeitshörigen büttel in befehlsausführende oder zumindest passive untertanen und eben in terroristen, aufrührer, arbeitsscheue – zwei seiten derselben medaille. selbst in der definition des „verräters" sind sich die positionen ähnlich. wie oft war aus dem munde angeblich ‚christlicher' politiker zu hören, daß leute wie z. b. brandt und wehner doch vaterlandslose gesellen gewesen seien! und ist nicht sogar ein postbote, so er der dkp angehört, gleich ein potentieller landesverräter? der umgang mit politisch andersdenkenden reduziert sich zur vernichtungsrhetorik, in bekannter deutscher tradition. wie tief sitzt doch die angst davor, zweifel zuzulassen, einmal nicht das ‚rezept' zu wissen, schwäche einzugestehen! wer so etwas laut ausspricht, wird erbarmungslos niedergemacht.

der vorwurf, den ‚raf' und bundesanwaltschaft unisono erheben, bezieht sich auf die vorgänge während meiner verschleppung auf den hohenasperg. dort sind mir die aussagen von dellwo und speitel zum sogenannten ‚wuppertaler treffen' vorgehalten worden. ich bin gefragt worden, ob mir diese aussagen bekannt seien, was ich bejaht habe. daraus ist dann in der interpretation von bundesanwalt zeis die behauptung geworden (er war anwesend), ich hätte den inhalt dieser aussagen bestätigt. allerdings hat er diese behauptung erst auf den markt geworfen, als klar war, daß sie mich nicht knacken können. selbst die anwesenden herren vom bundeskriminalamt wollten zeis' version nicht bestätigen. daraus ist dann geworden, daß ich die entsprechende frage ‚nicht ausdrücklich verneint' hätte.

dazu habe ich aber sowohl in meinem schlußwort als auch im verfahren gegen stefan wisnewski etwas gesagt. inzwischen ist zeis auch der einzige, der behauptet, ich hätte dellwos und speitels aussagen bestätigt. selbst die tatsache, daß er sich dabei widersprochen hat – in düsseldorf hat er gesagt, ich hätte sie laut und vernehmlich bei jedem einzelnen namen bestätigt, in frankfurt soll ich nur noch ‚leise ja' gesagt haben, hier in stuttgart soll ich nur noch genickt haben – hat daran nichts geändert. der eine bka-ler, der sich lieber an nichts erinnern wollte, hat jetzt gesagt, es könne sein, daß ich die aussagen bestätigt hätte, er habe gerade zu diesem zeitpunkt den raum verlassen. von dem anderen stammt die formulierung, ich hätte die aussagen zumindest ‚nicht ausdrücklich verneint'.

wie gesagt, das einzige, was ich gesagt hab – und das war schon ein fehler – war das ja auf die frage, ob mir diese aussagen bekannt seien. ich sehe es so, daß hinter dieser fehl-information zum einen die gekränkte eitelkeit von zeis steckt, der schon einer reihe von leuten erzählt haben soll, er hätte mich ‚geknackt', und danach mit nichts über land kommen konnte; zum anderen sollte sie mich von jeglicher solidarität isolieren und als verräter brandmarken – man hatte wohl anfangs die hoffnung, mich dann immer noch umdrehen zu können. letztlich steht da meine aussage gegen die von zeis, über die bewertung vor gericht braucht man sich also keine gedanken zu machen. erstaunlicherweise gehen auch in diesem punkt ‚raf' und bundesanwaltschaft völlig überein.

naja, was solls. ich hab den ganzen vorgang inzwischen, ich weiß nicht mehr, wie oft, beschrieben. du kannst sicher verstehen, daß ich gerade jetzt keinen drall mehr hab, das nochmal alles zu wiederholen.

ach ja, was für eine ehre, daß mich in den augen dieser eindimensionalisten das dreifache „lebenslänglich und 15 jahre" (lebenslänglich, minus 3% rabatt) „adelt". ich möchte nicht erleben, wie diese typen sich verhalten würden, wenn sie auch nur zu einem zehntel so durch die mühle gedreht würden wie ich. meine erfahrung ist jedenfalls, daß gerade die beinharten sprücheklopfer wenig substanz haben, wenn es drauf ankommt – das gilt sowohl für den knast als auch für draußen. aber was solls, ich hoffe, daß sie nie in die verlegenheit kommen, vierundzwanzig stunden am tag, und das über jahre, von ihrer eignen moralischen substanz leben zu müssen.

auf den märtyrerstatus kann ich gut verzichten, es gibt nichts hohleres als das. märtyrer und helden braucht man doch nur, um die schwachpunkte der geschichte zu kaschieren. am besten sind ja immer die helden, die tot sind, die können sich nicht mehr dagegen wehren, mißbraucht zu werden. wenn du das „bolivianische tagebuch" von che guevara gelesen hast, weißt du, daß der typ gerade dabei war, zu erkennen und zu analysieren, warum seine focus-theorie falsch war und warum so viele fehler gemacht worden sind. statt nun nach seinem tod – der ja folge dieser fehler war – diese analyse fortzuführen und die konsequenzen daraus zu ziehen (daß nämlich guerilla, isoliert von den sozialen kämpfen, zum scheitern verurteilt ist), haben sie einen heiligen aus ihm gemacht und seine fehler zur stadtguerillatheorie gesteigert. dafür haben dann die tupamaros, die montoneros, die brigate rosse und die raf zahlen müssen – abgesehen von den militärdiktaturen, die aus dieser fortführung eines falschen ansatzes erwachsen sind. alles, was nicht konsequent ausdiskutiert, analysiert und kritisiert worden ist in der geschichte der linken, hat sich früher oder später bitter gerächt.

soviel zu märtyrern und helden.

was dein freund da gesagt hat, man müßte im knast festhalten an seiner „identität" als „politischer" oder „normaler krimineller" ist in der tat zynisch. ich bin der meinung, daß es nur für sehr begrenzte zeit möglich ist, sich selbst nur über negationen zu definieren. wenn du aufhörst zu lernen, fängst du an zu sterben. es mag zwar sein, daß das äußere gerüst noch sehr lange steht, aber dahinter wird es hohl, und irgendwann hast du keinen halt mehr, keine substanz. mir scheint das ein typischer trugschluß von intellektuellen zu sein, die auf ihr theoriegerüst angewiesen sind. es soll aber menschen geben, bei denen der wille, unrecht zu überleben, weniger aus büchern und abstrakten erkenntnissen kommt, als aus selbsterlebtem unrecht. recht könnte dein freund nur insofern haben, als ein derartiger wille inzwischen sowas wie einen anachronismus darstellt, ähnlich wie der typ des bewußten kriminellen, der noch einen eignen moralischen kodex hat und sich deswegen mit der anderen seite nicht einläßt.

heute dominieren die junkies und die ex- und hoppkriminellen. die würden auch ihre eigne mutter verzinken, wenn es dafür einen schuß oder bargeld gäbe.

was die politischen gefangenen betrifft: da liegen die dinge natürlich etwas anders. trotzdem denke ich, daß es sich dein freund verdammt einfach macht. die fähigkeit der politischen gefangenen, sich auf eine selbstkritische reflektion oder das eingeständnis von fehlern/fehleinschätzungen einlassen zu können, hängt meiner meinung nach auch davon ab, was draußen läuft: davon, wie sehr sie kritisch-solidarisch gefordert bleiben (also weder zu kultfiguren hochstilisiert noch als politische kriminelle ausgegrenzt werden) und auch davon, daß die diskussionsprozesse, die mal dazu führten, daß sie diesen weg der auseinandersetzung gewählt haben, nicht mit ihrem – eventuellen – scheitern gestorben sind (das „eventuell" bezieht sich darauf, daß ja auch hier – aus sicht der raf – der kampf noch nicht am ende ist).

puuuh, was für ein bandwurm. ich kanns auch einfacher sagen: die meinung, die du zitiert hast, dient mehr als eine ausrede für die linken, als daß sie was mit den leuten in den hochsicherheitstrakten zu tun hat: „die müssen halt so, die können gar nicht anders" (... und „wir müssen halt, wie wir nur können" – das fehlt dann meist, wäre ja auch entlarvend).

okay, lieber peter, laß dein töchterchen, so oft es geht, an deinen fingern lutschen, orale befriedigung soll ja sehr wichtig sein. ich beneide dich um all die erfahrungen, die du im moment machen darfst. ich hoffe, wir sehen uns bald, bis dann.

eine umarmung

Charly.

Die Brüder von Braunmühl
an die RAF

Am 10. Oktober 1986 wurde der Leiter der Politischen Abteilung im Auswärtigen Amt Gerold von Braunmühl vor seinem Haus im Bonner Vorort Ippendorf von Angehörigen eines „Kommando Ingrid Schubert“ der Roten Armee Fraktion erschossen. In einem fünfeinhalbseitigen Bekennerbrief hieß es im üblichen verkommenen RAF-Deutsch unter anderem, daß der ermordete „Geheimdiplomat“ eine der „zentralen Figuren in der Formierung westeuropäischer Politik im imperialistischen Gesamtsystem“ gewesen sei, überdies „Vertreter der Bundesregierung im politischen Komitee der ‚europäischen politischen Zusammenarbeit (EPZ)‘, das zum wichtigsten Instrument der politischen Formierung und Durchschaltung der Staatsapparate in Westeuropa geworden ist.“ Am 7. November richteten die fünf Brüder Gerold von Braunmühls den folgenden offenen Brief an die Attentäter, abgedruckt in der „tageszeitung“ und der „Frankfurter Rundschau“.

Ihr habt unseren Bruder ermordert. Ihr habt Euern Mord begründet. Wir wollen Euch auf diese Begründung antworten.

Das Schreiben, das Ihr am Ort des Mordes zurückgelassen habt, haben wir aufmerksam gelesen. Auch anderes, was Ihr geschrieben habt, haben wir gelesen. Wir haben darüber nachgedacht und gesprochen. Warum habt Ihr das gemacht?

Eure Begründung ist eine Art Abhandlung: Fünf Seiten Weltpolitik, wie Ihr sie seht; eine halbe Seite, die wie ein schlecht passender Einschub wirkt – Aufzählung einiger Funktionen unseres Bruders und ein paar Worte zu dem, wovon Ihr meint, daß es sein Ziel gewesen sei.

Eure Sprache ist wie Beton. Fest verbarrikadiert gegen kritisches Denken, gegen Gefühle und gegen jede Wirklichkeit, die sich ihren erstarrten Begriffen nicht fügen will. Sie gibt dem, der sie spricht, immer recht. Sie ist schwer verständlich, obwohl sie alles so einfach macht:

- Da ist das imperialistische Gesamtsystem als „hauptfeind der völker in ihrem kampf um selbstbestimmung und befreiung."
- Da ist Westeuropa, das geeint und gestärkt werden soll, um die USA militärisch zu entlasten und den Zusammenbruch des Gesamtsystems möglichst aufzuhalten. Durch Errichtung einer europäischen NATO-Säule wird Westeuropa zum neuen Kriegszentrum. „Europäisch Politische Zusammenarbeit" (EPZ) heißt der neue Hauptfeind des internationalen revolutionären Proletariats.
- Und schließlich sind da die Leute, die das alles machen. Hervorragend unter anderen der politische Direktor im Bonner Auswärtigen Amt, in dessen Zuständigkeit die EPZ fällt. Also schießt Ihr auf ihn: „heute haben wir... den geheimdiplomaten braunmühl, ... eine der zentralen figuren in der formierung westeuropäischer politik im imperialistischen gesamtsystem, erschossen."

Eine tot-sichere Logik. – Aber wen soll sie überzeugen?

Gibt es unter Euch und Eueren Freunden keine kritischen Fragen? Zum Beispiel: Ob Einigung und Stärkung Westeuropas und Europäisch Politische Zusammenarbeit auch zu etwas anderem führen kann als zur Stützung der USA und zu verschärfter

Ausbeutung der Dritten Welt? Fragt Euch niemand, wie Ihr Eure Theorien überprüft und Eure Behauptungen beweist? Und wie legitimiert Ihr das, was Ihr tut? Macht es Euch keine Schwierigkeiten zu erklären, wie eine zwanzig- oder zweihundertköpfige Gruppe, die sich kommunistisch nennt, das macht, „als internationales proletariat zu denken und zu handeln"? Daß „der prozeß der front hier und jetzt nicht massenhaft verläuft", ist Euch nicht entgangen. Auf die Zustimmung der Menschen, für die Ihr denken und handeln wollt, habt Ihr verzichtet. – Wer erleuchtet Euch? Wer macht Euch zu Auserwählten Eurer elitären Wahrheit? Wer gibt Euch das Recht zu morden? Gibt es irgendetwas außerhalb Eurer grandiosen Ideen, was Euch erlaubt, einem Menschen Eure Kugeln in den Leib zu schießen?

Glaubt Ihr wirklich, jemanden davon überzeugen zu können, daß Ihr ausgerechnet mit dem Mord an unserem Bruder „den strategischen plan der imperialistischen bourgeoisie, weltherrschaft zu erreichen, in seinen konkreten aktuellen projekten angegriffen" habt?

Vielleicht habt Ihr deshalb den „Geheimdiplomaten" erfunden, weil das so schön verrucht klingt und ein wenig über die Verlegenheit hinweghelfen soll, die es Euch bereitet, gerade diesen Mord „politisch vermitteln" zu müssen.

Oder bringt es Euch nicht in Verlegenheit, wenn es sich auch unter Eueren Freunden herumspricht, daß Ihr einen ermordet habt, der sich nie angepaßt hat – auch nicht innerhalb dieser Bundesregierung –, einen, den Krieg und Ungerechtigkeit – egal auf welcher Seite – zutiefst empörten und der in erster Linie immer für eine Verständigung mit den sozialistischen Ländern gearbeitet hat? Wißt Ihr das überhaupt? Interessiert Euch so etwas? Untersucht man bei Euch so genau, bevor man einen Mord begeht? Aber vielleicht habt Ihr unseren Bruder ja gerade deshalb ermordet, weil Ihr das wußtet. Weil Euer Klischee vom „imperialistischen vernichtungsstrategen" verzweifelt schlecht auf unseren Bruder passen wollte.

Ihr schreibt, Braunmühl habe die EG „militärisch sauber" halten wollen, „um die imperialistische vernichtungsstrategie auf politischer ebene forcieren" zu können. Die bekannte Heimtücke der Linken und Liberalen: daß sie das System verschleiern, dadurch wirksamer machen und aufrecht erhalten! – War das Euer tieferer Grund? Warum sagt Ihr es dann nicht offen heraus: Wir haben Braunmühl erschossen, weil wir Linke und Liberale besonders hassen, und weil seine Ermordung für uns kein Risiko war.

Was soll das unglaubwürdige Gerede von Bewußtsein und Zielen Eurer Opfer? – Ihr behauptet zu wissen, was die Ziele unseres Bruders gewesen sind. Woher: Habt Ihr ihn danach gefragt? – Was ein Mensch weiß und will, das braucht Ihr ihn nicht zu fragen. Das sagt Euch Eure patente Logik, die Euch erlaubt, über die Köpfe der Menschen hinwegzudenken. Habt Ihr es nötig, vor Euren Freunden zu lügen und den falschen Eindruck zu erwecken, Ihr wüßtet, welchen Menschen Ihr getötet habt? Wenn Ihr auf objektive Funktionen schießt, die ihr erkannt zu haben glaubt, – was faselt Ihr dann von Menschen und ihren Zielen, um die Ihr Euch niemals gekümmert habt? Genügt es Euren Freunden etwa doch nicht, wenn Ihr ihnen sagt, was für eine Funktion einer hatte? Verlangen sie, bevor sie Euch applaudieren, am Ende doch den „Beweis", daß das Opfer auch noch ein „Schwein" war? Daß es all das Böse nicht nur getan, sondern auch gewußt und gewollt hat?

Und noch eine letzte Frage: Was wolltet Ihr mit diesem Mord erreichen? Was sind Eure Ziele, und was glaubt Ihr, wird passieren, wenn Ihr so weitermacht?

- Zuerst: „wird der brd-staat so erschüttert, daß er nicht mehr handlungsfähig ist".
- Und dann: „wird das us-militär hier das kommando übernehmen."
- Und dann? – Weiter wollt Ihr nicht gefragt werden, denn: „es ist absolut sinnlos, für den kampf jetzt nach dem großen strategischen plan zu suchen oder über räterepublik und moral zu philosophieren. dabei kommt nur raus, daß man den eigenen boden unter den füßen verliert..."

Das ist, was Ihr zur Begründung für die Ermordung unseres Bruders vorzubringen habt. Ihr glaubt, Euren Gegnern bleibe nichts anderes übrig, als Euch zu diffamieren oder die inhaltliche Auseinandersetzung zu verweigern. Wir glauben, Eure Gegner können nichts Besseres tun, als Eure Theorien, Behauptungen und Strategien überall bekannt zu geben. Deshalb dieser offene Brief.

Es ist wahr: Unser Bruder, den Ihr ermordet habt, hat die Politik dieses Staates mitgeformt und mitgetragen. Er war für sie mitverantwortlich. Das hat er gewußt, und er war mit seiner ganzen Intelligenz und Ehrlichkeit davon überzeugt, daß diese Politik besser als alle anderen realisierbaren Möglichkeiten Frieden, Selbstbestimmung und die auch von Euch im Munde geführten „menschlichen Lebens- und Arbeitsbedingungen" erreichen helfen kann. Nicht alle von uns teilen diese Überzeugung. Aber wir alle wissen, daß niemand seine Überzeugungen besser geprüft und sich der Kritik offener gestellt hat.

Ihr setzt die mörderische Tradition derer fort, die sich für Auserwählte der Wahrheit halten, in deren Namen sie die schlimmsten Verbrechen begehen. Ihr seid auf dem schlechtesten Weg. Gegen Unrecht und Gewalt, die von Staaten und Regierungen ausgehen, werdet Ihr mit Euerem Terror am wenigsten ausrichten. Einer menschenwürdigen Welt werdet Ihr uns mit Euren Morden kein Stück näher bringen.

Hört auf. Kommt zurück. Habt den Mut, Euer geistiges Mordwerkzeug zu überprüfen. Es hält der Prüfung nicht stand. Treffend sind nicht Eure Argumente, treffend sind nur Eure Kugeln. Ihr habt das Abscheulichste und Sinnloseste getan.

Die Brüder von Gerold von Braunmühl

Wolf Biermann
an Erich Honecker

Der Tagtraum des selbstverliebten Liedermachers erschien in der ZEIT vom 4. 9. 87 aus Anlaß des wie es offiziell hieß „Arbeitsbesuches" des Staatsratsvorsitzenden, der auf dieser Reise nicht, was vielleicht pikant gewesen wäre, mit dem Politbarden Biermann, wohl aber mit dem Rocksänger Udo Lindenberg zusammentraf. In der gleichen Ausgabe der Zeitung äußerte sich auch Reiner Kunze zu dem bevorstehenden Besuch, auch er ein Ost-West-Gänger, wenngleich nicht so heimtückisch behandelt wie Biermann. Kunze erinnert an den Camus-Satz, nach dem die DDR eine Gesellschaft sei, die „auf Grund ihrer Wesenart den Freund zwingt, den Freund auszuliefern", und er fährt fort: „Ich würde Erich Honecker willkommen heißen ohne ihm Heimtücke zu unterstellen, aber keinen Augenblick vergessen, daß die Ideologie, die er vertritt, heimtückisch ist."

Lieber Erich Honecker!

Mit der vorgezogenen Amnestie haben Sie gute Luft für Ihren Besuch gemacht, und hier drüben wird kein Aas Sie peinlich mit der Frage behelligen, ob die Amnestierten ihrerseits Ihnen eine Amnestie gewähren.

Sie werden hier mit würdigen Leuten reden, und der Ernst dieser Gespräche wird albern sein wie eh und je und blutig. Also heiße ich Sie willkommen im Westen, mit einem bösen Lächeln und ganz ohne Absicht.

Ihrem verhaßten Vorgänger war eine solche Reise nicht vergönnt. Auch Sie galten hier bis grad vorgestern noch als Krimineller. Nun aber wird man Ihnen in der Bundesrepublik einen großen Bahnhof machen. Und die Massenmedien werden mit hektischem Desinteresse jeden Furz als neuen Ton feiern. Sie werden's ja erleben: den ekelhaften Hochnäsigkeiten von gestern wird der Gestank einer Tiefnäsigkeit folgen, den Sie ja bestens kennen.

Wir aber, Sie und ich, sind treue alte Feinde. Unsere Sprache miteinander war immer ohne Verrenkungen. Meine Ausbürgerung im November 76 war ein klares ehrliches Wort. Und meine Lieder sind auch deutlich genug – unser Streit beruht nicht auf Mißverständnissen.

Wenn ich daran denke, daß jetzt auch Sie in den Westen kommen, kocht in mir ein kühler Tagtraum. Eine Vision, so absurd wie die Realität.

Das stelle ich mir vor: Sie. Mein einstmaliger Fürst, wie er grad hockt in der kugelsicheren Staatskarosse. Er sitzt hinten im großen schwarzen Wagen, neben ihm Lafontaine. Die Fahrt geht von Saarbrücken nach Wiebelskirchen. Dort steht ja das Haus, in dem der Mensch aufwuchs und wo seine Schwester heute noch wohnt. Es ist grad die volle Stunde, und aus dem Autoradio kommen die Nachrichten. Gleich die erste Meldung:

„Politbüro der SED, sowie Staatsrat und Volkskammer der DDR haben in einer gemeinsamen Sondersitzung folgendes beschlossen: Erich Honecker wird die Staatsbürgerschaft der Deutschen Demokratischen Republik entzogen. Erich Honecker hat das Recht verwirkt, in die DDR wiedereinzureisen. Er muß im Westen bleiben und kehrt zurück, woher er kam, ins Saarland.

Gemäß geltendem Unrecht wird Erich Honecker automatisch Bürger der Bundesrepublik Deutschland."

Dann kommt ein Kommentar, in welchem diese offizielle Meldung in sieben Punkten erläutert wird.

Man wirft Erich Honecker vor, daß er die DDR verraten und verkauft hat an den Westen. Gefährliche Schuldenberge beim Klassenfeind. Insbesondere seine landesverräterischen Beziehungen mit einem Rechtsradikalen, ruinöse Milliardengeschäfte mit Franz Josef Strauß, werden ihm persönlich zur Last gelegt.

Des weiteren wird dem ausgebürgerten Honecker vorgeworfen, daß er maßgeblich verantwortlich sei für den konterrevolutionären Einmarsch der fünf Warschauer-Pakt-Staaten in die Tschechoslowakei am 21. August 1968.

Die Niederwerfung der Politik des Prager Frühlings wird gerade ihm auch persönlich angelastet, weil er zu jener Zeit im Politbüro der SED als Scharfmacher wirkte: hauptverantwortlich für die bewaffneten Organe der DDR, Volksarmee, Staatssicherheit und Volkspolizei.

Dabei kommt noch verschärfend hinzu: Der Einmarsch in die ČSSR widerspricht der in der Verfassung verankerten Staatsdoktrin der DDR: „Von deutschem Boden darf nie wieder ein Krieg ausgehen".

Zum dritten wird Erich Honecker vorgeworfen, daß er Gorbatschows Politik der revolutionären Erneuerung in der Sowjetunion sabotiert.

Vorwärtsweisende Kräfte in Wirtschaft und Kultur, die von der Sowjetunion lernen, die auch in der DDR die Wege für Perestroika und Glasnost ebnen wollen, wurden von Erich Honecker unterdrückt, mit den wohlbekannten üblen Methoden. Bei dieser Gelegenheit wird daran erinnert, daß schon sein politischer Ziehvater, Walter Ulbricht, sich 1956 in der DDR in vergleichbarer historischer Situation auf ähnliche Weise der Demokratisierung entgegenstemmte ... Das war, als Chruschtschow mit dem XX. Parteitag der KPdSU eine Politik der Entstalinisierung und des „Tauwetters" eröffnet hatte.

Darüber hinaus wird viertens mitgeteilt, daß eine Gruppe besonders verstockter Funktionäre aus der engeren Clique des Ausgebürgerten ihrer Partei- und Staatsämter verlustig gehen. Gegen einige soll Anklage erhoben werden.

Insbesondere wurde Professor Kurt Hager angeprangert, langjähriges Mitglied des Politbüros der SED und verantwortlich für die reaktionäre Kulturpolitik der DDR. Der Exodus so vieler unersetzlicher Künstler und Schriftsteller in den Westen wird besonders ihm zur Last gelegt.

Dabei wird auch Bezug genommen auf das jüngste Interview Hagers mit der Illustrierten *Stern*. Bei dieser Gelegenheit hatte Hager sich über den gründlichen Umwandlungsprozeß unter Gorbatschow in der Sowjetunion grob abwertend geäußert, indem er ihn einen bloßen Tapetenwechsel nannte, der zudem in der DDR nicht nötig sei.

Hagers Äußerung zeuge von politischer Instinktlosigkeit. Die sich aufdrängende gedankliche Assoziation von Hagers neuen „Tapeten" zur sprichwörtlichen „Tünche" des Anstreichers Hitler habe dem Ansehen der DDR zusätzlich einen vermeidbaren Schaden zugefügt.

...an dieser Stelle, stelle ich mir vor, bittet Erich Honecker mit tonloser Stimme den Fahrer, die Radio-Nachrichten nun abzustellen. Er hat genug gehört. Oskar Lafontaine, technisch gewitzter als sein Gast aus der DDR, wittert die Tat eines witzlosen Witzboldes. Irgend jemand hat womöglich ein präpariertes Cassetten-Tonband in dieses Auto-Radio lanciert, um Honecker zu düpieren und den Entspannungsprozeß zu stören.

Aber schon die Ankunft bei der Schwester in Wiebelskirchen macht klar, daß diese unglaublichen Worte nicht aus der Konserve eines gefährlichen Spaßvogels kamen. Sie kommen wirklich mit den offiziellen Nachrichten aus der Antenne. Die Schwester hat die Hiobsbotschaft auch schon im Radio in ihrer Küche gehört.

Der Konvoi kommt an. Die Schwester umarmt weinend den Heimkehrer. Schon bohrt ein *Bild*-Reporter dem Ausgebürgerten ein Mikro ins Nasenloch und stellt höhnische Fragen... Was tun? Tja... Was tun – und ach! Was lassen? Honecker ausgebürgert!

Nehmen Sie's nicht als billige Retourkutsche, lieber Erich Honecker. Sowas wäre möglich. Es ist schon Unerhörteres in der Welt geschehn. Und es wäre nebenbei die glimpfliche Lösung eines Problems, das der Philosoph Günther Anders so formulierte: Wie kann man ohne Blutvergießen eine ungeliebte Regierung loswerden?

Erich Honecker verliert seine Staatsbürgerschaft. Wer würde gegen eine solche Maßnahme der DDR-Führung Sturm laufen? Die Solidaritätsaktionen der Bevölkerung in der DDR gegen diese staatsstreichliche Vertreibung ihres Staatsratsvorsitzenden werden sich in Grenzen halten.

Ich aber – schiefe Lage! – würde gegen diese Ausbürgerung meines Ausbürgerers öffentlich protestieren müssen. Ich müßte fordern, daß man sogar in Ihrem Fall Gnade vor Unrecht gehen läßt. Laßt ihn wieder rein!!

Das Aussperren eines Staatsbürgers ist eine noch schlimmere Willkür als das Einsperren. Es ist verbrecherisch genug, wenn ein Staat seine andersdenkenden Landeskinder ins Gefängnis wirft. Aber einen Menschen gegen seinen Willen aus dem ganzen System auszustoßen, ihn also nicht einmal ungerecht strafen – das ist eine noch härtere Strafe. Eine miese Methode – und Sie wissen, wer die in Deutschland vor Ihnen strapazierte.

Aber diese drollige Wendung wird es für Sie wohl nicht geben.

Ich bin jetzt im elften Jahr im Westen. Ich kann nicht wissen, ob ich der DDR lebendig blieb – aber ich jedenfalls werde den Osten nie los werden. Und ich will es auch nicht. Zuviel Liebe wurde verplempert, zuviel Haß, zu viele Lebensjahre, zu viele Hoffnungen sind da investiert worden.

So schlecht es mir auch ging, es ging mir bei Ihnen besser. Ich war unverwüstlich geschützt durch meine Dummheit. Die Illusionen waren noch ungebrochen, und so konnte ich leben. Ich glaubte bis zuletzt, auch nach 12 Jahren Berufsverbot, daß die DDR trotz alledem eine historische Chance ist.

Solche wie ich waren süchtig nach einer gerechteren Gesellschaft, und wir hatten alle Angst vor der Entziehungskur. Und es bleibt mir die kindische Bitterkeit, daß dieses kleinere deutsche Land Linken wie mir nicht Heimat werden konnte.

Damals, 1976, im traurigen Monat November war's, da konnte ich nicht wissen, was inzwischen durchgesickert ist. Sie mit Ihrem Politbüro hatten in einer Sitzung über meinen Fall diskutiert. Mit nur zwei Stimmen Mehrheit (mit Ihrer Stimme und ausgerechnet mit der Stimme des anderen Erich im Politbüro – Stasichef Erich Mielke) war beschlossen worden, mich nicht ein-

sondern lieber auszusperren. Also verschafften Sie mir ein Visum für diese 10-Tage-Tournee, die immer noch dauert.

Daß Sie mich damals lieber nicht einsperrten, war gewiß keine humane Schrulle. Sie hatten sich ausgerechnet, daß Sie so billiger davonkämen. Wer will je wissen, ob diese Rechnung aufging. Hätte ich damals in Köln vor den achttausend Menschen in der Sportarena die ganzen viereinhalb Stunden nichts anderes als Hänschen-Klein-Ging-Allein gesungen – ich wäre trotzdem ausgebürgert worden, oder? Es war ein abgekartetes Spiel.

Ich weiß ja: Sie sind ein hilfloser mächtiger Mann. Und Sie wissen es auch: ich von einer mächtigen Hilflosigkeit wie immer. Und mir hat's weh getan. Ihnen auch? Wir haben es beide überlebt und sind vertraute Feinde geblieben. Und wir hassen einander mit einem Augenzwinkern. Sie haben mich immerhin für drei traurigschöne Tage zu meinem sterbenden Freund Robert Havemann nach Grünheide gelassen. Ich habe mit ihm bei dieser letzten Gelegenheit noch mal sämtliche Probleme der Menschheit endgültig geklärt. Das war gut, abseits von allem ideologischen Geifer. Und Ihnen, lieber Honecker, wird diese Geste demnächst im Kommunistenhimmel angerechnet werden.

Alphabetisches Quellenverzeichnis

Konrad Adenauer, Brief vom 23. 1. 1946 an Bernhard Custodis, aus: Konrad Adenauer, Briefe 1947–1949, S. 172f. Herausgegeben von P. Mensing, Siedler Verlag, Berlin 1946

Ernst Moritz Arndt an Charlotte von Kathen, 4. Juni 1809, aus: E. M. A. Ein Lebensbild in Briefen. Nach ungedr. und gedr. Quellen hrsg. v. H. Meisner und R. Geerds. Berlin 1898

Achim von Arnim an Bettine Brentano, 4. Juni 1809, aus: A. v. A. und Clemens Brentano. Stuttgart 1894

Bettine von Arnim an Jacob Grimm, 13. November 1840, aus: Bettine von Arnim – Brüder Grimm. Briefwechsel 1838–1841. Hrsg. v. Hartwig Schulz. Insel Verlag Frankfurt am Main 1985, S. 188f.

Ernst Barlach, Brief vom 6. 3. 34 an F. Hildebrandt, aus: Ernst Barlach: Briefe, Bd. I, 1888–1924, S. 448f. Herausgegeben von F. Droß, R. Piper & Co. Verlag, München 1968

Karl Barth/Martin Rade: Ein Briefwechsel. Brief vom 31. 8. 1914. (Erstmals abgedruckt in Karl Barth/Martin Rade: Ein Briefwechsel, Gütersloher Verlagshaus Gerd Mohn, 1981). (Abdruck mit freundlicher Genehmigung des Theologischen Verlags, Zürich)

August Bebel an Friedrich Engels, 15. Juni 1893, aus: August Bebels Briefwechsel mit Friedrich Engels. Hrsg. v. W. Blumenberg. Mouton, London/The Hague/Paris 1965

John T. Becher, Brief vom Januar 1951 an Johannes R. Becher, aus: Kurt Zentner, Aufstieg aus dem Nichts, Köln: Kiepenheuer & Witsch 1954. (Abdruck mit freundlicher Genehmigung von Christian Zentner, München)

Max Beckmann: Briefe im Kriege 1914/1915. Brief vom 4. 5. 1915. S. 53ff. R. Piper GmbH & Co. KG Verlag, München 1984

Walter Benjamin, Brief vom 20. 3. 1933 an Gershom Scholem, aus: Walter Benjamin/Gershom Scholem. Briefwechsel 1933–1940. © 1980. Suhrkamp Verlag, Frankfurt am Main

Gottfried Benn, Antwort an die literarischen Emigranten, aus: Gottfried Benn, Gesammelte Werke in vier Bänden. Band 4: Autobiographische und vermischte Schriften. Herausgegeben von Dieter Wellershoff, Klett-Cotta, 5. Aufl., Stuttgart 1987

Wolf Biermann, Brief an Erich Honecker, aus: „Die Zeit" vom 4. 9. 87. (Abdruck mit freundlicher Genehmigung von Wolf Biermann)

Otto von Bismarck an seine Frau, 3. September 1870, aus: Fürst Bismarcks Briefe an seine Braut und Gattin. Hrsg. v. Fürst Herbert von Bismarck. Stuttgart ^{4}1914

Robert Blum an Margarete Selbach, 23. November 1844, aus: R. B. Briefe und Dokumente. Leipzig 1981

Heinrich Böll, Brief vom 24. 6. 46 an Theo Weidmann, aus: Gabriele Hoffmann, Heinrich Böll. Lamuv Verlag GmbH, Bornheim 1986. © René Böll, 1985

Ludwig Börne an Jeanette Wohl, 14. Dezember 1832, aus: L. B. Briefe aus Paris. Hrsg. v. A. Estermann. Insel Verlag, Frankfurt am Main 1986, S. 563–567

Sulpiz Boisserée an Melchior Boisserée, 9. September 1842, aus: S. B. Stuttgart 1862

Peter-Jürgen Boock, Brief vom 13. 5. 1984 an Peter Schneider, aus: P.-J. Boock/P. Schneider, Ratte – tot ... Ein Briefwechsel. (Sammlung Luchterhand 575) Luchterhand, Darmstadt 1985

Brief der *Brüder von Braunmühl* vom 7. 11. 1986 an die RAF. (Abdruck mit freundlicher Genehmigung der Tageszeitungs-Verlagsgesellschaft, Frankfurt)

Bertolt Brecht, Brief vom 1. 7. 1953 an Peter Suhrkamp, aus: Briefe, 2 Bände. Band 1, S. 695–697. © Stefan S. Brecht 1981. (Alle Rechte vorbehalten durch Suhrkamp Verlag, Frankfurt am Main)

Hermann Broch, Brief vom 9. 8. 1945 an Volkmar von Zühlsdorff, aus: Briefe über Deutschland 1945–1949, st 1369. © Suhrkamp Verlag, Frankfurt am Main 1989

Georg Büchner an die Familie, 5. April 1833, aus: G. B. Gesammelte Werke. Hrsg. und eingel. v. K. Edschmid. München 1947

Carl Jacob Burckhardt, Brief vom 3. 1. 1925 an Hofmannsthal. Aus: Hugo von Hofmannsthal und Carl Jacob Burckhardt, Briefwechsel. © 1956. S. Fischer Verlags GmbH, Frankfurt am Main

Jacob Burckhardt an Friedrich von Preen, 27. September 1870, aus: J. B. Briefe. Ausgew. u. hrsg. v. Max Burckhardt. Bremen 1965

Wilhelm Busch an Grete Röber, 24. 10. 1899, aus: W. B. Sämtliche Briefe. Hrsg. v. F. Bohne u. a., Wilhelm-Busch-Gesellschaft. Hannover 1969

Hans Carossa, Brief vom 3. 1. 1915, aus: Briefe. Drei Bände, © 1978. Band 1, S. 91–93. Insel Verlag, Frankfurt am Main

Friedrich Christoph Dahlmann an das Göttinger Universitätskuratorium, November 1837, aus: Walter Heynen, Das Buch deutscher Briefe. Wiesbaden 1957

Alfred Döblin, Brief vom Juni 1930 an Gustav Hocke. Aus: Alfred Döblin, Ausgewählte Werke in Einzelbänden, 21 Bde., Walter Verlag, Olten 1970

Rudi Dutschke, Brief vom 7. 12. 1968 an Josef Bachmann, aus: Ulrich Chaussy, Die drei Leben des Rudi Dutschke. Eine Biographie. Luchterhand, Darmstadt 1983

Johann Peter Eckermann an Christoph Ludwig Friedrich Schultz, 24. März 1832, aus: Walter Heynen, Das Buch deutscher Briefe. Wiesbaden 1957

Albert Einstein, Brief vom 30. 7. 1932 an Sigmund Freud. (Abdruck mit freundlicher Genehmigung der American Friends of the Hebrew University, Inc., New York)

Friedrich Engels an August Bebel, 18. November 1884, aus: August Bebels Briefwechsel mit Friedrich Engels. Hrsg. v. W. Blumenberg. Mouton, London/The Hague/Paris 1965

Hans Magnus Enzensberger, Brief vom 11. 11. 1960 an Peter Hacks, aus: Einzelheiten. Essays. © Suhrkamp Verlag, Frankfurt am Main

Philipp zu Eulenburg an Wilhelm Prinz von Preußen, 12. Juni 1886, aus: Philipp Eulenburgs politische Korrespondenz. Hrsg. v. John C. G. Röhl, Boppard a. Rh. 1976, Bd. 1. Von der Reichsgründung bis zum neuen Kurs: 1866–1891 (Dt. Geschichtsquellen des 19. u. 20. Jhrdts., Bd. 52)

Lion Feuchtwanger, „An den Bewohner meines Hauses in Berlin", © Aufbau-Verlag, Berlin und Weimar

Ludwig Feuerbach an Wilhelm Bolin, Juni 1870, aus: L. F. Briefwechsel. Leipzig 1963

Johann Gottlieb Fichte an seine Frau, 20. Mai 1807, aus: J. G. F. Briefwechsel. Krit. Gesamtausgabe, hrsg. v. H. Schulz, Leipzig ^{2}1930

Theodor Fontane an Georg Friedländer, 5. April 1897, aus: T. F. Werke, Schriften, Briefe. 4. Abtg. Bd. IV. Hrsg. v. Otto Drude und Helmuth Nürnberger. 1982. Carl Hanser Verlag, München/Wien

Ferdinand Freiligrath an Karl Marx, 3. April 1868, aus: F. F. Briefwechsel mit Marx und Engels. Bearb. u. eingel. v. M. Häckel. Berlin 1968

Sigmund Freud, Brief vom 4. 3. 1923 an Romain Rolland.. Aus: Sigmund Freud, Briefe. (Abdrucke mit freundlicher Genehmigung der S. Fischer Verlag GmbH, Frankfurt am Main)

Julius Fröbel an Margarete Selbach, 22. Dezember 1848, aus: Robert Blum, Briefe und Dokumente. Leipzig 1981

Friedrich von Gentz an Johannes von Müller, 27. Februar 1807, aus: F. v. G. Briefe von und an Friedrich von Gentz. Hrsg. v. F. C. Wittichen. München 1909

Carl Friedrich Goerdeler, Brief v. 17. 5. 1943 an Friedrich Olbricht, aus: Hans-Adolf Jacobsen/Hans Dollinger (Hrsg.): Der Zweite Weltkrieg in Bildern und Dokumenten. 3 Bde. Desch-Verlag, München–Wien–Basel 1962/63. (Abdruck mit freundlicher Genehmigung von Herrn Professor Jacobsen, Buschdorf bei Bonn)

Joseph von Görres an Friedrich Christoph Perthes, 12. Dezember 1818, aus: J. v. G. Briefe an Friedrich Christoph Perthes (1811–1827). Hrsg., eingel. und erl. v. W. Schellberg. Köln 1913

Johann Wolfgang von Goethe an Carl Friedrich Zelter, 6. Juni 1825, aus: J. W. v. G. Briefe von und an Goethe, Hamburger Ausgabe, Bd. 4. München ^{3}1988

Helmut Gollwitzer, Brief vom 20. 9. 1977 an Lukas Ohnesorg. (Abdruck mit freundlicher Genehmigung von Helmut Gollwitzer)

Oskar Maria Graf, Brief 1933 an den PEN-Club, aus: Beschreibung eines Volksschriftstellers. Herausgegeben v. W. Dietz/H. Pfanner, S. 42–44. Annedore Leber Verlag, München 1974

Günter Grass, „Offener Brief an die Abgeordneten des Deutschen Bundestages", aus: Günter Grass, Werkausgabe in zehn Bänden, Band IX/ Essays, Reden, Briefe, Kommentare. Luchterhand Literaturverlag, Darmstadt 1987

Jacob Grimm an Friedrich Carl von Savigny, 29. September 1830, aus: J. G. Briefe der Brüder Grimm an Savigny. Hrsg. in Verbindung mit I. Schnack von W. Schoof. Berlin/Bielefeld/München 1953

Wilhelm Grimm an Clemens August Karl Klenze, 27. Dezember 1837, aus: Unbekannte Briefe der Brüder Grimm. Bonn 1960

Walter Maria Guggenheimer, Brief vom 15. 4. 1947 an einen Mitläufer, aus: Der Ruf. Eine deutsche Nachkriegszeitschrift. (Abdruck mit Genehmigung der Nymphenburger Verlagshandlung, München)

Maximilian Harden, Brief an den Präsidenten des Schwurgerichtes. (Abdruck mit freundlicher Genehmigung von Frau Maximiliane Horowitz, Clamart)

Robert Havemann, Brief vom 16. 3. 1976 an Erich Honecker, aus: R. Havemann, Berliner Schriften. Herausgegeben von Andreas W. Mytze. Verlag europäische Ideen, Berlin 1977

Heinrich Heine an Heinrich Laube, 23. November 1835, aus: H. H. Briefe. Erste Gesamtausgabe nach den Hs. hrsg., eingel. und erl. v. F. Hirth, Bd. 1, Mainz/Berlin 1949/50

Wilhelm Hensel an Luise Hensel, 1. Dezember 1823, aus: Bankiers, Künstler und Gelehrte. Unveröffentlichte Briefe der Familie Mendelssohn aus dem 19. Jahrhundert. Hrsg. und eingel. v. F. Gilbert. Tübingen 1975

Hermann Hesse, „Antwort auf Briefe aus Deutschland", Oktober 1950, aus: Briefe an Freunde. Die Rundbriefe 1946–1962, S. 70–72, (st 380). © Suhrkamp Verlag, Frankfurt am Main 1977

Paul Heyse an Emanuel Geibel, 20. März 1848, aus: Emanuel Geibel, Der Briefwechsel von Emanuel Geibel und Paul Heyse. Hrsg. v. E. Petzet. München 1922

Heinrich Himmler, Brief an Walter Küchlin (1940), aus: Heinrich Himmler, Reichsführer...! Briefe an und von Himmler. Herausgegeben von Helmut Heiber. (Abdruck mit freundlicher Genehmigung des Verlags R. Oldenbourg, München)

Wilhelm Hoegner an Georg von Vollmar (6. 7. 1907). (Abdruck mit freundlicher Genehmigung des Münchner Stadtanzeigers)

Friedrich Hölderlin an den Bruder Karl, 1800, aus: F. H. Werke und Briefe. Frankfurt am Main 1969

E.T.A. Hoffmann an Julius Eduard Hitzig, 1. Dezember 1813, aus: E.T.A. H. Briefwechsel. Ges. u. erl. v. H. Müller u. F. Schnapp, hrsg. v. F. Schnapp. München 1968

Hugo von Hofmannsthal an Edgar Karg von Bebenburg, 18. Juni 1895, aus: H. v. H./Edgar Karg von Bebenburg, Briefwechsel. Hrsg. v. M. E. Gilbert. Frankfurt am Main 1966

Hugo von Hofmannsthal, Brief vom 10. 4. 1904. Aus: Hugo von Hofmannsthal/Arthur Schnitzler, Briefwechsel. © 1964. S. Fischer Verlag GmbH, Frankfurt am Main

Friedrich von Holstein an Ida von Stülpnagel, 13. November 1889 und 27. März 1902, aus: F.v.H. Lebensbekenntnis in Briefen an eine Frau. Eingel. und hrsg. v. H. Rogge. Berlin 1932

Ricarda Huch, Brief vom 9. 4. 1933 an Max v. Schillinger. (Abdruck mit freundlicher Genehmigung der Deutschen Verlags-Anstalt, Stuttgart)

Wilhelm von Humboldt an seine Frau, 31. Juli 1810, aus: W.v.H. im Verkehr mit seinen Freunden. Eine Auslese seiner Briefe. Hrsg. v. T. Kappstein. Berlin o.J. (1917)

Karl Jaspers, Brief vom 10. 11. 1956 an Hannah Arendt, aus: Hannah Arendt–Karl Jaspers: Briefwechsel 1926–1969, R. Piper GmbH & Co. KG Verlag, München 1968

Louis von Kaisenberg an seinen Vater, 20. Februar 1813, aus: Eckart Klessmann (Hrsg.), Napoleons Rußlandfeldzug in Augenzeugenberichten. München 1972

Wassily Kandinsky/Franz Marc: Briefwechsel 1911–1915. Herausgegeben von Klaus Lankheit. Brief vom 24. 10. 1914. S. 263f. R. Piper GmbH & Co. KG Verlag, München 1983

Charlotte von Kathen an Ernst Moritz Arndt, 10. Mai 1848, aus: Deutsche Briefe. Von Liselotte von der Pfalz bis Rosa Luxemburg. Hrsg. v. C. Schmölders. Frankfurt am Main 1987

Gottfried Keller an die Familie, 24. Juli 1849, aus: G. K. Briefe und Tagebücher 1830–1861. Stuttgart/Berlin 1916

Hermann Kesten, Brief vom 4. 7. 1957 an Johannes R. Becher, aus: Süddeutsche Zeitung 20./21. 7. 1957. (Abdruck mit freundlicher Genehmigung von Hermann Kesten)

Heinrich von Kleist an Ulrike von Kleist, 23. April 1807, aus: H. v. K. Sämtliche Werke und Briefe. Hrsg. v. H. Sembdner. München 1984

Theodor Körner an seinen Vater, 10. März 1813, aus: Briefwechsel mit den Seinen. Leipzig 1910

Walter Kolbenhoff, Brief von 1946 an Sigrid Undset, aus: Walter Kolbenhoff, Schellingstr. 48, © 1984. Fischer Taschenbuch Verlag GmbH, Frankfurt am Main

Käthe Kollwitz: Briefe der Freundschaft und Begegnungen. Brief vom 18. 2. 1917 an Hans Kollwitz. (Abdruck mit freundlicher Genehmigung von Herrn Dr. Arne Kollwitz, Berlin)

Alfred Krupp an Hermann von Boyen, 1. März 1844, aus: A. K. Briefe. 1826–1887. Hrsg. v. Wilhelm Berdrow. Berlin 1928

Ferdinand Lasalle an Otto von Bismarck, 8. Juni 1863, aus: Gustav Mayer, Bismarck und Lassalle, ihr Briefwechsel und ihre Gespräche. Berlin 1928

Elise Lensing an Christine Hebbel, 14. November 1848, aus: E. L. Briefe an Friedrich Hebbel und Christine Hebbel. Hrsg. v. R. Kardel. Berlin 1928

Theodor Leutwein an Hendrik Witboi, 5. Mai 1894, aus: T. L. Die Kämpfe mit Hendrik Witboi 1894 und Witbois Ende. Leipzig 1912

Justus von Liebig an Maximilian II. von Bayern, 1857, aus: J. v. L. Briefe nach neuen Funden. Hrsg. v. E. Berl. Gießen 1928

Detlev von Liliencron an Helene von Bodenhausen, 10. August 1871, aus: D. v. L. Ausgewählte Briefe. Hrsg. v. R. Dehmel. Berlin 1910

Friedrich List an Johann Friedrich Cotta, 25. Juli 1822, aus: F. L. Schriften, Reden, Briefe. Hrsg. v. E. v. Beckerath, K. Goeser u. a. Bd. 8: Tagebücher und Briefe 1812–1846. Hrsg. v. E. Salin. Berlin 1933

Franz Joseph Loewen an die Angehörigen, 25. Januar 1880, aus: Briefe aus Amerika. Deutsche Auswanderer schreiben aus der Neuen Welt 1830–1930. Hrsg. v. W. Helbich, W. Kamphoefner u. U. Sommer. München 1988

Adolf Lüderitz an Otto von Bismarck, 25. November 1884, aus: Soldatenbriefe großer Männer, hrsg. von Alfred Richard Meyer. Berlin o. J.

Ludwig II. von Bayern an Wilhelm I. von Preußen, 30. November 1870, aus: Ludwig II. von Bayern in Augenzeugenberichten. München 1972

Luise von Preußen an ihren Vater, April 1808, aus: L. v. P. Briefe und Aufzeichnungen 1786–1810. München 1985

Rosa Luxemburg: Briefe an Freunde. Taschenbücher Syndikat/EVA bei Athenäum, Band 77. Frankfurt am Main 1986

Erika Mann, Brief vom 11. 12. 1950 an Edward Shaughnessy, aus: Erika Mann, Briefe und Antworten, Band I. © 1984. Verlag Heinrich Ellermann, München

Heinrich Mann, Briefe an Ludwig Ewers 1889–1913. © Aufbau Verlag, Berlin und Weimar 1980 (Veröffentlichung der Akademie der Künste der Deutschen Demokratischen Republik)

Klaus Mann, Brief an Gottfried Benn v. Mai 1933, aus: Klaus Mann, Briefe und Antworten 1922–1949, © 1987. Verlag Heinrich Ellermann, München

Thomas Mann, Brief an den Herrn Dekan der Philosophischen Fakultät der Universität Bonn, Neujahr 1937. Aus: Thomas Mann, Briefe. Bd. 2, © 1963 Katja Mann. (Abdruck mit freundlicher Genehmigung des S. Fischer Verlags, Frankfurt am Main)

Karl Marx an Arnold Ruge, 25. Januar 1843, aus: K.M. und Arnold Ruge. Ein Briefwechsel von 1843. Hamburg 1947

Karl Mendelssohn-Bartholdy an Alexander Bernus, 11. April 1855, aus: Bankiers, Künstler und Gelehrte. Unveröffentlichte Briefe der Familie Mendelssohn aus dem 19. Jhrdt. Hrsg. u. eingel. v. F. Gilbert. Tübingen 1975

Clemens von Metternich an Karl August Varnhagen von Ense, 27. März 1840, aus: Walter Heynen, Das Buch deutscher Briefe. Wiesbaden 1957

Helmuth von Moltke an seine Frau, 4. Juli 1866, aus: Moltkes Gesammelte Schriften. Berlin 1922

Helmuth James Graf von Moltke, Brief vom 10. 1. 1945 an seine Frau, aus: Bericht aus Deutschland im Jahre 1943. Letzte Briefe aus dem Gefängnis Tegel 1945. Henssel Verlag, Berlin 1981

Armgard zur Mühlen, Brief vom 10. 1. 1947 an die Familie, aus: Hildegard Baumgart (Hrsg.), Briefe aus einem andern Land. Briefe aus der DDR. Hoffmann & Campe, Hamburg 1971. (Abdruck mit freundlicher Genehmigung von Hildegard Baumgart)

Friedrich Munding, Brief v. 30. 1. 1942 an Fritz Scheffelt, aus: Friedrich Munding, Daß ich nur noch selten schreibe. Briefe aus Berlin 1940–1943. Dirk Nishen Verlag, Berlin 1985

Robert Musil, Brief vom 21. 10. 1933 an Klaus Pinkus, aus: Robert Musil, Briefe 1901–1942, © 1981. Rowohlt Verlag GmbH, Reinbek bei Hamburg

Friedrich Nietzsche an Richard Wagner, 11. September 1870, aus: F. N. Werke. München 1969

Johann Philipp Palm an die Familie, 26. August 1806, aus: J. P. P., hrsg. v. Otto Palm. Stuttgart 1937

Sigmund Rascher, Brief vom 17. 2. 1943 an Himmler, aus: R. Schnabel: Macht ohne Moral. Eine Dokumentation über die SS. 2. Aufl. 1958. Röderberg Verlag, Frankfurt am Main

Walter Rathenau, Brief vom 29. 11. 1919 an Alexander Schwab, aus: W. R.: Werke und Briefe. Herausgegeben von E. Schulin/H. Hellige. L. Schneider Verlag, Heidelberg 1977

Franziska zu Reventlow an Emanuel Fehling, 30. April 1890, aus: F. z. R. Briefe 1890–1917. Hrsg. v. E. Reventlow. München/Wien 1975

Rainer Maria Rilke, Brief an Clara Rilke vom 7. 11. 1918, aus: Briefe. Band 2, S. 561–564. © Insel Verlag, Frankfurt am Main 1987

Peter Rosegger an Friedrich von Hausegger, 19. März 1889, aus: Briefwechsel zwischen Peter Rosegger und Friedrich von Hausegger. Leipzig 1924

Joseph Roth, Brief vom 26. 3. 1933 an Stefan Zweig, aus: Joseph Roth, Briefe 1911–1939. © 1970. Verlag Allert de Lange, Amsterdam, und Verlag Kiepenheuer & Witsch, Köln

Gerhard Johann David von Scharnhorst an seine Tochter, 16. Oktober 1806, aus: Scharnhorsts Briefe. München 1914

Friedrich von Schiller an Johann Wolfgang von Goethe, 21. Dezember 1803, aus: J. W. v. G. Briefe von und an Goethe, Hamburger Ausgabe, Bd. 1, München ^{3}1988

Heinrich Schliemann an Karl Plato, 23. Juli 1872, aus: Walter Heynen, Das Buch deutscher Briefe. Wiesbaden 1957

Peter Schneider, Brief an die herrschende Klasse in Deutschland, aus: Peter Schneider, Ansprachen, Reden, Notizen, Gedichte, Quartheft 47. Wagenbach, Berlin 1970

Arthur Schnitzler an Marie Glümer, 18. November 1890, aus: A. S. Briefe. Frankfurt am Main 1981

Arthur Schopenhauer an Friedrich Arnold Brockhaus, März 1818, aus: Schopenhauers Briefe. Leipzig 1930

Johanna Schopenhauer an Arthur Schopenhauer, 19. Oktober 1806, aus:

J. S. Damals in Weimar! Erinnerungen und Briefe von und an Johanna Schopenhauer, hrsg. v. H. H. Houben. Leipzig 1924

Fiete Schulze, Brief an seine Schwester vom Juni 1935, aus: Du hast mich heimgesucht bei Nacht. Herausgegeben von Helmut Gollwitzer. Chr. Kaiser, München

Carl Schurz an seine Freunde, 25. Juli 1849, aus: Lebenserinnerungen. Bd. 3: Briefe und Lebensabriß. Berlin 1912

Karl vom und zum Stein an seine Frau, 10. April 1814, aus: Briefe und Schriften. Leipzig 1927

Carola Stern, Brief an einen liberalen Bildungsbürger, aus: Briefe zur Verteidigung der Republik. Herausgegeben von Freimut Duve, Heinrich Böll und Klaus Staeck. Rowohlt, Reinbek bei Hamburg 1978. (Abdruck mit freundlicher Genehmigung von Carola Stern)

Adalbert Stifter an Gustav Heckenast, 25. Mai 1848, aus: A. S. Sämtliche Werke. Hildesheim 1972

David Friedrich Strauß an Christian Maerklin, 15. November 1831, aus: Ausgewählte Briefe. Bonn 1895

Peter Suhrkamp, Brief vom 21. 9. 1942 an das Reichsministerium für Volksaufklärung und Propaganda, aus: Von der Gründung bis zur Rückkehr aus dem Exil. Katalog S. Fischer Verlag (Ausstellung Deutsches Literaturarchiv Marbach). Marbacher Katalog 40. (Abdruck mit freundlicher Genehmigung des Suhrkamp Verlags, Frankfurt am Main)

Ernst Toller, Brief an Maximilian Harden (1920), aus: Ernst Toller, Gesammelte Werke, Band 5. Herausgegeben von Wolfgang Frühwald und John Spalek. © 1978. Sidney Kaufman. (Abdruck mit freundlicher Genehmigung des Carl Hanser Verlags, München/Wien)

Kurt Tucholsky, Brief an Walther Hasenclever vom 4. 3. 1933, aus: Kurt Tucholsky, Ausgewählte Briefe 1913–1935, © 1962. Rowohlt Verlag GmbH, Reinbek bei Hamburg

Rahel Varnhagen an Karl August Varnhagen von Ense, 8. September 1815, aus: R. V. Briefwechsel. München 1979

Karl August Varnhagen von Ense an Friedrich Karl von Tettenborn, 24. März 1819, aus: K. A. V. v. E. Briefwechsel. München 1967

Richard Wagner an Eduard Devrient, Himmelfahrtstag 1849, aus: R. W. Sämtliche Briefe. Leipzig 1970

Bruno Walter, Brief vom 10. 2. 1949 an Wilhelm Furtwängler. Aus: Bruno Walter, Briefe von 1894–1962. © 1969. S. Fischer Verlag GmbH, Frankfurt am Main

Christoph Martin Wieland an Elise von Solms-Laubach, 13. Oktober 1808, aus: C. M. W. Mit fliegender Feder. Frankfurt am Main 1990

Klaus Wilms/Harald Henry, Kriegsbriefe gefallener Studenten 1939 bis 1945. Herausgegeben von W. Bähr und H. W. Bähr, R. Wunderlich Verlag, Tübingen 1952. (Abdruck mit freundlicher Genehmigung des Rowohlt Verlags, Reinbek bei Hamburg)

Fritz Wolf an die Angehörigen, 4. Oktober 1812, aus: Eckart Klessmann (Hrsg.), Napoleons Rußlandfeldzug in Augenzeugenberichten. München 1972

Hans David Ludwig Yorck von Wartenburg an Friedrich Wilhelm III. von Preußen, 3. Januar 1813, aus: Insel-Almanach auf das Jahr 1914

Karl Friedrich Zelter an Johann Wolfgang von Goethe, 21. Februar 1813, aus: Goethe. Leben und Welt in Briefen. Zusammengest. von Friedhelm Kemp. München/Wien 1978

Clara Zetkin, Brief vom 18. 1. 1919 an Mathilde Jacob, aus: Ausgewählte Reden und Schriften, Dietz Verlag, Berlin (Ost) 1960

Adolf Ziegler, Brief vom 3. 4. 1941 an Schmidt-Rottluff, aus: P. O. Rave, Kunstdiktatur im III. Reich, Argon Verlag GmbH, Berlin

Carl Zuckmayer, Brief vom Spätherbst 1945 an A. Ibach und G. Kapsreiter. (Mit freundlicher Genehmigung von Maria Guttenbrunner)

Stefan Zweig, Brief vom 8. 2. 1921 an Romain Rolland. Aus: Stefan Zweig, Briefe an seine Freunde. © S. Fischer Verlag GmbH, Frankfurt am Main 1978

Zwei *Letzte Briefe aus Stalingrad* (1943). Frankfurt/Heidelberg 1950